U0889285

长安花

当人们深处灾难之时，理想与信念在坚定生长！

大孔

云岗 著

西安出版社

图书在版编目（CIP）数据

大孔 / 云岗著 . — 西安 : 西安出版社 , 2022.11
ISBN 978-7-5541-6227-9

Ⅰ . ①大… Ⅱ . ①云… Ⅲ . ①长篇小说—中国—当代
Ⅳ . ① I247.5

中国版本图书馆 CIP 数据核字 (2022) 第 145648 号

大　孔

DA KONG

作　　者：云　岗
出版发行：西安出版社
社　　址：西安市曲江新区雁南五路 1868 号影视演艺大厦 11 层
电　　话：（029）85253740
邮政编码：710061
印　　刷：西安市建明工贸有限责任公司
开　　本：787mm × 1092mm　1/16
印　　张：26
字　　数：332.8 千字
版　　次：2022 年 11 月第 1 版
印　　次：2022 年 11 月第 1 次
书　　号：ISBN 978-7-5541-6227-9
定　　价：68.00 元

△本书如有缺页、误装，请寄回另换

大孔

原下陳忠實

扫码获取
·方言趣谈
·历史博览
·作者创作谈
·读者交流圈

一

德才妈“不见了”的这一天，冯得富家出了一件天大的怪事。

这一年大孔进入了民国十七年，按说应该又是一个平平常常、不咸不淡的年份。可自打开春后，一切似乎变得怪异起来。尤其是大日头，仿佛粘上了人，清早准时露出圆圆的红脸，然后不紧不慢地往上爬，往上爬……到了人头顶，懒洋洋地打个盹，再不紧不慢地往下挪，往下挪……终于衔住了西山，却如恋人般地依依偎偎，厮厮磨磨，直至暮霭降临，这才不情不愿地埋没于山后。第二天、第三天……天天如此，且一天比一天勤劳，一天比一天热情。刚进入四月，天气似乎突然就进入了三伏天，尚未顾上换季的人们在懵懵懂懂中仿佛被架上了蒸笼，目瞪口呆着，被蒸腾得面红耳赤，气喘吁吁，烦躁难耐。刚刚变绿了的植物更是不堪凌虐：树叶卷起了边儿，仿佛一个个小喇叭，不知道想吹奏什么曲子；小麦、玉麦的叶子拧成了绳，蔫头耷脑得就像一个行将就木的老者；“野火烧不尽，春风吹又生”的野草也似乎只有出的气，没有进的气，有气无力地匍匐在地，苟延残喘中追问自己这是惹了谁……

这一天早晨，冯得富家的老母猪提着大肚子，一会儿颤巍巍站起来，一会儿平展展躺下去，哼哼唧唧得让人心烦。冯得富算了下日子，知道它这是要生了。可这老母猪下崽不是一回两回了，每回都是往地上一躺，让人把后腿一提，扑通一个，扑通一个……最多的一回，竟然扑通了八个圆滚滚的小猪娃。今天它这是咋了？勤才大清早挑上担子卖豆腐去了，近来生意不好，不晓得啥时候能回来。煤生意冷淡后德才没有再去驮炭，这些天整日和年前进门的莲莲守在新院，不知道啥时候才过来。冯得富心里毛毛躁躁的，不知道怎么办。转眼又一想，不行，得把德才叫过来，老母猪要生了，他不能这样不管不顾，年轻人要常敲打哩！想到这里，冯得富转身出了门，趟过路中间几寸厚的土尘，跺了跺脚，咚咚地进了斜对面新院。

新院是相对于老院的叫法，却一点也不新，相反，还甚是破烂。这里原是冯得昌家，前些年得昌在街道东买了一院地方，从小城里搬走了，院子连同没有拆的三间伙房就卖给了冯得富。新院是冯得富给冯得贵置的。得贵是他兄弟，德才的父亲。老父亲去世后，兄弟俩虽然没有分家，但当家的冯得富明白，弟兄俩不可能永远在一起过。院子虽然买了，却由于手头紧，暂时没有翻盖。去年得贵死后，冯得富把三间伙房简单收拾了一下，给德才把婚结在了这里。德才妈见儿子住到新院，也跟了过去。

新院里冷清清的，没有卖完的炭随意堆在院子墙根下，一副懒洋洋的神态。德才妈屋门开着，不见人，也没有动静。德才屋门紧闭着，看着就像一张冷冰冰的脸。冯得富来了气，欲上前踢德才的门，却一想德才年前刚成亲，便压住心头火，用低沉而不失威严的声音叫了声“德才”。声音落下，德才房子里没人应答，德才妈也不见闪面，院子里又恢复了适才的宁静。冯得富心里的气冲到了嗓子眼，抬起脚正想上前踢门，门却吱呀一声拉开了一条缝，随之莲莲明显没有梳洗的头脸露了出来。

“德才呢？还没起来？”冯得富恼恼地说。

莲莲低了头，嗫嚅道：“起是……起来了，却肚子……有点疼，还躺在炕上。”

“肚子疼就不能答应一声，真真是！”

“他……又睡着了。”

“你妈呢？”冯得富看了一眼德才妈的房子。

“不知道呀，可能出去了吧。”莲莲也往隔壁扭了一下头。

冯得富心里叹了一声说："德才醒来了让他喝几口盐煎水，没事了急赶过来，老母猪像是要下猪娃。"说着，扭过身走了。一边走，一边小声嘟囔道："睡睡睡，睡能把日子过上去？"

莲莲合上门，见德才慢条斯理地穿衣服，脸红着埋怨说："我说早点起来，你却又要……乏了，睡着了，手还不老实，害得人家也犯了迷糊。伯眼窝毒着呢，啥看不出来？"

德才从鼻子里哼了一声，边捉着夹袄上的疙瘩纽子往一起扣，边漫不经心地说："吃馍为了顶饥，娶媳妇为了睡，看出来又能咋？"

莲莲的脸更红了，却佯装生气地白了德才一眼说："看着蔫蔫的，嘴里却没有个正形，怪不得人常说'蔫驴踢死人'。"

德才拉过炕头的裤子，腿蹬直往上穿，说："谁爱说啥说啥，我心里有数得很呢。"

莲莲跪在炕上麻利地叠着被子说："心里有数谁能看着，要像伯那样早睡早起，整日里忙忙碌碌的，才像个过日子人。"

"有啥用？"德才从炕上溜下来，脚插到鞋里说，"勤才倒是勤快，鸡一叫就起来做豆腐，天不明又担上昨天剩下的豆腐去叫卖，一年到头就攒了些黄豆、玉麦和陈谷子烂糜子，连我贩炭的零头都不及。"

"末了人都说伯好，放着儿子不用，倒让侄子挣大钱。"

"这话你也说，我都亏死哩，我挣的钱给谁了？"

"伯不是攒着将来给咱盖新房吗？"

"勤才还没有媳妇呢！"

"好了，好了，有些话咱俩说说就行了，可不敢在人前里乱说。伯事做得好着呢，不能让人背后骂咱忘恩负义。别磨蹭了，擦把脸快过去，我头一梳马上过来，要不伯又吊脸了。也不知道妈干啥去了！"

德才勾上鞋，一只手把住一扇门扇，吱吁吁拉开了门，一道炽白的阳光随即扑面而来，德才眼前一阵黑，赶忙眯缝起了眼睛。

冯得富回到老宅，老母猪还在哼哼，他赶忙从炕洞里掏了两笼子炕灰，倒在了猪圈里。老母猪一见，艰难地爬起来，拖着笨肚子挪了过去。刚躺下，尿水便哗哗哗撒了一地，老母猪却不翻身，继续哼哼唧唧地呻唤。冯得富心中的无名火升了上来，右手食指捣着老母猪骂道："又不是第一次，翻来覆去呻唤啥哩，你是皇后、贵妃，要生皇太子啊？有娃就下，有屁就放，省得让人跟着难场！"

勤才妈在二门口端着半碗秕谷咯咯咯叫着鸡，见冯得富莫名其妙地发火，头也不抬地说："你看你，和猪都较劲哩。德才妈和媳妇没有过来，要不让他们咋笑话嘛。"

彩云笑嘻嘻地从腰门跨出来说："我大嘛，腔子咬了搔脊背，寻事哩。"

冯得富瞪了彩云一眼，撅着胡子不耐烦地说："去去去，有你的啥事。扫地做饭去，别呲着牙整天立在那里。"

彩云噘起了嘴，说："地就要扫完了，饭嘛，等我娘娘和莲莲过来了一起做，我一个人做不过来。"

冯得富火了，溅着唾沫星子嚷道："你娘娘他们没过来就不做饭了？你不饿，猪还等着熬食哩？"

这时候，德才慢吞吞进来了。随后，莲莲也急匆匆来了。德才立在猪圈前，眯缝着眼睛，静静地盯着老母猪看。莲莲脸上浮上笑，用胳膊肘碰了彩云一下说："你看你，嘴噘得能拴咱家的驴。走，和嫂子做饭去。"

勤才妈赶忙接过话头笑："去吧去吧，娃娃勤，爱死了。要赶紧向你嫂子学哩，要不到了上岭啥都做不了，谁待见你呀？"

上岭是彩云未过门的婆家。彩云一听急了，跺着脚说："妈，你看你，啥上岭下岭的，打死我也不去。"

勤才妈把碗里的秕谷全撒在了地上，说："这可是你说的，到时候可别怨我不让你走。”

彩云喊了一声“妈”，捂着脸转身跑进了腰门。

院里的气氛顿时轻松了许多。勤才妈回头问莲莲：“你妈咋没过来？”莲莲说：“出去了，还没有回来。”勤才妈说：“也是，你妈也不容易，就让她多散散心。”莲莲转过身问冯得富做啥饭。冯得富抬头看了看炸红的日头，叹了一声说：“天高成这了，还能吃啥？玉麦糁子煮红苕，多下些红苕，少熘两个馍。”回头又对德才说，“别看了，肯定是要下了。你到麦场拔一老笼麦秸，猪下了拢火用。”德才说：“天热成这，还用得着拢火？”冯得富说：“用得着，咋用不着？”德才没有再说什么，从屋里提了个老笼，扑踏扑踏去了打麦场。

饭做好后，德才妈还没有过来，勤才妈便让莲莲过去叫。莲莲很快回来了，说：“门开着，人还没有回来。可能去熟人家串门，顺便在人家吃了饭。”

冯得富皱了皱眉，没有说什么。

匆匆吃了饭，老母猪还没有生。莲莲用洗锅水拌了一桶食，倒在食槽里。老母猪翻起来，前脚跪在食槽前，勉强吃了几口，又躺在地上呻唤开了。冯得富很是心烦，回头看见德才蹲在腰门门槛上吃旱烟，这才想起自己打清早起来到现在还没有吃一口烟，嘴里不由得泛起了口水。他从脖子上拉下拴在一起的旱烟锅和烟袋，满满挖了一锅烟，用大拇指摁实，砰砰砰从火石上擦出火星，接在破棉絮上，待棉絮点着，又搁在烟锅上，狠狠地抽了一口，浓浓的烟香味混杂着土腥味和汗味立时充溢了全身。

这时候，老母猪的后腿翘了起来，屁股随之一张一合，一张一合。冯得富瞪大了眼睛。反应过来，他边在鞋底磕烟锅，边大声喊德才快拢火。

老母猪顺利产下三个黑猪娃后，仍然躺在地上呻唤。冯得富知道它还要生，便继续扳着猪后腿。猪肚子一起一伏，似乎要把里面的东西憋出来。可折腾了半天，憋出来的却是一泡尿。冯得富紧张得一头汗水，呼呼地喘粗气。情急之下他让德才按住猪脖子，自己将膝盖压在了猪肚子上。老母猪高一声低一声叫唤开了，冯得富却不理会，一咬牙又把手压了上去。终于，老母猪的屁股张开了，随即一坨白肉涌到了屁股口。冯得富忙移开膝盖去看，头几乎挨住了猪屁股，却没有看清是什么东西。老母猪继续声嘶力竭地叫着，不时地绷腿、使劲，冯得富赶忙又扑上去用膝盖挤压猪肚子。一袋烟工夫过去了，老母猪的叫唤声渐渐小起来，眼珠子也开始往上翻，那块白肉却仍然一动不动地卡在那里。冯得富跳起来，瞪着血红的眼睛对德才说："快，快去叫宏朗！"

德才翻了一眼冯得富说："宏朗就是个二眯，他来了又能咋？"

冯得富吼了起来："咋说他也是个兽医，不叫他又有谁嘛，没看老母猪成啥了？快去，跑着去，都啥时候了，咋一点也不上火！"

德才一看伯急了，忙站起来走了。

工夫不大，德才领着宏朗忙忙回来了。跳进猪圈，宏朗提起猪腿看了看说："怪不得呢，出来的是猪尻子，狗日的倒生哩！"说着，让德才按住猪头，冯得富提起猪后腿，自己从腰里解下一个黑亮的羊皮袋，抽出一把明晃晃的柳叶刀。冯得富和德才抬头去看宏朗，却见他手里的刀光一闪，血随即从母猪屁股冒了出来。放下刀子，宏朗右手伸进猪屁股摸索了一会儿，然后麻利地向外一抽，两条小白猪腿登时被拽了出来。老母猪惨叫了一声，却没有配合上力气，两条小白腿一时软软地耷拉在了屁股口。宏朗摇了摇头说："没办法，保老猪吧！"一边说，一边用两手拽住两条小猪腿，用右脚蹬住老母猪的屁股，手脚并用，噗的一声，老母猪屁股里的白肉被拽了出来。老母猪长嚎了一声后，躺在地上颤抖起来。德才惊呆了，下意识地死死按着猪。宏朗扔掉那团白肉，嘿嘿笑了一声说："看你那㞞样，去，铲一锨面面土去。"冯得富的衣裳已被汗水湿透，问要面面土干啥。宏朗对着猪屁股扬了扬下巴说："没看老母猪尻子还在流血？"德才一听忙翻出猪圈，找了把锨出了门。很快，被称作面面土的趟土铲回来了，宏朗接过德才手里的锨，把上面的趟土全部倒在了老母猪屁股上。德才忽然想到了小时候念的童谣：“面面土，贴膏药，先生（医生）不来就好了。”便哼了一声说：“过去就知道你会劁猪骗羊，没想到还真成兽医了！”宏朗搓着手，头也不抬地说：“猪嘛，就是个牲口！”

忽然，趴在猪圈墙上的勤才妈喊了起来：“妈呀，猪这是下的啥吗？”

冯得富、宏朗、德才赶忙扭头去看，只见适才宏朗扔在地上的肉不是死猪娃，而是一头怪物。怪物的耳朵很大，几乎苫住了脸；鼻子很长，长得超过了嘴。宏朗一脸的惊愕，眼睛瞪得像铜铃，张开的嘴微微颤动着，半天方说：“这不是那个那个……啥嘛，这……这可是百年不遇啊！”

从腰门里跑出来的莲莲和彩云嘴张得几乎能吞进一个馍。

宏朗离开冯得富家后，冯得富家母猪生象的消息便在寨子里传开了。人们先是不信，继而将信将疑，最后好奇心占据了上风，一个个或抡着手，或背着手，或噙着旱烟锅，或纳着鞋底，或掮着农具……纷纷奔向了小城里。是啊，太阳成日红红地悬着，人也像地里的庄稼，快被晒蔫了，谁不喜欢一阵清爽的风呢？劈头盖脸来一场雨才滋润哩！猪生象虽然不是风，不是雨，却是一件怪事。这样的事有人倒是听过，却没有见过，没有见过的事肯定刺激、好玩、有意思。

小城里地处大孔寨东南角，是寨子的城中城。冯俭才穿进小城门时，小城里已然拥满了人。刚才他在街道瞎转，一听到消息转身就往回跑，不想还是落在了他人后面。小城里东边城墙地势低，城墙根下建了一座观音庙，村里大部分人家分布在以小城门和观音庙为中轴线的两边的高处。俭才踮起脚尖往观音庙方向扫了一眼，只见观音庙左前方他大伯冯得富家新院的门前、碾盘上、观音庙门前坡上，或站或蹲着一些老汉、老婆，斜对面老宅门前则满满当当挤着青壮年和半大小子。婆娘女子们跟在后面，或伸长脖子往前看，或嘻嘻哈哈说笑着。

俭才异常兴奋,却不知怎样能挤到老宅门前,急得汗水从头上直往下淌。忽然瞅见地面上人腿之间有罅隙，他灵机一动，低下头，猫起腰，用手扳着或男或女，或粗或细，或长或短，或刚或柔的腿，土拨鼠打洞似的往里钻去。正钻得欢，头咚的一声被撞了回来。他抬起头，只见已经拱到了老宅门口，碰他头的正是黑漆大门。他揉了揉头，抹了把汗，吸着鼻子推了推门，门却纹丝不动。他踮起脚尖忙去拍门闩，边拍边喊道：“勤才哥，开门来，是……”

“我”字尚未出口，黑漆大门啪的一声拉开了，冯得富瘦削、黝黑的脸随即闪了出来。俭才吃了一惊，不由自主地往后退了一步。冯得富忧悒地抬起上眼皮扫了一眼门前的人，目光最后落在了俭才脸上。俭才见大伯看他，赶忙兴高采烈地说：“大伯，听说你家猪下了个象，象长得啥样？让我看一眼！”

“看你妈尕脚！你妈才下了个象！”冯得富的上眼皮几乎翻到了额颅上了，嘴巴急促地一张一合，“天高的不下一滴雨，眼看着要喝风屙屁，竟然还有心思凑热闹？避，好狗不挡道，我要给头牯割草去了。”

吼完，冯得富沉下眼皮，迈开腿，气冲冲地朝前走去。人们往两边忙乱地挪移着，为他腾出了一条路。但一双双眼睛却不乱，骨碌碌全扑在了他身上，最后不约而同地落在了他用镰把背着的笼子上。笼子是冯得富平日里割草的笼子，奇怪的是，那顶破草帽这时候却离开了他的头，严实地盖在了笼子底。更耐人寻味的是，他的背还奇怪地弯着。就一个空笼子，用得着这样吗？人们心焦火燎，只恨不刮来一阵风，把他笼子底的破草帽掀起来。

穿过人群，冯得富走得飞快，水上漂一样，脚底下一时腾起了一片土尘雾。小孩们悄悄跟在了后面，他发现后回过头使了个凶脸，胆小的孩子吓得打住了步，胆大的孩子却继续踮起脚跟跟在后面。冯得富又回头使凶脸，甚至跺脚、骂，孩子们方意犹未尽地停住了步。

大孔寨有四个寨门，除南北门外，东西门都不在寨墙中间。东门偏向东北角，西门斜到了西南角。县道经五龙宫、桑仙庙入东门，斜穿过寨子，又从西门穿出，形成了寨子街道。街道是一条窄狭的土街，长不足一里，宽仅三米。最宽处便是大戏楼屹立的地方。大戏楼在街道中段，坐南面北，宽十二米，高九米，歇山顶，重檐。戏楼的两根柱子上镌刻着一副楹联：离合悲欢演往事，愚贤忠佞认当场。因地土局促，戏楼占据了通往南门的巷口，为了不影响通行，村人建戏楼时在戏楼中间留了一条宽三米的通道。平日里戏楼中间人来车往，唱戏时用定制好的木板把通道连起来就成了舞台。演员们在台上演绎悲欢离合、愚贤忠佞；行人在台下穿梭往来，寨里人美其名曰穿心戏楼。戏楼对面是一座伍汤庙，门口蹲着一对威风凛凛的石狮子。庙里当年供奉着鞭楚平王尸三百、过昭关一夜白了头的伍子胥。为什么供奉此君，没有人晓得，怎么又称作伍汤庙，也没有人能说得清。眼下伍汤庙已被乡约冯金宝改造成乡约所，门口醒目地挂着“大孔寨乡约所”的牌子。伍汤庙西南方靠近街道长着一株老槐树，树干两三人合抱不住，树冠繁茂阔大，仿佛一把既能挡雨又会遮阳的巨伞。更奇的是，树身面对戏楼的地方竟然长了一个大疙瘩，坐上去恰似一把大椅子，看戏时能坐四五个人呢！

从小城里出寨子，不管走哪个门，拐来拐去要绕很多村落、巷道。每次出寨子，冯得富心里都怨怼寨门开得远，心想要是在小城里东南角的土墩旁开个门就好了，这样下地便会省很多时间和麻烦。今天，他越发觉得寨门远，咋走都走不到。不知道是因为天气热，还是累和急，他头上的汗水仿佛开了闸，啪嗒啪嗒直往下滚。穿过水壕里，左拐进南巷，经过西村，遇见的人都好奇地看他，他却装作没看见的样子，头也不抬地急匆匆往前走。

终于出了南门，一缕缕夹杂着土腥味的野风随之拂面而来。冯得富做出不经意的样子，偷偷回头扫了一眼，身后没有人跟着，他心里顿时轻松了许多。但他不敢懈怠，忙向东一拐，沿着寨墙继续匆匆朝前走去。他心里明白，必须尽快把笼子里的怪物处理掉，这样方能尽快息事宁人。处理的地方他已经想好了，就是东地跟自家的麦地。毕竟是一块血肉，埋在地里就会变成肥，美美地滋养庄稼。

家里出了这么一件事，冯得富搞不清是福是祸，但他心里强烈地觉得祸大于福。这几年发生了那么多的事，他已经不敢往好处想事了。

民国十五年，也就是前年，刘屠户围攻西安城，驻扎在朝邑一带的麻疯子为了配合这个坏蛋，悍然出兵攻打坚守长安城的杨将军的故乡崇泉县。大孔寨位于崇泉西北，山高皇帝远，除开始时多交了些捐，纳了点税，受到的祸害不算太大。这一天，麻疯子的游兵散勇突然闯进了大孔乡约所，冯得贵其时正在乡约所交捐，麻军一进门，先是逼着每个人掏出身上的钱物，然后举起枪一阵“突突”，冯得贵和乡约所里的人哼也没有哼一声，便不明不白，窝窝囊囊倒在了血泊中。抬埋了得贵，冯得富一直萎靡不振。为了让得贵在九泉之下瞑目，年前他拿出准备给勤才问媳妇的钱，给德才完了婚。德才比勤才才大一岁，他这样做就是想让寨里人知道，他把德才当亲的呢。不想德才和他妈搬到新院后，寨子里闲话却多了起来。有人说他把德才娘俩净撵了出去，独占了祖产。甚至有人说下一步他就要卖寡妇了。冯得富气了个半死，恨不得撕烂造谣者的嘴。冷静下来后，他语重心长地对家里人说：“嘴长在人家脸上，办啥屁让人家办去，我还是那句话：把日子过上去！挣下钱，先把勤才的婚事办了，再把新院盖起来。众人拾柴火焰高，不敢分心呢！”年后，他在家里开了个会，把得贵驮炭的驴和生意交给了德才，把自己的豆腐担子交给了勤才，三十多亩地的收种和经管牲口的事全揽在了自己身上。日子这才刚刚有了点起色，不想老天一旱就是几个月，地里的庄稼一天一天枯萎了，德才贩炭的生意停了，勤才的豆腐也一天天难卖，今天，老母猪又突然下了这么个怪物！

走过寨东南角土墩，就算离开了寨子。大孔寨北高南低，为了风水需要，先辈们在寨子的西北角和东南角各筑了一个土墩，寨里人称城墩。西北角土墩低，东南角土墩高，这样，外面的人放眼两个土墩，还以为整个寨子在一个水平线。城墩的形状就像一个反扣的斗，斗实心，全部用黄土铸成，只在中间打个洞来连接寨墙。小时候，冯得富听人说城墩里面有宝贝，便领着得贵、得显、得荣一伙孩子上寨墙去寻。土墩洞里什么也没有，冒险爬上土墩顶，土墩顶中间除埋了个不知干啥的铁疙瘩外，周围除了土还是土。过后，冯得富很为自己的举动感到好笑，心想大孔寨自古到今都没有出过一家像柳井钱葫芦那样良田千亩、房屋百间、骡马成群的财东，谁家还有宝往城墩里埋？有，还能轮到你？

冯得富听寨里老人讲，大孔寨很早以前叫大空寨，因少有人住而得名。寨子里人多了后，有个读书人认为“大空”名不副实，加之“空”字听着别扭，便用“孔”代替了“空”。寨子里居住着冯、柴两大族裔，冯姓更大，差不多占据了寨子的四分之三。柴姓居住在西门底、北槐院、北场一带，是寨子的原住户。相传许多年前，冯姓从山西大槐树下，迁移到崇泉北高原旱寨一带，却一直人丁不旺。一天，冯姓先人爬上五龙山，只见山下一条牛角般的川道从东到西逶迤而去。其时油菜花正在盛开，整个川道繁花似锦，一片金黄，仿佛一条金色的河流正在悠悠漫过。冯姓先人心旷神怡，恨不得插上翅膀，变成一只蜜蜂，飞到山下的油菜地里。后来一打问，牛角川最大的村子叫大空，就住了十几户柴姓人家。冯姓先人醍醐灌顶般的恍然大悟：冯者，蜂也，柴者，菜也，蜜蜂离开油菜花，蜗居于穷山僻壤的旱寨，如何能生存下去？又如何繁衍生息？这样，冯姓先人便带领族人扶老携幼，来到了大空。冯姓人前来安居，柴姓人不但不嫌弃，还欢欣鼓舞，热情接待，因为大空终于不空了。又过了许多年，冯姓人一代一代繁衍壮大，柴姓人却裹足不前，一考究原是冯姓人坏了自己风水，柴姓人后悔莫及，叫苦不迭，但木已成舟，只能自认倒霉。家大分枝，离开老宅的人安家后便开始修补、新筑寨墙，一代代下来，寨子便成了现在这个样子。从风水角度讲，寨子北倚五龙山，南临沟壑，翻沟过去经过汪家、侯家、郑家……相对一座土山上的上岭，又有东西两条小沟相邻，算得上风水宝地。但不幸的是，寨子周围的沟都是荒沟，没有一点水，地下水更没有，人只能靠天吃饭。只要一遇天旱，只能听天由命。

离开城墩一段后，冯得富从岔路口折向南。远远看见自家地头的柿子树，他长长地舒了一口气。忽然，前面传来一阵狼嗥般的唱戏声。冯得富抬头一去，只见爷爷庙坡下上来了一头骡子，骡子上面骑着一个人。不知道因为声嘶力竭地唱着戏，还是酒喝多了，这人在骡子身上东摇西晃，摇摇欲坠。冯得富不想碰见人，却又无处可躲，只得硬着头皮往前走。渐渐走近了，却原来是远房侄子冯引才。

冯引才是冯得昌的养子。冯得昌和冯得富尚没有出五服，家业还算殷实，可婚后成十年却没有生养。无奈，只得抱养了五岁的引才。说来也怪，抱养引才四年后，得昌的女人竟怀上了，生一子取名宏才。引才引来了宏才，得昌和女人万分欢喜，也越发溺爱引才。去年，得昌贩炭被刀客绑了票，让拿三百大洋赎人。引才妈托人卖地卖牲口想方设法筹钱，钱筹够了，赎回来的却只有得昌的人头。一场大病后，引才妈万念俱灰，把家事交给引才，自己开始吃斋念佛。引才不爱务庄稼，也不喜欢下苦贩炭，整日东游西逛，说要做就做大事，鸡毛蒜皮的事他才不干呢。眼下他已经二十一，比德才还大一岁，却还没有成家。但引才很孝敬母亲，对宏才也关爱有加。因此，寨里一些人虽然看不上他的做派，却很少背后说他什么坏话。

已经到了冯得富面前，引才还在骡子上摇头晃脑地吼。冯得富威严地咳嗽了一声说：“引才，你又到哪里逛去了？”

引才正唱得上瘾，冯得富的问话声吓了他一跳。他拉住骡子，停住吼唱，翻了翻眼睛，待看清问话的是冯得富，忙溜下骡子，嘿嘿笑道：“大大，是你呀！大中午下地，也不嫌热？”

冯得富从鼻孔哼了一下说：“我又不是财东，嫌的哪门子热？”

引才笑道：“也是，也是。”

冯得富不想和引才多费口舌，他瞥了一眼引才拉的骡子，没好气地问：“这是谁家的骡子？不搁鞍子骑着都不怕尻子垫？”

引才笑道：“谁家的？我的，刚从侯家买的。想不到现在的东西这么便宜，一头骡子就八块现洋，你看看，咋个向？”

冯得富诧异道：“你买骡子干啥，不务庄稼不贩炭，骑上骡子唱戏吗？”

引才嘿嘿笑道：“看大大这话说的，我也要过日子啊，买匹骡子做生意。”

冯得富又哼了一声，然后语重心长地说：“引才，不是我说你，你已经不小了，你妈是个女人，也老了，宏才还在上学，家里全靠着你。你没看天旱成啥了，再这样下去，遭灾了喝风屙屁呀？”

引才笑着说：“大大，你放心，别人饿不死，我家里人也饿不死！”说着，牵着骡子走了。走了几步，见路旁有一树桩，便踩着树桩又爬上了骡子：

喝喊一声绑帐外，
不由得豪杰泪下来。
小唐儿被某把胆吓坏，
马踏五营谁敢来。
……

“还豪杰，生生一个败家子！”冯得富心里气呼呼地说。

二

引才骑着骡子晃到寨南门，可如何进门却让他犯了难。

大孔寨四个寨门都有点低，远看就像在寨墙上掏了四个小土窑。引才一米八的个头，平时出寨门都要下意识低头，现在骑在骡子上，一下子比寨门高了许多，即便侧着身，低了头也进不去。正不知所措，骡子打了个响鼻。“把他家的，脑子还真叫驴踢了！”引才心里一顿好笑，赶忙从骡子身上跳下来，牵着骡子进了寨门。

西村村口、水壕口以及老槐院都有一棵浓荫蔽日的大槐树，树下或坐或蹲着几个有气无力的人。见引才过来，他们的眼珠子懒懒地转了转，黯淡的眼神随之有了几分光彩。众目睽睽之下，引才先是有点不好意思，但很快便来了神。他高高昂起头，一叠声吆喝着骡子往前走。西村路边有一个粪堆，他站上去，翘起右腿就往骡子身上搭。骡子吓了一跳，懵懂地向前窜去。引才一条腿搭在骡子背上，一条腿吊在空中，眼看就要摔下来。情急之下他两手抱住骡子脖子,屁股一蹭一蹭往骡子背上挪,样子很是狼狈。旁边的人嘻嘻哈哈笑成了一片。

“笑啥哩，骡子背上滑，要有个鞍子，我腿一抬就上去了。”坐稳后，引才红着脸笑道。

有人问：“引才，骑谁家的骡子？悠着点，别看骡子老实，急了它也会发脾气的。”

“谁家的？”引才哈哈一笑，“前半晌人家的，后半晌咱的。”

“大孔寨的日子都让小城里人过了，刚才你得富大大背着笼子出了寨门，现在你又牵着骡子进了寨门，这一出一进的，也不知道忙乎啥？”有人调侃道。

引才扫了那人一眼，说：“忙乎啥？胡浪哩。谁像你个啬皮，舍不得吃，舍不得穿，就知道攒。有一天人饿死了，还给老鼠攒了两瓮麦。”

那人摇着头嘿嘿笑道：“胡说哩，胡说哩。”

“他叔，”一个年轻媳妇坐在一块石头上，解开衣服大襟，挺着鼓胀乳房正给孩子喂奶，“你骑上骡子咋看咋像个大官，要是背上一把大刀就更威风了。”说完，嘎嘎嘎地笑了起来。

“不对不对，要是背一把盒子枪，再拴一截红绸子，那才叫威风哩！”斜靠在槐树身上，手里纳着鞋底的冯金宝老婆兰菜花瞟了一眼引才说。

引才没有理会兰菜花，却回头对着年轻媳妇睒了睒眼说：“这不就成刀客了？也行，到时候先把你那一口子打了，娃到时断奶了，看谁还吃你的奶？”

年轻媳妇的脸红到了脖颈，娇羞地骂道：“你个挨刀的，嘴里尽胡淌。”

引才诡秘地一笑：“嫂子的尻蛋子，兄弟的一半子，好好给咱保管着，等我哥不在了，嘿嘿……”

“避，不跟你说了。”年轻媳妇白了引才一眼，低下了头。

周围的人笑成了一片。

说笑中，引才走到了老槐院丁字口。从丁字口向东拐会到小城里，端往北穿过戏楼就是街道。引才拉了拉骡子，径直往前走去。

戏楼后面有一条半截巷，寨里人称背巷。巷不大，就住了三家人，院门均坐北朝南，和老槐院丁字口人家的后墙相对。不知道什么原因，从小到大每次经过这里，引才的脊背都会不自觉地发凉，有时甚至毛骨悚然。似乎巷里隐藏着鬼怪，只要他经过，他们的眼睛就会悄悄沾上他的身。他也曾仔细探究过，这里除了飘荡着略带咸味的血腥味，长着几棵怪模怪样的槐树外，什么也没有。血腥味是柴一刀成天杀猪形成的，槐树长得再怪也是槐树，都说明不了什么，但引才的那种感觉就是挥之不去。

到了背巷口，引才不由得停住步，眼睛警觉地向巷里扫去。巷子里没有一个人。槐树遮蔽了阳光，巷子里一片阴郁。一阵风闪过，暗绿色的槐树叶唰啦啦地响。引才不由自主地打了个颤。忽然，一头猪从巷子最里面的门里蹿出来，呼呼呼地向巷外跑来。紧接着，柴一刀手提明晃晃的杀猪刀，三四个人紧随其后，大呼小叫着从门里跳了出来。引才搞不清杀了半辈子猪的柴一刀怎么会让猪逃出了门，一时觉得好笑，便骑在骡子上欣赏起了这一幕人撵猪的好戏。

柴一刀大名柴全来，人长得很结实。他家祖传杀猪，堪称大孔一绝。他爷、他大过去杀猪都在家里杀，到了他手里，除了在家里杀外，还经常被四乡八里的人请去杀。他的杀猪刀时常磨得锋芒逼人，也被他玩得风生水起，寨里人背后便给他起了个绰号：柴一刀。

“引才，你尿就知道看热闹，快把猪拦住！”看见猪从引才身边穿过，柴一刀气急败坏地喊了一声。

引才噢了一声，哧溜一下从骡子上溜下来，紧赶几步，弯下腰伸出手，一把抓住猪后退，猛地向后一拉。猪打了个趔趄，嗵一声扑倒在地，嗷嗷地呻唤开了。这时，柴一刀急急赶到了，他一脚踩住猪头，头一低，刀光一闪，杀猪刀噗地捅进了猪脖子，又唰地拔了出来。猪脖子里的血哗地喷了出来，落在地上，地面上腾起了一道尘雾。猪哼哼了两声，弹了弹蹄子，不动了。柴一刀直起腰，手攥着血淋淋的刀，一边看跟来的人抬猪，一边气咻咻地说：“跑啊，你倒是跑啊，我倒要看看，是你的腿快，还是老子的刀快。”接着似笑非笑地对引才说，“你娃手脚倒还麻利，是个人才。”说着，提着刀一晃一晃地走了。

引才盯着柴一刀手中的杀猪刀，脊背突然间一阵发凉。杀猪刀随着柴一刀的脚步晃悠着，阳光落在刀刃上，弹出的光一闪一闪。血顺着刀身慢慢往下流，汇聚到刀尖，啪地滴到地上，地面随即砸出了一个黑色的小坑。

恍惚中，父亲面目痛苦的头颅突然闪现在面前。引才不由自主地打了个寒噤。一阵风划过，大槐树哗啦啦呻吟起来。引才眨了眨眼睛，柴一刀已经不见了。他懒懒地吆喝了一声骡子，无精打采地向前走去。

穿过大戏楼，引才眼前豁亮了许多，心也跟着明亮起来。他想唱一段秦腔提提神，最好能慷慨激昂些，可脑子里翻腾了半天，却没有找到一段合适的。戏楼斜对面老槐树下围了一伙人，中间一个人正嚷嚷着什么。引才心想不年不节的，这些人大中午围在一起干什么，便匆忙赶过去看。人们围着的是四个骨瘦如柴的外乡人——一个老女人和三个小孩。他们的头发杂草般地蓬松着，脸、手、脚及破烂衣服遮盖不住的肉上，黑、黄、青、紫各种颜色混合在一起，看着很脏污。可能没有吃饭，他们耷拉着头坐在裸露的树根上，一点生气都没有。站在他们旁边嚷嚷的不是别人，却是和才。他是老秀才冯得显的儿子，引才的伯叔兄弟，崇泉国立小学堂的学生。不知因为热，还是激动，和才的脸红通通的，高高的额头、挺直的鼻梁上布满了密密的汗粒，被老槐树漏下的阳光一照，折射出五颜六色的光。此时，他好像和谁赌气似的正在问老女人话："说说，你为什么要出来要饭，还带上三个娃？"

老女人眼珠动了一下，不高兴地说："为啥？遭灾了嘛！"

"为什么遭了灾？"和才马上接上了话。

旁边的人嗤嗤笑了。

"为啥？天高了，不下雨哞！"

"那你家去年交捐纳税了没有？"

"当然交了，皇粮国税谁都得交！"

"既然这样，谁该管你和孩子的死活？"

"谁管？没有啊。靠男人，男人没本事哞。"

"这就对了！"和才激动得全身颤抖，"什么天灾？天灾和人祸啥时候分开过？有时候人祸大于天灾！大叔大婶们，再不能麻木了，要心中有数啊！”和才举起右拳，在空中使劲晃了晃。

“好了好了，”在乡约所当乡丁的冯天顺不耐烦了，“和才，你说这些有啥用，有心的话，从馍布袋掏几个馍给人家，理大顶不住肚子饥。”

引才看见和才脚边搁着一个布袋，方晓得他是回来背馍的。乡里娃在城里念书，吃不起城里饭，便隔一段日子回来背些馍去上学，这在崇泉并不稀奇。可和才为何不去学堂，却来到了街道，引才有点糊涂。

和才低头看了看地上的布袋，眉头微微皱了一下。

冯天顺笑道：“和才，看来你也是说的一套，做的一套，嘴上的劲，尻子上的粪！”

围观的人哄地笑了。

和才的脸越发红了，他翻了一眼冯天顺，弯下腰，解开馍袋，两只手掏出四个麦面和玉麦面混蒸的馍，给那娘四个分别塞了一个说：“吃吧！”娘四个愣了一下，随即接过馍，低下头，张开嘴，一口紧一口地吃了起来。和才一看，提起馍袋放到老女人面前，说：“不急，慢慢吃，全给你们了。”

有人小声道：“真真二杆子，念了几天书就不知道姓啥为老几。还和才，和个辣子，老先生的日子生生要败在他手里！”

引才也觉得和才有点半吊子，便想说他两句。这时候，冯金宝和乡丁柴牛儿从乡约所出来，正往这里走。引才不想理他们，便欲离开，却一想凭啥嘛，于是装作没有看见冯金宝的样子，叫了一声和才。

和才也看见了引才，他皱着眉走到引才身边说：“哥，你看看，大孔街头已经出现要饭的了，寨里人却麻木不仁，淡话连篇，如此下去，国将不国，民将不民，何谈国民……”

引才摆了摆手，打断了和才的话，说：“管那些屁事干啥，好好念你的书是正事。”

和才却不以为然："哥，你这话我不同意，天下兴亡，匹夫有责。"

"好了好了，"引才不耐烦地说，"念了几天书，嘴炼得一套一套的。啥时回来的，咋不过来谝？"

和才眼皮沉了下来，黯然道："我大给我写信说我爷想我了，我就趁礼拜天回来了。一进门他们却让我回家娶亲，这怎么可能嘛！说不到一块儿我就走了。蓝玉和我一块回来，说走时叫上她，我刚走到戏楼，就碰见了这几个要饭的，唉！"

引才"哦"了一声后打趣道："你现在把馍给了人家，自己吃啥呀？"

"这个……再说吧。"和才挠了挠头，不好意思地笑了。

引才掏出两个银元，塞到和才手里笑道："说你灵性，却瓜得实实的。都不想想，都饿死了，还怎样……匹夫有责？"

和才看了看手中的银元，自嘲地摇了摇头。

"和才，你在这里啊！"

引才、和才耳旁响起了一声悦耳的女声，回头一看，正是柴蓝玉。蓝玉留着学生头，上身着月白衫子，下身系黑裙子，套着白袜子的天足穿着新崭崭的黑皮鞋。蓝玉是西北城墙根下柴福海的女儿。柴福海这几年挣了点钱，又拗不过蓝玉，便依她的意让她到崇泉县立女子学校去读书。引才过去见过蓝玉，却没有想到她长得这么高，还这么好看。他的心莫名其妙地动了一下。蓝玉一双黑白分明的大眼睛扫了引才一眼，然后闪动着长睫毛，娇嗔地落在了和才身上。引才心想和才可是定了亲的，他俩难道……便忍不住又看了两人一眼。

这时候，冯金宝和柴牛儿走了过来，边走边嚷道："引才，牵骡子干啥去？"

冯天顺一见，也跟了过来。

看热闹的人随即散了，引才对和才、蓝玉说："你们走吧，到罕井才会有车。”待两人走了，他这才回头懒洋洋地对冯金宝说：“没事，胡浪哩。咋，这你也要管？”

冯金宝比引才大，虽都姓冯，却隔了不知几辈人。过去他在大孔念过几年书，又在崇泉一家酒庄当过学徒，后来不知怎么就成了大孔乡约。前年麻疯子的人闯进乡约所时，他喝了酒正躺在炕上睡觉。听着外面不对劲，他懵里懵懂从炕上翻起来，急急忙忙掀开水缸盖，溜了进去。麻疯子的人走后，人们到处找不见他，还以为被绑走了。但当人们清理被抢走的财物时，才发现他缩在水缸里。人们哭笑不得，赶紧七手八脚把他拉了出来。冯金宝被吓坏了，他面如土色，两腿怎么也站不稳。更不可思议的是他的头上竟然寸草不留，成了一个葫芦般的秃瓢。有人惊奇地问：“你咋把头剃得这么光？”冯金宝听了忙用手去拨拉，却一根头发也没有碰到。冯金宝吃了一惊，急忙趴在水缸上去看，却见缸底、缸壁或落或沾着许多长长短短的头发。冯金宝哭了，边哭边用手捋着光头骂道：“我日麻疯子你妈呀，你妈生你是个鬼吗，一晚就把我的头剃光了……”人们想笑又不敢笑，一个个用手捂住了嘴。这以后，尽管冯金宝在人前戴了顶礼帽，寨里人背后还是悄悄叫他冯秃子。

从鬼门关走了一回，冯金宝变谨慎了。他跑到县里，死缠硬磨从县知事伍浩志手里要了一杆汉阳造，又在寨子里搜罗到一杆鸟枪，然后雇用柴牛儿、冯天顺当了乡丁。柴牛儿、冯天顺两个扛锄掮锨的庄稼汉，突然之间腰里扎条带子，身上背着寨里人说的烧火棍，站没站相，坐没坐相，见了熟人还不好意思地笑，让寨里人只觉得好笑。冯金宝却不这样认为，他觉得这下乡约所才像乡约所，乡约才像乡约。

见引才言语冷淡，冯金宝没有接他的话，他左右瞅了瞅，岔开话题说：“刚才老槐树下围一堆人干啥？”

引才回头去看，老槐树下除那要饭的娘儿四个外，其他人都走了，便擤了擤鼻子，没好气地说：“看啥？看要饭的啊。”

“要饭的有啥看头，不好好过日子，迟早自己也要被人看。”冯金宝冷笑道。

“看就看吧，谁不被人看？”引才瞥了一眼冯金宝，又翻了一眼柴牛儿和冯天顺。

“不说这些了，”冯金宝摇了摇手，“前些日子给你说的事考虑得咋样？”

“啥事，我咋忘了？”引才挠了挠头。

“你看你，就是来乡约所的事嘛。”

“这事？还是算了吧，咱不是那犁上的铧。”引才说着回头用左手拂挲了一下骡子。

柴牛儿说：“引才，乡约所的事好着呢，一月到头就那点事，自家的地种了，还能净落几块钱。”

引才嘿嘿笑道：“是吗？好事了你就好好干，我嘛，没恁本事。你们忙，我走了。”说着，“嘚”一声，牵着骡子往西而去。

冯天顺笑了，说：“引才，你走错路了，你家在东街口啊。”

引才没有回头，继续朝西走。走了几步，见路旁有一个门墩石，他踩上去，骑在了骡子身上。

“这㞞也太狂了！”柴牛儿望着引才的背影不满地说。

“人狂没好事，狗狂挨砖头。走，去小城里！”冯金宝冷冷地说。

三

冯得富从地里回来时去了一趟大涝池。

许多年来，大孔人嘴里一直传说着所谓的“四大怪”，除“斜斜街道半里长，寨中没有孔姓郎，戏台底下人来往”外，还有“涝池高过北寨墙”。

大涝池挖在北寨墙外的土埝上，与寨墙一路之隔。站在涝池南岸，北寨墙、寨子里黑色的屋脊和土白色的院落，仿佛匍匐在涝池脚下，这便成了大孔一怪。

大涝池本是一个大坑，后经人工开凿、砌垒，改造成了约莫两亩地大小的涝池，是全寨人特别是寨东北一带人饮牲口、洗衣服、娃娃玩水的地方。涝池周围除生长着一棵棵树干笔直、姿态婆娑的柳树外，东北角还有一棵老皂角树。已经没有人能说清老皂角树生长于哪一年，只知道它比街道的老槐树老多了。有一年的一天中午，天空突然浓云蔽日，电闪雷鸣，风狂雨骤，几个在涝池玩水的孩子吓坏了，一个个顾不得穿衣服，惊慌失措地钻进了皂角树的树洞里。天晴后，寨里有三个大人死在雷雨中，都是在地里干活时为了避雨，躲在柿子树下被雷殛死的。可躲在皂角树洞里的几个孩子却毫发无损。人们欣慰之下，觉得是皂角树救了孩子，便纷纷趴在地上给皂角树磕起了头。后来，寨里有人出面，号召村民有钱出钱，有力出力，用一圈青砖沿着裸露的树根把皂角树围了起来，还在旁边立了一块上书“神树佑我”的石碑。从此后，没有人再去打树上的皂角，也没有人再去钻树洞，更没有人随意攀折树枝，皂角树一下子成了人们心中的神树。

冯得富不相信这些。给皂角树修碑建台时，他没有捐钱捐物，自己就到工地上干了一天活，还背着人给家里人说：“日子要靠自己过，皂角树能帮你把日子过上去？”见人给皂角树烧香、磕头、拴红被面，他更是不齿，说：“有恁功夫，还不如把涝池里的水给地里担两担。”

冯得富突然去大涝池，不是去洗笼底的血，更不是去拜皂角树，他想看看大涝池还有多少水。刚才在地里面对奄奄一息的庄稼、焦渴得快要冒烟的地土，冯得富的心仿佛被细麻绳捆住了，憋闷得快要喘不过气来。回寨子的路上，他想到了大涝池，便从土墩往东一拐，奔大涝池而去。

涝池里的水都是天下雨时聚集的。风调雨顺年份的春夏时节，大涝池里的水总是阔展展的，仿佛一面明光锃亮的镜子。伸进水里的柳条被风嬉戏得摇摆起来，水面上顿时泛起层层涟漪，惊飞了蜻蜓、蝴蝶以及一些不知名姓的飞蛾。大涝池中午最热闹，大姑娘、小媳妇、婆娘们或蹲或坐在岸边的柳荫下，一边用棒槌捶打衣物，一边唧唧喳喳地说笑。说到什么高兴和神秘的事，水面上便会飘过一串欢快的笑声。饮牛的、挑水的、洗牲口的男人们一听，好奇的眼光忍不住地往她们身上落。大姑娘、小媳妇们不好意思了，忙抻抻绾起的袖子和裤腿，低下头，忍住笑使劲揉搓起手里的衣服。一群光溜溜的小子扑进涝池，两条胳膊划着水，两只脚摔打着水面，扑通通从这头游到那头，扑通通从那头游到这头，一副憨态可掬、无忧无虑的神态。更有胆大的用手捏住鼻子，头唰地钻进水里，水面上冒起了泡，头却半天不见钻出来。看得人心快要从嗓子口蹦出来了，头方才哗地冒出，嗷嗷地叫……

可眼前的大涝池咋成了这！

冯得富站在涝池边，仿佛面对一口青黑色的大锅，锅里几乎没有水，只有锅底残留着一滩说不清是水还是污泥的浑浊物。黑乎乎的柳树根已然裸露出来，蔫不拉几地宛如离开了水的海草。柳条有气无力地耷拉着，似乎已经无力应对太阳的考验。树叶卷曲的老皂角树也失了往日的神韵，仿佛低头思考着昔日黄花的谶语会不会落到自己的头上。一条黄狗伸着长长的舌头跳下岸，冲到涝池底，吧唧吧唧舔起了泥汤。几只乌鸦哇哇叫着，扑棱棱飞过了涝池。冯得富心惊肉跳，赶忙往地上“呸呸呸”吐了三口唾沫。

回家经过冯家祠堂时，宏才正夹着书本往外走，冯得富问宏才：“你三大在馆吗？”

宏才停住步，颔首低眉地说：“先生已经回家了，大大。”

冯得富“哦”了一声，甩开胳膊往小城门走去，边走还边埋怨自己说：“把他家的，家里出了这么大的事，咋就忘了问得显！”

冯得显是寨里唯一一个秀才。光绪三十年，年近三十的冯得显又一次赴同州府院考，终于中了秀才。天地突然开阔起来，冯得显毅然告别父母，奔赴三原清鹿书院，继续埋头苦读圣贤。虽没有做到头悬梁，锥刺股，但两耳不闻窗外事却是有目共睹。正当他踌躇满志，准备宏图大展之时，光绪帝却颁发诏书曰："……著即自丙午科为始，所有乡、会试一律停止，各省岁科考试亦即停止……"冯得显一下子掉进了冰窟窿，欲哭无泪，只想悬梁自尽，以谢为了供他读书，整天面朝黄土背朝天，把太阳从东山背到西山的父母。父亲冯阔海沉着脸劝他说："这就是命，认命吧！"母亲冯赵氏气愤地说："你这是咋了？你尻子一拍走了，丢下我和你大咋办？谁养活和才和兰兰？念了半辈子书，一个孝字还没有读懂，还想咋？"冯赵氏的话似一盆冷水泼到了冯得显头上，让他突然间清醒了。是啊，"孝子之至，莫大乎尊亲"，"事，孰为大？事亲为大"，"不得乎亲，不可以为人；不顺乎亲，不可以为子"……这些圣人之言，平日里耳熟能详，怎么用的时候却忘光了？"读书不知味，不如束高阁。"痛定思痛后，冯得显把书装进老笼，吊上屋梁，收拾起锨镢，老老实实当起了庄稼人。

可庄稼人委实不好当。锄地时，冯得显分不清谷子和狗尾草，常常把谷子连根除掉，却留下了狗尾草；犁地时，不知是牛欺生，还是耩子不听使唤，他犁的地总是东扭西歪，蛇爬行一般；扬场时，他掌握不来风向和轻重，常常自己快成了土地爷，麦子却仍然和麦秸厮缠在一起；打土坯时，不是土聚不到一块儿，就是打的土坯少棱没角……至于摇耧、间苗之类的细活，他更是一窍不通。有一段时间，冯得显的行为成了寨里茶余饭后的笑料，有人甚至编出了歇后语，什么"秀才锄地——良莠不分"，什么"秀才犁地——东扭西歪"，什么"秀才打胡基——少棱没角"……当然，这些话也就在背后说说，见了冯得显，大伙还是很尊重他。"毕竟人家是秀才啊，这些活本来就不是他干的，是光绪老儿把人日弄了。"大伙儿都这么说。

虽然是秀才，冯得显却没有架子，谁家有事叫他帮忙，他从不拒绝，还干得很认真。久之，寨里人娶媳妇、嫁女，老人过寿、去世，盖房，都要毕恭毕敬地请他和日子、写对联、登礼薄、看风水，还尊称他为老先生。前些年，寨里几个头面人物对他说：“大孔也没有个学堂，你就在冯家祠堂开个馆，教寨里娃识文断字吧。”冯得显听了，满口答应。可学馆开了后，却没有多少娃来，一些娃上个一年半载后也不再来。后来，县里有了新学，家境好一点的娃去了崇泉，大孔学馆更加冷清。冯得显心里虽不好受，却不好强求，只得半天教学半天种地打发着日子。

冯得显家在小城里中段，门朝南。冯得富进门时，他正坐在腰门外墙根下捧着一本厚书看，兰兰站在他身后用梳子从前往后一下一下梳他已经花白了的头发。民国元年春，崇泉县全县实施剪发，冯得显却死活不干，实在抗不过去了，他只得把辫子从脖颈剪断，让头发披散在脑后。见冯得富进门，冯得显欠了欠身，说：“哥，你过来了？”回头又对兰兰说，“给你伯端板凳倒水。”

兰兰向冯得富腼腆地一笑，扭身进了腰门，又很快提着一把小凳子出来了，说：“大伯，你坐！”

冯得富接过小凳子坐下，问冯得显说：“二大呢？”

冯得显叹了一声说：“炕上躺着呢，年龄大了，心里搁不住事了！”

冯得富忙问：“咋了，啥事让二大作难了？”

“还不是和才！”冯得显摇了摇头说，“自打去县里上了学，进了门便这看不惯，那想不通，一副愤世嫉俗的式子。二大让他把媳妇一娶，回家好好过日子，他却一口回绝了，还说：‘让我回来，四面都有墙——没门！’唉！”

“和才回来了？”

“已经走了。二大想他了，我就写了封信把他叫了回来。知道是这样，还不如不让他回来。”

“娃还小，大了就懂事了。”

“十八了还小？好了，不提他了，说说你家的事。”

“我家……啥事？”

“大孔寨都摇了铃，你咋还要瞒着我？”

冯得富苦笑道：“还真是好事不出门，坏事传千里！”接着便说了事情经过。

冯得富说完，冯得显拍了拍搁在膝盖上的书说：“我刚翻了《崇泉县志》，明万历四十八年端午，县南一曲姓农家猪产六仔，有三只色白，头尾宛然如象。除此，你家是第二例了！”

“那……是凶是吉？”冯得富脸上的皱纹紧张地挤在了一起。

冯得显摇了摇头说：“吉凶难料啊，对你家来说也许就是出了件怪事，可老天一天天高起来，怪事说不定孕育着凶兆呢！”

冯得富长叹了一声说：“说的也是，刚才我在地里转了一圈，按说再有个把月就要收麦了，可地里的麦杆才一拃来高，还又黄又稀又干。老天再不下雨，夏收真的要一场空了！”

冯得显又拍了拍膝盖上的书说：“崇泉地处渭北高原，少雨缺水，从明朝嘉庆到现在，几乎不到二十年就会发生一次旱灾。最严重的是光绪三年，前后竟大旱三年，六料无收，草根、树皮、牲口被全部吃光，饿死者十有六七。其时县南和咱同姓一木匠在诗中写道：‘尘埃埋釜甑，烟火断乡村。四境无鸡犬，千门绝子孙。登山罗石面，缘木脱榆衣。剜却死人肉，用疗生者饥。郊原骸骨满，庐舍主人稀……’可谓惨不忍睹啊！最近一次旱灾发生在光绪二十六年，虽逊于三年，但也绵延两年，死人无数。眼下是民国十七年，距上次旱灾已近三十年，看来狼真的要来了！”

冯得富听得瞠目结舌，嘴里呐呐道：“老天这是不想让人活了！”

“活下去，不管咋样都要活下去！”冯得显用力挥了挥手，“咱爷手里人丁兴旺，生有三子一女。到了咱父辈，伯生了你和得贵，二大、三大只有我、得荣一个。咱们这一辈，你生了勤才，得贵有德才，我是和才，得荣是俭才，都是一脉单传。如果谁躲不过这一劫，那就真的断子绝孙了！所以，该早做打算了！”

正说着，兰兰从腰门出来了，说：“饭好了，我妈让大伯一起进去吃呢。”冯得富摇着手说：“不了，家里给我做着饭哩。”然后站起来对冯得显说，“多劝劝二大，让他别生娃的气。老一辈就剩他一个了，他要有个三长两短，过年我们给谁磕头去？”冯得显也站起来笑道：“没事，二大心里其实最疼的还是和才。”冯得富说：“我知道，和才本身也是个好娃。不过，疼是疼，可不能惯着他。”冯得显说：“那倒不会，放心，咱家的娃根子正着呢。”

出了冯得显家，冯得富正思量冯得显的话，没想到和对面过来的人碰了个满怀。他踉跄着后退了几步，差一点坐在了地上。正欲叫骂，却听那人气呼呼地说：“得富，你谋划日子也不看看路，真真是！”冯得富一看，说话的是柴福海。他有点恼了，心想你说的啥屁话，我没看路你看了？转眼一想今天已经够倒霉了，划不来再为这点事和人翻脸，退一步海阔天空，便拉着脸说：“是福海呀，匆匆忙忙干啥去吗？”柴福海翻了冯得富一眼说：“干啥去？还能干啥，收账啊。天高成这了，再不收账就烂包了！”

柴福海平时喜好抽两口，寨里人背后称他“烟杆子”。他兄弟柴福贵看不惯他的做派，又当不了家，便丢下媳妇出门扛枪吃粮去了。民国七年，八省战秦，杨九娃攻打崇泉美市镇，福贵被流弹击中，一命呜呼。消息传来，柴福海不但没有多少悲痛，还打起了富贵媳妇的主意。经过多方托人，讨价还价，富贵死后不到半年，他就把弟媳卖到了北山里。有了钱，他在家里偷偷开了个烟馆。不几年，柴福海的腰粗了，走路时常仰着头，背着手，俨然寨子里的财东。每逢寨里赶集，他背着手一会儿走到东头，一会儿踱到西头，这里挑一颗白菜，那里买一把芫荽，送回去；又背着手来到街上，一会儿走到西头，一会儿踱到东头，烧一碗醪糟，喝了，包两个油糕，送回去……“大孔第一碗”开张后，他隔三差五就去吃一碗羊肉泡，走时再用砂罐提一碗，说回家给老婆娃吃。有人打趣说：“福海叔，吃一碗，提一碗，日子越过越拽了。”柴福海听了美滋滋地说：“吃进肚子里，才算自己的。”

柴福海也有不如意的事，便是儿子柴蛮牛。柴蛮牛今年二十多，长得五大三粗，头脑虽不灵性，手脚也瓷笨，却动不动就会动手打人。无论谁只要被他抓住，他便抡起拳头往死里打。寨里人背后骂他断子绝孙，柴福海听说后却满不在乎地说：“没事，只要有钱，媳妇挑着问。放心，寨子里人死绝了，也轮不上蛮牛断子绝孙。”话虽这么说，柴福海两口子托遍了亲戚朋友和媒婆，柴蛮牛却仍然光棍一条。有时候看人家娶媳妇，蛮牛回到家鼻子不是鼻子，眼睛不是眼睛，嗵一声倒在炕上，谁也不理。他妈田四女叫他起来干活，他却瓮声瓮气地说：“干活？干尿上的活啊？”柴福海知道儿子的意思，却不敢言传。

冯得富晓得柴福海在人前张兮兮的，骨子里却是个啬皮。刚才听他说去要账，他也想起了一件事，便说：“福海，你不说要账，我还想不起呢。打去年秋天你割勤才的豆腐，账一直都没有清。天高了，豆腐也快做不成了，后晌我让勤才去你家把账一算。”

柴福海有点不高兴了，沉下眼皮说：“不就几斤豆腐嘛，过两天我把黄豆给你送过来。”

冯得富不满地说：“对你来说不是个事，对我们小家小户就是大事了。”

柴福海转身欲走，却又说：“你赶紧回家吧，我刚看见冯秃子带着牛儿和天顺去了你家。”

冯得富心里一惊，心想冯秃子去他家肯定没有好事，却又想不到能有什么坏事，便自言自语道：“他到我家有啥事？我一不欠捐，二不少税，德才、勤才都是独子，也拉不上丁啊。”嘴里虽这样说，却还是匆匆走了。走了几步，又回过头喊道：“福海，咱说话算话啊。”

柴福海背着手头也不回地“哼”了一声。

四

大孔街道除大戏楼、乡约所外，还有一家铁匠铺、两家杂货铺、一家中药铺和一家名为“将军寨”的车马店。

引才要去的地方是为“将军寨”。

正是午饭时分，街道冷清清的。一条黄狗懒洋洋在街上晃荡，正在门前觅食的两只鸡看见了狗，忙扇动翅膀欲飞，却没有飞起来，急得咯咯叫着胡乱跑。觉察到狗并没有伤害自己的意思，鸡又停了下来，头继续左右晃动着寻找食物。终于发现了馍渣或草籽，一只鸡忙忙跑过去，急急啄在了嘴里。狗看见鸡吃东西，匆忙扑过来，鸡一惊，又鸣叫着往前飞。路面上的尘土被搅得乌烟瘴气。

引才被逗乐了，张开嘴哈哈大笑。

“将军寨”紧挨西门，是柴老八在自家老院建的。柴老八大名柴君宝，是家中独子，因在叔伯弟兄中排行老八，寨里的人便叫他柴老八。柴老八十六岁时父母均已作古，他在寨里闲逛了两年后，听说县南杨九娃起事，便前去投了他。镇嵩军围攻长安时，柴老八已经当上了连副。长安解围后，杨将军带着队伍去了与陕北接壤的华元一带，已经提为副营级军需官的柴老八却没有跟着去，而是牵着一头驮着两条口袋的高头大马，领着一个女人，回到了大孔。为什么回来？又咋来的女人？柴老八很少给人说。

柴老八女人名史家怡，人长得和她的名字一样新鲜。她的个儿不高，但走路时风吹杨柳般的轻柔。寨里人背后笑话她走路难看死了，却有意无意地盯着人家的腰和屁股看，一些大姑娘、小媳妇背后还偷偷地效仿，却不是扭了腰，就是崴了脚，成了寨里人茶余饭后的笑料。引才也喜欢看史家怡，却觉得史家怡最迷人的地方不是走路的姿势，也不是腰和屁股，而是那一双眼角微微翘向鬓角的眼睛。他第一次偷偷看史家怡时，史家怡正好也回头看他，一双大眼睛还惊诧地闪了闪。面对这一双潭水般清澈、幽深的眸子，引才的眼睛突然就掉了进去，直到史家怡轻轻说了声“你个子好高呀”，他才如梦初醒，慌慌地拔出了眼睛。

柴老八回到大孔时，他家的院落已经荒了。他先面向街道盖了三间房，盘上锅灶，摆上八仙桌，请寨里的炉头羊娃主厨，在门头挂上“大孔第一碗”的招牌，卖起了羊肉泡。接着拆掉里面的破房子，靠西城墙箍了四孔窑洞，在窑对面盖了四间厦房，盘了一溜喂牲口的石槽，然后将冯得显书写的“将军寨”幌子挂在大门口，“将军寨”车马店便正式开张了。

寨里有人不解地问：“老八，咱就开个车马店，却怎么叫了个‘将军寨’，是不是有点那个？”

柴老八说：“杨将军是个大好人，我老八福薄命贱，没能跟上他干到底。为了表达我的心意，就顺口起了这么个名。当然，说不定杨将军哪一天真会来大孔，那时候，‘将军寨’可就名副其实了！”

“将军寨”虽然开张了，但柴老八常常骑上马在外面跑，经管的事便落在了史家怡身上。“将军寨”的主要生意是“大孔第一碗”，住店等方面的生意不是很多。羊娃是做羊肉泡的把式，他熬制的羊肉肉烂汤鲜，吃后回味无穷。大孔人再无其他口福，“大孔第一碗”便成了流连忘返之地，冯金宝、柴一刀、柴福海更是这里的常客。到了赶集日，寨周边村里的人也常常扶老携幼地来，“将军寨”越发门庭若市。

引才也是“将军寨”的常客，却不是贪口腹，而是饱眼福。特别经了那一晚后，他的心就更放不下这里了。

那一晚，一轮镰刀似的弯月不紧不慢地在蝉翼般的云里穿行，洒下的月光朦胧而又妩媚。披着月衣，踩着月毯，引才的心情激动而又惴惴。来到“将军寨”，“大孔第一碗”已经打烊。他有点失望，却不想回去。在门口徘徊了几圈后，他斗胆对着门喊了声“有人吗”。回答他的是一片瘆人的静谧。引才心里有点纳闷，心想莫非出了事。想到这里，仿佛血肉模糊的史家怡突然横陈在了他面前。引才的毛发唰地奓了起来，头上的月光也仿佛一下子碎了，变成了一片片湿漉漉的雪花。引才害怕了，但他却没有跑，而是一脚踹开“将军寨”门，大踏步闯了进去。

“将军寨”里静悄悄的，院子里既没有硬轱辘大车，也没有牛驴骡马，里面的三孔窑洞也黑黝黝的，只有靠边的窑洞窗户上透出淡淡的灯光。引才没有多想，三两步跨到亮灯的窑门前，一把揭开了门帘。与此同时，窑里一双惊愕、惶惑的眼睛啪地落到了引才身上。引才的头脑嗡地响了一声。眼睛正是史家怡的眼睛，她正坐在脚地洗脚呢。她的上身拴着红亵衣，下身仅着红内裤，白皙、圆润的臂膊、丰满的臀部自然暴露无遗。更让引才惊心的是，史家怡的腿是那么长，那么白，一绺月光落在上面，泛出的光是那么悦目。引才仿佛突然间碰见了聊斋里的女鬼，目瞪口呆地定在了窑门口。

“是引才呀，有事吗？”史家怡收回目光，羞涩地低了头。

引才清醒了，忙放下门帘，背过身回答道：“我……我找老八哥有点事。”

“他去北山了，过两天就回来。”

“哦，那我改天再来。”

这一晚，引才几乎一夜没有合眼。一闭上眼，史家怡那双神秘的大眼睛就会出现在他面前。他不停地回想适才见到史家怡的情景，可越想头脑越乱，越想史家怡的形象越模糊，最后脑子里就剩下两条既长又白的腿，以及腿上那一片醉人的光……

快到“大孔第一碗”门口时，史家怡端着一盆水出来了。她抬头向前看了一眼，然后两条胳膊往外一推，盆里的水随之远远飞到了街上。往回走时她看见了引才，脸上顿时浮上了欣然的笑纹，说：“引才，骑上马好威风吔！”

“不是马，是骡子。”引才红了脸，赶紧从骡子背上溜了下来。

“是吗？看着一样呢。”史家怡笑道。

“还有羊肉吗？”大孔人把羊肉泡叫羊肉。引才一边往食堂门口的槐树上拴骡子，一边作出漫不经心的样子问。

“没了，就剩两碗杂碎。今年吃羊肉的人一天比一天少，每天就煮一条羊腿和一些杂碎！”史家怡说。

“那就来碗杂碎。”引才瞥了史家怡一眼，却见她也挓挲着眼睛看他。引才把头扭向一边，小声说了声：“天真热。”

史家怡笑了一下，回头往食堂走去。引才的眼睛又慌慌地转到了史家怡身上。史家怡上身穿着蓝碎花白洋布对襟衫，下身着泛黄白缎裤，走路时腰肢轻柔地扭动着，惹得衣衫綷縩綷縩地响。恍惚中，引才的眼睛突然长出一只手，悄悄地伸向了史家怡……

食堂里没有客人，羊娃胳膊撑在桌子上，手托着腮打瞌睡。史家怡走过去说：“羊娃叔，来一碗杂碎，多放点羊油。”羊娃惊了一下，醒了过来。他朦胧着眼睛看了一眼引才，抓起桌面上的旱烟锅，打着哈欠进了操作间。引才选了一张靠墙的桌子坐下，故作镇静地剥起了蒜。史家怡过来抹桌子，引才面前立时舞起了一只白蝴蝶，后面还带着一根鲜嫩的藕。引才剥蒜的手一瞬间很想伸出去，一把抓住那只白蝴蝶，然后送到嘴边，轻轻地舔……终于，白蝴蝶轻快地飞走了，引才的心慢慢安宁下来，却很快又空荡荡得很难受。

一会儿，史家怡两手端着一个大老碗，嘴微微噘着，踩着碎步飘了过来。引才站起来欲去接，史家怡却把老碗几乎撂到了桌子上。老碗在桌子上晃了晃，溅出了几滴清亮的汤水，一些落在了桌子上，一些射向了引才的手。史家怡蹙着细长的眉毛，噗噗地往手上吹气。引才吓了一跳，忙拉过她的手揉了起来，且焦急地问：“咋样，烫得咋样？”史家怡的手红了，引才心疼地说：“你看你看，都烫红了，咋这么不小心？”史家怡瞟了他一眼，拽回被他握着的手，红着脸说：“是你揉红的。”这时，她看见引才的手泛出了红点，忙拉在手里说：“呀，烫了你了，手都红了！”引才这才觉得手背有点疼，却说：“没事。抹点盐就好了。”史家怡忙从盐盒里捏了一撮盐，撒在引才手上，又轻轻拂挲了几下。

羊娃用竹馍碟端着两个月牙烧饼走了过来，他看了一眼史家怡，又看了一眼引才，笑道：“引才啥时候娇贵起来了，那还算得上烫？”史家怡嗔怪地说：“还说呢，都是你烧的汤太煎。”引才不好意思地说：“不煎，不煎，我就喜欢煎火的，不煎不好吃。”说着，坐下去，一块一块掰着烧饼往碗里泡。史家怡坐在另一张桌子旁，瞅着引才掰馍。不知是因为杂碎汤飘溢出的味，还是史家怡身上的香气，引才觉得一股馥郁的香气直往鼻孔飘，香得他仿佛喝了一壶美酒，微醺中透出一种不可言说的畅快。他斜着眼看了一眼烫伤的那只手，心想：“咋就不烫重一点呢！”抬起头又去看史家怡，没想到史家怡正脉脉地看他。他赶忙低下头，呼噜呼噜扒起了饭。食堂里一时静得只剩下了引才的吃饭声。吃了几口后，引才问史家怡说：“老八哥哩，又不在？”

史家怡轻轻叹了一声说：“你哥恁人，哪里是家里待的货！”

引才喝了一口汤说：“也是，和我一个样，不爱种地，就爱在外头跑。”

羊娃嘭嘭磕着烟灰说：“老八是个福人，你和人家能比？”

引才忙说：“对，对，是不能比。人家有嫂子呢！”

史家怡低下头黯然道：“有我能咋，只会给他看家！”却又抬起头说，“不过，他是个好人，要不是他，哪里还会有我！”

引才一楞，抬头看着史家怡说：“老八哥好像说过你救过他，却怎么没有他，就没有你了？”

史家怡红了脸，忙低了头说：“人嘛，都是相互的，要不哪来的缘分？”然后岔开话题说，“门口那匹骡子是你的？”

“是啊，刚买的，我来就是给老八哥说一声，出门把我也叫上，我有骡子他有马，能驮很多东西哩。”提起骡子引才来了劲。

“那敢情好，两个人搭伙我也放心，回来了我就给他说。”史家怡高兴地说。

引才滋溜溜喝掉碗里的汤，抹了把嘴，回头对羊娃说：“叔，把剩下的杂碎给我做好，让我给我妈提回去。”

羊娃去了操作间，史家怡眨了眨眼睛说：“听人说你是个孝子，还真不假。谁要给你当了媳妇，肯定会享福的！”

引才不好意思地笑了笑。

羊娃把盛着杂碎的砂罐交给引才时说：“大清早我开门时，看见德才妈一个人挎着包袱出西门，我好心问她干啥去，她却吭也没吭一声。她不会有什么事吧？”

引才接过砂罐说：“会有什么事？别人能出西门，我娘娘就不能出？”

羊娃挤了挤眼睛说：“这你就不懂了，人常说，寡妇门前那个……”

引才的脸沉了下来，说：“你那心思咋比杂碎还多。”说着，出门牵着骡子走了。

羊娃呆在了一旁，却忽然想起了什么，忙跑到门口大声喊道：“赶紧把砂罐送回来，前两天你提走的砂罐还没有还。”又小声嘟囔道，“都这样，卖羊肉的钱还不够买砂罐哩！”

史家怡咯咯笑得捂住了嘴。

引才进家门时，他妈正在做饭。听见响声，她扭着小脚笑吟吟从伙房出来说：“想着你弟兄俩也该回来了。搅团在锅里焖着，过一会儿就好。”

引才说：“宏才还没有回来？”

“你还不知道他，学堂里的娃不走完，他都不会回来。”引才妈用嗔怪的口气说着话，却一脸的慈祥和开心。

引才说：“宏才是念书的料，不像我，看见字就头晕。这样也好，咱们家也该出个识文断字的了。”说着，把手里的砂罐交给妈说，“我已经吃过了，还提了碗杂碎，你快趁热吃。”

引才妈接过砂罐说：“你看你，又乱花钱。已经老大不小了，也不说给自己攒钱问媳妇，让我把心操到啥时候嘛！”

“不急，不急。”引才边把骡子往槽上拴，边笑呵呵地说。

“咦，这是谁家的骡子？”引才妈这才注意到骡子。

“谁家的？当然是咱家的。早上我有事去侯家找我发启叔，他邻家说要卖骡子，开口才要八块现洋。我和发启叔一商量，就牵了过来。咱家喂头牯的槽空了快一年了，家里该有点生气了！”

“你说的对是对，可咱家眼下不是紧嘛！”

“我把东沟畔那十亩地卖给了侯大脖子。”

“啥？啥？你说啥？”引才妈有点不相信自己的耳朵，“你把地卖了，你咋能把地卖了？救你大已经卖了几十亩地，你现在又卖地，地都卖了，咱娘几个吃啥呀？要叫你得富、得显大知道了，不骂你败家子才怪！”说着，引才妈的眼睛红了。

引才笑道：“妈，人常说房是害，地是累，我觉得有道理呢。东沟畔的地几乎不打粮，还那么远，租都没人租。卖了它买下这头骡子，和人搭伙做生意，肯定比种地强。各人有各人的活法，管人家说啥哩。”

引才妈叹了一声说：“你说的也对，可踢踏家当的事总归不是个好事。算了，我也不操这份心了，日子既然交给你了，你就看着过吧。过好了妈跟着你穿金戴银，过烂了妈跟上你去要饭。”

听了妈的话，引才心里酸酸的，却笑道：“咋可能去要饭嘛，妈，你就把心稳稳地放在肚里，你娃不是败家子！”

引才妈忙说：“当然不是，谁说我娃是败家子，我还不愿意呢！”说着，提着砂罐去了伙房，边走边自言自语地说，“等宏才回来，加碗水热热吃，今后还是少花这些闲钱的好。”走了两步，忽然想起了什么，便又走到引才跟前说，“你刚才说去你发启叔家了，见没见芬芬？”

“见了，羞羞答答的，不到人前来。”引才漫不经心地说。

引才妈咧着嘴咯咯笑了：“多亲的女子啊，她妈死得早，打小她就懂事，你俩要是结成亲……”

“妈，说啥话嘛，芬芬好是好，可还是个娃，再说她把我叫哥哩！”引才赶忙打住了妈的话。

“都十六了还是娃？我跟你大时才十四。你大和你发启叔是拜把兄弟，你那哥就是个称呼。你要是愿意，我让花嘴妈去找发启，他肯定愿意。”引才妈说。

“这事用得着媒婆吗？这样吧，等我想好了，过一阵子就去找发启叔说，你别操这份心了。”引才不耐烦地说。

“那不行。”引才妈却认真了，“父母之命，媒妁之言，人老几辈都这样，咱不能坏了规程，更不能慢待了你发启叔和芬芬。”

引才听人说过，抱养他后，妈每年都要背上十斤白面、提上五斤菜油去九娘庙，甚至去尧山烧香，虔诚地祈求九天玄女和尧山爷保佑他长大成人。这几年实在爬不动山了，妈烦恼之余，便把香案设在家里，对着九天玄女和尧山爷所在的方位烧香磕头。看着妈苍老、憔悴的脸，引才实在不愿意让她伤心失望，便说：“行，您看着办。”

五

冯得富家门楼不高，家的构建和大多数大孔人家一样。踏进门，是一个院子。院子西面盖了一间豆腐坊，垒了个猪圈，院子东面搭了间牛棚和半间饲草间，中间局促得就剩下了一条通道。进了腰门，是大厅房。和厅房相连的是一个四合院，两边檐对檐建了六间厦房，后面横着三间伙房。

厅房、厦房是在冯得富爷手里盖的，虽然陈旧了，木头、砖、瓦却是上好的材料。加之当年盖得结实，这么多年了，还没有出过什么问题。但冯得富心里却很憋气，常常想自己胡子已经一大把，家里却还是原模原样，一砖一瓦都没有增添，真是上对不起祖先，下对不起后人。买下新院后，他心里有了慰藉，发誓吃屎喝尿也要把新院盖起来。“人一生多少要给后人留下点念想哩！”他心里给自己说。

急急忙忙回到家，勤才已经卖豆腐回来，正和俭才趴在猪圈墙上看新下的猪娃。德才蹲在腰门墙根下眯着眼吃旱烟。冯得富问：“人呢？”

“谁？”德才、勤才、俭才都转过了头，奇怪地看冯得富。

“不是说冯秃子带着牛儿和天顺来咱家了吗？”

德才看了一眼冯得富说：“等不住你，走了。”

“等我干啥？咱不求他的衔，也不借他的钱，扯不到一起嘛！”

“他说要收什么税。”德才说。

“下……崽，对，下崽税，我听得清清楚楚。”俭才说。

“啥？下崽税，啥是个下崽税？”冯得富瞪大了眼睛。

“就是猪下猪娃要交税。冯秃子说是什么县……豆腐……”俭才眼睛转了几圈，说不上来了。

“县政府。”德才磕掉烟灰，低着头提醒俭才。

“对，是县……政府新下的捐。”

“办他妈的屁！”冯得富火了，“下猪娃还要收税，谁听说过呀。今天收这钱，明天要那钱，还让人活不活？”

勤才妈和莲莲、彩云从里面跑了出来。见并没有外人，勤才妈责怪地说：“你看你，粗喉咙大嗓门的，我还以为你和冯秃子嚷上了。声这么大，也不怕隔墙有耳。人家大小是乡约，咱能惹得起？吃饭吃饭，搅团在锅里都糊底了。”

勤才往猪圈里吐了口唾沫，说：“乡约是个尿。”

“就是。”俭才也说。

勤才妈瞪了勤才一眼说：“别耍你的二杆子，吃饭。”

进了腰门，勤才妈、莲莲、彩云去盛饭，冯得富、德才、勤才、俭才坐在了厅房下的八仙桌旁。冯得富看了一眼俭才，欲言又止。莲莲和彩云端来一盆辣椒水、一碟腌白菜、一碟炒豆腐丝、一盒油泼辣椒、一盒盐和几碗热搅团。冯得富端起碗忽然想起了什么，便回头问勤才妈说：“德才妈还没回来？”勤才妈说：“没有哞，也不知道去了哪里。”冯得富心里的火倏地蹿了上来，说：“咋不去找？”勤才妈说：“莲莲和彩云到熟人家找了，都说没有来。”冯得富咚地把碗蹾到桌子上说：“再找去，一天不见人了，都能坐得住？勤才，找去，马上找你娘娘去，这个家还敢再有事吗？”勤才拧着脖子看了一眼德才，呼呼地出粗气。德才翻了一眼勤才，一蹁腿站起来，扑踏扑踏向门外走去。勤才只得站起来，跟着德才走了。俭才瞅了一眼桌上的饭菜，又看了一眼冯得富，不情不愿地站起来，一步三回头地也走了。

勤才妈不高兴地说：“你看你，发这么大的火干啥，就不能让娃娃把饭吃了再去找？勤才大清早出去，正经饭还没有吃一口哩。你出去后我问莲莲了，德才妈昨晚还好好的，能有啥事吗？也许她到熟人家串门去了，这样的事以前也不是没有过，成天大呼小叫的干啥吗？”

彩云过来给冯得富碗里舀了几勺辣椒水，又把筷子塞到他手里，嘻嘻笑道：“我大的心思我知道，过日子人呣。不过，就是玉麦面搅团嘛，让俭才吃上一半碗有个啥，还能把你吃穷了？”

冯得富转过脸盯着彩云又想发火，却见彩云胸脯微微在动。冯得富吃了一惊，心里不由得感叹道：彩云也长大了，日子还真像得显说得那个……白驹过隙！便压下火气，没好气地说：“就你能，不说话谁把你当哑巴？”

说完，冯得富从碗里夹起一大块搅团，“呼噜噜”吸进了嘴里，不想刚出锅的搅团热烫得就像刚烤出来的红苕，火烧火燎地让他的嘴难以承受。但他舍不得吐掉搅团，忙蹙着脸，吸溜着嘴，把搅团从这边腮帮子吸溜到那边腮帮子，又从那边腮帮子吸溜到这边腮帮子，反复几次后，方咕咚一声咽了下去。

彩云哈哈哈笑得弯下了腰。

勤才妈吊着的脸也绽放开来。

莲莲用手捂住嘴转过了身。

冯得富没有理他们，继续吸溜着吃搅团。脑子里却闲不住，德才妈、老母猪、冯秃子、大日头、涝池、庄稼、彩云……随着他手中筷子的起落，碌碡般在他头脑里转着。

吃完饭，德才、勤才还没有回来。冯得富烦躁不安，一连往门外跑了几次，德才、勤才却连个影子也没见。他不停地唉声叹气，一急还跺起了脚。勤才妈盯了他一眼，又扬了扬下巴，提醒他莲莲在呢。冯得富觉察到了自己的失态，脸悄悄地红了。为了掩饰窘态，他嘴里“咳”了一声，转身向门外走去。

出了门，冯得富坐在门墩石上闷闷地吃起了烟。一连吃了三锅后，又忽地站起来往小城门方向走去。出了小城门，三拐两拐后到了水壕里。水壕里过去是条水沟，后来填了水沟，建起房子，住上人家，成了小村落。

进了水壕村，冯得富心里有点乱，脑子里又没了主意，步子随之缓了下来。正在犹豫，只听有人笑嘻嘻地说：“这不是小城里的过日子人吗，今天咋有工夫来水壕里？”冯得富抬头一看，说话的正是花嘴妈冯媒婆，她纳着鞋底正从门里出来。

冯得富忙笑道：“有没有工夫都要来啊，大孔头一个保山住在这，谁敢三天两头不往这里跑。咋，花嘴不在家？”

冯媒婆咯咯笑道：“说媒的，跑腿的，跑来跑去受气的，你就别给我戴高帽了。花嘴两口子锄地去了，走，回家喝水！”冯媒婆嘴里说着，腿脚却没有动的意思。

冯得富忙说：“不了不了，树底下凉，就坐在门口。”说着就往树根上坐，且说，“这天日怪得很，才几月嘛，就热成这，唉！”

冯媒婆坐在了冯得富旁边的石头上，她没有接冯得富的话，却说：“你是无事不登三宝殿，是不是想给勤才问媳妇了？”

冯得富摇了摇头说：“天高成这了，眼看着就要遭灾，不说眼下没有钱给勤才问媳妇，就是有，也不敢这个时候给家里添嘴啊！”

冯媒婆睒了睒眼，头附向冯得富，压低声音说：“听你话里的意思，得是想给德才妈找个向？”

冯得富脸唰地拉了下来，说：“不敢胡说，这要让外人听见了，我在大孔还活人不活人？”

冯媒婆撇了撇嘴说：“这有个啥，现在寡妇嫁汉不算个啥，柴福海不是把他兄弟媳妇卖到了北山里？”

冯得富正色道：“提他干啥，他是啥人，我是啥人，你能不知道？”

冯媒婆不耐烦了，说：“你看你，哼哼唧唧半天，这不是，那不是，葫芦里究竟卖的啥药吗？”

冯得富脸红了，嘿嘿笑了两声说：“也没有啥事，就是那个……上岭彩云家没有说过啥话？”

冯媒婆一愣：“没有啊，咋了？”

“要人的事也没有提过？”冯得富又不好意思地嘿嘿了两声。

冯媒婆笑了起来，上气不接下气地说：“好我的得富呢，弄了半天你是想打发彩云。世事还真倒着来了，说了这么多媒，我还是第一次见娘家人寻着打发女子呢！”

冯得富翻了冯媒婆一眼说：“这有个啥，人常说，‘女大不中留，再留成冤仇’，早打发了早安宁。”

冯媒婆瞥了冯得富一眼说：“话是这么说，恐怕你想的不光是这吧？”

冯得富头上渗出了汗，他用手胡乱在头上摸了一把说：“还能有啥？彩云迟早是人家的人，早打发晚打发不都要打发。”

冯媒婆叹了一声说：“那好，过两天我去一趟上岭。”

告别了冯媒婆，冯得富心里虽涩涩的，脚底下却轻松了许多。进了家门，家里乱哄哄来了许多人。德才、勤才、俭才已经回来，正坐在小板凳上抱着老碗吃凉搅团。冯得显、冯得荣坐在八仙桌旁闷头吃旱烟。勤才妈、和才妈、俭才妈、莲莲、兰兰、彩云一些自家女人或坐或站在八仙桌旁嘁嘁喳喳说着话。独独没有德才妈。冯得富的心又乱咚咚跳起来。

见冯得富进来，屋里的人停止说话，转过头都去看他。

冯得富坐到冯得显旁边，颤抖着手点着一锅烟，猛抽了一口后问德才说：“还是没见你妈？”

“是啊，自家、亲戚家、和我二妈相好的家我们都去了，都说没有见到她。”俭才迫不及待地说。

“我和我嫂子也去了村里的水窖、涝池，还沿着沟畔转了一圈，一点影影也没有。”彩云也小声说。

“怎么会呢？好端端的日子，又没有人气她，咋会走到那一步吗？”

和才妈、俭才妈几个接上话说。

“再想想，再想想，德才妈还会去什么地方。”冯得显说。

“就剩下我舅家没有去。”德才放下碗，面无表情地说。

“咋没有去？”冯得富瞪了德才一眼。

“本来要去，德才哥说他妈和他舅翻了脸，这几年过年都不去，现在去那里干啥，再说我们也饿得撑不住了。”勤才曳着脖子打了个嗝。

“怕怕处有鬼哩。”冯得富的胡子撅了起来，“说不定你娘娘这会就在那里。找去，快找去。一个人生生不见了，你们都能吃下去？”

正说着，引才扶着他妈急巴巴来了。刚跷过腰门门槛，引才妈便问：“人回来了没有，回来了没有？”勤才妈和几个女人赶紧上去搀住她说没有。引才妈坐下来喘了口气说：“你看我这记性，晌午引才回家说，她娘娘大清早挎个包袱匆匆忙忙出了西门，给她说话，她理也不理。”引才见妈把话说混了，赶忙说这话是羊娃给他说的，接着把羊娃的话说了一遍，末了问道：“我娘娘出西门干啥去？西门外有她的啥亲戚？”

厅房下的人你看看我，我看看你，一个个脸上全是问号。冯得显、冯得荣扳着指头数了数西门外的亲戚，除出了五服早已不再来往的外，仅有的几家德才几个都已去过。大伙儿没有了主意，一双双眼睛又转到了冯得富身上。

忽然，德才在板凳腿上啪啪磕掉烟灰，立起来说：“勤才，走！”

一双双满是疑问的眼睛转向了德才，德才却谁也不看，径自低着头不紧不慢地往门外走。勤才一看，赶忙跟在了后面。引才和俭才也要去，德才却说：“又不是去打锤，去那么多人干啥？”引才、俭才听了，便停了步。莲莲在背后不满地说：“去哪里也不说一声，不知道大家都急吗？”

“九娘峪。”德才头也不回地说。

九娘峪在大孔西北方向，九娘庙就修在峪里。路上，勤才问德才这时候去九娘峪是烧香还是求签，还说正月十五贴门神，现在弄这些有用吗。德才没有理睬勤才，他脑子里正在回放那一年跟妈去九娘峪的情景。

那年德才十二岁，第一次去九娘峪。正月初八早饭后，德才妈给勤才妈打了个招呼，便领着德才走了。出了西门，走了一程，向北一拐，经过小孔寨，爬上几道缓坡，又向西一拐，走到草原村，再向北走一段，就进了峪口。峪里与外面仿若两个天地，阴暗，潮湿，逼仄，人畜踏出的土路坎坷。猛一看，两边山上光溜溜的什么也没有长，一阵风拂来，山上的石头瑟瑟颤抖起来，忙一看，原来颤抖的不是石头，而是匍匐在石头上的枯草。

德才妈是小脚，却抡着手走得很快，德才一溜小跑跟在后面。

沿着山谷绕来绕去不知走了多长时间，一座壁立千仞的石山突兀在面前。脚下尽是枯蒿、腐草、枯枝和积雪，德才妈两手拨弄着野蒿、枯枝，两只小脚不假思索地踏进了雪地。德才闷声叫了声妈，说："我不去了。"德才妈回头说："不去你干啥呀？"德才说："坐在这里等你。"德才妈说："哪……狼来了咋办？"德才翻了妈一眼说："去九娘庙干啥，路还这么难走？"德才妈指着石山说："再走几步就是观花台，站在上面能看见好多花呢。"德才顺着妈的手看了看，却什么也没有看见。

沿着石山旁不像路的路，艰难爬到石山半中腰，果然有一个不足一步宽的天然平台，德才心想这大概就是妈说的观花台吧。但他什么花也没有看到，眼前只有妈红扑扑的脸。德才问妈说："花呢？"妈笑了笑说："花在你心里，你仔细看，漫天遍野都是花呢！"其时阳光正射在平台上，妈泡在金色的光波中，宛若一个金人。德才一时恍若梦中。

转过峭壁，西边两座山连接在了一起，仿佛一本打开的书。"书"上没有字，全是郁郁葱葱的松柏。"书"下面绵延着一座平台。爬上平台，平台还不小，约莫一个院子大，上面除南北对称着两座破烂不堪的小石屋外，迎面两山怀抱着的三间土房。中间房门上方钉着一块匾额，上面镌刻着"九天圣母”四个字。门两边墙上用毛笔写的对联已经模糊，但门额上“性空幻有”几个字却很清晰。最吸引人的是土房前矗立的一棵参天柏树，柏树遒劲挺拔，苍翠葱绿，伸出的枝干仿佛一条条姿态各异的龙。土房北边还有一个草棚，棚前挂了一个牌子，上面潦草写着“九娘泉”三个字。

德才站在门前正念“性空幼有”，却听房子里有人说：“是‘性空幻有’，不是‘幼’有。那个字念‘幻’，不念‘幼’。”说话间，门里出来了一个慈眉善目的大妈。大妈四十来岁，微微发福，明光光的脸上看不出一丝皱褶。见了德才娘俩，大妈双手合十，念了一句无量天尊说：“施主来到小庙，善哉，善哉！”

德才妈也双手合十，恭恭敬敬地说：“昨夜一夜恍惚，梦里全是娘娘，今天特来宝刹拜访，望明慧师父指引。”

“无量天尊，施主请随贫道来。”

走进庙里，里面还算整洁。面门处塑了三个神像，中间的婆婆甚是高大，身上披着几条大红被面，这应该就是九天玄女。德才妈磕了个头后，点燃三炷香，用两手中指和食指夹着香杆，大拇指顶着香尾部，举香齐眉，然后将第一支香插进香炉中央，第二支插在右边，第三支插在左边，接着又趴下磕头。站在神像旁的明慧敲响了面前的磬，磬声宏亮、悠扬，回音袅袅。

从庙里出来，明慧对德才妈说：“施主与娘娘有缘，何不再考虑贫道讲过的偈语？”

德才妈叹了一声说：“身不由己，一切随缘吧！”

“也是，娘娘慈悲，一切随缘吧！”

德才瓷瓷地盯着他妈和明慧看，一点也听不懂他们的话。

德才和勤才很快到了“观花台”。站在“观花台”上，德才又想到了妈当年说的“花在你心里”的话，便又四顾了一遍，但眼前除了被太阳晒蔫了的树木和野草，还是没有花。正思想着，勤才打断了他的思绪，说：“哥，咱去九娘庙究竟干啥吗？”德才看了勤才一眼，却仍然没有回答他。

妈突然不见了，德才心里不但不焦急，冯得富发火，他还觉得动静未免大了点。至于大妈和莲莲、彩云操心的跳窖、跳涝池、跳沟……他更觉得是胡思乱想，因为没有这个道理，也没有先兆。平日里妈是不怎么爱说话，一副郁郁寡欢的样子，大死了后，她更是沉闷得像个木头人。但自从他和莲莲成亲后，她却突然像变了个人，脸上不但有了笑纹，嘴里的话也多了起来，有时候还给莲莲说一些怀孕、生娃的话，羞得莲莲脸红得不敢抬头。如此，心里有“花”的妈怎么会抛下他们走了绝路呢？这样，当引才说一大早他妈出了西门，德才的脑子一动，不自觉地就想到了九娘庙。

到了九娘庙，庙还是那座土房，只是越发破旧了。听见外面响声，明慧从庙里出来。看见德才，她脸上掠过一丝不易觉察的慌乱，很快又平静似水。念了一句无量天尊后，她双手合十道：“施主来到小庙，善哉，善哉！”

德才有点恍惚，仿佛回到了十二年前。他定了定神说：“师父可还认得我？”

“施主可是德才？”明慧低头问道。

德才吃了一惊，他没有想到十几年过去了，这个叫明慧的出家人还记得他，便说：“这么多年了，师父还记得我？”

“万发缘生，皆系缘份。区区十二年，贫道如何敢忘记施主。”说着，明慧偷偷瞄了一眼德才，又慌促收回了目光。

德才看见了明慧的眼色，却没有说什么。

明慧用手掠了一下被山风吹乱的头发，说：“敢问施主来小庙是烧香还是求签？”

“找人。”

“找人？”

德才叹了一声说：“是啊，我妈大清早出了大孔西门，现在还没有回来，请师父为我指点迷津，以免全家人担惊受怕，寝食不安。”

明慧念了一声无量天尊说：“不见就是见，见就是不见，一切皆有分定，施主大可不必大动干戈，大海捞针，一切随缘吧。”

德才奇怪地看了一眼明慧，明慧却一脸的安谧。德才低头想了想，抬脚往庙里走去。明慧、勤才赶紧跟在了后面。庙里还是原来的样子，但一踏进门，德才却嗅到了一种熟悉的味道，他的心嗵嗵嗵地跳了起来。为了掩饰紧张的心情，他赶忙从供桌上拿了三支香。

烧过香，磕了头，德才的眼睛在庙里扫了一遍。见娘娘塑像左边墙上挂了一道门帘，他径直走了过去。明慧一见，忙从“娘娘”旁边跨过来，拦住德才说：“贫道寝室，施主就不必进去了。”德才眯着眼睛看明慧。明慧双手合十，低眉耷目，泥塑般地一动不动。德才的脸一下一下变白了，又一下一下变红了……最后一下一下恢复了平静。他从明慧身上移开目光，回头对勤才冷冷地说：“回！”

勤才看一眼德才，又看一眼明慧，弄不清他们是咋回事。再去看德才时，德才已出了庙门。他又看了一眼明慧，然后满腹狐疑地走了。

出了九娘峪，德才回头往西看去，只见晚霞染红了西天，与之相连的五龙山山巅上的无量殿也被涂抹上了一层血红。德才叹了一声，背着夕阳懒懒地往大孔走去。

六

得贵窝窝囊囊被人打死，德才妈活不见人，死不见尸，两年不到，家里活活没了两个人，冯得富仿佛被谁打了一闷棍，一下子晕头转向，找不着北了。他嘴里虽然不说什么，心里却仿佛有一把刀割着他的肉。他疼，却无法喊出来。这段日子，他看什么都不顺眼，一会儿骂牛，一会儿打驴，一会儿嚷着要杀猪，凳子、笤帚、鸡什么的挡了路，他提起腿就是一脚……

家里人敢怒不敢言，一个个见他唯恐避之不及。

勤才妈看不下去了，这天晚上睡觉前对他说：“他大，你这是咋了？整天吊着脸，摔碟子蹾碗的像个啥？”

“咋了，你说咋了？一个大活人活不见人，死不见尸，你知道寨里人背后怎么说？我的脸往哪里搁？”冯得富气冲冲地说。

“你这样人就回来了？寨里人背后就不说啥了？”

冯得富愣住了，呼呼地出粗气。

“他二娘不见了，人家德才都没有咋样，你是不是有点过了，都不怕……”

“你这是啥意思？德才不懂事我也不懂事？我咋就过了？怕什么怕？”冯得富的声音高了起来。

勤才妈白了冯得富一眼说：“他二娘虽然不见了，但人应该不会出啥事。你没听勤才说，他觉得他二娘就在九娘庙，要不德才能不吭不哈沉住气？”

“这也就是个揣测。再说她真出家了更不是啥好事，丢人死了。她为啥要走这一步？寨里人知道了，还不把舌头嚼烂？”冯得富恨恨地说。

“其中肯定有蹊跷，咱以后慢慢打听就是。”勤才妈说，“至于寨里人咋说，你能管住人家的嘴？说就让人家说去，过完了嘴瘾也就不说了。重要的是把咱的日子过好，你再这样下去，咱的日子还怎么过？德才娶了媳妇，勤才还是光棍哩！”

冯得富吃了一惊，惊奇地看着勤才妈想道：“把他家的，我这是咋哩嘛，遇上事还不如一个婆娘。成天嚷嚷着过日子，过日子，关键时候咋就分不清西瓜芝麻了？”

这一夜虽然做了许多梦，但冯得富终于睡了一个囫囵觉。

第二天，冯得富起了个大早，又是喂牲口又是帮着勤才做豆腐，脸上的表情也和缓了许多。全家人心里绷紧的弦随之松弛了一些。吃晌饭时，他放下碗，咳嗽了一声，然后尽量用温和的口吻对大家说：“你二娘不见了的确让人难受，但通过种种迹象来看，人应该还在，下来我再托亲戚邻里多方打听，一有消息咱就去找，说不定哪天她就回来了。眼前嘛，还是要把日子过好。只有把日子过上去，啥事都好办。”

大家看了冯得富一眼，又低下头去吃饭。

冯得富继续说：“前几天我去了趟地里和大涝池，还和你三大坐了坐，我俩的看法很相近，觉得天高成这样，弄不好要遭灾，现在必须提前打算，要不到时哭都来不及。这几天我思量了一下，咱们这里的地，不说天高，就是正常年景，也打不了多少粮。要想把日子过上去，还是要做生意。天高了看着是个坏事，如果谋划得好，说不定是个发财的机会呢。明天德才叫上俭才吆上驴去一趟县城，把家里的钱都买成粮食。灾年啥金贵？粮食！咱家虽说还有点粮，但从今天起，全家人都要省着吃，同时夹杂一些麸子、米糠、野菜，省下的粮咱高价卖出去。勤才的豆腐眼下越来越难卖，粮食也不好换。从明天起咱两天做一个豆腐，担出去只要有用，啥都可以换，像籽棉、旧棉袄、烂套子……”

“又不是收破烂的，要那些东西干啥？”冯得富正说在兴头上，勤才没好气地怼了他一句。

“就按我说的做。”冯得富瞪了勤才一眼，“总不能把豆腐坊停了吧？旧棉袄、烂套子咋了，现在看着是一堆破烂，灾过后都是宝哩，不信等着瞧！”

勤才还欲说什么，彩云从旁边拉了他一下。勤才拧了拧脖子，端着空碗去了伙房。

晚上睡在炕上，冯得富想起那天和冯媒婆说的事，便给勤才妈说了。勤才妈一听忽地从炕上坐起来说：“你鬼迷心窍了，彩云还不到十六呀！”

冯得富瞪了勤才妈一眼说：“你慢点行不行，都不怕炕塌了。十六？十六了还小？你当年十四都跟了我。”

勤才妈抹着眼泪说：“彩云一直就不满意上岭的婚事，嫌那里是个山卯卯。你倒好，不听娃的也就算了，竟然还要早早打发她，你就这么多嫌她吗？真不知道你的心是肉的还是铁的？”

听着老婆的话，冯得富的心也酸酸的，却说：“看你说的啥话，彩云是我女子，又不是带来子，我能多嫌她吗？人常说，‘女大不中留，越留越成仇’。她迟早是人家的人，早打发晚打发最后都要打发。上岭咋了？人家地多，粮多，日子滋润。你没看看天高成啥了，与其让彩云在咱家受罪，还不如早早去人家享福。”

勤才妈吸了吸鼻子说：“我还不知道你恁人，说到底就是嫌娃吃你的，娃能吃多少嘛？”

冯得富说：“吃多少也是吃。俗话说，‘减粮不如减口’，懂不懂这个道理？”

勤才妈说：“不和你说了，你一肚子的道理，谁说得过你啊？”

冯得富不耐烦地说：“不说了睡觉。女人家头发长，见识短。”

这一夜，冯得富又翻来覆去睡不着，天快明时方才眯瞪了一会儿。

翌日，德才带着俭才去了县城。午饭后，冯得富不自觉地就抬头去看太阳。眼看着太阳缓缓坠落，掉在了山顶上，又极不情愿地滚到山后面，西方天际由金黄变成血红，又由血红变成殷红，最后慢慢被冥冥的暮霭吞噬为淡青色，却就是听不见德才扑踏扑踏的走路声和灰驴的响鼻声。冯得富心神不宁，一会儿在厅房坐一会儿，一会儿在院子转一会儿，一会儿跑到门口望一会儿，嘴里不停地嘟囔着：“咋哩，这是咋哩，整整一天了，咋还不回来？”

莲莲也为德才担心，却没有表现到脸上，还说：“去县城来回六七十里路呢，不是急的事。”

冯得富说：“能不急嘛，路上现在乱成啥了，德才身上带了那么多钱，还牵着驴，出了事咋办呀？”

莲莲的脸慢慢变得煞白，脖子也像鹅颈似的一伸一伸地往前拽。干呕了几下后，她捂着嘴向后院跑去。一会儿，后院里传来一阵撕心裂肺的呕吐声。

勤才妈白了冯得富一眼，说：“你就不能往好处想，嘴好赖把个门也行呀。娃们才多大，心里能搁住事？”

冯得富脸有点烫，却鼓着眼说：“叨叨啥嘛，我就是说说，还真出了事？”

勤才在小瓮里泡好黄豆后，开始从厅房西北角的水窖里往豆腐锅里提水。不知道用辘轳绞上来的水太满，还是他有点分心，手脚没有协调到位，水桶里的水扑衍到了地上。冯得富一见不满地说：“你就不能小心点，天再这样高下去，水不定金贵成啥了！”

勤才头也不抬地说：“新院里还有一窖水，天再高还能把人亢死？再说高一高它就低了，总不至于一直高下去吧？”

冯得富的胡子撅了起来，说：“人无隔夜粮，谁借三斗米？天高到啥时候就低了？新院里的水也没了还不低，那时候你连哭的眼泪都没有！”

勤才嘟囔道：“吃馍还掉渣渣哩，你不要腔子咬了搔脊背。”

冯得富一愣，嘴里“你你你”了半天说不出话。正僵持着，冯媒婆笑吟吟进了门。冯得富只得把眼睛从勤才身上移开，尽量让脸上充满笑说：“他婶过来了，快屋里坐！”然后大声喊叫勤才妈倒水。

冯得富把冯媒婆领到他住的屋子，勤才妈随后也端着一杯水进来了。冯媒婆接过水喝了两口，继尔瞅了冯得富两口一眼说：“你们真不知道，这说媒的活就不是人干的。昨儿一大早我就出了门，到现在才回来，跑腿、费口舌不说，热都把人快热死了！”

冯得富把刚点着的烟锅递给冯媒婆，陪着笑脸连说了两个“就是”，而后扭头往门口看了一眼，压低声音问：“事情咋个样？”

冯媒婆喷出一口烟雾，咽下嘴里的口水，慢条斯理地说：“还能咋样？男娶女隔座山，女嫁男隔张纸，肯定一说就行。不过，李通通说了，他家第一次娶媳妇，马虎不得。麦罢时间太紧，等到秋后再说。”

李通通便是冯得富的亲家，彩云未来的公爹。

勤才妈听了冯媒婆的话点了点头。

冯得富有点泄气，却不好说什么，嗫嚅了半晌方说：“那……聘礼的事咋说的？”

“这一点李通通倒还爽快。”冯媒婆在炕沿边磕了磕烟锅说，“一石麦、一石玉麦、两床棉花套。”

冯得富咚地从炕沿上跳下来，大着嗓门说：“这是打发叫花子吗？一般人娶媳妇都要三石麦、四床棉花套。他倒好，就出两石粮，还有一石玉麦、两床棉花套，他把我当成啥了？”

勤才妈赶忙拉了拉冯得富说：“小点声！”

冯媒婆叹了一声说：“少的确是少了点，我也是这么给李通通说的，可他却说，‘你没看看这是啥年景，也就是我能拿出这么多粮，要是别人，不说两石，两斗都拿不出来’。咱急着嫁女，又不是人家撵着要人，差不多就行了。”

冯得富不满地说：“可也太少了！”

冯媒婆翻了冯得富一眼说：“我只有这么大的本事了，你要是觉得不行，就另请高明吧。”说着，抬起屁股悻悻欲走。

勤才妈忙说：“有啥行不行的，我觉得好着呢。他婶，急啥嘛，让莲莲、彩云去烧汤，吃了再走。”

冯得富瞥了眼勤才妈，嘴里却说：“对着哩，喝了汤再走。”

冯媒婆说：“不了，我还要去趟引才家。给彩云说事捎带着给引才发了个媒。谁？侯家发启的女子哞。发启真真好说话，听说是引才，二话没说就答应了，还说啥啥都不要，引才啥时候要人，他啥时候打发人。这样的媒说着多轻省，不像有些媒，黏牙死了！”

冯得富嘿嘿笑了一声，又给勤才妈使了个眼色说：“给冯嫂拿几个鸡蛋，为咱家的事她没少费心哩。”

勤才妈心里虽不情愿，但还是从鸡蛋罐里掏了四个鸡蛋，给了冯媒婆。冯媒婆用手帕裹好鸡蛋，拎在手里，边往外走，边喜滋滋地说：“放心，你的事就是我的事，我不操心谁操心？”

送走冯媒婆往回走，彩云红着眼倚在腰门框上。冯得富转身欲走，却听彩云叫了一声大说：“你要撵我走？”

冯得富回过头红着脸说：“看你说的啥话，男大当婚，女大当嫁，迟早的事，咋能叫撵你走？”

彩云说：“可我还没听说过谁家上赶着嫁女子呢！一石麦、一石玉麦、两床棉花套就把我卖了，你也太狠心了吧！”说着，趴在门框上，呜呜呜地哭了起来。

冯得富目瞪口呆地愣在了原地。

一夜恍惚，鸡刚一打鸣，冯得富便窸窸窣窣穿起了衣服。勤才妈惺忪着眼问：“这么早，你咋呀？”

冯得富闷闷地说：“鸡都叫了，还早？”

从屋子出来，冯得富端直出了大门。外面漆黑一团，什么也看不见。不知谁家的狗叫了两声，村里的狗一下子被唤醒了，汪汪汪叫成一片。冯得富叹了一声，忧心忡忡地进了门。站在天井下的院破边，对面屋中勤才香甜的鼾声均匀地响着。冯得富犹豫了一下，最后还是从嗓子哩吭吭了两声，威严地叫了两声勤才。

勤才从睡梦中醒过来，懒懒地问道：“咋哩？”

冯得富说：“起来做豆腐吧！”

勤才长长地打了个哈欠，不耐烦地说：“乏得很，让人再睡一会儿。”

冯得富冷冷地说：“瞌睡没根，越睡越深。快起来，你哥还不知道在哪里蜷着哩！”

勤才小声嘟哝着，窸窸啦啦穿起了衣服。

冯得富抬头看了一眼天井，只见深邃的夜空中，亮晶晶的星星仍然不紧不慢地眨着眼，似乎一点也不疲乏。他突然感觉到了一丝寒意，忙端着油灯向豆腐坊走去。

勤才把做好的豆腐包用石头压在床子上时，已经过了晌端。吃过饭，他又担上昨天剩余的豆腐走村串乡去了，回来时家里已经吃过午饭。一看案上摊的还是搅团，他一点胃口也没有，便从盆里摸了个玉麦面馍。蹲在门槛上吃完馍，他觉得腰有点疼，便躺在炕上欲展展腰。刚有点迷糊，冯得富回来了，听说勤才在屋里睡着，他气一时不打一处出地嚷道：“咋，又睡下了？真真是心宽胃口开。你哥这时候还没见影踪，你都没说去看看！”

勤才先是吓了一跳，清醒后没好气地嘟囔说：“该回来就回来了，看什么看？去哪里看？他要是还在县里，我还跑县里去？”

冯得富火了，跺着脚说：“我让你去县里了，你就不能到东桥上去看一下？天天就知道睡，日子是睡出来的？”

正嚷着，门外响起了驴叫声，冯得富忙转身往外走。勤才一听，也趿拉着鞋往外跑。刚出腰门，只见德才、俭才牵着驴，背着沉甸甸的口袋进了门，勤才妈、莲莲、彩云喜盈盈地跟在后面。冯得富大喜，却板着脸说：“咋现在才回来，急死人了！”

德才慢条斯理地说：“能回来就不错了！”

七

昨天，当第一缕晨曦揭开薄雾，德才和俭才就牵着驴上路了。出了东门，德才把手里的包袱交给俭才，装了一锅旱烟，一边低头走路，一边咝溜溜地吃。俭才掂了掂包袱说："又是你那件长袍吧，我就不懂了，要么你出门穿上，要么就不穿，为啥每次出门背上，办事时才穿，办完事又换掉？"德才只顾低头走路，没有理会俭才。路上行人很少，偶尔能碰见一两个拾粪的老汉，却都一副无精打采的样子。过了东桥，一轮嫣红的圆盘从地平线上悠然地爬了上来。很快，天地笼罩在了金色的霞光中。德才右手搭在额颅上，眯着眼向前方瞭望了一眼，叹道："狗日的天还真高了！"俭才也与年龄不相称地叹了一声说："可不是，我家都快断粮了。再不下雨……唉！"

路旁出现了一道埝，德才踩到埝上，骑在了驴背上。

正午时分，两人走到尧山东面一个名山东头的村子。展眼望去，高高耸立的尧山蜿蜒曲折，莽莽苍苍，仿佛一条正在沉睡的巨龙。艳艳的阳光落到山巅上，反射出一圈圈炫目的光芒。

德才听冯得显讲，尧山乃崇泉五龙山一岭。帝尧治水之时，被大水困于山顶。山腰下水浪排山倒海，山峰仿佛浮在海中的一叶扁舟，帝尧站在上面随"舟"起伏，头晕目眩。晕乎乎又饥又累中，山林中飘出一位身穿粗布衣服、臂挎竹篮的女人，自称娲皇女臣灵应夫人。夫人将竹篮放在帝尧面前说："柏籽一篮，可以充饥，山腰柏林中，有水泉可饮。尔等可在此山暂歇，洪水不日自退。"帝尧拜谢后问："治水之策何如？"夫人答："疏，勿堵。"帝尧又问："四山皆被水浸，唯此山例外，何故？"夫人答："娲皇炼石补天，遗一石于此镇之。水乃区工康回命也，康回乃蛟龙也。有此石镇，水安能浸？"帝尧又问详细治水之策，夫人道："非一世之功也。"

言毕翩然而去。帝尧心急去赶，却被山石绊倒。急呼，方从梦中醒来。却见面前果有一篮柏籽，正悠悠散发着香气。后来，帝尧赐此山名浮，后人称浮山。又因帝尧得治水策于此，又尊称尧山。灵应夫人灵应一方，后人便在山上建庙祀祭，祈求平安富贵。说来也怪，尧、舜、禹后，设九州，治九水，度九山，崇泉县很少再发生洪水漫溢的景象，横行乡里的反成了蝉喘雷干的旱灾。据《崇泉县志》记载，全县大旱灾几乎七年一遇，中旱灾五年两遇，小旱灾每年都有。有史可查的大旱灾有：……唐天宝十三年，大饥荒；唐贞元元年，大旱，大饥，河水枯竭，井中无水；明嘉靖三十三年，大饥荒，人相食；明万历十五年，秋禾受旱无收，次年春，乡民饿死大半；明崇祯七年，天旱，大饥荒，四野寡炊；清康熙四十九年，连续三年荒旱，民食草根树皮；清光绪三年，大饥荒，饿死者三分之二；清光绪十八年，连续两年天旱歉收；清光绪二十六年，天旱两年，死人无数；民国三年，天大旱，麦歉收。为了有一个风调雨顺的年份，尧山又成了人们祈禳的福地。这不，尧山脚下一伙人正抬着猪头三牲、贡馍贡果，敲锣打鼓着准备进山求雨，但锣鼓声在荒野中听着很是有气无力，人也小得像一群蝼蚁，伸出手似乎能一抓一大把。

经过山东头街面时，俭才眼珠滴溜溜地乱转，一会儿瞅瞅路两边的饭馆，一会儿抬头望望天，一会儿回头看一眼德才。德才晓得他的意思，却装出什么也没有看见的样子继续朝前走。俭才又急又气，却不好说什么，只得跟在驴后面走。又向前走了一段，见路旁有一家羊肉馆，德才踏着门前的石头下了驴。俭才一看，赶忙拉过了驴缰绳。羊肉馆门前的墙上靠着几个脏兮兮男人，一个个商量好了似的耷拉着头，说不清是晒太阳还是要饭。俭才匆促地把驴拴在拴马桩上，跟在德才后面往羊肉馆里走去。那几个人忽地睁开眼，一道道贪婪的光哗地射向他们。德才吓了一跳，赶紧用手抓了抓肩膀上的褡裢。

羊肉馆里空落落的，德才拣了一张靠里的桌子坐下，对一个窄长脸男人说要两小碗水盆羊肉，又解开褡裢，给俭才掏了两个馍，给自己掏了一个。一会儿，一个胖得脸颊两边的肉掉到下巴的男人，用木盘端来两碗热气腾腾的羊肉汤，搁到了两人面前。德才往碗里泡好馍，吸溜着喝了一口汤，自言自语道："都说山东头的羊肉泡不错，还真是那么回事！"

俭才顾不上说话，三五下把馍掰成块，扔进碗里，呼噜噜一阵狼吞虎咽，一个馍瞬间便落了肚，仅剩下几片薄薄的肉躺在碗底。他吸溜着嘴，又把另一个馍掰进碗里，然后对"窄长脸"说："掌柜的，加点汤。""窄长脸"看了俭才一眼，指使"胖子"给他加了汤。俭才埋下头又一阵呼噜，馍和汤很快又下了肚，肉却仍然留在碗底。他直腰坐端，小心翼翼夹起一片肉，看一眼，小小地咬一口，再看一眼，再小小地咬一口，一片肉竟然咬了五六口。吃完肉，俭才咂摸着嘴，脸上布满巴结的笑对"窄长脸"说："叔，能不能再来点汤！""窄长脸"翻了他一眼，一脸的不情愿，但还是让"胖子"盛了半碗汤，却一星油花子也没有。

德才瞥了俭才一眼说："怪不到你家日子过不前去，再好的日子都会被你吃穷。"

俭才红着脸说："没办法，总是饿。"说着，咕咚咚一口气把半碗汤喝了。

门前靠墙的那几个人不知啥时候已经拥在了门口，头正一曳一曳地往里伸。见德才两个站起来往出走，一个个争先恐后地挤进门，径直去抢搁在桌上的饭碗。德才的碗被一个人抢到了，碗里还剩几口汤，那人端起来就往嘴里倒。另一个人抢到了俭才的碗，碗里却空空如也，这人却不罢休，竟然长长地伸出舌头舔起了碗。碗里实在没有什么东西了，这人恶恶地骂了一声："妈恁个屄，都不说剩点馍渣渣。"没有抢到碗的，一个个伸长脖子，一边看别人舔碗，一边不自觉地咂着嘴。

德才、俭才哪里见过这种场面，急忙捂着腰，抱着褡裢，慌慌地走了。

走了一程，德才又骑上了驴。路上的行人渐渐多了起来，南来的，北往的，挑担的，背包的，牵牲口的，拖儿带女的……一个个步履匆匆，面无表情。更奇怪的是一些人竟扛着镢、锨、锄、杈、扫帚、木锨、推钯，甚至耩子、耱、辘、荎筛、簸箕、笼子等农具。德才心想可能天高了，人们种地无望，便把农具掮到县城去卖，好换点吃的。又一想大家都遭了灾，你卖农具，我卖农具，卖给谁嘛，农具又不能吃。百思不得其解，又不好问人家，便吆喝了一声驴，加快了步伐。

约莫吃午饭的时候，县城城墙上的砖堞扑进了眼帘。德才跳下驴，避在驴背面，脱下身上衣服，换上了包袱里的灰色长袍。走到县城北门，铁皮包裹的大门竟然关着。他们便往东门赶。刚拐过北城墙，远远看见东门口黑压压围了好几百人，嗡嗡嗡地不知嚷叫着什么。德才不知道咋了，但还是大着胆子走了过去。

和北门一样，东门依然紧闭着，门口横七竖八地撂着一些锨、镢、锄、杈、扫把、荎筛等农具。大门前的人有些站着，有些坐着，站着的人手里拄着锨、镢、锄、杈等农具，坐着的人屁股底下坐着锨、镢、锄、杈等农具。可能等的时间长了，这些人嘴里虽嚷嚷着，但却满脸的疲惫和暮气。

德才走到前面，好奇地问一个“串脸胡”的人：“乡党，这是咋了？县里不让卖农具？”

“串脸胡”奇怪地看了一眼德才，舔了舔嘴唇说：“谁卖农具？你买？这叫交农，又叫拥堂。天高的打不下粮，官府还要催粮要款，日子过不成了，咋办？把农具交了，不干了。可伍胖子非但不要农具，还把城门关了，既不让大伙进去，自己又不闪面，真真一个狗官。就是这，懂了吗？”

德才似懂非懂，但还是点了点头。

有人看见了俭才手里拉的驴，歪着头笑道：“还是这个乡党耍得大，竟然牵头驴来交，能有驴的用不着交农吧？”

有人笑道："天上龙肉，地上驴肉。驴不能交，交了伍胖子的腰带又要换了。"

旁边的人哄地笑成一片。

又有人说："这人穿着新崭崭的长袍，一看就是个财东，怎会来交农？依我说狗官不出来，咱就把他的驴杀了，看伍胖子管不管。"

"好啊，好啊！"周围的人大声嚷道。

德才脸变得煞白，忙弯下腰，陪上笑说："乡党，我也是下苦的。我妈病了，我大让我来县城抓药。怕人家城里人笑话，这才借了邻居家这件长袍。"

有人说："哄谁哩，既然是下苦的，还穷讲究个屎。就是想讲究，谁家的袍子会借给你？"

"对啊，对啊！"人们赞同地喊道。

这时候，一个三十多岁的汉子低着头走了过来。汉子细皮嫩肉，身上虽然穿着打了补丁的烂衫破裤，腰里还系着一条脏布带，神情面色却和"串脸胡"这些人不同。他仔细打量了一番德才，又趴在"串脸胡"耳旁说了句什么。"串脸胡"听了点了点头，然后匆匆走到城门口，蹬上门墩石，高高地举起了两手。人群慢慢静了下来，眼睛纷纷去看"串脸胡"。"串脸胡"舔了舔嘴唇，清了清嗓子说："乡党们，不敢转移方向哩。从早饭到现在，我们在这里已经站了大半天，县衙里却连一个人都没有见。伍胖子这是把咱们不当人呢，咋办呀？"

"咋办？不行了放把火把城门点了。"有人小声说了一声，其他人却看着"串脸胡"，没有吭声。

"串脸胡"不满地扫了大伙一眼，然后挥着手，抬高嗓门说："乡党们，这样不行啊。我知道大伙累了，饥了，泼烦了，但伍胖子不出来，我们就会竹篮打水一场空。那样的话，伍胖子今后更会把我们不当人，催粮要款也肯定变本加厉，我们更活不下去了。咱们都是庄稼人，怕个屎。加把劲，把动静弄大些，不信狗日的不闪面！”

“对，说得对着哩！”人们的情绪一下子昂奋起来，手中的农具也树林般地举了起来。

“串脸胡”激动地说：“乡党们，还是那句话：咱们遭大旱，家家受熬煎。官府要粮加拷打，百姓能有啥办法？只有齐心来反抗，才能灾年不交粮！”

“反抗反抗，拥堂拥堂！”人们的心又被点燃了。

德才仿佛跌进了声音的海洋，耳朵瞬间几乎被一浪高过一浪的声波震聋。他胡乱摸了一把汗，拉着驴转身欲走，不想身后已经密密麻麻挤满了人，一点空隙也没有。

“串脸胡”高举起拳头，大声喊道：“乡党们，伍胖子不出来怎么办？”

人们齐声喊道：“不罢休！不罢休！不罢休！”

“不……不罢休！”俭才也举起拳头喊了一声。

德才吓了一跳，回头狠狠地剜了俭才一眼。

俭才红着脸兴奋地说：“哥，你瞪我干啥，我看就要这么闹。前几天冯秃子还来我家要粮，说天高了，必须提前交粮。我们家锅都揭不开了，拿啥交嘛，可人家说不管。咱们寨里的人太老实了，都像这样闹，冯秃子算个尿！”

旁边有人听了俭才的话大声嚷道：“这位兄弟说得好，不闹是个死，闹了说不定还会有一条活路。”

“是啊！是啊！”德才又一次被淹没在铺天盖地的喊声和树林般高擎着的农具中。

一波又一波呼喊声渐渐落了下去，城门却依然紧闭着，一点动静都没有。人群中泛起了嗡嗡嗡的吵嚷声。“串脸胡”面红耳赤，汗水顺着额头噗噗地往下滚。他看了一眼城门，回过头横眉怒目地说：“乡党们，不等了，把农具架起来烧城门！”

人们面面相觑，似乎没有听懂“串脸胡”的话。

忽然，人群中有人惊呼道：“出来了，出来了！”人们的眼睛哗地奔向了城门，嘴里连声问道：“阿搭？阿搭？在阿搭？”有人说：“城墙上，城墙上，在城墙上呢！”人们纷纷举头往城墙上瞅。城门两边的城墙上果真站了两个端枪的人，正神色紧张地盯着下面的人。须臾，一个戴着黑礼帽、留着两撇胡子的人露出了城垛。人群中一阵嘈杂。有人说：“伍胖子，快看伍胖子，伍胖子出来了！”又有人说：“狗日的伍胖子，你终于闪面了！”但很快有人说：“这是伍胖子？不会吧，听说伍胖子的肚子比碌碡还大。这尿瘦得像鬼，能是伍胖子？”有人说：“先出来的都是打旗旗的，伍胖子应该在后头。人家一个县老爷，走哪里不是前呼后拥，鸣锣开道？”大伙一听，眼睛便往瘦子后面瞅，可瞅了半天，城墙上却没有再出现人。大伙一脸的沮丧，都去看“串脸胡”。“串脸胡”激动得眼睛都红了，高举起右拳呼道：“我们要吃饭，我们要活命，我们要见伍胖子！”大伙从睖睁中清醒过来，忙举起拳头，跟着“串脸胡”喊了起来。正群情激奋之时，头顶上响起了一声凄厉的枪声，呼喊声随之戛然而止。人们你看着我，我看着你，喃喃自语着“开枪了，伍胖子的人开枪了”，却不见有人倒下。“串脸胡”又举着拳头喊道：“打死总比饿死好，下苦的杀不完。”人们便也跟着喊。

“黑礼帽”指挥乐队似的向城墙下面压了压手。待城墙下面的人仰面看着他，他用手背擦了把汗说：“乡党们，静一静，大家静一静！鄙人是县政府佐治员，噢，对了，现在叫秘书——苟炳志。本来，伍县长要亲自看望诸位，却因政事繁忙，难以脱身，不得已只得委托苟某拜见诸位。伍县长让我回复各位，你们的请愿书他看了，上面所言大都属实。刚才县府议了议，决定马上向上呈报灾情，恳求把粮挂了。”

人群中响起了嘈杂声，人们忙不迭地问：“啥是挂了，把粮挂了是啥意思？”有人说：“挂了大概就是不交了吧？”人们一想可能就是这么个意思，脸上当即兴奋得油光锃亮，激动地嚷道：“挂了，挂了，把粮挂了！”

苟炳志又压了压手说：“伍县长说了，今年天旱，情况确系不可预料。不过，陇海铁路已通车潼关，如遇天灾，粮食就会源源不断地运来。希望大家不要受他人煽惑，滋事闹事，而要团结一心，共同克难攻坚！”

“谁煽惑了？谁滋事闹事了？天灾人祸，百姓受饿没人管，反过来还说我们滋事闹事，天下还有没有公理？”“串脸胡”气愤地说。

“对啊，对啊！”人们大声附和着“串脸胡”。

苟炳志用衣袖擦了一把汗，摆着手说：“散了，散了，大伙散了，都散了吧。”说完，猫着腰和那两个端枪的匆匆走了。

人们都去看“串脸胡”，“串脸胡”满脸红光地说：“都瞅我干啥？赢了，乡党们，咱们赢了！”

“赢了”两个字顿时电一般在人群中传开了。

“串脸胡”学着苟炳志的样子压了压手，说：“乡党们，一会儿城门开了，大家掮上家伙什去城里游上一圈，让城里人见识见识咱们庄稼汉的力量！”

人们一听嘴里附和着“就是、对着呢”一类的话，扛着农具就往城门口涌。可站在城门口眼巴巴等了半天，城门却没有一点要开的迹象。一些人不耐烦了，扛上农具骂咧咧地走了。一些人一看，也垂头丧气地跟着走了。“串脸胡”急了，大声说不要走，城门很快就会开。有人说：“开个屎，这么多人涌进城，还不把伍胖子吓死。回吧，老婆娃娃在家里等着哩。”人们一听有道理，随即散去了一多半。

俭才问德才：“咱咋办？不行了从其他门进城。”

德才没好气地说：“北门、东门都关着，其他城门肯定也不会开。”

俭才说：“那咋办，回？”

德才翻了俭才一眼，说：“跑了这么多路，空手大拳回去？”

俭才噘着嘴说：“那你说咋办？”

德才说："咋办？我咋知道咋办？等等再说嘛。"说着，撩起长袍，蹲在了地上。俭才一看，也一屁股坐在了一边。

太阳将要落山的时候，城门口仅剩下一二十个人，城门终于吱吱呀呀开了。德才、俭才赶忙从地上站起来，拉上驴跟在人后面往城门里走。城门里面站了两个当兵的，他们不大理识出城的人，只拨拉着进城的问哪里的、来县城干啥之类的话，嘴里还嘟哝道："一天不在家里待着，跑城里干啥吗？城外闹，城里闹，都不让人松泛一会儿，真真是乱世出踅人！"

过了城门洞，德才忽然看见和才立在一家包子铺门口，和一个短发女子正兴奋地说着话，便在心里不满地说："这个和才也太不像话了，竟然大白天站在街上和一个女人胡谝，你是有媳妇的人啊！这女的是谁？没羞没耻的还咧着嘴瓜笑。真是书坊戏坊，瞎娃的地方！"他不想理和才，装出没有看见他的样子，继续低着头往城里走。不想俭才也看见了和才，还高兴地喊了一声："和才哥，你咋在这儿？"

看清楚过来的是德才和俭才，和才高兴地扬起了手，高兴地喊道："德才哥、俭才，你俩也来'交农'呀。好啊，我们大孔人也觉悟起来了！知道吗？为了配合你们，我们学校也罢课上街游行了。"

德才只得跟在俭才后面朝和才走去。到了跟前，德才吃了一惊，原来和和才说话的女子不是别人，竟是柴福海的女儿蓝玉！见德才在一旁纳闷，和才忙介绍说："德才哥，这是蓝玉。"又对蓝玉说，"这是我哥德才，我弟俭才。"蓝玉长长的睫毛忽闪了两下，扑哧一声笑了。和才莫名其妙地问她："笑什么笑，有啥好笑的？"蓝玉瞥了德才一眼，笑道："没，没什么，就是想笑嘛。"德才看了看和才、蓝玉身上干净利落的学生装，又看了看自己身上的灰长袍，顿时脸臊得红到了脖颈。

这时候，包子铺里出来了一位穿蓝长袍、戴圆黑框眼镜的汉子。德才看这人面熟，突然间却想不起来是谁。和才称汉子曹先生，问他好了没有，汉子点了点头。和才回头对德才说："哥，我要回学校了，有事到高等小学堂找我。"说着，和蓝玉陪着曹先生走了。转身走时，蓝玉笑吟吟地又看了德才一眼，德才的心嘣嘣直跳，眼睛不自觉地跟着蓝玉的背影走。

俭才自言自语道："那个……曹先生不就是那个人吗？"

德才惊醒过来，气恼地问："哪个人？"

俭才挠着头说："就是……就是城门口瞅咱的那个人，当时他穿得很烂。"

德才"噢"了一声，心想：对啊，他可不就是那个和"串脸胡"耳语的汉子吗？他啥时候把衣服换了？和才、蓝玉咋和他在一起？怎么也想不明白，便没好气地说："管人家哩，天不早了，快去粮食集吧！"

赶到北关，粮食集已经散了，只有两家最大的商号"敬信福"和"乾丰裕"门开着。进去一打问，一斗麦竟然开价三个半现洋，一斗玉麦也要两块半。德才想弹嫌一下货品，看能不能压压价，商号伙计却对他不理不睬，德才只好悻悻地走了。出了门，天已黑透，德才、俭才只得找了家车马店歇了。半晚上正睡得香，车马店突然闯进一伙端枪的人，说是奉伍县长令，搜查不明身份的人，吓得德才抱着褡裢再没有敢合眼。

第二天，德才带着俭才又去了粮食集，市面上的粮价竟然和"敬信福""乾丰裕"一个价，卖粮的还阴阳怪气地说："要买掏钱，不买趔开，别摸来捏去的抻不展。就这，明天还不一定有。看看天，看看地，粮只有涨的份，哪有跌的向？"无奈，德才只得买了六斗玉麦，驴驮了四斗，他和和才各背了一斗，急忙忙离开了县城。

"顺顺利利回来了就好！"听了德才和俭才的叙说，冯得富叹了一声说，"一斗玉麦涨到两个半元的确是天价，但涨大家都涨，又不是给咱一家涨。卖粮的说得对，粮只有涨的份，没有跌的向。先把粮压起来，紧要时候再出手。"又说，"俭才这一趟也出了力，吃毕饭给他挖两碗玉麦。"

俭才一听不高兴了，噘着嘴说："伯，去黄炭梁背炭都给五碗，这咋才给两碗？"

冯得富说："粮价涨了你又不是不知道。"

八

这一天晌饭时分，五龙山山巅涌上了一片片银灰色的云，云挪动着，汇聚着，翻滚着，很快演变成一大片黑压压的乌云，无量殿顿时笼罩在一层浓重的阴影中。晦暝之中，一阵阵沉闷的雷声从远方滚了几滚，懒洋洋地掠过了天空。人们慌慌地跳起来，紧张地瞅着头上的天，似乎不大相信自己的眼睛。一些老人嘴里呐呐道："云里有雨了，云里有雨了！狗日的，云里终于有雨了！"但云却像个乌龟，一点也不急，一直慢吞吞地在无量殿上漂浮着，徘徊着。人们急了，急忙翻出清明节没有烧完的香蜡纸表，跪在了五龙宫、观音庙、爷爷庙、土地庙……供奉的神仙脚下。随后人们又涌向大涝池，黑压压跪倒在皂角树下和涝池岸边。

不知道是人们的虔诚感动了上苍，还是老天真的睁开了眼，忽然，一阵狂风呜呜吼叫着翻卷而来，大涝池上空一霎时飞沙走石，混沌一片。乌云随风而至，沉甸甸地压在了人们头顶，天地阴晦得仿佛没有月亮和星星的午夜。沉闷的雷声也似乎变成了震耳欲聋的霹雳，伴随着明晃晃的闪电一声紧一声地滚滚而来。天摇地动中，豆大的雨滴啪啪地落了下来。人们一脸的激动，紧张得几乎不敢出气。不知谁喊了一声："老天睁眼了，磕头谢恩啊！"人们反应过来，赶紧双手合十，趴在地上磕起了头。头刚碰到地，雨滴似乎心知肚明地密集起来，还颇有力道，砸得人头、脊背、屁股生疼生疼。人们有点惊异，忙去看地上，却见老天落的哪里是雨，竟是一颗颗鸟蛋大小、或圆或扁或没有规则、晶莹如玉的冰块。人们目瞪口呆，似乎不知道发生了什么。这时候，一个小孩惊呼道："冷子，是冷子，下冷子了！”人们面面相觑，一个个满脸的惊慌和疑问。“轰隆隆——”又一串响雷在头顶爆炸，闪电随之仿佛一条条张牙舞爪的苍龙，耀武扬威得把天空割裂得支离破碎。雷电过后，不知谁凄惨地哭喊了一声：“老天啊，你还让人活不活？”人们悲从中来，一声接一声地号啕了起来。风声、雷声、冰雹声、哭号声混合在一起，大涝池顿时被淹没了。

一刻钟后，冰雹在人们的哭号中被老天收了回去。沉闷的雷声滚了几滚，很快也消失得无影无踪。头顶上的乌云稀释着，分散着，裂开了一道道罅隙，太阳懒洋洋地从云层中钻了出来。人们停住哭号，看看天，看看地，看看周围的人，仿佛刚才做了一场恶梦。有人爬起来，嘴里嚷嚷着“我的麦，我的麦”，撒开腿跑下了涝池岸。人们清醒过来，纷纷翻起来，分头向自家的田里奔去。

田野里一片狼藉，惨不忍睹。杨树、槐树、柿子树……被冰雹砸得枝叶飘零，有气无力，有的几乎就剩下了光秃秃的枝干。一阵风掠过，砸落在地上的树枝、树叶滚动着，飞舞着，刺啦啦的声音仿佛母子分离时痛苦的哭泣声。麦田里除个别小麦在风中瑟缩着，大部分都被冰雹打倒在地。砸断了的麦穗、麦秆裹着一堆堆尚未融化的冰雹，仿佛一个个凌乱的鸡窝。人们木呆呆瞅着眼前惨况，心仿佛一下子掉进了万丈深渊。有人扑通一声坐在地上，哭天喊地地哭号起来。其他人受到传染，扑扑通通也倒在地上，一声高一声地哭号起来。哭到伤心处，有的人撕扯开了头发、衣服，有的人拍打起了地面，有的人仰天骂起了老天……大孔寨又一次沉浸在悲壮的哭号中。

冯得富没有去五龙宫、娘娘庙，也没有去大涝池，就站在自家院子观天。雨落下时，他心里欣慰之余，又多少有点怅惋。雨倏忽间变成了冰雹，他的心紧蹙了一下，眼前随之也黑了。风雨中，鸡叫着跳着飞着找地方躲，老母猪和三个猪娃哼叫着往墙根下拱，房顶上噼里啪啦一阵紧似一阵地响，树木东倒西歪呼啦啦地吼……冯得富哪里见过这种阵势，他忙惊慌地跪倒在地，嘴里胡乱念起了佛。

冰雹停了后，冯得富惊恐地从地上爬起来，失急慌忙往自家地里跑去。来到地头，面对伤心惨目的麦田，他唉声叹气地从西地畔走到东地畔，又从南地畔走到北地畔，心里难受得仿佛塞了一团猪毛。忽然，他看见埋那个怪物的地方陷下去了一个坑，忙战战兢兢走了过去。到了跟前，这里果然是他埋怪物的地方。坑上面的土不知道去了哪里，丑陋、恶心的怪物就那么显露着，冯得富腿一软，差点坐在地上。他想不通坑是怎么掘开的，寨里顽童挖开的？刚才的响雷击开的？怪物自己顶开的？……一种不祥的预感涌上了他的心头，他不敢再往下想，赶忙跪在地上，急呼呼用两手扒拉着土，填埋起了怪物。坑填平了，他仍不放心，又在上面踩了几十下。

心事重重地进了家门，冯得富愣怔了一会儿，又匆匆忙忙走出家门，从上到下把身上拍打了一遍，然后使劲向小城门方向吐了三口唾沫。

勤才妈和莲莲、彩云正坐在厅房长吁短叹，见冯得富进了门又匆匆出去，不由得面面相觑。待冯得富再进来，勤才妈没好气地说："你这是唱的哪一出，进了门又往外跑？咱家的麦咋向吗？"

冯得富叹了一声说："还能咋向，毕了，毕得完完的！"

勤才妈抹开了眼泪："老天这是咋了，还让人活不活？"

冯得富没有理会老婆，拖着步子去了猪圈。老母猪正哼唧着，见冯得富过来，忙奔过来伸长脖子摇起了尾巴。三个小猪娃也学老母猪的样子，仰起头盯着冯得富看，小尾巴摇晃得比老母猪还欢实。冯得富突然有点厌恶这几个贪吃的货。恍惚中，老母猪的嘴伸了出来，且越伸越长，越伸越长……最后变成一个长长的、布满皱褶的怪物，长长地拱到了他面前。冯得富倒退了一步，头上蓦地泛出了一层汗珠。他不敢相信自己的眼睛，忙闭了下，又睁开去看。这一看不打紧，不但老母猪的鼻子拱了出来，三个猪娃的鼻子也拱了出来。冯得富眼前一黑，扑通一声倒了下去。

勤才妈、莲莲、彩云听见响声跑了出来。见冯得富倒在地上，还以为他不小心摔倒了，忙嗔怪着跑过去扶，不想冯得富却牙关紧咬，冷汗淋漓，不省人事了。三个人吓了一跳，一个个眼睁得像鸡蛋。灵醒过来后，勤才妈大呼小叫地喊勤才，莲莲忙去新院叫德才。慌乱中勤才妈扶起冯得富的头，一会儿掐人中，一会儿揉太阳穴，一会儿按胸口，紧张得出了一身汗。勤才、德才趿拉着鞋跑来了，却什么法子也没有，只一声接一声“大”“伯”地喊。喊着喊着，勤才的声音有了哭音，勤才妈和彩云一听，放开嗓门哭了起来。院子里很快拥满了人。

莲莲倒还镇静，说：“现在不是哭的时候，得赶快请先生。”勤才跺着脚说：“咱寨里哪有先生嘛！”德才说：“就叫宏朗吧。”勤才一听火了，说：“宏朗是给猪牛看病的，还是个半吊子，让他给我大看病，不是把他往沟里掀吗？”德才说：“病急只有乱投医了，宏朗是个兽医不假，但兽医也是医，多少懂一点看病的事，总比我们这样干着急强。”勤才妈说：“德才说的也在理，快去叫宏朗！”勤才瞪了妈一眼说：“你也糊涂了，我大又不是牛，我不去！”勤才妈哭开了，说：“你大都成这了，你恁犟筋咋还绷得八尺长，你眼睁睁看着你大死吗？你不去，我去！”说着就要往起站。勤才“嗨”了一声，跺了跺脚，拧着脖子出了门。

宏朗来了后，德才几个已经把冯得富抬到了炕上。宏朗摸了摸冯得富额头，又翻了翻眼皮，然后从药箱里拿出一个黑瓯罐、一绺烂棉花套，说：“得富叔可能被雨击了，给他拔个罐，再熬一碗姜汤，发点汗就好了。”莲莲、彩云一听忙去伙房烧姜汤。勤才却蹲在脚地不动。宏朗翻了勤才一眼说：“咋，不相信我？”勤才妈赶紧说：“信，信，不信会叫你来？”宏朗说：“那咋一个个都瓷在那里，快帮我把套子点着。”德才一听擦起了火石，火石溅出的火星引燃了棉花套，宏朗把棉花套塞进瓯罐，很快又抽出来，然后把瓯罐使劲摁在了冯得富的印堂上。

莲莲、彩云端着热气腾腾的姜汤进了屋，宏朗放下烟锅给冯得富拔瓯罐。不知是因为上了一只手，还是没有使劲，瓯罐晃了晃，没有被拔下来。宏朗咕哝了一句，跪在炕上用两手去拔，冯得富的头被拽离了枕头，瓯罐却仍牢牢地吸在额颅上。宏朗奇怪地摇了摇瓯罐，然后弯下腰，咬着牙，两手抱住瓯罐，屁股猛地往后一沉，瓯罐噗呲一声拔离了。宏朗被闪了一下，一屁股坐在了炕上。冯得富的头被拽起，又咚地落了下去，嘴里不自觉地发出了两声痛苦的呻唤声。勤才的眼睛快要翻到了额颅上，眼珠子也似乎要飞出来，他紧攥的拳头，差一点落到宏朗身上。

德才笑道："兽医就是兽医！"

宏朗没好气地说："阴阳怪气地说啥淡屁话，快给叔灌姜汤。"

莲莲一听忙去给冯得富喂姜汤，却喂不进去。她回头瞅了一眼勤才说："勤才，过来扶伯的头，一个大男人，蹲在脚地唉声叹气地像个啥？"勤才红了脸，忙上炕扶起冯得富，让他的头靠在自己的胸脯上。莲莲从碗里舀一勺姜汤，噘着嘴吹一口气，然后把勺子搁在冯得富嘴边，轻轻启开他的嘴，缓缓给他灌下了一勺子汤。一顿饭工夫，半碗姜汤流进了冯得富胃里，他的脸上渐渐有了颜色，头上也慢慢昌出了汗粒。宏朗嘘了一口气说："有效果了，再灌，最好一口气灌下去。"

终于，冯得富悠悠忽忽睁开了眼睛。勤才喜出望外，看着他妈喊道："醒了，醒了，我大醒了！"宏朗说："别嚷嚷，快把叔的头放下去，再加一床被子，让他美美出一身汗！"说完，收拾起东西就要走。勤才妈赶忙从板柜上的罐子里掏出几个鸡蛋，搁进了他的药箱。

冯得富昏昏沉沉睡了过去，恍恍惚惚中不知道做了多少梦。混混沌沌中，天突然就黑了，伸手不见五指。想到牛、驴、猪还没有喂，他艰难地爬起来，摇晃着出了门。拖着腿好不容易挪到猪圈边，猪圈里却空无一物。

他有点纳闷，正想叫勤才问个究竟。不想大门嗵地一声倒了，随即从门外跳进来四头猪。猪的眼睛贼亮，射出的光蓝幽幽得瘆人。看见他，它们的鼻子突然伸长了两三尺，左右晃荡着奔他而来。他吓坏了，赶忙奔回屋子，用被子蒙住了头。猪变的怪物却不罢休，它们闯进腰门，一头直奔勤才卧室，一头用长鼻子拱倒了粮囤，一头用尖利的牙齿咔嚓咔嚓啃起了柱子，一头闯进了他的屋子。冯得富吓得冷汗淋漓，浑身颤抖，不知道该怎么办。怪物翘起长长的鼻子，嗅了嗅他，然后猛地掀开被子，狞笑着向他扑来……

冯得富大叫一声，忽地从炕上坐了起来。

勤才妈从梦中惊醒过来，失急慌忙地问道："咋了，咋了，你咋了？"

冯得富浑身汗涔涔的，他揉了揉眼睛，尽量做出没事的样子说："不咋，做了个梦。"

勤才妈松了一口气说："谢天谢地，你终于言传了，夜来差点没把人吓死。饿了吧，我去给你做饭。"

冯得富摇了摇头，说："你睡你的，我不想吃。"

第二天一大早，冯得富摇晃着去了冯得显家。冯得显一见惊愕地说："哥，你咋个向了？我还说下了馆去看你，你咋一大早过来了？"冯得富摇了摇手说没事，没事，接着说了昨天地里看见的景象和晚上做的梦，还说："你给掐掐，是吉还是凶？"

冯得显思量了一会儿说："我估摸着你是中了邪。按说梦见象主吉，可你梦见的是猪，虽然长出了长鼻子，却非猪非象，何况你们家的确出了那么件怪事，这就吉凶难料了。不过，日有所思，夜有所梦，你也不要把它太当回事。人常说心病难医，常此下去我怕你吃不消呢。这样吧，既然你梦见怪物是从门里进来的，不妨在门上贴一对门神，把邪气堵在门外。另外，我昨晚想了，左青龙，右白虎，猪龙猪龙，应该把它安置在西边，可你家猪圈却盘在了东边，犯了冲，应该改过来。"

冯得富“哦”了一声说：“看来这猪养不成了！”

“也是，天高成这了，谁还养猪呀？费粮不说，养肥了卖给谁呀？”冯得显说。

离开冯得显，冯得富去街上请了一对门神，让勤才妈打了点浆糊，虔诚地贴在了门扇上。俭才从门口经过，好奇地问：“伯，人都说正月十五贴门神——晚了大半年，你现在贴恁干啥吗？”

冯得富没有理睬俭才，他倒着头看一眼握锏的秦琼，又看一眼持鞭的尉迟恭，心里多少轻松了些。

俭才回家给他大说了冯得富贴门神的事，冯得荣剧烈咳嗽了一会儿，待吐出一口黏痰后，方喘着气说：“你伯这是防邪气呢，去，给咱门上也贴一对，不敢让邪气拐过来！”

寨里人见冯得富和冯得荣家贴了门神，也纷纷贴了起来。很快，大孔寨两个杂货店积压的门神被抢购一空。

到了赶集日，冯得富吆上老母猪和三个猪娃去了街道。但正如冯得显说的，几乎没有人打问猪的行情。不得已，他只得三块半把四头猪贱卖给了柴一刀，还是欠账。

九

当清脆的枪声带着呼啸的尾音划过大孔寨上空时，冯引才依然沉浸在一路旅行的亢奋中。

那天，引才给史家怡说，柴老八再出门时一定叫上他，柴老八却迟迟没有回音。实在等不住了，他便又去了“将军寨”。

天已黑，食堂早已打烊。柴老八躺在窑里的竹躺椅上吃烟，史家怡歪在炕上的被子摞上看书。坐定后，引才直截了当说了他的想法。柴老八翻了引才一眼，懒洋洋地说：“我就开了这个店，眼看着也快关门了，哪里还有其他生意？还带上你，带上你撵兔啊？”

引才嘻嘻笑道：“哥，你就别睁着眼睛哄瓜娃了，引才我是没有经过世面，但眼里多少还有点水。让我说，你不但做生意，还做的是大生意。”

柴老八从躺椅上坐起来，磕掉烟锅里的灰，扫了一眼引才说：“你娃比我小十来岁，论班辈却是一辈人，说话怎么三丈高两丈低，去去去，我瞌睡了。”

史家怡给引才和柴老八各端了一杯水进来，见他们话不投机，便嗔怪地对柴老八说：“你看你，前些日子我给你说这事，你还说考虑考虑，今儿个怎么大眼瞪起了小眼？”

柴老八脸上的表情变得柔和起来，他接过史家怡递过来的水，吱溜溜吸了一口，然后沉下脸对引才说：“不是我不愿意带你，眼下世事混乱，路上很不太平。说是做生意，弄不好就是刀尖上舔血。一村一寨的，我不能害了你娃。”

引才啪啪拍了两下胸脯，说道：“哥，你放心，就兄弟这身板，一般小蟊贼还入不到眼里。”

柴老八赞赏地打量了引才一眼，却说：“多长了几斤蛮力有什么用，做生意要用脑用嘴哩。特别是嘴，人常说嘴上没毛，办事不牢。小鸡巴娃经的世面少，狗肚子往往藏不住二两香油。”

引才笑道：“这你就放心吧，我嘴上的毛是没有长全，可夹住了比女人的……”说到这里，引才忽然想到史家怡在场，赶忙打住后岔开话题说，“哥，做啥生意嘛，还这么上劲？”

柴老八右手食指捣了捣引才说：“你看看，正说嘴哩，你恁嘴就不值钱了。该问的问，不该问的把嘴夹住。”

靠在炕沿的史家怡扑哧一声笑了，却又赶忙用手捂住了嘴。

引才也不好意思地笑了，说：“好好好，该问的问，不该问的不问。”

柴老八说："做生意要有本钱，本钱越大，赚头越高。有钱能使鬼推磨，一分钱钞一分货。"

引才说："这谁都知道，钱嘛，我手头还有几个，实在不够再卖几亩地。天高了，地也没有个啥用。"

柴老八抬头看了眼板柜上面墙上的挂钟，张开嘴长长地打了个哈欠，说："好了，你回吧，我乏了。"

引才愣住了，说："你啥意思，磨了半天牙，还是没个准话？"

史家怡笑道："还真是个实诚人，回吧，耐住性子等你哥的话。"

引才放心了，赶忙笑嘻嘻地往出走。出门时，他忍不住回头看了一眼，只见史家怡正笑眯眯地目送他呢。引才心里闪出一丝柔情，很想说句话。可直到迈过了门槛，却什么话也没有说出来。

第二天，引才瞒着他妈把村南里的八亩半地卖给了钱春生。

大孔寨不算小，却大多是小户人家，一下子能买起八亩多地的人寥寥无几。何况地里的庄稼一天天往死里旱，谁还有心思买地？钱春生是大孔东南十五里的柳井人，外号葫芦，原来也是个庄稼人，前些年世事乱，他趁机拉起了队伍，随后又找了个好东家让人家收编了，一下子成了旅长。但他这个旅基本上还是原班底，说是一个旅，满打满算就二百号人。收编后的钱葫芦不愿离开故土，就驻守在离柳井南十五里的美市镇。美市镇出产花炮、纸张，常年四方商贾熙来攘往，很是繁华、热闹。钱春生便以地方政府的名义收取各种捐税，成为了方圆最富有的大户。有了钱的钱葫芦除买枪、买炮、玩女人外，最喜欢的就是买地。破落子弟、破产商户、遭受天灾人祸的庄稼汉，谁卖地他都买，好地差地兼收并蓄，还一天天上了瘾。几年下来，柳井方圆几十里都有他家的地，他也成了名副其实的"田葫芦"。

引才想着钱春生家大业大，指头缝里能多漏几个钱给他，可通过经纪人冯指头一说，人家一亩地就给五块钱，比前些日子卖东沟畔的地还少。

村南里的地离村子远了点，可平展展的，像一床暄腾腾的棉被子。如果雨水充足，长出的庄稼比好婆娘生的娃还蛮实。五块钱！五块钱能弄个屎？引才把自己的想法一说，冯指头的上眼皮翻过圆石头镜上沿，白多黑少地盯了他一眼说：“就这，人家还不愿意出哩，我死磨烂缠了半天才给了这个价。也不想想，都啥时候了，谁还要地，也就钱春生钱旅长了。”冯指头大名冯崇明，大孔水壕里人，因为做经纪常常和人在袖筒里摸指头，又打得一手好算盘，大伙私下叫他冯指头。引才有点心疼，不想卖了。可又一想，不卖地哪来的钱？没有钱柴老八能带他？便狠了狠心，重重地把沾有红印泥的右手大拇指摁在卖地契约后面的“甲方冯引才”上。

一切准备停当，就等柴老八的消息。可几天过去了，柴老八却一直没有话。引才在家里坐不住，便有事没事就往“将军寨”跑。可进了门，柴老八要么不在，要么什么话也不说，似乎他们之间啥事没有，让引才吃着羊肉泡也没有滋味。好几次他都想问柴老八和史家怡，话到嘴边了，又怕人家说他沉不住气，成不了气候，只得打住，怅然而去。

这一天，引才实在憋不住了，又匆匆赶到“将军寨”，欲问个究竟。进门后尚未等他开口，柴老八鼻子里哼了一声说：“知道你是个尖尖尻子，今天肯定来，就没有让人捎话，这不就来了。不过还行，娃娃家还算有点城府。回去收拾东西，明早出发。”引才高兴地咧着嘴笑，连声问去哪里。柴老八却说：“急什么急，明天不就知道了？记得，鸡叫头遍出发，误了点不等。”引才一脸的笑说：“没麻达，没麻达。”

引才回家把出门的事给他妈说了，他妈却抹着眼泪说：“柴老八整天不着调，你咋想起跟他去？还不知道去哪里，做啥生意，弄的啥事吗？”引才笑呵呵道：“不着调才会挣大钱，谁见过种地的发了财？放心吧，妈，你就等着吃香的喝辣的吧。”引才妈说：“我啥啥都不想吃，不想喝，就想让你弟兄俩守在我身边。你不知道，平时我都不敢想你大，一想心口就疼得难受！”引才心上蒙上了一层阴影，却拍了拍妈的肩膀说：“妈，你放心吧，啥瞎瞎事都摊不到我头上。”

鸡叫头遍后，引才和柴老八汇合在一起，出东门，经五龙宫，向北一拐，沿着弯曲的坡路往高原方向而去。高原在五龙山上的原上，是大孔北边的一个大镇，每月逢五逢十集会，规模比大孔集会大得多。

晚上没有睡好，引才显得无精打采，手里拉着骡子缰绳高一脚低一脚地动着步。柴老八回头翻了他一眼说：“你娃咋了，蔫得就像刚骟了的叫驴。”引才懒洋洋地说：“以前听人说回笼觉，二房妻，不知道是啥意思，现在有点体会了，真想再睡一会儿啊！”柴老八从嗓子眼哼哼了两声说：“就这么点出息，还想干大事？幸亏没有女人，要不还不整天黏在被窝里。”引才长长地打了个哈欠，嘴里淌着口水说：“女人有屎意思，我就想美美睡一觉。”柴老八嘿嘿笑道：“真是个毛头小子，不晓得饭香屎臭。知道啥是个四暖吗？天上的太阳，炉子里的火，女人的乳房赛热炕。乳房知道不？这是洋话，其实就是大奶子。”

引才搞不懂女人的奶子如何暖和，还赛过了热炕。他的脑子里突然闪现出史家怡耸立的胸脯。那就是她的……乳房吗？那乳房长啥样？和别的女人有啥区别？咋就赛过了热炕……引才的呼吸声粗重了起来。

……

一把搂住细腰腰，

好像老山羊疼羔羔。

白脸脸雀雀长翅膀，

吃你的口口比肉香。

白布衫衫怀敞开，

白格生生的奶奶露出来。

红格当当嘴唇白格生生牙，

亲口口说下些疼人话。

柴老八捏着嗓子唱了起来，声音虽沙哑，气力也不足，却含了感情，让引才觉得很有滋味。唱完，柴老八长叹了一声说：“女人啊，真真……”

柴老八的话虽然没有说完，引才却不想问他。他打量了一眼柴老八的后背，右手重重地抻了一下骡子缰绳，突然加快了步伐。

到高原时天已麻麻亮。进入镇区，街上空无一人，只有一家包子铺、一家羊肉馆门前的火炉子冒着烟。引才有点纳闷，心想来高原做啥生意嘛，还来得这么早？再说今天十三，也不是赶集的日子嘛，便茫乎地瞅柴老八。柴老八没有理他，继续拉着马往西走。引才只得跟在他后面。出了镇子，柴老八很麻利地跨上了马。引才一看也找了个粪堆，两手搂着骡子脖子爬上了骡子背。柴老八笑了说：“你娃不是上骡子，是熊上树。”引才脸有点烧，心里却说：“笑㞞呢，总有一天老子会比你利索得多！”

两个时辰后，走到了原畔。其时太阳撩开东方的天幕，把艳丽的阳光射到他们的背脊上，他们明显感受到了将要到来的热力。柴老八回过头，右手搭在额颅上看了一眼太阳说：“老天爷这是要收人的命啊！”说着，跳下马，沿着一条宛如绳子随意缠绕在山体上的小径向原下走去。引才一见，也溜下骡子，跟了上去。

引才晓得这条路叫夹路坡，是方圆几十里有名的一道坡。说是坡，其实是一条坎坷的山路，约莫五里长。下了坡便是大孔人说的北山里。北山里有山有川有塬，地土倒也宽阔，却是荒山、窄川、残塬，土地贫瘠，穷山恶水，人烟稀少，遭了灾比大孔人还难场。但这里前几年发现了煤，沟沟岔岔里已经挖了十几个煤洞呢，难道柴老八要去北山里贩炭？想到这里，引才毛躁起来，问柴老八说：“哥，咱究竟做啥生意吗？”

柴老八头也不回地说："咋，又憋不住了？"

引才没好气地说："走了这长的路，你好赖透个底嘛。"

柴老八说："到了就知道了。"

引才"嗤"了一声，说："我们往北山里走，不会去贩炭吧？"

柴老八哈哈大笑："知道你娃就那点出息，都没想想，我老八会干贩炭的事？"

引才嘿嘿笑道："当然不是，贩炭我会跟着你？可话说回来，咱又不是去做贼，何必弄得神神秘秘的！"

柴老八翻了引才一眼，又向周围环视了一周说："你知道出了这条山川是哪里？"

"哪里？"

"门官。"

"门官！"

"你被蝎子蜇了，嚷嚷着招土匪吗？"

"狗不拉屎的地方，哪来的土匪？"

"后悔了？后悔了你可以牵上骡子回去嘛，我又没有拉你来。"

见柴老八生了气，引才先是一愣，很快便笑道："哥，看你这话说的，我说后悔了吗？我说要走了吗？不问了不问了，吃屎喝尿兄弟跟着你就是了。"

柴老八往地上吐了口痰，拉着马加快了步伐。

引才拉着骡子赶忙跟了上去。

一路上骑一会儿牲口，走一段路，紧赶慢赶，天黑透时又下了一座山，方踏进了一条幽深的川道。川道里有一条河潺潺流动着，星光下泛出一绺弯曲的光景。又走了一程，河对岸山崖下有微弱的灯光闪烁。跨过一架马车宽的土桥，突兀着一座城门，城门上镌刻着"门官"两个字。进了城门，一条逼仄的街道依山逶迤，两头不知延伸到哪里。街心处山体凹了进去，山坳里伸出的路和主街构成了“丁”字。街道两旁的房屋低矮、陈旧，看着就像没有吃饭的人。

引才随柴老八在一家车马店住下，胡乱吃了两碗店伙计压的饸饹，便倒在炕上睡死了。正山高水低地做着梦，有人使劲摇晃起了他。他费力睁开眼一看，却是柴老八。柴老八笑道：“一上炕就成了死猪，被人杀得卖了都不知道，还出门做生意呢。”引才摸了摸腰，不好意思地笑道：“太乏了，日行百里呢，飞毛腿也不过如此。”柴老八说：“这算个屁。起来，走！”引才诧异道：“咋，还要走？”柴老八从炕上拉过昨晚当着枕头睡的草料口袋，抓起来就往肩膀上抡。口袋倒是落在了肩膀上，人却打了个趔趄。他扶住炕沿，歪过头对引才说：“我说过到了吗？年轻娃没掰头，给你说的远了，路上还有心劲吗？别麻缠了，急赶上路。”引才从被窝里伸出头，茫然四顾了下，打着哈欠从炕上爬了起来。

出了门官城门，太阳已经汪汪地撒满了整个川道。和昨天的山路相比，面前的川道虽也不甚宽敞，两边的山也光秃秃的，却平坦了许多。中间的河床倒是宽阔，水流却小得可怜，看着只有人的胳膊粗。虽然是早晨，河两边柳树的枝条无精打采地耷拉着，发黄的叶子几乎卷在了一起。山坡上偶尔闪出一块庄稼地，里面的生长物却低矮、瘦小、稀疏，让人分不清是野草还是庄稼。偶尔，川道空阔处闪出各种颜色的花草，让引才黯淡的心情多少有了一点生气。引才不知道这是什么花，很想问问柴老八，但想到柴老八又会说他没见过世面，只得把已经涌到嗓子口的话咽了下去。

大约走了十里地，川道两面的山渐渐矮起来，距离也慢慢增大。山脚下、路旁不时出现一个村庄或几户人家，却冷静得听不见鸡鸣狗吠，清淡得看不见一缕炊烟。门口偶尔坐着人，却大多形销骨立，耷拉着头一动不动，不知道是死是活。更让引才惊奇的是，适才看见的花儿又出现了，且越来越多，地块也越来越大，里面的花儿也越来越五彩缤纷。

引才的眉毛一下一下攒了起来，他重重地吐了一口痰，骂道："天高成这，这里的人却在地里种花种草，饿死了活该！"

柴老八奇怪地看着引才问："咋，你不认得这些花？"

引才说："我对花呀草啊的从来不感兴趣。"

"知道这是什么花吗？"

"不知道，也不想知道。"

"我敢说，你要知道了肯定有兴趣。"

"啥花能让我有兴趣？！"

"告诉你，这就是罂粟花。"

"英……雄？还有个英雄花？啥是个英雄花，我还真没有听说过！"

柴老八摇了摇头，嘲笑道："说你娃没见过世面，你还嘴硬。告诉你，不是什么英雄花，是罂粟花，就是鸦片，烟土。"

"什么？"引才愣怔了，"烟土不是土吗，咋成了花？花怎样变成烟的，竟让烟鬼们倾家荡产？"

柴老八叹了一声："没有见过世面的瓜娃，空长了一个大块头！"

引才没有理识柴老八，他脚踏在马镫上，从骡子身上站起来，手搭凉棚向罂粟田望去，似乎想一眼看穿这些花朵中隐藏着的秘密。平日里，引才妈常对引才说："娃呀，咱做啥都不要赌博，赌博场上没好人，好人迟早会被他们算计光。咱更不能抽烟土，那东西抽上了就完了。卖地卖婆娘卖娃不说，祖祖辈辈在人前都说不起话。"说着还抹开了眼泪，好像这些事已经发生了。现在这个让人一听就胆战心惊的害人之物就在眼前，引才却怎么也不能把如此艳丽的花朵，和眼神迷离、哈欠连连、摇摇晃晃的烟鬼联系在一起。似乎他面对着一群妖艳的美妇，怎么也想不到她们美丽的外表下却是喝人血的妖孽。引才一屁股坐到骡子背上，咧了咧嘴，笑了。

柴老八怪异地看了引才一眼，弄不清他在笑什么。

十

当圆红的太阳还在依恋西边无垠的地平线时，引才跟着柴老八来到了一个叫华元的地方。这是一座比门官大得多的城池。高高矗立的城墙和宽阔的城门说明了一切。但让引才吃惊的是，城墙根下的地里竟也栽种着罂粟，对面河沿蔓延到山脚下的地里更是比比皆是。虽然暴晒了一天，罂粟的叶子已经萎靡不振，但那些五颜六色的花儿却依然妖里妖气地摇曳着。

进城后，柴老八领着引才进了一家名“万隆”的旅店。旅店不大，但给人一种沉稳、典雅的感觉，和门官住的旅店天地之别。特别是干净、整洁的房间还挂了两个镜框，镜框中各有一位涂脂抹粉、巧笑倩兮、美目盼兮的女人。两个女人一个苗条，一个丰满，都穿着挺胸卡腰的旗袍。丰满的裸露着丰腴的胳膊，苗条的露出了白皙的大腿。引才哪里见过如此打扮的女人，便好奇地把两个女人扫了好几遍。柴老八心里又是一阵好笑。

安顿好一切，柴老八让引才把身上带的钱拿出来。引才没有多想，从腰里掏下两个小布兜，交给了柴老八。柴老八掂了掂说：“就这些？”引才睁大了眼睛，说：“五十块呢，还少？”柴老八摇头笑道：“五十块还算钱？”引才瞥了一眼柴老八，不快地说：“到究做啥生意吗，口气大得狰傚。”柴老八没有理会他，而是随意把那两个小布兜塞进褡裢后说：“走，立马找卖家去。今晚见不到人，要耽搁一天时间哩。”

华元城虽和门官一样建在川道，但这里的川道却宽阔得多，看着就像一个盆地。因此，城内的街巷、房屋便显得规则、大气。城内东、西、南、北四条街周正地延伸着，交汇于城中心一座两层飞檐翘角的鼓楼。穿过鼓楼门洞，往北大街走一段，有一个十字路口，从这里向西拐进约五十步，朝南屹立着一座庑殿式木牌楼，牌楼的中央镶嵌着“棂星门”三个字。牌楼的后面是一个安着大红门的院子，门框上挂着“华元三民军官学校”的牌子。柴老八领着引才正想往里走，门里面闪出了一个穿军服的娃，娃翻了一眼柴老八和引才，右手拍着腰里的枪说：“军事要地，请马上离开！”柴老八嘿嘿了一声说：“给小三子通报一声，说八哥找他。”娃脸上的肌肉和缓了一些，问柴老八和姜副官是啥关系。柴老八不耐烦了，说：“已经给你说了，我是他八哥！”娃又打量了柴老八一眼，转身去了门旁小屋的窗前。窗台上搁了个黑匣子，旁边还按着一个绞水辘轳似的把子。娃从黑匣子上揭下一个西瓜刀般两头翘的东西，一头按在耳朵上，一头搁在嘴边，又摇辘轳般飞快地摇了几下把子，嘴里跟着嘀咕了些什么话，然后飞一般跑过来，站端、挺腰、举手，啪地敬了一个礼说：“报告柴老板，姜副官说让您稍等，他马上就到。”柴老八没有理娃，转过头却问引才知道不知道那个黑匣子是啥。引才摇了摇头。柴老八不屑地说：“这都不知道，记住，这是电话！”

须臾，从院子里面跑出来一个细高挑个儿、比那个娃大一点的兵。他的左肩膀上斜挎着一把匣子枪，可能害怕枪跳动起来撞他的右腿，他一边跑，一边用右手抓着枪。到了柴老八面前，他顾不上喘口气，也站端、挺腰、举手，啪地敬了一个礼。柴老八定着脸摆了摆手说：“好了好了，我的姜大副官，你就不要来这一套了，我又不是长官。”姜副官放下右手，笑嘻嘻地说：“八哥，你就不要傶我了，还是叫小三子的好。”柴老八斜了娃娃兵一眼说：“小三子长大了，越来越会说话了。”娃娃兵挺了挺腰，不好意思地笑了笑。姜副官回头对娃娃兵说：“是不是慢待八哥了？告诉你，这是柴掌柜，前辈，今后长点眼色。”柴老八说：“算了算了，不是不认识嘛。咋，魏长官不在？”姜副官说：“魏长官正在开一个重要会，他让我先把地方安排好，他开完会就过来，说晚上陪你喝两杯。”柴老八说：“我已经住下了，还在老地方，就想马上见到老伙计们。”姜副官说：“也是，长官们也成天念叨八哥呢。”柴老八用食指点着姜副官说：“你这个机灵鬼，说你能，还真成精了。”

回客店的路上，心里懵懂的引才忍不住地问：“八哥，咱来做生意，找兵痞子干啥吗？”

柴老八说：“说话咋恁难听，啥兵痞子，都是正儿八经的人。还想做大生意，你娃和大孔那些人一样，就会贩炭。”

引才的头脑似乎有点清晰了，他瞅了一眼柴老八迈着八字步走路的背影，三步并作两步追了上去。

夜幕降临后，姜副官陪着三个穿长袍的人匆匆进了柴老八住的旅馆。领头的身材魁梧，头上戴着一顶黑礼帽。正躺在炕上和引才说话的柴老八一见，一骨碌从床上跳到地上，面对戴黑礼帽的站端、挺腰、举手，啪地行了一个礼。

引才便晓得戴黑礼帽的是华元三民军官学校校长魏敏生。

魏敏生上前拉下柴老八的手，双手握住说：“八弟，要行也该老兄给你行礼，你为老教导团立下了汗马功劳，我得好好感谢你啊！”

柴老八笑道：“大哥这话见外了不是，我当年也是将军的人，为弟兄们筹点粮草应该的，应该的。”

那两个穿长袍的人也上前和柴老八握手，说“八哥辛苦了”。柴老八笑呵呵地说：“王继泰，陈来喜，你们已经是营长了，老兄这厢有礼了。不过，眼下世事混乱，你们可要全身心帮大哥带好兵，千万不敢听人蛊惑，坏了兄弟情分！”

王继泰一听沉下了脸，说：“八哥说哪里话，老教导团是我们的家，大哥犹如我们再生父母，千钧雷霆也没法将我们分开，我看哪个不怕死的敢来蛊惑？”

陈来喜在一旁也说“就是”。

柴老八说：“那就好，那就好。”

魏敏生的眼光落在引才身上，柴老八忙转身把引才拽过来说：“这是我兄弟冯引才，虽说没有见过多少世面，人却是义气，还请弟兄们今后多加关照！”

魏敏生拍了拍引才的肩膀，笑道：“身板不错，是个当兵的材料。”

引才笑了笑，没有说什么，心里却想：好铁不打钉，好男不当兵，柴老八你们啥意思，想让我当兵，门都没有。

说话间，姜副官吩咐客店掌柜搬进来一张八仙桌和六把椅子，又上了六个菜、一壶酒，大伙按主客长幼坐了下来。

魏敏生说：“八弟，天旱成这，好多人几乎吃不上了饭，我也只能简单招呼你了。不过，你爱吃的芥末凉肘、卤猪蹄、凉拌五柏芽、咸汤饸饹，我都让掌柜的想办法备下了。这瓶‘醉门官’我存了好几年了，你一路风尘，就开怀畅饮吧！”

柴老八赶忙抬起屁股打躬作揖道：“大哥客气了，兄弟受之有愧。说起来让人伤心，我们那里今年非但滴雨未下，还落了一场冷子，地里的庄稼大都蔫干了，再这样下去真要死人的！”

王继泰右拳咚地砸在了桌面上，说：“天灾背后必有人祸，这些年抓人、杀人、打仗的事还少吗？中国的百姓苦啊！孙先生说过，‘革命尚未成功，同志仍需努力’。弟兄们，任重道远啊！”

魏敏生点了点头说：“今天不说这些，八弟和引才兄弟一定饿了，干！”

引才早都饿了，此刻瞅着一桌饭菜，而且还有几个他没有吃过的，肚子里一时似乎长了只手，恨不得三两把将桌上的饭菜全抓进去。魏敏生、柴老八几个却不急不躁，他们一会儿觥筹交错，一会儿互诉衷肠，似乎吃饭就是个过程。无奈，引才便也做出彬彬有礼的样子，有一句没一句地陪他们应景。吃东西也按他妈小时候教的那样，很文雅地搛一筷子菜，送进嘴里，然后把筷子搁在盘子沿上。咽下肚后，再拿起筷子搛菜，送进嘴里，再把筷子搁在盘子沿上……别人敬酒了，他只得停下筷子，站起来和人家碰杯，仰头，再坐下。在家里，引才不大喝酒，一者大孔人都是过日子人，平日里舍不得买酒，更不会平白无故地喝酒。红白喜事上的酒就是个意思，一桌就一壶酒，上面蹲一酒盅，谁喝，就自个儿倒一杯，不喝就把酒壶往下挪。很少有人敬酒，也很少有人碰杯。一席下来，能喝完一壶酒就算奇迹。二者他觉得喝酒没多大意思，辣乎乎的水水灌进肚里图啥嘛，还要花钱。今天却由不得了他，他也不想让人家说他没有见过世面，狗肉上不得席面。可这里喝酒的讲究太多了。一个人一个酒盅，开始先喝三杯，每个人轮着敬一圈，中间夹杂着自由邀请。两圈过后，引才已头昏脑涨，眼神迷离，面前的人也一晃一晃摇了起来。但引才惦记着桌上的饭菜，他实在舍不得丢下这些好东西去睡觉。最后，他顾不上讲究，睁大眼睛，抓起筷子左右开弓，一口接一口地吃了起来。一会儿工夫，一桌菜便被他吃去了一半。柴老八气得直翻白眼，但当着人面又不好说什么。魏敏生一看哈哈大笑，说：“引才兄弟是个痛快人，我喜欢，我喜欢。”回头又对柴老八说，“愚兄还有点公务，让王营长、陈营长好好陪你。来了，就多住几天。”

柴老八忙站起来说：“大哥你忙吧，能见你一面我就知足了。”说着，附在魏敏生耳边悄悄说了句什么。

魏敏生戴上礼帽，站起来握着柴老八的手说：“让兄弟提心吊胆、费心费力，实在不好意思。客气话就不说了，等天下太平了，我一定加倍奉还。”说着，向姜副官使了个眼色。姜副官一见忙过去撩起门帘，向外面招了招手。很快，两个穿便衣的汉子跨进门，把手里的布袋交给了魏敏生。魏敏生皱了皱眉，把布袋递给柴老八说：“没办法，暂且算没办法的办法吧！”

柴老八从床底下拉出草料口袋说：“今年生意难做，还请大哥谅解！”

魏敏生拍了拍柴老八肩膀说：“兄弟真是我的好军需官啊！”说完，转身而去。穿便衣的两个汉子提着草料口袋尾随在后面。

引才一夜睡得像死了过去，第二早醒来，见柴老八已经起床收拾东西，便不好意思地笑了笑。

柴老八说："醒来了还不起来，等我给你穿衣服吗？一晚上又睡得像头猪，真不怕土匪来了要了你娃的命？"

引才笑道："在魏大哥的地盘上怕个屎。"

柴老八说："哪里都不太平呢。快起来，收拾东西，回家。"

引才诧异道："生意还没有做，回家喝西北风去？"

柴老八打了个哈欠说："做生意的时候你娃抡着筷子呢，一天就知道吃和睡，一点眼色都没有！"

引才心里灵醒过来，忙问："你和魏大哥做……生意？货呢？"

柴老八往床头扫了一眼，引才忙坐起来，眼睛随柴老八眼光看去，只见柴老八的枕头上搁着一块用草纸包裹着的半个砖头大的什么东西，不觉吃了一惊，说："五十块就弄这么点东西？啥吗？"

柴老八冷笑道："你以为贩炭啊，驴驮人背的让人看？"

引才心里咯噔了一下，却不敢相信自己的判断，嗫嗫嚅嚅地说："真是……土？"

柴老八从鼻子里"哼"了一声，不知道是回答引才，还是对他嗤之以鼻。

引才心里一时既兴奋，又惴惴不安。兴奋是觉得跟柴老八跟对了，他果真做的是大生意，后面还有那么多硬棒、义气的弟兄。惴惴不安是因为想起了妈给他说的话。虽然他没有成为"烟杆子"，却贩起了烟土，让别人成为"烟杆子"。他从枕头上捧起那块东西，翻过来看看，翻过去看看，似问柴老八，又似问自己："我妈常说这东西伤天害理，也不知道是不是？"

"瞧你娃那点出息，"柴老八笑道，"听你妈的话，躺在家里别出来啊。啥叫伤天害理？抽大烟的不是有钱人，就是烂杆子，里面能有几个好人？你要是不想干了，把东西给我，我回去给你七十块。"

引才嘿嘿笑道："看你这人，我说我不想干了？问题是回去卖给谁呀，总不至于拿到会上去卖吗？”

“放心，到时候有人会找你的。”

“谁？柴福海？”

“他算个屁。”

两天后的晚上，两个人回到了大孔。引才进了东门，柴老八怕碰见寨里人，绕到北寨墙后面朝西门而去。

引才妈正在屋里烧香念佛，一看引才回来了，她赶忙爬在地上给观音菩萨像磕了三个头，然后忙活着要给引才做饭。引才说他在高原吃了羊肉，他妈嗔怪地说：“回来了还要在外面吃，嫌你妈做的饭难吃吗？”引才笑了笑，没有说什么。

进了自己房间，引才把带回来的东西掏出来，藏在了箱子底。转眼一想，他妈常翻箱子找东西，发现了如何了得。忙拿出来搁在粮缸里，用粮食埋住。又一想这东西香气扑鼻，老鼠不知道这是啥，一下子成了它们的美味，岂不亏大发，赶忙又拿了出来。正为找不到藏匿的地方而急得团团转，引才忽然看见了枕头，遂灵机一动，抽出枕芯，撕开用针线缝着的地方，把烟土塞进荞麦皮里，然后笨手笨脚地缝上了口子。

就在这时，一声清脆的枪声带着呼啸的尾音划过了大孔寨的上空。

听到枪声，引才赶忙把枕头塞到被子下，转身就向外跑。他妈从房子出来喊住了他，说：“兵荒马乱的，你往哪里跑？”

枪就响了那么一声，过后寨子又沉寂了。引才听了妈的话，回到屋里，躺上了炕。

正迷糊着，大门被急促地敲响了。引才打了个寒战，赶忙溜下炕，撒腿往门口跑去。曳开门栓，大门一把被推开了。引才后退了一步，顺手操起门旁边的顶门杠，高高地举了起来。这时，门外的人叫了一声：“引才，是我俩！”引才一看，不是别人，却是柴牛儿、冯天顺两个。引才放下顶门杠，没好气地说：“大半晚的，你俩咣咣咣乱砸门干啥，都不怕惊吓了我妈？”

柴牛儿、冯天顺没有接引才的话，却说：“这几天你是不是和柴老八在一块儿？”

引才不耐烦地说：“是啊，咋了？”

柴牛儿说：“那就跟我们走一趟，乡约有请！”

引才两手交叉抱在胳膊上，懒洋洋地说：“凭什么呀？”

“柴老八死了。”

“什么？！”

十一

和引才分手后，柴老八向北一拐，走了一段，又向西一转，沿着北寨墙跟下的路往前摸索而去。

大孔寨东西长，南北短。寨子南边相连着平坦的田地，环寨南路宽阔、豁亮，走着舒服，放心。寨北高卧着大涝池，环寨北路夹在驮着大涝池的土埝和北寨墙之间，狭窄、阴暗，加上常年雨水冲积，又无人修复，路面坑坑洼洼，坎坷不平。特别到了晚上，头顶只有一线天，行走其中仿佛进了阴森、幽暗的峡谷，风一吹，草一动，胆子稍微小点的人不自觉地就会头皮发麻，不寒而栗。但柴老八却不喜欢走南环路，就喜欢走北环路。原因么，一者他当过兵，历过战事，总觉得安全的地方往往隐藏着危险，而所谓危险的地方往往最安全；二者他心里有一件难以言说的隐私，使他无脸见人，特别是熟人。

似乎被黑漆重重涂抹过，四围黑天墨地，让柴老八有一种躺进棺材的感觉。身旁的寨子仿佛一个没有吃饭的人，疲塌塌睡在那里，静得匪夷所思。一阵风从身边驰过，窄巷中响起了风哨声，大白马随之打了个响鼻。

一切复归于静谧后，马蹄的嘚嘚声和鞋底的沙沙声格外刺耳。柴老八的心紧张地跳了起来，下意识地喊了一声“嘚”。大白马似乎明白了主人的意思，头昂了昂加快了步子。柴老八这时候却清醒了，他不好意思地笑了笑，心里说：“还当过兵哩，就这么点㞞胆！”

柴老八心里一直都很颓唐，他怕见到史家怡，更怕看见她那一双不时流露出幽怨的大眼睛。从心里说，柴老八爱他的“将军寨”，更爱自己的女人史家怡。他也知道史家怡做他的女人是心甘情愿，尽管这种心甘情愿里包含着一种报答、一种委屈，甚至一种无奈，但总归是他们夫妻关系的基础。但不幸的是，他们的夫妻关系早已名存实亡。

这一切全因了那一场噩梦般的战争。

前年四月，杨将军的第三师开进长安城时，头戴红圈军帽的柴老八已经当上了连副。他所在的团负责坚守东城墙。这是守城战斗中打得最惨烈的地方。这一天，伴随着霹雳般的炮火，镇嵩军抬着云梯喊叫着又冲了上来。云梯上悬挂着一面白布，上面书写着血红的赏金数字。柴老八和弟兄们蹲在城墙垛口下面，紧握鬼头大刀紧张地守候着。终于粗重的喘气声临近了，柴老八一跃而起，抡起大刀迎面砍去，大刀明晃晃地一闪，咔嚓一声落在敌人脖子上，又从脖子另一边飞出。随之一颗面目狰狞的头颅先是一歪，然后离开脖颈，落下了城墙。没有了头颅的身躯，脖子里喷涌着鲜血，直直地从云梯上栽了下去。又一个敌人从垛口冒了出来，柴老八大叫一声，双手握刀狠狠地往前一捅，又猛地一拔，敌人的胸脯仿佛炸开了，哗地喷出了灿烂的血花。第三个敌人惊慌失措地看了他一眼，扒着城墙就往里翻。柴老八愣了一下，一时忘了举刀。待清醒过来，他抬起腿踢向了那人，脚准确无误地落在那人脸上，那人惨叫一声，手一松，从垛口上跌了下去……待云梯上拱出第六个人时，柴老八已然杀得兴起。正当他高举着刀准备往下砍时，他的下身突然间炸裂了。他来不及哼一声，就和那些没有头颅的身躯一样，直直地扑倒在地。

当柴老八睁开沉重的眼皮，首先出现在他瞳孔的是一双大大的眼睛，紧接着是一张白白净净的脸，和一头乌黑明亮的剪发头。是一个姑娘，还是一个洋学生。柴老八不知道自己在什么地方，但对面前这张楚楚动人的脸很上心。见柴老八的眼睛动了一下，又动了一下，终于微微睁开了，这张脸激动得发红，脸上的嘴也动了起来：“活了，活了，我说没死没死，这不就活了！”话音未落，围上来了几个人，一个个或穿或披着白大褂，目光像观看一个怪物似的在柴老八脸上扫来扫去，一个老医生还连连摇着头说：“奇迹，奇迹，生命的奇迹！”

后来，柴老八知道这个洋学生叫史家怡，从汉中来长安城读书。城被围后，她回不了家，便跟随一帮胆大的学生参加前线救援工作。这一天，一场激战后，她和同学们急忙忙爬上东城墙，从死人堆里寻找还活着的兵士。他们把躺在城墙上的人扒拉了一遍，抬走了一个个还有气的人。正准备撤离，她突然看见城堞下面一个人的脚微微颤了一下。她赶忙跑过去看，只见这人脸煞白，却看不出那里受了伤。她趴在他胸脯上听了听，好像已经没有了气息。正疑虑着，领队的男同学喊道：“他已经死了，赶快撤，敌人又要打炮了。”她说：“不能吧，一点伤没有怎么可能死？你过来帮我把他抬走。”男同学不耐烦地说：“我听他的心脏了，真的已经死了。”她却扑闪着大眼睛说：“要是我们的耳朵被震麻了呢？拜托，救人一命胜造七级浮屠呢！”男同学见她执拗得可爱，只得叫了两个人和她把那个人抬走了。

医院里乱糟糟的，到处都是伤兵，呼叫声、哭喊声、咒骂声此起彼伏，刺人耳膜。史家怡拉来一个老医生，让他检查她抬回来的人怎么了。老医生听了听这人的胸脯，松开眉头说：“抬走吧。”史家怡没有听懂老医生的话，傻傻地问：“抬哪里？”男同学没好气地说：“还能哪里？停尸房呀。”史家怡愣了，眼巴巴看着老医生说：“大叔，你再好好看看，一点伤没有怎么可能会死呢？”老医生指了指胸前的听诊器说：“你知道这是啥东西，听诊器，西方人发明的，精细得很呢，不会有错。”史家怡急了，说：“要是听诊器失灵了咋办？或者你的耳朵听得多了，一时半会儿听不真了咋办？”老医生摇着头笑了，便戴上听诊器又去听。听了一会儿，老医生的眉头蹙了起来，忙从头到脚把伤员细细检查了一遍，这才发现伤员的裤裆处有一个弹孔，下身也散发出难闻的腥臭味。老医生忽地站起来，大声说：“快，立即上手术台！”

从手术室出来，筋疲力尽的老医生对守在门口的史家怡说：“打到七寸了，是个要命的地方！”史家怡听不懂他的话，眨巴着清纯的大眼睛说：“还有救吗？”老医生擦了把汗说：“我把老底都掏出来了，就看他的造化了。”又诧异地问，“你是他什么人？亲戚还是那个什么……爱人？”史家怡咯咯笑了，说：“怎么会呢？他长得那么难看。”说完，转过身走了。但第二天她又来了，一来就去看那个伤员。第三天依然如此。伤员昏迷了七天，她就来了七天，直到他睁开了眼睛。

史家怡救下的伤员正是柴老八。

在医院待了三个月，柴老八的伤好是好了，却感觉浑身乏力，打不起精神，不说上战场杀敌，走路都有气无力。鉴于他守城有功，团长魏敏生提拔他做了副营级军需官。柴老八读过几年私塾，又会打算盘，做军需官倒也得心应手。

这以后，柴老八常常想到史家怡，却再也没有见过她。

守城战斗一打就是半年。到了后期，刘屠户把长安城围得铁桶一般，城里人很难逃出去，全城数十万军民的吃饭一下子成了问题。一斗麦子售价高达八十元，一斗大米更是高达一百三十五元，就连一斗小米也涨到了九十元。粮食吃光了，就杀战马、牲畜；牲畜杀完了，就吃麸糠、油渣、草根、树皮……最后，老鼠、冬眠蛇、癞蛤蟆、皮带、皮鞋、皮包、中药材都成了人们嘴里的填充物，有些地方甚至出现了人吃人的现象。

这天，柴老八从外面找粮回来，见几个兵士弓着腰、伸着脖子趴在门缝和窗户上往一间屋子里瞅。柴老八有点好奇，也走过去通过窗户上的纸洞往里看。只见一个白光光的女人仰躺在床上，一个兵士站在床边提着她的两条腿，正呼哧呼哧地弄那事。女人的身子晃动着，嘴里却不闲，正一口接一口咬手里的馍。柴老八摇了摇头笑了，他知道这是外面饿急了的女人找上了门。粮食紧缺起来后，这种事他已经见多不怪。也是饿日塌了，只要给一个杂粮馍，上门的女人就会脱光衣服，任凭兵士们摆布。柴老八从不掺合这些事，却也不反对弟兄们这么做。是啊，怪谁呢？要怪就怪这场可恶的战争，怪那个挨千刀的刘屠户。打了这么长时间，弟兄们死的死，伤的伤，剩下的还看不到希望，只一味地守、守、守，人早已憋坏了。再说他们是用自己仅有的口粮，不，是用自己的生命换取一时的麻醉，这和“春光楼”里的交易绝不是一回事。

柴老八正欲离开，却忍不住又往里看了一眼。这女人太白了，就像一件泛着幽幽寒光的白釉瓷器。就在这时，不知道是觉察到了窗外有人，还是冥冥之中有一种安排，女人的头转了过来，还往窗子这边翻了一眼。柴老八吃了一惊，一时简直不敢相信自己的眼睛，情急之下竟一把撕掉了窗棂上的纸。女人不知道是被吓住了还是愣住了，一双大眼睛瞪得溜圆，呆呆地盯在了撕开纸的窗棂上。柴老八的头脑轰地炸开了，他扭身跨到门前，一脚踹开门扇，冲过去一把推开正忙乱抽动的兵士，拉过床上散乱的衣服，盖在了女人身上。门口的人不知道咋了，眼睛骨碌碌地转。正在兴头上的兵士反应过来，一手捂着依然硬挺的命根，一手提着裤子指着柴老八说：“柴军需，凡事都有个下数，不能仗着自己是个副营，就不按路数出牌了。”门外的人也涌进了屋子，说：“是啊，我们等了大半天，都快憋死了，你不能加塞啊。”柴老八像赶鸡一样两手往上撩着说：“出去出去，都他妈的给我出去。”那些人不服，瞪着眼说：“凭什么，凭什么呀？”柴老八火了，怒目圆睁道：“凭什么？凭她是……是我妹子。滚！”兵士们面面相觑，有的还吐了吐舌头，一个个垂头丧气地向外走去。那个兵士却不相信，一边走，一边回头骂咧咧地说：“就他那个㞞式子，会有这么个妹子？他这是要独吞呢，好羊肉……”有人悻悻地说：“好了好了，你好赖还尝了个味，我们呢？”那个兵士说：“尝尿哩，突然被人从热被窝里拽出来，那种难受还不如不进去！”其他人听了哈哈大笑。

待兵士们都出去，柴老八赶忙闭上门，扣上闩，然后轻轻叫了一声“史家怡”。史家怡眯缝着眼睛，微微叹了一声说：“我饿！”说着，两颗晶莹的泪珠从眼角溢出，顺着太阳穴滚下来，啪嗒落在了床上。

柴老八眼窝一热，眼泪不可遏止地涌了下来。

史家怡昏昏沉沉睡了一天一夜，醒来后一口气吃了两个玉麦面馍，喝了一大碗小米粥，然后想了想，对柴老八说：“我不想走了，你要不嫌弃，我就……跟了你！”

柴老八心里一阵激动，这可是他做梦都不敢想的事啊！史家怡是不干净了，可人家是大家闺秀，长安城里的洋学生，长相、出身、见识都远在他之上。要不是这场战争，他想看她一眼都不可能，又如何敢动人家的心思？他不敢相信这个现实，吞吞吐吐地说：“这……能行吗？”

史家怡低下了头，说：“你要是不要我，我不饿死，也会被男人……你不知道我们学校的惨状，一些同学饿死了，一些同学就剩下了一口气。稍微有点姿色的女同学为了活命，只能……那样。我真的不想那样，可我……饿啊！你知道一个礼拜没有吃东西是什么感受吗？我不想再受饿了，也不想……那样。”

“队伍上的日子也不好过啊！”柴老八叹道。

史家怡抬起头，看了一眼柴老八说：“你是不是嫌我……”

柴老八急了，头摇得像风中的树叶：“没有没有，我咋会嫌你嘛。放心，只要有我一口吃的，就不会让你挨饿！”

过了几天，柴老八在外面寻了间房子，带着史家怡住了过去。

第一晚，史家怡脱掉衣服，钻进被窝，还闭上了好看的大眼睛。柴老八看着她微微颤抖的眼皮，浑身不由自主地燥热起来。他抖抖索索脱掉衣服，撩开被子，慌乱地钻了进去。但后来让柴老八觉得可笑的是，他做的第一件事竟然是莽里莽撞地用嘴压住了史家怡的右眼，还不知不觉地伸出舌头去舔。舔了一阵后，又不自觉地把嘴移到史家怡的左眼上……

接下来的一切便是柴老八的耻辱了。

经过一番手忙脚乱后，柴老八把吃奶的力气都用上了，急得满头大汗，呼呼地喘粗气，史家怡开始还有点怕羞，最后也尽力地帮他，他的命根却死蛇般地鼓动不起来。最后，实在无计可施了，柴老八心里一阵悲凉，扑通倒在了床上。

史家怡拂掉粘在脸上的头发，用胳膊肘轻轻碰了碰柴老八，用一种说不清是埋怨还是不谙情况的声音说：“你这是咋哩？”

“谁知道。”柴老八用胳膊盖住眼睛，闷闷地说。

“会不会是上次的伤……”

“不会吧，东西在呢。”

“别急，慢慢来，日子长着呢。”

这以后，柴老八打起精神又做了几次，结果和那次的情况差不多。起初，史家怡还安慰他，但每次被撩拨得脸潮红，身上似万千虫子噬咬，最后却没有解决的法子，她便有点灰心丧气了，也不再积极配合，就那么躺在床上，任凭柴老八瞎忙乎。柴老八一看更没有了情趣，只得偃旗息鼓，翻身假寐。久之，史家怡嘴里虽然不说什么，眼睛里却闪烁着一种说不清是痛苦还是幽怨的神色，眉头也不自觉地往一起蹙。柴老八自知理亏，却没有法子，只得另拉床被子，悄然钻进去，不再晉乱史家怡。

长安城解围后，城内残垣断壁、尸横遍野，仿若地震后的惨状。一时间所有的城门都挤满了人，有城外进城寻找亲人的，但更多的是城内往城外跑的人。似乎长安城成了被城墙围住的苦海，只有尽快逃离这里，才有生的希望。

柴老八也想尽快离开长安城。经过这一场战争，特别是成了废人后，他已经心灰意冷，只想回家过日子。他把自己的想法说给魏敏生，魏敏生想了想答应了，说："这样未必是坏事，只要不要忘记队伍就好。往后的日子还长着呢，说不定不穿军装后，更能帮上队伍。"

办完退伍手续，柴老八问史家怡要不要回汉中。史家怡想了想说："不了，都这样了，回去干啥？"柴老八说："那……回大孔吧！"史家怡点了点头，没有说什么。

回到大孔后，日子倒是清静了，但史家怡眼里的云翳却越来越浓厚，为了逃避这一双好看却又不时露出忧郁的眼睛，柴老八便借口做生意常常在外面跑，一走就是十天半月，甚至更长。但在外面待得再长，到头来还是要回家，还是要面对史家怡，面对那一双扑闪扑闪会说话的大眼睛。有时候，他真希望史家怡背着他去找个人，但一想到她和其他男人睡在一起，他的心又刀割般地疼。不管咋说，他也是个男人啊，是男人谁愿意当乌龟？再说大孔谁又能配上她呢？冯秃子和柴一刀常常来"将军寨"，贼溜溜的眼睛和骚情的话语，把他们的贼心暴露无遗。可他们是什么东西，不说柴老八防得紧，即就是他睁一眼闭一眼，史家怡也不会多看他们一眼的。这一点柴老八心里有数。唯有引才，家怡似乎对他有点好感，看他的眼神也有点意思……

想到这里，柴老八的心又慌慌地跳了起来……

走到西北城墩下，狭窄、坎坷的环寨北路终于到了头。从西门伸出的道路宽展、平坦，直通美市镇。道路两旁连接着平缓的田地。柴老八心里顿时轻松了许多，悬着的心也慢慢往下落。忽然，卷来一阵北风，吹得脖子凉飕飕的，他赶忙用手护住了脖颈。

进了西门，尽管周围也黑黝黝的，柴老八的心却踏实多了。是啊，已经到家门口了，一切万事大吉了！高兴之余，柴老八又觉得有点异样。仔细去看，原来“将军寨”门口的汽灯竟然黑着。

“将军寨”开张时，柴老八让羊娃在门头上挂了一盏汽灯，无论月悬碧天，还是刮风下雨，天一黑就点亮。一者给来住店的客人照个明，二者预示自己鸿运当头。今天这是怎么了？汽灯坏了还是店里出了事？柴老八的头发唰地奓了起来。

就在这时，几个黑影不知从哪里冒出来，气汹汹扑了过来。柴老八大吃一惊，心里却没有乱。他抬起右腿，狠狠踹翻了一个黑影，又抡起左腿，扫倒了另一个黑影，接着拔出腰里的枪，对着天空扣动了扳机。清脆的枪声在寨子上空呼啸而过，在寂静的夜里异常刺耳、骇人。黑影们愣了一下，但马上又扑了过来。柴老八举起枪欲再扣扳机，脖子却一下子被人从后面勒住了，且越勒越紧，一下一下深入到了肉里。他的呼吸困难起来，急得脚蹬手抓，枪也掉在了地上。这时候，一个熟悉的声音急促地喊道：“快，用刀割他的头。”他的脑子嗡嗡嗡乱响，但还是听清了说话的人是谁。他想大声叫骂，冰凉的刀子却狠狠地刺进了他的脖子……

十二

引才来到“将军寨”时，空气中还飘荡着一股血腥气。他的鼻孔有点发痒，很想打一个喷嚏，但嘴张了几下，却没有打出来。柴牛儿、冯天顺一左一右跟在他后面，一副紧张的神态。引才心里“哼”了一声，心想我是刀客吗，用得着这样？就你们两个怂㞞样，一脚就能放倒。乡里乡亲的懒得招识你们，还真把自己当人了？

从家里出来，引才仍然不相信柴老八死了。刚才两人还在一起说说笑笑，怎么说死就死了，鬼才相信哩！他知道冯秃子这几年看不惯他，特别是最近几次叫他到乡约所扛枪他都没有答应，更是对他耿耿于怀。今日莫非找借口寻上了门？因此，一路上引才虽然做出大不咧咧的样子，心里却一直防范着柴牛儿和冯天顺，只要他们一有动作，他就立马先下手放倒他们。

到了“将军寨”，引才相信柴牛儿的话了。

“将军寨”门头上的汽灯滋滋滋地响着，发出明晃晃的白光。院子里人声嘈杂，一片繁乱。进了门，门口摆了一张方桌，冯得显站在后面折叠一张白纸，俭才在旁边磨着墨。再往里，柴福海和儿子柴蛮牛、老婆田四女一些柴家人，沉着脸在院子里忙乎着。西门底和街道附近的人站在一边神神秘秘地嘀咕着什么。院子北墙跟下摆了一张八仙桌，桌上端端正正竖着一面灵牌，上面写着“先夫柴君宝之灵位”。字体墨迹未干，散发着劣质墨汁的酸臭味。灵牌前放了三个瓷盘，分别搁着点心、花生、柿饼。两边各点了一支白蜡烛，每支都足有小娃手腕粗。蜡芯放射出黄色的光焰，蜡油默默地流淌着。桌子正前方放着双耳黑色香炉，里面三根香烛袅袅地燃烧着。史家怡着一身白，跪在桌前，虽没有抽抽噎噎地哭，一张脸却很是苍白。“男要俏，一身皂。女要俏，一身俏。”引才有点相信这句话了。他不敢去看史家怡，只觉得眼睛一阵迷离，一时分不清眼前的一切是真是假。

这时候，柴一刀忙忙从外边进来，踉跄着扑到灵前，把引才推到一边，扑通跪倒，两手扒地，额头抵地，放声哭号：“哎咳咳……老八吔，你咋走了嘛，哎……”但未等他“咳咳”出来，柴福海上前拍了拍他的肩膀。他知趣地止住号哭，从地上爬起来对史家怡说：“弟妹，你要想开点，千万不要伤了身子！”史家怡翻了他一眼，没有说什么。柴一刀脸上的麻子泛出了幽幽的光，他瞥了史家怡一眼，拍了拍裤子上的土，离开了灵堂。

被柴一刀推到一边，引才很是生气，但他懒得去理他。这半晌他恍若隔世，怎么也想不通这是怎么了。柴老八真死了！刚才不是好好的吗？人就这么无常吗？他是怎么死的？谋财害命还是和人结了梁子？没有听说他有什么仇人啊……

正胡思乱想着，柴福海拍了下他的背不满地说："你吊丧不吊丧？不吊，闪一边让人家吊。"引才反应过来，赶忙抹掉眼泪，走到灵堂前欲下跪。柴牛儿却拉住他，说："吊丧的事不急，见了乡约再说。"引才说："冯秃子在哪里？死人大还是他大？"柴牛儿拉下了脸："你看你，难为我干啥吗？"引才眼一瞪，正欲发火，史家怡站起来抻了下他的衣袖说："兄弟，你来了就好。你哥已经死了，吊不吊丧有个啥。人家找你是公干，你就去吧，随后咱再商量抬埋你哥的事。"柴福海怪怪地看了史家怡一眼，想说什么，却没有说出口。引才心里也有点诧异，心想我就和柴老八出了回门，她还真把我当兄弟了？却不好说什么，只得跟着柴牛儿、冯天顺走了。史家怡一看也跟在了后面。

来到柴老八和史家怡住的窑洞门口，柴牛儿示意其他人停住，自己撩开门帘进去了，又很快出来，说乡约正问羊娃话，让等一会儿。话音刚落，窑里便响起了冯金宝的声音："门头上的汽灯啥时候灭的？"

"知不道。"是羊娃在回答。

冯金宝："你不是睡在食堂吗，门口灯啥时候灭的能不知道？你是死人还是活人？"

羊娃："我不是回家了嘛，刚才牛儿和天顺把我从家里叫来，你又不是不知道。当时我刚脱鞋上了炕……"

冯金宝："好了好了，谁听你那些淡㞞话。"

羊娃："我说的都是真的。"

冯金宝："你知不知道柴老八被人砍了头？"

羊娃："开始不知道，现在知道了。"

冯金宝："你知道是谁干的？"

羊娃："那还用问，肯定是刀客啊，只有刀客才会干这样的事。不过，刀客一般要钱要东西，万不得已不会杀人，更不会连人头都提走。要人头有屎用嘛，又不是羊头，旋一旋能剥一碟肉。"

冯金宝："那你去问刀客呀，看你能的，好像和刀客是干兄弟。"

羊娃："我去阿搭问，要问你去问。"

冯金宝："你说啥？再说一遍！"

羊娃："我说啥了？没说啥嘛！"

……

过了一会儿，羊娃掀开门帘出来了，嘟嘟囔囔地说："把我当贼的审啊，我又没有杀人，凶屎哩。"

史家怡说："羊娃叔，你辛苦点，把饭给帮忙的人做上，不敢让大伙饿肚子。"

羊娃说："我辛苦点有个啥，问题是拿啥做，咱们平时都是买多少卖多少，哪里攒过存粮？"

史家怡说："不是还有一口袋喂马的苞谷吗？君宝死了，还要马干啥？事一过就把它卖了。"

羊娃叹了一声说："老八恓惶啊，死也不挑个好日子。人家过事七碟子八碗的，你只能让大伙吃马料就蒜了。也好也好，过几天连这也吃不上了。"说着，他的鼻子吸溜了两下。

史家怡用手捂住嘴抽咽了两声，说："叔，不说了，这都是命！"

引才随柴牛儿、冯天顺进了窑，史家怡也跟了进去。冯金宝背着手在窑里踱着步，一张瘦脸红扑扑的。但让引才奇怪的是，德才也在窑里，正坐在板柜和炕沿之间的椅子上，慢条斯理地整理着板柜上的纸张。见史家怡进来，冯金宝满脸堆笑道：“家怡，你咋进来了？”史家怡低下头说：“咋，我不能进来吗？”冯金宝赶忙笑道：“能，能，你来了咱们正好来个三堂会审。”

引才一听来了气，说：“你啥意思，我是苏三吗？老子不陪了。”说着，转身就往外走。柴牛儿、冯天顺连忙拦住了他。冯金宝摇着手说：“你看你这个引才，我就说句笑话，咋还当真了，坐坐坐！”引才一屁股坐在了炕沿上，说：“啥事快说。”冯金宝对着史家怡笑了一下说：“听家怡说，这几天你和老八在一起，有些话需要问问你。”冯金宝一口一声“家怡”，引才听着心里很不舒服。他看一眼冯金宝，又看一眼史家怡，没好气地说：“问吧。”

冯金宝背着手在窑里踱开了步，边踱步边问道：“能告诉我你们去哪里了？干啥去了？”

“浪去了，没干啥。”

冯金宝打住步，翻了引才一眼，说：“听说你们做生意去了，在啥地方？做的啥生意？”

引才把脸转到一边，说：“我没有出过门，啥地方记不下，你问八哥去。啥生意，我也不知道。我是浪去的，管那么多闲事干啥？”

德才爬在板柜上唰唰唰地写着字。

冯金宝：“引才，你还是如实回答吧，老八死之前可是和你在一起的。”

“我们在东门口就分了手，咋能说他死之前和我在一起？”

“是啊，你走的是东门，他走的是西门，可从东门赶到西门用不了多大工夫嘛。”冯金宝阴阳怪气地说。

引才咚地跳到了地上，右手食指指着冯金宝说：“你的意思是我杀了柴老八？你放的屁有没有臭味？要杀我哪里杀不成，偏偏跑到‘将军寨’门口来杀，我有这么瓷吗？”

冯金宝吓了一跳，不由自主地后退了两步，嘴却不软，说：“有些事就那么蹊跷，只有你知道柴老八身上有钱财嘛！”

引才急了，“你……你……你……”了半晌说不出话，便扑上去拽住冯金宝领口，举起拳头就要打。柴牛儿、冯天顺、德才见状赶忙拉的拉，抱的抱，这才把冯金宝和引才分开。

史家怡在一旁跺着脚说：“冯乡约，你看你，我就说了一句老八死前和引才在一起，你咋就怀疑引才杀了老八呢？引才是老八的兄弟，正儿八经拜过把子的兄弟，他怎么会杀他哥呢？引才你也是，有话好好说嘛，咋动不动起性子？”

引才惊诧地看了史家怡一眼，心想史家怡啥意思，和柴老八拜过把子，啥时候的事，我咋不知道呢？便用询问的眼光去看史家怡。史家怡却没有接他的目光，还把脸转到了冯金宝那边。

冯金宝气得嘴里直喘粗气，说：“就是嘛，我就是个揣测，又没有明说你引才杀了人，你咋就按不住板呢？得亏是我，换了别人你试试。德才你赶明儿写个情况，把案子给县里报了，咱不操这个闲心了！”说着，抬起腿往外走去。

引才半开玩笑半认真地说：“外面黑咕隆咚的，都不怕刀客也拎走你的头？”

冯金宝气呼呼地说：“说的也是，现时各人都要管好自己的头，被人家提走了可就吃不了饭、说不了话了。”

引才还想说什么，史家怡狠劲地盯了他一眼，眼里满是乞求和劝阻。

引才的脸腾地烧了起来。

冯金宝几个走后，柴福海、冯得显几个寨里头面人物进了史家怡住的窑，开始商量柴老八的丧事。引才想起还没有吊丧柴老八，便要去灵堂。史家怡悄悄拉了他一下说：“别急，等商量完了你哥的事再说。”引才不明白史家怡啥意思，又不好拒绝，只好留了下来。

大伙坐定后，柴福海咳嗽了一声说："君宝侄无父无母，没兄没弟，我们柴家就领头给他把事办了。娃年纪轻轻殁了，还死得这么惨，咱一定要把娃的事办得体体面面，让他安然上路。家怡，你只管把钱交给我们，抬埋君宝的事你就不用操心了。"

史家怡皱了皱眉说："大，你可能不知道，前些日子君宝和引才拜了把子，虽说是异性兄弟，却毕竟是结拜兄弟。现在他哥走了，做兄弟的自然应该领头给他哥办事。君宝殁了，左邻右舍能来帮我们已经感激不尽了，其他事就不劳大伙费心了。"

窑里的人你看我一眼，我看你一眼，最后都把目光扫向了引才。引才虽然窘得满脸通红，但却突然明白了史家怡打他进门后所有话里的意思。是啊，柴老八死了，就剩下一个弱女子，她要是头脑不清醒，最后被人卖了还哭不出声呢。这不，还没咋，柴福海就开始算计她的钱了，这可是一个为了钱敢把亲兄弟媳妇卖了的货。幸亏史家怡有主见，搁其他女人不定就上了钩。想到这里，他不觉为史家怡的心思缜密和勇气叹服了，也为自己能得到她的信任而感到自豪。他看了一眼史家怡，史家怡却也正在看他。他用眼睛对史家怡说："放心吧，我绝不会让你失望！"史家怡似乎听到了他的话，一双大眼睛扑闪扑闪地眨了两下。

柴福海却不罢休，沉着脸问道："老八和引才拜把子是咋回事，没有听谁说过呀？"

引才冷笑了一声说："拜把子的事外人怎么会知道，头一磕，话一说，就算结拜了。刘关张结义只说在桃园，也没有说谁在当场证明呀。再说我们是出门前才结拜的，要不老八哥能带我出去？"

大伙听了点着头说"是啊是啊"，是这个理。

柴福海还想说什么，冯得显吭吭了两声，大伙的眼睛便都转向了他。

冯得显说："死者为大，入土为安。领头的事就不议了，就听主家的，下来商量安葬的具体事宜。”

大伙附和着说“对对对”，时候也不早了。

商量的结果很快出来了，由冯得显写在纸上并宣布：“冯金宝、柴福海为相奉头。冯得显职掌登礼、礼仪。冯德才掌管财物。羊娃领衔炉头。死者早夭，生前未备棺材，现做已来不及。宏朗去年为其父行孝提前做一寿材，眼下尚用不着，可借来先让死者安睡，事后给宏朗父还一上等棺木，并打红鸣炮。此事由冯得富交涉。死者行伍出身，据其妇言，死者生前曾言，死后戎装入眠。幸喜家中留有军装一身，由史家怡一应打理。横死之人不好入祖坟，可在东南方死者自家地里掘一墓穴安葬。由柴牛儿并冯勤才、柴蛮牛等精壮男子前去挖掘，两天为限。眼下天高为患，饥民随处可见，柴全来、冯天顺切实维护好秩序，杜绝要饭和无关人等混进来胡吃海喝。冯引才既和死者结拜，便为兄弟，理应孝服装扮，为死者守灵、送灵。一应人等各执其事，尽力而为，让死者安息，生者坦然！”

柴福海心里虽悻悻的，嘴里却不好说什么。再说终归让他做了相奉头，也就是整个丧事的总负责，还和乡约冯金宝并列在一起，脸多少也能挂住，便做出没事的样子，让脸上的皱纹舒展得像模像样，还以相奉头的口气补充了许多话。

引才却觉得好笑，心想弄的啥屎事嘛，糊里糊涂和柴老八拜了把子，现在还要给他穿孝衣，守灵，送灵，让人知道了还不笑死，但自己已经默许了史家怡，便没有说什么。

商量完事已过子时，羊娃和田四女几个婆娘已烙好玉麦面饼，烧好玉麦面沫糊，前来帮忙的人或坐在八仙桌旁，或蹲在院里开始吃饭。冯得富、冯得荣不知什么时候也来了，坐在同一张八仙桌边。可能大伙都饿了，院子里发出了一阵阵“吧唧吧唧”和“呼噜……呼噜……呼噜噜……”的声音，热烈而又嘹亮。俭才一手抓两个饼，一手端一老碗沫糊，蹲在不显眼处，吧唧咬一口饼，呼噜噜喝一口沫糊，吃得有滋有味。

吃完饭，人们陆陆续续走了，引才却不知道自己是走是留。正不知所措，史家怡扬声说道：“引才，烧纸吧，烧了让你哥睡觉。”

引才先是一愣，很快便反应过来。他苦笑了下，心想把他家的，咋把这茬忘了。咱现在是老八的干兄弟，自家人，不能走哩。来到灵堂前，他抽出三根香，在蜡烛上点着，躬了躬身，插到香炉里，跪下，抓过一沓烧纸，放到灵前的瓦罐里，点着。烧纸呼呼地燃烧起来，跳动的火舌扭来扭去仿佛在舞蹈。他用棍子拨拉了几下烧纸，火舌越发张扬地舞动起来。忽然，柴老八在火中闪了出来，可怜兮兮地看着他。引才的眼泪不知不觉地溢出了眼框，顺着脸颊长长地流淌着，流淌着。正当他裂开嘴准备“哎咳咳”哭几嗓子，史家怡喊道：“引才，纸烧了过来一下。”引才赶忙抹掉泪水，爬起来，做了个揖，转身扑踏扑踏向史家怡走去。

史家怡一手掀着门帘，一手扶着门框站在窑门口。她已经脱去了孝衣，换上了蓝碎花白洋布对襟衫、月白色长裤，夜色下越发显得妖娆、妩媚。引才惊异地看了她一眼，心里突然间慌乱起来。史家怡抿着嘴笑了笑，说：“咱们商量一下明天的事吧。”说着扭身进了窑。引才犹豫了一下，但还是踏进了窑。

到了窑里，史家怡从炕上拿起一件白大褂给引才，说是当年军队医院发给她的，太大，她一直没穿，现在刚好给他当孝衣穿。引才接过来就往身上套。史家怡咯咯咯笑了，说：“现在你穿上给谁看呀？”引才红着脸笑了，把白大褂卷在一起，搁在了炕角。史家怡让他坐，引才只得坐在了炕沿上，却不知道说些啥。忽然，他想起了史家怡说他和柴老八拜把子的事，便说：“嫂子，你刚才说我和老八哥拜了把子，不说别人，我当时也一头雾水。”

史家怡脸红了，说：“我不这样说不行嘛。害人之心不可有，防人之心不可无。多亏你没有言传，要是露了馅，谁知道是个啥结果！”

引才笑道：“我估摸你是这个意思，也就没有言传。”

史家怡感激地看了引才一眼，说：“你八哥在世时也说你是个实在人，看来我这个宝算押对了。”

引才不好意思地笑了笑。

墙上的挂钟当当当敲了三下，引才一看溜下炕沿说要走。史家怡盯了他一眼，说：“你现在既然是老八兄弟，就要给他守灵，走不得呢，走了人家咋说？再说……你走了，我孤零零守着一个无头尸首会吓死的。”

引才拍了拍脑袋说：“也是，那我们到老八哥灵堂前给他守灵去。”

史家怡赶忙拉住引才害怕地说：“别……别……怪吓人的！”

引才说：“不怕，有我哩。”

史家怡说：“我怕嘛。”

引才说：“那你在窑里睡，我去守灵。”

史家怡说：“不要，我一个人待着更害怕。”

引才疑惑地看了史家怡一眼，说：“老八哥说你救过他，你也说过他救过你，按说你们是那个什么……夫妻，对，换面（患难）夫妻。他现在虽然死了，还没了头，但你不应该那么害怕啊！”

史家怡爬上炕，把两床被子摞在一起靠在墙上，回头对引才说：“在外面跑了几天肯定累坏了，靠在被子上歇息歇息吧，有些事说来话长呢。”引才没有客气，蹬掉鞋，歪在了被子上。史家怡在炕沿坐下，屁股差点挨住引才的脚。引才想收收腿，史家怡看了他一眼。引才忙闭上眼睛，就那么一动不动地躺着。

史家怡轻轻叹了一声，说：“你说的是有道理，可事情哪有那么简单。有些事本来想烂在肚里，但话既然赶到这里，我还是说了吧。”接着便说了她和柴老八之间的事。说到最后，她的泪水几乎洇湿了前襟。

引才听得目瞪口呆，他痴痴地望着史家怡抽泣时起伏的肩膀，心里怎么也想不通这么一个瘦小肩膀竟然承受了那么多的苦难。家怡太苦、太恓惶了，苦得、恓惶得让人心疼、怜爱。老八哥啊，你虽然救了人家，可你又害了人家啊！一种怜爱之情在引才心底油然而生，他突然想抱住史家怡，让她在他怀里好好睡一觉。

史家怡停住啜泣，抬头看着引才说："你不给乡约说你们在外面的事，总该给我说说吧。"

引才动了动腿，不屑地说："啥屌乡约，我从来不尿他。"然后便说了他和柴老八在外面的情况。

史家怡轻轻叹了一声说："这都是命！"

夜深了，灵堂前的蜡烛不知什么时候已经熄灭了，窑外黑黢黢的。窑洞前的石榴树唰啦啦响了起来，愈发显出夜的寂静和深沉。

引才长长地打了个哈欠。

史家怡说："困了就眯瞪一会儿，明天事还多着呢。"

引才嘴里说不困不困，眼皮却沉重得似有千斤重。他靠在被子上，闭上眼睛，想合一会儿眼，让瞌睡溜过去。不想刚闭上眼，鼾声便酣然而起……

正睡得香，有人推了他一把。引才懒洋洋抬开眼皮，只见一个人正怪怪地看着他。他睁大眼睛一看，不是别人，竟是柴老八——却没有身子，只有头颅悬在空中，脖子还淅淅沥沥流着血。引才吓坏了，不知道该怎么办。柴老八眨巴着眼睛瞅着引才，嘴慢慢地张开，凄厉地喊了一声："你娃可要……"引才魂飞魄散，只想赶快逃走。但他的身子却仿佛中了魔，一动不动的，一点也不听使唤。引才急了，扯开嗓子大喊了一声，又使足力气蹬了一脚，他这才醒转过来。

窑里静极了，煤油灯捻子燃烧时发出的吱吱声很是醒耳。他浑身汗津津的，胸脯也闷闷的。他想坐起来顺顺气，却见胸脯上真的埋了个人头，正香香地打着轻微的鼾声。引才吃了一惊，忙睁大眼去看。不是别人，正是史家怡！他不知道史家怡啥时候倒在了他身上，更不忍心打断她的好梦。他忍不住地仰起头去看史家怡，只见她的发髻已经松散，一绺头发溜下来，慵懒地贴在她白皙的脸颊上。她的眼睫毛长长的、弯弯的，在灯光映照下，眼帘下面显出两条月牙般的黑线。引才的心不由自主地颤抖一下。忽然，月牙般的黑线颤动了一下，又颤动了一下。黑线断了，一潭梦一般的潭水幽幽地闪了出来。引才脸红了，不好意思地叫了一声“嫂子”。

史家怡闭上眼睛，似嗔怪又似撒娇地说：“你就那么喜欢叫嫂子吗？”

引才浑身燥热，胸脯倏然间充满了力量……

几天后，崇泉县县长伍浩志收到一封密函，上书：

已于民国十七年五月十四日将大孔寨乡民，原杨部军需官柴君宝（柴老八）于所谓“将军寨”门口正法，缴获短枪一支，烟土若干。有柴某头颅相验。行动干净、利索，既达到杀一儆百之效果，又未引起乡民之怀疑。

特此报告！

伍浩志拿起密函看了半天，脸上的肥肉不时地颤动着。最后，他拿起笔，在密函上方空白处极认真地写了两个字：嘉奖！

十三

冯得富这一向泼烦得很。

老天不但不下雨，还下了场冰雹，地里的麦子几乎没有了收成。种秋的时候地干得没法种，勉强把种子撒在地里，不是没出苗，就是出了苗又被晒死了。麦后的二茬秋谁知道有没有指望。寨里很多人家已经断顿，开始借粮，借钱，挖野菜，有的甚至卖家当。但这些并不是冯得富泼烦的主要缘由。谁能拗过天呢？相反，面对这种状况，他还有那么一点说不出口的打算呢。平日里由于他精打细算，家里的粮还剩两瓮，秋后把彩云一打发，吃到年底问题不大。另外，这一段日子他让德才把家里的钱全买了粮，整整三瓮呢。到了关键时候再放出去，天灾过后，收回来的就不是三瓮、四瓮了。勤才卖豆腐换回来许多棉套子、衣物、锨、镢、锄、镰、笼子、水桶甚至耩子、耙、耱，现在看着没多大用，到时候有用得很呢，都是钱！

第一个让他泼烦的是德才。

德才越来越不大说话。这一点像他妈。德才妈是高原人，圆眼，椭圆形脸，嘴常常抿着。有什么事睁大眼睛瞥你一眼，却啥话也不说。和他妈不同的是，德才眼睛翻开后会说话，话语虽不多，就那么一两句，却让你像咬了一口刚出锅的红苕，嘴烫得说不上话来。

德才贩粮都是天不明走，天黑了回来，可以说神不知鬼不觉。但断粮人的鼻子一个个尖得像狗鼻子，很快便嗅到了从他家散发出的粮食味，一时间他家的门槛差点被踢断。上门的没有人敢说是白借，而是商量好了似的拍着胸脯说，借一斗来年还一斗半。冯得富觉得挺划算，便想做了这个买卖。德才却冷着脸对借粮的人说："我是驮了点粮，但都是为自己预备的。一斗还一斗半，说起来利的确不低，但现在是保命的时候，谁还顾得上看不见摸不着的利，你们还是去大户人家借吧。"借粮的一看德才的脸冷得像冬天的石头，一点商量的余地都没有，只得拎着口袋走了。

冯得富脸搁不住了，背过人对德才说："你啥意思吗？人饿急了才会变大方，一斗还一斗半好买卖哩，平时哪里有这样的好事？寨里有粮的又不是咱一家，人家把这生意做了，天哗哗哗落一场雨，二茬秋一收，咱贩的三瓮粮育猪呀？"

德才从鼻子里冷笑了一声，慢腾腾地说："天高成这了，有粮的能有几家？天下不下雨由不得人，不下雨，粮一天天比金子都珍贵。下了，秋后又能收几颗粮？二茬嘛。天睁眼了，最快明年夏天才能打下粮，和现在隔了一年多。人是铁，饭是钢，人一顿不吃饿得慌，何况一年呢？到时候一斗还两斗都有人借。寨里邻里邻舍的，现在话说得都好，度过灾，谁还记得当初说的话。就是记得，咱好意思要吗？要了咱家今后有了事，他们还会帮忙吗？依我说放粮就往寨子外放，谁不认识谁，话好说。”

不能说德才的话没有道理，仔细一想还很精明，很长远。但冯得富心里仍然很恼火。家有千口，主事一人。都这么在人前说话，这个家还有没有王法？我这个掌柜的说话还算不算数？人家背后怎么说？现在翅膀还没有硬就当了我的家，以后还不上了天？心里虽这么想，但德才一斗还两斗的话还是让他有了想法，便把火气憋在了心里。

这一天，俭才拎了一条口袋来了，说：“伯，家里实在揭不开锅了，我大让你借给我家两三斗粮，等新粮下来一斗还两斗。”冯得富心里咯噔了一下，心想还真按德才说的来了。正想说行，德才却说：“四大这是啥意思？都是自家人，啥一斗两斗的？但话说回来，天高成这了，谁家能有多宽展。秋后伯要打发彩云，你勤才哥还要问媳妇，用粮的地方多着呢。不过，四大既然话说出口了，我们也不能不听。是这，我给你挖半斗玉麦，先把眼前的紧打发了再说。”说完带着俭才装粮去了，气得冯得富在一旁干瞪眼。

待俭才背上粮走了，蹲在门槛上一口接一口对着烟锅嘴出气的冯得富呼呼磕掉烟灰，忽地站起来说：“德才，你想咋？这家里还有没有规矩？别人借一斗还一斗半你不让借，俭才借粮你却连本都不要，这样下去，他今来借，明来要，咱的粮还不够填他家的无底洞，这日子还过不过了？”

德才翻了冯得富一眼说：“我四大和别人不一样，和你是一个爷呢。咱收了他的利，让人知道了背后咋说？你也知道我四大家是个无底洞，咋填都填不满。倒不如白给他些粮，以后他就不好意思再来借了。”

冯得富愣在了原地。

更让冯得富生气的是德才当乡约所文书这件事。

德才当文书冯得富当然赞成。冯秃子这个人不尴不尬，但德才当的是乡约所文书，不是冯秃子家的，没有啥丢人的。再说文书好赖是个官，是官都比百姓强。冯秃子原来是个屁，自打当了乡约后，整天人五人六的，如今谁敢把人家小看？得显下那么大苦念书，也不是想混个功名？世事变了，功名没戏了，这才心不甘情不愿地当了庄稼人。德才轻而易举当了这个文书，还是冯秃子，也就是官府找上门的，好事么！问题是这么大的事，你德才事先吭也不吭一声。你眼里还有没有我这个长辈？让人家冯秃子怎么想？今后还让我在人前怎样说话？最可气的是，冯秃子给了德才三块现洋，说是预付薪金，德才毫不客气，当着众人的面理所当然地装进了自己口袋，至今都没有交上来。这是过日子的路数吗？今后勤才这么来，彩云这么来，莲莲这么来，你大妈也这么来，这个家还不乱了套？还能齐心过日子吗？这些天冯得富几次在新院角落发现包点心、粽糕的纸，甚至啃了猪蹄、鸡腿留下的骨头，心里的气更是不打一处出。心想，有几个钱就这样胡吃海喝，今后的日子还过不过？莲莲怀了娃嘴是馋了点，但也应该细水长流呀。最日眼的是，德才有时候吃烟竟然用洋火点。吃烟时，从小匣匣里掏出一截小娃指头长的棍棍，放在小匣匣侧面唰地一滑，火苗便呼地升了上来，既好用，又体面，的确是个好玩意，比打火石洋火多了，可那得花钱啊！

冯得富是个心里藏不住事的人，当着德才、莲莲的面他不说什么，德才和莲莲不在了，他便没事找事，不停地发火。不是嫌勤才豆腐点老了，出不了货，就是嫌彩云饭做稠了，不会过。勤才妈串个门子，也成了“闲得学驴叫”，甚至嫌凳子挡了他的道，门槛碰了他的脚，驴吃饱了乱叫……勤才妈知道他犯的啥病，便背着人对他说：“你就别和自己过不去了，毕竟不是亲的，能和咱一心过？倒不如分开过零干。”冯得富看了老婆一眼，沉默了下说：“新院的房还没有盖，咋分？总不能把老院分成两家吧？再说天高成这，莲莲还怀了娃，这时候分家，寨里人背后怎么说？娃们不懂事，咱不能让人背后指脊背啊！”勤才妈斜了他一眼说：“既然啥都知道，你见天摔碟子撂碗的给谁看？”勤才妈的话刺到了冯得富的痛处，他心里憋的气仿佛吹胀了的猪尿脬扎到了枣刺上，倏地瘪塌了。

另一个让冯得富泼烦的是柴一刀。

柴一刀那天拉走了他的猪没有给钱，说过两天给。可一个赶集日过去了，柴一刀却一声不吭，见了他脸还挺得平平的，好像他们之间啥事没有。冯得富心里直骂娘，嘴里却不好说什么。到了下一个赶集日，柴一刀仍然没有给钱。冯得富憋不住了，便在集市上找到柴一刀，吞吞吐吐说了猪钱的事。柴一刀在钢棍上噌噌地磨着杀猪刀，冷嘲热讽地说：“寨里人都说你是个啬皮，看来一点不假。就三个半元，我还能把你争下？天高成这，粮都贵成啥了，谁还有钱吃肉？我是吃错了药才买了你的猪，回到家差点没后悔死，欠你几天账你还皮干个啥？好了好了，今天卖了肉就还你钱，瞀乱死了。趔开，别挡我的生意。”冯得富气得胡子翘了起来，恨不得往柴一刀脸上唾一口。但他知道柴一刀是个生生，惹急了啥事都能干出来，只得忍气吞声地走了。现在又过去了一个月，柴一刀非但没有给他钱，还连人都不见了。冯得富气得跺着脚骂柴一刀不要脸、赖子、羞先人，上门要去找他。勤才妈劝他说：“柴一刀是个半吊子，到他家要钱等于进狼窝要娃，还是算了吧。”冯得富心里也有点发憷，但想到白花花三个半元，他的勇气又鼓了起来。

天久不落雨，地上的趟土快有半尺高，冯得富裤腿上扑上了面粉般的尘土，身后也弥漫了一道尘烟。太阳闷闷地悬在头顶，村里死一般的静。拐过弯，看见戏楼，冯得富放慢了步子。接近背巷，戏楼穿心的两边和戏台上或蹲或坐或躺着许多人，有男有女，有老有小，一个个瘦骨嶙峋，无精打采，面无表情。见冯得富走过来，他们都转过头看他，眼里满是饥饿和乞求。冯得富晓得他们是外地要饭的，他皱了皱眉，收回目光，向右一拐，进了背巷。

背巷里三户人家的门都合着，寂静得让冯得富有点心慌。走到柴一刀家门前，透过门缝往里看，院内空落落地没有一个人。轻轻推了下门，门吱扭扭开了。冯得富想了想，抬起脚进了门。

院子深长，稍嫌窄狭，西边盖了一溜瓦房，顶头箍了两孔窑，窑面青砖到顶。东边是一块空地，往前走十来步，栽了一个门字架，架子上挂着几把铁钩子，钩尖白森森的，在阳光下一闪一闪地泛着刺眼的光。架子旁边盘了一座锅灶，上面的铁锅能盛六担水。烧锅的风箱高三尺，宽二尺，拉风箱的把至少也有一尺长。锅台、风箱上和地上，到处沾着或黑或白的猪毛。锅灶的另一边，用砖头砌了一个基座，上面搁着一块厚达半尺的大石板。石板油光锃亮，就像一个人睡了多年的炕席。石板的边沿、基座上深深渗着黑红色的猪血，四周地上也同样渗着形状各异的黑色血痕。再往里走，是两个连在一起的猪圈。柴一刀不养猪，都是把别人的猪收回来杀。平时收回来的猪多，不可能当天杀完。尤其到了过年前，他先要到处买猪，然后集中杀和卖。买回的猪就圈在这两个临时圈里。冯得富看了一个猪圈，又看了另一个猪圈，里面空空如也，猪粪都不见一坨。他估摸老母猪已经被柴一刀杀的卖了，猪娃也肯定换了钱，心中的火一时倏地又升了起来，心想："猪已经被你杀的卖了，早都变成了屎尿，为啥就是不给我钱？想赖我，没门！"正想嚷叫柴一刀，却听窑里有人说话：

"唉，一块好羊肉被狗吃了，一想这事尿眼里都是气，真想一刀捅了那个野种！"

是柴一刀的声音。

"算了算了，为个娘们划不来。只要弟兄们好好干，嘿嘿。"

好像是冯秃子的声音。

“娘们咋了？老子这一辈子就爱娘们。那一年……”

“别说了，院里好像有人！”

真是冯秃子！

“可能是我那个烂婆娘回来了。”

“是不是出去看看就知道了，隔墙有耳。”

冯得富一听不好，欲转身往外走，柴一刀却已经跨出了窑门。冯得富定了定神，站在了原地。看见冯得富，柴一刀先是吃了一惊，然后嘴里喷着酒气怒冲冲地说：“得富叔，你是贼吗，咋鬼鬼祟祟进了我家？”

冯得富有点心虚，却故作镇静地说：“你家门开着，我就进来了，什么贼不贼的，咋说话吗？”

柴一刀吼道：“不是贼你来干什么？”

冯得富来了气：“干啥，还能干啥，猪都吆走一个月了，也该给钱了吧？”

柴一刀口气和缓下来，说：“不是说缓缓嘛，你就缺那几个钱？”

冯得富摊着两手说：“我咋不缺钱，不缺钱卖猪干啥？天高成这了，谁手头松？”

柴一刀瞅着冯得富的样子笑了，说：“看把小城里过日子人恓惶的，我给你出个主意，一定能把日子过上去。”

“啥主意？”冯得富瞪大了眼睛。

柴一刀哈哈一笑：“找你侄子要去，他现在腰都比碌碡壮。”

冯得富糊涂了：“我侄子？哪个？”

柴一刀从鼻子里“哼”了一声说：“还能是哪个，引才啊。他现在成了‘将军寨’掌柜的，大窑、大炕、马槽、饭馆，钱啊土呀，对了，还有寡妇，都是他的了。你开个口，他还不多少分你点。”

冯得富脸唰地红了，语无伦次地说：“你……你胡说，他……他……他和我有屎关系。”

这时候，冯金宝迷离着眼从窑里走了出来。他先向冯得富打了声招呼，然后对柴一刀说：“全来哥，这就是你的不是了，买人家的猪，就要给人家钱，买卖嘛。得富叔是过日子人，不要乱开玩笑。德才现在当着乡约文书，要尊重叔呢！”

柴一刀张口想说什么，冯金宝赶忙用眼色制止住了他，说：“你欠叔多少钱？”

“三个半元。”冯得富说。

“我咋记得是三个元。”柴一刀眯缝着眼睛说。

“明明是三个半元。”冯得富急得嘴里溅出了唾沫星子，“两个猪娃，一头老猪。猪娃一个一块，老猪两块。本来是四块，你压了半块，三头猪就卖了三块半，你现在还说是三块！”

柴一刀捂着嘴往后退了半步，说：“我咋记得是三个元。算了，不争纠这了。天高了，没人吃得起肉。这一次我失算了，就弄了个平手。我吃点亏，你也吃点亏，就三个元吧。”说着，从口袋里掏出三块钱，用三个指头捏着，递给了冯得富。

冯得富的胡子抖了起来，说：“当初明明说的三块半，凭啥给我三块，这不是讹人吗？”

柴一刀的脸沉了下来，说：“咋，不要，不要了往后不要说是我不给你。”说着，把捏钱的手往后缩了缩。

冯金宝咳嗽了一声说：“得富叔，全来的话也不能说没有道理。一月前两个猪娃、一头母猪卖三个半元不算高，搁现在就不值了。饭都吃不上，拿啥育猪嘛。看在我脸上，成交。”

冯得富虽然气，心里却不糊涂。柴一刀是个无赖，现在不要这三块钱，今后可能一分钱都要不下了。于是，他恨恨翻了柴一刀一眼，一把从他手中拽过钱说:“乡约把话说到这一步了,我还有啥说的。”说完,扭过头就走。

从柴一刀家出来，冯得富虽然生着气，却安慰自己说：“算了算了，权当半块钱被狗叼去了。”又在心里狠狠骂道，“我日你柴一刀妈，你娃不得好死哩。”骂完，他的气顺畅了许多，浑身也轻松了许多。走出背巷，他想了想，转身往戏楼走去。要饭的怪怪地看着他，他赶忙捂住口袋，匆匆穿过戏楼，一溜烟往引才家而去。

这几天冯得富就想去找引才妈和引才，给他们亮亮耳朵。引才的事他听说了，真真是羞先人哩！今天柴一刀的话更加刺激了他，他觉得再不管引才，不说冯家的人没脸，就是得昌在地下也不得安宁。他揣摩柴一刀嘴里的“好羊肉”，应该就是柴老八那个洋女人，“野种”自然是引才。可引才怎么会和柴一刀争这个女人，柴一刀不是省油的灯，弄不好真被他像猪一样捅了，你妈和宏才咋办呀?

十四

当引才妈站在“将军寨”门口一声接一声喊引才时，引才正躺在史家怡身边做着梦。

这段日子，引才似乎突然跌进了温柔乡，整天做着甜蜜幸福的美梦，生怕有人唤醒他。又仿佛孩子叼住了母亲的乳头，香香地吮吸着，怎么都不想松口。女人太好了，不，是家怡太好了，好得让他始料不及，好得让他如入仙境，好得让他流连忘返。开始时，他就像一头莽撞的牛，只会一味地蛮干，却很快偃旗息鼓，自己累得气喘吁吁不说，家怡还满眼的失望。再后来，家怡慢慢掌握了主动，她抱他，摸他，亲他，还把小巧、细嫩、香甜的舌头鱼儿般滑进他的嘴里……引才头昏脑眩，浑身颤抖，不由自主地又莽撞起来。家怡及时制止了他，待他慢慢气定神闲下来，她闭上眼引导他:这里,这里,轻一点,对,就这样,别急别急,别看着我,一下一下……

喔……快，快一点，快快快……不……不行……行了……引才精神大振，放开性子向前冲去……有一天，家怡突然把他的命根吞进了嘴里，引才受不了这种刺激，直挺挺从炕上坐了起来。家怡抬起脸羞羞地看了他一眼，笑了……

史家怡不但让引才品尝到了身体上的快乐，还给他讲许许多多他不知道的事情。引才胡乱上过几天学，认的字不多，更没有读过新书。家怡不但不嫌弃他，还常常给他讲《红楼梦》《水浒》，甚至《安娜·卡列尼娜》《红与黑》《包法利夫人》之类的书，讲着讲着还一会儿哭，一会儿笑，搞得引才云里雾里，不解其意。除《水浒》外，其他书引才都不爱听。但家怡每次讲的时候，他就会想起戏里相亲相爱的相公和小姐。家怡自然是漂亮迷人、知书达理的小姐。他呢，虽然没有饱读诗书，更谈不上风流倜傥，但却阴差阳错地成了相公。癞蛤蟆吃了天鹅肉也罢，好白菜被猪拱了也罢，嫩羊肉掉进了狗嘴里也罢，人家家怡死心塌地的愿意，哪个能奈何得了？对此，引才除了意外和感激，只能掏心掏肺地爱着她了。

一天，史家怡对引才说："林妹妹、宝姐姐、潘金莲、安娜、瑞娜夫人还有艾玛特尔，你觉得我像谁，你又像谁，贾宝玉？渥伦斯基？于连还是……西门庆？"说到西门庆，她斜视了引才一眼，噗嗤一声笑了。

引才搞不懂史家怡说的哪个，是啥关系，又有些什么事，但却认真想了想说："让我说你谁也不是，我谁也不是。你要是像她们，你就不是你；我要是像他们，我也不是我了。你不是你了，我还会爱你吗？我不是我了，你还会爱我吗？"

史家怡睁大眼睛痴痴地看着引才，然后抱着他的脖子流着泪说："引才，我的好引才，谁说你没有文化。你就是文学家，不，是哲学家！"

引才呵呵笑道："我屁家也不是，就是个男人家。"

柴老八刚葬埋，引才和史家怡只是偷偷摸摸在一块儿，生怕寨里人发现后说闲话。每晚睡到半夜，史家怡就会摇醒引才，让他赶快回家，说：“回吧，晚上不回去，你妈肯定放心不下。别人知道了也不是个事。你是定了亲的人，我不能害了你。”引才惺忪着睡眼说：“你是说芬芬吧？没事。我本来就不愿意这门婚事，她不跟了更好，退了咱俩过。”史家怡摇头道：“不行不行，我是个寡妇，还比你大四岁，老妻少夫的还不被人笑死，快走快走！”待引才慢吞吞穿好衣服溜下炕，她却一把抱住引才，久久不愿松开。引才心一热又欲上炕，她却一把推开引才，连声催着他快走。第二天再见面时，史家怡扑上来紧紧搂住引才的脖子哭道：“我好怕，你走了我一晚都没有睡着。”引才拍着她的脊背说：“怕什么怕，只要有我，你啥都不要怕。”“可你一走，我一个人待着，一吹风心都往一起蹙呢。”“那今晚我就不走了。”史家怡抬起头看着引才点了点头。可到了晚上，她不由分说又撵引才走，引才只得心不甘情不愿地走了。这天，史家怡给引才说他晚上走了后，似乎有人进了院，还推了下窑门。她吓得半死，头埋在被窝里一动都不敢动。好在她关了窑门，还用杠子顶得死死的，要不谁知道会出什么事。引才听了吓了一跳，晚上说啥也不离开了，就住在了“将军寨”。

这以后，引才想啥时候来就啥时候来，想啥时候走就啥时候走，不管不顾地和史家怡过起了日子。柴老八死后，“将军寨”的饭馆关了门，羊娃也回了家，但受羊娃耳濡目染的史家怡也做的一手好饭。为了让引才高兴，她整天想法子变着花样做好吃的。今天擀面条，明天包饺子，后天烙油旋，大后天煮羊肉……兴得引才美滋滋地说：“我的妈呀，咱这是天天下馆子呢！”一些要饭的嗅到了气味，拥在门口伸着脖子往里看，眼睛里满是馋涎欲滴的光。幸亏引才在，要不他们可能早就扑了上来。

柴老八死前把钱差不多全带走了，大白马没有卖几个钱，引才手里钱也紧，这样吃了一段时间，他们便开始捉襟见肘了。引才有点愧疚，开始谋划处理掉藏在枕头里的货。

柴老八遇害后，引才傻了眼，不知道去哪里找买主。柴老八曾说过，到时候会有人找上门。可过了有些日子了，他等来等去，却连个鬼也没有等到。有时候碰见柴福海，他有意盯着他看，想让他先发话。柴福海却一点表情也没有，甚至还眯着眼睛，看也不看他一眼。气得引才真想扑过去，揪住他的耳朵，问他到底开没开烟馆。仔细一想，却也怪不得柴福海。寨里许多人家已经断了顿，谁还有钱吐烟圈？听说吃烟的瘾犯了什么事都能干出来，可饭都吃不上了，他还能翻起多大的浪花？引才有点后悔，心想再这样下去不但竹篮打水一场空，恐怕还要赔了夫人又折兵。搁平时赔就赔呗，生意有赔有赚嘛，但现在他实在赔不起啊！赔了吃什么？喝什么？如何度过这场灾？自己倒也罢了，妈咋办？宏才咋办？家怡咋办？

就在引才心急火燎之时，冯金宝突然上门来找他，还一反常态地开门见山说："引才，把你手里的货转给我，放心，亏不了你。"

引才兴奋之余有点紧张，他不知道冯秃子说的货和他的货是不是一码事。如果是倒也罢了，如果不是上了他的道就坏了。于是，他故意装出懵懂的样子问："货，啥货？"

冯金宝嘿嘿笑了，说："想不到你引才也会清白倒糊涂了，啥货还要让我明说吗？"说着，做了一个抽大烟的姿势。

引才打量着冯金宝，吞吞吐吐地说："你……咋知道我手里有……有……"

冯金宝冷笑道："这还用问吗，跟柴老八出去的人会干啥？"

引才心想柴老八说的有人找上门，难道是冯秃子？他要这个干什么，又不开烟馆？便忍不住地问："你要那个干什么？"

冯金宝摇了摇手说："这你就别管了，就说你卖不卖？"

引才想了想说："那要看你出多少水。"

大孔人把掏钱叫出水，可能钱太难挣了，花的时候让人心疼得一身身出汗。

冯金宝不耐烦了，说："你能有多少货？"

引才说了情况，冯金宝听了有点失望，说："就这点货，值不了几个钱，一百块咋样？"

"一百块！"引才的眼珠子差点飞出来。

过后，史家怡对引才说："价低了，再要二十块也不多。"引才说："可以了可以了，五十赚五十，对半利呢。心不能太重了，亏了人迟早要还回去。"史家怡笑道："看你五大三粗的，心底还挺善良。"引才不好意思地笑了，说："本来就不坏嘛。"

有了钱，史家怡吸取前面的教训，不再变着花样吃，开始算计着过，还对引才说："天旱成这了，咱也要长远打算呢。"引才不想让家怡受苦，说："没事，放开整，过些日子我再进一次北山。老八哥不在了，魏长官、姜副官，还有王继泰、陈来喜营长我都认识，他们一定会帮咱。"史家怡赶忙捂住他的嘴说："不去不去，我宁肯饿死，也不让你去。"

这一天，史家怡学着打了一锅玉麦面搅团。寨里人常说，搅团要好，搅上三百六十搅。史家怡手上没劲，又没经验，搅了几圈气便喘不上来，胳膊也软塌塌地使不上劲，打出的搅团就有点粗糙，不太筋道。但她调料汁却有一套，把辣椒面、十三香、味精、盐、葱花等拌在一起，用热菜油一泼，倒入少量开水化开，再拌上酱油和引才从家里拿的柿子醋，浇在热搅团上红亮亮地馋人，吃到嘴里酸辣辣地刺激人，让引才一气吃了三老碗，她自己也吃了两碗。放下碗，引才摸着鼓胀的肚子说："寨里人说搅团是'哄上坡'，我还真被哄上了坡。"又说，"就怕到了坡顶，屁一放，肚皮又瘪了。"史家怡笑道："能哄上坡就不错了，好多人家想让它哄它还没空，势大得很呢！"引才笑道："那就好，只要你不嫌，我就放心了。至于我，吃哄。"史家怡笑道："是吗？那今后我可要好好哄着你，人家可是你……

嫂子呢！”

引才一愣，待反应过来，哈哈哈笑得差点岔了气。

吃罢饭，史家怡爬上炕，从窗台上拿起一本书，靠在被摞上看了起来。引才一看也爬上炕，躺在她身旁。史家怡翻着发黄的书页叹道：“真真是好书，以前听说过，没有读过，想不到却在荒僻之乡遂了愿！”

书是引才给她借的。

史家怡爱看书，却找不到书看。为了不让她烦闷，引才便想方设法给她找书看。大孔寨就冯得显家里藏着书，还视之如命，直接找他借肯定没门。引才便去找和才妈。和才妈是个善人，一听引才要借书，还以为他要看，二话没说就让去屋梁上的老笼里拿，还叮咛说：“你看着拿就是，只是不敢让你三大看见了。那老汉倔得很，知道了能把我数落半年。”引才不懂书，识字也不多，见一个匣中装了六本书，每本书内还有插图，就拿回来交给了史家怡。不想史家怡却像得了宝贝似的喜欢不尽，读了一遍又一遍不说，还时不时地感叹两句。

引才有点好奇，闭着眼睛问史家怡：“啥书嘛，看把你稀罕的？”

史家怡来了劲，说：“王实甫的《西厢记》，被金圣叹誉为第六才子书呢！”

引才“嗤”了一声说：“弄了半天才是个西厢，赶明我给你弄个东厢，要住咱就住上房。”

史家怡推了引才一把说：“去去去，你懂个屁，谁住你的东厢。”然后把书翻到一个地方说，“这书语句太别致了，你听听这一段：‘软玉温香抱满怀，呀！刘阮到天台。春至人间花弄色……’”

引才长长打了个哈欠，懒洋洋地说：“说的啥吗？一句也听不懂。刘阮到天台？是不是一个叫刘什么阮的到了什么……台？”说着，转身睡了过去。

家怡微微叹了一声，静静地看起了《西厢记》。

睡梦中，引才梦见自己一个人在爬山。山很高很陡，没有一步像样的路。山上时隐时现似寨东南土墩般的一个台子。他爬呀爬，眼看就要到山顶，却听后面有人喊他。他回头一看，原来是他妈。他妈边艰难地爬山，边挥着手喊他。引才纳罕妈为什么喊他，却见妈一步踩空，摔倒在地，骨碌碌向山下滚去。引才吓坏了，惊慌失措地大叫了一声“妈”……

就在这时，引才妈叫“引才”的声音从门外传了进来，引才一下子从梦中醒了过来。他一骨碌从床上翻起来，将信将疑地说：“是我妈吗？是我妈叫我吗？她咋来了？”

引才妈是听了冯得富的话来“将军寨”的。

冯得富一进引才家门就大声喊叫引才，引才没有出来，出来了引才妈。冯得富气不打一处出，撅着胡子说：“嫂子，不是我说你，你没看看引才已经成了啥？”引才妈瞪着眼睛说：“他大大，引才咋了嘛，把你气成这？”冯得富“啊呸”吐了一口痰，说：“我气有啥用，只怕他娃的脑瓜子要保不住了。”接着便说了在柴一刀家听到的话和自己的思想。

引才妈目瞪口呆，半天方说：“我整天大门不出，二门不迈，想不到引才成了这。他……他现在在哪里？”

“你都不知道他在哪里，我咋知道！”冯得富撂下一句话，转过身气呼呼走了。

引才妈呆在原地，不知道怎么办。想了想后，她狠了狠心，迈着小脚一扭一歪地出了门。

来到“将军寨”门口，引才妈本想直接进去找引才，却一想要是冯得富说得不对，引才不在这里咋办，自己丢了人是小事，引才还要娶媳妇过日子啊！踌躇了半晌，她想到了叫，觉得这样最好，谁没有在村头、街上喊过娃呢？言传了正好，不言传也正常。于是，她左右看了一眼，然后对着“将军寨”喊了两声“引才”。由于心里没底，也怕丢人，她的喊声并不大。声音落下后，周围没有一丝回应。她有点沾沾自喜，心想再叫一声引才，他还不闪面，她就回去了。谁想她的声音未落，引才却慌慌张张地从“将军寨”跑了出来。引才妈眼前一黑，身子一晃，差点就要摔倒。

引才跑过去扶住妈，嗔怪地说：“你看你，大热天跑这里干啥？”

引才妈拉住引才的手，沉着脸说：“回，回去，跟我回去！”

引才左右看了看，嘻嘻笑道：“你看你，我又不是小娃，还要你牵着回。你先回，我有点事，完了就回去。”

引才妈甩掉引才的手说：“你还听不听我的话？”说着，眼泪顺着脸颊滚了下来。

引才心疼了，忙搀起妈的胳膊说：“回，回，这就回。”走了两步，又回过头去看“将军寨”，只见史家怡孤零零站在“将军寨”门口，脸上说不清是迷茫、失落还是怨怼。

引才的心针扎般地疼了一下。

回到家，引才妈刚坐上炕沿，引才扑通一声跪倒在地，咚咚咚磕了三个头，说：“妈，引才不孝，让你受气了，要打要骂都随您。”

引才妈叹了一声说：“我和你大啥时候打过你，骂过你？啥话不说了，你要不让妈生气，这几天就和芬芬把事办了。起来吧，地上凉。”

引才傻了，跪在地上不起来，说：“妈，我和芬芬真不行，我喜欢……”

“你大不在了，这事我就做主了。这几年咱家不顺畅，再经不起三灾六难了。我不能让你大在地下睡……不着！”引才妈嘤嘤哭了起来。

“妈——”引才眼里也泛起了泪雾。

“你要不听，咱们就分开过，你过你的好日子，我和宏才吃糠咽菜，出门要饭那是我们的命。”

“妈，你看你说的啥话！”

“家里啥事都依你，就这事不行！”引才妈狠着心说。

“妈——”引才哇地哭出了声。

晚上，引才来到“将军寨”，吞吞吐吐向史家怡说了他妈让他成亲的事。史家怡听了一愣，然后摸了摸引才的眼睛说：“一个大男人眼皮肿成这样，都不怕人笑话。啥话不说了，你妈对着哩。不说你和那个芬芬定了婚，就是没有定，她也会马上给你说一门亲。”引才问为啥。史家怡惨然笑道：“这还用问吗，当妈的谁愿意自己儿子娶一个寡妇，还是一个没出服的寡妇？”又说，“我不是崔莺莺，你也不是张生，你妈更不是崔老夫人，谁都怨不得，要怨就怨命。引才，听你妈的话，和那个芬芬成亲吧！”引才心里一阵痛楚，说：“那你咋办？”史家怡苦笑道：“还能咋办？凉拌！”引才的拳头狠狠砸在炕沿上，说：“这是咋了嘛！”史家怡一见忙抓起引才的手，噗噗吹了两口气。

这一晚，史家怡出奇地疯狂……忽然，史家怡一下子翻起来，骑在引才身上，骑马般摇动起来……引才正如痴如醉，史家怡猛地扑倒在他胸脯上，“啊啊”地叫了起来……气息平稳下来后，引才去扳史家怡的脸，却见她的肩膀在抽搐。引才抱住史家怡，轻轻拍了拍她的脊背说：“你放心，成了亲我也不会丢下你，这一辈子我和你过定了！”史家怡抬起雨打梨花般的脸看了引才一眼，趴在引才胸脯上放声哭了起来。

过了段日子，侯芬芬坐着绑了大红花的独轮车进了引才家门。晚上，引才为她揭红盖头时，看见她头上绾了一个圆圆的发髻，那条大辫子却不见了。引才心一动，眼前突然闪出了史家怡。他又看了一眼低着头的芬芬，心想要是芬芬和史家怡合成一个人就好了。在屋里坐了一会儿，两人都无话可说，引才有点局促，也有点烦闷，便站起来欲走。刚转过身，却听芬芬小声叫了一声“哥”。他回过头，芬芬正脉脉地看着他。见他回头看她，她赶忙羞涩地低下头，却说：“我不想让你……走。”

十五

终于到了这一年收麦的时候,但大孔人非但感受不到一点夏收的气氛,还到处泛涌着一种难以抑制的恐慌和悲伤。

往年这个时候,寨子里的气氛仿佛五月的天气,一天一天地往上热腾。清闲了一冬一春的老人们坐不住了,或独自,或三三两两,有事没事就往庄稼地里跑。瞭望着金黄色的麦浪大海般随风荡漾,老人的头脑虽有点晕,核桃般脸上的皱纹却绽放得异常灿烂。轻轻用满是老茧的手从昂扬的麦穗上掂一粒麦粒,搓去麦皮,饱满、清新的麦子静静地躺在手心,在阳光下泛出透明的光,咋看咋像刚出生的胖娃娃。手一扬,麦粒飞进嘴里,一股清爽的麦香味顿时溢满口腔。有人夸张地嚼起来,似乎他嚼的不是一粒麦子,而是狼吞虎咽一个夹了油泼辣子的大白蒸馍。

吃了一冬一春红苕、谷子、玉麦甚至麸糠的娃娃们也被四面八方涌进寨子的麦香味熏醒了,他们嘴里唱着:“田家少闲月,五月人倍忙。夜来南风起,小麦覆陇黄。妇姑荷箪食,童稚携壶浆。相随饷田去,丁壮在南冈。足蒸暑土气,背灼炎天光,力尽不知热,但惜夏日长……”眼里巴巴地盼着新麦赶快上场、碾打、晾晒、磨面,变成热腾腾的大白馍,宽如裤带的抻面,一拃厚的锅盔,半月般的饺子……让他们天天吃得肚子像碌碡。

“丁壮们”心里也美滋滋的,他们翻出闲置了多半年的“7”字形割麦镰,就着皎洁的月光,在布谷鸟算黄算割的叫声中,嚯嚯嚯地磨起了镰刀。磨一会儿,用大拇指轻轻试一下刀刃;磨一会儿,举起镰刀对着月光瞄一瞄……待刀刃上落上一个麦粒般大的月亮,方心满意足地上炕做好梦去了。

终于收麦了。一大早,当晶莹的露珠尚折射着五彩缤纷的光芒时,麦地里已经一片繁忙。精壮男女猫着腰挥舞镰刀在前面嚓嚓嚓地割麦,脚步移动后,一搂子粗壮的麦子随即倒了下去。老人们跟在后面,麻利地把割倒的麦子捆起来，或用马车拉，或用独轮车推，或肩挑背扛着往打麦场运。娃娃们则提着笼子，鸡啄食般地捡着遗漏的麦穗。

麦田里的热浪尚未退潮，打麦场上又唱戏般热闹起来。男人们把牛、驴、骡、马套在碌碡上，一手拉牲口，一手扬鞭，“嘚”的声音此起彼伏，听得人既紧张，又惬意。碌碡转上几十个圈后，女人们握着木杈上场了。她们要干的活叫翻场，就是把碌碡压实了的麦子翻虚。打麦场上立时升起滚滚的麦尘和浓浓的麦香味。有人亮起嗓子，吼起了秦腔：

> 河东城困住了赵王太祖，
> 把一个真天子昼夜巡营。
> 黄金铠每日里把王捆定，
> 可怜王黄骠马未卸鞍笼。
> 王登基二十载干戈未定，
> 乱五代尽都是割霸称雄。
> 赵玄郎忍不住百姓叫痛，
> 手提上盘龙棍东打西征。
> 东西杀南北战三方平定，
> 偏偏地又反了河东白龙。
> ……

那是怎样一种令人向往的日子啊！

可现在，太阳就像一个深不见底的火炉，正把烧得炽热的火流源源不断地倾倒在大地上，把人们赖以生存的土地燎烤成了赤野之地，哪里还有庄稼生长？有些地方虽然稀稀拉拉长着高不盈尺、头如蝇头般的麦子，却手一折就断，根本用不着去割，割回去也是一把干草。面对如此惨状，人们伤心欲绝，坐在地上“哎咳咳”哭号起来，边哭边大声咒骂老天。也有人割起了那些“干草”，却似乎是在发泄着什么。有人不解地问他割那干啥，他气冲冲地说：“育牛呀，养猪呀，我要把家里人当牛育，当猪养！”这话还真让他说着了，后来实在没啥吃了，一些人还真的吃起了麦草。

要饭的人越来越多，可能要到的饭却越来越少。在外人眼里，大孔寨大多是有口皆碑的过日子人。每年新麦一下来，他们虽然也会放开肚皮吃一阵，但麦收后，一切又恢复了平时的仔细。玉麦、谷子、红苕一下来，麦子就几乎和他们的嘴断了交，而且每天就吃两顿饭。早饭小米稀饭煮红苕加红苕饸饹、烤红苕，午饭红苕剁剁或者玉麦面搅团。也有馍，却是黄亮亮的玉麦面馍，过得好的象征性地掺上一点麦面。日子过得这么扎实，寨里虽没有柳井钱葫芦那样的有钱人，当然也没有特别过不去的人家。多少年来，寨里很少有出门要饭的。相反，外面有人要饭来了，还会给人家半个馍。手都伸出来了，还能让缩回去？为此，大孔人落了个“过日子没眉眼，但人家仁义”的名声。前半句虽有贬义，后半句却绝对是褒义。

但现在不比往常了，多半年没有下雨，夏收几近绝收，天上仍然晴空万里，整天下着光亮亮的阳光，云里没有一点雨，啥时候是个头谁也说不清。大孔眼下虽说还没有人出门要饭，但借高利贷、卖牲口、卖家具的事已不是什么秘密。一些人家两顿饭虽然端着碗，碗里却几乎是水，搅来搅去很少有米浮上来，倒是日渐瘦削的脸被照得明明白白。咕咚咚喝几碗，肚子涨得像面鼓，敲一下咚咚响，撒泡尿，放个屁，立马瘪成了一张皮。日子如此艰难，何谈仁义呢？一些外来讨饭的要不来饭了，心里知道是咋回事，嘴里却夹枪带棒地说：“不是说大孔人仁义吗，这就叫仁义？锤子！”大孔人听了开始还有点不自在，日子长了，便习惯了。

要不下饭又不想走，或者实在走不动了的讨饭者，就靠在戏楼四围墙上，和戏楼对面的大槐树下，两条骨瘦如柴的腿长长地伸在地上，两片黯淡的眼皮有气无力地耷拉着，两条胳膊慵懒地垂在身子两边，任凭毒辣的太阳一天天榨干身上的油和水，剩下一张皱巴巴的皮盖在一目了然的骨骼上。人一夜之间突然发福了，胖得鼓鼓囊囊，清清亮亮，仿佛蒸馍时发起的面团。寨里人莫名惊诧，不晓得他们吃了什么好东西。有人上前去看，却吓得倒退了两步。原来他们哪里是吃了好东西发了福，分明是浮肿成了一团。第二天，一些浮肿的人消了肿，全身又复原成了一张皮，但很快又肿成了大胖子……如此反复几次后，头一倒，死了。

兔死狐悲，物伤其类，大孔人开始怯火了。过去听说过饿死人的事，却很少有人亲眼见过。现在饿死的人就在眼前，虽然不是大孔人，但这样的日子再延续下去，谁敢肯定自己能逃过这个厄运？

勤才的豆腐锅已经停了。豆腐渣都吃不起了，谁还吃豆腐？德才也无事可干。崇泉粮食集上的粮价一天一个价，竞赛似的猛着劲往上猋，不说家里已经没钱，就是有钱，冯得富也不敢让德才担这么大的风险去贩粮。猪卖了，就剩下牛和驴，它们倒一副无忧无虑的样子，成天就知道把头伸进槽里吃干麦草。吃饱了，牛卧在地上静静地反刍，驴不时“欧啊”叫唤几声。勤才有点烦，对着驴嚷道：“挣叫尿哩，再叫把你送杀坊去！”驴仰着头，翻了翻眼皮，继续“欧啊欧啊”地叫。勤才躁了，举起搅料棍说：“叫，叫，你狗日的再叫。”驴一看，不敢叫了。

冯得富一看不高兴了。他不高兴的是人，不是牲口。牲口是养的，闲下来就是为了长膘，长力气，等到农忙时自然会派上用场。所谓养兵千日，用兵一时，就是这个意思。人却是要干活的，越干越有心劲，越干越有力气，千万不能歇着，一歇就会变懒，变奸，变馋，身上的力气也会慢慢消失，成为一堆懒肉。这些天，他早已看不惯勤才了，当然还有德才，却找不到机会说他们。现在见勤才训斥驴，他三脚两步走过去，夺过勤才手里的搅料棍，气呼呼地说：“看把你闲成啥了，竟然和驴干开了架。”勤才听出了他大话里的意思，也气呼呼地说：“我倒是想忙，你让我忙啥吗？”冯得富说：“没事干不敢给牛圈里担干土去。”勤才说：“让我说赶紧把这俩货卖了，天高成这，人都吃不饱饭，还养他们干什么。现在卖还能变两个钱，过段日子，只能杀的吃肉了。”冯得富火了，用搅料棍指着勤才说：“你看你办的啥屁，牛驴无价宝，种地少不了。啥人家才卖牲口呀？把它们卖了，突然窝一场雨，你拉耩子去？”勤才不敢再顶嘴，瞪着眼睛喘起了粗气。

德才蹲在腰门旁边墙下吃旱烟，他取下嘴上的旱烟锅，呼呼地在地上磕了磕说：“我觉得勤才说得在理，是该考虑处置牲口了。”说完，站起来不紧不慢地走了。

冯得富愣在了原地。待德才出了门，他狠狠把搅料棍摔到地上说：“我这是给谁过哩吗？”

这时候，俭才跑进来说：“伯，我三伯让你和我德才哥去他家商量事。”

“啥事？”冯得富没好气地说。

“说是祈雨的事。”

冯得富“哦”了一声。冯得显昨天给他说过这事，这半晌让他给气忘了。

“我德才哥呢？”

“谁知道！”冯得富吼了一声。

俭才吐了吐舌头，回头却看勤才，勤才往新院方向使了个眼色。俭才点了点头，转身跑了。

冯得富走出门，村里几乎没有人，就连猪、狗、鸡也难得看见。观音庙方向懒懒地游动着几缕烟雾。蝉儿似乎不知道饥饱，一声接一声地嘶叫着。冯得富叹了一声，迈开步向冯得显家走去。

进了冯得显家，柴福海、冯得荣、宏朗、冯花嘴、羊娃、柴得得等一些寨里的头面人物已经来了，正和冯得显围坐在八仙桌旁喝着茶、吃着烟。和才妈和兰兰在一旁忙碌着倒水。见冯得富进来，冯花嘴笑吟吟地说：“小城里过日子人来了，咋，眉眼咋不大对劲？得是谁掰吃了你半个馍？”冯花嘴长得不太像他妈，人黑瘦不说，动作、声调还像个女人，寨里人背后都叫他“假女子”。

柴福海吹了吹烟锅，眼皮动也不动地说：“屎上抻筋的事，谁敢。不说眼下，年景好的时候都不行。几年了，谁见过得富到‘将军寨’吃过羊肉？”

冯得富懒得理识他们，沉着脸坐在了冯得显身边。兰兰赶忙倒了一杯茶递给了他。德才跟在俭才后面进了门，一看人多，他们坐到了一旁。兰兰忙分别给他们倒了一杯茶。

冯得富吱溜溜喝了一口茶，却满嘴的土腥气。低头一看，只见茶杯中的水浑浊得已经说不清是什么颜色。冯得显苦笑道：“忘了告诉你，应该淀淀再喝。没办法，窖里的水快干了，只好凑合着喝窖底的水了！”

“你看你，就不能……”冯得富本来想给冯得显说，你就不能去我家新院担水，却想起这么多人在场，忙打住了话。

“先人也不知道咋日鬼的，哪里不能去，偏偏选了大孔这个烂地方？高原高得就像悬在咱的头顶上，可人家地底下有水，咱屁屁都没有，就靠打窖收雨水吃。天不下雨，窖里干了，地里庄稼不说，人吃水必须到高原打。不说上坡、下坡，中间翻一条沟，弄一回水能把人挣死，高原人的脸还难看得要死。好像咱不是去拉水，是拉他们的粮。前几天我用地老鼠车去推水，不小心在地上溅了几星，一个老汉竟用烟袋锅指着我说，‘你能不能小心点，都这么糟蹋，天再不下雨喝尿都没人给你尿’。我咽不下这口气，想骂这个老不死的，可回头一看，水井边的高原人一个个眼睛瞪得像牛眼。我只好闭上嘴，推着地老鼠车走了。想起这事我满肚子都是气，真真是羞先人哩！”冯花嘴气恼地说。

冯得显摆了摆手说：“也不能怪人家高原人，现在水金贵得很，好赖人家还让咱吃，真不让吃了，咱还打人家去？”

冯得富从烟袋里挖了满满一烟锅烟，用右手大拇指摁实，然后接过冯得显递过来的铁杆蒿辫的火绳，点着烟锅，吸了一口说：“老天不睁眼，要绝大孔人了！”

冯得显说：“不光绝大孔人，要绝天下苍生了！”

大伙一片唏嘘。

柴福海不耐烦了，啪啪啪磕掉烟灰，说：“唉声叹气顶个屎用，还是说求雨的事吧！”

冯得富闷闷地说：“还有用吗，周围村子到九娘庙求雨不是一次两次了，咱寨里去的人也不少，可哪个求下一星半点了？”

柴福海说：“咱不去九娘庙求，去尧山，那里是当年大禹治雨的地方，他老人家显了灵，手露个缝缝，弄不好咱们还会遭水灾呢！”

冯得富嘟哝道：“那图个啥，驼背治好了，人却死停当了。”

柴福海不高兴地说：“我就是说说，还真就遭水灾了？有的人日子过得去，寨里弄啥都不情不愿的。也没想想，寨里人都死光了，他过谁的日子去？”

冯得富火了，说：“你这话啥意思？谁家日子过得去？谁不情不愿的？遭灾大伙都遭，难道我不盼望下雨？”

大伙一见，忙劝两人说：“算了，算了，都是好意，就不要计较了，还是说正事吧！”

这时候，屋子里传出两声威严的咳嗽声。一会儿，冯阔海拄着拐杖出来了。大伙一见忙站起来，有叫二大的，有叫叔、伯的，有叫二爷的。冯得显走过去请他往桌边坐，冯阔海摇了摇手说：“不了，整天躺着，我站一会儿。刚在房子听了你们的话，我觉得福海说得对，要求就去尧山求。这一次灾情大，只怕九天娘娘管不了了。另外，我想起了过去老人说的寡妇祈雨的事，便出来给你们说说，看有用没有。”

“寡妇祈雨？”大伙面面相觑，又眼巴巴看着冯阔海。

冯阔海两手把在拐杖上，吭吭吭清了清嗓子，说：“我也是过去听寨里老人说的。有一年，天大旱。哪一年？我咋知道哪一年？就是那一年嘛。饿死人无数，人们把不想的法子都想了，老天就是滴雨不下，太阳还整天挂在天上。后来，村里一个老先生说，‘久旱逢甘露，他乡遇故知。洞房花烛夜，金榜题名时。甘露是龙王爷的独门生意，故知、金榜龙王爷要那干啥，莫非他老人家喜欢……’村里领头的一听灵醒了，马上派了几个寡妇提着砂罐去找龙王爷。龙王爷在哪儿？这话问的，还能在哪儿，庙里呣。说也怪，寡妇们见了龙王爷，提着求来的水刚进村，雨便噼里啪啦浇了下来。”

“过程呢？凡事总有个过程啊！”得得问冯阔海道。

“那谁知道。”冯阔海抬起右手，侧着头擤了一下鼻子，“我就听了个寡妇祈雨，咋样祈没想起问。你们议吧，我就不掺和了。”说完，拄着拐杖回了屋子。

大伙坐下来后，冯得显微微合上眼睛，摇头晃脑地背起了书：“魏文侯时，西门豹为邺令。豹往到邺，会长老，问之民所疾苦。长老曰：‘苦为河伯娶妇，以故渐贫。’豹问其故，对曰：‘邺三老、廷掾常岁赋敛百姓，收取其钱得数百万，用其二三十万为河伯娶妇，与祝巫共分其余钱持归。当其时，巫行视小家女好者，云‘是当为河伯妇。'即娉取。洗沐之，为治新缯绮縠衣，闲居斋戒；为治斋宫河上，张缇绛帷，女居其中，为具牛酒饭食，行十余日。共粉饰之，如嫁女床席，令女居其上，浮之河中。始浮，行数十里乃没。其人家有好女者，恐大巫祝为河伯取之，以故多持女远逃亡。以故城中益空无人，又困贫，所从来久远矣。民人俗语曰：‘即不为河伯娶妇，水来漂没，溺其人民’云。’我咋觉得所谓‘寡妇祈雨’和这个有点像！”

大伙儿又面面相觑，搞不懂冯得显嘴里念了些啥。

德才微微一笑说：“三大，我觉得这两个不是一回事。一个是官府横征暴敛，还要死人，一个是民间行为，死不了人。有些事不妨试一试，人常说，病急乱投医，说不定歪打正着呢！”

冯得显叹道：“虽是民间行为，总归要钱下场，钱呢？向村民摊派？这样虽不能说是横征暴敛，但雪上加霜总不为过吧？”

“三大，你手里那笔钱到了该拿出来的时候了。”德才吱溜溜喝了一口茶，头也不抬地说。

“你说的是老陵里的收成？”冯得显猜到了德才的意思，心里不知怎么就疼了一下。

德才点了点头。

冯家老陵在西埝村东南处，里面埋了二三十个先人。当初建陵时，老祖先欲向外人昭示冯姓阴阳永不分离，留的坟地便很大。但没过多少年，族人的心开始分离，有的甚至成了仇人，至死都不说话，死后自然更不愿相邻而眠。加之老陵离寨子较远，还要上几个坡，抬埋、请灵、上坟都不方便，再有老人死了后，后人便不再去老陵葬埋，就埋在了自家地头、埝下或者东沟畔。这样，老陵就余下了几十亩地。地当然不会荒着，每年都要种庄稼，收获归冯家祠堂，到来年清明“吃祠堂”。

所谓“吃祠堂”，就是到了清明这一天，冯姓每个当家的男人相跟着去给祖先上坟，其余人在祠堂或忙或候着。祠堂里一片热火朝天，捏油糕的捏油糕，炸油饼的炸油饼，蒸包子的蒸包子，烧醪糟的烧醪糟，看热闹的看热闹……比过年还热闹。待上坟的人回来了，冯姓人开始分享祖先留下来的恩德。大伙不知道图热闹，还是喜欢吃抢食，一个个争先恐后去抓搁在大笸筛里的吃食，油糕、油饼、包子、花卷、馒头……抓住什么是什么，抓到就往嘴里送，吃完了再去抓，直吃到嘴角流油，肚子滚圆，捂住肚皮不住地打嗝方休。冯得显这些年在祠堂坐馆，做人品行端正，族人便让他管理冯家祠堂，经管老陵里的收入。今年，天一直没下雨，冯得显心里起了个窍，和族人一商量，清明就没有再搞“吃祠堂”。他晓得很多人惦记着这些粮，但他一直不声不吭，不说吃也不说分，就让粮在那里放着。现在，德才提出了这个问题，他只得说出自己的想法：“今年没有吃祠堂，老陵去年的收成自然还在，我想把这些粮放到关键时候再用。”

“现在就是关键时候！”柴福海咚地站起来说，“再不下雨，人都饿死完了，攒粮给谁攒？放心吧，冯家动用祠堂的粮，柴家不会占你们便宜。柴家老陵虽然没有收成，我们每家每户摊。只要求下雨了，还在乎这一点？”

“过程呢？总要有个过程吧？”得得摊着两手说。

“要啥过程？不就是龟兹、烧香、放炮、社火、搭台唱戏那些事。吹好你的龟仔就行了，用得着操那么多闲心，有得显呢。”冯得富一听祈雨不需要摊派，也来了兴趣。

冯得显摇了摇头说：“搭台唱戏是重头货，求雨用不着，等求下了雨，再好好唱不迟。我想了，既然是寡妇求雨，就应该按送亲的路数走，花轿一类的东西必须有。”

“问题是寡妇在哪里，要几个？”宏朗闷闷地说。

大伙恍然大悟，心想议了半天，咋把实质性问题忘了。冯得富说：“我看一个寡妇就行了，要让龙王爷有个念想，他才会好好下雨。”柴福海说：“有钱人家都是三妻四妾，日子刚过得有点眉眼的也一大一小，你拿一个寡妇糊弄龙王爷，他老人家一生气，给你下屎上的雨？”冯花嘴说：“那就多弄几个寡妇，就是个意思，难不成龙王爷还真把寡妇睡了？”宏朗说：“话是这么说，可哪里来那么多寡妇，总不能把男人杀了造寡妇吧？”冯得显说：“一个肯定不行，多了也不行。我看就四个吧，东西南北四个龙王呢。”大伙一听“哦”了一声，纷纷点起了头。站在一旁的兰兰咯咯笑了，说：“龙王爷咋也不正经呢？”冯得显瞪了兰兰一眼，兰兰忙低头转身走了。

接下来确定寡妇又把大伙难住了。平日里嘴里常说寡妇门前是非多，真要找寡妇了，却不知道在哪里。有人知道一两个，却不愿意说出口。人家已经很不幸了，现在还要她抛头露面弄什么“寡妇祈雨”，要是你老婆，你躺在地下会答应吗？

闷了半天，宏朗先开了口。他看了一眼冯花嘴，慢腾腾地说：“寨里有个人最合适。”

大伙明白了宏朗的意思，眼睛不约而同的落在了冯花嘴身上。冯花嘴开始不知道大伙为什么看他，灵醒过来后，脸顿时臊得乌红，指着宏朗气冲冲地说：“你个贼兽医，狗嘴里吐不出象牙。我妈多大了，能弄恁事？”

宏朗冷冷地说：“我提你妈了？”

冯花嘴尖声说：“你提了，就是提了，你心里提了，要不你看我干什么？”

冯得富不耐烦了，说：“提了就提了，为大伙的事，有个啥？再说你妈恁人你又不是不知道，她就爱弄这些事，不让她弄她还不高兴呢。不信你回去问你妈，看她乐意不乐意？”

“我不问，要问你去问。”冯花嘴白了冯得富一眼。

冯得富说：“行，我问就我问。”

冯得显说：“说起来这事还真离不了媒婆嫂哩！”

第一个寡妇确定下来，很快就有了两个，一个是柴贵锁婆娘，一个是冯栓银老婆。柴贵锁和冯栓银两个都是前两年得病死的。两个寡妇虽然比冯媒婆年轻，但都过了三十，在龙王爷面前似乎有点说不过去。于是，大伙儿扳着指头从小城里到水壕，从水壕到西村，从西村到西门底，从西门底到北槐院，从北槐院到总门一个一个地找。可找来找去，却一无所获。想想，成了寡妇已经够可怜的了，年纪轻轻地守寡更不是个事，岂能说要就有？正一头雾水，俭才站起来说：“我想起一个人，不知道行不行？”

“谁？”大伙的眼光都瞄向了俭才。

“柴老八的女人家……那个啥！”俭才激动地说，“柴嫂子可是又年轻，又好看，还识字，龙王爷应该没有啥弹嫌的。”

冯得荣瞪了俭才一眼说：“你个碎娃胡咧咧啥，不言传谁把你当成了哑巴？”

大伙你看我，我看你，谁也不说行，也不说不行。闷了半晌，冯花嘴说：“柴老八老婆虽说是寡妇，但……算不上真正的寡妇，咱不能糊弄龙王爷。”

冯得富、冯得显的脸悄悄红了。

柴福海不以为然，说：“寡妇就是寡妇，不能因其他原因就说她不是寡妇，不是寡妇，她名正言顺的男人是谁？俭才说得对着哩，再说也没有更合适的了。”

宏朗叹了一声说：“说这些都没有用，重要的是必须人家愿意。咱在这里说来说去，人家不干，说破天也是白搭。”

“寨子的事，有钱的出钱，有力的出力，她凭什么不干？”

“人家又不是大孔人，凭啥？”

“可她是柴老八的婆娘。”

“老八已经死了。”

“现在她和……那个谁在一搭啊！”

……

柴福海咯咯了两声，大伙停止争论，都去看他。柴福海说：“去不去要看谁去说，说得好了她肯定去。”

冯花嘴说：“谁去给她说？都不熟嘛！”

柴福海不知发笑还是鼻子发痒，鼻子里哼哼了两声说：“谁去说？我看得富最合适。当然，不能直接找那个婆娘，要找引才。”

“你……你……啥意思，傻呱人也要分个场合吧？”冯得富嗵地站了起来，用烟锅指着柴福海说，“让我说你去最合适，柴老八是柴家人，还把你叫大大哩。”

冯得显抻了抻冯得富的后衣襟，嗔怪地说：“哥，你看你，都是为了寨里的事，不要动不动就嚷？让我说你俩谁去都不合适，咋说都是长辈嘛。德才，还是你跑一趟吧！”

大伙一听都转过头去看德才。德才低着头一口一口地吃着烟，半天方点了点头。

十六

大孔寨要举行寡妇祈雨的事很快传开了，寨里人先是弄不懂啥是寡妇祈雨，知道是咋回事后，整个寨子一下子扬播得沸沸扬扬。听说祈雨那天冯家人还要“吃祠堂”，冯家人更是高兴得合不拢了嘴。这样，祈雨活动便实施得很顺利，几乎没有遇到多少阻碍。冯金宝开始不支持这件事，说是胡成精哩，后来见大伙热情很高，便不再吭声，还和冯得显并列筹备组组长。筹备组还有冯得富、柴福海、宏朗、得得、冯花嘴、德才几个，宏朗、得得、冯花嘴、德才、冯天顺五个分别担任了锣鼓队、唢呐队、秧歌队、花轿队、护卫队队长。这些组织一成立就开始选人、列队、演练。祈雨是大伙的事，加之筹备者手头紧，管饭的事也就没有人强求。但这些日子大伙吃得太差了，有的人还有一顿没一顿的，练一会儿便气喘吁吁，头冒虚汗。但没有人懈怠，偷懒。一段日子大孔寨洋溢着一种和生活不太协调的喧闹和欢快，不知道情况的人还以为他们在欢庆麦罢呢。

挑选上的几个寡妇也都通情达理，几乎没有人推三阻四。冯媒婆听说后还眉开眼笑地对冯得富说：“大兄弟，你们算找对人了，‘寡妇祈雨’我多少知道点，你们就放心吧！”以后几天她又多次去找冯得显，把自己听说的、想到的有关祈雨细节讲给他听。冯得显不但不嫌瞀乱，听着听着还点起了头，他最后拟定的活动方案多处就采纳了冯媒婆的意见。气得冯花嘴两口咧眉瞪眼，唉声叹气，却没有办法。柴贵锁婆娘、冯栓银女人知道“寡妇祈雨”选上她们后，脸虽然红了，但扭捏了两下后，还是应承了。

唯有最后一个寡妇史家怡还没有消息。

德才那天虽说首肯了去说服史家怡，但出了冯得显家门，却没有去见史家怡和引才，还没事似的该干啥干啥。冯得富摸不清他葫芦里卖的啥药，心想：这娃啥意思吗，既然答应了人家，就要说话算话嘛，眼看屎憋到尻门子了，咋没有一点动静呢？真真是！

起初，冯得富很不愿意柴老八女人以寡妇的名分参加祈雨，更不愿意让德才去请她。祈雨是多么神圣的事，柴老八的女人怎么能位列其中？不说她的人来路不明，单就柴老八死后和引才鬼混，就不是什么正经货。寡妇祈雨，寡妇祈雨，她算哪门子寡妇？又一想，不要柴老八女人还能去哪里找寡妇，凑不够寡妇误了事谁负责？千好万好，天下了雨才好。今年已经够不顺了，不敢因小失大呢！便不再多说什么。

自从老母猪下了那个怪物后，冯得富一直觉得啥事都不顺当，甚至天不下雨、夏粮绝收、柴老八之死也因了这件事。虽然由于他保密得好，寨里还没有人把这些事和那些灾难往一起牵连，但他自己心里却好像藏了个鬼，总觉得在人前抬不起头，说不起话。有时候，他多么希望晴空一声霹雳，老天裂开无数个嘴，哗哗窝一场甘霖……这样他心里就会彻底放下那件事，继续安然地过日子。

因此，德才迟迟不去请史家怡，冯得富比别人急得多。

这天晚上，宏才匆匆跑来，悄悄给德才说了句什么，德才点了点头说：“知道了，你先回，我过会儿就过去。”宏才走了后，德才洗了把脸，又对着镜子梳了梳头，这才扑踏扑踏出了门。冯得富正在门口歇凉，见德才往小城门方向走，忍不住问了一声：“你去哪里？”德才头也不回地说找引才去。朦胧的月光下，德才的影子摇曳不定，上面弥漫了一层如烟如雾的尘土。冯得富长长地叹了一声。

德才并不是成心吊人的胃口，他有自己的想法。

当时答应这件事时，德才脸上凉凉的，一副不太情愿的样子，心里其实很乐意。自从当了乡约所文书，德才就有了一个想法：想方设法提高自己在寨里的声望。这个声望既不能像冯金宝那样虽然有权有势，人人反而敬而远之；也不能像大伯冯得富、三伯冯得显、西门底柴福海那样，人们表面上看着尊敬他们，心里却多少有点轻蔑；更不能像柴一刀那样好像谁都怕他，背后却谁都敢给他吐一口痰……他要的是真真正正的声望，这声望要让每个人既尊敬又畏惧，既爱戴又不轻慢。德才心里清楚，这样的声望除了有钱，还必须做几件在人前说得过去的硬事。寡妇祈雨适好给了他一个机遇。史家怡是谁？说起来就是一个女人，但这女人不是普普通通如莲莲、芬芬一般的女人。寨里的人背后诋毁甚至谩骂人家，那都是表面现象，私下里哪个不敬慕人家骨子里的那种高贵？哪个不想瞄人家一眼？哪个男人不对人家充满了幻想甚至非分之想？可人家却懒得看任何人一眼。似乎除了引才外，谁也入不了她的眼。能把她请出来求雨，最好能求下雨，德才在寨里的声望便可想而知。

另外，德才心里还有一个说不出口的秘密。

不知怎么着，自从见过史家怡和蓝玉后，德才突然对女人有了新的认识。他觉得他们才是真正的女人，雅致、干净、漂亮……和寨里的女人不说有天壤之别，至少有东西施之分。见一次史家怡或者蓝玉，德才有意无意地就对莲莲有了几分厌倦。他越来越觉得莲莲粗俗、愚钝，没有情致，一点女人味都没有。最近莲莲的肚子慢慢大了起来，腰粗得像水桶，脸上还长出了蝴蝶斑，这越发膨胀了他的想法。他常常想，不说别的，能和史家怡这样的女人坐在一起说说话也行啊，至少能增添许多见识。现在，有这么个机会，他能轻易推辞？

德才心里明白，让史家怡以寡妇身份参加祈雨活动绝不是一件轻省事，要不寨里那么多能行人，三大指名道姓让他去。但他知道，事情办妥了，啥都好说；要是办日塌了，不说他今后在寨里的声望，在史家怡眼里他也会成为一个惹人发笑的小丑。但德才不是李逵那样的莽撞人，也不是马谡那样言过其实的人。他之所以敢应承这件事，一者觉得柴福海说的“不能直接找那个婆娘，要找引才”的话虽然心怀叵测，甚至有点猥琐，但却实实在在地在理，绝对是请动史家怡的关键钥匙。引才表面上有点二杆子，但在大事上却不含糊。寡妇祈雨是寨子当下的头等大事，他应该不会冒天下之大不韪，反其道而行之。只要他想明白了，事情就成功了一多半。二者德才心里也有自己的法子。议事当天，他故意没有去找引才。他知道那些长舌男女很快会把寡妇祈雨的事传播到寨子的街头巷尾，搁别人生怕这样会打草惊蛇，让引才和史家怡有了思想准备，坏了大事，但德才偏偏就要这样的结果。引才虽然讲义气，明事理，但他和史家怡毕竟名不正，言不顺，寨里人多有非议。猛不丁给他提说这事，揭了他们的老底，他恼羞成怒，打死都不干咋办？或者坚决不承认有这回事，一推六二五咋办？与其这样，还不如让风声先传到他们耳朵，让他们好好思虑、商量，说不定他前去一说就成了。第二天，德才觉得时机成熟了，准备晚上去找引才，却听人说引才晌饭后牵着骡子出了南门。问宏才，宏才说他哥有事去了侯家，晚上回不来。他便给宏才说，等引才回来，马上过来告诉他，他有事找引才。宏才自然满口答应。第三天，瞅着冯得富急不可耐的样子，德才表面上不显山露水，心里却急得像热锅上的蚂蚁。太阳眼看着落了山，引才还不见踪影，他心里害了怕，心想德才今天还不回来，他就连夜去侯家找他。留给他的时间不多了，事情办砸了，今后他真的没脸在寨里混。天慢慢黑了，德才急得在新院团团转，莲莲不知道情况，说：“天这么热，你还有心跳大神？”德才狠狠盯了莲莲一眼一连说了三个“避”。正心浮气躁，宏才匆匆赶来告诉他引才回来了。德才这才长出了一口气。

天气异常闷热，整个寨子仿佛一个架在火堆上的大瓮。人们在家里待不住，都拥到门口或坐或躺着乘凉。不知是饿晕了，还是热蔫了，没有人注意德才。德才也懒得理谁，他低着头走过小城里，穿过小城门，向右一拐，经过冯家祠堂，再向左一拐，穿过北场，再向右一拐，径直往街道走去。一会儿，他的白粗布汗褂塌在了脊背上，头上的汗水也沿着鬓角滚到脸颊上。但他顾不得许多，只管迈步往前赶。

走到东街口引才家门口，两扇门合着。德才去推，里面却关上了。他有点诧异，心想这么早就关门了。他举起手在门环上拍了两下。须臾，门开了。开门的是芬芬。芬芬的发髻有点乱，一绺头发在左脸颊上晃悠着。白粗布对襟内衣紧绷在身上，一对饱满的乳房似欲喷薄而出。见是德才，她赶忙去扣领口的疙瘩扣，边扣边慌慌地往回走。坐在腰门口的引才妈停住手里的扇子说："是引才吗？"见德才进来，引才妈看着芬芬的背影说："你看这娃，你德才哥来了，也不问一声。"

德才忙说："没事，没事。娘娘，在院里歇凉啊，引才呢？"

引才妈从旁边拉过一个小凳子，用扇子在上面扇了扇说："他呀，猴子勾子坐不住，刚回来又走了。快坐下，咱娘俩好长时间没有好好说说话了！"

德才心里咯噔了一下，忙问引才又去了哪里。引才妈叹了一声说："儿大不由娘，他去哪里，我咋知道。"

宏才拿着一本书从屋里出来。借着月光，德才看清书封面上的两个黑字，是《呐喊》。宏才向德才问了声好，回头嗔怪他妈说："你看你，我哥去哪里你能不知道？德才哥找他有事，误了事咋办？"

德才听懂了宏才的话，说："娘娘，你歇着，我还有事，哪天有空了再来陪你说话。"说着，转身匆匆走了。刚走了两步，芬芬从里面跑到院里的椿树下，哇哇干呕起来。德才奇怪地看了她一眼。

从引才家出来，德才沿着街道径直朝西门底走去。从宏才话里，他晓得引才去了"将军寨"。这下更好，当着两人的面，当面锣，对面鼓，话就更好说了。但走了几十步后，他又犹豫起来，步子也不自觉地慢了下来。引才在“将军寨”咋就好了？说到底他干的是见不得人的事，只有天黑了或者避开人才敢去。引才尚且如此，你去那里又算咋回事？当哥的去兄弟媳妇房子本来就不合礼，去和兄弟通奸的女人房子更不成了天下奇闻？何况引才是个二杆子，你冷不丁地进去，他不在乎了还罢，他要在乎，翻脸不认人咋办？

德才头上的汗水倏忽间变成了冷汗，脚步也停了下来。忽然，夜空中传来一声凄楚的呻吟声，虽然游丝般微弱，却在寂静的夜里显得异常的悲哀和绝望。德才浑身抽搐了一下，头皮似乎也有点发麻。他向周围扫了一眼，方才知道自己已到了戏楼前。街上的店铺、人家都已关门，街道空荡荡的，只有戏楼下歪了几个要饭的，呻吟声正是从那里传来的。德才清醒过来，心想，都啥时候了，还瞻前顾后？寡妇祈雨是寨里的大事，我去“将军寨”咋了？见史家怡又咋了？我是去给寨子办事，谁能把我咋？想到这里，德才拔起脚，迈开步子继续向前走去。

十七

自柴老八死后，“将军寨”门头上的汽灯就熄灭了，再也没有亮过。

德才走到“将军寨”大栅门前，试探性地掀了一下，门竟然开了，声音暗哑、沉闷。德才先是一惊，既而又莫名其妙，心想这两个人也太胆大了，竟然连门都不上，好赖顾个场嘛，就不怕被人捉了双？又一想引才是谁，史家怡是谁，怕别人他们就不弄这事了。一时又好生羡慕起他们来，心想人家这才算活得恣意妄为，有滋有味，哪像寨子里如他一般的人，敢想不敢做，只能浑浑噩噩、窝窝囊囊地活到老，猪狗都不如！

不知因为许久没有人住店，还是月光朦胧，“将军寨”似乎苍老了许多，就像一个昏昏欲睡的老人。走进空旷的院子，德才的心不由得有点慌，脚步也轻了下来。终于，他看见了窑洞窗子上散出的光，慌乱的心才有了一些抚慰。他定了定神，放开脚步往里走去。他想要不要叫一声引才，这样可以提前给他们打个招呼，免得碰见不该碰见的场面，大家都难堪。但尚未等他开口，窑洞里却传出开心的笑声。是引才和史家怡在笑。笑声落下后，只听史家怡警觉地说："好像有人进来了，你是不是又没有关门？"引才说："过一会儿就走了，关门干啥？有人来，不会吧，谁会到这里来？"

听着两人的话，德才紧张起来，忙停住步，叫了一声引才，声音生涩，干巴。

很快，引才从窑洞里出来了。可能出来得急，他就穿了一件大裤头。看见院子里的黑影，他警觉地问了一声谁。声音虽硬硬的，却含着一些紧张。

德才咳嗽了一声，做出镇静的样子说："我，你德才哥。"

引才一听赶忙退回窑洞，却把头伸出来说："是德才哥吗，黑漆半夜的，你来干啥？"

德才边抬脚往里走，边不紧不慢地说："有事嘛，刚才去你家，娘娘说你不在。估摸你在这，事急，我就来了。"

引才"哦"了一声，说："啥事嘛，急成这？"

德才说："啥事不啥事你出来说，一半在窑里，一半在窑外像个啥？我又不是老虎。"

引才哈哈笑了，说："看哥这话说的，我是怕老虎的人吗？窑里凉得很，你进来坐吧！"

德才迟疑了一下，提起脚跨过门槛进了窑洞。

见德才进来，史家怡两手撑在身子两边炕上，腿在前，屁股在后，忙忙挪动着往炕边移。她脚上没有穿袜子，裤腿也没有扎，圆圆的脚踝和嫩白、小巧的天足光光地裸露着。

德才的眼睛落到了史家怡脚上，倏忽间，他的全身仿佛电击似的绷紧了，很快又晕乎乎地燥热起来。他没有想到史家怡竟然还是一双大脚，还如此的白皙、娇嫩。莲莲是个小脚，一天到晚裹得紧紧的，他几乎没有见过它的庐山真面目。当然，也没有兴趣去看。其他女人的脚他就更没有兴趣了。脚嘛，一双臭蹄子，有什么看头？可他没有想到，史家怡的脚竟这么好看，这么耐人寻味。说是大脚，却一点也不大，从脚跟到大拇指顶多一拃长，形状却那样的匀称，可爱。脚后跟圆圆的，脚弓浅浅的，特别是那四个靠着大拇指的小指头，圆润，饱满，宛如四颗靓白的珍珠。

德才在心里叹了一声。

史家怡跳下炕，一边笑吟吟地请德才坐，一边从炕上拉过引才的衣服，塞到了他手里。引才胡乱穿着衣服，笑呵呵地说：“大热天的，谁不光着脊背，有个啥，快给哥泡茶。”

德才装作听不懂他们话的样子，坐在板柜和炕沿之间的太师椅上，掏出烟袋，把烟锅伸进去，慢条斯理地挖起了烟丝。

史家怡手脚麻利地拿水杯，捏茶叶，用竹皮暖瓶往杯子里倒水。她上身穿一件月白色对襟短袖，从窸窸窣窣的声音和闪耀的光芒中，德才猜摸是丝绸做的。衣服有点宽松，里面一双没有束缚的乳房随着她的动作微微颤动着。德才嗅到了一丝淡淡的香味，他的鼻子不自觉地吸了两下。不知是被呛着了，还是为了掩饰自己的紧张，他从嗓子眼吭吭了两声。史家怡一听，连忙双手向他递上茶杯说：“哥，这是引才刚买的香片，你尝尝。”德才接过茶杯，吸溜了一口，觉得有点烫，又搁在了柜面上。

引才穿好衣服，坐在炕沿上。史家怡坐在了他旁边。引才左腿坠着，右腿支在炕沿上，面向德才。史家怡两条腿并在一起垂着，向这边微侧着身子。引才掏出一盒“哈德门”，抽出一只，递给德才。德才摇了摇手，引才便搁在自己嘴角，点着，香香地吸了一口，说：“旱烟有啥吃的，进了嗓门就像灌辣子水，也不说换换口味。”

德才吧唧了一下旱烟锅，鼻子里哼哼了两声说："习惯了，慢慢再换吧。"

引才瞥了德才一眼说："哥，不是说有事吗，啥事？"

德才在炕壁上磕掉烟灰，嗓子眼习惯性地咯一声，说话间就要往地上吐痰。乍一看地面铺着青砖，又赶忙使劲滚动了一下喉结，硬硬把涌出嗓子眼的痰咽了下去。他端起茶杯，吱溜溜吸了一口茶水，眼睛又不自觉地瞅了一眼史家怡。史家怡穿上了粉红绣鞋，包裹住了那一双好看的脚，脚面却依然裸露着，在朦胧的灯光下泛着粼粼的白光……

"哥，问你话哩！"引才又问了一声。本来他就不喜欢德才的慢条斯理，听说他找他有事，就更耐不住性子了。

德才匆忙打住思绪，又吱溜溜喝了一口水，然后把杯子搁到柜面上，回过头翻了引才一眼说："茶香得很，有品头。天高成这，你的日子还这么滋润。"

引才嘿嘿笑道："瞎往前混哩，能让我妈他们混个肚子圆就行。哪像你和得富大大那样过日子，置家当。我嘛，非但不置家产，还把东沟畔、村南里的地卖了。得富大大背地里不知道把我笑话成啥了！"

"你卖的都是薄地、烂地，东地根、洼里的地你咋没有卖？"

引才看了德才一眼说："哥，你啥意思，莫非想买我东地根和洼里的地？"

德才从嗓子眼里"吭吭"了两声，说："天高成这了，谁还会买地，除非像钱葫芦那样钱多得没地方放的人。"

引才摸了摸头说："就是嘛，我还想着你真把我当成了败家子，买地连冯指头都绕过了。"

"看你说的啥话，不说我没有钱，也做不了主，就是有钱能做主，也不会趁火打劫买你的地。"

"哥，这话我爱听，咋说也是一个先人的孙子嘛。说说你的事，用得着兄弟的地方，言传！”引才拍了拍胸脯。

德才低头从烟袋挖烟，故意不看引才，说：“寨里近来有件事，你听说了吗？”

引才看一眼德才，又看一眼史家怡，满脸的疑问说：“寨里最近有事？啥事，我咋不知道？”

德才没有理会引才，似乎把心思全集中到了吃烟上，砰砰的火石摩擦声不紧不慢地响着，溅出的火星胡乱飞舞，却就是引不着棉絮。引才不耐烦了，出气声明显变粗。史家怡用胳膊肘碰了碰他，用下巴示意了一下炕沿上的火柴。引才灵醒过来，忙拿起火柴，掏出火柴棒，嚓地划着火，搁在了德才的烟锅上。德才滋滋吸了一口，吐出青白色的烟雾说：“洋东西就是好用，嚓一下就着了。伯却说不耐用，我知道他是舍不得花钱。”

“哥，不是说寨里有事吗，咋又拐到了洋火上？给，这匣洋火给你了。”引才说着把火柴塞到了德才手里。

德才看了看手里的火柴，又把它搁到炕沿上说：“寨里要举行寡妇祈雨，你没有听说？”

引才“噗嗤”一声笑了，说：“听是听说了点，以为是谝闲传，这么说是真的了？真是病急了乱投医，下不下雨是老天的事，几个寡妇能把雨弄来？掏出大㞗日月亮，也不看挨得着挨不着。”说完，径自大笑起来。

史家怡用胳膊肘碰了引才一下，嗔怪地对着他的背翻了一眼。

德才却不笑，说：“宁可信其有，不可信其无。万一应验了呢？”

“应验了好哞，谁不盼着下雨嘛。”

“这就对了，所以大伙都要为‘寡妇祈雨’出点力啊！”

“出力？出啥力？咋样出力？我不是寨里的大户，捐一点钱、粮还行，多了可不行。天高成这了，我得留点后路。”

“‘寡妇祈雨’要的是寡妇。”德才瞄了一眼引才，简单给他说了寡妇祈雨是咋回事。

引才有点听懂了德才的话，史家怡却懵懵懂懂，说：“我搞不明白，寡妇如何就能求来雨？”

引才笑道：“这还不明白，寡妇祈雨就是让寡妇去伺候那几个老龙王，只要把老家伙侍奉舒服了，它自然就会下雨。”说着，回过头向德才挤了挤眼。

“我还是搞不明白，”史家怡眨巴着眼睛说，“为什么一定是寡妇，大姑娘不是更好吗？既漂亮，又纯真，就像《西门豹治邺》中的‘小家女好者’，没听说专要寡妇的！”

“寡妇门前是非多，老龙王也想凑这个热闹啊！”引才不晓得什么《西门豹治邺》，更不懂“小家女好者”，寡妇却是知道一些的，便胡诌起来，“你想，老龙王家里也有婆娘，弄个年轻的，怕人家和他过；弄个有家的，怕人家男的告。只有寡妇没有啥牵连，弄了就弄了，担不了多少责，也没有啥后果。再说寡妇老道，有经验，龙王爷心里清白得很呢！”说着，又笑了起来。

史家怡推了引才一把说：“去去去，狗嘴里吐不出象牙。”

德才憋不住了，嘿嘿笑了两声，说：“引才虽然说的是笑话，大向也就这样吧。不过，就那么回事，当不得真。”

“可我不是寡妇，这事牵扯不到我呀？”引才又把目光投向了德才，“你们不会让我妈去求雨吧？哥，谁要是有这想法，就别怪我六亲不认了！”

德才摇着头责怪引才道：“胡说啥哩，谁敢让娘娘弄这事，能过得了我这道关？亏你能想得出！”说着，眼光故意转向了史家怡。史家怡似有所感，忙低下头，两手不自然地绞在了一起。引才不知道啥意思，也回头去看史家怡。史家怡的脸慢慢红了，不好意思地笑了笑。引才先是一愣，很快便明白过来。他啪地拍了一下腿面，嗵地跳到脚地，右手食指指着德才晃动了几下，又对着史家怡摇了几下，说：“绕了半天，你说的是家怡啊，家怡是哪里的寡妇？她是我……我……我……”

德才翻了引才一眼说：“寨里连花嘴妈媒婆婶算上，也凑不够四个寡妇，三大便让我前来请老八家的。不管咋说，你们两个都是寨子里的人，不能见死不救嘛！”

“不行！”引才举起手，狠狠往下一劈，似乎他面前站了一个坏人，他一刀把他劈了。“谁死谁活和我有屌关系。家怡是洋学生，是有身份的人，不会跟着你们去胡成。寡妇祈雨？亏你们想出这样的好法子。还老八家的，明说了吧，我和家怡已经……”

史家怡赶忙跳下炕，拉住引才的手说：“你看你，咋就管不住自己的性子。又不是德才哥出的主意，你对他嚷嚷个啥嘛。多大的事，用得着那么上火？”

引才一听，挠了挠头，坐回到了炕沿上。

史家怡回头对德才说，“哥，能不能告诉我，咱们去哪里求雨呀？”

史家怡把德才一口一个哥地叫，德才先听着有点别扭，但很快便体会到了这声哥的弦外之音。他直了直腰，不露声色地说：“当然是尧山，天高成这，九娘庙已经管不了了，只能去尧山，那里的龙王爷灵验得很。”

史家怡低头想了一下说：“引才，我觉得德才哥说的对着呢，既然咱们是寨里的人，寨里的事就有咱们一份。”又不知是问德才还是引才，抑或自言自语地说，“听说尧山供奉着送子娘娘，不知道有没有龙王爷灵？”

德才说：“灵不灵要看心诚不诚了。”

引才莫名其妙，说：“你啥意思，送子娘娘跟你有啥关系？”

史家怡羞羞地瞟了引才一眼。

引才明白过来，摸着头呵呵地笑了，说：“我这可全是为了你好，磕着、碰着、被人笑话啥的，到时候可不要怪我。”

“谁啥时候怪过你吗？”史家怡娇嗔地斜了引才一眼。

"那好，听你的，咱们去尧山浪一回。"

"瞧你说的啥话，不是浪，是祈雨。"

"对对对，寡妇祈雨，寡妇祈雨嘛。"

德才怪怪地看了他们一眼。

十八

五月十三这一天，大孔寨的"寡妇祈雨"正式启动。

一大早，冯得显、冯得富、柴福海、德才几个组织者就到了冯家祠堂。冯得显问德才说："乡约呢，咋不见乡约到，不是让你请他吗？"德才放下背着的手说："我请了，他说这几天拉肚子。如果今天好了就来，好不了就不来了。"

冯金宝并没有拉肚子，德才说的也不是他的全部话。昨天德才又去请他，他一听还恼了，说："没㞗事干了，皇粮国税赖着不交，一个个倒有钱弄这事。"德才听了心里有点不舒服，说："话不能这样说，夏粮收了不到两成，大半人家几乎断了顿，让大伙拿啥交吗？再说县里已经表态把粮挂了，咱还交个啥？"冯金宝翻了德才一眼说："县里啥时候说把粮挂了，我咋没有听说过，挂了伍县长还天天催？"德才说："求下雨才能交上粮，你是乡约，还兼着祈雨筹备组组长，要带头哩！"冯金宝摆着手说："不去不去，要去你去，就说我这几天拉肚子。"

"啥东西，"柴福海擤了一把鼻子，愤愤地说，"他大当年在寨里上不了桌面，他一个秃子倒成了人物，啥世道吗？"

"除了催粮催款他能弄个㞗。不来了正好，省下两个馍育猪。"冯得富也没好气地说。

冯得显摇了摇头，说不清是什么意思。

这时候，引才急急忙忙赶来了，见祠堂就这么几个人，他紧张地嚷道：

“祈雨的是不是已经走了？睡过火了，睡过火了！一晚没敢睡，就怕失睡了，天快明了却睡死了过去。你们在，我这就去撵他们。”说着扭头要走，德才忙拉住他说：“你到哪里撵，人还没有来哩。”引才抬头看了一眼东边染红了的云彩，不好意思地笑了，说：“就说嘛，咋能这么早。没误事就好，没误事就好。”

冯得富“哼”了一声，把头拧到了一边。

柴福海的八字眉往上挑了挑。

冯得显说：“你不是护卫队的吗，应该去找冯天顺、柴牛儿几个。”说着，往祠堂大厅走去，大伙都跟在他后面。冯得显走了两步，转身去了南厢房。

引才说：“没事，我已经给他们打过招呼，谁要是不把事当事干，看我不日塌了他。”

冯得显皱了皱眉，说：“你是副队长，要听天顺的。再说咱们是祈雨，不是闹事，要讲究方式。”

引才说：“知道知道，您放心吧！”

冯家祠堂大厅坐东朝西，面阔三间，门上“冯家祠堂”四个字是冯得显题写的，形态规范，绵里藏针，很是醒目。平时这里是冯得显坐馆的地方，今天祈雨要拜祖宗，冯得显几个便把祖宗灵位恭恭敬敬扶侍到了正位。牌位前的供桌上供着花馍、油糕、麻花等，供品前边又搁了两个拴系的空砂罐。

冯得富和德才任这次“吃祠堂”的总管，是个人人眼红的角色。冯得富担任总管是因为这几年他一直是总管，他做事认真，冯姓人都放心。德才本来是花轿队队长，鉴于“吃祠堂”的重要性，冯得显又让他协助冯得富总管“吃祠堂”，而让勤才当了花轿队队长。表面上德才荣升的理由因他是乡约所文书，但明眼人都清楚这是因为他请来了史家怡。想想，洋学生都出马祈雨了，龙王爷这个土包子能不心动？咋说这都是一件大功劳。甚至有人背后说，德才都可以当乡约呢。德才慢慢也摆起了势，两手常常背着，见了人微微点个头，很严谨地笑笑，看着就像个绅士。

引才后来被指定为护卫队副队长，但他对这些没有多大兴趣。进祠堂后，他的一双眼睛骨碌碌乱转，似乎在寻找什么东西。德才心里明白他在找什么，却没有理睬他。

祠堂正厅的两厢对称着六间厢房，南厢房平时搁着老陵里的粮食以及锣鼓、旌旗、农具等冯族共用的东西，现在成了“吃祠堂”的厨房。羊娃领着勤才妈、花嘴媳妇几个婆娘正在里面忙乎着。俭才早早来了，正帮着拉风箱，眼睛却不看灶火，一直盯着大蒆筛里新蒸出来的馍。勤才妈一看，掰了半个馍给俭才。俭才接过去，三两口便下了肚。冯得富进来看见俭才嘴在动，脸立马沉下说：“今年不比往年，做饭要仔细呢，可不敢糟蹋粮食，也不能想咋就咋，没个下数。”勤才妈边揉面，边不耐烦地说：“知道知道，耳朵都起了茧了，有工夫劈树墩去。”

北厢房平时是冯得显备课、休息的地方，现在几个寡妇住在里面。

祈雨前寡妇必须净身，冯得显几个人一商量，就让寡妇们提前一晚住进了祠堂。冯媒婆咧着嘴说：“我们都是寡妇，已经没有男人了，还让我们净哪门子身？糟蹋人哩嘛！”柴福海嘿嘿笑道：“这不好说，寡妇门前那个……祈雨的事重要，就按商量的办吧。就一晚，又不是三年六个月。”冯媒婆想了想点着头说：“有道理，我咋就没有想到！”柴贵锁和冯栓银家的没有说啥。史家怡本不想来，引才也不让她来，但一想这是寨里的规定，既然答应人家了，就得听人家的，好赖就一晚，便说服引才，来到了祠堂。

天不明冯媒婆就叫醒了几个寡妇。寡妇们从梦里醒来，长长地打着哈欠。冯媒婆说：“好好拾掇拾掇自己，平时咱们不敢描眉搽粉，害怕人家背后说三道四。今日个为了寨子，就放开地整一次。要弄得光光堂堂的，让龙王爷一眼就能看上。他老人家高兴了，随便撒一泡尿，大孔寨就有救了。那时候咱们可是寨里的功臣，以后就是站着尿尿看谁敢放个屁。”史家怡一听红了脸。冯栓银家的却乜斜着眼笑道："婶子，女人都是蹲着尿，站着咋尿吗？"冯媒婆咯咯笑了，说："我就是打个比方，还真站着尿了？不说了，赶紧拾掇各人。"说完，坐在镜子前瞪眼、噘嘴、蹙眉，很认真地收拾起了自己。其他人照不上镜子，便洗过脸后，换起了婚礼服。婚礼服是柴福海昨晚拿来的，四套大红绣袍，四顶凤冠，是戏里皇妃、公主穿戴的戏服。可能长期压在箱底，打开后散发出一股馊味。但因是绸缎做的，还是大红色，穿上身很是醒目。

史家怡不想打扮自己，也不想换婚礼服，就那么呆呆地坐在炕沿上想心事。想到自己没有穿着梦想过的洁白婚纱嫁给柴老八，却很快成了寡妇，今天还要以寡妇的名义着红袍，戴凤冠，坐花轿，和看不见、摸不着的龙王爷举行一场荒唐的婚礼，似乎造化在弄人，她的心里一时很不是滋味，也越发地想引才了。

昨晚，史家怡最后一个来到祠堂，几个寡妇一见傻了眼。想看她几眼，都有点不好意思；想和她说话，又不知说什么。冯媒婆到底见多识广，她上前拉住史家怡的手说："哟，多俊的小媳妇，鼻子是鼻子，眼睛是眼睛，细皮嫩肉的，爱的人都想掐一下。你看这手，指头长长的，手心绵绵的，摸着就像刚弹出的新花。不说是和龙王假成婚，就是真成婚，还不把龙王美死。老八没有福，年纪轻轻地就走了，丢下你一个人守寡。守寡那真不是人守的，急了下面像虫咬，整得人张着嘴喘不过气来，越急越想，越想越急，把你折腾得一晚都合不上眼。哎呀呀，罪孽，罪孽，真是罪孽啊！"说着，竟揉起了眼睛。冯栓银家的拉了拉她的后襟，小声道："婶，人家有人哩。"冯媒婆一愣，说："你说的是……引才吧？好当然好，可不是个事呣！"叹了一声又说，"人啊，图了舒服就顾不了面子，顾了面子只能活受罪，难呐！"

史家怡的脸红到了脖跟，热辣辣地烧着。

睡觉时，冯媒婆让史家怡睡在窗子下，说是通风、凉快，能睡好。史家怡却几乎一夜没有入睡。说是躺在窗子下面凉快，但门关着，窗子糊着，不说没风，就是有风也吹不进来，四个人又睡在一个炕上，连热带挤得几乎让她喘不过气来。夜深后，终于凉了点，却有虼蚤往身上跳。用手去拍，身子疼了一次又一次，虼蚤却仍然在跳。冯媒婆几个睡着后，此起彼伏比赛似的打起了呼噜，不时地翻身、磨牙、说梦话，甚至厉声骂人，让她越发难以入眠。月亮悬在天上，月光穿过窗子落在她身上，明媚得有点夸张。她索性不睡了，翻身坐了起来。月亮就在窗子上方，似乎一伸手就能抓在手里。虽然不很圆，却真实、撩人。史家怡想到了引才，觉得那欲圆未圆的月亮咋看咋像引才做爱时的眼睛。起初引才和她行房时，末了总要“啊啊”叫几声。她有点好奇，便眯着眼睛偷偷去看，只见那一瞬间引才就像鸿门宴上的樊哙，头发上指，目眦尽裂，“啊啊”叫着山般地倒在她身上，剧烈地颤动起来……她吓坏了，急忙闭上了眼睛。后来，她知道这是男人达到高潮时毫不夸张的享受、发泄，心里便充满了一种自豪感，而且想方设法配合引才，让他的眼睛睁得更圆，声音更放肆，颤动更猛烈……

想到这里，史家怡偷偷地笑了……

“那个……谁家的，赶快拾掇，一会儿来不及了。”

冯媒婆见史家怡呆坐着，过去推了她一下。史家怡清醒过来，赶忙从炕上下来，走过去坐在凳子上，面对镜子梳妆打扮起来。但她的心却不安分，不时地回头往窗外看。忽然，她看见冯得显、冯得富、柴福海、德才几个进了祠堂院子，引才也跟在后面。她的心倏地涌到了嗓子眼，差一点站起来挥手喊“引才”。冷静下来后，她眼巴巴地盯着引才看，也多么希望引才能回头看她一眼。冯得显他们先是进了祠堂大厅，不知道干啥，半天才出来。她心想他们可能要过来看她们了，不想他们却去了热气腾腾的南厢房。引才倒是匆匆往这里扫了一眼，却马上转过头，跟着那几个头面人物走了。

史家怡有点伤心，心想你跟人家去那里干啥，你也想着吃啊。整整一夜了，你一点都不想我吗？就那么匆匆一瞥，回头好好看一眼有那么难吗？正生着气，引才却又回头往这边望，脚尖还不自觉地踮了踮。史家怡以为他看见了她，眼睛一时虽然泪盈盈的，脸上却笑开了花。

一会儿，勤才妈端来一盘馍、一盘油辣子。冯媒婆几个一见，一人抓过一个馍，掰开，美美夹一筷子油辣子，捏了捏，大口大口吃了起来。史家怡也拿了一个馍，却没有夹辣子，就那么用手一下一下掐着吃：一边吃，一边痴痴地看着窗外。

终于，窗外仿佛万花筒似的活跃了起来：

——勤才、柴蛮牛一伙青壮年抬着四顶花轿进了祠堂，把花轿搁在大厅门口后，一个个急忙忙去了南厢房。

——冯花嘴领着秧歌队的人闹哄哄进了祠堂，一进门也火急火燎地去了南厢房。

——柴得得胳膊窝夹着唢呐带着龟兹队来了，他们虽然没有去南厢房，头却不停地往那边转。

——冯天顺、柴牛儿几个来了，引才忙赶过去和他们说着什么。

——凑热闹的人一群一群来了，进了门就往南厢房跑。特别是娃娃们，一个个翕动着嘴，把南厢房围得水泄不通。冯得富给冯天顺几个嚷了一声，冯天顺、引才、柴牛儿、俭才几个随即忙乎起来，或喊，或赶，或拉，或提溜，轰赶起了娃娃。

……

日上三竿，和才妈和兰兰搀着冯阔海来了，祠堂院子顿时静了许多。走到祠堂大厅门口，冯阔海微微摆了摆手，和才妈和兰兰只得打住了步。冯阔海拄着拐杖颤巍巍进了大厅，冯得富、冯得显、冯得荣、冯崇明、冯板板、冯宏朗、冯桩子、冯二蛋、冯靠龙、冯德才、冯栓才、冯闷才、冯换才、冯俭才等冯姓男子一溜儿跟在了他后面。冯天顺、引才、柴牛儿几个把守着门口，不让女人和闲人进去。柴福海忽然想到了什么，忙挤出围观人群，一溜风似的去了北厢房。一会儿，寡妇们盖着红盖头跟在他后面走了过来。人们的目光齐刷刷射向了他们。有的人忍俊不住，竟哧哧笑出了声。引才赶忙去找寻史家怡。他的眼光落在了最后一个寡妇身上，这寡妇身姿窈窕，姿态娉婷，不是史家怡是哪个？引才的脸红了，呵呵笑了两声。有人好奇地看他，他忙止住声，任凭脸上的笑纹欢乐地荡漾着。史家怡虽然蒙着头，却听到了引才的笑声。她一乐，也差点笑出了声。柴福海和田四女安排寡妇们在祠堂大厅门口跪下，自己也跪了下去。田四女在祈雨中充当媒婆角色，这事该冯媒婆干，冯媒婆当了新娘，寨里找不到合适的人，就让她顶了位。田四女虽然没干过这事，却有板有眼地很认真。见柴福海跪了，院子里的人也跟着跪了，祠堂院子立时黑压压跪了一片。

冯阔海来到祖宗灵位前，把拐杖横搁在地上，两手抖抖索索拈起三支香，搁在蜡烛上点。当香烛飘起袅袅青烟，他后退三步，将香烛高高擎上头顶，深深鞠了三个躬。又颤巍巍走到供桌前，恭恭敬敬把香烛插在香炉里，然后后退一步，跪倒在地，哽咽着说：“列祖列宗，佑护子孙啊！”

跪在地上的冯姓男子们听了冯阔海的哀求心酸了，一个个忍不住地啜泣、悲叹起来。门外面的女人们受到感染，有人竟然放开嗓子哭丧般地号哭开了，冯家祠堂一时笼罩在悲痛的阴霾中。

冯阔海艰难地从地上爬起来，佝偻着背走到供桌前，两手端起一个砂罐，转身交给了冯得富。又端起另一个砂罐，交给了冯得显。冯得富和冯得显面向祖宗灵位，毕恭毕敬鞠了三个躬，然后端着砂罐向祠堂大厅门外走去。冯姓男子们忙从地上爬起来跟在了后面。柴福海见冯家人出来了，指使田四女把几个寡妇拉了起来。冯得富出来把砂罐小心翼翼递给冯媒婆，说：“嫂子，全指望你们了！”冯媒婆吸了一下鼻子，双手接过砂罐，郑重其事地点了两下头。

冯得显把砂罐交给了冯栓银家的。

这时候，候在一边的得得指挥乐户们吹响了唢呐，宏朗的锣鼓队随之也敲打开了。勤才、蛮牛儿听见鼓乐响，赶忙带着青壮汉子们抬着花轿往祠堂大厅门前挤。冯花嘴一见也领着秧歌队往里挤。里面的人一看外面的往里挤，也转身往外挤。一时外面的嚷嚷着“让我进去，让我们进去”挤不进来，里面的喊叫着“让我出去，让我们出去”挤不出去。忙乱中免不了谁踩了谁的脚，谁的手乱抓了谁的什么位置，一时“哎哟”“妈呀”“你个挨刀的”诸如此类的惊叹声此起彼伏，很是热闹。冯得显、冯得富赶忙护住了冯阔海。引才冲过去守住了史家怡。柴福海急得高声叫骂起来。德才头脑倒还镇静，他拉住乱吼乱叫的冯天顺、柴牛儿，让他们挤过去告诉勤才和冯花嘴带着各自的人往后退，按原来安排好的次序依次入场。乱糟糟的场面方才慢慢恢复了正常。

寡妇们上了轿，冯得显、柴福海、宏朗、得得、勤才、冯花嘴、柴蛮牛等祈雨人员戴着柳条帽，在一阵噼噼啪啪的鞭炮声中，出了冯家祠堂。宏朗拎一面铜锣走在前面，他后面的锣鼓队的锵锵声震耳欲聋。两个眉清目秀的小子分别举着“肃静”“回避”木牌子跟在锣鼓队后面。再下来是得得的唢呐队。得得高仰着头吹着唢呐，脸上夸张得一会儿胀起来，一会儿又瘪下去。紧跟其后的是抬寡妇的花轿队。每顶花轿由四个青壮年抬着，搁平时这不过小菜一碟，但打去年入冬到现在人们没有吃过一顿像样的饭，眼下更是哄着肚子过一天算一天。因此，刚走了几十步，抬轿的青壮年便头上冒汗，气息粗重，有的竟然脸色泛白，腰也弯了下去。幸亏筹备组考虑到了这种因素，提前安排了替换者，轿子才没有被扔到地上。田四女手把在第一顶轿杠上，适好柴蛮牛抬着这顶花轿，柴福海跟在花轿后面，不知道的人还以为是他们家娶亲呢。花轿后面跟着由冯花嘴打头的秧歌队。

冯得显带着冯姓、柴姓的头面人物一脸肃穆地跟在秧歌队后面。最后面尾随着看热闹的男女。

引才本不在祈雨的行列，他的任务是维持“吃祠堂”的秩序。但他放心不下史家怡，就私下和柴牛儿调了个位，加入了祈雨队列。他不晓得自己该处在什么位置，一想史家怡在花轿上，便溜进了花轿队。柴福海回头看见了他，心里很不高兴，眼睛白多黑少地不停地看他。引才明白他的意思，没有理他，心里还说：“锤子，你一家人都在这里，弄得跟娶亲似的，凭啥翻白眼撵我走。这就是家怡在，要不老子哪有工夫顶着大太阳陪你们玩？”继续跟着花轿队走。柴福海打住步，用眼睛找到冯得显，向他指了指引才。须臾，冯天顺急乎乎赶过来，附在引才耳旁说：“老先生让你到后面去。”引才不知道三大找他有啥事，只得站在路旁等冯得显。冯得显上来了，引才问他啥事。冯得显示意他往后站，引才便跟在了他后面。后面人不愿意了，又让他往后站……最后，引才落在了祈雨队伍的最后面。

出了冯家祠堂，祈雨队伍没有向右拐，而是向左一拐，经过小城门，右拐穿过老槐院，再向右拐，经过背巷，穿过戏楼，到了街道，再沿着街道向西行一段，拐进“将军寨”东边的巷子，向柴家祠堂走去。

柴家祠堂没有院子，就一间一砖到顶、两头流水的房子。祈雨队伍走到祠堂门口，柴姓男子拥进祠堂，在族里长者的带领下烧香、磕头。磕罢头起来，长者矜重地端起供桌上的两个砂罐，交给了柴福海和柴得得。柴福海和柴得得把砂罐端出来，又一本正经地交给了柴贵锁家的和史家怡。史家怡不晓得要砂罐干什么，但还是双手接了过去。

柴牛儿放鞭炮时，出了一点小事。不知道是柴家买的炮发潮了，还是其他原因，柴牛儿用火捻子点着鞭炮后，啪啪响几声便哑了。又点着，嘭嘭跳几下又灭火了。再点，依然如此。仿佛挂在树上的鞭炮是一条死蛇，拨一下，动一下，不拨不动就那么长长地吊着。整得柴牛儿手脚忙乱得像身上着了火，脸上的汗水也断了线似的胡乱往下淌。柴姓长者更是目瞪口呆，不知所措。冯得显看看天，又看看地，然后跪在地上，仰望苍穹，张开双臂，悲恸地喊了一声：“老天爷啊——”接着叩头如捣蒜。柴姓长者一见，也跪下去叩起了头。人们一看，哗啦啦跪下去了一大片。这时候，鞭炮噼里啪啦炸响了，清脆、热烈、刺耳，一声接一声忙不迭地响成一片。人们抬起头，脸上先是迷惘、惊愕，继而又笑逐颜开，喜极而泣。

鞭炮声一停，祈雨队伍冒着鞭炮爆炸后的烟雾，浩浩荡荡地出发了。

十九

太阳一步一步地往上爬，劈头盖脸的光芒渐渐变得灼热，地面被炙烤得仿佛一个正用旺火加热的蒸笼。祈雨队伍踏着厚厚的趟土艰难地行走着，人们脸上满是明晃晃的汗水，头上、脊背上也似乎笼罩着一股烟雾般的蒸汽。

史家怡虽然坐在花轿里，但花轿里不大通风，她又穿着厚厚的婚礼服，身上很快就捂了一身汗。起初，她很想撕掉面前的轿布，让空气顺顺畅畅地涌进来，散出去。但静下来后，这个念头就被她压了下去。

也不知道晃荡了多长时间，到了哪里，滴滴呜呜的唢呐声和震耳欲聋的锣鼓声突然打住了，轿外顿时静肃得有点不太真实。史家怡撩起盖头，左右警觉地看了一眼，这才发现轿子两边有两个小窗子，窗子上掉着的两块布仿佛猪八戒的大耳朵，正一闪一闪地扇动着。史家怡心里一阵好笑，心想自己还真是大姑娘坐轿头一回，啥都不懂。她悄悄掀起轿左边的帘子，不想一股土尘游龙似的扑了进来，她赶忙把帘子放了下去。过了一会儿，她实在热得不行了，便又想揭开帘子。这次她没有掀帘子，而是用手慢慢往上托。这样，虽还有尘土往轿里钻，却毕竟小了许多，眼前的景物随之也慢慢清晰起来。眼前，是一片焦枯的土地。远处，晕晕乎乎、摇曳不定的五龙山绵亘不断，一路逶迤，似乎陪伴着她往前走。分辨了半天，她搞不清已经到了哪里，离尧山还有多远。她斗胆将头伸出轿窗，向轿前、轿后分别看了一眼，只见祈雨队伍随着人们头上颤动的柳条帽挪动着，扑踏扑踏的脚步声乏力、单调，甚至有点胆怯，动一步仿佛从板结的地里拔起了一株粗壮的棉花杆。地上的尘土可能太厚了，人们的脚步起落后，土尘从地面上腾起来，化成一团团土雾，氤氲在人们的头顶，久久不愿散去。一时间，史家怡突然觉得这不像一群求雨的人，而像一支畏畏缩缩、悲悲戚戚送葬的队伍。史家怡心中不知怎么着产生了一种悲壮的感觉，眼睛随之也酸涩起来。

午时，祈雨队伍来到了尧山脚下。

抬头看去，尧山仿佛一个天然的圈椅，脚下凹进去了一大块，恰如圈椅的椅座，又恰似一个天然祭台。山影已然倾斜，在地上形成了一大片阴影，人们的心清凉了若许。冯得显让大伙跪在山脚中央的石供桌前，待柴福海摆好花馍、点心、麻花等贡品，点着蜡烛，他毕恭毕敬地烧了三炷香，磕了三个头，然后掏出一张黄纸，用已经沙哑的声音念道：

“久无甘霖，颗粒无收。小民凄苦，食不果腹。气息奄奄，苟延残喘。仰望苍穹，赤日炎炎。地裂苗枯，肝胆欲裂。呜呼哀哉，甘霖何在？寡妇四名，勇于献身。祈求龙王，体恤黎民。大慈大悲，速吐口涎。万民得救，山呼万岁！”

突然，冯得显三两把撕碎黄纸，扬在空中，高声唱道：

“‘天地聋，日月瞽，人间亢旱不为雨。山河憔悴草木枯，天上快活人诉苦。待吾骑鹤下扶桑，叱起倦龙与一斧。奎星以下亢阳神，缚以铁札送酆府。驱雷公，役雷电，须臾天地间，风云自吞吐。火老将擅神武，一滴天上金瓶水，满空飞线若机杼。化作四天凉，扫却天下暑。有人饶舌告人主，未几寻问行雨仙，人在长江一声橹。’龙王爷，求你了——”

唱完最后一句，冯得显涕泗横流，哽咽难言，扑通一声跪倒在地，将一颗白头尽力往地上叩去。大部分人没有听懂冯得显的话，就听懂了“龙王爷，求你了——”一句。但就这一句，大伙儿全明白了其中的涵义，一时间抑制不住地唏嘘、哀叹、哭泣起来。得得的唢呐不失时机地吹响了，凄婉、悲凉，又不失激昂，一会儿似女人在悲痛地泣诉，一会儿又似男人在悲愤地呐喊……尧山的山巅、角落一霎时都回响起唢呐的呜咽声。

柴福海倒还清醒，他从地上爬起来，命令勤才、蛮牛几个抬起花轿，跟在吹吹打打的唢呐队后面向山上走去。冯得显等人一见，忙爬起来站在上山路口两边恭送。待田四女把着轿过来，冯得显嘱咐她说："嫂子，下面的事就靠你了！"

田四女摆着手说："放心，绝对把龙王哄高兴，把那个啥……干木头求回来。"

"是甘霖，就是好雨，不是干木头，要干木头干啥？能吃？这婆娘，脑子实实的，说了多少遍，就是记不下。"柴福海不满地说。

田四女嗔了柴福海一眼，说："看把你能的，不就是个甘霖吗，有啥显摆的？我要是多一条腿，不说干林，湿林，大江大海也能说得唾沫乱飞。"

旁边人哧哧哧笑了起来。

柴福海嘿嘿笑了，说："嘴越来越能翻了，别把豆芽菜当拐棍，求下雨才算真本事。"

冯得显皱了皱眉，抬起右手压了压后脑勺上的头发。

引才也要跟着花轿上山，柴福海挡住了他，说："男人不能上山见龙王，都在山下等着。"

"为啥？"引才问。

"为啥？不为啥，这是规矩。"柴福海答。

"寨里人送女，男的都能去，求雨男人咋就不能去了？"

"送女是送女，求雨是求雨，两码事。"

"得得、蛮牛他们咋跟着，他们不是男的？"

“你咋揣着明白装糊涂？送亲必须吹龟兹、抬轿，难不成让寡妇们自己悄无声息地溜上去？她们又不是去偷人。”

引才脸红了，却更加执拗，说：“那我就去抬轿。”

“一个萝卜一个坑，抬轿的人都有了，现在你去换谁？”

“换谁都行。不换也行，又不多嫌一个人。”

刚上了十几级台阶的蛮牛不高兴了，转过红通通的脸，恼怒地说：“老子黑水汗流得快要挣死了，竟然还有人眼红这差事。大，就让他换下我，瓜屄才喜欢干这事。”

未等柴福海说什么，引才已经跳上了台阶。但他却没有换下柴蛮牛，而是把抬着最后一顶轿的勤才换了下来。

大伙儿惊奇地看着这一切，却没有人说什么。

柴蛮牛回过头，气冲冲地抬着轿子向山上走去。

柴福海狠狠地往地上吐了口痰。

冯得显摇着头在心里叹道：“子曰：‘唯女子与小人为难养也，近之则不孙，远之则怨。’可从古到今几千年，有多少人听了圣人的话？一个个为了女人又做了多少傻事、恶事、凶事，甚至至死也不回头呢？”

上山的路是一条土路，崎岖，窄狭，逶迤，有些地方还很陡峻，空人上山都要出一身汗，抬着坐了人的花轿就更不用说了。不大一会儿，引才虽然像狗一样大张着嘴，像牛一样瞪着眼，一声接一声呼呼地喘粗气，却仍然觉得胸口仿佛压了一块大石头，憋闷得他几乎就要窒息了。每往上走一步，似乎离太阳又近了一步。头上的汗水毫不犹豫地钻出来，又毫不留恋地顺着脸颊滚下去，啪啪地砸在干硬的地上，腾起了一朵朵烟圈般的烟云。不知怎么着，引才想到了这个季节应有的瓢泼大雨，以及被大雨浇灌的老母鸡……他实在受不了了，真想一把扔掉肩膀上的轿杠，两手撑腰，仰对老天，长长地嗥叫一声。

可引才哪里舍得扔，轿子里坐的可是家怡啊！

引才心里一直愧疚于史家怡。

虽然已经和史家怡同床而睡，同枕而眠，比所谓夫妻还恩爱，但引才心里知道，史家怡说到底不是他明媒正娶的女人，不可能坐冯家的花轿，即就是芬芬坐的独轮车也轮不上她。在人们眼里，他们就是偷情的男女，不要脸的奸夫淫妇。不收拾他们就是万幸，哪里还有好名分给他们？引才心大，倒不在乎这些，但柔情似水的史家怡如何能长期接受这样的耻辱？她虽然没有说什么，更没有过什么要求，但和他在一起时眼里突然蒙上的阴翳，不正透漏出了她心中的压抑和郁闷吗？多少次引才都想着无论如何要给她一个名分，可一想到妈，想到芬芬，他心中膨胀得快要爆炸的念头立马就像泛起的肥皂泡，一个一个无声无息地破灭了。妈那么大了，经历了那么多苦难，你忍心让她生气吗？芬芬那么懂事，那么可怜，那么小，你忍心伤害她吗？可家怡呢？家怡怎么办呀？平日里很少泼烦的引才陷入了两难之地，抓破头皮也想不到一个两全其美的法子，只能自欺欺人地安慰自己说，等等吧，机会总会有的，机会来了谁也挡不住。现在他正用花轿抬着家怡，家怡适好也穿着红红的婚礼服，难道这是冥冥之中老天在给我们办婚事吗？好，好，好啊，家怡终于坐上了我冯家的花轿，抬轿者何许人也，哇呀呀——你的官人冯引才！

引才心里呵呵地笑了，身上一时也神使鬼差似的来了力气。他双手搂住轿杠，挺起腰，一步赶着一步向山上走去。

史家怡也晓得给她抬轿的是引才。引才和柴福海的话她全听见了。她美滋滋地坐在轿里，心里不约而同地和引才想到了一起。现在，她已经爱上了这身箍得让她喘不过气的婚礼服，假如有人让她脱下来，说不定她还会骂他两句呢。是啊，一个女人一生能穿几次这样的衣服呢？她听见了引才粗重的喘息声，还以为引才是在给她打招呼，便在心里笑道："知道了，

知道了，知道是你在抬轿。好生抬着，轿里可是你的新娘子呢！”

终于，祈雨队伍上到了平缓处，脚下也变成了青砖铺就的路。砖路向右拐了两拐，闪出了一座两层高的阁楼。一楼由砖石砌成，状如梯形，中间安着两扇乌红色的大门，门前蹲着两个栩栩如生的石狮子。门大开着，能看见一溜向上的台阶。二楼站在一楼中间，较一楼小了一圈，红柱，红门，红窗，飞檐翘角，雕梁画栋，大理石栏杆护卫着四边。拱门顶雕刻着五个醒目的大字：灵应夫人祠。

引才眼睛一亮，长长地嘘了一口气，却没敢懈怠，继续咬着牙，挺着腰，抬着花轿向前走去。

进了庙门，爬上十几级台阶，尧山庙便巍然屹立在面前。庙夹在尧山两座山体形成的斜坡地上，后面松柏森然，绿色幽暗，片石叠叠，怪石崚嶒，石壁上凿有几处石洞，仿佛一只只睁大了的眼睛，正深沉地俯瞰着众生。往前走二三十步，便是大殿。大殿建在平台上，面阔五间，歇山式建筑，飞檐翘角，巍峨雄伟。大殿门上悬着一块匾，上书“尧山圣母”四个金字，门两边柱子上的黑色长牌子上镌刻了一副金色的对联：

尧山巍峨君今胜游需走稳脚步才可绝顶登高

圣母慈悲尔来求拜要持定善念方能诸事有成

祈雨队伍在唢呐队带领下，停在了大殿门口的石级下，四顶花轿头朝大殿分列两边。滴滴呜呜的唢呐声和醒目的花轿打破了庙里的宁静，求雨的、求子的、求财的、求官的、求佑护的、游玩的见状全围了过来，一个个好奇地打问道：“做啥呢？做啥呢？娶媳妇咋跑到庙里来了，还一下子四个，在爷门前卖排来了？”

有人看出了门道，说：“这不是娶媳妇，是举行寡妇祈雨。”

有人说：“求个雨弄尿这么大的摊场，我见一些村就派两个寡妇提个砂罐来一趟，说等下雨了再敲锣打鼓来还愿。”

“怪不到天干成这样。尿底不摊，动动嘴皮子就想哄龙王爷，搁我，也不着他们的道。要弄就像人家这样，四顶花轿，四个寡妇，不信龙王爷不睁眼。”

“可怜了抬轿的，你看看，一个个挣得像狗吐舌头！”

“这有个啥，我们族长为求雨跪了七天七夜，最后站不起来，被族人架走了，现在还下不了炕！”

“这也算不了什么，我舅家在白鹿原，他们族长白嘉轩为了求雨，竟然光手去抱烧红了的铁犁，还把烧红了铁棍从两边腮帮子穿过去。啧啧，不说做，想想都后怕哩！”

“这就叫心诚则灵！”

“已经够诚了，可老天还是不下雨姆，再这样下去怕要出人命的！”

人们摇着头一片叹息。

说话间，伴随着得得的唢呐声，田四女小脚一拧一拧走上了通往大殿的台阶。每上一个台阶，她都要停下来，面向大殿施一个礼，动作很是到位，态度也很虔诚。跨进大殿，她趴在地上磕了三个头，站起来点着三支香，面对大殿中央灵应夫人塑像，低眉顺眼地默诵了一段话，又毕恭毕敬地鞠了三个躬，方才抖抖索索把香插进了香炉。又跪下去，撩起衣襟从贴身口袋掏出一个大红包，塞进了功德箱。大殿右侧一个拿着佛尘的老道士闭着眼敲了几下磬，又翕动着嘴念了几句什么，然后领着田四女走出大殿，向庙门口方向走去。得得一见领着唢呐队吹打着跟在了后面。勤才、蛮牛、引才几个赶忙抬着轿子尾随而去。旁边围观的也相拥着跟了上去。

祈雨队伍来到一栋形似碉堡的房子前，有识字的看着门头上的三个字念了声“龙王庙”，人们便晓得这就是龙王庙了。老道士和田四女进了庙，庙门有点小，老道士进门时习惯性地低下了头，田四女便也学着他的样子低下了头。得得的唢呐队没有进庙，他们分列在门两边，滴滴呜呜地吹着曲牌。

踏进庙门，田四女仿佛一下子掉进了黑窟窿，什么也看不清。静了一会儿，凭着从门里挤进来的亮光，她才看了个囫囵。庙很小，没有窗子。龙王正对着门，很瘦，脸很黑，唯有一双瞪圆的眼睛露出一圈白，配上血红色的嘴唇，看上去很凶。龙王身上穿了一件黄褂，黄褂上面又披了一幅粉红绸被面子，脖子上围了一条白布巾，让田四女弄不清这是啥打扮。

正呆想着，站在龙王旁边的老道士威严地喊了一声“迎新人”。田四女反应过来，赶忙回过身去招呼寡妇们。寡妇们已经提着砂罐下了轿，正排成一行站在门口候着。听见田四女传唤，冯媒婆忙带着寡妇们一个跟一个进了龙王庙。看热闹的站在门外鹅一般伸着脖子往里看，却只能看见门里一个白白的方块。似乎他们面前不是龙王庙，而是龙王的嘴，寡妇一进去便被吞了进去。

“排成一行，面对龙王爷。”老道士威严地说。

田四女赶忙把盖着盖头看不清方向的寡妇们引导到龙王面前。

老道士铛地敲了一下磬，唱戏般地喊了一声“跪”。

田四女忙领着寡妇们跪了下去。

老道士又唱了一声“上香”。

田四女忙站起来，拈了三支香，点着，恭恭敬敬地插在香炉里，又趴在地上磕了三个头，复回到冯媒婆身旁，跪在地上。

老道士又唱道：“揭盖头——”

田四女忙站起来，手忙脚乱地为寡妇们揭去了红盖头。揭去盖头的寡妇们头似乎有点晕，一个个不停地睒起了眼。

“抬头——”老道士又唱了一句。

寡妇们抬起头，却不知道干什么，就那么傻傻地挺着脸。史家怡终于看见了龙王像，却咋看咋觉得像灶火爷。她有点害怕，赶忙垂下了眼皮。

“起，赐甘霖——”

田四女和寡妇们拎着砂罐站了起来。一会儿，从龙王后面转出一个小道士，他手里没有拿佛尘，却攥了一个大酒提子。走到龙王前，小道士磕了三个头，然后站起来，走到龙王脚下，揭起一个高粱杆编的盖子。田四女、冯媒婆几个这才看见龙王脚下蹲了一个水缸。小道士从水缸里提了四提水，分别倒在了四个寡妇端着的砂罐里。老道士唱一声“礼成”，田四女便领着寡妇们出了庙。站在门口的勤才、蛮牛几个一见，忙接过寡妇手里的砂罐，小心翼翼地往庙外走去。唢呐队吹打着欢快的曲牌，跟在了后面。

冯媒婆不高兴了，一面歪着小脚急急地往前赶，一面嘟囔道：“真真是卸磨杀驴，刚求上水就不管我们了。不说坐轿吧，连个扶的人都没有！”

有人笑道：“你们现在是龙王爷的人了，不把你们留在他老人家的洞房就够大胆了，谁还敢再把你们抬走。”

冯媒婆说：“滚你妈的蛋，闭上你的嘴，不说话谁当你是哑巴？”

说话的人赶忙吐了吐舌头。

史家怡一边走，一边脱下婚礼服，卸下凤冠，交给了引才。走到庙门口，她忽然转身又向庙里跑去。引才不知道咋回事，只得跟了上去。

进了庙，老道士还站在龙王庙门前往这边张望，史家怡过去笑吟吟地说：“师父，麻烦问一声，送子娘娘在哪里。”老道士打量了一眼史家怡，又看了一眼引才，一脸不解地指了指方向。两人按照老道士指的方向来到大殿右边，果然见山壁前有一座低矮的瓦房，门上方写着“娘娘庙”三个字。庙门口坐着一个妇人。史家怡走进庙，只见庙里供着一个慈眉善目的女人，女人身上披着一条大红被面，怀里抱着一个小孩，小孩的牛牛正骄傲地冲她撅着。

史家怡捂着嘴偷偷笑了一下。

跟进来的妇人不满地说："求子要心诚。"

史家怡说："心诚，心诚，当然心诚，可不知道怎样求？"

妇人说："把你心里的想法告诉娘娘，再向娘娘许个愿，磕三个头，然后从供桌上拿走一只鞋就行。不过，等心愿了了，可要多给娘娘送几双鞋啊。"

史家怡知道，崇泉人把"鞋"念"孩"，拿走"鞋"便是求到了"孩"。她看了看供桌，供桌上果然搁了几双新鞋，有男有女。她便在心里向娘娘说了自己的想法，又给娘娘许了一个大愿，然后恭恭敬敬磕了三个头，从供桌上拿了一只男人鞋走了。刚回过头，似乎又想起了什么，忙返回去又磕了三个头，再从供桌上拿了一只女鞋。

站在门口的引才明白了她的意思，一时笑得弯下了腰。

史家怡脸红成了引才手里的喜服色，她嗔怪地瞪了引才一眼，羞羞地说："笑什么笑，一儿一女活神仙呢！"

二十

祈雨队伍走到半路上，一片白里泛黑的云裹住了已经西斜的太阳，阳光倏忽间消失了。被晒蔫了的人们不知道怎么了，不约而同地抬头去看天。冯得显和柴福海对望了一眼，熬红了的眼睛里满是惊喜。柴福海大声吆喝道："得得吔，老天就要显灵了，使出吃奶的力气吹啊！"已经困乏得垂着眼皮的得得灵醒过来，忙抽出胳膊窝夹着的唢呐，鼓足力气吹出了一串昂扬的音符。唢呐队的人心领神会，一个个眉开色舞地跟着得得吹打开了。大伙一时精神大增，沉重的脚板仿佛突然踩到了弹簧上，走路欢快得有点夸张。可不到一顿饭工夫，那片云似乎力不从心了，很快被太阳抛到了身后，白花花的阳光立时又火星子般地倾倒下来，欢乐的人们顿时像刚钻出地的小苗，蔫了。又走了一程，不知是适才那片云打起精神追了上来，还是又飞来了一片云，太阳随之又消失了。人们又一次看到了希望，脚下又变得轻快起来。可好景不长，太阳又露出了大红脸……如此折腾了几次，回到大孔时，人们已然筋疲力尽，太阳却还是跟着他们进了村。史家怡兴味索然，她悄悄给引才说了句话，转身回了“将军寨”。

按照事先安排，祈雨队伍去了寨北大涝池。

大涝池已经干透，青灰色的池底裂开了一道道口子，横七竖八地扭曲着，似乎深不及底。涝池岸上站满了人，密密麻麻似一群蚂蚁。涝池下面也有人，大多是寨里的老弱病残。涝池岸边的柳树上爬满了娃娃，一个个向远处抻着脖子，眼睛滴溜溜地乱转，指指点点地向人们报道着祈雨队伍的消息。

终于，祈雨队伍爬上了涝池。有人噼里啪啦放开了鞭炮。穿过烟雾，祈雨队伍奔老皂角树而去。老皂角树上缠满了红布条和红线，树身上还拴着两条大红被面。树下的石头供桌纤尘不染，桌面上一溜儿摆着三盘供品：花馍、油糕、麻花。香炉搁在供桌中间，里面的三根香烛已燃去大半，青白色的烟柱先是直直地向上蹿，一根筷子高了，又慢条斯理地扭动起来，袅袅娜娜地飘散到空中。

冯阔海和寨里的一些老人头戴柳条帽，垂手站在供桌旁。和才妈和兰兰站在一边，不放心地盯着冯阔海。冯得显、柴福海、冯媒婆、田四女几个领着祈雨队伍过来了，冯阔海放下拐杖，颤巍巍地先让右腿挨地，两手随后把在地上，艰难地把左腿蹬到后面，跪了下去。几个老人和和才妈、兰兰相跟着跪了下去。冯得显、柴福海、冯媒婆、田四女一见忙也跪倒在地，旁边的人见状也跪了下去。后面的人搞不清咋了，但见前面的人像割麦子似的往下倒，腿一软也往下跪，涝池周围的人一时扑通扑通全跪倒了，柳树上娃们的眼前一时满是拱着的脊背和撅着的屁子。

得得的唢呐队停止吹打，涝池上空只剩下人的喘气声和蝉声。

冯阔海慢慢抬起了头。冯得显回头看了一眼柴福海，柴福海又回头看了一眼勤才、蛮牛几个端砂罐的。勤才、蛮牛几个一见，忙将手中的砂罐递给柴福海，柴福海又递给冯得显，冯得显再递给冯阔海。冯阔海接过砂罐，一溜儿摆上供桌，跪正，点燃三炷香，插在香炉里，站起来后退两步，磕三个头。爬起来，拿起供桌边的柳条，从第一个砂罐里蘸一下，高高地向皂角树洒去，一边洒，一边嘴里喃喃道："龙王爷，赐甘霖。老神树，佑子孙！"跪在皂角树周围的人跟着唱戏般地唱念道："龙王爷，赐甘霖。老神树，佑子孙！"后面的人没有听清冯阔海说什么，只得愣怔着听别人唱念。冯阔海用柳条又从第二个砂罐蘸一下，高高地向皂角树洒去，嘴里又重复了一遍刚才的祷词，这次跟着唱念的人多了起来。及至冯阔海用柳条从最后一个砂罐蘸水时，在场的人都知道了他嘴里的祷词，一时大涝池仿佛上演了一场没有指挥的大合唱，人们异口同声地唱念起了"龙王爷，赐甘霖。老神树，佑子孙！"声音虽不宏亮，却真切、深沉、悲壮。冯阔海老泪横流，扑通一声跪倒在地，颤巍巍伸出双手，仰天呼喊道："老天爷啊，下甘霖，救黎民，求您了——"喊完，头不住地叩地，嘴里哎咳咳地哭号起来。冯得显早已泪流满面，见父亲哭出了声，忍不住也号哭起来。冯媒婆一听，一屁股坐在地上，呼天喊地地哭开了。人们被感染了，一个个悲从心来，咧着嘴放开声加入了哭号之中。大涝池上空顿时哭声震天，泪如雨下。得得含着泪吹响了唢呐，呜呜咽咽的唢呐声伴随着悲痛的哭喊声，让大孔寨仿佛陷入了无以复加的悲伤之中。

最后，冯得显带着人把四个砂罐里的水分别倾倒在了大涝池的四角。

祈雨仪式一结束，冯姓人一下子又回到了凡间，他们顾不上摘掉柳条帽，拍拍腿上的土，急忙忙拉上儿、牵着女往祠堂赶去。涝池顿时乱成了一窝蜂，脚下的尘土升腾起来，乌烟瘴气得让人睁不开眼，出不来气。冯阔海气得用拐杖点着地嚷道："咋哩吗，这是咋哩吗？羞先人哩，真真羞先人哩！"冯得显、冯得荣、引才、勤才忙上前护住了他。待涝池的人走得差不多了，和才妈和兰兰才搀扶着他回了家。

冯得显、冯得荣、引才、勤才几个赶到祠堂时，祠堂大门关闭着，门前挤得水泄不通。冯天顺、柴牛儿、德才、俭才几个守在门口，高声和人嚷叫着。冯得显让引才和勤才帮他豁开人群，费力向祠堂门口挤去。人们见是冯得显，也尽力给他让着路。到了门前，德才摸了把头上的汗说："三大，你可来了，再不来怕要捅烂子了！"冯得显诧异道："吃祠堂，吃祠堂，就是让大伙吃嘛，能捅个烂子？还把门关上，往年谁这样大动干戈过？"德才摇着头说："往年是往年，今年是今年。今年就那么点粮，狼多肉少，咋样吃，我伯等你拿主意呢。"冯得显翻了德才一眼，问道："你伯呢？"德才瞟了瞟门说："就在门里。"冯得显敲了敲门。须臾，门裂开一条缝，露出了冯得富的两只眼睛。看清是冯得显，冯得富把门缝放大，待冯得显和德才侧身进去后，赶紧又关上了门。

冯得显不高兴地说："咋把事弄成这了，又不是吃舍饭。"

冯得富吐了口痰说："有屎办法，就那么点粮，谁敢把人放进来放开吃，不说公平不公平，踏死几个人咋办？"

冯得显听冯得富说得在理，便说："那就分，这样公平。"

冯得富说："咋样分？我和德才几个商量了，按人头分吧，人口少的家不愿意。祖先是每家每户的，祖坟也是各家各户的，凭啥人口多的人分得多？按户分吧，人口多的家又不愿意，有的家撑死，有的家饿死，情理上也说不过去。思来想去没有个两全其美的法子，就等你回来商量。"

冯得显心想咋这么麻烦，多亏冯得富和德才考虑得细，要不还真要捅下烂子。他感激地看了冯得富一眼，问他一共做了多少吃食。

冯得富便说了蒸了多少馍，炸了多少油糕和麻花。

这时，祠堂外的吵嚷声又大了起来，大门也扑扇扑扇地动。冯得富和德才相互看了一眼，又去看冯得显。

冯得显思忖了一下说："不知这样行不行，馍就按人头分，一人一个，油糕、麻花按户分，一家各一个。分剩下的，全分给最困难的人。"

冯得富拍了拍头说："行，这样行，既照顾了人口多的家，又让人口少的家没话说，我看行。"

冯得显没有接冯得富的话，却看着德才说："德才，你觉得咋样？"

德才垂下眼皮吧嗒着旱烟管，半天方慢条斯理地说："也只有这个法子了。不过，这话必须你给大伙说，别人可能说不下去。"

冯得显和冯得富听了都点了点头。

尔后，冯得显领着冯得富、德才表情阴郁地走出祠堂，向大伙讲了今年吃祠堂的艰难，他们几个苦思冥想出的吃法，恳求大伙谅解之类的话。说到最后，冯得显潸然泪下，哽咽着难以成语。人们听得鼻子发酸，一些老人和女人还抽抽搭搭地哭开了。

宏朗叹了一声说："算了，算了，就这样分吧，哪里有那么公平的事。"

冯媒婆吸着鼻子说："是啊是啊，看把老先生难场成啥了，为自己家他啥时遭过这样的罪？"

冯花嘴几个也附和着说："不说了，分吧，谁想不开慢慢想去！"

冯指头在一旁小声嘟囔道："弄的啥屎事，还不如把粮分给各家，谁想咋吃就咋吃。"

冯得富翻了冯指头一眼说："咋样分粮？还不是和分馍一样难场，我看这样好着哩。好赖祖坟里还有几亩地，过两年寨里的地都被人'经纪'完了，喝风屙屁都没有个地方！"

冯指头一听赶忙低下头，隐没在了人群中。

接下来的事就好办多了。德才给引才写了一份名单，让他一次放五个人进来，必须是家里能拿事的。引才便照着单子依次五个人五个人的叫。被叫到的人听到自己的名字，赶忙拨开人群往门前挤，冯天顺、俭才、柴牛儿一见，把门推开一条缝，待叫到的人斜着身子进去后，再合上。进去后，由德才核实每家人口，勤才妈和花嘴媳妇把应分的馍、油糕、麻花拾到伸过来的馍袋、碗、碟或者砂罐里。也有人啥也没拿，就用两手一抱，或用一根筷子或竹棍一扎，乐滋滋或者气咻咻地走了。

“吃祠堂”变成了“领祠堂”，不到两个时辰，冯家的“吃祠堂”就结束了，虽然有人吊着脸，有人唉声叹气，有人嘴里不干不净地发牢骚，有人阴阳怪气地说淡话，总的来说事情还算顺利。只是到了最后，柴牛儿惹了点事。

柴牛儿参加祈雨虽然是寨里安排的，他却也有自己的想法，便是想办法弄几个馍回去，让他妈和几个娃打个牙祭。他知道自己是柴姓人，和冯姓人“吃祠堂”挨不上边，但他坚信世上的事没有那么绝对。因此，当引才让他守祠堂，自己去祈雨时，他当然满口答应。祈雨结束后，柴姓人灰头土脸地回了家，柴牛儿却做出啥都不知道的样子仍然忙乎着。冯家祠堂门口混乱不堪时，他还表现得异常卖力。大声嚷叫，左推右挡，脸红脖子粗，六亲不认，祠堂门口一时成了他展现能力的舞台。尽管如此，德才的单子上不可能写上他的大名，引才嘴里也没有喊出“柴牛儿，吃祠堂”的话。但柴牛儿没有气馁，最后，他径直走进祠堂，沉着脸说要吃祠堂。冯得富瞪大了眼睛，说：“牛儿，你啥时候改姓冯了？”柴牛儿明白冯得富的意思，没好气地说：“我啥时候也没有改姓冯，但我没有功劳，总有苦劳啊！”冯得富说：“你有啥功劳、苦劳？”柴牛儿说：“祈雨我参加了，‘吃祠堂’维护秩序了，这算不算功劳和苦劳？”冯得富转过头擤了把鼻子，嘿嘿笑道：“参加了，维护了，算得上功劳、苦劳，可那要记到柴姓名下，和冯姓人有屌关系。现在是冯姓人‘吃祠堂’，你娃嘴是不是长了点？”说不到一块儿，两人嚷了起来，各说各的理，一声比一声高，身边一时围了一圈人。

引才过来一听是柴牛儿为嘴闹事，觉得这事和自己有关，想了想匆忙到灶房借了个老碗，领了自家的份子，塞到柴牛儿手里说：“牛儿，力你的确出了，在场的人都看见了。但这是冯姓人‘吃祠堂’，让你吃了说不过去。我想了，你是护卫队的人，守护祠堂也是我调换的，理应我管你的事。这样吧，这是我家的份子，你拿走吧，这样都能过得去。”柴牛儿还在呼呼地喘粗气，听了引才的话瓷了。他看一眼手中的老碗，又看一眼引才，待明白了是咋回事，忙把老碗往引才手里塞，说：“你看你，我咋能要你的嘛。我给冯家护卫，冯家理应给我点回报。要不我一个柴姓人凭啥给冯家卖命？”引才推回老碗，笑道：“知道知道，别推来让去了，快端回去，你妈和娃娃还在家里等着哩。”柴牛儿不再推让，转过头吸了下鼻子，走了。走了几步，又返回来对引才说：“哥，今后我认准你了！”说完，扭头而去。引才愣了，心想：“他比我大，咋把我叫上哥了？”

冯得富瞪了引才一眼，心里骂了一声败家子。

柴姓娃娃却没有遇上柴牛儿这样的好事。

祈雨结束后，大多数柴姓人都回了家。按得得的话说眼不见，心不烦。但仍有一些柴姓人抱着浑水摸鱼的想法来到了冯家祠堂，当然，主要是少不更事的孩子。待冯得显宣布今年“吃祠堂”的吃法后，赶来的柴姓大人晓得没戏了，只得垂头丧气地走了。孩子们却不管不顾地待着。天上掉馅饼的事娃们没见过，也不相信。眼下馍、油糕、麻花却实实在在搁在冯家祠堂，不说吃，嗅一下也是一种享受。假如冯姓有人高兴了，发慈悲了，或者糊涂了，给他们一个馍，天上不是当真掉馅饼了？但当冯姓人一个个或面无表情，或兴高采烈，或摇头叹气，端着、提着或抱着分到的东西离开了，柴牛儿一番胡搅蛮缠后，端着香喷喷的吃食匆匆走了，勤才妈、花嘴媳妇已经开始刷锅收拾摊子了，天上非但没有掉一块馅饼，就连鸟屎也没有屙下一粒。娃娃们再也忍不住了，哇的一声全哭了，几个娃还躺在地上打起了滚。冯家祠堂外一时哭声震天，声音很是扎心。勤才妈和收拾摊子的婆娘们起初不知道出了什么事，知道后却一点法子都没有，只能默默地流泪。

正在祠堂大厅收拾祖宗灵位的冯得显听到哭声后吓了一跳，忙放下手里的活儿，撒腿往外跑去。见老先生出来，娃娃们越发哭得可怜。冯得显明白了是咋回事，不觉心如刀绞。他想了想，急忙忙转身返回祠堂，端出自已分的吃食，一块一块掰给了孩子们，说："吃吧，吃吧，东西不多，权当打个牙祭。"孩子们接过吃食，有的一口塞进了嘴里，忙忙地咀嚼起来；有的像猫一样小口小口地咬；有的悄悄把东西捏在手中，转身回了家。

冯得显泪流满面。心静下来后，他回头往西望了一眼。浑圆的太阳已经靠近绵延的山巅，一片又一片的火烧云，把天空渲染得绚丽夺目。无量殿沐浴着金色的夕阳，宛如神话里的宫殿。

冯得显想起了一句谚语："早烧不出门，晚烧行千里。"他的心不自觉地沉了下去。

二十一

一个月过去了，老天滴雨未下。

这一天，大孔寨东西南北门口、戏楼两边以及一些显要处都张贴了一张黄纸，上面密密麻麻写满了黑字。寨里识字的人不多，但炫亮的黄纸还是招徕了许多人，有识文断字的人站在前面摇头晃脑念道：

露布

大孔百姓，罪孽深重。下失人和，上惹天怒。大旱降临，冰雹再袭。夏粮绝收，秋粮未播。奉劝万民，祈祷神圣。消灾免罪，拯救生灵。中武当庙，道长孙钟。诚心祈雨，以感天尊。七月十五，社坛东郊。正当午时，抱斗焚身。其情其义，感天动地。

士农工商，布施金银。男女老幼，及时光临。

此布！

戊辰年

听了半天，大伙晓得了原来是五龙宫的孙钟要在七月十五这一天抱斗祈雨。年纪小的不知道抱斗是干啥，一般人也就知道个大概。知道底细的人说，抱斗不是抱装了粮食的斗。斗提着舒服，抱着不像回事。抱斗是抱里面放着炭火烧红了的铜斗。还说有一出秦腔戏叫《闯宫抱斗》，里面的姜娘娘抱的就是这样的斗。大伙“哦”了一声似乎明白了。但仔细一想，戏都是假的，戏里的火斗更是假的，是演戏的道具，是用装粮食的木斗糊了红纸唬人的。演员抱住这样的斗做出痛苦难忍的样子，踉踉跄跄到戏台这边，踉踉跄跄到戏台那边，最后被活活烧死，说到底全是在演戏，谁也没有真正尝过那种筋断皮焦、骨枯烟臭、欲死不能的滋味。何况戏看得多了，人们习以为常，抱斗的事早已成为传说，哪个当真过？

五龙宫坐落在东门外官道北边的埝上，规模、气势都很宏伟，是大孔寨第一庙宇。宫门口蹲着两只高约一丈的石狮子，一个个眼睛瞪得像西瓜，虎视眈眈地注视着东来西往的人。宫门里右面建有一座坐南朝北的戏楼，虽比街道的大戏楼小了点，却也朴素大方，别具一格。戏台柱子上镌刻着一副对联：古今人何遽不相见，天下事当作如是观。正对山门的是献殿，面阔五间，里深三丈，飞檐翘角，雕窗画栋，气象沉郁。里面供奉着黄帝龙王和东南西北青赤白黑四龙王。献殿两边又各有一座小庙，宛如大殿的两个护卫。宫内植有松柏数株，挺拔苍劲，蓊蓊郁郁。每到黄昏，一群黑燕在殿宇和松柏上飞翔、跳跃、嬉戏，叽叽喳喳的，很是热闹。

听寨里老人讲，过去五龙宫有过出家人，香火还很旺盛。后来出家人一个一个相继走了，五龙宫随之萧索起来。供奉的神像先是倾圮，继而破碎，最后不知所踪。庙里到处蛛网尘埃，甚是荒凉。特别到了晚上，庙宇和松柏黑幢幢地矗立在那里，猫头鹰、狐狸、狼及野猫的叫声此起彼伏，不说进庙，单是从门前经过，就让人心惊肉跳、毛骨悚然。

前年仲春的一天，一个出家模样的人出现在五龙宫门口，其时太阳刚要落山，五龙山被夕阳渲染得云蒸霞蔚，五龙宫也被涂抹得金碧辉煌。一群燕子扑棱棱飞来了，一会儿在献殿上空盘旋，一会儿没入松柏枝杈中，自由自在的，很是逍遥。出家人先是一愣，接着一惊，继而一喜，最后扑通一声跪倒在地，一边磕头，一边嘴里念叨着无量天尊，无量天尊……北槐院和中门一带的人下地归来看到了这一幕，一个个惊奇地围上去看究竟，出家人见了忙不迭地问："这是不是祖师宫？后面的山是不是武当山？"大伙面面相觑，听不懂他在说什么，只觉得好奇、好笑。

当晚，出家人就住在了五龙宫。第二天一大早他提了几样礼品前去拜见冯金宝，说他名孙钟，法号中明，从丹江口武当山而来，距这里有千里之遥："天下有南武当、北武当、中武当，南武当在湖北英山，北武当在山西房山，中武当在哪里却众说纷纭。听说陕西关中明朝时有一座山更名武当，万历年间建有庙宇，鄙人便奉师父之命，跋山涉水，餐风露宿，前来寻找，从东府到西府，鄙人拜访了天台山、太白山、鳌山、南五台山、翠华山、华山、将军山、药王山、云梦山、尧山……其中不乏巍峨峥嵘、钟灵毓秀的名山，但和中武当却沾不上边。昨天鄙人从黄龙山下来，路过一个叫罕井的地方，听一位老者说：'大孔寨北有一架山，山势嵯峨，叠嶂层峦，五条大山梁逶迤相连，每条山脊蜿蜒如巨龙，故名五龙山。中间山巅建有一庙，名无量殿。大孔虽偏僻，但好景往往在幽深之处，说不定这正是你寻找的地方。'"

"寨里老人说过，过去这座山是叫什么武当，可我们只知道它叫五龙山、无量殿山，是不是改名了，啥时候改的，谁也不知道，也懒得管这些。"

冯金宝被孙钟说得一头雾水，见他还要往下说，便不耐烦地打断了他的话。

孙钟点了点头说：“如此说来，我的判断应该八九不离十。”接着便说了欲常住五龙宫，整修庙宇，烧香祈福，重燃中武当香火，佑护寨民的事。

冯金宝心想，曲里拐弯说了半天就为了这，狗都不拉屎的地方想住就住去嘛，又没有人拦着你。可一看孙钟提着礼当，便撅了撅架子，沉着脸说：“你做的也是好事，要住可以，寨里人的话我也会替你说。不过，五龙宫年久失修，鬼气很重，有个啥事你可不要找乡约所。”

孙钟微微一笑，说那是自然。

这样，孙钟开始整修五龙宫。他先清理出一间小殿，让人盘了炕和锅台，窗子上糊上粉连纸，做了他的起卧之处。接着收拾大殿。大殿大，破败严重，他就雇请寨里人来干活。他出手大方，账也付得及时，寨里人自然都乐意干。整修好大殿，孙钟不知从哪里请回一尊披发跣足、三溜黑髯、仗剑怒目的神像，供在了大殿中央，又在大殿门上面悬挂了一块镌刻着“真武大殿”的木牌。寨里人不明事理，便问他：“五龙宫过去供奉着龙王爷和东南西北四个龙王，你咋弄回来个凶老汉？”孙钟笑道：“既然五龙山是中武当山，就要供奉真武大帝，庙也要改为中武当庙。至于龙王爷，咱把他老人家供奉到旁边那个殿里就行了。”又有人说：“人们供奉观音娘娘是为了消灾弭难，惩恶扬善，送子送孙，真武大帝能给人弄啥吗？”孙钟道：“真武大帝是守护北方之神，掌管三界妖魔，镇守天庭北大门，法力无边，连孙悟空都要避让三舍，以后你们拜过就知道了。”大伙听了个云遮雾罩，嘴里却不约而同地“哦”了一声。

一切弄妥后，庙里倒是来了一批又一批看光景的，却一阵风后，再很少有人来，烧香拜神的就更少了。偶尔有老婆、老汉来求神，却只烧香磕头，很少捐献功德。孙钟没有心灰意冷，继续守在五龙宫。还常常给人说：“既然大孔寨内寨外这么多庙宇，说明大孔人的祖先是信神信教的，而且不是一般的信。如今庙宇破败，人们精神萎靡，定是受过妄人的蛊惑，或者生存的烦扰。只要引导有方，大孔人定当回归三界，找到精神涅槃。”

这一天，孙钟和雇来的人在大殿后面开荒种地时，挖出了一块半丈多高的石碑，他忙拂去上面的湿土，趴上去看，只见碑额篆“玄天上帝”四字，下面的文字虽有漫漶之处，但分辨后大致能看清楚：

创建献殿碑记

邑西北四十里贤相乡地之大孔寨者居民繁衍土壤膏腴富甲于一方村之东数十武旧有祖师宫□□□□且以时久而殿宇几于颓崩自雍正九年合寨输金拓其地二□亩创修寝宫建立三门神像金装庙巍巍哉其庄严雄伟远过于前然当报赛时不惟供香火者在风尘中即欲陈俎豆奉浆盛其若殿基狭隘何爰是好善而力行者督众商议建修献殿中有六十人结为同社按月输资不五年而至数百金于是督工命匠一岁而功成告竣征文余余曰人非善不能作此善事诚可勒之石以示后人也而或者曰当胜国时文皇帝于武当山敕修祖师宫极其靡丽迄今朝山进香者遍天下兹虽竭力终营盖造宫殿恐神所依在彼不在此或者又曰匹夫为善只在勿作非为岂结社修庙遂为力行善事乎余曰否苏长公曰神在天上如水之在地中当所往而无不在也比如凿井得泉而曰水专在是岂理也哉是不得谓神在武当而不在兹也且此六十人者合志同心誓修殿宇至虔也积金虽多而丝毫无染指至公也迄土木工起心力俱瘁又至勤且苦也推此心也即可不欺暗室不愧屋漏安得谓非力行善事而鄙之哉然则六十人诚善人者创修献殿诚善事也且诚可勒之石以为后之人劝也爰记其事以垂不朽云

大清乾隆五年岁次庚申二月吉日乙酉科举人吏部候铨知县原

梦极薰沐撰

看完，孙钟大喜过望，一遍遍抚摸着碑石说："祖师宫，祖师宫，这就是祖师宫，为中武当修建的祖师宫啊！可怜大孔人守着神山不敬神，辜负了先人的苦心。"说着跪在地上，咚、咚、咚磕了三个头，同时决意上一次五龙山。旁边人看孙钟那么虔诚、真挚，急忙也趴在地上磕起了头。

五龙山虽说就在大孔寨身后，无量殿就在人的头顶，但除了个别放羊的冬天实在找不到草，吆着羊上去过，再很少有人上去过。一者看着景物就在眼前，可要走到山下面，需要出西门，前行两里地，穿过小孔寨，爬三里坡，走到柏树坡村才行。加之几乎没有一条现成的路，爬上无量殿的艰难可想而知，没有多半天时间根本回不来。再者，大孔人从土里刨食，天天把太阳从东山背到西山，黑水汗流得累得要死，哪有闲情逸致去逛山？再说山上除了说不上名字的草和砾石、石头，啥啥都没有，就连树也没有长几棵，谁跑到山上去喝风？

孙钟走到柏树坡，果然没有找见上山的路，到柏树坡村问了几个人，回答说现成的路没有，但可以在后山找到放羊娃踏出的小道。可他在后山转了半天，也没有找到一条像路的路。打住步，他看了一眼面前的山，觉得算不得险峻，于是心一横，背着行李，往山上爬去。正是春夏交替之时，山坡被葳蕤的草木铺盖得宛若斜面草场，脚踩上去却高一脚低一脚的，很不平坦，有时还会踩空。幸而有草可抓，才没有滚下山。爬了半天，孙钟汗流浃背，气喘吁吁，回头一看，眼前也就那么一面草坡，实在没有走多少路。再往前看，无量殿啥时候已经不见了，山陡峭如壁。

终于爬上一个山顶，孙钟眼前豁然一亮，大孔寨、小孔寨、柏树坡似乎就匍匐在脚下。阵阵凉风拂来，拭去了头上的汗珠，他的头脑顿时清爽了许多。回过头寻找无量殿，却见无量殿依然高高地站在他的头顶上，连接他和它的是蜿蜒的山峦，连绵的草地，嶙峋的怪石，就是没有路。孙钟摇头苦笑，稍事休息后，他继续向山上爬去。

走了几十步，无量殿又消失了。孙钟叹了一声，不再寻找无量殿，弯着腰向五龙山山巅一步一步艰难地攀去。

太阳西斜的时候，不知道转了多少山头，无量殿忽然又冒了出来，却转到了孙钟前面。抬头看去，气象俨然的无量殿宛如一个天外飞人，高高站立在五龙山山巅上，正慈悲地凝望着脚下的苍生和大地。孙钟喜极而泣，急忙忙往上爬去。

无量殿屹立的地方不是人们想象中的刀劈斧削般的山峦，而是一块平地。大殿门口躺着一块石碑，已断为毫无规则的三块。上面的字已漫漶不清，但碑额的“中武當靈應”以及碑首的“創建五龍山碑記”和碑尾的“萬厲”十几个字分明可见。孙钟激动万分，转身奔大殿而去。大殿面阔三间，殿屋五脊四坡，歇山式砖木结构，木雕龙头斗拱，猫头筒瓦厦顶。踏进门，殿里面不甚明亮。孙钟定了定神，一会儿，殿内墙壁上五彩缤纷的天帝、王母、玉女、吕洞宾、青龙、白虎……仿佛活了，一个个跃跃欲试地欲向他扑来。孙钟诚惶诚恐，赶紧跪下去纳头便拜。殿内供奉的神像已不知去向，地面上到处是土渣、石块、灰烬、树枝、羊粪蛋、旱烟灰等杂物。孙钟又一次深感大孔人罪孽深重，有愧于玄天大帝，他许下重愿：穷毕生之力整修无量殿，重塑真武大帝金身，救万民于水火之中！

走出大殿，见殿门左前方有一棵一搂多粗、形似砍头柳的柏树，孙钟走过去，却已到了山沿。低头看去，中间的山梁往山下蜿蜒爬去，到了山底恰似一个张牙舞爪的龙头。它的左右两边各有两条山梁，虽没有中间的山梁粗犷、灵动，却也神似四条姿态各异的龙。五龙山，五龙山，真是名副其实啊！抬起头来，透过轻纱般淡蓝色的山岚，对面的土山宛如一条偌大的土龙，连绵不断地从东往西而去。平畴的原野夹在两山之间，仿佛一条莽莽苍苍、银光闪烁的大河，怎一个“一马平川”能形容之？平日里身处其中只怨周遭杂乱无章，纷纷芸芸，现在看去却分布得棋盘一般，各处其位，仿佛冥冥之中恰如其分的安排。只不过人、驴、骡、马、猪们渺小得就像一个个蚂蚁，不用心哪里看得见！孙钟不觉又一次感叹玄天大帝的神明和众生的渺小了！

见无量殿右边有一条踏出的路沿着山岭逶迤而去，孙钟猜想这应该就是通往药王洞的路了。在大孔人心里，五龙山的药王洞是和华元五台山的药王洞相通的，那里可是药王孙思邈的隐居之地啊！孙钟打起精神，背着行李沿着羊肠小道走去。路尽处，一堆石头仆倒在地，从留下的形状看，好像用石头建成的房子。走到跟前，石头中间果然夹杂着青砖、黑瓦和朽木。经过石头房，下一道缓坡，是一面依山平台。山是土石山，上面生长着柏树、松树、杜梨树、柿子树、荆棘以及不知名的草木。山壁上用石头错落有致地垒了一面墙，中间有一洞口，上圆下方，洞上面镌刻着“药王洞”三个篆体字。孙钟一见，喜不胜收，忙踏进了洞。

洞里面凉森森的，很是舒服。走了约莫十几丈，山壁出现了，似乎已到洞底，走过去却见洞底的两边裂开了两条缝。右边狭窄，左边宽展。说是宽展，其实仅能容一人通过。孙钟估摸了一下华元五台山的方位，点着蜡烛，斗胆进了左边山缝。洞里越发瘆凉，孙钟身上不由自主地泛出了鸡皮疙瘩。蜡烛光闪烁在岩壁上，依稀可见各色各样的乳石。有的似小鬼依附在山岩两边，或怒睁怪目，或奓发切齿；有的似龙蛇盘踞在头顶，张牙舞爪着，似乎欲扑下来；有的似蝙蝠，正瞪着眼睛注视着什么……洞内越来越黑，也越来越狭窄，路面更是坎坷不平。有的地方需要侧着身过；有的地方需要猫着腰过；有些地方既要侧着身，又要猫着腰才能过，到了最后几乎只能匍匐而行了。无奈孙钟停止前行，心不甘情不愿地折返而归。

出了洞，天已经黑了，面前除了黑影幢幢的山岭外，什么也看不见。乌鸦和不知名姓的怪鸟在山间骇人地鸣叫着。

孙钟返回洞子，在连接石缝的岩壁前拢了一堆土，点着三炷香，插在土里，又在香烛前供上供品，恭恭敬敬地磕了三个头，然后盘腿打坐，闭目养神。

也不知过了多长时间，蜡烛头晃晃悠悠地摇曳起来。孙钟睁开眼去看，只见两边山缝里忽忽悠悠飘出如幻如梦般的白雾，很快便弥漫了整个山洞。孙钟的身子似乎漂浮了起来。正纳罕间，只见左边山缝里慢腾腾出来了一只老虎。孙钟目瞪口呆。正不知所措，却见老虎身上坐着一个老者。老者道冠道服，慈眉善目，白若银丝的胡子长长飘拂于胸前。孙钟搞不清来的是何方仙人，忙匍匐在地，战战兢兢磕头如捣蒜。

“罢了。”老者声音响亮，宛若洪钟。

孙钟停止磕头，却仍然趴在地上，不敢抬头。

“你可是孙氏一脉 ××× 辈传人孙钟？”老者问。

“小的正是孙钟。”孙钟赶紧回答。

“你可知道我是谁？”

“小的不敢妄加揣测。”

“还知道点礼数。告诉你吧，吾乃汝之先祖孙思邈也。”

孙钟忙又叩首，诚惶诚恐地说：“小的不知，罪该万死，罪该万死……”

“罢了。我且问你，为何进了洞子又折返而归？”

“道路崎岖，难以前行，只得知难而退。”

老者叹了一声：“如此半途而废，何日能修道成仙？”

“小的知错，小的知错。”

“知道了就好。不过，我听闻你一心向道，还欲整修无量殿，重塑真武金身，救黎民于水火之中，吾心甚慰。本来等你前来传你道法，却因你半途而废，只能助你一臂之力了。右洞三米处有一密洞，里面有三卷神书，汝可前去收取。”说着，一声虎鸣，消失在了山缝中。

孙钟忙磕头送行，却因心诚至极磕得太过，头咚的一声撞在了石头上。

他睁开眼一看，他的身子不知什么时候已经歪倒在地上，头也碰到洞壁上，正隐隐地疼呢。他揉了揉眼睛，举着蜡烛进了右边的石缝。走了几步，左边一块方石后果然有一小洞，里面搁着一个包袱。他拿出来打开一看，里面包着三本书，一本是《千金要方》，一本是《千金翼方》，另一本虽没有名字，里面却夹了三支银光闪闪的长针。

孙钟大喜过望,第二天一大早他急忙忙赶往无量殿,虔诚地磕了三个头,然后踌躇满志地下了山。

当然，这一切都是孙钟自己说的，大孔方圆几十里的人谁也没有亲眼看见，自然有人相信，有人不相信，有人将信将疑。但从五龙山下来后孙钟一下子成了神医，治好了许多人的病，却谁也不能否认。

二十二

从五龙山回来，孙钟便整天抱着他说的那三本书看，有时候还合着眼摇头晃脑地念什么“发常梳，目常运，齿常叩，耳常鼓，嗽玉津，腹常揉，摄谷道……”，以及“胆欲大而心欲小，智欲圆而行欲方”一类的怪话，寨里人虽有点好奇，却没有当回事。

一天，孙钟路过北槐院柴牛儿家门口，听见柴牛儿一家人惊慌失措地嚷嚷着什么。他走进去一看，原来是牛儿七岁的男娃狗蛋在流鼻血。柴牛儿一家用麻纸塞，用面面土抹，用凉水冰太阳穴……几乎把法子用尽了，却怎么也止不住。狗蛋脸苍白，无力地耷拉着眼皮，眼看就要不行了。孙钟一见，喝了一声“闪开”，牛儿大、牛儿妈和牛儿一听，听话地让开了，抱着狗蛋的牛儿媳妇也止住了哭。孙钟蹲下身，嗖地从狗蛋头上拔下一撮头发，又从自己口袋掏出一本书和火柴，然后用火柴点着手里的头发，让灰烬落到书的背面。又把书卷成筒，对着狗蛋鼻孔，轻轻地把灰烬吹进了狗蛋鼻孔。一会儿，狗蛋的鼻血神奇般地不流了，狗蛋也慢慢睁开了眼睛，还叫了一声“婆”。牛儿一家破涕为笑，忙不迭声地感谢起了孙钟。孙钟微笑着摆了摆手，转身飘然而去。

这一天，冯媒婆半张着嘴从家里失急慌忙地跑出来，见了人“啊啊啊”地不知说什么，口水从嘴角流出来，顺着下颌，不断线地滴在她的胸脯上。有人笑道：“媒婆婶，这是弄的哪一出吗？唱戏呢，还是媒说得停不住嘴了？”又有人说：“媒婆婶为了能更上一层楼，正在练口型和表情呢！”冯媒婆没有理会他们，继续在寨子里跑，一见上年纪的人就“啊啊啊”指着嘴叫。人们莫名其妙地瞪着眼看她，不知道她咋了。一些小娃以为她疯了，嗷嗷叫着尾随在她后面看热闹，有的甚至用土坷垃砸她。有人跑去把情况给孙钟说了，孙钟听了不慌不忙地出了五龙宫。见到冯媒婆，他眯缝着眼瞅了一下，然后微微一笑说：“冯施主，你下巴上咋有个蝇子？”冯媒婆白了他一眼，“啊啊啊”不知说了句啥。孙钟笑呵呵地说：“咋，不信？我这就抓给你看。”说着，两个大拇指摁住冯媒婆两颊下面，食指和中指搁在下巴上，往上一提。冯媒婆先是“啊啊”了两声，接着大叫了一声，嘴合上了。孙钟回头对旁边看热闹的人说：“散了吧，下巴掉了，有什么好看的？”冯媒婆拍了拍脸，摸了摸下巴，眼瞪得像铜铃，说：“是你给我看好的？你用的啥神法？我的妈呀，可把我疼死了！”孙钟微笑着摆了摆手，转身走了。冯媒婆似从梦里醒来，嘴里不住地呐呐道：“神仙啊，真是神仙啊，老天给大孔派来神仙了！”

这以后，人们不再当面叫孙钟“老孙、哎、那谁、道士”，甚至“和尚”等一些随随便便的称呼，而称他“孙道长、孙先生”，甚至“孙半仙”。孙钟却不在乎这些，依然自称“贫道”。

冯得显起初并不相信这些传闻，认为孙钟不过就像冯得富说的瞎猫碰了个死老鼠，不足为奇。可冯阔海信。冯阔海有脚病，发作时奇痒无比，解决的办法倒也简单：挠。可越挠越痒，越痒越挠，有时候挠得流脓淌水，肉皮溃烂，也无济于事。为此，冯得显找了好多法子都没有效果。听说孙钟得了真传，有神法，冯阔海便让冯得显去请。冯得显拗不过父亲，只得去请孙钟。孙钟来了看了看冯阔海的脚，沉吟了一下，然后开了谷皮、三白草、蓖麻叶、白杨皮、胡麻叶、蓟根、大麻、乌豆、桑白皮、生猪肝几味药让煎服，又嘱咐冯得显早晚接一盆牛尿让冯阔海泡脚。冯得显瞪大眼睛，简直不敢相信自己的耳朵。孙钟微微一笑说："怎么，不相信？信不信先试试嘛，治不好再砸贫道的饭碗不迟。"冯阔海挥了挥手说："听孙道长的，抓药！"说也怪，几服药下肚，又用牛尿连泡了半月脚，冯阔海的脚病竟然神奇地好了。

这下，孙钟的"孙半仙"称呼越发名副其实了，影响半径也扩大了一大圈，就连罕井、崇泉一带的人都知道大孔有个手到病除的孙神仙。这些年，大孔一直没有个郎中，人们有了病只能扛着，实在扛不住了才去罕井、崇泉看郎中。这下好了，郎中就在东门外，走几步就到。一时间，伤风感冒的，腰酸腿疼的，嘴歪脸肿的，甚至一些久病卧床的全涌到了五龙宫。孙钟倒也来者不拒。小病小痛的，开两服药，扎几针。病重的号号脉，掰掰眼，看看嘴，说："去罕井（崇泉）吧，我这里条件不行。"或者摇着头说："抬回去吧，想吃啥就给吃吧。"家属明白他话中之意，只得把人抬走了，并不怨孙钟。生死有命，富贵在天，谁能挡住天？至于钱，孙钟却是不要。大孔一带的人好面子，病好了心里过意不去，便提着油包子、挂面、菜油、小米、绿豆、白面、点心、鸡蛋、瓜果、菜蔬、旱烟、酒等前来拜谢孙钟。孙钟看也不看一眼，说声"放下吧"，就算认账了。后来也有执意给钱的，有的还不少，孙钟却不接，说有心就捐功德吧。来人便在玄天大帝前点三炷香，磕三个头，恭恭敬敬把钱塞进了功德箱。孙钟站在玄天大帝旁边，神情肃穆，一下一下敲着黑幽幽的磬。五龙宫的香火就在这铛铛铛的磬声中，一天一天旺盛起来。

五龙宫香火一旺盛，寨里人也有了去处。孙钟没有什么架子，谁来了都欢迎，冯金宝、得得、柴一刀、柴牛儿、柴福海、冯媒婆一些人还成了他的座上客。这些人待在一起没有多少正事，不是天南地北地谝闲传，就是围在一起抹花花，打麻将，饿了就吃病人给孙钟拿的东西，有时候也喝酒。气得冯得富、冯得显在后面气呼呼地说："孙道长也太不讲究了，五龙宫再这样下去，迟早会塌火！"话传到孙钟耳朵，孙钟却微微一笑。

这样，当孙钟抱斗祈雨的消息在寨里传播时，寨里人一个个瞠目结舌，谁也不敢相信。是啊，这哪里是求雨，分明是玩命嘛。真要能求下雨倒也罢了，如果求不下雨，不是白白给阎王爷送命吗？寨里好不容易有了个郎中，不能眼睁睁看着他往火坑里跳啊！

冯金宝和柴一刀先是匆匆去了五龙宫，半天后又匆匆出来了，逢人就说："真的，全是真的，为了大孔，孙半仙真的豁出去了！没办法，说又说不下，挡又挡不住，我们只好把身上的钱全捐了功德。有句话叫什么来着？对对对，聊表寸心。"

便有人说："也是，都怨他把五龙宫改成了中武当庙，还把龙王爷屈尊到偏殿，龙王爷躁了，这才不下雨。他这样做是向龙王爷赎罪呢，也该！"

冯金宝火了，说："你看你办的啥屁？真武大帝管着龙王爷，孙道长这样做是把事弄大了，和天下不下雨有啥关系？尧山的龙王爷比五龙宫的龙王爷大多了，你们王朝马汉地去求雨，还是什么'寡妇祈雨'，结果下雨了没有？天下不下雨龙王爷已经管不了了，要求就求管龙王爷的真武大帝，甚至玉皇大帝。这事除了孙道长还能有谁？现在人家把命都豁出来了，你不说句好话，还乱砸刮，良心叫狗吃了？"

旁边的人一听点着头说："是啊，是啊，说得对着哩！"

还有人眨巴着眼睛，嗫嗫嚅嚅地说："对着是对着哩，可是……抱上烧红了的斗，人肯定活不成了，还要那个……钱干啥？"

“谁说抱斗祈雨就一定会死人？”冯金宝眨巴着眼，厉声喝道，“你就不会往好处想，如果刚把火点着，老天于心不忍，噼里啪啦浇一场大雨，人还会被烧死吗？即就是当时没有下雨，人被烧死了，他能把钱带走吗？孙道长一直思谋着重建无量殿，假如他为求雨走了，咱们用求雨募来的钱把道长的心愿了了，今后真武大帝整天护着咱，咱还怕老天半年半年不下雨？近视眼，真真是近视眼。人家把命都搭上去了，你还心疼几个钱？都不想想，再不下雨，只有饿死一条路，到时你就带着你那几个铜片片去见阎王爷吧！”

柴一刀也指着那人说：“你看你，不是乡约说你，你还真是老先生说的那个以什么娃的心揣摩那个……老人的肚子。孙神仙是爱钱的人吗？爱钱的话，他看个病，随便开个口，银子还不是哗哗地来。得是你家还没有人得过病？”

那人一听赶紧低头避到了一边。

冯媒婆听到消息后，用手帕拎着四个鸡蛋，扭着小脚也去了趟五龙宫。出来后，她的脸上洇满了激动的红晕，逢人就溅着唾沫星说：“真的，真的，是真的，绝对是真的，不知是哪个神仙说的：我不到地底下谁到地底下。孙半仙就是那个神仙，他真的为咱大孔豁出去了。他现在干啥？能干啥吗？盘腿坐在神像前，不吃不喝，不吭不喘，闭着眼睛一个劲地念佛呢！”

足不出户的引才妈也知道了这件事，她不听引才的劝，带着芬芬去了五龙宫。也不知受了什么影响，老婆回家后越发一脸的虔诚，嘴里的“阿弥陀佛”更是有了含义，惹得芬芬躲在一边偷偷地笑。

“寡妇祈雨”结束后，冯得显突然之间苍老了许多。寨里人的日子一天天艰难起来，来祠堂念书的娃也一天天在减少，末了就剩宏才一个人。冯得显见大势已去，叹了一声对宏才说：“你也回家自学吧，弄不懂的地方来家里找我。”然后，锁上祠堂，拎着书本，夹着铺盖，佝偻着腰回到家，一心一意伺候身体时好时坏的父亲。孙钟抱斗的事传到他耳朵已是三天后，虽然将信将疑，他还是去了一趟五龙宫。回来后他对父亲说："'玄武，水神之名，司空水土之官也。'但愿孙道长诚心所至，感天动地，以免生灵涂炭，万劫不复！"

这下子，五龙宫一下子热闹起来，不但大孔人去，寨东田家、李家、庙台、同家、东党……寨西西埝、小孔寨、草地、柳井、瓜仡佬、滩涧、白马峪……寨南侯家、汪家、冯家、唐窑、闫沟、上岭、狮子坡、太峪沟……寨北东埝、赵坡、成家、虎头山、八亩地、何家山、高背梁甚至高原的人也往里拥。一者看个稀奇，二者前来捐钱。富户捐的钱多点，穷户却商量好似的，几乎全是家里几口人捐几块钱。到了最后，就剩下一些实在没办法和吝啬的人家没有捐。捐了钱的人不愿意，嚷嚷着不公平。甚至有人说这样会遭天怨，求雨的事只能竹篮打水一场空。冯金宝一听，马上派柴牛儿、冯天顺、德才几个挨家挨户去催，吝啬的只好拿出了钱，穷户也只得变卖家产，东挪西借交了钱。冯得富本不想交，却又害怕众人的唾沫星子，最后不情不愿地交了十块钱。

七月十五这一天，瓦蓝的天空，炸红的太阳。无量殿上虽然漂浮着几朵薄纱般的白云，却看不出丝毫的雨意。一大早，便有人往五龙宫门前凑，大多是孩子。有几个娃好奇地进宫去看，很快又出来了，说孙半仙和平时一个样，看不出像要抱斗的样子，没意思。话虽这么说，却没有人走。

早饭后，寨里人以及周围村子的人开始流水似的往五龙宫赶，不到一个时辰，五龙宫门前的人便摩肩接踵，喧嚣震天。尘土从一只只脚下溅起来，转化成土黄色的烟雾，袅袅娜娜地腾起来，弥漫在五龙宫的上空。五龙宫的大门已经关闭，冯天顺、柴牛儿、柴蛮牛、冯勤才几个拿着长竹竿守在门前，不让任何人靠近。太阳高悬在天上，喷洒的阳光仿佛熔化了的铁水，让没有见过抱火斗的人们似乎已经抱上了火斗，浑身上下被烧灼得几乎要化了。尽管如此，没有人愿意离开，一个个鹅样地伸长脖子探往五龙宫，唯恐错过了精彩瞬间。

终于，五龙宫大门吱扭扭拉开了，柴一刀指挥几个人抬着一张八仙桌，端着一把太师椅、两条长条凳出来了。八仙桌摆在两个石狮子中间正前方，太师椅放在桌面上。两条长条凳呈八字形搁在八仙桌两边。随后，柴福海沉着脸、抱着斗出来了。斗里装满了黑色粉末，应该是放炮用的火药。斗中间插了一把香。斗壁四面贴满了黄表。到了八仙桌前，柴福海把斗交给柴一刀，自己爬上八仙桌，用衣袖拭了拭椅面，然后接过柴一刀递上来的斗，恭恭敬敬地搁在椅子上。柴蛮牛、冯勤才在八仙桌前栽了一根竹竿，竹竿直直地指向天空，在地上落下了约莫一棒槌长的黑色倒影。

五龙宫前顿时乱了起来，人们都想一睹斗的尊容，一个个争先恐后地往前挤，人头一时麦浪般地涌动起来，一浪高过一浪，一浪急过一浪。“麦子们”你推他的肩膀，他踩他的脚，他仆倒在他身上……“哎哟、弄啥嘛、别挤别挤、挤你妈的 × 呀、我的鞋我的鞋……”的叫喊声沸反盈天。尘土越发烟雾般地飞腾起来。冯天顺、柴牛儿、柴蛮牛几个手里的长竹竿派上了用场，一杆杆齐头扫过去，失控的场面才慢慢恢复正常。

静下来后，冯金宝、冯得显、冯得富、柴福海、冯德才等寨里几个头面人物走到台上，依次坐在了长条凳上。人们想着孙半仙这下要出场了，便又一次往前挤。冯天顺、柴蛮牛几个一见，噼里啪啦一阵竹竿乱舞，前面的人才没有拥到台子上。人们却不死心，一个个极力伸着脖子往前瞅，有的甚至脚跟离了地、下巴朝了天，五龙宫的门却仍然严实地合着，孙钟连影也没有见。

有人沉不住气了，说：“这哪里是抱斗求雨，分明是日弄人嘛，不看了，不看了。”话说了，人却没有走。

“这可是人命关天的事，急不得。只要能求下雨，日弄你一下有个啥？”

有人接话说。

“那么大的太阳，云里会有雨吗？”

“不是常说‘天有不测风云’吗？孙神仙舍命求天，老天爷说不定会睁眼的。人家命都不要了，咱还有啥说的，耐心等吧！”

“要是下雨了，孙半仙是不是就不用抱火斗了？”

“那当然了，雨都求下了，还抱个啥斗？”

“那还有㞞意思！”

“就是，长这么大还没有看过人是咋样烧死的！”

“看你们办的啥屁，活该饿死你们这些瞎怂！”

……

当火球般的太阳爬到头顶时，竹竿的影子消失了，孙钟却仍然没有闪面。冯得富、柴福海几个坐不住了，频频回头往五龙宫门前看。下面的人群也嗡嗡了起来。又过了半个时辰，人们实在忍不住了，一声声恼怒的声音连珠炮般地吼了起来：

“到究还求不求雨？说是‘正当午时’，现在太阳已经偏西了，却连个人影都不见，说话还算不算数？”

“把人当猴耍啊，耍猴也要敲两声锣吧？”

“是不是怕死了？怕死就不要吹牛嘛。牛吹烂了，现在不干了，啥㞞人！”

“不抱斗了把钱退了，白花花的银元呀，能买多少馍啊！”

“是啊，说得对着呢！”

“抱斗——”

“抱斗，抱斗，抱斗……”

“退钱——”

“退钱，退钱，退钱……”

冯金宝坐不住了，回头向德才说了句什么。德才听了点点头，转身去了五龙宫。

冯金宝走到八仙桌前，向人群压了压两只手，大声说道：“父老们，乡亲们，大家不要急。抱斗是孙道长的事，他说正午抱就正午抱，晌饭抱就晌饭抱，别人做不得主。孙钟是什么人，大伙都知道。对，是孙半仙。既然是半仙，我们不相信他还相信谁？晚就晚了吧，只要能求下雨，等到天黑又有个啥？诸葛亮借东风还要选个好时辰，抱斗这样要命的事更要充分准备嘛。大伙说对不对？”

正说着，德才神色张皇地从五龙宫出来，大步跨到冯金宝跟前，趴在他耳边说了句什么。冯金宝似乎楞了一下，而后忙忙走到冯得显、冯得富、柴福海几个跟前，嘴唇乱动着不知说了些什么话。冯得显、冯得富、柴福海几个一听顿时也瞪起了眼睛。冯金宝不知又说了句什么，几个人便抬起屁股跟在冯金宝、德才后面匆匆进了五龙宫。

人们以为孙钟要出来了，忙屏息敛声，抻长脖子往前看。喧嚣的场面一下子静了下来。终于，冯得富、冯金宝、冯得显、柴福海、德才几个日急慌张地从五龙宫出来了。冯得富涨红着脸一边走，一边怒冲冲地吼道：“不见了，真的不见了！”大伙一脸的疑问，不知道咋了。勤才不满地问他大：“又咋哩吗，用得着这样发火吗？”冯得富气急败坏地说：“我能不发火吗？狗日的孙钟跑了！”

冯得富的话一传十，十传百，瞬间便传进了现场每个人的耳朵。人们先是瞠目结舌，不敢相信，继而话语便像炸弹般地炸响了：

“怪不得这时候还不出来，原来早都跑尿了！”

“啥尿个抱斗祈雨，明明是骗钱骗财啊！”

“退钱，退钱，退钱！”

“说什么说，进去找狗日的论理。”

大伙儿反应过来，后面的人往前一涌，前面的人便上了五龙宫门前的坡。柴牛儿、柴蛮牛、冯天顺几个维持秩序的没法管了，任凭愤怒的人流携带着冯金宝、冯得显、冯得富、柴福海、冯德才进了五龙宫。八仙桌、长条凳、竹竿被推倒了，太师椅和斗扑扑通通掉在地上，黑色粉末洒了一地。

人们先涌进献殿，殿里和平日里一样干净，玄天大帝仗剑怒目坐在中央，前面蹲着功德箱。功德箱上面的口已然发亮，用黄漆写的“功德箱”三个字也已斑驳。摇了摇，里面空空如也。人们又分头涌进两间侧殿。龙王殿里除龙王爷外，还搁着柴禾、工具、锣鼓、旗帜等杂物。孙钟住的侧殿炕上的被褥整整齐齐地叠着，锅灶也干干净净，油罐子还有油，小笼里还有十几颗鸡蛋，盐盒子还有盐，碗里还有半碗油泼辣子，甚至洗脸手巾还搭在屋中间的绳子上，就是不见孙钟。一些人去了后院，后院一目了然，根本不可能藏人。但大伙还是不放心，一个角落一个角落仔细去找。俭才见后院东北角墙根下搁了一捆包谷杆，便好奇地用脚拨拉了一下，不想墙根下露出了一个洞。

人们愤怒了，气汹汹地扑进献殿，推倒供桌，砸碎功德箱，然后喊一声“一二三”，共同发力，推倒了真武大帝。真武大帝的头掉了，骨碌碌滚到一边。有人怒冲冲去踩，胡须断了，鼻子塌了，眼睛模糊了，耳朵掉了，头却还在地上滚。冯花嘴找来镢头，啪啪啪一阵乱砸，真武大帝的头瞬间便成了土坷垃。写着“镇天真武灵位佑圣帝君”的神牌被俭才捡起，柴蛮牛却一把夺过去，咬牙切齿地用手去掰。眼睛瞪圆了，力气用尽了，神牌却依然好好的。冯天顺一看，夺过神牌，一头搁在地上，一头搁在柱础上，抬起脚狠狠往下一踏，神牌咔嚓一声断成了两截。柴蛮牛气冲冲去卸柱子上的长牌。宏朗惊呼道：“对联是老先生写的，不能砸！”柴蛮牛不听，卸下牌子，学着冯天顺的做法，一头搁在地上，一头搁在柱子上，抬起脚狠狠地踩了下去。牌子很快断成了数截，龇牙咧嘴地躺在了地上。柴一刀站在一边嚷叫着都是五龙宫惹的祸，烧了它。人们来了劲，喊叫着“烧了，烧了，一把火烧了干净”。柴一刀一听兴冲冲地掏出了火柴。冯得显急了，大声说：“不敢烧，不敢烧，五龙宫是咱先人留下的，烧不得，事是孙钟惹的，和五龙宫有啥关系？”大伙一听有道理，转身往孙钟住的侧殿扑去。很快，炕砸塌了，锅灶扳倒了，水缸、碗、盐盒子摔碎了，铺盖、席、衣服、手巾、鞋、笼子……一股脑被扔到了院子。鸡蛋和几个馍却没有扔，被人顺手揣走了。有人抓到鸡蛋后一磕，滋溜溜把鸡蛋汁灌进了嘴里。柴一刀提出油罐子，摔碎在衣物上，划着了火柴。

砸了，烧了，嚷了，骂了，人们一下子静了下来，又很快转化成一种空，使劲地抓挠起每个人的心肝肺。人们你看我，我看你，不知道下来该怎么办。

忽然，冯得富狠狠吐了一口唾沫，大声骂道：“孙钟，你狗日的弄的啥事吗？我日你先人哩，哎咳咳——”

冯媒婆一听扑踏一声坐在地上，哇地哭了起来，一边哭一边拍打着地面说：“老天爷，你还让人活不活啊！”女人们触景生情，一个接一个跟着哭了起来。很快，哭声瘟疫般地在五龙宫传染开了，先是女人，再是娃娃，最后是男人。男人开始只是默默地流泪，流着流着就出了声，一些人的哭声比女人还要大，还要高，还要苦。五龙宫上空一时哭声震天，悲恸欲绝，比皇帝晏驾举行的国葬还要哀戚、悲壮。

二十三

抱斗祈雨流产后，大孔寨仿佛又一次失血过多，越发地萎靡不振了。

太阳仍然每天大睁着眼在天上慢悠悠徜徉着，睁眼瞎般地看不见苍生的啼哭、挣扎和绝望。

麦子没有什么收成，土地干渴得似乎冒出了烟，但为了能活下去，一些人仍然在地里播种了玉麦、谷子、糜子等二茬秋粮。过了一段日子，在人们怀着侥幸的心理等待中,禾苗非但没有长出一株,种子却已烤成了粉末,无声无息地熔化进了土壤中。野草倒有长出来的，虽然那么羸弱，那么楚楚可怜，但却顽强地活着，生长着。尤其是蒿草和狗尾巴草，不经意间就长高了，长粗了，狗尾巴草的头还在风中洋洋得意地摇晃着。寨里的老人感慨道：“世上的事真真不随人意，你想要的，它就是不来，你不想要的，它天天在你眼前晃！”

当然,野草不光是蒿草和狗尾巴草,还有灰灰菜、苦苣、马齿苋、蒲公英、刺角、小蒜等一些能吃的植物，有的还很好吃，丰年人都寻着吃稀茬呢。眼下虽比正常年份少了点，小了点，挖的人多了点，但只要耐着性子去找，还是能找到一些的。平日里，野菜没有归属，无论长在谁家地里，谁挖走就是谁的。起初，只是断了顿的人去挖。接着那些饭碗里能照出瘦长脸的人也去挖。最后，尚且过得去的人也坐不住了。一时间，田间地头、东沟西洼、山梁山坳,到处都是挖野菜的人,不明情况的人还以为人们在寻宝呢!

引才妈带着芬芬也去挖野菜。引才知道后很是恼火，沉着脸对芬芬说：“让你在家伺候妈，你可好，把人伺候到沟里去了。”芬芬委屈地看了引才一眼说：“妈要去，谁能挡得住。我说多了，她还说我不会过日子。”引才一想也是，又去找妈说。他妈一听不以为然地说：“你看你说的话，好像我挑菜丢了你的人？”大孔人把挖野菜叫挑菜。引才脸红了，说：“你看你，我是这意思吗？你想想，你挎个笼子到处挑菜，知道情况的人不会说啥，不知道的背后会骂我呢。”引才妈咯咯咯笑了，说：“说来说去还是嫌我给你丢人哞。娃呀，咱家眼下是过得去，但也要从长计议啊。再说我也不愿意坐在家里吃闲饭。”引才拍了拍胸脯说：“妈，你只管放心，只要有我在，就绝不会让你和宏才、芬芬吃糠咽菜。”引才妈却说：“娃呀，这正是妈不放心的。你听妈一句话,再不要弄那些担惊受怕的事了。你要有个三长两短,妈活着还有啥意思！”引才一听愣在了一边。

说不通妈，引才闷闷不乐地回了屋子。芬芬一见赶忙给他点了一锅烟说："你就不要胡思乱想了，妈就是挑个菜，又不是驮炭当麦客，有啥丢人的？得富大大和娘娘、三娘、莲莲嫂、彩云、兰兰都去挑菜，也没见谁说个啥。妈整天待在家里太闷了，挑菜权当散心、看景。再说有我陪着，你就放心吧！"听芬芬说得在理，引才的心平静了许多。吃完一锅烟，磕掉烟灰，把烟袋搁在板柜上，引才站起来往外走去。刚走了两步，似乎想到了什么，又回头去看芬芬。芬芬两手绞在一起，抿着嘴、掀起上眼皮，正定定地瞅着他。引才心动了一下，打住了步。

这天下午，引才妈和芬芬去东沟畔挖野菜，田四女、蛮牛、彩云、莲莲、兰兰他们也来了。引才妈前些年也能干，现在年龄大了，手脚自然迟笨了许多。芬芬有了身子，不敢上高跕低。这样，他们挖到的野菜就比别人少。引才妈心里不服输，心想着怎么能多挖点，不要被人家笑话。忽然，她看见塄上的柿子树根旁有一棵瘦骨嶙峋的灰灰菜——树根裸露在塄下面，离沟沿仅有一尺远，便忙忙要下去挖。芬芬急忙拉住她说："不敢不敢，滚沟了咋办吗？"引才妈笑道："说得邪乎的，过去我在这里上来下去跟走平地似的，现在挑个菜就滚沟了？"莲莲笑道："好大妈哩，你说的过去是啥时候，那时有没有兰兰和芬芬啊？"兰兰推了莲莲一下说："看把你能的，才比我大几岁嘛。"

正说着，田四女哧溜一声溜到树根下，飞快地把那棵灰灰菜用铁铲子挑下来，扔到了自己笼里。引才妈先是一愣，反应过来后她瞪了田四女一眼说："你看你这人，菜是我先看到的，你咋这么利索，都不怕滚了沟？"田四女扳着树根爬上塄，也没好气地说："咋能说是你先看到的，我早瞅见了。"引才妈越发不高兴了，说："没见过这样的人，挑走就挑走了，嘴里咋还胡说哩。"田四女恼了，放下笼子，两手叉腰对引才妈嚷道："谁胡说哩？谁胡说哩？地里的菜谁挑了是谁的，凭啥说是你的？是你地里的，还是你炕上的？”蛮牛正瞪着眼在一旁看，见他妈恼了，忙冲上去推了引才妈一把说：“啥是你的？”引才妈没有防这一下，扑通一声倒在地，滚了一下，碰到了柿子树上。兰兰惊叫一声，冲过去抱住了引才妈。芬芬吓坏了，哇的一声哭了，说：“你敢打我妈，你敢打我妈！”说着向蛮牛扑去。莲莲一把拉住她，转过头气愤地对蛮牛说：“你都敢伸手打老婆，还是不是男人？引才要是知道了，能饶得了你？”蛮牛说：“谁叫她骂我妈哩。引才是个屎，狗才怕他！”莲莲见和蛮牛说不成话，忙拉着芬芬帮兰兰去扶引才妈。引才妈滚了一身土，脸上汗涔涔的，躺在地上哎哟哎哟地呻唤着。莲莲几个给老婆按了按腰，揉了揉腿，擦了擦汗，连扶带抱地把她扶了起来。引才妈踉跄着站不稳，哎哟哎哟地继续呻唤着。田四女一看，使了个眼色，拉着蛮牛走了。莲莲几个搀扶着引才妈也往回走。走了几步，引才妈忽然想起了什么，忙停住步对芬芬说：“回去千万不敢给引才说，他性子不好，知道了肯定会去找事。咱家这几年已经很不顺了，他要有个三长两短，我的罪孽就重了！”芬芬点了点头，眼泪断了线似的淌了下来。

世上没有不透风的墙，引才很快知道了他妈被蛮牛打的事。

听到这消息，引才先是不信，却又心神不定，忙匆匆往回跑。回到家，见妈躺在炕上哎哟哎哟地呻唤，芬芬、莲莲、兰兰或跪，或坐，或站在炕边给妈揉捏身子，引才妈、和才妈几个自家人站在一旁气呼呼地咒骂蛮牛和柴福海，引才的眼睛突然发红了，牙齿咯吱吱地乱响。他重重地跺了一下脚，转过身一溜风地走了。引才妈急了，抬起头大声喊道：“引才，你给我回来，哎哟——”回答她的只有急乱的脚步声。引才妈使劲推了芬芬一把说：“快去撵那个二杆子，哎哟——”芬芬一听赶忙溜下炕去撵引才。出了门，远远瞄见引才宽厚的肩膀一晃一晃地往西而去，芬芬忙大声喊道：“引才，你快回来，妈叫你哩。”引才头回也没有回一下，继续甩着胳膊往前走。走过处，脚下的趟土飞起来，在他身后溅起了一道直直的烟尘。芬芬急了，抱着肚子追了上去。街道上的人不知道咋了，好奇地跟在了他们后面。

穿过街道，引才拐进了“将军寨”东边的巷子。一条瘦狗正伸着舌头躺在地上假寐，啪啪的脚步声惊醒了牠。它睁开眼睛一看，只见一个满脸凶相的汉子大步流星地赶了过来。狗匆忙跳起来，胆怯地汪汪了两声。引才未加理会，继续大踏步往前走。狗忙闪到了一边。待引才急遽而去，狗似乎想起了自己的责任，忙龇牙咧嘴地朝着引才的背影悻悻地叫了两声。想着没事了，狗欲再躺下歇息一会儿，不想又有一个女人慌手慌脚地跑了过来。狗有点气恼，伸长脖子就要汪汪，却见女人后面尾随了许多男女老少。狗不知道发生了什么事，赶忙把头转向墙壁，紧紧夹住尾巴，憋着嗓子呜呜了两声。

经过柴家祠堂，再朝前走几丈，拐进西边一条死胡同，西北寨墙根下坐北朝南有两户人家。外面一户是柴福海兄弟柴福江家，里面便是柴福海家。柴福江死后，媳妇被卖到北山里，家院自然被柴福海占了。柴福江没有几间房，柴福海就在他院子里栽了石榴树、花椒树、杏树和梨树。又在两家连墙上开了个侧门，用砖头封了柴福江原来的大门，这里从此就剩下了柴福海一家。前几年柴福海翻修了门楼，一砖到顶，很是气派。又在大门口摆了一对门墩石，上面分别蹲着一头栩栩如生的石狮子。由于是独家独院，他家的石碾子就安放在门前右厢的寨墙下，另一边栽着一根拴马桩，桩头雕刻着一只猴子，猴子的右手搭在前额上作瞭望状。

引才攥紧拳头，大步拐进了胡同。柴福海家的大门一扇开着，一扇半开半合。引才冲上去，狠狠踹了一脚半开半合的门扇。门扇啪地碰到门楼墙上，又嘭地弹了回来。引才气冲冲抬起腿又是一脚。几只正在院子里觅食的鸡被突如其来的响声吓坏了，扑扇着翅膀懵里懵懂乱跑起来。大部分鸡都往后面跑，一只鸡却一会儿跑向东，一会儿跑向西，一会儿往前跑，一会儿往后跑，慌乱中趔趔趄趄摔了好几跤。还有一只鸡咯咯叫着跑到东墙边，跳上了墙上靠着的镢头把上，却没有站稳，又嘶叫着掉了下来。

田四女嘴里喊着“咋了，咋了”，从腰门跑了出来。待看清是引才，她吃了一惊，却很快换上笑脸说：“是引才啊，快屋里坐，屋里坐！”

“让蛮牛给我滚出来！”引才怒吼了一声。

田四女脸变得煞白，却仍然挤着笑说：“哟，找蛮牛啊，你找他干啥吗？他……他不在家。你看这样行不行，等一会儿你叔回来了，我让他去找你。”

正说着，蛮牛光着膀子从里面冲了出来，嚷道：“我在哩，咋？你想咋？”

田四女急了，一面把蛮牛往腰门里推，一面大声说：“谁让你出来了？谁让你出来了？”

蛮牛一把推开田四女说：“好汉做事好汉当，怕个屎！”

引才转着头迅速向周围扫了一眼，然后扑上去操起靠在东墙上的镢头，冲过去抡圆砸向了蛮牛。镢头背落在蛮牛肩膀上，咚地发出一声闷响。蛮牛翻了一下白眼，嘴里咕哝了句什么，嗵地倒在了地上。血从他的肩膀上流出来，洇红了地面。

田四女瞪着眼睛，张着嘴，想喊却喊不出来。待引才举起镢头还要砸时，她这才声嘶力竭地喊道：“杀人了，杀人了，引才杀人了——”引才一惊，镢头落在了地上。这时候，芬芬扑进来抱住了引才。引才却不罢休，抬起脚狠狠去踢躺在地上的蛮牛。赶来看热闹的人一见，连忙扑过来帮着芬芬拉走了引才。

回到家，引才正不耐烦地听他妈数落，外面忽然响起了嚷嚷声。兰兰跑出去看，只见柴福海领着一伙人骂骂咧咧得就要到门前。兰兰吓得脸煞白，赶忙跑回来说：“不……不得了了，柴……柴福海领着一大群人来了。”莲莲一听忙说：“是这，我马上回小城里叫人，你们待在家里，千万不要出去。”说着匆匆走了。引才哪里坐得住，跳下炕就往外走。芬芬一把抱住了他，哭道：“你咋是这嘛，咋就听不进去话？”引才妈也拍打着炕说：“引才，别再惹事了行不行！”引才挦开芬芬，一边咚咚咚往外走，一边大声说：“你们别管，今天要是认尿了，今后有咱的好日子过！”给牲口铡草的铡刀靠在牲口圈门口，阳光落在刀刃上，反射出刺目的光芒。引才提起铡刀，头也不回地出了门。芬芬惊恐地捂住了嘴。

柴福海一伙已到门前正在高声叫骂，见引才提着铡刀杀气腾腾地出来，几个胆小的不自觉地后退了两步，小声说：“这尿是个二尿，能下下茬，弄不好要出事。”

“就是，大孔抡起镢头就砸的有几个啊！得亏是蛮牛，其他人早去尿了。”

“你看你看，铡刀明晃晃地闪光呢，好像是才磨的。”

……

柴福海的胡子撅了起来，他举起右手食指指着引才，颤动了半天说：“引才，你娃给我耍半吊子得是？告诉你，刀客、土匪，红道、黑道我啥没有见过，还怯火你个二尿？”说着，就要往前扑。

引才两手紧紧攥在铡把上，端起铡刀说：“那今天就让你见见啥是二尿。来呀，上来一个劈一个，上来两个劈一双，上来一群抡圆了劈，谁挨上是谁的。”

柴福海打住步，煞白着脸说：“还真是个二尿！我不想和你耍二尿，就想和你论论理。你说你为什么打蛮牛？”

引才冷笑一声道：“你去问蛮牛。”

“蛮牛推你妈是不对，可你不该抡起镢头砸呀！”

“点我妈一指头都不行！这次用镢头背砸，下次镢头就下去了。”

柴福海指着引才说不出话，牙齿咬得咯吱吱响。

这时候，冯得富领着德才、勤才、俭才、拴才、闷才、换才一些自家人气喘吁吁赶来了。一看眼前的情形，冯得富威严地说：“引才，把铡刀放下，不能让人家说咱胜之不武。”

引才想了想，把铡刀交给了身旁的芬芬。芬芬接过来赶紧拎回了家。

冯得富回头对柴福海说：“都不看看你的胡子多长了，两个娃打架，你掺和个啥，欺负冯家没有人吗？”

柴福海气不打一处出，瞪着发红的眼睛嚷道：“怪不得提着铡刀要二㞞，原来是在等救兵。老柴家的，能咽下这口气的往后站，是真汉子的就给我打，打死了算我的。”

冯得富也急了，喊道：“娃娃们，人家已经欺负到门口了，还等个啥？”

一场最原始的混战在骂声中爆发了，双方使出手打，脚踢，口咬，拧胳膊，抱大腿，抓头发，掐脖子，扯耳朵，顶交裆窝……所有近身搏斗手段，恨不得置对方于死地。有的捉对儿扭打，有的两个对付一个，有的搞偷袭，有的没有明确目标，打一下，算一下……一时打耳光的啪声、拳头砸到身上的咚声，脚踢到骨头上的嘭声，人倒下去的嗵声，嘴里发出的哎哟声……混合着呼呼的喘气声，仿佛冬天在寨子上空呼啸的西北风般紧张、刺激。

引才冲上去打倒了两个柴家人，回头见门口没有自家人，急忙又退了回去。他知道妈、芬芬、兰兰还在屋里，不能让柴家人趁乱进了门。芬芬和兰兰听到打斗声跑了出来，看到混乱不堪的场面，两人傻了似的定在了门口。引才回头大声喊兰兰：“快扶你嫂子回去，把门关上！”兰兰清醒过来，忙拉着芬芬进了屋，关上了门。

引才大喊了一声，又冲进了混战的人群。

冯得富和柴福海扭在了一起。他们的手相互抓着对方的胳膊，一会儿你往右扳，一会儿我往左拧，都想把对方放倒。几个回合后，人已经喘成了耕地的牛，却谁也没有放倒谁。慌乱中派上了脚，蹬、踢、勾、绊轮换着来，却脚脚放空。两个人急了，头“咚”地顶在了一起，四只脚随之忙乱起来。一会儿前，一会儿后，一会儿左，一会儿右，一会儿踉跄，一会儿蹬直，仿佛两只山羊顶在了一起。俭才还小，谁都打不过，只能乱中捡便宜。看见地上有一条棍，他赶忙拾起来握在了手里。看见哪个柴家人占了上风，他就急急跑过去，给那个柴家人一棍。有一次他看错了人，竟然打了拴才一棍，疼得拴才龇牙咧嘴地叫唤，兴得和他对打的柴家人哈哈大笑。现在，看见大伯和柴福海顶在一起不分胜负，大伯好像还处于下风，俭才急了，跑过去照着柴福海撅着的尻子就是一棍。柴福海哎哟一声坐在了地上，冯得富也被拉倒了。两人虽脱了手，嘴上却不软。冯得富骂道："别看你见天吃羊肉，收拾你就像收拾一只羊。看看你现在张成㞞了，我早就看你不顺眼了。"柴福海也骂道："你是个啥东西，啬皮，我也早看你不顺眼了。"

史家怡听到消息惨白着脸跑来了，面对乌烟瘴气的打斗场面，她一点办法都没有，只能大声喊着"别打了，别打了，别……"，但她的声音太小了，也没有人听她的，她无计可施，跺着脚呜呜呜地哭了起来。

终于，冯金宝领着冯天顺、柴牛儿来了。

引才去找蛮牛时，有人就把情况告诉了冯金宝。冯金宝正和人在乡约所抹花花，说："两个二㞞闹事，管㞞哩！"引才砸倒蛮牛后，又有人来说，冯金宝吃了一惊，说："这㞞还真是个二㞞！"却又说，"二㞞谁不怕啊！"柴福海带着人去找引才，冯金宝知道后面有喜色地说："好好好，这下有好戏看了。"却仍然没有抬屁股。及至打斗开了，他才扔掉手里的牌，对冯天顺、柴牛儿说："走，看看去，不敢捅下烂子。"

来到现场一看，冯柴两家已混战成了一锅粥，弄不好要出人命。冯金宝这下急了，忙和冯天顺、柴牛儿以及围观的人冲进打斗的人群，拉这个，说那个，却没有人听他们的。混乱中冯金宝的礼帽被打落在地，被一只只忙乱的脚踩成了一块破布。冯金宝的头在阳光下越发地锃亮了，晶莹的汗珠从头上钻出来，凝结成大颗粒，连成一串连滚带爬地跌落着。情急之下他喊过冯天顺，命令他朝天空开一枪。冯天顺听了忙往枪膛里装子弹，装好后慌慌张张对着天空扣动了扳机。枪声从天而响，混战和拉架的人立马打住了手脚和嘴巴，一双双眼睛紧张地翻动起来。有人不知道是自言自语还是问他人："打雷了，刚才打雷了，天上打雷了？！"大伙齐刷刷抬头去看，只见一轮红日正在西下，余晖把蓝天上游弋的白云染成了瑰丽的色彩，哪里有刮风打雷的迹象？又有人说："枪声，是枪声，莫非土匪进寨子了？！"于是一双双惊恐的眼睛慌乱地左右四顾，却没有看到一张陌生的脸。最后，在俭才的惊呼中，大伙终于看见了高高站在粪堆上的冯金宝，以及站在他两边端着枪的冯天顺和柴牛儿。

冯金宝两手叉腰，恼怒地说："怎么样，打完了没有？打够了没有？一村一寨、乡里乡亲的这是干啥吗？都不嫌人家笑话。天高成这了，不说想法子挣钱度荒，还有心思弄这事，肚子真个不饥了？"

俭才的肚子不失时机地咕咕了两声。

柴福海举起手想说什么，冯金宝却看也不看他一眼说："啥话都不说了，得富叔和福海叔跟我去一趟乡约所，其他人都散了。"

引才急了，大声喊道："事是我惹的，你让我大大去乡约所干啥？"

冯金宝翻了引才一眼，冷冷地说："冯家的事暂时还轮不上你吧？"

冯得富说："没事，事是他家惹起的，咱怕个啥，乡约所也是讲理的地方。回去照看你妈去！"说着，跟在冯金宝后面往乡约所走去。走了几步，看见柴福海走在他旁边，冯得富没好气地说："这两天过来把豆腐账清了。"冯金宝一听，扑哧一声笑了。

引才觉得有点对不起得富大大，心里正考虑着要不要去乡约所，他的肩膀忽然被重重地拍了一下。他吃了一惊，忙回头去看，却见柴一刀站在他身后。引才有点诧异，弄不清柴一刀啥时候来的，有没有参加打斗。柴一刀没有理会引才脸上的疑问，而是眯缝着眼睛，从鼻子里哼哼了两声说："你娃是大孔寨的人物了！"

引才没有理会他，他突然在散去的人群中看见了史家怡。史家怡虽然没有回头，甚至还低着头，他还是一眼看见了她。望着她的背影，引才的心狠狠地揪了一下。

二十四

打架那天，宏才有事去了冯得显家，回来知道情况后，他似乎很不赞成，还说了两句“血气方刚，戒之在斗”“持其志，无暴其气”的话，谁也没有听懂。

引才这一段日子抟心揖志地伺候妈，问吃问喝，端屎端尿，陪说陪笑，晚上有时候干脆就睡在妈的脚头。“将军寨”那边自然去得少了，去也很快就回来。虽觉得对不起史家怡，但为了妈，只能委屈她了。引才妈过意不去，不停地撵引才，说：“好娃哩，我没有个啥，你忙你的去，一个大男人成天守在妈身边像个啥？”妈越这样说，引才心里越不好受。这些年来，妈一把屎一把尿地抓养他，求神拜佛地保佑他，好饭尽着他吃，好衣尽着他穿，凡事尽着他任性，长这么大不说打，甚至都没有高声嚷过他。宏才是妈亲生的，也没有享受过如此疼爱。现在，他尚未好好孝顺妈，却让她挨了打，受了气，如此他能不痛心疾首、义愤填膺吗？过后他听说多亏了那棵柿子树，要不他妈就会滚下沟。果真那样，打死蛮牛有什么用？他活在世上还有什么意思？他已经不怪妈去挑菜了。想想，如果家里米粮满囤，牛羊成群，堆金积玉，谁还会冒着毒日头去东沟西洼挑野菜？怪就怪你没有本事养家糊口，让妈舒心！眼下家里虽然还有点粮和钱，但谁知道天高到啥时候。一年半载倒也罢了，时间一长，谁晓得是啥结果？大在世时常说，静坐吃山倒，死水怕勺舀。人无远虑，必有近忧。你啥时候考虑过这些事？啥时候就像三大冯得显说的未雨绸缪过？

痛定思痛后，引才又一次想到了华元的魏大哥魏敏生。他把想法给史家怡一说，史家怡却坚决反对，说：“当初你跟着柴老八去，他熟门熟路的我放心。现在你人生地不熟的咋样去？出了事怎么办？听话，咱安安稳稳过日子，别冒那个险了。人家能过，咱也能过，大不了去要饭。”引才听了虽然笑着点了点头，私下里却依然准备着去华元。

这天早饭后，引才正陪妈在屋里说话，芬芬走进来说：“哎，门口来了个外地人，说找你有事。”

芬芬现在称引才为“哎”。

引才忙出门去看，只见门口立着一个细高挑个小伙。小伙一身乡里人装束，右肩还搭着褡裢，虽一脸的疲惫，腰板却挺得笔直。引才觉得他有点面熟，却一时想不起在哪里见过。

来人见引才出来，忙向前跨了一步，右手已经举起了，却赶忙放了下去，换成两手拉着引才的右手说：“冯大哥，不认识兄弟了？兄弟是……”

引才忽然想起他是谁了，却不敢相信，竟结结巴巴地说：“你……不是……姜……姜……姜……”

来人正是小三子姜副官。

进了屋，姜副官讪讪地说他已经一天一夜没有吃饭睡觉了，现在要有一碗油泼裤带面就好了，说着抱着褡裢歪倒在炕上睡了过去。引才让芬芬赶快去做饭。芬芬手脚麻利地和面、醒面、烧火、擀面、扯面……很快做好了引才爱吃的油泼抻面，也就是姜副官说的油泼裤带面。姜副官睡得正香，不时地说着呓语，引才实在不忍心叫醒他。转眼一想姜副官一天一晚没有吃喝，这样睡着也不瓷实，再说他突然出现肯定有事，便狠着心摇醒了他。姜副官呻唤着不想起来，但听到吃饭两个字，他的眼睛虽然闭着，身子却一下子从炕上弹了起来。炕沿上搁了一个老碗，里面油汪汪的红辣椒和青绿色的葱花覆盖着宽如裤带的抻面。姜副官一看，眼睛似狼一般射出了一道贪婪的光。他一把端起老碗，顾不上搅，哧溜溜吃了起来。几筷子下去，一碗面便见了底。芬芬连忙又给他捞了一碗，他胡乱搅了几下，又是一阵哧溜溜……

芬芬惊愕地睁圆了眼睛。

滋溜溜喝完一碗面汤，姜副官摸了把嘴说："这是我这长这么大吃得最香的面。冯大哥，嫂子，小三子这辈子欠下你们了，日后定当报答！"

引才笑道："就几筷子面，有那么邪乎吗？上次和老八哥去华元，你们的情我还没有还呢。说说，咋就来到了大孔，魏大哥、王大哥、陈大哥他们好吗？这些天正想着去华元看你们呢！"

姜副官听了引才的话先是一愣，接着失魂落魄般地溜下炕，扑通跪到地上，孩子般地哇哇大哭起来，边哭边哽咽着说："快……快去救魏……魏长官，再晚就……就来不及了。呜——"

引才一听急了，赶忙扶起姜副官连声问："魏大哥咋了。"

姜副官一边流泪，一边说了事情的经过。

原来魏敏生栽在了钱葫芦手里。

华元三民军官学校虽然在华元，却隶属省城的中山军事学校。这一天，正为"清党"熬煎的魏敏生接到电报，说中山军事学校所属部队奉冯总司令令改编为独立旅，即日开赴河南一带训练。华元军官学校改编为独立旅第三团，任命魏敏生为独立旅副参谋长兼第三团团长，立即带领部队前往栎阳会合。魏敏生心生疑虑，心想中山军事学校是党在陕唯一控制的部队，这时候开赴河南无异于羊入虎口，自投罗网，石全轩旅长难道真不清楚正积极"清党"的冯总司令的用意？但军令如山倒，魏敏生不敢怠慢，只得命令王继泰和陈来喜指挥部队收拾行装，当晚离开了华元。

三天后，他们赶到栎阳窖口镇，和早一天来到这里的独立旅顺利会合。石全轩几个旅领导待在一座庙里，正心急火燎地等待去省委请示的参谋长孟波。见魏敏生到来，石全轩简单给他说了说军情。过了一会儿，孟波气喘吁吁地回来了，向石全轩几个传达了省委的指示："想办法，找机会，使部队不出潼关，在渭河以北扎下根，找主求生，保存革命的有生力量。"魏敏生不明白"找主求生"是什么意思，问石全轩，石全轩紧皱双眉没有回答他。孟波说就是暂时投靠一个势力大的军阀，让部队合法存在，又不受敌人的调动。魏敏生"哦"了一声。

旅部当即在窖口镇野外的青河岸边召开了扩大的秘密会议。会上，大家一致同意"使部队不出潼关"的意见，对"找主求生，保存革命的有生力量"也没有多大异议，认为陕西的军阀和杂牌部队虽然归顺了国民党，但他们为了维护自己的利益，都在想办法扩充势力，独立旅完全可以利用这些矛盾暂时找个"靠主"。但"投靠"谁却成了争论的焦点。

石全轩说："要走就走远点，去陕北，投靠景越秀。陕北地广人稀，天高皇帝远，景越秀是崇泉人，讲义气，素有'只要是乡党，给个副官当'的说法。咱们一千多号人马投靠他，他肯定当回事。陕北在渭河以北，也符合省委的指示。"

孟波却坚决反对，说："省委指示在渭河以北扎下根，并没有让咱们一下子北到陕北去。陕北离这里将近一千里路，道路崎岖，情况复杂，万一出了事谁负责？我主张把部队开到黄龙山一带，那里山大沟深，地形复杂，进可以攻，退可以守，是一个休养生息的好地方。"

石全轩却不赞成，说："黄龙山一带地形虽然好，却没有一个有实力的军阀，这不符合省委'找主求生'的指示嘛！"

有人提出把部队带到崇泉、富平之间的红崖头，投靠南路总指挥岳西丰，他可是位高权重，还离我们近。孟波摇头道："岳西丰是有实力，确实是个大'主'，可这人是反共积极分子，在河南时就大肆逮捕、杀害过共产党人，我们投奔他不是鸟入樊笼、束手就擒吗？何况去红崖头必须经过美市镇，钱春生这个地头蛇能给我们让路吗？"

魏敏生笑道："岳西丰是个反共分子不假，可我们并没有敲明叫响是共产党呀。人都知道陕西人离不开家，我们表面上就是不愿意离开家乡去河南才来投靠他的嘛。再说岳西丰过去是石旅长和我的上司，他不看僧面也会看佛面的。当然了，我们投靠谁都不可能万无一失，毕竟只是权宜之计嘛，这就要求我们时刻高度警惕，一有风吹草动马上拉走部队。至于钱春生，我和他曾经共过事，还救过他一命，他还不至于对自己的救命恩人下手吧？"

听了魏敏生的话，没有人再吭声。石全轩和孟波相互看了一眼，说："就这么定了。"

翌日，独立旅紧张有序地开拔了。他们先大张声势地向东走了一程，待甩开欢送的人群，特别是地方武装后，这才悄悄向右一拐，偃旗息鼓地往南而去。但一支千人的队伍毕竟不是一群不大引人注目的蚂蚁，不说内部的奸细、路途的探子，单就应该浩浩荡荡向东前进，却成了马不停蹄地南行，就无法向人解释。因此，他们的行踪很快就暴露了。在多次联系无效的情况下，西安方面果断下令：所有在陕部队和地方武装必须坚决对进入防地的独立旅围追堵截，务必使其服从命令，开往河南，必要时格杀勿论，直至全歼！

独立旅很快陷入了危机之中。

独立旅行走的路线是关中东府最平坦的区域，没有山，没有沟，没有树林，地里的庄稼几乎全部旱死，一些地上虽长着稀稀拉拉、奄奄垂绝的玉麦，却成了敌人埋伏、打冷枪的阵地。独立旅训练有素，石全轩旅长也下达了"注意隐蔽，加速前进"的命令，但前有埋伏，后有追兵，近有冷枪，既不可能"隐蔽"，也不可能"加速"，只能成为敌人的活靶子。特别经过村、镇时，弟兄们虽然高度警惕，猫着腰，端着枪，一步一步地往前走，却毕竟在明处，隐蔽着的敌人啪啪啪一阵枪响，立即倒下一片。马上死了的倒也罢了，没有死的躺在地上"大啊，妈啊"地乱喊，惨叫声撕人心肺。

但谁也顾不上他们，大家此时只有一个心思，就是泼出命往前冲。冲过去了算命大，冲不过去的，只能像第一批倒下的弟兄一样，要么当即被射杀，要么过后被敌人用刀砍死。还有防不胜防的冷枪。正行走着，嗖嗖嗖几声枪响，适才还在一起有说有笑的弟兄哼也不哼一声，一袋糜子似的嗵地倒在地上，死了，让活着的人仿佛做梦般的不真实，却又实实在在地感到惊骇、恐怖。最难以忍受的是吃不上饭。早晨出发时大家对问题估计不足，认为行军经过之处人烟稠密，走上几里不是村庄，就是集镇，哪里还缺一碗饭吃。却没想到战争来得如此之快，如此之惨烈，沿途的村庄、集镇非但没有一个成为他们歇脚、吃饭的地方，一个个还成了阻碍他们行进的碉堡、战壕，甚至坟墓。终于打进去了，遭灾了，当地人尚不知道吃什么，有的地方已经饿死了人，哪里有东西给他们吃？饭没吃上，还等来了追兵，只好饿着肚子又跑，越跑越饥，越跑越乏，还时时要面对敌人的阻击、埋伏，一会儿猛打猛冲，一会儿卧倒，一会儿匍匐前进，一个个折腾得眼前火星子乱溅，就剩下喘气的劲了。有的人饿得实在走不动了，噗通一声坐在地上不走了，谁拉也不起来。幸运的把军装一脱藏了起来，倒霉的只能被追上来的敌人一刀砍了。部队的士气越来越低落，已经有人开始开小差。魏敏生一看这样下去不是事，便想了个主意告诉石全轩，石全轩想了想，同意了。很快，队伍中流传开了“加速前进，晚上赶到美市镇，一人三碗裤带面”的话，兄弟们听了为之一振，又鼓足力气向前冲去。但由于情况异常复杂，独立旅当晚并没有赶到美市镇，“三碗裤带面”只能继续成为念想。

第二天，战事更加惨烈，沿途的驻军和民团不但有增无减，红枪会、“硬肚”等一些农民武装也被蛊惑着上了手。驻军和民团只是在独立旅经过地盘时阻击一阵，再象征性地追击一下罢了。红枪会、“硬肚”却是死缠烂打，不杀几个人，抢几杆枪绝不罢手。红枪会的装备除几杆鸟枪和手榴弹外，大多是大刀、长矛，甚至铁叉和锄头，他们时而偷偷摸摸尾随在独立旅后面，时而出现在两翼，时而钻进玉麦、高粱地里装神弄鬼般地乱喊乱叫，一俟有机可乘，几杆长矛和铁叉就会同时刺向一个士兵，然后抢走枪支弹药，逃到一边，继续寻找战机。“硬肚”更是诡异，冲锋时他们脱掉上衣，手和刀片啪啪拍着肚皮，似乎他们的肚子真的附了咒，比钢铁还要硬，子弹根本奈何不了。弟兄们不知道是好奇，还是被吓住了，一个个傻傻地站在原地看着他们往过冲，直到被长矛、铁叉捅成了筛子眼还不知道是咋回事。独立旅经过的路上躺倒了几十个弟兄，有的血肉模糊，有的被剥掉了衣服和鞋子，赤裸裸地面对着青天和太阳。

但孟波却不允许独立旅向红枪会、“硬肚”开枪，说：“这些组织在一定程度上代表着农民的利益，大部分农民是支持他们的。党组织为了团结、利用、改造这些组织，曾经指示北方区委，必须尽一切力量进行争取工作，使其成为革命武装。如果我们为了一点伤亡，而把枪口对准不明是非的阶级兄弟，后果将不堪设想！”弟兄们只好忍声吞气地被动挨打，伤亡数不断上升。红枪会、“硬肚”以为独立旅怕他们，气焰越发嚣张。直到石全轩旅长被红枪会刺伤了胳膊，魏敏生几个团长恼了，命令部队开枪，红枪会和“硬肚”才留下几具尸首惊慌而逃。

下午五时许，终于望见了美市镇的城墙。独立旅虽然人困马乏，疲惫不堪，但一想到马上能吃上香喷喷的油泼裤带面，说不定还有油汪汪的羊肉泡，弟兄们的情绪立即高涨起来。

美市镇只有一个城门，这是钱春生的杰作，说这样省钱、省力、安全。独立旅来到城下，城门紧紧关着。大伙都去看魏敏生，魏敏生说：“不要急，我这就去叫门。”说着向前跨两步，抬起头大声喊道，“守城的兄弟听着，兄弟魏敏生，今天专门投奔钱大哥来了，请大哥开门叙话！”一连喊了三遍，没有人应答。魏敏生沉不住气了，正欲再喊，却见城楼上出来了一个戴白礼帽的瘦子，瘦子向下面拱了拱手，脸上布满笑纹说：“兄弟是钱旅长的参谋长钱钟川，听说魏长官来了，旅座心里很是高兴，但因他老人家偶感风寒，身体不适，不能前来迎接，特命兄弟迎接魏长官进城，待面谈后，再迎接其他弟兄进城。”

魏敏生听了钱忠川的话欲进城，石全轩说恐其中有诈。魏敏生笑道：“放心，都是靖国军出来的，他钱葫芦不给饭吃，还能把我的吃饭家伙割下来塞进他的葫芦？”

石全轩、孟波几个听他说得有趣，都笑了。

魏敏生把马交给姜副官，带着传令兵消失在城门中。

半个时辰过去了，石全轩正急得团团转，钱忠川出现在城楼上，脸上泛着笑说：“诸位，旅座老人家说了，你们受异党煽惑，不服调令，私自流窜，罪恶不赦。敏生虽救过他，他却不敢为小利而舍大义。当然，他更不愿意同室操戈，兄弟相残。故而特令兄弟告知各位，美市庙小容不下大佛，请诸位立即迷途知返，出潼关，奔河南，如此敏生兄弟命当无虞。否则，岳总指挥大军一到，那就……”说着，他的右手一举，两个士兵拖着一个麻袋出现在了城楼上。右手又向下一压，士兵弯腰抬起麻袋，喊一声“一二三”，嗵地扔下了城墙。石全轩回头示意了一下，两个士兵飞一般奔向了城墙跟。钱忠川随即和两个兵士从城墙上消失了。

麻袋被士兵拖了过来，湿漉漉的，打开一看，里面装着一具无头尸首，身上尚有余温。从衣着上看，不是魏敏生，是他的传令兵。

队伍轰地一声炸了，一颗颗愤怒的子弹噼噼啪啪射向了城楼和城门。硝烟消散后，眼前依然是空落落的城楼和严丝合缝的城门。姜副官心急如焚地喊道：“打炮，打炮，用炮把门轰开，救魏团长！”陈来喜恼怒地说：“你明知故问，就两门炮，都扔在半路上了！”姜副官哇的一声哭了，说：“哪咋办嘛，就等着魏团长被人家砍头吗？团长——”一看姜副官哭，有人跟着哭了起来，有人边哭边小声嚷道：“都说到了美市就到了家，油泼面、锅盔尽饱地咥，现在却连门都进不去，弄得啥事嘛！”王继泰火了，骂道：“哭尿哩，事情到这一步只能硬拼了。打，打进去救团长。”陈来喜也说：“对，咱们千十号人一鼓作气，不信打不下一个小小的美市镇！”姜副官和三团的弟兄们群情激奋，齐声喊道：“打进美市镇，救出魏团长。”石全轩的眼光投向了孟波，孟波却摇了摇头。石全轩沉下了脸，命令道：“全体都有，以营为单位，立即撤退到五里外的仁和村！”王继泰一时难以相信自己的耳朵，大声问石全轩道：“啥？撤退？不管魏团长了？”石全轩瞪了他一眼，闷闷地说：“服从命令！”王继泰眼中愤怒的火焰似乎要喷射出来，却无奈他何，只得怒吼了一声：“撤！”

安顿好部队后，天已经黑严了。密密麻麻的星星在深邃的夜空中不知疲倦地眨着眼，好像在向大地上的生灵诉说着什么。突然，天幕上仿佛划着了一根火柴，一颗星星曳着一条刺眼的红线，急急地向下滑去……

石全轩、孟波和营以上军官聚在仁和村的土地庙里开会，研究部队下一步行动。土地庙是新修的，就一间房屋大。大伙从外面寻了砖块、石头或者脱下鞋坐在笑眯眯的土地爷脚下听石全轩讲话。石全轩先说了眼下的状况，然后让大伙商量下一步对策。

王继泰首先站起来说：“商量，商量，有啥可商量的？一个字：打！打进美市镇，杀了钱葫芦，救出魏大哥！”

陈来喜也说：“不能贻误战机啊，钱葫芦是个言而无信、杀人不眨眼的家伙，时间长了，只怕魏团长性命不保！”

孟波眯缝着眼睛说：“打，怎么打？美市镇的城门五寸厚，关键部位还包着铁皮，咱们没有大炮，总不能像古代攻城那样用木头把门撞开吧？”

王继泰说：“那就绑云梯，搭人墙，从城墙上翻进去。”

孟波摇了摇头说：“钱葫芦鬼得很，他的城墙比一般城墙高三米，没有一定的手段和时间，根本攻不进去。何况人家以逸待劳，正虎视眈眈地盯着我们，我军又饥又乏，士气低落，此刻前去只能白白送死。另据侦察人员报告，岳西丰正率大队人马，马不停蹄地往这里赶，目的就一个，消灭独立旅。如果我们不能及时脱身，势必造成全军覆没。”

王继泰火了：“说到底就是不去救魏团长嘛。算了，你们不救我们三团去救，陈营长，集合部队，准备攻城。”

孟波啪地拍了下大腿面，忽地站起来说：“王营长，你这是无组织、无纪律的军阀作风！三团是你的吗？是魏敏生的吗？当初是谁要投靠岳西丰？又是谁把钱葫芦这个坏蛋当朋友的？魏团长身陷囹圄，谁说不救了？不救了我们还商量什么？”

王继泰瞪着眼还要说什么，陈来喜忙拉了他一把。王继泰嘴里重重地“唉”了一声，扑通坐在了地上。

石全轩一看冷了场，便说：“情况越是复杂，头脑越要冷静，大家都平心静气地说说想法吧。”会场又活跃起来，大伙纷纷发言，热烈争论。说到最后，撤离美市的意见占了上风。至于魏敏生，认为他既然和钱葫芦是至交，还救过他的命，钱葫芦应该不会对他起杀心，说不定独立旅一离开，钱葫芦就会放了他。

王继泰急得牙齿咬得咯吱吱响，不停地转头去看石全轩。石全轩却示意他冷静。王继泰一看大势已去，忙装出解手的样子出来对姜副官说：“听说大孔寨离这里不远，你赶快骑上团长的马去找老八哥，他交往广，讲义气，说不定能和钱葫芦搭上话。不管咋说，先保住大哥的命再说。”

姜副官一听马上就出发了。天麻麻亮时，马怎么也走不动了，最后倒在地上，任凭姜副官怎么拉，怎么扶，怎么打也不起来。无奈，姜副官扔下呼呼喘气的马，又急又饥又累地奔大孔而来。好不容易来到大孔，一打听柴老八已经死了。姜副官六神无主，急得只想哭，却忽然想到了引才，这才打问着来到了引才家。

二十五

“那还等什么，赶快去救魏大哥呀！”听了姜副官的话，引才嗵地跳下炕，脸红脖子粗地似乎想和谁干仗。

姜副官布满血丝的眼睛里蹦出了几丝光芒，连忙问引才道：“你认识钱葫芦？！”

引才诧异地看着姜副官说：“不认识呀，人家是大财东，咱一个农民咋会认识？”

姜副官眼里的光突然黯淡了，说：“不认识咋样去救吗？”

“不认识就不救了？打官司，花钱赎，从钱葫芦家里抢。”引才大声说。

姜副官摇着头说：“这是两党之争，地盘之争，不是绑票那样简单。”

“哪咋办？咱俩就这样干坐着，等钱葫芦发慈悲放了魏大哥？急死人了！”

“再想想，再想想，大孔这么大，总能找到一个能和钱葫芦说上话的人吧，和那个钱忠川能搭上话也行啊！”姜副官眼巴巴地看着引才。

“钱葫芦？能说上话？能和他说上话的只能是财东，或者腰里别枪的。大孔没有一个像样的财东，冯秃子手里虽有两杆破枪，钱葫芦却哪里能看上他？柴老八有枪，人已经死了，活着时也没有听说他和钱葫芦有什么交情。我得显大倒是见过些世面，可他一个握笔的和人家一个拿枪的咋能说上话？还有谁？还有谁呢？关键时候咋就没有人了！”引才嘟囔着在脚地转圈，姜副官的眼珠焦灼地跟着他转。

“对了，有一个，我想起来了，就不知道行不行？”引才突然打住步，用询问的眼光盯着姜副官。

“谁？是谁？是谁吗？和钱葫芦啥关系？”姜副官眼中又倏地蹦出了火花。

“冯指头冯崇明，方圆有名的土地中人，我家村南的地就是通过他卖给钱葫芦的。他能不能和钱葫芦说上话我不敢保证，但至少能和钱葫芦家的管家说上话。”引才兴奋地说。

“他在哪里？你能请动他吗？”

“水壕里。去不去由不得他，那个人爱钱。走，咱这就去水壕里！”说着，引才忙往外走，却忽然想起了什么，又返回来爬上炕，从炕角的箱子里拉出一条褡裢，挎在左胳膊上走到妈屋里，向妈和芬芬说了他出门的事。引才妈有点不情愿，芬芬也满眼的担忧。引才顾不了许多，匆匆从妈屋里出来，解下骡子就走。姜副官莫名其妙地说：“不是去……水壕里请人嘛，咋还拉上骡子？”引才头也不回地说：“找到冯指头马上去美市，钱葫芦不是个松泛下家，魏大哥不知道正受啥罪呢。”姜副官眼睛一酸，眼泪差点掉了下来。

芬芬送他们到门口，眼睛红得像钻进了沙子。

引才和姜副官到了水壕里，冯媒婆正坐在老槐树下的石头上发呆，人不知怎么着几乎瘦了一圈，额头上还留着一个棕红色的瓯罐印。引才走到跟前向她问了一声好，冯媒婆吓了一跳，待看清是引才，她邪邪乎乎地说：“阿搭钻出来你这个鬼，要吓死我吗？天高成这，你倒活得自在！”引才笑道：“还不是托您的福。”冯媒婆来了神，脸上的皱纹涟漪般地荡漾开来：“这话倒也不假，就说芬芬吧，人是人，品是品，真正的千里挑一，当初看上她的人能把发启家的门槛踢断，最后怎么样，还不是凭着我这张嘴，披红戴花地进了你家门？咦，这是谁家的小子，长得这么精神，咋样，婶子给你说个媳妇行不行？党桥我娘家……”

一看冯媒婆絮叨个没完，引才赶忙从口袋里掏出一块钱，塞到她手里说：“好婶哩，谁敢忘了你的好处。前几天听说你过生，我有事没有过来，今天过来给你随个礼，顺便找冯指头说点事，也不知道他在不在？”

冯媒婆看着手里的钱眉开眼笑，但一听引才要找冯指头，脸一时又沉了下来，说："估摸着你是来找这贼。天遭了灾，他倒红火起来了，不但帮人卖地、卖房，甚至还卖起了人，害得我这个媒婆快要喝西北风了。这不，贼婆娘正好出来卖派了，你找他去问吧。"说着，手里攥着钱，站起来一扭一扭地回了家。

引才笑了笑，转身向老槐树西边冯指头家看去。冯指头老婆果真站在门口，正怪怪地往这边看。她人虽然不胖，脸色却白里透红，看不出一点饥色。见引才拉着骡子过来了，她脸上顿时布满笑说："这不是引才嘛，你去阿搭呀？屋里坐，快屋里坐，婶给你泡茶喝。"

引才皱了皱眉说："指头叔在家吗？"

"他呀，整天忙得像龟兹，家里哪能搁下他？"冯指头老婆嘴里嗔怪着冯指头，却掩饰不住脸上笑纹里渗出的得意。

引才的心一沉："咋，人不在，去哪里了？"

冯指头老婆瞟了引才一眼，说："还能去哪里？夜来接了几块子地，又失急慌忙地去美市了。到了这份上，也只有人家钱葫芦愿意买没用的地了。咋，你又要卖地？"

引才气不打一处出地说："你咋净盼望人家卖地呢？就不能……"姜副官赶忙拉了一下他，又使了个眼色，让他跟他走，引才只得跟在他后面走了。

冯指头老婆在后面不高兴地说："盼望卖地咋了，眼下能把地卖了就算不错了。"

走了几步，引才打住步问姜副官道："你拉我啥意思？有办法了？"

姜副官说："冯指头不是去了美市吗，刚好，咱们这就去美市，弄不好在路上能碰上他，这样还节约时间。"

引才恍然大悟，啪啪拍着自己头说："你看我这脑子！那快走，四十里地呢！"

两人匆匆往西出了水壕里，向南一拐，朝南门而去。村子里静悄悄的，难得听见鸡犬声。姜副官奇怪地问引才这是咋回事。引才叹了一声说：“遭了灾了，整天稀汤寡水的，哪里还有力气喘粗气啊！”姜副官皱起了眉头，说：“天杀人，钱葫芦这样的人也在杀人，这是什么世道！”引才说：“人常说，善有善报，恶有恶报。却又说，好人不长久，祸害活千年。我被弄糊涂了，真不知道应该相信哪个！”姜副官说：“会的，会有一个说理的世道！”

走到南门口，柴一刀牵着一头黑驴从门里进来。见引才拉着骡子和一个陌生人往外走，柴一刀打住步，眼睛骨碌碌在姜副官身上转一圈，又骨碌碌转向了引才和他牵的骡子身上，说：“引才，这是要去哪里呀？”

引才不想回答柴一刀的话，岔开话题懒懒地反问他去哪里了。

柴一刀回头看了一眼驴，“唉”了一声说：“我今天可是倒了八辈子霉了！一大早到沟南去收猪，猪没有收到，却糊里糊涂收了一头驴。就这货，四个元哩。钱一交我就后悔了，看看，瘦成㞞了，连毛带皮能杀几斤肉？”

引才打量了一眼柴一刀的驴，这驴的确是瘦了点，毛色也黯淡无光，但头高身长，骨架匀称，底子应该没问题，只要草料能跟上，不出一个月就会膘肥体壮，身如黑缎。买了骡子后，引才对牲口情有独钟，还跟着人学了一些看牲口的诀窍。看了柴一刀的驴，他心里起了个窍，便对柴一刀说：“也是，这驴看着是不咋地。你看这样行不行，我给你四个元，你把驴转给我，我正说买头驴给我表弟骑哩。”

柴一刀睁大眼睛看了看引才，然后垂下眼帘，把收回的光芒蓄积在眼眶里，用略显讥讽的口吻说：“引才，你娃可真会拾便宜，我就说说，你还当真了？就这驴，你掏六个元去哪里买？话说回来，即就是我花四个元买的，可我晒太阳，花心思，费口舌，磨鞋底，毕了再四个元卖给你，得是有了病？六块，不能再低了，不然你的钱，我的驴，大路朝天，各走一边。也就是这年景，搁平时低于十个元你只有看一眼这驴的份。”

引才早已经不耐烦了，径直从褡裢里抓出六块大洋，塞到柴一刀手里，然后拉过驴缰绳，交给姜副官说：“表弟，把你的褡裢搭到驴身上，就算鞍子了。”姜副官欲言又止，只得取下褡裢，搭在了驴身上。

柴一刀站在一边，用右手大拇指和食指捏住一块大洋，噗地吹一口气后，举到右耳边去听，一边听，一边漫不经心地说：“你刚才叫这小伙表弟，他是你哪里的表弟？我咋没有见过？听口音也不像咱这里人嘛。”

引才没有理识他，和姜副官拉着牲口一前一后出了寨门。

柴一刀忽然想起了什么，赶忙收起大洋，跑出南门对着引才的背影喊道：“引才，你到究去哪里吗？”

引才装作没有听见，头也没有回一下。

柴一刀望着引才的背影，眼睛骨碌碌地转了起来。

引才和姜副官骑一会儿牲口，走一会儿路，马不停蹄地赶着路，只怕误了事。当太阳衔住西山时，他们赶到了仁和村。但村里却看不见一个人，冷静得仿佛一摊死水，根本让人无法想象昨晚这里曾驻扎过一支千人的队伍。姜副官心急如焚，拉着汗涔涔的牲口一会儿向南，一会儿向北，让同样心急如焚的引才搞不清他是啥意思。走到一家门头上写着“仁和客栈”的院落前，姜副官上前去推门，门却在里面锁上了。姜副官急了，一边大声叫人，一边使劲拍门。叫喊了半天，客栈门终于慢慢拉开了一道缝，露出了一张神色紧张的老汉脸。老汉眨动着混浊的眼睛先看了眼姜副官，又伸着脖子看了眼后面的引才说：“关门了，另寻地方去。”姜副官听了一脸的沮丧，却挤出笑脸说：“好叔哩，赶了几十里路，人又饥又渴的不说，主要是牲口撑不住了，您老行行好，让娃们歇一会儿吧！”老汉眨动了几下眼睛，长长唉了一声说：“兵荒马乱的，都难啊！歇歇喝口水可以，瓮里还有半桶凉水。饥了却是一点办法都没有，面瓮瓮昨晚上就让人扫光了！”

进了客栈门，引才和姜副官把骡子和驴拴进牲口棚，见旁边有一些铡碎了的麦秸秆，引才掬了些扔到了槽里。骡子一见赶忙吃了起来，驴嗅了嗅却没有吃，而是伸长舌头，噌噌地舔起了槽壁。引才想到了柴一刀，忍不住对着驴骂了一声“不要脸”。老汉端了两老碗水出来，引才和姜副官一见，忙过去一人接过一个老碗，咕嘟咕嘟地喝了起来。一老碗水下到肚，胃里咕咚咕咚地乱晃动，越发觉得饿了。

引才忽然想起了什么，急忙拉过褡裢，手摸摸这边，又摸摸那边，最后变戏法似的摸出了两个馍。这是出门时芬芬给他拿的，他当时还不要，说男子汉走四方，吃百家，疙里疙瘩地装那干啥。芬芬没有理他，硬把馍塞进了褡裢里，没想到现在有了用武之地。引才兴奋地递给姜副官一个馍，然后狠狠咬了一口另一个馍。姜副官没有客气，接过馍也狠狠地咬了一口。

看着两人的吃相，坐在一旁的老汉叹道：“人啊，都是饿死鬼托生的。夜来那伙人，一进门就嚷嚷着要吃饭，还要吃油泼裤带面，说是几天都没有吃过一顿饱饭，再不吃就要饿死了。可店里的粮食全部搅成面汤，也不够他们一人一碗啊。好在他们讲道理，不但没吃裤带面，还把面汤钱给了我。原想说今天去美市籴点粮，可兵荒马乱的，谁敢出门呀？”

姜副官听了老汉的话，停止吃馍说：“那伙人现在咋了？”

老汉脸突然变得煞白，站起来结结巴巴地说：“你们是……钱……钱……的人？我可什么也没有说，什么也没有做。人家来了，都背着枪，要吃要喝的，我敢说个不字？”

引才过去把老汉按在座位上说：“好叔哩，我们是大孔人，做生意的。怕路上有事，打问些情况是应该的，您就不要多心了！”

姜副官也附和着说：“就是，就是。”

老汉“嘿嘿”了一声说：“你们不要嫌我多心，实在是……那个手太残了，就说……”

“叔，你说的昨天那些人干啥去了吗？”姜副官急得头上冒出了汗。

老汉不满地瞥了姜副官一眼说：“我咋知道人家干啥去了，就知道他们走了。”

“走了？咋走了？”

“弄不过钱旅长嘛！”

原来，独立旅今天正欲撤离，却传来了魏敏生已被钱春生杀害的消息。石全轩急忙派人去打探，却见魏敏生的尸首已经悬在了美市城头。独立旅的官兵特别是王继泰、陈来喜等三团官兵虽恨得目眦欲裂，但听说岳西丰的追兵已经逼近，只得听从石全轩、孟波的命令，撤离仁和村，往美市镇东北方而去。

听了老汉的话，姜副官和引才目瞪口呆。清醒过来后，姜副官摔掉手中的馍，哽咽着对引才说：“走，去美市！”

来到美市城门时，月亮已经出来了，圆而又亮。抬头看去，城堞上果然吊着一个人，绳子拴在他的脖子上。他的胳膊和腿直直地垂着，一个脚上穿着黑皮靴，另一个脚就那么光着。月光落在光脚上面，泛出一种骇人的白。虽看不清楚面目，但从衣服和体态上看，不是魏敏生又是谁？

姜副官的眼泪哗哗地涌了出来，他紧紧攥起两只拳头，从嗓子里挤着话说：“魏长官，我……我……该死啊！”

引才的眼泪也滚了下来，牙齿却咬得咯吱吱响，说：“钱葫芦，你狗日的不得好死！”

黑驴欧啊欧啊地叫了起来。

二十六

这一晚，大孔寨的月亮也是出奇的圆和亮，如水的月光轻纱般地撒落下来，整个寨子仿佛装在透明的银白色盒子里。

史家怡翻来覆去地难以入眠，她嘴里默诵着“日色欲尽花含烟，月明欲素愁不眠”，心里盼着引才能不失时机地出现在她面前。

月上三竿，银光冷冷，万籁俱寂，引才却连影子也没有见。

史家怡有点生气了，心想这才几天嘛，就开始不冷不热了。日子长了，颜色淡了，还不弃之如敝履。可见男人最是靠不住！转眼又一想，引才可不是这样的人，他虽然不会说“在天愿作比翼鸟，在地愿为连理枝”之类的话，心里却是“得成比目何辞死，愿作鸳鸯不羡仙”那样一种情义。他的话语、动作是粗了点、憨了点，却正应了大孔人一句俗语：碾盘对磨盘——石对石（实对实）。每次两人在一起的时候，他最爱做的是亲她的乳房，亲得有滋有味，亲得如醉如痴。她笑他是个没有断奶的孩子，他却一本正经地说：“我妈说了，男人吃了哪个女人的奶，就永远忘不了她。小时候噙着我妈的奶长大，我这辈子都要报答她的养育之恩。现在吃了你的奶，就会把你永远藏在心里。所以，断啥都不能断奶，断了会要了我的命！”她斜着眼亲昵地骂他坏，他却越发坏了起来……如此，她怎么能对引才胡思乱想呢？可是……可是……他毕竟已经有了明媒正娶的女人，还是俊模俏样、知情达理的芬芬，说破天你和他名不正，言不顺嘛！

自从引才妈被蛮牛打了后，史家怡觉得引才变了，变得成熟了。他说他妈腰疼得下不了炕，他要好好伺候几天，竟然一连三天没有来“将军寨”。终于来了，也一副匆匆忙忙的样子，话语也不多。那一天，他把想再去华元的想法跟她说了，还说他不能让他妈、她、芬芬过苦日子。她一听立马反对，还摆了一长串理由。他虽然点了点头，但似乎没把她的话听进去。虽然受到了冷落，史家怡心里一点也不怪引才。她晓得他是个孝子，懂情谊，明事理，能有这样的想法，说明他长大了，成熟了，她的选择没有错。可今天是怎么了，按说他也该来了，门也给他留着，可都这时候了，却怎么连个影子都没见？

想到门还没有关，史家怡吓了一跳，赶忙爬起来要去关。不想大门却被推响了，吱扭扭的声音在死一般沉寂的夜里异常刺耳。史家怡内心一阵激动，瞬间对引才的怨恨也消失得无影无踪，心想：“这个鬼，都不看看啥时候了！”她又躺回炕上，却侧身面朝里，做出一副生气的样子。

和引才分手后，柴一刀心里压抑多日的欲望突然浮上了水面。

在南门的时候，尽管引才没有告诉他要去哪里，柴一刀却感觉出他出的是远门。但他仍然不放心，忙迈开大步朝戏楼方向走去。路上，见了谁他都不理。别人给他说话，他也顾不上答话，弄得对方心里很不舒服，不晓得啥时候惹了他。经过背巷，他没有回家，而是穿过戏楼，向左一转，沿着街道奔西门而去。出了西门，引才和那个小伙骑着牲口已上了官道，正急匆匆往西走，他再一次肯定了自己的想法。回到街道，他瞅着“将军寨”，心里不由自主地一阵昂奋。往回走到戏楼，他仍然没有回家，而是继续朝前走。他要去引才家再打探一番，百分之百坐实自己的想法。到了引才家门口，门闭着。他想上前推开门，大大方方走进去，直截了当问引才咋了，却觉得这样不妥，会留下把柄。思想了半天，怎么也找不到一个冠冕堂皇的理由，柴一刀急得团团转，恨不得大声骂娘。

忽然，门吱扭一声开了，芬芬端着铜脸盆走了出来。她的腰明显变粗，屁股和胸脯也越发丰硕。见柴一刀在门口东张西望，她好奇地问：“进宝哥，你在这干啥？”

见芬芬出来，柴一刀窃喜之下，又点燃了心中积压的醋火，心里骂道：“老子做一回贼都这么泼烦，狗日的引才却吃着碗里的，占着锅里的。老八媳妇是老八的，他死了就是大家的，最次是柴家的，凭什么让你狗日的吃了独食？你是明媒正娶，还是有卖身契？你 × 得，别人为啥 × 不得？”心里这样想，嘴里却笑道：“是芬芬呀。刚才想去办件事，走到这里却忘了。对了，我刚才见引才和一个生人出了南门，匆匆忙忙的不知道去了哪里。兵荒马乱的，你都能放心得下？”

芬芬垂下眼皮说："他去美市了，又不很远，有啥放心不下的？再说他那性子，谁管得住！"

柴一刀"哦"了一声后，突然拍了一下刚长出青茬的头，似恍然大悟地说："想起来了，是这事。你看我这脑子！"说着，往东走了几步，向南一拐，忙忙而去。

芬芬莫名其妙地看着柴一刀慌慌而去的背影，懒懒地把盆里的水泼在地上，嗒然若失地回了家。

地面上腾起了一团灰蒙蒙的尘土。

柴一刀心里乐开了花，心想："好啊，好事终于来了！为了这一天，不知道点了多少蜡，熬了多少油，做了多少梦，心里把杀了引才多少次……能说清的是，狗日的引才不但没有死，还天天往"将军寨"里钻。一块肥肥的好羊肉，可让他咥美了。现在好了，老天睁眼了。到了晚上，鞋一脱，爬上炕，三锤两膀子，就有了第一次。有了第一次，就会有第二、第三、第四……无数次。女人就这么回事！但老八女人不是女人，她是画中的仙女，是嫦娥，是妲已，是西施……史家怡，多好听的名字，一听这个名字就想……"想着想着，柴一刀脑里闪现出各种各样刺激的画面，嘴里也不自觉地嘿嘿起来。

接下来便是等天黑。可这天也太坏了，平日里无意间太阳就从东山转到了西山。现在一心盼着太阳落，它却弥勒佛般定定地笑，一点也不愿意下西山。柴一刀坐卧不宁，走进走出，恨不得用杀猪刀捅太阳一刀，放了它的血；或者用拉猪的铁钩子钩住太阳，使足力气往下坠。好不容易等到太阳落了山，天空却依然那么蓝，云依然那么白，没有一点黑的意思。柴一刀坐不住了，气鼓鼓地出了家门。不知不觉间又来到了西门底，抬头一看，"将军寨"的大门还是那么合着，看不出周围有什么异常情况。柴一刀满意地点了点头。

忽然，他的肩膀啪地被打了一下，疼倒不怎么疼，人却吓得不轻，额头瞬间都渗出了汗珠。回头一看，却是冯金宝。冯金宝头上戴着一顶新黑礼帽，是伍县长才送他的。见柴一刀傻愣在一旁，冯金宝哼哼了两声说："咋，又在打人家寡妇的主意？好我的哥哩，咋就听不进逆耳忠言嘛！那女人动不得，动了会捅烂子。不说她是个来路不明的丧门星，单就引才那个生生也饶不了你？"

柴一刀翻了冯金宝一眼，说："别挺着大尿吓瓜女子。引才是个生生，我的杀猪刀也不吃素的。放心，我还不会瓷得栽到一个寡妇的交裆窝里。"

冯金宝笑了："对对对，这就对了，男人要干就干大事，女人嘛，就是解个馋，消个火，不要太当真。走，仰两口去，伍县长送我的汾酒一直给你攒着呢。"

柴一刀摇了摇头说："今天家里有事，改日吧。"

冯金宝说"那好吧"，背着手走了。

柴一刀抬头看了看西山，也慢悠悠往家里走去。

暮霭是一点一点降临的，天却似乎一瞬间黑了下来。但就黑了那么一下，又突然亮了。仿佛人打了个盹，又忽然醒了。柴一刀目瞪口张，不知道咋了。抬头一看，却原来是月亮出来了。月亮出奇的大，出奇的圆，出奇的亮，明晃晃把人间映照得宛如白昼。柴一刀有点气恼，心想人倒霉了喝凉水都要塞牙缝，好不容易闪出一个好日子，月亮却出来搅局。你这样白灿灿地照着，连个藏身的黑旮旯都很难找到，如何能弄成事？一时急得从门里出来进去了几次，恨不得又用杀猪刀捅了月亮。她老婆许翠仙猜摸着又是哪个狐狸精勾了他的魂，便靠着窑门框，斜着眼冷冷地说："这是咋哩嘛，出来进去得就像发情的公狗！"柴一刀气正不打一处出，听了许翠仙的话大为光火，瞪着眼睛骂道："吱哇尿哩，成天就见你阴阳怪气地乱吱哇，不吱哇谁能把你当哑巴？"许翠仙害怕了，嘴里嘟囔着进了窑门。柴一刀不想再等了，他把心一横，转身往外走去。走了几步，忽然想起了什么，忙折身到窑里，推开墙角老瓮上的石盖子，扒开老瓮里的麸皮，露出一个黑罐子，揭开盖子，摸出五块银元，掂了掂，觉得有点轻，便又摸了五块，溜进了裤子口袋。盖好瓮盖子，走到窑门口，觉得又忘了什么，却一时想不起。站在原地呆了一会儿，终于想起了，忙又返回窑里，抽出枕头下面的杀猪刀，插进腰里，这才咚咚咚出了门。

月亮怪异得很，柴一刀刚一出门，它就悬在了他头上。罩着他，缠着他，瞅着他，神秘地向他微笑着。似乎它知道他的秘密，却藏在心里不说，还故意做出一副神秘莫测的样子。

柴一刀心里像塞了一团草，毛躁得很。他觉得月亮洒下的不是月光，是水，是冷水，冷冰冰的水，落在他身上又似乎变成了一枚枚银针，让他的皮肤瞬间爆起了一粒粒鸡皮疙瘩。他有点恼火，心里狠狠骂了一声“狗日的”，不知是骂月亮，还是骂自己。

穿过戏楼时，戏台上躺了几个要饭的，戏台下又靠了几个，不知道是死是活。虫蝇般的哼唧声不时响起，搞不清是临死前的呻吟，还是睡梦中吃东西的吧唧声。有几个靠在戏楼过道里，腿长长地伸着，就像几把扫帚横在了路当中。柴一刀嘴里骂一声“好狗不挡道”，抬起脚就要去踢。他恨死了这些人，天天半死不活地躺在这里，发出的味道飘游到他家，比猪身上的味道还难闻。却一想这一脚下去，这些人势必会叫，声音在寂静的夜里可能还很响，弄不好会招来人，只得悻悻地从他们身上轻手轻脚地跨了过去。

走上街道，无遮无拦的月亮越发地放肆，似乎要吞噬掉整个大孔。不知道是因为饿得没了气力，还是被又大又圆又亮的月亮吓住了，街道上没有一个人，甚至没有一点声响，岑寂得仿佛能听见月亮落地的沙沙声。柴一刀右手握着腰里的刀把，努力平缓着呼吸，让两只脚轻轻地落着地。可是……不好，身后咋跟了个人，一个黑乎乎的人！他走得快，那人走得快。他走得慢，那人走得慢。他停下来了，那人也停下来。似乎在跟他捉迷藏，又似乎在跟踪他，监视他。柴一刀吓坏了，赶忙打住步，慢慢地回过头去看。身后却哪里有什么人，有的只是他的影子，和月光迥异的黑影子！柴一刀摇着头笑了，心想他妈的做贼还真心虚。

终于，“将军寨”到了，门还是那么合着，没有一点变化。柴一刀忽然想起了那一晚发生的事，心里一时又腾起了弑血的痛快感。人的命，天注定，有些事不得不信呢。那一晚老天似乎已经知道了老八的命运，竟然连一点星光都舍不得给人间。那样黑黢黢的夜幕下，不说杀个把人，就是一把火烧了寨子，也是神不知鬼不觉的事。可现在月亮太亮了，比唱戏时戏台两边挂着的汽灯发出的光还要刺眼。柴一刀不知道这是老天爷故意和他作对，还是在考验他的胆量。但他没有打退堂鼓，这不是他的风格，也不是他的愿望。是啊。箭在弦上，不得不发，过了这个村，哪有这个店？

但柴一刀没有马上闯到“将军寨”门前，他知道木栅门肯定锁着，要进去必须从门顶上翻过去。翻门倒不可怕，可怕的是翻门时要耗费时间。正翻着有人过来了，那时候纵然长了十张嘴，也无法说清你要干什么。因此，他要把周围的情况看清楚，估摸出一个时间，然后瞅准机会，一鼓作气翻进门。

柴一刀先做出有事的样子，从“将军寨”门口匆匆而过。走出西门，他向周围一扫，没有一个人。又进了西门，极力向东边瞭望，没有一个人。忙忙走到“将军寨”东边的巷子口，还是没有一个人。“将军寨”对面住户的门都关得紧紧的，门口更没有人。柴一刀激动得心嗵嗵乱跳，他不再犹豫，一咬牙，大步奔到“将军寨”门前，抓住门就欲往上爬，不想木栅门竟吱扭一声开了。柴一刀吓了一跳，慌乱中用手一摸，原来门根本没有上锁，甚至闩都没有闩。柴一刀大喜过望，觉得这是老天冥冥之中在成全他，好运又一次轻而易举地降临到了他头上。他轻轻地闭上门，挂好闩，稳住情绪，尽量不慌不忙地向里走去。尽管如此，他的脚落地的动作还是走样得厉害，有一种轻手轻脚飘着走的感觉，和半夜做贼的没有多大区别。

到了第一孔窑洞前，窑门虽然闭着，却闭得很马虎，一看就知道没有上闩。这又一次出乎柴一刀的意料。他揣上杀猪刀的目的，除了护身壮胆，还有一个目的就是开门闩。大孔人家的门闩大多是木头制作，到时候只要把刀子刺进门缝，扎着门闩，一下一下向后拨，顶多撒一泡尿的功夫，咚嗒一声，门闩的使命就结束了。可现在一切已经水到渠成，只等着他举行“登基大典”了。可这一切来得也太容易了！是不是史家怡不在家？不在家又能去哪里？她和寨里人几乎不来往，不可能去串门。跟上引才去了美市？更不可能。引才明明和一个陌生人相跟着，哪里有史家怡的影子？莫非引才压根就没有出门，而是设了个套让他往里钻。现在，绳子已经掉到他的耳朵下面，只要推开这两扇门，一下子就会套牢在他脖子上，接下来便是拷问、录口供、摁指印、送官——送官倒不大要紧，说不定还有救。就怕经不起拷打，把做的事全招了，引才录到口供，领着寨里人和他新账旧账一起算，末了一顿乱棍要了他的命。善有善报，恶有恶报，不是不报，时候未到。难道他的报应就在今天？想到这里，柴一刀倒抽了一口凉气，只想立即拔腿走人。但转眼又一想，咋可能呢，引才就是一个愣头青，不可能突然变成包相爷，何况他的的确确去了美市，真是对着镜子挥拳头——自己吓唬自己。去他妈的，一不做二不休，进了门再说。

这样一想，柴一刀斗胆推了一下门。门吱呀一声开了，更出乎意料的是，窑内板柜上的煤油灯还在吱吱地燃烧着，让柴一刀一眼看清窑里就一个人。这人侧身躺在炕上，不是史家怡又是谁？

太简单了，一切都他妈的太简单了，简单得简直到了匪夷所思的地步！柴一刀心激动地狂跳，嗓子眼也被堵得快喘不过气来。但他不敢造次，而是屏住呼吸，慢慢地，慢慢地向炕边移去。

月亮透过窗子洒到炕上，史家怡躺在月光中，身上仿佛覆盖了一层薄薄的轻纱。她上身穿一件红亵衣，亵衣的细带子松松地系在脊背上。下身穿一条白绸睡裤，裤脚仅到膝盖处，两条玉润的小腿暴露无遗。

柴一刀舔了舔发干的嘴唇，不知怎么着，他突然觉得史家怡不是躺在月光里，而是躺在一个偌大的银盘里。她亵衣上的带子解开了，白绸睡裤褪掉了，整个人变成了一只鲜嫩、肥美的羔羊，正招引着他去舔，去咬，去啃……

二十七

三天后，引才回来了。虽然没有救下魏敏生，但想办法要下了他的尸体，引才心里多少有点欣慰。

那一晚看见魏敏生就那么吊在城墙上，姜副官和引才肝胆欲裂，恨不得马上冲进美市杀了钱葫芦。冷静下来后，他们压下满腔的愤怒和悲痛，想着如何取下魏敏生的尸体，让他尽快入土为安。抢和偷，显然都不行。不说有重兵把守，单就那么高的城墙，就难以跨越。考虑来考虑去，只剩下给钱葫芦要的辙了。姜副官没有法子，眼巴巴地瞅着引才。引才主意没有，却有信心，说只要找到冯指头就有办法，要死人总比救活人容易点。

第二天，两人早早来到美市城门口，只等城门一开，就进去寻找冯指头。一路上都没有见冯指头，引才料定他应该还在美市。美市不大，找个把人还不是太难。终于，城门打开了，不想第一个匆匆出来的便是戴着瓜皮帽的冯指头。引才喜出望外，急忙把他拉到僻静处说："好叔哩，咱寨里人常说啥来着，踏破铁鞋无觅处，得来全不费工夫，我已经找了你一天一夜了！"

见是引才，冯指头的小眼睛忙忙地眨动了几下，惊诧地说："引才，你咋跑这里来了？找我，找我干啥吗？得是又想卖地？啥话都不说了，赶紧回，回去了再说。怕怕死了，那么多人围了城，又是枪又是炮的，打进去了谁还能活？我只说这下去屎了，没想到还是人家钱葫芦茬硬，不不，是钱旅长茬硬，他不由分说扣了他们的长官，噗一刀捅了个透心凉，拉出去吊在了城门上。那伙人一看㞞了，第二天便悄悄溜走了。岳总指挥正带着兵往过赶，听说那伙人惊了，只得骂咧咧回去了，要不美市这会儿已经成了死人场，你叔说不定早成了刀下鬼。我走了没有个啥，留下你婶咋办吗？昨天城门关了一天，不让一个人进来，也不让一个人出去，把人差点要快急死。今天城门开了，我第一个跑出来，不想就遇见了你。你是从哪里来的？这个小伙是谁？你们……”

冯指头他乡遇知己似的喋喋不休，恨不得把几天攒下的话全部倾倒出来，引才不耐烦了，赶忙打断他说：“崇明叔，你福大命大造化大，哪能轻而易举地就走了。再说我还有事呢，你也不能走啊！”

冯指头嘿嘿笑了，说：“也是，也是。你找我有事，啥事嘛，就不能回去再说？”

引才没有回答他，却指着姜副官说：“这是我一个远房表弟，叫小三子。”

冯指头眯着眼瞄了一眼姜副官，嘴里自言自语了一声“小三子”。

姜副官一见面便有点讨厌冯指头，但还是微笑着点了点头。

引才用眼光向冯指头示意了一下城门上的魏敏生，压低声音说：“他是我表弟的表兄，听说表哥遭了难前来收尸，却不知咋样要回尸首，便找我帮忙。我两眼抹黑，哪里办得了这事？可一想大孔不是还有你老人家嘛，你天天给钱葫芦买地，不不，是钱旅长，他老人家还能不看僧面看佛面？”

冯指头看到城门上吊着的魏敏生，忍不住“哇哇”干呕了两声，然后头摇得如风中的芦苇说：“不行不行不行，你娃这是日弄我哩。我平时就给人家牵个线，买卖几亩地，混口饭吃，哪有那么大的面子弄这事？他……他……他可是共……什么党来着。我去找钱旅长，他脑子稍微一转，我不也成共……什么党了，然后咔嚓一声，吃饭的家伙就没了。不行不行不行！”说着扭头就走。

姜副官眉毛竖了起来，一把抓住了冯指头的右胳膊腕。冯指头疼得倒抽了几口冷气，忙回头眼巴巴地向引才求救。引才皮笑肉不笑地说：“好叔哩，你的话也不能说没有道理，人常说，‘死者为大，入土为安’，想必这个道理钱旅长也懂，只是一时没有个好坡，他老人家从驴背上下不来。如果你前去一说，说不定刚好中了他的意，非但给你面子，一高兴还能赏你几个钱呢。我这个表弟脾气倔，他要办的事谁也挡不住。为这事他下了硬茬，弄不好连我也没了面子。你就是牵个线，能有多大的事？”说着，从口袋里掏出十个大洋，悄悄塞进了冯指头的褡裢。

冯指头脸上的表情松泛了许多，却仍然摇头苦笑道：“引才，你的嘴现在能翻得很，我这个凭嘴吃饭的都快要喝西北风了。说实话，我就和钱葫芦的参谋长，也就是他的管家钱忠川熟点，钱葫芦哪有功夫搭理我？不过，钱忠川说话还算点数，就是……爱钱！”

引才一听赶忙从褡裢里抓出两大把大洋，数也没数塞进了冯指头的褡裢，笑着说：“爱钱了好，爱钱了好，谁不爱钱吗？”

冯指头挣开姜副官的手，瞄了他一眼说：“咱把丑话说到前头，说到底我也是去求人，成了，咱们皆大欢喜。不成，谁也怨不得谁。”

引才捅了一下姜副官，笑道：“那是那是。”

姜副官脸上努力浮上一丝笑意，点头道：“那是。”

美市镇东西长，南北短，形状颇像一条船，城门却开在船尾。进城约二百米，也就是船肚子的地方，有一座坐北朝南的木牌坊。牌坊高两丈有余，宽四丈，飞檐斗拱，雕刻精美，巍然耸立，正门上方横置一木匾，上书“天门”两个遒劲醒目的大字。

牌坊后面便是钱春生的“十一间厅”。

当初建这个院子时，钱春生问钱忠川天下最大的房子是几开间，钱忠川说阳数中“九”最大，“五”位居五个阳数中间，因此皇上在北京的宫殿一般都是面阔九间，进深五间，以宣示“九五之尊”。唯有太和宫面阔十一间，应该是天下最大的房子了。钱春生便说那就盖一座十一间的门房吧，咱不能超过皇上。房子建成后，方圆几十里的人哪里见过如此宽阔、高大的房子，便形象地称之为“十一间厅”。

冯指头的确和这里的人熟，他给门口的岗哨笑着点了个头，哈了一下腰，说了句什么，岗哨的下巴一扬，就让他们进去了。穿过十一间厅，正前方有一座九开间的大厅房，两侧各有一排厢房。大厅房前的台阶下站着两个兵士，冯指头哈着腰说他找钱管家，一个兵士指了指右边第一间房子。冯指头一边点头道谢，一边往台阶上走。引才和姜副官跟在他后面也要上台阶，却被兵士拦住了，冯指头便让他们站在台阶下等。

约莫过了一顿饭功夫，冯指头出来了，却脸红得像喝了酒。他把引才和姜副官叫到一边，眨巴着眼睛说：“有门，有门，钱管家已经到后面找钱旅长了。只要他肯出面，一般都没有问题。狗日的，还是钱来劲，开始咋给他说都不行，情急之下我把你们给的现洋全砸了出去。他一看，心动了，这才皮皮松松地去找钱葫芦了。”

引才悬着的心放了回去，说：“老将出马，一个顶俩，这话不假呢。放心，叔，出了门我就把你该得的给你。”

冯指头摇了摇手说：“不急，不急，你引才是啥人我还不知道。”

约莫又过了一顿饭功夫，钱忠川从大厅出来，招手让他们过去。到了跟前，他打量了一眼引才，又打量了一眼姜副官，正色道：“今天算你们走运，正赶上旅长受到岳总指挥嘉奖，还被提拔成副师长，我进去把你们的想法一说，他拍了一下头就同意了，还说不管咋说他和魏敏生有过交情，于情于理也该让他入土为安。但为了在岳总指挥那里说得过去，你们需交十块钱，否则……”

冯指头赶忙点头哈腰说：“感谢钱管家，感谢钱副师长！”一面说，一面向引才使眼色。引才赶忙掏出十块钱，给了钱忠川。

钱忠川接过钱又打量了一眼引才和姜副官，说：“老爷说：‘想不到乱世之中竟有如此义气之人，改日我要见见这两个胆大的。’”

姜副官的呼吸声明显粗重了起来，引才吓了一跳，嘴里说着“谢谢谢谢”，眼睛却一个劲地示意姜副官快走。

接下来的事就好办了。引才给了冯指头十块钱让他先回大孔，然后雇了辆硬脚子车，买了副棺材，解下魏团长，装进棺材。又给了客栈老汉五块钱，让他找人找地方埋葬了魏团长。为了将来能找到坟墓，姜副官还在墓前立了块木牌子，上面写着：

魏大哥之墓

——姜小三立

晚上，引才和姜副官住在仁和客栈说了很多话。谈到明天的去向，引才让姜副官跟他回大孔，姜副官却摇头道：“我是个孤儿，父母是谁都不知道。是魏大哥收容了我，我早把队伍当成了家。魏大哥没了，我还要去找部队，找王大哥、陈大哥。”说着，拉过自己的褡裢交给引才说，“哥，这一次多亏了你，还让你花了那么多钱。这里面有五块土，你把它……”

引才一听急了，忙把褡裢塞给姜副官说：“你这是啥意思？你把哥当成啥人了？魏大哥就不是我大哥吗？”

姜副官笑了，说：“哥，你真是个急性子，等我把话说完嘛。这是队伍上的东西，我当然不敢做主送给你。但救魏大哥是我们的事，不能让你花钱，其中一块给你，权当清了你的账。剩下的世道这么乱，我背在身上不安全，你先替我保管着，以后见了面再给我就是。如果这辈子见不到我，见到我们的人交给他们也行。”说完，又把褡裢给了引才。

引才心里有点酸，说：“兄弟，放心吧，咱们一定会见面的，到时候哥把东西一两不差地还给你。”

姜副官的眼睛湿了，说：“哥，我们队伍最需要你这样的人呢！”

引才笑一笑说：“算了，哥哪里都不去，受不了那个约束，再说我还要伺候我妈哩！”

第二天分手时，引才拉过骡子让姜副官骑上走，姜副官脸红脖子粗地说啥也不要。引才火了，一把将骡子缰绳塞到他手里，拉着驴头也不回地走了。

和姜副官分别后，引才心急如火，恨不得插上翅膀，立即飞回家。前天出门时他忘了给史家怡打招呼，不晓得她现在已经急成啥了。她真要急出个三长两短，他可要内疚死了。人常说久别如新婚，这话一点不假。引才已经开始想史家怡了，想着想着竟然不自觉地笑出了声。可越急越弄不成事。黑驴本来就瘦，这两天又很劳累，路上怎么也打不起精神。抽它两鞭子，竟然还停下来不走了。无奈，引才只得骑一会儿，走一会儿，由着黑驴的性子走。这样，回到大孔时，天已经黑了。拴好驴，和妈说了两句话，他便忙忙去了“将军寨”。

“将军寨”的大门闭着，没有锁。引才想着史家怡还在等他，心里一时很是兴奋，恨不得一脚踏进史家怡的窑洞。走到窑门口，窑门大开着，里面没有点灯，黑乎乎的，一点动静也没有。引才觉得不对劲，叫了两声家怡，却没有应答声。引才急了，一脚跨进了窑门。脚落地时他的脚碰到了一个东西，窑里随即响起了铛啷啷的声音。引才低头去看，原来脚碰到的是一把刀。刀似乎很锋利，月光落在上面，反射出幽幽的寒光。引才全身倏地抽搐了一下，赶忙抬起头往窑里看去。沙白的月光铺满了土炕，炕上乱得不成个样，史家怡平展展躺在上面，似乎已经没有了知觉。引才的头发唰地奓了起来，他一步跨到炕边，一抬腿跪上了炕，不想膝盖又被一个硬物硌了一下。他摸起硬物一看，却是一块银元，银元上面留着两撇胡子的袁大总统正怪怪地看着他。引才把“袁大总统”扔到一边，抬起膝盖一下子到了史家怡身旁。史家怡的眼皮微微动了一下，一张清瘦的小脸比月光还要惨白。

引才惊呆了！

三天，就三天，史家怡仿佛变了一个人，憔悴，苍白，邋遢……她的发髻散开了，头发胡乱缠绕着，仿佛一团乱麻；她的脸没有了光泽，仿佛死人的脸；她的眼睛肿胀着，睫毛似乎已经看不见了，就剩下两条黑线，仿佛两个正在溃烂的桃子；她的脚软软地歪着，仿佛蕴蓄的力量已经消耗殆尽……

引才不知道发生了什么，他紧紧抱着史家怡，心如刀绞地说：“家怡，你这是咋了吗，咋了吗？”

史家怡一动不动，仿佛一个已经死去的人。

引才把史家怡抱在了怀里，却感觉像抱了一根羽毛。引才肝肠寸断，哽哽咽咽地说：“都怪我，都怪我啊！告诉我，这是咋了吗？”

史家怡的眼皮又微微动了一下，两颗泪水随即从眼角溢出来，又顺着脸颊滚下来，啪的一声落在了引才胳膊上。

那把寒光闪闪的刀突然又闪现在引才的眼前。

二十八

中秋节过去了，老天仍然没有落一滴雨，空气干燥得仿佛一点就着。秋收注定颗粒无收，秋播更是一场空。大孔人似乎对眼前的一切习以为常，恍恍惚惚地过一天算一天，不去想更不敢想等待他们的将是什么。可他们的胃却没有恍惚，更没有麻木。相反，好像蠕动得还更勤奋了。在胃的逼迫下，人们痛苦不堪，生不如死。想方设法地去找能安慰胃的东西，可能找到的东西太少了，且谁也没办法解决这个问题，似乎具有那么多聪明才智的人类在这个问题面前突然成了白痴。

有人开始盯上了种子粮。

“饿死亲爹娘，不吃种子粮”的道理庄稼人都懂，可现在种子已经失去了它的含义，变成了粮食，这就不能责怪庄稼人犯糊涂了。

先是一些娃娃突然明白所谓种子其实就是粮食，是能让人流哈喇子，能嚼能吃，能让胃舒服，能产生力气，比真金白银都管用的好东西。明白后就管不住自己了。管不住自己其实是管不住那一张嘴。胆小的娃偷偷抓一把种子背着家人咯嘣咯嘣地嚼，胆大的装一兜跑出去换馍、换点心、换洋糖、换豆腐，甚至换油渣、换猪皮吃。大人很快发现了娃们的胆大妄为，便打，打得很狠。打过后却看着娃们形销骨立的身子，可怜兮兮的眼神，心里一阵一阵针扎般地疼，眼泪也忍不住地吧嗒吧嗒往下掉。嘴里却还要硬，便把“饿死亲爹娘，不吃种子粮”的道理又讲一遍。娃们倒是听懂了，却记吃不记打，饿得实在撑不住了，仍然想法子偷种子。最后，大人们也扛不住了，不得不承认“种子种不到地里就是粮食”这个不是道理的道理。种子留得多的人家，把种子在碾子上推了，不分麸皮和面搅在一起擀面条，搅沫糊。种子留得少、被娃们“偷”得剩不了多少的人家，顾不上上碾子，做饭时抓两把撒到锅里，和野菜或者树叶、树皮之类东西搅到一起煮熟了吃。

种子吃光了，一个个胃仍消停不了，人们开始卖牲口、卖农具、卖房、卖地……卖了全部买粮，或者直接换了粮。家当都是祖先留下的，或者自己多年省吃俭用攒下的，宗宗件件都是每家人的心血，可为了活命，只能忍痛大甩卖了。

冯指头这些日子忙得像龟兹，今日东家出，明日西家入，一张瘦脸亢奋得像打了鸡血。过去他做土地经纪，一年也做不了几宗，日子过得紧巴巴的。现在好了，地多得买不过来，他又见缝插针干着其他经纪，寨里大部分人都快饿死了，他的日子却如芝麻开花节节高。一些人背后骂他伤天害理，不得好死，可又离不开人家，只能在爱恨交加中看着人家忙并快乐着。

冯媒婆也开始忙乎起来。

大孔没有买卖人的陋习，却把嫁女子叫卖女子。人人都这么说，慢慢也就顺口了，并不觉得怎么夯口。比如谁家有个女子，媒人见了乐呵呵地问："娃卖了没有？"卖了，父母亲便说："卖了，卖到滩涧了。"媒人悻悻地问："卖了多少钱？"回答说："一点点，三石麦，两石玉麦，十斤花（棉花）。"没卖，父母便说："还没卖呢，你看着给娃瞅个向。"媒人一听嘴咧到了耳朵边，说："行呣，想卖多少钱？"回答说："钱不钱的倒无所谓，官行情在那里摆着嘛，关键是向要好。"假如把"娃"去掉，和卖其他东西说的话没有多大区别，但内容却大相径庭。

现在却真的有了"卖"的成分。不但"卖"大女子，还架着"卖女子"的名义卖小女孩。狠心不狠心已经谈不上了，怪就怪老天不睁眼。把女子卖了不但娃有了活路，也能换点活命的口粮，家里今后还少了一张吃饭的嘴，说起来也是没有办法的办法。过去，大孔人"卖女子"一般不出牛角川，周围山里的女子还争先恐后地想"卖"到大孔来。在大孔实在找不下合适向，离大孔近点的村寨也行。现在可好，一切都反了。川里土地平整，却人多地少，遭灾最重，哪有钱再娶媳妇？哪有粮再添人丁？山里虽偏僻，出行不方便，却地土宽广，加上小气候影响，遭了旱灾多少还能有点收成，自然就成了川里人向往的地方。只是苦了冯媒婆，活一下子多了不说，还歪着小脚净往山里钻，累得活像刚卸了轭头的牛。但为了钱，她嘴里虽然不停地叫着苦，心里却美滋滋得像吃了王母娘娘的仙桃，脸色一天比一天红润起来。

冯得富不需要吃种子，更不需要卖女子。他算计了一下，除了吃到明年秋收时的口粮，家里的存粮还有两老瓮半——半老瓮麦、两老瓮玉麦。但冯得富却一点也不安然，相反，似乎他还比断了粮的人毛躁。

天遭了灾对冯得富的打击当然也很大，但却让他看到了大机遇。那就是在灾情最严重的时候把手里的粮食放出去，等灾情过了再翻倍的收回来。机遇的确不错，但他的筹码却太小了。口粮原来留了两老瓮，计划吃到今年秋收，可秋收颗粒无收，秋播麦子又没有种进地，要接上茬最快也要到明年秋天。这样一来，口粮一下子就短了一年，把德才贩回的三老瓮粮全搭进去，顶多也就混个肚儿圆。命是保住了，也没有亏嘴，可粮食全变成了屎，一分钱的利也没有带来，这和没有饿死的人有啥两样？考虑来，思虑去，最后，冯得富一咬牙，用升子从德才贩回的三老瓮粮中挖出半瓮，添到剩下的口粮里，千叮咛万嘱咐勤才妈仔细点，想办法把他计算的口粮吃到明年秋收。

这样，冯得富虽然有粮，家里的日子却过得和断粮户一个样，人家吃糠他家吃糠，人家咽菜他家咽菜，人家饿肚子他家人也饿肚子。勤才不懂他大的心思，时间长了受不了清汤寡水的生活，吃饭时便鼻子不是鼻子，眼睛不是眼睛，舀饭、搁碗的动作也重了点，有时嘴里还嘟囔两句。冯得富火了，当着全家人的面骂他说："你嘴里皮松个啥？大点声说。天高成这，能吃上饭就不错了，你竟然还挑肥拣瘦？有本事把白面背回来，把猪扇子掮回来，谁还嫌好吃？"勤才脖子一拧一拧的，却不敢说什么。这下，家里人谁也不敢说什么了。勤才妈背后提醒冯得富莲莲已经出怀，应该增加点营养，冯得富却一声不吭。德才在乡约所当文书不是有收入吗，他一分都没有给家里交，要贴补自己贴补去。他在心里不满地说。

粮攒下了，怎样把粮放出去又成了冯得富头疼的事。寨里有人提出用牲口换他的粮，冯得富二话没说就拒绝了。地干得已经种不成了，要牲口杀肉吃吗？肉倒是好吃，可吃了后变的是粪，不是钱。有人要用地换他的粮，冯得富一听，心里如涝池水面擦过一粒石子，微微泛了几圈涟漪，却很快又静如镜面。地眼下没有用是一个方面，主要是他的两老瓮半粮换不了多少地。换了，对以后的日子也帮不上多大的忙。倒是冯媒婆用粮给勤才换媳妇的说法，让他有点左右为难。勤才快二十了，是该谈婚论嫁了，这也是他心中的大事。可现在说媳妇不是时候嘛，人家看上的是勤才？鬼才信哩，分明看上的是他的粮食。到头来媳妇进了门，粮没了，还多了一张嘴，瓷锤才干这样的买卖！把粮放出去，不出一年半载就会驴打滚般地回来，那时候不说问个穷人家的女子，问个牛角川像样人家的女子钱还有剩余。这样一想，冯得富又稳定了主意，还对冯媒婆哭恓惶说："我吃的都没有，哪有粮给引才换媳妇？眼下这摊场，不说用粮换媳妇，白给个媳妇也得考虑考虑，把人家娃抬进门喝西北风吗？"气得冯媒婆直骂他是啬皮铁公鸡，宁可把粮放在家里生虫，也舍不得给娃换媳妇。冯得富听了"嘿嘿"一笑，心里说："你懂个屁，为了你那一点蝇头小利，就想把我涮进去，城南角里的墩——没有门！"

这天晚上，冯得富给牲口拌上草，正准备上炕，引才领着侯发启来了。按说发启和冯得富也算亲家，串个门很正常。可这时候他上门，着实让冯得富一番孤疑。一瞬间他的脑子里冒起了许多问号，心里也仿佛十五个吊桶打水——七上八下。最后，他警觉地把发启的来意落在了那两老瓮半粮食上。侯家在南沟对面的土山下，人虽然在山崖下打窑居住，地土却还是窄狭，且贫瘠不堪，是方圆有名的穷村。遭灾后村里除侯大脖子外，其他人家早已断了粮，牲口和稍微值点钱的家当几乎卖光，就剩下没人要的地了。侯大脖子倒是不嫌村里人的地薄，很想拿点粮把村里人的地换到自己名下连片种。可侯家人却说啥都不卖给他，还说："宁可饿死，也不让侯大脖子舒心死！"侯大脖子一怒之下一粒粮也不借给侯家人，眼睁睁看着村里人往死里饿。侯发启是个能行人，在侯家有一定威望，这时候上门不是为了粮食，难道还真是来串门子，谝闲传？冯得富心里紧张起来，不知道该怎样应付发启。但很快，他的脑子里便转了个弯。是啊，侯家，发启，芬芬，引才连在一起，那可是打断骨头连着筋的好买家，只要生意能成，保证是一桩言信行果、包赚不赔、没有危险的好买卖，德才也肯定没啥说。怕就怕发启不出水。但发启是个明白人，亲兄弟明算账的道理他懂，想必他不应该让亲家搁不住，肚子饿了要吃饭比什么道理都硬！

倒好茶，勤才妈去了彩云屋里。冯得富和发启坐在炕沿上吃旱烟，引才坐在脚地杌子上。发启和冯得富说了一番旱情和一些村的惨况后，咝咝吸了一口烟，呼地吐出来，叹了一声说："亲家，无事不登三宝殿，我可是上门求你来了！"

冯得富的心别地一跳，赶忙嘿嘿笑道："看亲家这话说的，我也是个庄稼汉，你求我能干啥？"

发启说："还不是为了肚子的事。听说你有点存粮，这才厚着脸皮找你来了。亲家，看在我脸上，借给侯家人吧。村里人饿得实在背不住了，再没有粮就要死人了！你权当行善积德哩，等灾荒一过，我保证翻倍还你。"

尽管在意料之中，发启的话也很感人，冯得富的心还是紧张地蹩了一下。这是什么话？"翻倍还你"，翻几倍？还我什么？行善积德当然好，可要有钱啊，让你饿着肚子行善积德，你愿意？

冯得富低头沉思了半晌，然后狠抽了一口烟，眯缝着眼慢吞吞地说："都是寨里一些人胡谣哩，亲家你也信这话，都遭了灾，我家里还能避过，存粮？没有的事。"

"大大，你看你，寨里谁不知道今年春上我德才哥去县里驮过粮？你就把粮借给我叔，他是啥人你又不是不知道。我前一响遇了点事手头紧，要不能让我叔这样做难？"引才站起来不耐烦地说。

冯得富狠狠翻了引才一眼说："大人在说事，有你说的话？房梁都要震断了，吵架吗？少调失教的，一点下数都不懂！”

侯发启示意引才坐下，说：“引才，你大大话对着哩，老人说话，你在一旁听就是，不要随便插嘴。”

引才嘿嘿笑道：“我就这式子，我大大又不是不知道。”说着又坐了下去。

侯发启回过头对冯得富说：“亲家，引才插话是不对，话却没有错。我发启是什么人，这些年你是知道的。侯家老老少少现在把这事托付给我，眼巴巴等米下锅，你总不能让我空手大拳回去吧？”

冯得富手端着烟锅，耷拉着眼皮，一声不吭。

引才看一眼冯得富，又看一眼侯发启，呼呼地喘粗气。好几次他欲站起来说话，都被侯发启用眼光制止了。

过了半晌，冯得富在炕沿上嘭嘭磕掉烟灰，又噙住烟锅嘴噗噗吹了两口说：“看亲家这话说的，撇开亲戚这层关系，你发启走到哪里谁敢不给面子。问题是……粮我是有几斗，可那是攒着给勤才问媳妇的，借给你，勤才的媳妇咋办？”

“这好办！”侯发启忙接上了话，“不就是个媳妇嘛，是这，除侯大脖子家外，侯家村里的女子，勤才看上哪个是哪个。今看上今结婚，明看上明送女。这点事我还做得了主。”

冯得富心里感叹道：“发启真是条汉子，怪不得得昌和他拜了把子。他要是把心思用在过自家日子上，侯大脖子算个啥？”感叹归感叹，他却不想顺着他的话走。他看了一眼侯发启，嘿嘿了两声说：“眼下我还不想给勤才问媳妇。”

侯发启愣了，说：“亲家，那你到究啥意思吗？一会儿给勤才问媳妇，一会儿又不问了，把我弄糊涂了。”

冯得富说：“问肯定要问，但不是现在问。你想想，即就是媳妇不要钱，可总得拾掇一下房子吧？总得打个柜子，缝几床新被褥，做几件新穿的吧？

总得置办几桌酒席吧？这些哪一件不要钱？何况遭了这大的灾，家家都觉得嘴多，我却弄一张嘴回来，这日子还过不过？”

“那啥时候给勤才问媳妇吗？他已经不小了！”引才又坐不住了。

冯得富瞥了引才一眼说：“啥时候？明摆着的事，先把钱挣下，再给他问媳妇。”

侯发启“哦”了一声说：“原来是这，放心吧，亲家，侯家人不会白吃你的粮。来的时候我和大伙说好了，一年一斗还你三斗，两斗的利，你看咋向？”

冯得富翻了侯发启一眼，头转到炕里面说：“两斗？麦罢的时候，多少人都这样给我说过……”

“那就三斗，一斗还四斗，我担保！”引才咚地站了起来。

冯得富低头不语。

侯发启焦急地说：“亲家，三斗利不低哩，引才已经说出口了，我也不好说什么，就按娃说的来。”

冯得富点着一锅烟，吸了一口，吐出来，吧嗒吧嗒嘴，不紧不慢地说：“一斗还四斗是不低，可现在一斗粮多少钱，拉平八个元不高吧？如果冬里窝上一场雪，明年的粮食一下子多起来，谁知道那时候四斗能不能抵住现在的一斗？”

“那你说咋办吗？”引才哭笑不得地说。

冯得富没有理引才，继续说：“公道点的话，到时候给我还钱，一斗八个元，四斗……”

“四斗三十二块！”引才张大了嘴，“也就是说，一斗粮卖了三十二块，大大，这也太……太……”

冯得富擤了下鼻子说：“听起来是有点高，可这是个空头账，到手了才算钱。人常说在外的金子不如手里的铜，弄这事要担风险呢。发启，也就是你，搁别人四十、五十我也不借。”

侯发启思量了一下说：“亲家说得在理，啥话不说了，装粮吧！”

“啥，现在就装粮？”冯得富似乎没有听懂侯发启的话，忙倾着身子问他，“你一个人能搬走两老瓮半粮？”

侯发启苦笑道：“断粮一个多月了，肠子都快饿成了节节，就等我借下粮救命哩。不嫌亲家笑话，村里能动弹的现在就在你门口侯着哩，装粮吧！”说着，从炕沿上溜下来，在脚地踱起了步。

冯得富急了，忙也跳下炕，脸红脖子粗地说：“不急不急，还没有写文书哩。”

引才笑道：“好我的大大哩，自家人用得着那个吗？”

冯得富瞪了引才一眼，气冲冲地说：“咋用不着，人熟理不熟，你把粮装走了，我手里啥凭证都没有，到时候向谁要账去？算了算了，不借了！”

侯发启笑道：“引才，别惹你大大生气了。我们在这装粮，你去请寨里的经纪。”

一会儿，冯指头跟在引才后面气喘吁吁来了，却见粮食已经装好。侯发启笑着对冯指头说：“我们是亲家，生意自已谈，就不用你说合了。”

冯指头也笑道：“一家人不说两家话，引才是谁，你又是谁，这次经纪算我送了。”

坐下来，冯指头问明情况，噼里啪啦拨了一阵算盘，然后极工整地在纸上写下相关内容，让冯得富、侯发启、冯引才在各自名下摁了指印。

眼看着粮食被侯家十几个衣衫褴褛、脸黄肌瘦的汉子抬走了，冯得富心里突然空落落得有点难受，但看着摁着血红手印的文书，特别是将要还回来的钱款数，他的浑身又燥热起来。一晚上没有睡好，翌日一大早，他拿着那张文书让德才看。德才拿着文书仔细看了半天，没有说什么。

二十九

接下来要做的事是打发彩云。

中秋节一过，冯得富就去找冯媒婆，说："他婶，八月十五已经过了，彩云家咋还没有回话。当初说好的一石麦、一石玉麦、两床棉花套到现在还没有给呢！"

冯媒婆不冷不热地说："人家不给话，我有啥办法，总不至于撵着人家问去吧？咱是女子，不能让人家小看了。"

冯得富脸有点烧，他知道冯媒婆的意思，却不好说什么，便讪笑道："好我的你哩，人常说'帮人帮到底，送佛送到西'，两个娃的事是你说合的，你总会有法子的。"

冯媒婆从鼻子里"哼哼"了两声。

过了两天，冯媒婆没有回话，冯得富急火火又去找，冯媒婆却还是一副不冷不热的样子，不说管，也不说不管，气得冯得富回来大骂说媒的没有一个好人，骂完却让勤才妈包了四个鸡蛋、一封点心再去找冯媒婆。冯媒婆一见沉下脸说："这个得富，还真是掮着碌碡撵月亮，该急的他鸭行鹅步，不该急的却脑门子上火，让我都快弄不清勤才和彩云谁大谁小了。啥话不说了，明天我正好有事去上岭，顺便和李通通家说说彩云的事。"

勤才妈臊了个大红脸，一晚上悻悻地都没有理冯得富。

第二天冯媒婆果然去了上岭，回来后对冯得富说："你亲家倒也通情达理，说'遇上这样的灾年，按说不该扑通着给娃娶媳妇。但既然答应了亲家，就不能食言了。不过，今年夏粮、秋粮都没有收成，秋播种子又没有进地，明年是个啥样谁也说不清。因此，婚事只能简简单单过，原先答应的事眼下也兑现不了了，只能先给五斗麦、八斗玉麦、两床棉花套，剩下的等以后日子松泛了再说。你回去后好好给我亲家说说，他应该能理解我的难处'。

趁我在，他让村里的先生和了日子，说九月十一就是良辰吉日。”

冯得富一听脸变黑了，肺差点气炸，要不是勤才妈不停地给他使眼色，他早已按捺不住地骂出了声：“李通通你啥人嘛，说话就像办了个屁，五斗麦、两斗玉麦说没就没了，土匪抢人也没有这样狠啊！”可他一点办法都没有，只得忍声吞气对冯媒婆说：“也是，李通通说得也在理，算了，就这样吧！”

把冯媒婆送到大门外，冯得富闷闷不乐地往回走，不想彩云从腰门里闪了出来，直直地盯着他说：“大，你真要打发我了？”

冯得富吃了一惊，张口结舌地不知说什么好，半晌方说：“啊……啊……这不是好事嘛。”

彩云狠狠剜了冯得富一眼，说：“好事，好事，我知道是你的好事。”说着，捂着嘴，耸动着瘦小肩膀跑回了屋子。

冯得富的心突然软了，眼睛也潮湿起来。是啊，彩云才十六啊，一年半载再有个娃……他不敢往下想了。转眼又一想，李通通家毕竟是殷实之家，彩云嫁过去嘴里吃的、身上穿的咋说都要比家里强，眼下这比啥都重要。这样，明里看着是打发她，其实是送她去享福，以后她会明白的。想到这里，冯得富的心又轻松了许多。

按李家和的日子，打发彩云还剩下不到一个月时间。

冯得富曾经说过：“彩云家给啥我赔啥，不给了我啥啥也不赔。”因此，他心里虽然想着打发彩云，可李通通家一直没有给礼钱，他也就没有给彩云置办什么嫁妆。现在日子定了，尽管李通通家少给了五斗麦、两斗玉麦，可看着彩云委屈的样子，冯得富的心软了下来，主意也随之有所改变。晚上他给勤才妈说：“娃跟着咱一天福都没有享过，咱说啥也不能让娃空手大拳地出门。进了门让人家看不起不说，咱心里也过不去。难是难，但再难也得给娃置办两件嫁妆。”

全家人没啥说的，欢欢喜喜地忙乎起来。

和大顶嘴后，彩云一直默默不语，啥活也不干，就坐在屋子里想心事。有什么事，也是一阵风出来，又一阵风回到屋子，谁也不理。家里人知道她心里不美，谁也不去责怪他，任凭她使小性子。只是苦了勤才妈和莲莲，两床被子，两条被单，一身棉、一身夹、一身单、一身内衣四身衣服，两双袜子，两双鞋……所有针线活都要她俩去做。勤才妈平日干活也还利索，给自己女儿置办嫁妆更没有啥说的。但不知咋回事，现在一干活她的脑子就有点乱，一会儿想自己，一会儿想彩云，一会儿又想一些莫名其妙的事，想着想着眼睛酸涩起来，眼泪随之啪嗒啪嗒往下掉，有时候还抽抽搭搭哭出了声。一看大妈流泪，莲莲想起了自己婚前婚后的事，也抑制不住地流起了眼泪，活自然也干不成了。这样下去不是个事，莲莲便叫来了兰兰和芬芬。兰兰话多，芬芬话少，但干活都没啥说的。到了彩云出嫁这天，被子、衣服、小东小西都整整齐齐摆在了那里。

德才负责打一个箱子、两把椅子。他把家里合适的木料收拢到一起，背到北槐院木匠冯板板家，整天蹲在冯板板家看他干活。冯板板的拿手活是盖房、打棺材，做这些活自然是小菜一碟。见德才成天盯着他看，他心里有点不舒服，说：“你啥意思嘛，害怕我贪了你的木头，还是放心不下我干的活？”德才笑道：“哪里的话，我喜欢看你干活呢。看着你推出的刨花、凿出的卯眼、旋好的榫头，感觉你不是打箱子，是在盖房。”冯板板高兴了，说：“你娃心真个高，大孔人饭都吃不到嘴里了，你却在想盖房的事。和你伯一样，是个过日子人。等灾荒过去了，你把盖房的事交给我，我保证给你盖一院在大孔拔头的房。”德才摇着头笑道：“可我说了不算啊！”冯板板也笑道：“会的，迟早会的。”箱子打好了，油漆时冯板板在箱面上画了几朵大牡丹，又让德才请冯得显写了“花开富贵”几个字，冯得富看了后很满意。

勤才没有具体事，却被冯得富指挥得团团转，一会儿去弹棉花，一会儿去网网套，一会儿去榨油，一会儿淘粮食，一会儿推碾子，一会儿通知亲朋……忙得像陀螺，头上的汗水似乎就没有下去过。见彩云坐在屋子里不出来，啥事也不干，他有点看不下去了，心想这是打发你，又不是打发我，我忙得快成了烧豆腐锅的火，你却滋润得像八万。正想对着彩云的窗子嚷几句，却听见彩云在里面呜呜咽咽地哭。勤才一下子愣了。打发打发，不就是往外撵吗？撵到人家去吃饭，去干活，去要娃。男人好了还罢了，要是个二流子，一辈子可就完了，打娃骂娃气娃，娃还无处诉说，只能忍声吞气地过一天算一天。她才十六啊，能知道个啥？这么急打发了，不是往火坑里掀吗？一时又把怨气转移到他大身上，却见大阴着脸，蹙着眉，匆匆忙忙地出来进去，心里似乎也不好受，便不好说什么，只得埋头干活。

冯得富这些天心里的确有点纠结。表面上他努力做出办喜事应有的样子，尽量让脸上布满笑意，只要有一点引子，就会呵呵地笑。可笑出声后却会吓他一跳，似乎这笑声不是从他嘴里发出的，而是从一个阴森森的土沟里弹出的，单调、虚假、刺耳。他赶紧收敛住笑，恢复到原有状态。为了掩饰心中的愧疚和脸上的尴尬，他想方设法做出忙碌的样子，一会儿指挥勤才干这，一会儿吆喝勤才妈干那。自己更是消停不下，不是在家里翻找什么，就是去邻居家借东借西，更多的是去街道买东西。今天买面镜子，明天买块胰子，后天买二斤粉条，大后天买几个大头菜，大大后天又去打一斤散酒……最后竟然还买了一盒海巴油。但不知是忙昏了头，还是得了健忘症，买东西时他总是丢三落四，不是买了镜子忘了买木梳，就是买了胰子忘了买胰子盒，或者买了粉条忘了买调料，打了酒忘了灌酱油……但他并不责怪自己，更不因勤才妈的指责而生气，而是笑呵呵地一趟趟上街去买，让人觉得他突然变了个人。

婚期临近了，冯得富过日子的习性又回来了。蒸馍时，他对勤才妈说：

“上岭说起来是给了点粮，可能干个啥。咱还是仔细点，不敢乱扑通。玉麦面是白的，掺合着蒸馍看不出来，麦面、玉麦面各半吧。不不不，遭灾了，还是捏紧点好，八成玉麦面、两成麦面就行了。麦面太多了吃得快，撑不住哩！”勤才妈说：“那给娃赔送的馍咋办，也这样搅？”冯得富想了想说：“各一半吧。李通通是个过日子人，家里那么有粮，还吃的纯玉麦面馍，咱各一半能搁住他。”见勤才拣黄豆准备做豆腐，冯得富思忖了一下，从勤才端着的簸箕里舀出一碗黄豆，倒进了盛黄豆的缸里。缸里的黄豆已经被勤才用笤帚扫空了，豆子落进去一个个跳起了舞，落下的声音仿佛雨点砸在了扣着的铜脸盆底上。冯得富说：“省一点是一点，天高成这了，能闻闻豆腐味就不错了，盘里少一两块豆腐看不出来。”勤才说：“当初是你说剩下的白豆打发彩云，现在又说我不会过，真不知道咋样才好！”冯得富没有理他，出门又去了街道。

第二天，是彩云出花的日子。出花是大孔人的说法，其实就是展示嫁妆，招待自家亲戚，为翌日送女做准备。借口遭了灾，冯得富事过得小，除炉头请了羊娃，扶女请了冯花嘴媳妇外，其余帮忙的都是自家人。

伙房是过事的关键处。昨晚，羊娃在伙房门口盘了一个三个火口的炉灶，现在正呼呼地冒着火。第一个火头搁着羊娃的铜炒瓢，另两个火头各蹲着一个大砂罐。和才妈、俭才妈、莲莲、芬芬、兰兰几个在伙房里切菜、馏馍、调凉菜。穿着围裙的羊娃高高挽着袖口，有条不紊地把调料、炼好的猪油、切好的白豆腐、油豆腐、白菜、海带、红白萝卜、葱段、粉条往咕嘟嘟翻滚的砂罐里放，不时用铜勺舀点汤滋溜溜尝上一口。俭才和娃娃们知道羊娃在做他们喜欢吃的汤菜，一个个都地围到了炉灶前。

亲戚们相继进了门，家里的气氛也像羊娃面前的砂罐，一下一下热腾了起来。当德才舅和妗子、勤才舅和妗子、勤才姨和姨夫、勤才姑和姑父……都来了，已经很长时间没有说话的彩云突然又哭了起来。按说这不算个事，大孔出嫁的女子都这样，还美其名曰“哭嫁”。但除少数真心哭外，大多都是干嚎，做个样子而已。问题是彩云哭的时间不对。人家一般都是出嫁当天出门时才哭，上了轿就止住了。现在离出嫁还有一天一晚，正是自家亲戚高高兴兴相聚的时候，彩云却突然开始“哭嫁”。哭就哭吧，还动了真的，哭得悲悲戚戚，哭得泣不成声……

家里的气氛骤然间仿佛往火里泼了一瓢冷水，吱啦啦冒起了一团呛人的白烟。男人们虽然做出不动声色的样子，继续坐在厅房的八仙桌旁吃烟、喝茶、说闲话，心里却泛起了这样那样的问号，眼睛的余光也忍不住地往彩云屋子跑。

冯得富“唉”了一声，坐在八仙桌旁面无表情地吧嗒起了旱烟锅。

女人们一个跟一个进了彩云的屋子。

彩云爬在炕头的新被子上哭得涕泗横流，莲莲、芬芬、兰兰劝了半天劝不住，也站在一旁呜呜地哭。勤才妈抹着眼泪说：“你看这娃，有话好好说嘛，亲戚和自家人都来了，你哭来哭去干啥吗？”和才妈说：“得是嫌你大给你找的向？好娃哩，这都是命，谁能拗过命？”冯媒婆不愿意了，嘴一撇一撇地说：“李通通家的向都不行，牛角川里就没有好向了！”和才妈瞥了冯媒婆一眼，抹了把眼泪出去了。引才妈说：“云云，是不是嫌你大给你赔的东西不好？还想要啥你给大妈说，大妈给你大说去。就一个女子，他给谁省呀？”彩云什么话也不说，仍然嘤嘤地哭。

过了一会儿，彩云突然不哭了，说：“明天你们就把我打发了，事情既然这样了，我也没有什么好说的。我在家里待了十六年，从来没有要过啥，现在就要走了，我想要个东西。”

“行行行，要啥你就说，我这就让你大买去。”勤才妈一边抹眼睛，一边焦急地问彩云。

“让我大给我送个钟。”彩云说。

勤才妈的眼珠子瞪得溜圆，直瞪瞪地盯着彩云看，仿佛突然认不得眼前的人是谁，半晌方说：“你听这女子嘴里说的啥，大喜日子你让你大给你送终，你这是想咋呀？你的心咋这么狠！”说着呜呜呜哭了起来。

屋里的人一个个面面相觑。

彩云抬起头瞟了她妈一眼，嗔怪地说：“看你想哪里去了？我说的是钟，钟表，咯当咯当地走，能看个时辰。到了人家，我能看着它……打发日子。”说着，肩膀一耸一耸地又抽噎起来。

勤才妈虽然似懂非懂，却觉得不是件多难的事，一时破涕为笑，说：“能行能行，我这就让你大去给你买那个……钟。”

听了勤才妈的话，冯得富吓了一跳，说：“这死女子也真会要，那个……钟是个稀罕物，估摸寨里有的没有几家，街道也没见卖的。”

“是啊，不能吃，不能穿，要那东西干啥？”冯阔海抖着胡子说。

“那就去罕井买，我就这一个女子，她既然开了口，能让娃把话吞下去？”勤才妈噘着嘴说。

“罕井也未必有，这女子！”冯得荣不满地嘟囔了一句，接着头歪在一边咳嗽成一团。宏才一看，赶忙上前给他捶起了背。

“就是，听着既不吉利，又不好买，给彩云说说就算了，凡事也不能尽由着娃。”冯得显说。

勤才妈急了，摊着两手说：“她要不听了咋办？又哭闹开了咋办？这婚事还办不办了？”

“想办法给娃买一个，就这一回了！”引才妈说。

“不买不买，让她哭去，让她闹去，不信还能翻了天。”冯得富愤愤地说。

“寨里好像谁家有这玩意……”德才瞥了引才一眼，自言自语道。

坐在一旁的引才恍然大悟，忙拔起脚往外走。亲友们以为他有啥事，都没有在意，继续商讨着彩云要钟表的事。一会儿，引才抱着一座挂钟满头大汗回来了，他把挂钟递给冯得富说：“大大，有了，给彩云赔了吧！”

冯得富接过钟惊讶得有点结巴：“这……这……这是从哪里来的？多……多……多少钱？”

引才用手胡乱抹了一把汗后笑道：“啥钱不钱的。史家怡说了，这是她送给彩云的嫁妆，只要彩云喜欢就好。”

冯得富一愣，把挂钟交给了勤才妈。勤才妈把钟小心抱在怀里，喜眉笑脸地一边看，一边用手抚摸。忽然，挂钟当当当响了三下，仿佛庙里的钟撞响了，声音宏亮、悠扬。勤才妈吓了一跳，赶忙紧紧搂住了钟。亲友们一看哈哈哈笑了。

终于开饭了。男宾席上冯阔海、德才舅坐了主位，冯得富、冯得显、勤才舅、冯得荣、勤才姨夫和勤才姑父依次坐了其他位子。女宾席上冯得显妈、冯媒婆坐了上席，德才妗子、引才妈、勤才妗子、和才妈、俭才妈和勤才姨依次坐了其他位子。勤才姑、冯花嘴媳妇和其他人胡乱坐了剩余的两张八仙桌。德才、引才、勤才、俭才负责端盘盯席口。

酒过三巡，冯得富斟满一杯酒，站起来双手恭恭敬敬端给冯阔海说：“二大，我今天打发娃，难得您老人家过来赏脸。遭了饥荒，没有准备个啥，一杯水酒，算娃孝敬您了。”

冯阔海笑眯眯接过酒杯，颤巍巍仰起头，吱溜一声把杯中酒吸进了嘴。蹙着脸往下咽时，酒顺着嘴角流了出来，冯得显连忙去给他擦，却被冯阔海挡住了，且说：“不要擦，不要擦，酒是有福人喝的，我嘴里往外流酒，说明我的福多得往外溢哩！”

大伙一听笑了起来，说：“有福，有福，您当然有福！”

冯阔海摇着手孩子般地笑了。

就在这时，柴福海黑着脸进了门。

冯得富的脸沉了下来，心里骂道：“小城里我谁都没叫，你一个柴家人倒要得大，竟然不请自到了，脸皮真真厚得像城墩！”转眼又一想：“今天是彩云的好日子，有手不打上门人，算了算了，加双筷子的事。”于是快速调整好表情，脸上挤出几分笑说：“是福海啊，来得早不如赶得巧，快过来坐席！”

柴福海却仿佛中了邪，沉着脸谁也不理。他径直跨到冯得显跟前，一把拽住他的领口，咬牙切齿地说：“你赔我女子，你……你……你把我女子还给我。”

冯得显瞠目结舌，头脑嗡嗡地乱响。待明白了柴福海的话，他的脸顿时臊得乌红，一边扭动着欲挣脱柴福海的手，一面恼羞成怒地说：“你……你……你胡说啥哩，谁见过你女子？你女子咋了？凭啥让我给你赔？你讲不讲理？”

站在第二张桌旁的引才灵醒过来，赶忙三两步跨过来，左胳膊揽住柴福海脖子，右手扯开柴福海抓冯得显的手，一把将他抡到了一边。柴福海红着眼踉跄着继续往冯得显面前扑，却被引才和赶过来的勤才死死抱住了。柴福海脸憋成了猪肝色，一边挣扎，一边喘着粗气说：“冯得显，你……你……你都是先生哩，咋就养了那么个儿子，你……你……你赔我女子！”

冯得富火了，啪地拍了下桌子，指着柴福海吼道：“福海，我今天打发女子，你竟然上门来砸摊子，糟蹋人也没个深浅。你把话说清楚，你女子咋了？关得显啥事？说不出个张道李胡子，咱今天没完！”

其他人也纷纷站起来指责柴福海。

柴福海愣了，一下子消停了许多。他瞪着眼似乎问自己，又似乎问冯得富：“我女子咋了？你说我女子咋了？”说着哇的一声哭了，说，“我女子咋了，她被县衙的人绑走了。县衙是个啥地方，进去了能活着出来吗？”说着，又挣扎着往冯得显跟前扑，说，“你赔我的蓝玉，你赔我的蓝玉啊，哎咳咳——”

大伙儿一脸的疑惑，不知道柴福海话里啥意思。

冯得富气冲冲地说："县衙绑了你女子，和得显有啥关系，你这是闹的哪门子事？"

"当然和他有关系，关系还不小哩！"柴福海瞪着眼睛，气咻咻地说，"没有他家那个半吊子，蓝玉能变坏吗？现在好了，进监狱了，啥人才进监狱嘛？哎咳咳——我的蓝玉啊！"

冯得显似乎听出了点眉眼，急忙问柴福海："你从哪里得到的消息？可不敢胡说。"

"是冯秃子说的。人家是乡约，能胡说吗？"

"哪和才呢？和才怎么样了？"

"他能怎么样，伍胖子还能饶了他？"

柴福海话音未落，冯阔海扑通一声仰身从凳子上倒在了地上。不知道摔得重，还是脑子受了刺激，他眼睛紧闭，口吐白沫，全身剧烈地抽搐着。人们吓坏了，"大啊，伯啊，叔啊，爷啊"叫喊着奔了过去。

冯得富家瞬间又乱成了一锅粥。

三十

崇泉县城西南角有一片蓊蓊郁郁的槐林，槐林被一条南北路分成两半，路西边的地方称西槐园，路东边的地方称东槐园。和才念书的崇泉高等小学堂就荫蔽在东槐园。

崇泉高等小学堂原是清代考院，坐北朝南，气象俨然。大门外砖墙上雕刻着栩栩如生的"凤凰展翅""金鸡报晓""猿猴攀枝""老鼠拉葡萄"等图案。朱红色大门高约四米，安在鼓型门墩石上，给人一种既高大威严又神秘莫测的感觉。迎二门是一道可启闭的木版影壁，后面的庭院被中间砖铺甬道分为两半，两边对称了二十四间房屋，称号舍，是文生考试的地方。庭院尽头有一月亮门，门额正反两面各有一砖雕匾额，南为“腾蛟起凤”，北为“紫电青霜”，意为考生须文武全才，文如蛟龙腾空，凤凰起舞，武犹紫电闪光，青霜耀眼。月亮门后面为考官阅卷的论秀堂，后两侧厢房为考官的下榻之地。光绪三十二年科举废除，考院改为了高等小学堂，二十四间号舍被整修为学生教室和教师办公室，论秀堂及后面的厢房做了师生宿舍。

和才是去年考入高等小学堂的，这之前他一直在大孔书馆读书识字。冯得显做事认真，在大孔坐馆后，他把主要精力放在了学馆，家里的田地常常顾不上。和才长大后，除了在书馆念四书五经，背子曰诗云，回到家还帮爷爷冯阔海干农活。几年的风吹日晒，霜打雨淋，和才出落得眉目清朗，身材魁梧，很像年轻时的冯阔海。但和才的心却不粗疏，他常常皱着眉头思索问题，有些问题还让他难以自拔，陷入痛苦的煎熬中。

一天，和才到罕井给父亲买墨和纸张，看见店铺里有一本名《呐喊》的书。他纳闷这本书咋起了这么个怪名，便要过书，小心翼翼地打开，不想书里的第一段话当即吸引了他：

> “我在年青时候也曾经做过许多梦，后来大半忘却了，但自己也并不以为可惜。所谓回忆者，虽说可以使人欢欣，有时也不免使人寂寞，使精神的丝缕还牵着已逝的寂寞的时光，又有什么意味呢，而我偏苦于不能全忘却，这不能全忘的一部分，到现在便成了《呐喊》的来由。”

尽管是匆匆忙忙地浏览了一下，和才的心弦还是嘭嘭地被弹拨了两下。他觉得这是一本耐人寻味的书，这样的书必须一个人静静地阅读、思索。他看了看书价，价格的确不菲。他咬了咬牙，买下了这本书。

晚上，就着微弱的煤油灯光，和才一口气读完了这本《呐喊》。痛快淋漓之下，他心中压抑了多年的憋闷似乎被唤醒了，突然间产生了想大声呼喊的冲动。灯光摇曳中，狂人、孔乙己、闰土、杨二嫂、华老栓、阿Q……一个个在他眼前漂浮着，晃动着，最后重合成一个人，冷冷地对着他笑。他吓了一跳，忙定睛去看，却见面前的人不是别人，而是他自己。他摇着头苦涩地笑了笑，眼泪从眼眶中涌了出来。

这以后，和才无心学习之乎者也，干活也打不起精神。他觉得如此读书，虽不至于沦落为孔乙己，却也比父亲冯得显强不到哪里；如此干活，到头来不过就是又一个闰土、小D，甚至阿Q，最后是怎样死的都弄不清楚。大孔一代一代人不正是明证吗？他压抑、悲愤、憋屈，觉得大孔太小、太偏僻、太封闭，仿佛茫茫大海中的一座孤岛，而他苟延残喘于这个岛上，连一声呐喊的权利都没有。他多么盼望大孔的寨墙一夜之间全部坍塌，让四面八方清新的风吹进来，荡涤掉角角落落的沉闷和龌龊，还大孔人一个朗朗乾坤。他知道这一切都是梦想，却仍然激动得浑身颤抖。

和才想到了走。

这期间，冯金宝的兄弟冯金贵、柴一刀的儿子柴闷闷离开书馆，去了崇泉高等小学堂。柴福海的女儿柴蓝玉随后也去了县立女子学校。和才的心动了，便让爷爷给父亲说他也想去县城读书。冯阔海不同意，说外面世事乱成啥了，念那么多书有啥用，又不考秀才、举人，好好待在家里过日子是正经。但他拗不过和才，只得把和才的想法说给了冯得显。和才的做法虽然对冯得显的书馆影响很大，但想到和才是去上新学，今后人人必定都要走这条道，冯得显心里虽然不悦，但还是同意了。

这样，和才就像出笼的鸟儿一样离开大孔，揣着那本《呐喊》去了崇泉高等小学堂。

金贵见和才到来，笑眯眯地说："欢迎欢迎，你这一来咱三人就成'众'

了，看谁今后还敢小看大孔人。”金贵长得瘦棱棱的，说话时嘴里爱吸溜。

闷闷却闷声闷气地说：“你咋也跑这里来了，没事干了？”闷闷五大三粗，看人时眼睛不时往上翻。

和才本来不太喜欢他们两个，听了闷闷的话，便没好气地说：“你来得，我自然也来得。”

“你看你，我不是这个意思嘛！”闷闷不高兴地说。

“那你啥意思？”

“啥意思？明摆着，你大本来就是先生，他看的书，教你两辈子都有剩余，你用得着来这里吗？”

“我想学习新知识。”和才说。

“有屁学头，不是游行，就是贴标语，喊口号，整天浪了个美。”闷闷翻着眼睛说，“不过，县城的椽头蒸馍夹八宝辣子咥着倒是美。”

“你就知道吃，你大是杀猪的，你见了肉还是那种不要命的式子。”金贵说。

“我吃咋了？”闷闷说，“这年头，只有吃到肚里才算自己的。我爱吃肉又咋了？没听人常说，‘豆腐是我的命，见了肉我就不要命’。”

和才和金贵一听笑得捂住了肚子。

看了崇泉高等小学堂的课程表，和才立即有一种耳目一新的感觉。算术、历史、地理、修身、格致、文学、体操、图画……这些课程大多他闻所未闻。特别是曹仁杰老师讲授的《社会科学概论》和《社会进化史》，仿佛让他一脚踏入了另外一个天地。

曹仁杰三十岁左右，戴一副黑色圆框眼镜，中分头，一副温文尔雅的神态。但讲起课来却神采飞扬，慷慨激昂，听得和才和同学们心潮澎湃，热血沸腾。

这一天，和才正在教室看那本《呐喊》——这已经是他第三遍读了，曹老师来到教室，走到他面前停下，好奇地看着他。和才沉浸在书中，没有发现曹老师。曹老师眯着眼，用右手食指捣了捣桌子。和才一惊，忙抬头去看。见是曹老师，他站起来不好意思地笑了笑。曹老师拍了拍比他高半头的和才的肩膀，笑道："这佩挂，精气神，分明就是联合起来的工农兵嘛。"同学们听了，哈哈哈笑了起来。趁此机会，曹老师小声对和才说："下自习后到我房子来一下。"

一下自习课，和才便忐忑不安地去了曹老师房子。

曹老师房子很干净，干净得似乎不像一个男人住的地方。屋子西南角摆了一张床，床上面挂着一顶床帐。床单和床帐均为白色，亮白亮白的，一尘不染。床上斜放着一床折叠得有棱有角的大红软缎被子。东面窗下摆着一桌一椅，桌上的笔架、砚台、纸张、书本摆放得井井有条。西面墙上靠着两个书柜，里面的书挤得严严实实，密不透风。

见和才进来，曹老师示意他坐。和才环视了一遍屋子，没有找见自己该坐的地方，便笑道："我站着就行。"曹老师赞许地看了一眼和才，没有再让座，径自坐在了椅子上。

问了问和才家里的情况，曹老师把话题转到了《呐喊》上。他让和才谈谈自己的读书感想。和才吞吞吐吐说了自己的想法。曹老师听了赞许地说："有见地，有见地。子曰，'学而不思则惘，思而不学则殆'，这样读书就对了。可话说回来，出路呢？《呐喊》过后怎么办？继续要死不活地往前混？"

和才不知道怎样回答，小声道："反抗啊！"

曹老师拍了一下桌子，咚地站起来说："对，反抗，必须反抗，农民种地没有粮吃，工人干活没有钱花，青年成家没有恋爱自由，只有反抗，才有饭吃！只有反抗，才有钱花！只有反抗，才有自由！可问题又来了，靠谁反抗？如何反抗？狂人？孔乙己？陈士成？闰土？阿 Q？'精神胜利法’？”

和才一头雾水，不知道如何回答。

“都不行！“曹老师接着说，“只能靠工农兵大联合，靠国共合作，靠打倒军阀，打倒帝国主义！”和才听得心驰神往，耳边仿佛响起了轰隆隆的惊雷。曹老师说得有点喘息，却仍然很激动。他疾步走到床前，从床底下拉出一个藤箱，从里面拿出几本书，递给和才说：“好好看看，这里面有更好的答案。”

和才接过来一看，是几本《共进》《渭北青年》杂志和一本《共产党宣言》。这些书和才都听说过，却没有见过。今天突然看到，不觉激动得满脸通红。他不知道说什么好，忙感激地向曹老师鞠了一躬。曹老师叮嘱他不要外传，和才懂事的点了点头。

回到宿舍，为了不让人发现，和才给每一本书都包了皮，又在上面写上“算术”“修身”“文学”等字样，然后沉浸在美妙的阅读中。一些词语、一些句子、一些段落他尚不明其意，便先囫囵吞枣地咽下去，过后回过头再看，再琢磨。实在弄不明白，就去问曹老师。读《共进》《渭北青年》等杂志，让他懂得了什么是军阀，什么是封建主义，什么是帝国主义，以及中国存在的许多问题。《共产党宣言》一翻开他就爱不释手，一连读了三遍，仍觉意犹未尽。《红楼梦》里香菱学诗时说：“（那些字词）念在嘴里倒像有几千斤重的一个橄榄。”这正是和才读《共产党宣言》时的内心写照。

——一个幽灵，共产主义的幽灵，在欧洲徘徊。旧欧洲的一切势力，教皇和沙皇、梅特涅和基佐、法国的激进党人和德国的警察，都为驱除这个幽灵而结成了神圣同盟。

——到目前为止的一切社会的历史都是阶级斗争的历史。

——资产阶级撕下了罩在家庭关系上的温情脉脉的面纱，把这种关系变成了纯粹的金钱关系。

——从这个意义上说，共产党人可以用一句话把自己的理论概括起来：消灭私有制。

……

——共产党人不屑于隐瞒自己的观点和意图。他们公开宣布：他们的目的只有用暴力推翻全部现存的社会制度才能达到。让统治阶级在共产主义革命面前发抖吧。无产者在这个革命中失去的只是锁链。他们获得的将是整个世界。

全世界无产者，联合起来！

……

这些一针见血、振聋发聩的话语，岂止一个个几千斤重的橄榄，分明是刀，是枪，是眼泪，是血，是呐喊，是冲锋……

和才热血沸腾！

两个月后，经曹仁杰、唐老师、李老师分别介绍，和才、宋俊明、金贵等几个学生加入了中国共产主义青年团。宋俊明是县城普石村人，与和才同时进入高等小学堂。人长得又瘦又高，走路有点闪，给人一种跃动的感觉。平日里他话不多，做事却一板一眼，很得曹老师赏识，他加入组织应是预料之中的事。令和才没有想到的是金贵，金贵平时的表现顶多中等偏上，进入组织按说轮不上他，但他却堂而皇之地和他在同一面旗帜前举起了右拳。过后一想，金贵的总体素质是差了点，但却表现得很积极。特别在曹老师的课堂上，懂不懂他都举手要求发言，有时候虽然闹出了笑话，却符合曹老师“言者无罪”的说法。和才估摸曹老师发展金贵可能是为了团结一切可以团结的力量，便慢慢在心里接受了金贵。但更让和才意外而又欣喜的是，随后在高等小学堂举办的崇泉县新团员培训会上，蓝玉也参加了。从金贵嘴里，和才知道蓝玉就在离高等小学堂不远的县立女子学校。好几次从女子学校门口路过，他都心想说不定能碰见蓝玉呢，却一次也没有碰见过。不知是因为穿着学生服，还是长成了大姑娘，一年多不见，蓝玉仿佛出脱了个人，人长得越来越好看不说，举止、谈吐也落落大方。因此，一踏进高等小学堂，她便成了一双双眼睛追踪的对象，就连曹老师也不时看着她笑一下。蓝玉却似乎没有注意到这些。偶尔，她会瞄一眼和才，却是无意的。一年多不见，她觉得和才突然高大了，并非单纯因为他长高、长大了，至于怎么高大，她一时半刻还说不清楚。

培训结束后，和才正犹豫着要不要和蓝玉打个招呼，却听有人喊他的名字，还是女声。和才有点不相信自己的耳朵，回过头去看。叫他的正是蓝玉，边喊边向他招着手。和才和蓝玉同辈，但比蓝玉大三岁，原先在大孔见了，她要叫他哥的，只不过“哥”前面加了“和才”两个字。现在好了，“哥”丢了，就剩下了“和才”。和才有点不好意思，但还是打住了步。

“咋回事嘛，一连叫了你几声，脖子咋都不拧一下？”说话间，蓝玉气吁吁赶了上来。

“谁知道你叫谁。”和才脸有点烫。

“我亮着嗓子，‘和才，和才’地叫，你竟然没有听清我叫谁？”蓝玉诧异地看了和才一眼，却很快睁大眼睛，霍霍闪动着眸子，调皮地说，“我明白了，你是嫌我没有把你叫哥，是不是？”

和才的心咚咚跳了两下，转身往前走去，边走边说：“哪里会？我没有想到你会叫我，就犹豫了一下。”

“这还差不多。”蓝玉赶上和才，和他并肩而行，“其实，我本来想叫‘和才哥’来着，可当着那么多人的面……怪怪的，也就直呼其名了。不过，我觉得叫‘和才’比叫‘和才哥’亲切多了，真的。”蓝玉笑道。

和才弄不明白她叫他一声哥怎么就怪怪的，叫“和才”比叫“和才哥”怎么就亲切了，却不好意思问她，便说：“咱们现在已经加入组织了，应该称……同志，叫不叫哥没关系。”

“是吗？”蓝玉仰起下巴，搜寻到和才的眼睛，兴奋地说，“怪不得呢，才来几天就加入了组织，我可是争取了整整一年呢！瞧瞧闷闷，还有那个金贵，整日游游转转，咋看都不像好人。”

“金贵还是积极要求进步的。”和才说。

“那全是装出来的，哪一天革命不行了，他比谁都溜得快，不信你等着瞧。”蓝玉气呼呼地说。

和才看了蓝玉一眼，笑了笑，没有说什么。他心里在想：“柴福海在大孔不讨人喜欢，蓝玉却怎么这样直率、大方，讨人喜欢？”

“如果我没有猜错的话，你应该是曹仁杰发展的？”蓝玉小声道。

和才没有回答蓝玉的话，却问道：“你认识曹老师？”

“他在我们学校讲过课，那么意气风发，能不认识吗？”蓝玉笑道，“听说他是县南人，小时候，家里给他定了门亲，长大后他说啥也不愿意，就从家里逃出来，去了省城。到省城后他加入了组织，又被派回到崇泉。”

和才黯然神伤，闷闷地说：“革命者都这么坎坷！”

“不过，”蓝玉没有注意和才的情绪变化，扑闪着两个大眼睛说，“他咋也喜欢看人？”

和才看了蓝玉一眼笑了，说：“女孩子长得好看，谁都喜欢看啊！”

蓝玉翻了和才一眼，说：“你也是这样的人？”

和才自觉失言，为了掩饰尴尬，忙岔开话题说：“曹老师讲话还是很有水平的。你听：‘同学们！同志们！《共产党宣言》问世不到八十年，十月革命成功了，中国革命也即将成功。蒋中正总司令率领北伐军正势如破竹地前进，马上就要席卷全中国。到那时天下大白，人民安康，恋爱自由，一切的一切都是共产主义！’多么带劲，多么震撼，听一次我的血液都会沸腾一次！”

“我也是！”蓝玉也激动地说。

“北伐军说话间就要打过来了，咱们要以实际行动迎接北伐军的到来。想想，那时候多好啊！”和才感叹道。

“就是！”蓝玉激动得脸红彤彤的，眼睛也有点湿润了。

不知不觉间，两人走到了县立女子学校门口，和才只得和蓝玉告别。蓝玉走了几步，回过头又看了和才一眼，然后嘻嘻笑着跑进了校门。

几天后，蒋介石在上海举起锋利的屠刀，切西瓜般地砍下了一个个和他并肩战斗的共产党人的头颅，十里洋场一时风声鹤唳，血流成河。消息传到崇泉，曹老师、和才他们先是难以相信，继而目瞪口张，最后失望、悲愤、痛苦汇成一种难以遏制的怒火，烧得大伙头脑发热，眼睛发红，恨不得立即飞到上海，亲手宰了蒋介石这个凶恶的侩子手。

曹仁杰在高等小学堂的集会上声嘶力竭地说："这是背叛，赤裸裸的背叛，无耻的背叛。信仰被他们出卖了，革命被他们出卖了，良心被他们出卖了，战友被他们出卖了，只剩下野兽、屠戮和血迹！怎么办？怎么办？"

“罢课，罢课——游行，游行——”唐老师、李老师、和才、宋俊明、金贵和大伙的手臂树林般高高地举了起来。

三十一

游行开始了，崇泉高等小学堂、初等小学堂、县立女子学校、师范传习所以及近百名盐滩工人打着横幅、喊着口号走上了街头，一些看热闹的市民随后也加入了游行队伍，崇泉县城的大街小巷一时烈火烹油般的热闹起来。

崇泉高等小学堂的游行队伍出门后，和县立女子学校的游行队伍相遇。

男生们被这支队伍吸引了，纷纷好奇地去看她们。和才看见了蓝玉，蓝玉就站在队伍前面，脸红扑扑地发亮。和才向她招了招手，蓝玉也向他招了招手。和才的心不由自主地跳了起来。这时候，曹仁杰喊起了口号：“向女子学校的师生们学习！打倒新军阀！”和才清醒过来，赶忙举起拳头和同学们跟着曹仁杰高呼起来。

游行队伍不约而同地来到了县公署。

县公署临街建有一面照壁，照壁高约一丈，宽约两丈，是县公署张贴告示的地方。一些过期的告示尚粘连在上面，随风哗啦啦地飘动着。绕过照壁，便是县公署。县署大门是一座城楼式建筑，楼上设有报时的钟鼓，称为鼓楼洞子。鼓楼洞子两边站满了端着枪或手持棍棒的警察，伍浩志不知什么时候已经高高立在鼓楼洞子上。游行的人们看见伍浩志，顿时激动得群情振奋，在游行组织者的带领下，一次次高举起胳膊，一遍遍地喊起了“打倒军阀！”“打倒蒋介石！”“革命尚未成功，同志仍需努力！”“工农兵联合起来！”……

伍浩志像打拍子似的把两手向下压了几遍，如潮般的口号声、嘈杂声方慢慢静下来。伍浩志从嗓子里吭吭了两声，一脸的肃然说：“先生们、女士们、同学们：蒋介石背叛总理遗训，屠杀工农，酿成‘四一二’惨案，是可忍，孰不可忍！本县秉承省党部训示，坚决支持你们的合理诉求，并尽快将你们的诉求上报……”接着说了一番要相信国民政府，学生要以读书为先，积极维护社会治安，以实际行动打倒蒋介石，云云。

伍浩志的讲话一次次被震耳欲聋的口号声打断，于是，他也扬起拳头，跟着大伙喊起了口号，喊完后接着讲。终于讲完了，他举起拳头，带领大家又高呼了几遍口号，这才匆匆走下鼓楼洞子，消失在县公署。

鼓楼洞子前的口号声又一次排山倒海般地汹涌而起。

游行队伍唱着《工农兵联合起来》散了，人却都没有回去，而是涌进了县城的各个街道。县城的大街小巷到处都是人流和呼喊声，仿佛滚滚洪流正在县城漫涌。一些开店的害了怕，急忙踢踢嗵嗵上起了门板。一些没有防范的店家则或多或少受到了损失。椽头馍店和鞭炮店损失最大。抢椽头馍是因为有人饿了，抢鞭炮则是因为庆祝胜利。抢东西的大多是县城的一些闲人，也有个别头脑发昏的游行者。伍浩志在上报情况时，却把这些全部算在了共产党名下，说共产党煽动闹事，哄抢民财。

游行结束后，和才口干舌燥，心脏狂蹦乱跳，耳朵擂鼓般地响。是啊，这样的游行太带劲了，太刺激了，太震撼了！面对如此势如洪流的游行队伍，蒋介石算什么？军阀算什么？帝国主义算什么？几个跳梁小丑又算什么？

晚上，曹仁杰召集李老师、唐老师、和才、宋俊明、金贵几个骨干开会，说："游行虽然唤醒了部分民众，向反动派发出了强力挑战，却终究只是一条途径。我们要趁热打铁，继续发动方方面面力量，采取各种快速、简捷、行之有效的办法，唤醒、团结千千万万劳苦大众，铸成一柄锋利的宝剑，狠狠地捅进敌人的心脏。今天晚上，我们要动员起全县的积极分子，写标语，贴标语，务必在天亮前把崇泉变成标语的海洋！高等小学堂是全县革命的摇篮、革命的碉堡，在这种时候，更应该成为革命的马前卒。同学们，同志们，行动起来吧！"

和才和同学们又一次血脉贲张。

夜幕降临，崇泉高等小学堂在灯光照耀下宛如白昼，老师和同学们裁纸的裁纸，磨墨的磨墨，拟标语的拟标语，写标语的写标语，熬糨糊的熬糨糊……忙碌、紧张、激动的气氛充盈了学堂的角角落落。

半夜时分，标语写好了，曹仁杰安排和才、宋俊明、金贵等一些骨干分子和胆大的学生上街去贴。出门时，曹老师把九张斗大的字交给和才说："这是一副'打倒国民党反动派！'的大标语，一定要把它张贴在县署前的照壁上。"李老师说："背叛革命的是蒋介石，突然提出打倒国民党会不会造成混乱？”曹老师说：“‘四一二’事变仅仅是蒋介石一个人干的吗？戴季陶、吴铁成、张静江、陈果夫以及大大小小的国民党右派都是刽子手，现在提出打倒国民党反动派就是警告他们，不要再滑向分裂的罪恶深渊。”唐老师说：“我看最好请示一下上级。”曹老师不耐烦地摇了摇头，说：“动不动就请示，我们还有没有主动性？黑夜里贴的标语，谁知道是我们贴的？贴吧，出了问题我负责。”和才也赞同曹老师的意见，便点了点头，夹着标语，提着糨糊桶往外走去。

一出门，和才便被黑暗吞噬了。一棵棵粗壮的槐树黑黝黝地站立在学堂周围，散发出缕缕苦涩的清香。街道冷静静地躺在树影中，似乎累了，困了，正沉沉地熟睡。树上、电话杆上、墙壁上、门上已经张贴上五颜六色的标语，有些边角没有贴好，正嘶啦啦随风飘舞着。

和才径直去了县公署。本来他想让金贵和他一起去，金贵却吞吞吐吐地说他还有事要做，他只得一个人去。四月下旬的夜晚，深宵的天气仍然透出一股寒意。走在街上，忙碌了一晚的头脑轻松了若许。但很快，一种紧张感蛇似的沿着他的脊柱骨爬了上来，让他刚刚松弛的神经又慌慌地绷紧了，心也嗵嗵嗵地乱跳起来。是啊，这可是第一次去做这样重要的工作，弄不好会被人抓住，更会给革命工作造成重大损失。想到这里，和才努力让自己轻手轻脚点，出气声小点。尽管如此，脚落地的声音还是一下一下撞击着他的耳膜。他总觉得有人尾随在他后面，他的头自觉不自觉地往后拧，有一次他差点就碰到了路旁的树上。

终于临近大照壁了，和才的心一下子涌到了嗓子眼。夜幕笼罩下，大照壁黑影幢幢的，仿佛一段巍峨、厚实、坚不可摧的城墙。和才睁大眼睛前后左右环视了一遍，确认周围特别是照壁附近没有人后，他三步并作两步跨到照壁前，放下糨糊桶、笤帚，取下胳膊窝夹着的标语，抖抖索索打开第一张，上面果然是一个斗大的“打”字。他拾起笤帚，伸进糨糊桶，飞快地蘸一下，举起来在照壁上刷了刷，然后抓起那张“打”字就往上面贴。不知道是糨糊抹少了，还是糨糊刷到照壁上干了，“打”字怎么也粘不住。和才急了，把“打”字正面放到地上，右手伸进糨糊桶，满满抓了一把稀糊糊的糨糊，顺着标语边沿一溜抹过去，又在中间抹了几把，再揭起来往照壁上贴。标语牢牢地粘在了照壁上。和才心里有底了，依样画葫芦般的继续贴后面几个字。贴着贴着，他的心慢慢平静下来，头脑中甚至还开起了小差：“老天快亮吧，你一亮这九个大字就会定时炸弹般的在崇泉上空剧烈爆炸，效果和威力不说惊天动地，至少会令崇泉人瞠目结舌。蓝玉当然也会听到轰隆隆的爆炸声，但她肯定不会想到，这个炸弹竟然是和才同志埋下的！”想到蓝玉，和才突然产生了一个念头，他多么盼望蓝玉这会儿站在他的身后，一边读照壁上的字，一边赞许地看着他干活……

终于贴到了“！”，却忽然刮来一阵风，吹倒了糨糊桶。桶是铁皮卷的，里面的浆糊已经没了，倒地的声音在寂静的夜里异常响亮。照壁后面随即有人紧张地问了一声“谁”，接着拉枪栓的声音和脚步声冲着照壁而来。和才晓得惊动了县公署门口值勤的“大盖帽”，赶忙把“！”往墙上一拍，转身撒腿就跑。

和才以为他一跑，“大盖帽”就会打住脚步，没想到“大盖帽”却急火火追了上来，边追边大声喊站住，不站住就开枪之类的话。声音划破静谧的夜空，强烈地刺激着和才的头脑。和才吓坏了，腿脚几乎是下意识地往前迈。长这么大，他还是第一次碰见这种情况，惊慌失措中一点儿办法也没有，心里就一个想法：跑！跑向哪里，却不知道。幸亏他个高腿长，很快就把“大盖帽”扔在了后面。但他不敢懈怠，继续放开步子往前跑。跑向另一条街时，对面突然跑过来一个人。和才以为自己被前后夹击了，心一横往前冲去，不想慌乱中和跑来的人撞在了一起。那人噗通一声坐在了地上，和才也踉踉跄跄后退了两步。站稳后，和才欲继续跑，却听那人叫了他一声。和才听声音耳熟，忙上前去看，却原来是蓝玉。和才赶忙一把拉起了她。

“你急得去见丈母娘呀？哎哟！”蓝玉一边喊疼，一边拍着屁股。

和才边回头往后面看，边紧张地说：“有……有人撵我哩。”

蓝玉回头看了一眼说：“人呢？”

“就……就在后面。”

说话间，忙乱的脚步声由远而近响了起来。

蓝玉紧张地眨了眨眼睛，然后忙忙把和才拉到街边一棵梧桐树下，毫不犹豫地依偎在他的胸脯上，两手搂住了他的脖子。和才不知道蓝玉这是咋了，手忙脚乱地就往后退。蓝玉却没有松手，还小声说：“别动，抱紧我。”和才突然明白过来，赶忙听话似的抱住了蓝玉。却不敢抱紧，而是左手压右手轻轻地搁在她的腰上。刚搁上，又忽然想起右手动过糨糊，赶忙把右手换到了上面。

一会儿，嗵嗵嗵的脚步声伴随着呼哧呼哧的喘气声过来了。和才偷偷看了一眼，来的确是一个端着枪的“大盖帽”。“大盖帽”又往前跑了几步，却似乎嗅到了什么味，连忙打住脚步，回过头弯着腰到处乱瞅。终于看见了树背后搂着的和才和蓝玉，“大盖帽”先是吓了一跳，然后忙忙调转枪口，紧张地喊道：“谁？干……干什么的？”

蓝玉赶忙松开搂在和才脖子上的手，似乎用受了惊地说：“咋……咋了？”

“干……干什么？”“大盖帽”猫着腰，一步一步走了过来。

“都怪你，趁人家不注意，占人家的便宜。”蓝玉嗔怪地推了和才一把，顺手又拧了他一下。

和才清醒过来，忙抑制住咚咚咚乱跳的心，然后做出不好意思的样子，挠了挠头说：“你看你，恋爱嘛。”

“恋爱？黑漆半夜地胡恋个啥？”“大盖帽”看清了眼前是两个学生，没好气地说。

“你见过大白天恋……爱的吗？真是！”蓝玉噘着嘴说。

“大盖帽”一愣，接着不怀好意地嘿嘿笑道：“大白天咋不行，钻到房子，窗帘一拉，想干啥干啥，比这里谄活多了！”

蓝玉白了“大盖帽”一眼，嘴里嘟囔着“啥人嘛”，气呼呼地拉着和才扭头而去。

“大盖帽”兀自嘿嘿地笑，却忽然想起了什么，忙大喝了一声“站住”。

蓝玉回过头不耐烦地说：“又咋哩嘛？”

“你们刚才有没有看见一个人从这里跑了过去？”

“刚才几个人都在跑，好像是贴标语的，谁知道你问的哪个？”

“大盖帽”“哦”了一声说：“碎屁娃一天没事干，大半晚的贴啥标语，挤个屎用！”说着，嘴里不干不净地走了。

待“大盖帽”走远了，和才红着脸对蓝玉说了声“谢谢”。蓝玉睃了和才一眼说：“一声谢谢就打发了？不行不行。”和才笑道：“那你说咋样谢，请你吃羊肉泡？”“不行不行。”蓝玉头摇得似拨浪鼓，“这样吧，我现在还没有想好让你咋样谢，等我想好了，你再谢不迟？”和才以为蓝玉在开玩笑，忙笑着说“行行行”。

想起适才发生的事，和才又不由自主地笑了。蓝玉翻了他一眼说：“刚才跑得像驴惊了，现在还好意思笑？”和才说：“忍不住嘛，刚才你的话一套一套的，连我都要信以为真了。”蓝玉说：“肯定还笑我那样吧？说起来这还是加入组织时老师教的，我也是第一次用，想不到还真唬弄了人。咋，你老师没有给你们讲这些？”和才摇了摇头，心想幸亏蓝玉学了这一招，要不后果不堪设想呢！忽然想到这么晚蓝玉一个人在街上，便问她咋回事。蓝玉说：“要说我们的标语早贴完了，不想大半晚你们曹老师又送来了九张，还说必须贴到北塔上去。我们都是女生，大家都有点害怕，老师便说我胆大，让我去，我也没有想什么，就和另外一个同学去了北塔。”

北塔在县公署斜对面，大名崇寿寺塔，建于北宋，十二级，高四十五米，是崇泉县标志性建筑。听了蓝玉的话，和才突然想起了什么，便问蓝玉张贴的标语是不是“打倒国民党反动派！”。蓝玉惊讶地说：“是呀，你咋知道的？”和才说：“我也是曹老师派到县衙照壁上贴这几个字的，正贴着，没想到浆糊桶倒了。‘大盖帽’听见桶响，就喊叫着追了过来。我一看只得跑了，不想就碰见了你。”蓝玉睁大了眼，说：“原来是喊你呀，我们还以为喊我们呢，害得我们没贴完就分头跑了。”和才说：“我基本上算贴完了，就是不知道‘！’贴牢了没有。不过没事，只要那八个字在，明天的崇泉就会被引爆，咱们等着看它的威力吧！”蓝玉也兴奋起来，指着周围的标语说：“就是就是，还有这满街的小炸弹呢！”

然而，曹仁杰、和才和蓝玉期望的震撼场面第二天并没有出现。照壁上的标语当晚就被“大盖帽”揭下来，交给了伍浩志。北塔上只贴了“打倒国民”四个字，看到的人还以为是有人胡闹，除伍浩志外，谁也没有往心上去。满街五颜六色的标语倒是让昏睡了一夜的人们眩晕了一下，但这些年人们见得多了，谁还会在意几张标语和几句过激的话。至于“大小蒋介石们”更没有胆怯，而是把屠刀磨得越来越锋利，挥舞得越来越带劲。

四月十五日，广州解除黄埔军校和省港罢工委员会武装，解散群众组织，杀害革命群众。

四月二十八日，革命领袖李大钊在北京被奉系军阀残酷杀害。

五月十一日，住本省户县新军阀何经纬举起屠刀，杀害农民运动骨干和农协会员多名。

厦门、福州、杭州、南京、宁波等地的“蒋介石”们纷纷举起了屠刀。

六月二十二日，“布衣将军”冯玉祥公开倒向蒋介石，随即在其部队内和辖区内“礼送”苏联专家回国，赶走国民军中的共产党员，强制解散各级农民协会、工会和一切革命群众团体，缉拿共产党员和革命群众。

七月十五日，汪精卫向并肩战斗的革命同志举起了锋利无比的屠刀……

面对一场场血雨腥风，曹仁杰再也喊不出口号了，他泪流满面，仰天长叹：“背叛，彻头彻尾的背叛！”不久，他离开了崇泉高等小学堂。去了哪里，没有人知道。

三十二

曹仁杰离开崇泉高等小学堂后，和才的精神支柱随之也坍塌了。他想不通轰轰烈烈的游行、呼口号、贴标语、演讲就这样悄无声息地收场了，更想不通意气风发、谈辞如云、他敬若神明的曹仁杰一句话没有留便杳如黄雀。但他不怨曹老师，相反，他还希望曹老师走得远远的，永远不再回来。崇泉的天变了，伍浩志的脸变了，“共产党”一夜之间已经成了死亡的代名词。李老师当晚被抓走后，就被吊死在县署后面的槐树上。唐老师至今生死不明。曹老师要是不走，结果可能比他们更惨。但想归想，和才仍然无法接受没有曹老师这一现实。当伍浩志抓走李老师和唐老师时，当学校新来的训导主任方里知阴着脸对同学们训诫时，当班上一些学生对当初贴标语、呼口号的同学冷嘲热讽时……他愤恨、惶恐之余，总想要是曹老师在会怎么样。但曹老师走了，一点音讯都没有，他就是把天想出洞，把地想出缝，也只能是臆想，清醒过来后反而越发痛苦和悲哀。

金贵却似乎什么事也没有发生过的样子，成天和柴闷闷大街小巷地浪荡。哪里热闹，哪里有好吃的，那里就成了他们常出没的地方。有时候喝得醉醺醺的，嘴里哼着《工农兵联合起来》，摇摇晃晃地在街巷游荡，让人感觉他似乎看破了红尘。

这一天，和才一个人闷闷不乐地在槐树林徘徊，金贵和闷闷嘻嘻哈哈地走了过来。闷闷怪怪地打量了和才一眼，冷嘲热讽道：“你看你那愁眉苦脸、没精打采的㞞式子，得是不游行、不喊口号闲得没猴耍了？游行是羊肉泡，喊口号是油泼面，一顿不吃就抽了你的筋，扒了你的皮？”

和才看了一眼金贵，金贵在一旁嘿嘿地笑。和才有点气愤，狠狠剜了他一眼，回过头对闷闷说：“你们当初不是也游行、喊口号吗，现在为什么对自己干过的事如此作践？”

“我们是没㞞办法，”闷闷说，“你们一个个积极得像吃了大烟，我们不去就被骂为落后分子，甚至敌人。没法子，只好跟上你们瞎㞞转。现在好了，再也不怕谁胡鼓捣、戴帽子，想干啥干啥，喜欢干啥干啥，这才是真正的自由！”

“道不同，不相为谋。”和才在心里愤愤地骂了一句。

“其实你也是上当受骗者，”闷闷继续说，“都没想想，游行来游行去图了个啥？”

“图了啥？消灭剥削，实现人人平等！”和才说。

“不可能，”金贵头摇得像墙头上的草，“不说实现不了，真要实现了，天下就会大乱！”

“什么意思？”和才不懂金贵的话。

金贵说：“我最近翻来覆去地想了，过去咱们的想法好是好，却说到底是空的。你想想，啥叫个平等，平等不就是一个样嘛。假如咱们和寨里的穷家，比如俭才家都一个样，吃不饱饭，穿不上衣，活得不成个人样，平等倒平等了，但这样的平等你想要吗？再假如俭才这些穷家和咱们平等了，他们也要来县城吃羊肉泡，也要来学堂上学，不说没有那么多羊肉泡可吃，没有那么多学堂可上，恐怕崇泉的城墙都要被挤塌吧？再假如寨里的人家平等了，女娃娃都学蓝玉不裹脚，不学女红，一股脑都来县城上学，大孔的男人还能找下媳妇吗？都当了光棍，大孔还不乱了套？扩而广之，整个中国不也乱了套？所以嘛，上天造天、造地、造人是有下数的，不要再胡整了。”

“胡说八道！”和才听不下去了，他不想和金贵辩论，转身悻然离去。

金贵哈哈大笑，闷闷冷笑道说：“平时大道理一套一套的，今天嘴好像被驴踢了。”

和才陷入了前所未有的孤独和寂寞之中。他想逃离崇泉，可全中国几乎和崇泉一个样，他能逃到哪里去？他想退学回家，可回到大孔后，寨里死气沉沉的氛围，对一切无动于衷的乡人，让他仿佛回到了远古时代，他只得逃也似的又回到了崇泉。

和才想到了蓝玉。

其实，这一段日子和才心里一直想着蓝玉，想蓝玉怎样了，会不会出什么事，她对目前的状况是什么看法。当然，也想那一晚蓝玉依偎在他胸口时的情景，想蓝玉任性而又熠熠闪光的眸子……好几次，他不知不觉地走到了县立女子学校门前，清醒过来后却又不知所措，赶忙匆匆离开了。说真的，他想见蓝玉，却又怕见到蓝玉。他真的不知道见到蓝玉说什么，干什么。

这天，和才正在宿舍心不在焉地翻着那本《呐喊》，忽听学堂勤杂工顾大爷大声叫他，说门外有人找。他懒懒地走到门口，只见一个熟悉的身影正笑眯眯地看着他。他以为自己眼花了，忙用手背抹了一下眼睛，睁开后眼前的人儿却还是蓝玉。他的眼睛潮湿了，心中忽然有一种想哭的感觉。

“你好吗？”和才问道。

“承蒙关照，好着呢！”蓝玉微微叹了一声。

和才脸有点发烫，却无法说出这段日子他心中的想念之情，便岔开话题说：“没有人为难你吧？”

蓝玉皱了皱眉，很快又展开，努力笑道：“怎么会呢？一个失足学生，让人家教育一番了之。”

和才还想说什么，蓝玉翻了他一眼说："怎么，就这么一直站在学堂门口，让人家看西洋景？"

和才反应过来，不好意思地笑了笑。

两个人沿着门前的路走去，走到头，又折回来。路上的人很杂，一些人的眼睛不时往他们身上瞟。他们用眼睛会意了下，拐进了东槐园。槐园内一片荫翳。天空被树枝切割得七零八碎，露出一片片不成规则的蓝。一些树叶刚刚泛黄，便悄悄脱离树枝，颤悠悠地随风飘摇。和才心里阴晦起来，身上一阵阵地发凉。他看了一眼蓝玉，心底的忧伤和委屈随之汹涌而来，眼泪紧跟着也啪嗒啪嗒滚了下来。

蓝玉惊讶地问："你咋了？"

"进步师生被屠戮，崇泉城万马齐喑，如火如荼的革命热潮一夜之间偃旗息鼓，我真不知道这一切是在梦里还是梦醒后的幻觉。"和才悲愤地说。

"那能怎么样？"蓝玉扑闪着眼睛说。

"我不甘心！突然间我们似乎被厚重的黑暗埋葬了，叫天天不应，喊地地不响。可恨的是，金贵、闷闷他们还要在坟头上踩上几脚。"和才摸了一把泪水说。

"那又能怎么样？"蓝玉依然冷冷地说。

和才被蓝玉的镇定惊呆了，愣愣地看着她。

蓝玉扑哧一声笑了，说："别那么看着我，一会儿哭，一会儿发呆，怪吓人的。"说着，几丝忧悒的阴影悄悄爬上了她的眉头。"其实我这一个月也不平静，但可仔细一想，又能怎么样呢？毕竟我们是小人物，虽然学了一点东西，可面对黑暗太微不足道了。不说改造社会，就连大孔一个角落，我大、你大都改造不了。咋办？只能等，等曹老师他们回来，那时我们就有了方向。要不怎么办呢，哭死、愁死能解决什么问题？"蓝玉说。

蓝玉的话句句说到了和才心里，一个多月来他心中紧绷的弦一下子松弛了许多。迷蒙中他觉得蓝玉是那么清爽，那么慈祥，仿佛救苦救难的观世音菩萨来到了他面前。他的身子一软，眼看就要倒在地。蓝玉吓坏了，赶忙上前扶住了他。和才有了依靠，一时悲从中来，竟一把抱住蓝玉，呜呜呜地哭出了声。

这以后，和才和蓝玉便开始约会了。但他们不敢明目张胆的来往，而是背着熟人，特别是金贵、闷闷一些大孔人往来。他们都在严守一个秘密，绝不能让风言风语传回大孔。大孔人不晓得什么是恋爱，只要一男一女在一起，一概称之钻到了一起，简称胡钻。胡钻的代名词就是偷人、胡搞，偷人、胡搞的下场可想而知。因此，多少年来，大孔没有人敢去恋爱，说“恋爱”两个字都是大逆不道，婚姻只能是父母之命、媒妁之言。和才和蓝玉懂得这些，也知道后果，但他们不想就范，也管不了自己。因为恋爱的感觉太美了，味道太香了，美得就像桥陵的石刻、崇泉孔庙门前的六龙壁、大孔无量殿里的壁画……香得超过城东井家羊肉泡、城西老邢包子、城南王记高力肉、城北唐氏椽头馍夹八宝辣子……他们陶醉于其中，畅游于其中，只恨相逢太晚。

一天晚上，月色朦胧，和才和蓝玉徜徉于奉先路。走了一段，蓝玉打住脚步，仰头打量起了路旁的一棵梧桐树。和才一看，这不是那一晚为了躲避“大盖帽”，和蓝玉拥抱时借以遮蔽的大树吗？不觉感慨万千，说：“多好的树啊，没有它，咱们俩说不定至今还称乡党呢！”

蓝玉扬起长长的睫毛，不解地问：“这话怎样讲？”

和才笑道：“不知咋回事，那一晚抱住你的时候，心里竟然想着，这才是我的人呢！”

蓝玉娇嗔地推了和才一把，说：“啥人嘛，人家当时都快紧张死了，你竟然还有这鬼想法。”

和才笑道：“想想，突然间被心有所仪的异性抱住，搁圣人也禁不住心旌摇荡呢，何况我一个青春少年？”

蓝玉举起拳头去捶和才，说：“你还说，你还说。人家是没有办法，你以为是喜欢你啊，一身的焦糨糊味。”

和才接住蓝玉挥过来的拳头，拉她到树背后，双手环抱住她的腰。蓝玉假意反抗了两下，然后仰起脸去看和才。月光下，蓝玉的脸越发白皙，眼睛和眉毛越发黑亮；树枝阴影落在她脸上，又仿佛为她增添了一种梦幻感。和才不敢注视这张宛如满月的脸，他闭上眼睛，让嘴唇寻找到蓝玉的脸，先在额头上轻轻触一下，再顺着她的眉心、鼻梁、鼻子探下去，最后水到渠成般地落在了她的嘴上。蓝玉猫叫似的哼了一声，柔软的舌儿随之鱼儿一般游进了和才嘴里。和才吸住这条柔嫩的鱼儿，头脑嗡地响了一声……

蓝玉轻轻推开和才，和才似乎尚在梦中，傻傻地看着蓝玉。

蓝玉理了理头发，捋了捋上衣，然后斜了和才一眼，嗔怪地说：“每次都这么猴急，好像吃人似的，一点绅士风度都没有。”

和才不好意思地笑了，说：“刚才不是说了吗，圣人都难以为禁，绅士嘛，只能徒呼奈何。有一句话，你应该听说过。”

“啥话？”

“箭在弦上，不得不发。”

“去去去，越说越不像话了，贫。”

“是啊，我是贫，贫极了，是爱情上真正的乞丐。行行好，赏我一口吧！”和才说着又去搂蓝玉，蓝玉咯咯笑着推开了他。和才还要闹，蓝玉脸上飘上了阴郁的乌云。和才讨了个没趣，只得松开了手。

“和才，”蓝玉神情忧郁，嗓子也有点涩，“不知咋回事，我总觉得咱们长久不了。”

和才吃了一惊，讶异地看着蓝玉说：“你啥意思？是对我不放心吗？”

蓝玉摇了摇头：“我不放心的是家里。”

“怎么，你家里反对咱俩的事？”和才眼前闪出柴福海眯缝着眼睛时的样子，心里不自觉地打了个冷颤。

“我倒不怕我家里，他们拗不过我，我怕的是你家。”

“这个……放心吧，我不会让任何人拆散咱们。”

“你家里可是已经给你定了亲。”

“那是他们定的，和我有啥关系？”

“你能拗过家里？你们家可是大孔的书香门户……”

“今年过年我就和家里谈，让这桩包办婚姻寿终正寝！”

“你家里要是不同意咋办？”

“咋办？还能咋办？学曹老师，离家出走！”

“别说了，和才！”蓝玉扑进和才怀里，紧紧抱住了他……

过年的时候，和才几次鼓起勇气，欲和家里谈这个事。但看到慈祥而又保守的爷爷、威严而又艰难的父亲，每每欲言又止。他心里隐隐有一种感觉，家里绝不会同意他和蓝玉的事。不说爷爷、父亲眼里容不下柴福海，有门不当户不对之嫌，单就是他们心中固有的“父母之命，媒妁之言”的信条，就会彻底粉碎他的美梦。他有点害怕，害怕事情谈不成，反而会把蓝玉暴露出来。真要是那样，他可能会输得一干二净，成为名副其实的无产者。其他的他倒无所谓，就怕从此要和蓝玉天各一方，不能相问。这无异于是要他的命。这样，和才放弃了努力，过罢年逃也似的离开了家。蓝玉懂和才心里的难处，心里虽然闷闷不乐，却什么话也没有说。说心里话，她实在不希望和才和家里决裂而离家出走。

四月底的一天，曹仁杰回到了崇泉。

和才是在权把巷王弈谦家宅隔壁一个小型四合院里见到曹仁杰的。

王弈谦是原大清军机大臣王鼎的族弟，曾在福建任职二十余载，博闻强记，刚方正直。当年的禁烟名臣林大人来到崇泉，为恩师王鼎守心丧时，就住在他家。

和才当然不知道曹仁杰住在这里。当宋俊明悄悄告诉他，杈把巷8号有熟人要见他，他不但不知道杈把巷在什么地方，更不知道有什么熟人住在这么个名字怪怪的地方。宋俊明给他提说了王弈谦故居，特别是林大人，他这才多少有了点记忆。

杈把巷形似一把木杈，杈头伸在漫泉路。从杈头进入杈把，街道变得狭窄、幽静，给人一种从尘世进入梵界的感觉。和王家巍峨肃穆的宅院相比，8号宅显得低矮、破旧、寒碜，但由于紧邻王宅，却有意无意中给它披上了一层神秘、安全的罩衣。

开门的是宋俊明。来到上房，蓝玉、金贵几个人坐在椅子、杌子、凳子或床上，正听一个穿蓝长袍的人讲话。这人梳着大分头，戴一副棕色圆框眼镜，留一撮山羊胡，说话时眼睛一眨一眨地动，正是曹仁杰。和才嗓子有点涩，迟疑了半晌方叫了一声“曹老师”。曹仁杰一看是和才，忙向他长长地伸出了右手。和才一见，赶忙伸出两双手，紧紧地握住了曹仁杰的手。

“和才，过得不错嘛，又发胖了！”曹仁杰笑道。

和才抹掉眼泪，不好意思地笑了笑。

“胖了好，我们为什么要瘦呢？”曹仁杰一脸的肃穆，“反动派才希望我们瘦，最好瘦骨嶙峋、不堪一击才遂他们的愿。不，他们的屠刀吓不倒我们，恐吓、谣言更无奈我何。我们不但不瘦，还要不断地胖下去，胖得像碌碡、像麦秸垛、像大山、像江河，胖得让反动派砍不动，杀不完，最后我们伸出胖胖的小拇指轻轻一摁，他们瞬间灰飞烟灭。”

大家被曹仁杰的话惹得哈哈大笑，蓝玉更是笑得难以抑制，眼泪都流了出来。曹仁杰满面春风，笑眯眯地看着蓝玉笑。

人来齐后，曹仁杰宣布开会。他先解释了一番自己这半年的去向，分析了目前的形势，传达了上级的指示，然后慷慨激昂地说："同志们：天下大旱，民不聊生。官逼民反，民不得不反；若要不反，免粮免款。眼下正是我们开展工作的大好时机，要尽可能用革命的方式组织农民，发动民众，多方面开展抗粮、抗款、抗捐、抗税、抗债、抗一切摊派勒索和要饭吃、要土地、要自由的斗争……"

和才听得热血沸腾，仿佛革命又回来了，而且新的革命高潮马上就要到来。

曹仁杰接着说："当革命处于低潮时，许多革命同志被杀害了，一些投机革命的望风而逃，有的甚至做了可耻的叛徒，成了人民的敌人。但这又能怎样呢？相反，我们的队伍更纯洁了，斗争更坚强了，目的更明确了。同志们，一句话，爬起来，擦干血迹，团结起来继续前进！"

和才完全赞同曹仁杰的观点，但令他难以理解的是，金贵怎么也来参加这么重要的会。会后，他避开人把金贵这段时间的表现，以及自己的想法告诉了曹仁杰。曹仁杰却说："金贵的情况我已经听宋俊明说了，他虽然思想上有点消极，却什么坏事也没有干过，更没有叛变。在白色恐怖下，这已经很不错了。今后只要积极培养，他会成为一个革命者的。和你一样，金贵也是我的学生，我的学生我心里有底。"说到这里，曹仁杰低头沉吟了一下，然后抬起头盯着和才说，"倒是你，我私下里听到了不少议论。"和才吃了一惊，不解地看着曹仁杰。

曹仁杰从和才身上收回目光，一边摸着山羊胡子踱步，一边问和才说："听说你恋爱了？"

和才的脸倏地烧了起来，不知道说什么好。

曹仁杰说："按说谈恋爱很正常，革命者也要谈情说爱嘛。问题是当革命陷入低潮的时候，沉浸到卿卿我我的儿女情长之中，是不是一种消极，甚至一种麻醉呢？当然了，还是那句话，我的学生我知底，你就更不用说了。

不过，我还是要提醒你——千万不能让所谓的爱情腐蚀了革命意志！”

和才的头脑嗡嗡地响，他一句话也没有说，只是下意识地点了点头。

蓝玉正装作看王宅门前的砖雕，见和才从8号门里出来，忙向他招了招手。和才匆匆走过去，没好气地说：“曹老师回来也不告诉我一声，还一个人悄无声息地来开会，把我当敌人、叛徒防吗？”

蓝玉不好意思地笑了，说：“你看你，脸阴得快掉到地上了。这是斗争的需要嘛。联系人通知我时，再三强调不能告诉第三人，你让我违反组织纪律吗？再说你接到通知，也没有给我说一声呀。”

和才没有再说什么，转过身闷头往前走去，急得蓝玉在后面喊道：“你撵兔呀？”

和才只得打住步等蓝玉。

蓝玉赶上来悻悻地说：“你哪里招了祸没地方撒气，尽拣着我这软柿子捏？”

和才想了想，便吞吞吐吐说了刚才曹仁杰给他说的话。

蓝玉听了没好气地说：“还真让我说着了，脊背痒了挠腔子。这有个啥嘛，曹老师也给我讲了。对了，他现在是崇泉特支书记，应该称他曹书记。他说这话的目的是让我们不要顾此失彼，耽误工作，对着呢！”

和才说：“曹老师的话当然对着呢。我刚才想了，咱们还真是在革命处于低潮、无所事事的时候相爱的，多少有麻醉革命意志的嫌疑，所以……”

“所以，从今天起，麻醉药效过去了，咱们就此各奔东西？”未等和才说完，蓝玉斜了他一眼，不客气地呛了一句。

和才睁大了眼，说：“看你说的啥话，各奔东西？能奔得了吗？”

“那你啥意思？”蓝玉气呼呼地说。

和才注视着蓝玉说：“我想说的是，曹老师已经回来了，新的革命高潮很快又会来到。咱们要在曹老师的领导下，把更多的精力投入革命中去，争取早日砸碎旧世界，实现共产主义。到了那时咱俩想咋就咋，谁也管不了！”

蓝玉看了和才一眼，扑哧一声笑了，说：“你想得倒是美！”

三十三

这一天，和才又接到通知去了杈把巷8号，曹仁杰神色凝重地把一封信交给他说：“这是一封非常重要的信，必须由一个稳妥的人送到文公寨农协主席王忠德手里。我考虑了，其他人要么不可靠，要么长得不像个农民。你嘛，这两方面条件都具备，回去好好化装一下，立即出城，务必今天把信送到。”

和才接过信，只见信封上插了一根暗红色鸡毛，背面还划了三个十字。他的心倏地涌到了嗓子眼，浑身激动地微微颤抖。他紧张地问曹仁杰：“就我一个人去？”

曹仁杰点了点头。

文公寨和才倒是听说过，却没有去过。第一次接受如此重要任务，他一点把握都没有，便说：“能不能再派个人，路上也好有个照应？”

曹仁杰沉下了脸，说：“派谁去合适呢？”

和才没有觉察到曹仁杰脸上的表情，仍然激动地说：“蓝玉合适，我们装扮成夫妻，以走亲戚的名义去完成任务。”

“不行！”曹仁杰摆着手，斩钉截铁地说，“蓝玉看着一点都不像乡下媳妇，你们装扮成夫妻只有出事的份。人多了醒目，就你一个人去，还不能告诉任何人，包括蓝玉。你要是畏难的话，我另外派人。”

和才没有再说什么，他小心把信揣进胸口，转身匆匆而去。

回到学校，和才脱下学生装，换上家里做的粗布衣裳，又用手在地上蹭蹭，胡乱抹在了脸上。说也怪，这么一来，还真像曹老师说的，他一下子变得像个乡下人了。唯一令他不满的是他的脊背有点直，不像下过苦的样子，他便有意把背往下驼了驼，可没走几步，背又不自觉地直了起来，反复几次后，背仍然不愿驼下去。他害怕这样做作下去，弄不好会被人怀疑，便不再刻意曲背，依然和平时一样直着腰走路。

路上，和才心里异常紧张。他一会儿想着周围的人可能都是跟踪、监视他的人，他们一个个似乎各怀鬼胎，一双双直溜溜的眼光不停地刺向他的胸脯。他的浑身一阵阵燥热，甚至莫名其妙地有些发痒。一会儿他又想着紧贴他胸口的不是一封信，而是一颗马上就要爆炸的炸弹，炸弹的响声将是那么响亮，威力将是那么巨大……为了抑制紧张情绪，他努力不让头脑思想这些，转而想其他的事。想着想着，他的思绪落到了蓝玉身上。他不知道蓝玉现在在干什么，她找他了怎么办，找不见他了她会不会去找曹老师，曹老师会给她怎样说……曹老师最近脾气怎么越来越大？工作不顺心？恨铁不成钢？他该有个伴侣了，爱情和革命不会冲突，就像我和蓝玉……

胡思乱想中，暮霭慢慢降临了。和才不敢懈怠，继续迈开步子往前赶。第一颗星星从天空中跳了出来，紧接着，第二颗、第三颗……当密密麻麻的星星布满浩瀚的苍穹时，一座黑影幢幢的村庄出现了。一打问，正是文公寨。和才心里一阵欣喜和轻松，突然觉得一切太顺利了，顺利得就像庄稼人赶了一回集。“早知道这样，给曹老师说那些话干啥嘛！”和才心里埋怨自己。

文公寨位于洛河边。春秋战国时期，晋国兄弟间争夺权利，相互残杀，太子重耳逃亡到这里躲难，屯兵养马，后回国继位为晋王，人称晋文公。为了纪念这一历史大事，村里人便改寨名为文公。

和才从西门进入寨子后，问了两个人，很快在东门附近一棵大柏树下，找到了王忠德家。王忠德是个串脸胡，人长得很魁梧，和才一见，不知怎么着就想到了他家门口耸立的大柏树。两人对上号后，和才掏出怀里揣着的信，双手交给王忠德。王忠德看见信封上插着鸡毛，眼睛倏地一亮，急忙撕开信封，掏出信纸去看。看完，他激动地拍了下和才的肩膀，说："回去告诉曹书记，我们早就等着这一天了。让他放心，崇泉这颗冲天炮一定会按时炸响！"

和才不知道王忠德说的啥意思，也不好打问，便说："我就这么回去吗，你不写个回信？"

王忠德说："不用了，路上不安全，弄不好会坏了大事。"然后拔下信封上的鸡毛，交给和才说："你把这个交给曹书记就行了。"和才接过鸡毛，揣进胸口，告辞要走。王忠德笑道："你这个兄弟还是个急性子，也没想想，亲戚这么晚来，又匆匆忙忙走了，村里人会怎么说？"和才一想有道理，便在王忠德家胡乱住了一晚。

翌日天不明，王忠德叫醒和才，让他吃了饭上路。饭说是玉麦糁熬野菜，却几乎看不见几粒玉麦糁，野菜也没有几棵，碗里稀汤寡水得能照出人影。王忠德倒着头吃得很香，末了还伸着舌头，吧唧吧唧舔起了碗。和才一阵心酸，没有再要第二碗。他晓得大旱之下，洛河边的人家也难以幸免。他不知道这个多难多灾的国家眼下是怎么了！

路上，和才走得很快。第一次完成组织交给的任务，还如此顺利，他心里有一种想对人倾诉的欲望。其他人他当然不敢乱说，想来想去，他倾诉的对象除了曹仁杰，只有蓝玉了。对曹仁杰他要说的是，他不负他的期望，圆满地完成了任务，你就放心吧。对蓝玉他却怀着一种成就感和荣耀感。他相信蓝玉知道这件事后，心中一定对他充满羡慕和爱慕，说不定扑上来还会给他一个热吻呢。想到这里，蓝玉娇羞的神态又一次闪现在他面前。和才一阵激动，忙鼓足力气，大步流星地往前走去。说真的，一晚上没见蓝玉，他还真有点想她了，睡梦中甚至都梦见了她。梦中的蓝玉沉静如水，正默默地注视着他，似乎有什么话要对他说……

午饭时分，汗流浃背、气喘吁吁的和才推开杈把巷 8 号门，匆匆进了上房，不想曹仁杰正和蓝玉面对面站着。蓝玉的胸脯微微颤抖着，白皙的额头上布满了细密的汗粒。

和才愣在了原地。

见和才进来，曹仁杰意外地翻了他一眼，然后右手向蓝玉做了一个请坐的姿势。蓝玉笑了笑，微瘸着走到一旁的太师椅前坐下。和才惊诧的目光随着蓝玉走，蓝玉看了他一眼，偷偷做了一个鬼脸。和才却似乎没有看见，仍然呆呆地看着她。

“这么快回来了，事情办得怎么样？”曹仁杰回头问和才。

和才清醒过来，赶忙从胸口摸出那根鸡毛，交给曹仁杰说：“这是王忠德带给你的，他说，他们就等着这一天。还说让你放心，崇泉这颗冲天炮一定会按时炸响。”

曹仁杰一听哈哈大笑，说：“这个王胡子，总是那么乐观。好同志，好同志呐，党安排的事从来都是无条件执行。”说着，回头瞄了一眼蓝玉，接着对和才说，“辛苦了，和才同志，任务完成得非常出色。现在需要做的是，马上回去休息，下来的工作将会更艰巨，更辛苦，没有充沛的精力绝对不行！”

曹仁杰称和才同志还是第一次，搁平时和才不定高兴成啥。可今天他有点心不在焉。他抬头去看蓝玉，适好蓝玉也来看他，眼里却是让他先走的意思。和才只得告别曹仁杰，怏怏地走了。一步一步走到王宅门前，和才学着那次蓝玉等他的做法，做出一副认真看砖雕的样子，心急火燎地等蓝玉出来。可上下左右不知看了几遍砖雕，蓝玉却连个影儿也不见。和才又饥又渴又乏又躁，便狠了狠心，走了。

蓝玉心里其实比和才还急。曹仁杰要和才走时，她也想说走，话已到嘴边，曹仁杰的眼光迫使她又咽了回去。无奈她只得给和才使了个眼色让他先走，自己继续局促不安地待着。

今天上午，蓝玉接到通知说曹书记要见她。她想可能有新任务便匆匆去了杈把巷 8 号。进了上房，曹仁杰一个人低着头、背着手在房子踱着步，似乎正在考虑什么重大问题。见蓝玉来了，他绽开皱在一起的眉头，笑吟吟迎上来，轻轻握了下蓝玉的手。

坐下后，曹仁杰去看蓝玉，蓝玉也去看他。曹仁杰的眼光闪烁了一下，忙从蓝玉身上移开了。蓝玉分明看到了曹仁杰眼睛中的羞涩，甚至畏葸。她有点好笑，心想曹老师都是特支书记了，咋见了女孩子也有点不好意思。想是这么想，在蓝玉心里，曹仁杰仍是她心中崇拜的偶像，特别是他阔宽的额头上时隐时现的那条长皱纹，让她似乎体会到了他心中隐藏的苦难和不屈。

“今天请你来，是要你完成一项重要任务。”曹仁杰说。

蓝玉轻轻吁了一口气，忙问：“啥任务？”

“任务嘛，说起来简单，高质量完成却很艰巨。”曹仁杰笑道。

“曹书记，您放心，不管啥任务，我保证完成！”蓝玉正色道。

“这可是你说的。”曹仁杰笑眯眯地说，“完成不了，你可不能逃之夭夭。”

蓝玉看着曹仁杰，眼睛中满是疑问和不解。

曹仁杰避开蓝玉的眼光，笑呵呵地说：“任务其实很简单，从今天起你教我跳舞，直到跳会为止。怎么样，不难吧？”

“跳舞？”蓝玉有点不相信自己的耳朵。

“是啊！”曹仁杰的表情慢慢严肃起来，“目前，白色恐怖愈加肆虐，形势日益严峻，工作中稍有差错，就会人头落地，给革命造成不可估量的损失。为了更好地开展工作，就必须学习一些必要的交际手段，比如跳舞。

我是特支书记，更应该适应目前的环境。你的舞跳得不错，就帮助我补上这一课吧。咋样，任务是不是既简单，又艰巨？”

蓝玉窘迫地看着曹仁杰，以为他和她开玩笑。但曹仁杰严肃的神态、言之凿凿的话语，让她不得不相信他是认真的。舞，蓝玉倒是能跳几下，是来县城后学的，这之前可是闻所未闻。至于跳得多好，她自己都不好意思说出口。给别人当老师，就更勉为其难了。但曹仁杰是领导，还把这事以任务的形式安排给她，她怎好推辞呢？

蓝玉先给曹仁杰讲解了一番交谊舞的姿势和基本步子，接着便开始实战训练。曹仁杰学得很认真，随着蓝玉“蹦擦擦”或“一二三四，二二三四……”的口令忙得满头大汗。他右手把蓝玉的腰搂得有点紧，左手也把蓝玉的右手抓得有点重，似乎溺水者突然抓住了稻草般的狠。蓝玉给他纠正了几次，他不好意思地笑，却怎么也改变不了。最不可思议的是，他的头总要往下低。蓝玉提醒他目视正前方，他抬一下头，却很快又低下了。蓝玉再提醒，他却嘿嘿笑了，说：“抬头看你的脸不好意思嘛。”蓝玉脸红了，说：“低头跳舞不符合要求，也不好看。脚步动作要从心里感觉，看着脚解决不了问题。”曹仁杰却说：“也没有那么绝对，看脚也有看脚的哲学。譬如说看着你的脚前后左右欢快地动，我就想到了活泼可爱的小兽，也更坚定了革命的自觉性。中国妇女受了多少压迫啊，单就裹脚一项就罄竹难书。如果没有革命，裹脚陋习不知何日才能改变，哪里有你们今天的天足？过去的一些文人无聊至极，竟然把丑陋、发臭的小脚溢美为金莲、金钩，甚至有形、质、资、神、肥、软、秀所谓七美之说，真真是心理变态！天足多好啊，方正、柔软、白皙，特别是五个圆润的脚指头娴静地爬在那里，想起来都是一种美！”蓝玉听得云山雾罩，心里一时有点分神。就在这时，曹仁杰的右脚重重地落在了她的右脚上。蓝玉“啊”了一声，停了下来。

这时候，和才匆匆进来了。这之前，蓝玉尚不知道和才去了文公寨，从曹仁杰和和才的言谈中，她才知道他刚从乡下回来。看着和才乱糟糟的头发和一脸的疲惫，蓝玉有点心疼。她很想跟着和才走，好好听听他去乡下的经历。但曹仁杰的眼光提醒她任务尚没有完成，不得已，她只好示意和才先走，自己暂且留了下来。

和才走后，曹仁杰问蓝玉脚咋样，并连声说了几遍“对不起”。蓝玉有点不好意思，笑道：“没事没事，我又不是泥捏的。”曹仁杰便说：“没事了就好,那咱们接着干。”蓝玉不好推辞,只得忍着脚疼继续教曹仁杰跳舞。可直到累得她疲惫不堪、娇喘微微，说话间就要倒下，曹仁杰仍然没有多大进步。搁别人蓝玉早会骂他笨得像头猪,但面对曹仁杰,她心里虽然生气,嘴里却不敢说什么。倒是曹仁杰不好意思了，说：“看着轻而易举的事，做起来咋这么难。算了，今天就学到这，过两天你再来教。”却不让蓝玉走，说她累了，乏了，坐下来好好休息一会儿。蓝玉连忙说她不累，还有事，得赶快回去。见蓝玉说得诚恳，曹仁杰盯了她一眼，不情不愿地点了下头。

离开权把巷8号，蓝玉忙忙去了崇泉高等小学堂。她知道和才看见她和曹仁杰在一起，心里一定有疑问。这么长时间她迟迟不闪面，他更会急得上火。她要尽快见到他，向他说明情况。

迟迟不见蓝玉，和才心里异常烦躁，最后甚至有点坐卧不宁了。不仅仅因为蓝玉和曹仁杰面对面待在一起，还因为他收到了一封信。信是金贵交给他的，说是他哥昨天来县城办事捎来的。信封上是父亲冯得显漂亮的颜体楷书，和才忙拆开一看，只见信里写道：

和才吾儿：

见字如面！

祖父染病，卧床不起。因思孙儿，每每念叨。恐来日不多，望吾儿见信后速归，以慰先人。

另有要事相商，切切！

看完信，和才的眼泪仿佛闸门开了似的奔涌而下。爷爷年前就躺在了炕上，咳咳喀喀得让人一阵阵揪心。和才上学离家走时虽有好转，但病情反复再倒下的可能性很大。病了特别是病入膏肓之时的爷爷想见孙儿的心情可想而知。和才心如刀绞，恨不得立即跪在爷爷面前，让爷爷粗糙的大手抚摸他的头、他的脸、他的手、他的全身。泪眼迷蒙中他又看了一遍信，眼光最后落在了“另有要事相商，切切！”一段话上。他“噢”了一声，心里突然打起了问号。爷爷病重是天大的事，怎么还可能“另有要事相商”？这么看来，爷爷有病应该是真的，但绝不会比这个“要事”迫切。和才的心放了下去。但很快，那个“要事”又开始纠结起和才。“要事”是什么呢？“要”在什么地方？还“切切”，难道家里已经知道了我在崇泉的行为，特别是参加组织以及和蓝玉之间的事？会不会又催促我和他们定的那个姑娘结婚？和才的心悬了起来，只盼着蓝玉赶快回来，和她一起商量怎么办。

当顾大爷喊起“冯和才，有人找”时，和才马上急冲冲跑出了学校。他知道来人肯定是蓝玉。到了大门口，果然是蓝玉。见和才火上房的样子，蓝玉抿着嘴笑了，几分羞涩，更多的是爱意。为了掩饰自己的失态，和才不好意思地笑了笑，说：“正想找你商量事呢。”蓝玉挑了挑眉毛，没有说什么。

两人心照不宣地往东槐园走去。见蓝玉走路有点瘸，和才问她：“你咋了？”蓝玉不想说被曹仁杰踩了脚，便说：“没事，走得急，被路旁的石头绊了一下。”和才嗔怪地说：“干啥总那么马虎，再这样下去，迟早喝凉水都会绊掉牙。”蓝玉笑着推了他一把，说：“你这是关心，还是讽刺，咋越来越贫了。”和才呵呵笑了。

到了东槐园老地方坐下，蓝玉头靠在和才肩膀上，困乏地合上了眼。

和才问她咋累成了这。蓝玉便闭着眼说了曹仁杰请她教跳舞的事。

和才瞪大了眼睛，惊讶地说："曹老师竟然让你给他教跳舞，简直是天方夜谭！"

蓝玉又把曹仁杰说的学跳舞的原由说了一遍。

和才仍然将信将疑："听着是有点道理，可……"

"可什么可，是不是肚子里弯弯绕，放心不下我？"蓝玉睁开眼戗了他一句。

和才尴尬地笑了笑。

"放心吧，和才，我是你的，永远！"蓝玉的眼睛扑闪扑闪地动，适好一片白云落了进去，仿佛刚洗过似的干净。

和才抬起头看天空。天空是灰蓝色的，上面缀满了一块块大小不等的云朵。粗一看，云朵似乎就那么静静地悬浮着，仔细看去，云朵却在不经意间变化着，有的慢慢融合在了一起，有的渐渐分成了若干块……忽然，一只燕子惊慌地鸣叫着，匆匆忙忙从天空飞了过去……

"你不是说要商量事吗，啥事？"

蓝玉打断了和才的思绪。和才收回目光，静了静心，简单说了家里来信的事。蓝玉一听马上说："这有什么好商量的，爷爷病了当然要回去看。至于其他事，到家后再说，难不成还不让你上学了？"停了一下又说，"让你这么一说，我也有点想家了，也想回去看看。"

蓝玉的想法和和才的想法差不多，第二天是礼拜天，他和蓝玉相跟着回了大孔。

进了家门，爷爷虽然还病着，但明显好多了。和和才相商的"要事"也在意料之中，只是理由更加有说服力：爷爷年龄大了，大病一场后，心思又多了几个，最大的就是想亲眼看见孙子把媳妇娶进门，如果能见到重孙，就更能安然瞑目了。学嘛，外面兵荒马乱的，用不着再上了，上到头也考不成秀才、举人，还是回家过日子是正事。

和才虽然没敢提说他和蓝玉的事，但对家里精心考虑的事却一口回绝，气得冯阔海和冯得显直跺脚，骂和才不懂事、不听话。和才不想和他们争论，闷闷不乐地背着妈给他装好的馍走了。去西门底叫蓝玉时，在街道大槐树下碰见了一老三少四个要饭的，和才按捺不住心中的烦闷，义愤填膺地发了一通感慨，甚至把自己的馍全给了要饭的。

回崇泉的路上，情绪低落、萎靡不振的和才对蓝玉说了一声“对不起”，还说让她等着，他会给她一个说法。蓝玉知道和才心中的痛苦，却故意做出没事的样子说：“我当然等着，难不成还能跟人跑了？”说着，鼻子不自觉地抽了一下，头也扭到了一边。

和才心酸了，为了怕蓝玉看见，他赶忙眨巴了几下眼睛，把眼泪硬硬地逼了回去。

翌日，崇泉农民“交农”活动轰轰烈烈爆发了，“串脸胡”王忠德带领文公、龙潭、南堡十几个村，将近两千多人包围了县城。在强大的“交农”队伍面前，伍浩志迫于压力，让苟炳志宣布：“把粮挂了！”

和才参加了这场活动，事后，他简直不敢相信这是真的，不敢相信胜利中也有他的付出。

曹仁杰更是激动异常，他一拳砸在桌子上，兴奋地说：“同志们，我们终于把崇泉坚厚的城墙打开了一个缺口，全部城墙被推倒，红旗插上崇泉北塔的日子不远了！”

三十四

“交农”事件不久，和才被批准加入了组织，同时加入的还有宋俊明和蓝玉。宣誓仪式在一个星云密布的晚上举行，地点在杈把巷 8 号，由曹仁杰领誓。当面对鲜艳的党旗，庄严地举起右拳时，和才全身的血液仿佛一下子奔涌了起来，很快又似乎幻化成了沸腾的熔浆，“永不叛党”四个字一瞬间永远刻在了他的心上。

这以后，在曹仁杰的领导策划下，崇泉特支又取得了几次小胜利，受到了上级的表彰。曹仁杰兴奋之余，想法越来越多，胆子也越来越大。这次，他提议在舍饭场举行一次大行动，让舍饭场变成一个传单、标语的海洋，进而成为革命宣传、唤醒民众的主战场，如果不失时机地举行起义，占领崇泉也未尝不可。

连续两料无收，天高得看不到头，庄稼人对荒芜的田地失去了耐心，一个个扶老携幼逃出家园，潮水般地涌向了崇泉县城。伍浩志担心饥民涌进城内会发生哄抢、盗窃等事件，便关闭了南北西三个城门，并派重兵荷枪实弹把守住东门，将灾民封堵在了城外。为了安抚灾民，县救灾分会拿出一部分赈灾粮，加上慈善者捐赠的粮食，在县城东门外开设了饥民称作舍饭场的施粥场。每天，赈务人员带领雇佣的灾民在东门外空场上，一溜儿摆上十几口大锅，挑满水，烧开，撒入小米或玉麦糁，燃起柴火，很快就熬成了一大锅粥。开始，粥还像个粥的样子，汤泛着黄，大铁勺伸进去一搅，开花的小米或玉麦糁争先恐后地往上飞。熬着熬着，汤开始变白，小米和玉麦糁也似乎怕了羞，任凭铁勺搅来搅去，露头的就零零散散那么几粒。到最后，汤几乎成了水，小米或玉麦糁仅仅就是个点缀。尽管如此，每天舍饭时，东门外瞬间就成了人的海洋，呼儿唤女声、呻吟声、叫骂声此起彼伏，比锅里咕嘟嘟冒泡的粥还要热闹，维护秩序的每天几乎要打断十几根竹竿，甚至鸣枪示警，方能保护舍饭锅不被挤翻。

可以想象，在这种场合举行一次大活动，将会引发什么样的后果。

有人不同意，说：“灾民颠沛流离，饿殍遍野，我们举行这样的活动他们能理解吗？”

曹仁杰说：“灾民为什么颠沛流离？又为什么饿殍遍野？表面上看这是

天灾，实质上是人祸。我们发动这样的行动，就是要唤醒民众，让他们知道，只有推翻这个人吃人的社会，他们才能有活路！”

又有人说：“再仔细考虑考虑，灾民都快要饿死了，好不容易在舍饭场能吃上一口，我们却在他们吃饭的时候放那么一炮，这会不会弄巧成拙，起了反作用？要知道，狗吃食时都不容打扰呢！”

曹仁杰冷笑道：“同志，你怎么能把灾民和狗相提并论？灾民是人，是活生生有思想的人，不是只知道吃饭而不知道何以吃饭的低等动物。他们吃饭的时候，我们从天而降，更能达到一鸣惊人的目的。所谓物质决定精神，他们已经吃不上饭了，或者说吃的是嗟来之食，我们的呼声能不振聋发聩吗？”

有人吞吞吐吐地说：“举行这么大的活动，必须动员更多的力量，甚至全部力量，如果出了问题，后果将不堪设想！”

曹仁杰哈哈一笑，说：“老鼠最大的安全就是躲在洞里，但却一事无成，甚至会被饿死。我们是革命者，革命者就要不怕风险，知难而进，努力实现宏伟的目标。如果一味地躲在地下，永远做地下工作者，而不抓住时机，因势利导，那无疑是对革命的犯罪！同志们，党要求我们把领导灾民斗争作为中心任务之一，必要时在灾区开展游击战争，我们千万不能坐失良机啊！”

有意见的只是个别人，和才和大部分人不但支持曹仁杰，而且已经为曹仁杰描绘的图景热血沸腾，恨不得立即投入轰轰烈烈的战斗之中。恰在这时，宋俊明不知在哪里打听到伍浩志将带领县政府一干要员视察施粥场，曹仁杰兴奋不已，决定活动就在这一天举行。

行动时间确定后，一切工作都在紧张兴奋的气氛中，紧锣密鼓地开展起来。考虑到行动规模大、时间紧，曹仁杰要求崇泉城内所有党团员和进步学生都要参加，还派人联系罕井、高原、龙池等支部，文公、龙潭、南堡部分村农协以及卤阳湖盐滩工会，要求他们到时也要派人参加，并接受特支的安排和指挥。

这一天终于来到了。按照事先安排，高等小学堂、初等小学堂、女子学校、师范传习所的大部分学生隐匿在东门内一带，待城外事发，立即登上城墙，把准备好的传单撒向城外人群中。城内其他人装扮成饥民，一大早混出城，和农协、盐矿的人混在饥民群中，伺机行事。

伍浩志县长视察施粥场，亲自掌勺为灾民盛饭是崇泉政治生活中的一件大事。为了彰显伍县长爱民如子和县府大力赈灾之壮举，粥场临时增加了几口大锅，且给每个锅里增添了半斗小米。十时许，十几口大锅里的米汤已经熬得噗嗤噗嗤地冒泡泡，发散出一阵阵浓郁的香气，撕心裂肺般地考验着饥民的忍耐力。施粥场黑压压拥满了饥民，排在后面的急火火地往前挤，前面的怕挨打，又使劲往后靠，人头在各种力量推动下，麦浪般波动着。维持秩序的警察、团丁、赈务人员明显增加了许多，有的两手叉腰，有的端着枪，有的举着一丈多长的竹竿，一个个如临大敌似的面对着大锅后面人头攒动的饥民。

伍浩志出来了，他头戴一顶黑礼帽，上身穿一件藏青色中山服。认识他的人，发现他明显又发福了。发福的部位主要体现在肚子和尻子上。他的肚子看着就像一口倒扣着的饭锅，笔挺的中山装罩在“锅”上，前襟一下子短了许多。不知道情况的人，还以为他故意把衣服做成了这样。他的两条裤腿粗得仿佛两个水桶，走动时，两瓣滚圆的屁股一颤一颤地晃，仿佛里面藏着两大坨凉粉。他身后尾随着苟炳志等十几个神情肃穆的人，他们或穿中山装、或穿长袍，或戴礼帽、或戴瓜皮帽……护卫他们的是一伙昂首挺胸端枪的兵士。饥民们急忙伸长脖子往前面瞅，后面的瞅不见，便又想往前面挤，施粥场又开始乱起来。团丁和赈务人员急了，扑上去抡起竹竿，啪啪啪一阵乱打，饥民随即抱头曲背老实起来。

伍浩志和跟随的人依次看了每一口粥锅，又用铁勺在各个锅里搅了搅，然后舀起一勺仔细地看、嗅、评，直至每个人满意地点起了头，方把铁勺里的米汤倒回锅里。饥民们受不了伍浩志如此这般的诱惑，忍不住又躁动起来，但随着一阵噼里啪啦的竹竿声，躁动很快便被扼杀了。

最后，伍浩志带着一干人来到最中间一口锅前，他先威严地咳嗽了两声，然后向饥民挥了挥手，待场面静下来，他沉着脸，提高嗓门说："父老乡亲们，你们受苦了！"伍浩志的声音有点哽咽，随从中有人不失时机地抽噎起来，一些饥民的泪腺一瞬间似乎也被触动了，人群中响起了唏嘘声和哀叹声。伍浩志摇了摇手，正想继续往下讲，饥民中忽然飞起一个黑乎乎的怪物，正不偏不斜地冲他而来。伍浩志吓坏了，竟忘了躲避，被飞来的怪物啪地砸在了脸上。起初，和伍浩志一样，没有人看清飞起的怪物是什么，还以为是一只鸟。仔细一看，这鸟也太难看了，没头没脚没翅膀，还发出一阵阵脚臭味。直到落到伍浩志脸上，旁边的人这才看清，怪物并不怪，而是一只鞋，一只男人破烂不堪的臭鞋。伍浩志踉跄了一下，人们随之惊呼了一声。这时候，藏在饥民中的王忠德大声嚷道："伍胖子，你别猫哭老鼠假慈悲，你在崇泉干了多少坏事谁不清楚，老子今天要打倒你。打倒贪官伍胖子！"周围几个人便跟着王忠德喊，一边喊一边涌了过来。饥民们目瞪口呆，不知道咋了。

这时候，和才、蓝玉、金贵领着一群学生出现在了城楼上，他们掏出怀里掖着的、包里装着的传单，一把把往城下撒去。五颜六色的纸张飘飘悠悠飞起来，像飘摇的风筝，像飞翔的鸽子，像出殡时抛撒的纸钱……汇集在一块儿后，又仿佛洋洋洒洒的雪花，往城下铺天盖地地扑去。混在饥民中的学生乘机也撒起了传单，边撒边高呼"打倒反动军阀""打倒贪官污吏""打倒土豪劣绅""我们要饭吃、要土地、要自由"的口号。一时间，五颜六色的传单落到人身上、地上、树上、城墙上、粥锅里……施粥场一霎时成了传单的海洋。

伍浩志先是有点惊慌，很快便镇静下来。他向旁边一个军官说了句什么，然后和苟炳志领着视察施粥场的人，冒着漫天飞舞的传单，匆匆忙忙离开了施粥场。刚离开，施粥场便响起了一声凄厉的枪声，一个约莫十来岁，手里攥着传单的学生当即倒在了血泊中。王忠德几个人愣了，很快便清醒过来。他们怒不可遏，高喊着“伍胖子杀人了”“官逼民反”“夺他们的枪啊”，奋力向前冲去。噼噼啪啪，又是一阵枪声，王忠德和身边的人脚下使了绊似的，一个一个扑扑通通地倒了下去。倒在地的王忠德却不甘心，他费力抬起满脸是血的头，嘴里咕哝着“咥……咥狗日的”，又努力向前爬了半步，最后头重重地磕在了地上。

施粥场这下子真的乱成了一锅粥，饥民们不知道发生了什么，逃生的本能驱使他们争先恐后地四处奔逃，警察、士兵、团丁、赈务人员和学生、农协会员、工会代表被裹挟得东倒西歪，毫无用武之力。一些年老体弱者慌乱中被挤倒在地，一双双急不择路的脚毫不犹豫地踩了上去。喘气声、呼号声、惨叫声、骨骼破裂声、呻吟声夹杂着绝望的哭声、号声，汇合成一阕悲惨的交响曲，惊心动魄地在施粥场上空演奏着。也有人没有忘记那十几口香喷喷的粥锅。场面失控后，他们顾不上逃命，反而急急忙忙往锅前涌去，大锅周边一时人头攒动，一片忙乱。掌勺人早已跑了，铁勺也不见了，哪个挤到锅边就用碗伸进去舀。拥挤中，擎在空中的碗打翻了，热滚滚的粥泼下来，惨烈的叫声此起彼落，听得人毛骨悚然。最后，铁锅被挤倒了，滚烫的米汤泼洒在挤在锅边人的身上，滋滋滋的皮肤灼烧声，不像人声的哭爹喊娘声，让人仿佛猝然进入了人间地狱。后面的人却不管不顾，依然不要命地往前挤。有人看见地上流淌的粥，竟扑倒在地，狗一般舔食了起来。后面又有人挤上来，脚步忙乱地落在了匍匐在地的人身上……

伍浩志、苟炳志一伙退入东城门后，和从城墙上下来的和才、蓝玉、金贵几个碰个正着。蓝玉一眼看见了伍浩志，忙拽着和才胳膊惊呼道：“快，快，伍……伍胖子！”和才一看，还真是伍浩志，嘴里正喊着：“关门关门，快关门，不能放外面一个人进来，关门打狗！”和才眼红了，怒冲冲吼道：“打倒伍胖子！”大伙异口同声跟着和才喊了起来。声音未落，枪声响了，两个学生随之仆倒在地。大伙傻了，似乎不明白发生了什么。倒在地的同学身上溢出了殷红的血，蛇一般地在地上爬行着。大伙清醒过来，惊叫着乱跑起来。

“不敢开枪，不敢开枪，他们是学生。”苟炳志喊了起来。

“打，给我往死里打，他们哪里是什么学生，分明是梁山贼寇，杀无赦！”伍浩志恶狠狠地说。

“伍县长，向学生开枪是会惹麻烦的，要慎行！”苟炳志说。

“是啊！”有人附和着苟炳志。

“妇人之仁！”伍浩志火了，“共党公然发动暴乱，你们竟然还为他们开脱，这不是糊涂，是犯罪！杀，杀无赦！”

“伍县长，我先把你们送回县府，只要你们安全了，那些赤色分子对我来说，不过是大炮轰蚊子。”伍浩志身边的警官说。

伍浩志满意地看了警官一眼，说：“吕队长，就看你的了。”说完挥了下手，领着一干人匆匆走了。

和才和蓝玉并没有跑远，伍浩志一伙刚走，他们赶忙从藏身处跑出来，去看中枪的同学。同学的身体已经变凉，眼睛也紧紧地阖上了。蓝玉哇的一声哭了，说：“伍胖子竟然对手无寸铁的学生开枪，这是什么世道嘛！”回头又问和才，“下来我们咋办呀？”

和才也没有了主意，他抹了把眼泪说：“我们去权把巷找曹老师吧！”

蓝玉忙说：“这个时候曹老师咋可能在权把巷。就是在，咱们也不能去，免得伍胖子的人发现了他。”

和才听蓝玉的话有道理，便说：“那就先回小学堂。”

两人回到高等小学堂时，已经有许多人回来了。回来的人中，除了高等小学堂的教师和学生，还有其他学校的师生。见和才几个进了门，大伙都围了上来。忧伤、萎靡的神色充溢在每个人的脸上，气氛沉闷极了。和才心乱如麻，不知道该给大伙说什么。他在人群中找寻宋俊明，又迫不及待地叫了他几声，却没有回音。

“他们竟然开枪了，呜呜呜——”几个女生委屈地哭了，大伙一片唏嘘。

“可惜我们没有枪，要是有枪，我……我也开枪打他们。”金贵哭丧着脸说。

“说这些有啥用，”和才愤愤地说，“现在怎么办？”

“怎么办？谁知道怎么办？你说怎么办？”金贵不满地说。

和才低下了头，他也不知道怎么办。

“你们搞得的确过火了。”穿着蓝长袍、戴着圆框眼镜的训导主任方里知说，“国家的事自有当官的管，学生当以学习为要。我常这样讲，你们就是听不进去，致使出现今天的局面。我思想了一下，你们毕竟是学生，只要联名向县府写一封悔过书，保证今后专心学习，不再掺合政事，县府伍县长当能原谅大家。”

“是啊，是啊！”一些老师和学生点头附和着方里知。

“国家兴亡，匹夫有责。事不平有人摆，路不平有人踩。学生咋了，学生也是人，我们何错之有？何诲之有？”和才心中的火哗地冒了上来。

“对，不写！我们没有错，错的是反动军阀、贪官污吏，要写悔过书也应该他们写，我们不写！”蓝玉和一些同学在一旁支持和才。

方里知摊着两手，做了一个无奈的动作说：“那只能看着你们……飞蛾扑火了！”说完，摇着头、叹着气向门外走去。有的老师一看，也唉声叹气地跟着方里知往门外走。

这时候，闷闷几个慌慌张张地跑进了门，上气不接下气地说：“不……不好了，警察来……来了！”

小学堂里的气氛骤然紧张起来，大伙你看看我，我看看你，目瞪口呆地不知道怎么办。方里知和正要离开的老师们打住了步，说：“关门，马上关上大门。老师和同学们想办法藏起来，县府现在正在气头上，只要躲过今天，明天应该就没事了。”

大伙儿一时也没有更好的办法，几个人便冲上去帮顾大爷合上大门，哐哐啷啷插上了大门闩。大门闩刚推到头，门外响起了浓重的喘息声和粗野的骂人声，接着门咣咣咣被砸得山响。大伙儿一阵惊呼，匆忙往教室或宿舍里跑。和才这时候反而清醒了，他喊住几个乱跑的男同学，要他们找棍棒、凳子、砖块等一切能防身的家伙，一部分守住大门，阻挡县府的人冲进来，一部分和蓝玉保护先生和女同学，自己则带领十几个胆大的搭着人梯上到月亮门，爬上了屋顶。

一阵地动山摇般的推门、砸门声响过后，一切又复于沉寂。和才趴在靠近迎二门的房顶上，很是庆幸学堂大门的厚实，心想假如是他家的门，用不了几枪托，准会被砸得稀巴烂，哪里能挡住这些身强力壮的家伙？他抬头看了看天，太阳虽已西斜，却离西山之巅还很远。他心里隐隐掠过一丝悲哀。不知怎么着，和才现在只盼着天黑，似乎天黑以后，一切都会风平浪静。尽管他心里明白，这只是一种幻想，天黑后并没有人来救他们，更不会有天兵天将从天而降。

忽然，苟炳志在大门外喊起了话：“同学们，我们是来抓共党的，和你们没有关系。城外的骚乱已经平息，没有人会来救你们的。赶快打开大门，交出共党，免得子弹乱飞，生灵涂炭。”

又听有人说：“苟科长，别废话了。我让人翻墙过去，几个怂娃，三两枪就收拾了。”

“吕队长，还是少流血的好，娃娃们都是上当受骗者，只要好好训导，还是会听话的。”苟炳志说。

一声烦躁的“哼”后，伴随着蛮横而又焦躁的叫喊声和怒骂声，大门又咣咣咣地砸响了。学堂里的人屏声息气，紧张的心跳声忙乱得快要让人喘不过气来。胆小的咧着嘴却不敢哭啼，任凭眼泪无声地往下淌。胆大的只恨手里没有一杆枪，哪怕一杆小时候玩的木头枪也行。没有人知道学堂的大门能抵挡多久，更不敢去想外面的人闯进来后将是怎样一种状况。能知道的是大门一直在凄惨地嗥叫着，一声比一声令人骨寒毛竖。恐怖的暗流在学堂里弥漫着，游荡着，仿佛一阵阵刺骨的寒风，正肆虐着一群衣衫单薄的乞讨者。

和才不敢大意，不停地抬起头往大门方向看。忽然，门墙上冒出一顶边沿镶着白带子的黑色大盖帽，接着又出现了第二顶、第三顶。帽沿下三双眼睛滴溜溜地乱转。和才吓了一跳，忙惊慌地喊道：“警察，警察，警察翻墙了！打，快打呀，把他们打下去！”听见和才的喊声，房顶上的人也看见了翻墙的警察，却不知道如何打，便大声问和才怎样打。和才愣住了，也不知道该怎么打。眼看警察的枪已经搁上墙头，人正往墙头翻，和才急了，狠狠地在房顶上砸了一拳。房顶上的瓦喀啷响了一声，破了。和才灵醒过来，忙大声喊揭瓦，揭房上的瓦，用瓦砸。说着，揭下一页瓦狠狠砸了下去。瓦落在一个“大盖帽”头上，随着一声惨叫，大盖帽不见了。和才又揭起一片瓦要往下砸，却见另外两顶大盖帽在其他同学一阵瓦片乱砸后，已经溜了下去。紧接着，枪响了，子弹嗖嗖嗖地在房顶上乱飞，和才赶紧一动不动地匍匐在房顶上。

枪声停止了，吕队长的喊声随之而起：“狗日的烂怂娃，还真反了不成？你们等着，老子要放火烧了你们的狗窝。我还不信了，你们能当一辈子缩头乌龟！”

苟炳志说："吕警官，稍安勿躁。攻心为上，攻城为下。学生乃国家栋梁，一时糊涂，受了共党蒙蔽，你我还是耐心劝导为是。"

吕队长不耐烦地说："哄人靠嘴，抓人靠威。都啥时候了，还耐心劝导，老子从来不信这一套，就信一条——枪口下面出孬种！"

说话间，似乎来了什么人，一阵嘀嘀咕咕后，吕队长骂了一声娘说："苟科长，啥话不说了，听你的，撤！"

高等小学堂里外出现了难堪的静寂，但却比适才骇人的鼓躁声更加折磨人。谁也不知道外面发生了什么。和才他们虽然趴在房顶上，却是在迎二门位置，根本看不见大门外的情况。下面的人用疑问的目光你看看我，我看看你，谁也无法回答谁。顾大爷蹑手蹑脚溜到大门口，耳朵贴在门上去听，也什么都没有听见。方里知随后又爬在门上去听，同样没有听见任何动静。大伙开始有点相信警察撤走了，头脑里紧绷的弦随之松弛了许多。但为了防止出现万一，和才几个依然待在房顶上。

紧张的心松弛下来后，饥饿和疲惫随之而来，且越来越强烈，闷闷几个还哼哼唧唧地捂起了肚子。金贵看一眼方里知，又看一眼蓝玉说："下来咋办，总不至于等着饿死吧？"听了金贵的话，大伙纷纷发表起了意见。最后经过一番争论，形成了两种意见。一种是方里知和金贵及部分老师同学的观点。他们认为，既然警察已经撤走，且有苟炳志科长的开明之见，县府当是宥恕了学生。这样不妨打开大门，恢复正常教学。只要大家今后安心学习，不问政事，县府定不会秋后算账。一种是蓝玉和另外一部分师生的想法。他们认为，警察撤走只是权宜之计，依照去年"四一二"事件后反动派的做法，敌人断不可能原宥闹事的教师和学生。为了保存实力，减少不必要的牺牲，应趁县城混乱之际，打开大门，让大伙尽快撤离学堂，分散到安全地方。

和才几个在房上的人都支持蓝玉这一派的意见。

双方正争执不下，大门却又响了。大伙大惊失色，头齐刷刷地扭向了门。“嘭嘭嘭”，门又响了几声。大伙这下听清了，是敲门声，不是砸门声。大伙惊喜地互相看了一眼。接着，门外响起了说话声，语速不紧不慢，非常熟悉：“同学们，我是宋俊明，快开门！”

不错，的确是宋俊明的声音。

但却没有人开门。

“同学们，是曹老师让我来见大家的，他让我给大家带来了新指示。”宋俊明提高了声音。

曹老师！曹老师给大家带来了新指示！大伙儿喜逐颜开，激动不已，有人甚至热泪盈眶，掩面而泣。金贵几个守门的赶紧扔掉手里的棍棒、凳子、扫帚、砖块甚至砚台、书本，手忙脚乱地去拽大门闩。不知因为激动，还是门被警察砸歪了，抑或没有吃饭，几个人拉的拉，推的推，门闩却除了吱扭作响外，一寸也没有移动。其他人一看，忙上去抵住门扇，大门闩这才吱吱扭扭动了起来。门闩刚离开绊挡，门哐当一声被踹开了。力量之大，差点把拽门闩的几个人撞倒。随即，吕队长和一帮警察如狼似虎般地冲了进来，见人不是当胸一脚，就是劈头盖脸一枪托。金贵几个被打倒在地，哭爹喊娘地号叫起来。和才几个正站在房顶往下看，见扑进来的是警察，忙弯腰去揭瓦，但手里的瓦还没有撂出去，警察手里的枪响了，两个人当即倒在房顶，又骨碌碌滚到房檐，嗵的一声掉在了院里。和才几个一看，急忙趴在了屋顶上。学堂里的人被突如其来的事变吓坏了，除个别人惊呼了一声，其他人都傻了似的愣在了原地。

这时候，宋俊明手里提着一把盒子炮进了院子，他虽然还穿着学生装，却突然让人觉得他不像个学生。宋俊明扫了大伙一眼，不紧不慢地说：“老师同学们，曹老师的指示我没有，但有一条县府抓获崇泉共匪头子曹仁杰的消息。你们不要再抱幻想了，投降是唯一的出路！”

和才猛地扣下一片瓦，狠狠砸向宋俊明，骂道："宋俊明，你这个狗叛徒！"

瓦片落了地，却没有砸住宋俊明。和才再揭瓦时，却被警察手里的枪打得他抬不起头。

宋俊明哈哈大笑，说："和才同志，你说错了。我比你还鄙视叛徒，怎么会当叛徒，还狗叛徒？告诉你，我本来就是党国的人，也不叫什么宋俊明，叫伍非，是奉伍县长之令打入共党内部的，也就是你们说的地下工作者。眼拙了吧？不过，这也怪不得谁，要怪就怪你们曹老师革命心切。哈哈哈——"

和才气得牙齿咬得咯吱吱响，却一点办法也没有。

这时候，十几个警察趁机翻上月亮门，爬上了屋顶。和才几个忙用瓦片迎战，混战中又有同学被打倒。最后，和才和另外几个同学被警察扑倒在房顶上。

一切平定后，苟炳志进了门，他看着两手抱头、蹲在地上的老师同学，一下一下摇着头说："攻心为上，攻城为下。吕警官，鄙人错了吗？"

吕队长和伍非对望了一眼，哈哈哈大笑起来。

三十五

当苟炳志兴冲冲回到县府报告已拿下高等小学堂，抓获冯和才、柴蓝玉等共党分子以及若干老师、学生后，正坐在大堂等待消息的伍浩志咚地站起来，啪地拍了一下桌子，大叫了一声"好"。

这之前，施粥场的骚乱已经平息，共党头目曹仁杰也被抓获，拿下高等小学堂，预示着这次行动基本上大获全胜。

伍浩志高兴得心里仿佛开了花。在他心里，如此轻省、漂亮、干净地收拾掉崇泉的共产党，绝对是崇泉政治生活中一件天大的事，也应该是他一生中最精彩的一幕，肯定会在崇泉历史上，甚至党国史册上留下浓墨重彩的一笔。伍浩志一直就不喜欢共产党的做派，这两年更成了他的眼中钉、肉中刺。“共产党太可恶了，整天不是指使不明真相的学生上街游行、贴标语，就是鼓动不好好种地的农民交农、拥堂，抑或唆使工人罢工、市民罢市……搞得全县上下人心惶惶，不得安宁，破坏了秩序不说，还把一些人煽呼得想入非非，走火入魔。幸亏蒋总司令及早发现了他们的图谋，这才让我们有了下手的机会，将他们一网打尽。否则，我们这些人将来是怎么死的都弄不明白！”伍浩志在心里欣慰地说。

伍浩志更为自己安排伍非打入共产党内部而沾沾自喜。“高棋啊，要不如何能掌握共党的动向？又如何制定出应对方案？‘知己知彼，百战不殆’，真理啊！”他想。

事后，只要一想起施粥场那一幕，伍浩志的的心就不由自主地抽搐，甚至头上还会冒虚汗。“想想，如果当时施粥场上飞来的不是一只破鞋，而是一粒子弹，或者一枚炸弹，最次一块砖头，结果可就是另一种状况了。子弹会在他头上钻一个血窟窿，炸弹会炸得他粉身碎骨，砖头砸在他脸上，肯定比鲁智深砸在郑屠脸上的拳头硬，油酱铺、彩帛铺、全堂水陆的道场还不是随便开和做。如此，整个行动就会失去指挥。没有了指挥，如何轻省、漂亮、干净地收拾掉共党？即就是收拾了，也是他人的功劳，和你伍浩志有啥关系？共产党委实可恶，竟然用一只臭鞋往人脸上抡，虽然没砸个啥，却着实恶心人。用心何其毒也！不过好啊，共党因此也付出了惨痛代价。施粥场打死、踩死、挤死、不明不白死了的几百号人不说，抓到的人里，只要是农协、盐矿的人立马杀掉，把他们的脑袋和王忠德等人的脑袋用铁丝穿成一串，悬挂在东城门上方，以儆效尤！这一次人死得是有点多，但这是共党做的孽，账必须算在他们头上。一箭双雕，高！”伍浩志心里恶狠狠地说。

起初，气急败坏的伍浩志对学生的处置也是杀无赦，头脑冷静下来后，他马上纠正了这种危险做法。是啊，学生是国家的栋梁，一个个还都是娃，过激处理会引起社会各界的过度反响，进而给县府造成不必要的麻烦。现在，他已经有了比较成熟的意见，适好苟炳志来报喜，他便把想法告诉给了他：对冯和才、柴蓝玉等共党分子重点关押、审讯，其他学生由苟炳志、吕队长、伍非等人甄别，没用的当场释放，剩下的积极分子和亲共分子留下来结实地打，能招出有用的东西当然好，招不出的就摔个娃样子，看他们今后还敢不敢跟着共党滋事生非！

苟炳志一听，笑眯眯地点了点头，连说了两声“好”。

处理完手头的紧要事，伍浩志的方脸上已经有疲惫之色，但他一点也不想休息，他还有一件大事要办，亲审崇泉共党头子曹仁杰。他故意把这事放到最后，现在是时候了。

按伍非的话说，抓获曹仁杰轻而易举地就像从窝里抓了只鸡。

事实上，曹仁杰回到崇泉就被伍浩志监视了起来，不抓是为了放长线抓大鱼。但曹仁杰平时做事很诡秘，安排事情只局限于当事人，其他人很难知道他的意图。因此，伍非虽然能接近他，却常常是睁眼瞎，监视曹仁杰的人更是两眼抹黑，致使曹仁杰成功地组织了一次又一次行动。这一次，曹仁杰被胜利冲昏了头脑，全盘暴露了他的计划，虽然具体方案不是很清楚，但对手里握着枪把子的伍浩志来说已经足够了。

今天一大早，曹仁杰的隐蔽处就被牢牢控制了起来。伍浩志指示监管人员，只要曹仁杰一出门，立即抓获归案。如果曹仁杰不出门，权把巷 8 号的门只准进，不准出，等整个行动结束后来一个瓮中捉鳖。但奇怪的是，直到施粥场上的枪声响起，伍浩志仓皇回到了县府大堂，他得到的消息仍然是曹仁杰依然没有闪面，也没有人进入他的住所。伍浩志惊讶之余，不觉怒火中烧，命令立即抓捕曹仁杰。

伍非负责执行伍浩志的抓捕令。他轻而易举地进了杈把巷 8 号门，很随便地走进曹仁杰的房间。曹仁杰见他进来，以为是来给他报告好消息的，不想伍非却害羞般地笑道："曹……老师，对不起了！"话音刚落，他身后的人饿虎扑食般地冲上去扭住了曹仁杰。

曹仁杰惊呆了，以为眼前的一切是在梦中。他费力地抬起头，一脸不解地问伍非："宋俊明，你……干什么？"

伍非不好意思中显出骄傲的神色说："曹书记，实话说了吧，我不叫什么宋俊明，大名伍非。各为其主，迫不得已。不好意思，委屈您了。"

曹仁杰如梦初醒，愤然道："宋俊明，你这个王八蛋，我要杀了你！"

伍非哈哈一笑："对不起，我现在没有时间让你杀，听说和才和蓝玉领着一帮人尚在小学堂抵抗，我要去传达您的新指示了。"

曹仁杰怒不可遏，挣扎着往伍非跟前扑，却被便衣们牢牢箍住了。曹仁杰无力挣脱，眼巴巴看着伍非趾高气昂地走了。

伍非走后，看管曹仁杰的人并没有为难他，相反，还松开手，允许他可以坐，可以站，就是不能随意走动。曹仁杰心乱如麻，既不知道外面的情况，更不知道等待他的将是什么，哪里坐得住？又哪里站得住？他想不通事情竟坏在了他相信的宋俊明，不，伍非这个小人身上。"这个家伙伪装得太好了，埋藏得太深了，要知道他是伍浩志派来的一只狐狸，我定会亲手一刀一刀剐了这个王八蛋。"曹仁杰心里愤恨地想。

时间一小时一小时过去了，曹仁杰也越来越烦躁不安了。他不知道伍浩志和伍非葫芦里卖的什么药，为什么既不带走他，又不审讯他？难道仅仅是为了钓鱼？可带走他也可以钓鱼啊。带去的地方曹仁杰已经想到了，无非是杀场或者人间地狱——监狱。一个是马上杀头，一个是慢慢地折磨死你，说到底都不是什么好地方。但既然成了阶下囚，你还有选择的余地吗？迟早要这样，倒不如早见个分晓。可他们就是不带走他，就这样干耗着。

他们不会忘了我吧？不，绝对不会！他们不会那么愚蠢，更不会那么仁慈！那他们究竟是什么意思，难道……忽然，曹仁杰脑里闪出一个可怕的念头："难道他们要在这里处决了我，一点动静都没有，更不会有什么影响，就像用脚碾死一只蚂蚁那么简单。果真这样，我……我这也死得太窝囊了！"想到这里，曹仁杰毛发倒竖，胆战心惊。为了掩饰不经意间流出的恐惧，他赶忙闭上了眼睛。但他的脑子却没有停歇，一会儿想到伍浩志、伍非……一会儿想到和才、蓝玉……想到蓝玉，曹仁杰的心不自觉地动了一下，眼前随之闪出一双扑闪扑闪眨动着的大眼睛。

曹仁杰的眼睛有点潮湿了。

胡思乱想中，伍浩志领着一伙人来了。曹仁杰长出了一口气，心里似乎有一种尘埃落地的感觉。本来他想很幽默地向伍浩志打个招呼，可看到对方不可一世的神态，便鄙夷地瞥了他一眼，稳了稳屁股，翘起了二郎腿。

伍浩志在屋子显要处坐下，脸上浮上笑，眯缝着眼睛打量了一遍曹仁杰。和照片上的人一样，眼前这个穿着长衫、戴着眼镜的人，还是那么一副气定神闲、不可一世的神态。所不同的是，他的头发不再妥帖地伏在头上，而是乱糟糟地张扬着。伍浩志嘿嘿笑了两声，心中有了底。

曹仁杰也悄悄看了一眼伍浩志。面对他的是一个胖得有点夸张的人，可能有点劳累，他的脸更大了，搋面盆似的。但他的眼睛却很小，上下眼皮几乎挤到了一起。但仔细看去，这双眼睛不但睁着，还射出锥子般锋利的光，让曹仁杰觉得那两张发亮的眼皮就是两把锋利的刀刃，眨眼间就会合在一起，咔嚓一声切断他的脖颈。曹仁杰心头拂过一丝寒气，急忙收回了目光。

"站起来！"

伍浩志突然喊了一声，声音不大，却有一种不容抗拒的威力。

尽管曹仁杰觉得伍浩志是在向手下人发火，他的眼皮还是不由自主地跳了一下。但当看清屋子里的人都站着，只有他和伍浩志坐着，这才明白伍浩志是在命令他。他觉得受到了怠慢甚至侮辱，鼻子里“哼”了一声，没有理会伍浩志。

“站起来！”伍浩志又喊了一声，脸上的笑容已经消失殆尽。

曹仁杰翻了他一眼，不置可否地笑了笑。

伍浩志站起来，在房间踱起了步。走到曹仁杰跟前，他突然举起右手，左右开弓，啪啪地扇了他两耳光。由于用力过猛，他的脚步踉跄起来，摇晃着向曹仁杰身上倒去。旁边的人一见，赶忙扑上来扶住了他。

曹仁杰被这两记响亮的耳光打懵了，头脑嗡嗡地响。他下意识地跳起来，傻了似的看着伍浩志。被捕后，曹仁杰什么都想到了，唯独没有想到伍浩志会当着下属的面亲手扇他的耳光，而且那么果断，那么卖力，那么动情。似乎他面对的不是共产党崇泉特支书记，甚至不是一个活生生的人，而是一个练拳桩、一个出气筒、一个虚无的存在。曹仁杰的脸好像被人揭了皮似的火辣辣疼，但他的心比脸更疼，羞辱感夹杂着委屈感压得他快要喘不过气来。

“什么东西！”伍浩志嘴里咕哝着，将一口浓痰吐到了曹仁杰面前。

“士可杀，不可辱！”曹仁杰气冲冲地说。

“你现在连一头猪都不如，猪杀了还能吃肉，杀了你只能喂狗。”

“你抓人就是为了杀？这和侩子手有什么区别！”

“当然有，侩子手没有选择，只有杀人一条路。我却可以选择不杀，条件嘛，就是看他有用没用。”

“人活在世上都有用，我不知道你什么意思。”

“什么意思你应当清楚。”

“我……累了，需要……静一下。”曹仁杰一屁股坐在椅子上，闭上了眼睛。

伍浩志瞟了曹仁杰一眼，一脸的得意说：“我也累了，但一点也不想休息。你可能不知道，我有一个小小的癖好：只要我睁着眼，就不允许其他人把眼合上。”

曹仁杰睁开眼，瞅着伍浩志思忖了一下，然后吞吞吐吐地说：“我……我想见一个人，可以吗？”

“你觉得我会同意吗？”

“我想你应该同意，因为这对你没坏处。”

“我要是不同意呢？”

“那……你可以由着你的性子，我也可以由着我的性子。”曹仁杰盯着伍浩志，执拗地说。

伍浩志翻了一眼曹仁杰，从鼻子里冷笑了一声，说：“那说说看，你想见哪个？”

曹仁杰似乎有点不好意思，想了半晌方下决心地说：“她……叫蓝玉。”

“谁？”

“柴……蓝玉，一个女学生。”曹仁杰小声道。

伍浩志先是一愣，接着大笑起来，直笑得弯腰、抚胸，上气不接下气方说：“好，好，好，看来你……你还是个人，是人……就……好办了！”

当伍浩志的手下人解开蓝玉手上的绳子，取下眼睛上的黑布后，头发散乱、面容憔悴的蓝玉简直不敢相信自己的眼睛。她原以为是被拉出去杀头的，可现在站立的地方却哪里是荒郊野外的杀人场，分明是她十分熟悉的杈把巷 8 号；面前的人也不是提着鬼头刀的侩子手，而是实实在在的曹仁杰老师。蓝玉有点管不住自己了，突然就像一个失散的孩子终于找到了家人，猛地扑到曹仁杰怀里，哇的一声哭了起来，边哭边哽咽着说：“和才……他们都被抓……抓了，死……死了……好些……人。呜——”

曹仁杰轻轻拂挲着蓝玉的头发，泪眼花花地说：“你们……都是好样的，是我……对不起你们。”

“呜——”蓝玉大放悲声。

曹仁杰抱住蓝玉，用手轻轻拍着她的脊背说：“好在……一切都过去了！”

仿佛猛然踩了一个急刹车，蓝玉马上停止了哭。她从曹仁杰怀里挣脱出来，思疑地看了他一眼，又警觉地在屋子里逡巡了一遍。当看见伍浩志和手下人不怀好意地看着她时，她不自觉地后退了两步，然后回头问曹仁杰道：“这是怎么回事？他们怎么在这里？”

曹仁杰苦笑了一下说：“蓝玉，啥话都别说了，只要你好好的就行。”

“我好好的？”蓝玉睁大了眼睛，“我为什么要好好的？”

“因为……”

“因为啥？”

“你……你真的没有看出我的……心吗？”

“你的心咋了？”

“有……有你！”

“有我？”蓝玉愣愣地瞅着曹仁杰，“笑话，这怎么可能？你……你不会因为……有我，你就……”蓝玉哇的一声又哭了，边哭边说，“不，不，我不要你……有我，我也承受不了！”说着，转身往门外跑去。刚跑了两步，两个警察扑出来，铁塔似的挡住了她。

曹仁杰把蓝玉拉回身边说：“围得铁桶似的，能跑我早跑了！”又趴在蓝玉耳朵边说，“我是真心救你的，不要再任性了，伍胖子什么都能干出来！”

蓝玉呜呜呜哭得像个泪人，边哭边说：“这是干啥吗？这是干啥吗？”

曹仁杰仰天长叹道：“命，一切都是命！”

伍浩志哈哈哈大笑起来。

按照曹仁杰提供的线索，以及其他变节人员的口供，伍浩志亲自安排部署，仅仅用了三天时间，崇泉共产党组织便被全部打掉，大部分党团员、积极分子被捕，只有极少数侥幸逃走。崇泉又一次陷入腥风血雨之中。

闷闷当天就被放了出来，出来后连夜回了大孔。柴一刀随即把情况告诉了冯金宝。冯金宝一听金贵被抓，第二天一大早匆匆赶到崇泉，想办法找到伍浩志，恳求他手下留情。伍浩志一听金贵是冯金宝的胞弟，又查明金贵虽然算得上积极分子，却是凑热闹的多，干实事的少，便让人把他教育了一顿，留下悔过书，让冯金宝领走了。金贵回到大孔，碰见了柴福海，柴福海向他打问蓝玉的情况，金贵便说了崇泉发生的事，且吞吞吐吐说了和才和蓝玉的关系。柴福海一听当时就晕了，清醒过来，他思来想去觉得这事与和才有关，肯定是他把蓝玉引上邪路的，一气之下便去找冯得显，这才有了柴福海大闹冯得富家的那一幕。

翌日，柴福海去了崇泉，可他人生地不熟，又和官场没有一分钱关系，跑来跑去仿佛老虎吃天，无从下口。后来一思谋，县衙是最有权的地方，犯了事的人应该关在那儿；不关在那儿，也一定知道关在哪儿，便忙忙去了县衙。到了县衙门口，他几乎磨烂了嘴皮，站岗的“大盖帽”既不让他进去，又不告诉他任何情况，还说他打听敏感事情，想挨铿。不得已，他就向出出进进县衙的人打问蓝玉以及和才的情况。人家一听，不是警觉地盯他一眼，就是淡漠地说不知道，有的甚至看也不看他一眼就走。几天下来，柴福海精神几乎崩溃，人也瘦得失了形。

县衙里一个年龄大点的人看不下去了，悄悄把柴福海拉到一边说：“你得是姓柴？”柴福海赶忙点头。那人说：“那应该没有问题。共党的书记叛变了，要走了一个姓柴的女学生。那怂是个大家伙，被严严实实地保护了起来，但谁也不知道保护在哪里。女学生要是你女儿的话，我劝你不要乱打问，赶紧回家，问来问去会出事的。”说完，匆匆走了。

柴福海懵了，眼泪忍不住地哗哗哗地流了下来。当天晚上，他悄无声息地回了大孔，好长一段时间都没有出门。

三十六

那天在冯得富家摔倒后，冯阔海一直昏昏沉沉睡在炕上，不言不语，不吃不喝。冯得显从罕井一连请了两个先生，扎针、拔罐、刮痧、放血、汤药……能用的都用上了，却一点作用也没有。最后，先生摇了摇头，悄悄对冯得显说：“想吃啥就让吃吧！”

第三天，冯阔海睁开眼要水喝，还让冯赵氏给他打两个鸡蛋，说他梦里都想着吃荷包蛋呢。冯赵氏把悬着的心放下来，抹着泪和和才妈去了伙房。冯得显伺候他大喝水。冯阔海喝了两小口，便摇头不喝了。冯得显给他擦嘴，冯阔海却一把抓住了他的手，力量之大，让冯得显想到了老鹰锐利的趾爪。他去看他大，只见老汉脸色苍白的像一张粉连纸，嘴抖抖索索似乎有话要说。他忙把头向父亲面前靠了靠。冯阔海头上泛出了豆大的汗珠，努力说道：“快去救……救……和才，咱家三……三……”冯阔海喘着气说不出话了，他松开冯得显的手，颤颤巍巍举起右手食指，眼睛死死地盯着冯得显。冯得显明白了父亲的意思，哭着说：“大，我知道你的意思，您就放心吧！”冯阔海的眼睛黯淡下来，眼皮慢慢合上了，但右手食指却一直举着，胳膊落下去了，还没有收回来。

“大呀！”冯得显扑通一声跪在炕上，失神落魄般地号哭起来。

按冯得显的意思，尽其所有，风风光光地抬埋父亲。父亲辛劳了一辈子，升天后理应享受最高礼仪。冯赵氏却不答应，且说：“一年两料无收成，天高得要人命，家里就剩下那点粮，你摆开摊子弄事，那点粮够谁吃？吃完了一家人又吃啥？你大在的话，也不会让你这么办。你大是咋死的？死的时候咋给你说的？要按常规办事，在家停灵七天，一七、二七、三七……七七四十九天，还有百天，这样下去，和才早就没命了。和才没了，你大不就白死了？你……你……你这能算尽孝吗？”冯赵氏说着抽抽搭搭哭上了。冯得显仔细一想，妈的话句句在理，于是长叹一声，和自家人草草抬埋了父亲。

抬埋冯阔海那天，冯金宝来哭丧，冯得显悄悄问他是如何救出金贵的。冯金宝没有讲，却摇着头说：“难哪！伍县长这次下了硬茬，说是非摔出个娃样子不可。”冯得显疑惑地说：“金贵不是第二天就回来了吗？”冯金宝说：“金贵和和才是两码事。金贵是不懂事，凑热闹，是坏人煽惑的，教育过来还是个良民。和才可是正儿八经的共产党呢，听说还是个头头，犯的是死罪，你那同窗估计都很难帮上忙。”

冯金宝说的冯得显的同窗便是苟炳志，他们一起在三原清鹿书院读过书，但两人却迥乎不同。冯得显爱读书，不爱和人交往。苟炳志不爱学习，却喜欢和各种各样的人交往。后来，冯得显回家当了农民，苟炳志进了县府，还当了秘书。两人本没有来往，前些年经不住冯金宝缠磨，冯得显领着他去崇泉见过一次苟炳志，以后再没有见过。和才出了事，冯得显首先想到的是苟炳志，也相信他能帮上忙——冯金宝的事他都帮了，同窗儿子的事他能置之不理？现在听了冯金宝的话，冯得显心里突然没有了底。

晚上，冯得显忧心忡忡的把冯金宝的话说给了冯赵氏。冯赵氏寻思了一下说：“依我说，只要你那个同窗还在县衙就是好事，帮不上忙总能穿个针，引个线，传个信吧，不然咱两眼抹黑去找谁？我思谋了，说到底这事还是要拿钱下场，人常说，有钱能使鬼推磨，我不信县衙里的人不爱钱，要不他当官干啥？熟人加上钱，这事能成！”

冯得显愁眉苦脸地说：“刚刚抬埋了我大，家里哪里有那么多钱啊！”

冯赵氏说：“我手里还有二十块大洋，你拿去。”

冯得显垂下眼皮说：“你省吃俭用攒下几个钱，我咋好意思要。再说，这也不够噂！”

冯赵氏说：“说这些干啥，救娃要紧。够肯定不够，咱再想法子，不行了就卖地。”又自言自语道，“按说你大在世时种地、贩炭、买卖牲口，多少能挣些钱，他把钱放哪里了？他可不是乱花钱的人。”抬头又问冯得显，“你大走的时候没给你说啥？”

冯得显摇了摇头。忽然，他想起了父亲死时举着的那根手指头，便说给了冯赵氏：“我大开始举一个手指头，我知道他想说咱家三代单传，一定要救出和才，不能让冯家断了根。但我已经给他说我懂他的意思，他胳膊也落下去了，手指头却还伸着。”

“你大手指头指向哪里？”冯赵氏忙问。

冯得显想了一下说：“好像是西北角。”

冯赵氏说：“你大肯定还有话给你说，却没有气力了。西北角？你去这屋子西北角看看，看有没有不对劲的地方。”

冯得显走到屋子西北角看了看，却没有发现什么异常。

冯赵氏说：“你看你，脑子咋是个实实，随便看看肯定啥啥都没有，要细看，细听，细琢磨。”

冯得显便又过去看，却仍然没有看出哪里有什么不对劲。

冯赵氏急了，溜下炕亲自去看。她先用眼睛大面积往屋子西北角扫了扫，然后弯下腰瞅一会儿墙，又看一会儿地，还把耳朵贴在墙上和地上听了听，最后用一双小脚挨个去踩地砖，轻踩、重踩、不轻不重地踩，踩了一遍又一遍。忽然，她警觉地停下来，回过头对冯得显说：“这块砖有点活，声音也有点不对，你去拿镢头。”

冯得显拿来镢头，小心撬开冯赵氏脚下的青砖，又扒了扒土，下面出现了一块方砖。揭开方砖，下面却是一个洞，洞里搁着一个黑陶瓷罐，罐口塞着一件白粗布衣服。拉出衣服，罐子里居然是一块块白花花的大洋。

冯赵氏拭了拭额上细密的汗珠说："这死老汉，怪不得我找不见这件褂子，原来塞到这里了！"

冯得显膝盖一软，跪在地上放声哭了起来。

第二天天不亮，冯得显背着沉甸甸的褡裢出了门。当他气喘吁吁赶到崇泉县府门口时，县府已经下班，苟炳志也不知去向。他不知道苟炳志去了哪里，更不晓得他住在哪里，只得坐在照壁后面等。一路上焦心如焚，只顾得赶路，冯得显又饥又渴又乏。他胡乱吃了两口和才妈给他带的干粮，然后靠在照壁上假寐起来。恍惚中，和才突然来到了他面前，却头发蓬乱、脸色苍白、浑身是血。他看着他凄然地笑了一下，轻轻叫了一声"大"。冯得显吃了一惊，忙去拉和才。和才却摇着头飘然而去。冯得显急了，忙大喊了一声"和才"……

睁开眼，哪里有和才的影子，只有一张张陌生的脸好奇地看着他。有人说："这人好奇怪，看着像个乡里人，却穿着长袍，脏不拉几的不说，也不嫌热，莫非孔乙己跑到崇泉来了？"又有人说："还有他的头发，看着就像前清遗老。革命成功快二十年了，咋还有这样的人！"还有人说："他刚才喊什么和才，莫非就是前段时间抓的那个共党？他和他有关系？"……

听到和才的名字，冯得显心里激灵了一下。他正想站起来问那人，却见一个戴着黑礼帽、留着两撇胡子的瘦子挤了进来。瘦子先是鄙夷地看了眼冯得显，然后对围观的人喝道："一个要饭的有啥看头，县城里要饭的还少？上班去，再不好好公干，就等着被别人看吧。"

冯得显高兴得差点喊出了声，原来瘦子正是苟炳志。他稳定了一下情绪，然后上前拘谨地叫了一声"炳志"。苟炳志回过头怪异地看了他一眼，说："你……你是……"冯得显不好意思地笑道："我是得显，冯得显。"苟炳志上下打量了一遍冯得显，惊异地"哦"了声说："还真是得显啊，几年未见，你咋变成这了，不仔细看还真认不出来。对不起，对不起！”冯得显叹了一声说：“一言难尽啊！家里出了事，出了大事，这不上县城找同窗您来了！”苟炳志瞅了一眼冯得显肩膀上的褡裢，皱了皱眉说：“是吗？可我现在还有急事要去办。”想了想又说，“是这，你既然来了，就不要急着走，晚上我在德盛楼请你，有啥事吃饭时慢慢说。”冯得显心里咯噔了一下，忙说：“咋能让你请，还是我来请。”苟炳志说：“都是同窗，谁请还不一样。”说着，一摇一晃地走了。

冯得显心里轻松了许多，心想还是同窗好啊，二话不说就把人接住了。要是生人，人家才没有功夫理你呢！但想到德盛楼，他心里又疼了起来。这地方他去过，上次见到苟炳志后，冯金宝就在那里宴请了苟炳志。饭的确不错，却很贵，结账时把他吓了一跳，也对冯金宝有了另外一种看法。但为了救和才，他只能舍命陪君子了。

尽管去过德盛楼，但时间长了，冯得显还是找不着了地方。好在德盛楼的名气大，问了两个人，便很快在小什字巷口找见了。小心翼翼走进门，一个伙计却急火火跑过来拦住他说：“要饭去东门外的舍饭场，这里不打发叫花子。”冯得显有点生气，心想县府的人把我当成了要饭的，你一个跑堂的竟然也把我当成了叫花子，便没好气地说：“我不是要饭的，是吃饭的。”伙计翻了他一眼说：“还不是一样嘛。”冯得显摇头道：“肯定不一样，要饭是伸手讨要，吃饭是使钱点餐。”伙计瞅了一眼冯得显说：“你……有钱？”“当然。”冯得显拍了拍褡裢。“那……先交钱，后进门。”伙计说。冯得显火了，说：“从来都是先吃饭，后结账，你……这是哪里的规矩？”“现在是非常时期，掌柜的就是这样给我们交代的。”伙计说。冯得显一想伙计说得也在理，便没好气地问：“那……先交多少？”“十块。”冯得显吓了一跳，心想怪不得伙计狗眼看人低，原来这里还真不是人来的地方。但想到和才，他还是揪着心掏出十块大洋，给了伙计。

德盛楼不到下午五点便开始上客，到了六点更是热闹非凡，惊得冯得显目瞪口呆，一时难以相信这是真的。从大孔到崇泉，一路上饥民啼饥号寒，饿殍遍野，惨不忍睹，可吃一顿饭要押十块钱的德盛楼却高朋满座，花天酒地、笑语欢声，给冯得显又一次诠释了“朱门酒肉臭，路有冻死骨”的涵义。

冯得显在心里长长地悲叹了一声。

天黑透时，苟炳志姗姗而来。冯得显焦急得快要蹦出来的心一下子平静下来，赶忙请他落坐并点菜。苟炳志也不客气，随口点了高力肉、生炒、八宝辣子、生姜丸子几个崇泉名菜和一瓶柳林春，还说：“就几个简单菜吧，我在这里熟，搁别人这样点，伙计都懒得搭理你。”冯得显嘴里说拣好的点，心里却像割肉似的疼。

酒过三巡，苟炳志好像突然想起了冯得显的话，便问他家里出了什么事。早已急不可耐的冯得显便说了和才的事。未等冯得显话说完，苟炳志啪地放下筷子，咚地站起来说：“得显，你这不是日弄人嘛。要知道冯和才是你儿子，打死我也不会来的。冯和才是谁？共党分子，叛乱骨干，站在房顶上和警察对打，歪得很。能保住命就算烧高香了，你竟然让我帮你救人？不说我没有这个本事，假如伍县长知道我有这个想法，都会吃不了兜着走。轻则丢掉饭碗，重则抓起来，甚至丢了性命。不吃了，吃不起，这饭太贵了！”说着，拔腿就要走。

冯得显一把拉住苟炳志，急眉赤眼地说：“你看你，你看你……”却不知道说什么。忽然，他想起了一路上翻来覆去想好的话，便背书般地对苟炳志说：“鄙人教子无方，致使犬子误入歧途，引来杀身之祸。我家三代单传，老父知道此事一命归西，老母整日以泪洗面，和才再不还家，恐不久于人世。孔子曰：‘君子成人之美，不成人之恶。’孟子曰：‘恻隐之心，人皆有之。”释家曰：‘救人一命，胜造七级浮屠。’万望同窗解衣推食，慷慨相助，倘能指点迷津，救出小儿，鄙人定当衔环结草，一生相报！”说着，忙忙从褡裢里掏出一个袋子，塞到了苟炳志怀里。

苟炳志噗嗤一声笑了，说：“得显啊，你咋还是这么陈腐，不了解你的人听了你这些话，肯定以为你是酸文假醋，可我听着心里却怪不是个味儿。”说着把手中的袋子放在饭桌上，坐了下来。

冯得显赶紧给他斟满了酒。

“可怜天下父母心，得显，你的心情我完全理解，可是，难，真的很难哪！”苟炳志吱溜喝掉杯中酒，指着桌上的袋子说，“人都说，有钱使得鬼推磨，可这一次不行了。伍县长好像和共党结下了梁子，一口一个杀无赦，一句一个格杀勿论，你想想，这个时候谁敢在太岁头上动土啊！”

冯得显浑身凉了半截，可怜巴巴地说：“这可咋办嘛？同窗，算我为难你了，你就帮我一回，我就这一个儿子啊！钱不够我再想办法。只要能救出和才，倾家荡产我也认！”

“你咋听不懂话嘛！”苟炳志有点恼了，“我刚说了，不是我不帮你，是真的帮不了。我也说了，不是钱的事，钱救不出你儿子。”

“哪咋办吗？”冯得显急了，瞪着眼睛说。

“你先别急嘛，听我慢慢说。”苟炳志说，“我刚才想了，先用这些钱把监狱里的人打通，不要让他们打娃、骂娃，让娃好好活着，再视情况变化救人，你觉得这样咋样？”

冯得显想了想说：“也没有更好的办法了，只是监狱那边要为难你了。”说着，抖抖索索又给苟炳志斟了一杯酒，“您喝酒，您吃菜！”

苟炳志摆了摆手说：“客套话就不说了，谁叫咱们是同窗嘛。”说着端起酒杯示意冯得显喝酒、吃菜。冯得显象征性地端了端酒杯，动了动筷子，却觉得酒太苦，菜无味，便放下酒杯和筷子，一心一意地为苟炳志斟酒、搛菜。斟酒、搛菜时，他的手颤抖着，心阴沉着，他觉得这个世界太不可思议了，也觉得自己太窝囊了，窝囊得斯文扫地、颜面无存。但想到和才，他脸上的笑纹又增添了几道，腰也弯得不成个样。

二两酒下肚，苟炳志的话多了起来。言谈中，他透露了一些和才的情况："打当然打了，但和才什么也不招，甚至不承认自己是共党。伍县长没法，又不想承担杀学生的罪名，正考虑把和才一些有重大嫌疑的学生送往西安军事裁判所。"

冯得显听得既心疼，又惧怕，浑身一软，一条腿跪在了地上，喃喃呐呐地说："完了完了，事情弄大了。解到西安，那还会有命吗？"

苟炳志吓了一跳，忙去拉冯得显。冯得显清醒过来，两手抱住苟炳志哭道："炳志，同窗，不不，冯秘书，你想办法救救和才吧，说起来他也是你侄子啊！"

苟炳志火了，厉声说："得显，你这是干什么？"

冯得显说："我……我……束手无策，我就这一个儿子，我大走时让我无论如何把他领回去，我不能不孝啊！"

"那你站起来听我说。"苟炳志不耐烦地说。

冯得显想了想站了起来，直勾勾盯着苟炳志说："你说！"

"我刚才忽然想到一个人，只有她能救你儿子。"

"谁？！"

"杨老夫人。"

"杨……老夫人。杨老夫人是谁？"

"还能是谁，杨将军妈。"

"哦，可我不认识人家呀！"

"那就要看你的能耐了，我只能帮你这么多了。嘴紧点，不敢让别人知道是我出的主意，要不我真的就完蛋了！"

当晚，冯得显住在了崇泉，但没有住旅馆，甚至车马大店，就靠在崇泉文庙的六龙壁上凑合了一夜。一晚上，他几乎难以合眼。苟炳志给他出了个主意，却也给他出了个难题。杨老夫人虽然住在崇泉，可侯门深似海，一般人如何能见到她？即使见到了，人家不想帮你又怎么办？但不管咋说，冯得显心里还是很感谢苟炳志，毕竟人家给他指了这条路。只要是路，他就要走，碰得头破血流也要走。

第二天，心急如焚的冯得显按照苟炳志给他说的路线走进了东槐园里的一条小巷。小巷巷口有点小，两边分别栽着一棵大槐树。巷子不深，但比县城其他小巷宽了许多。巷子里有七八户人家，青砖青瓦的建筑在门口大槐树的掩映下气象俨然。几个小孩正在巷口玩踢房子游戏，不时响起的笑声充满了无忧无虑。更让冯得显稀奇的是，巷中间的槐树下飘着一面印着“算卦、测字、看相、周易”的八卦旗幡，旗子后面端坐着一位庞眉皓发、翘着胡子、戴着圆边石头镜的老者。

冯得显心里闪出一线希望，忙过去打问老者杨老夫人住在哪里。老者却耷拉着眼皮，冷冰冰地说“算卦、测字”。冯得显以为老者没有听清他的话，便提高声音说：“就是杨将军的母亲，你可知她老人家住在哪里？”老者嘴里却还是“算卦、测字”四个字，听不来是吆喝，还是介绍。冯得显悻悻欲走，老者却说：“天堂有路你不走……”冯得显吓了一跳，乍然想到如此幽静的地方竟然遇见这么一个人，莫非碰见了仙人。忙打住步，看了一眼老者说：“愿闻其详。”老者却还是“算卦、测字”四个字，语气却成了问句。冯得显想了想，从卦摊上提起笔，在纸上写了一个“救”字。老者先是一愣，然后瞥了一眼纸张说：“救者，救命、救灾、救难也。拆开为‘求’和‘文’。求者，求人也，文者，女变之态也。也就是说，你有救命之事，须得求人，所求之人还是个女的。”冯得显心想如此浅薄之说，竟也敢骗人钱财，便掏了几个铜钱扔在桌上，转身欲走。老者却叫住他嘿嘿笑道：“怎么，真不认识山人了？”冯得显回头再看老者还真有点面熟，一时却想不起来是谁。老者摇头笑道："连我何神仙都不认得了，这世事变化也太大了！"冯得显仔细打量了老者一下，嘴里"哦"了一声，突然想起了面前的人是谁。

三十七

原来老者和冯得显乃同榜秀才，大名何申贤。年轻时他就喜欢弄些神神道道的事，落了个何半仙的绰号。二十多年不见，他竟然成了"何神仙"。

"虽然老了，但身影、架势一看就是你，咋日急慌张跑这里来了？"何申贤笑呵呵地说。

冯得显便说了求杨老夫人救和才的事。

何申贤问他和杨家是亲戚、故交还是有人引荐。

冯得显摇头说都不是。

何申贤指了指斜对面三开间门房的宅院说："地方你是找对了，法子也是个好法子，问题是你如何见到杨老夫人？她家大门平时就关得铁桶般严实，最近杨将军出了洋，世事又不太平，这门就更难进了。敲门、硬闯？里面看门的是吃素的？退一步讲，看门的让你进去了，也见到了老夫人，她老人家就那么听你的？"

"只要能见到人就行。"冯得显说，"听说老夫人吃斋念佛，慈悲为怀，听了我家的事，她老人家定会发善念相帮。"

"可惜世上的不平事太多了，老夫人就是把善念发完，也只能是杯水车薪。想必你也是无路可走了，那就守在这里等吧，我瞅机会也帮帮你。今天晚了，明天一大早你过来，等他家做饭的出门买菜时，看能不能进去。"何申贤眨巴着眼睛说。

冯得显他乡遇故人，还帮他出了这么多主意，一时激动地一连说了几声谢谢。转眼却想，何申贤一个江湖算卦的，如何知道杨家这么多事，便吞吞吐吐问他。

何申贤哈哈一笑说："当然是算出来的，要不何申贤能成了何神仙？"又闪了闪小眼睛，低声说，"不明白吧？这就叫靠山吃山，靠水吃水。至于消息嘛，"何申贤诡秘地一笑，"天天坐在他家门口眼观四路，耳听八方，不想听吹也能吹进耳朵。不过……"何申贤端正了面容，"来这里找杨家的不是想升官，就是为发财，钱大多来得不正道，咱以算卦的名义弄他两个算不得下作。今天倒是好，碰上个秀才，想着是条大鱼，不承想就撒了这几枚大钱，还真把神仙当乞丐了！"

两个人捋着胡子笑了起来。

玩踢房子游戏的小孩回头看了看他们，也嘻嘻哈哈地笑起来。

晚上，冯得显靠在巷口大槐树下胡乱歇息了一晚，第二天一大早便候在了杨家门口。可直到日轮当午，杨家的门都冷冰冰合着，哪里有做饭的出来？问何申贤，何申贤想了想"哦"了一声说："夜来好像买过菜了，买一回吃两天，今天应该不会再买了。瞧我这记性。等等，再等等，看门还开不开。"

冯得显头上的汗泛了出来，说："要不，我过去敲敲门。"

何申贤摆手说："使不得，使不得，门可能会开，人却绝对进不去。我亲眼看见多少人碰了钉子，你比他们官大？钱多？耐住性，再等等！"

可一直等到天黑，杨家的门还是那样板着脸，一声儿不曾响过。冯得显急得火烧火燎，牙不知不觉间疼了起来，左脸颊一时肿得像被谁扇了几耳光。

这一晚，冯得显干脆就在何申贤算卦的槐树下蜷了一晚。天还黑着，他便守在了杨家门前。今天再见不到杨老夫人，只怕他就要疯了。他知道县府留给他的时间不会太长，他不能眼睁睁看着和才被五花大绑地押到西安，咔嚓一声砍了头。这种事这几天他听得多了，每每唬得他毛发悚然，失魂落魄，梦里都是和才血肉模糊的头和身。

日上三竿的时候，哐啷一声，杨家的门拉开了一扇，里面出来一个拎着篮子的胖男人。冯得显一看赶忙往门口跨，左脚刚到门口，门哐啷一声又关上了。冯得显气得直跺脚，只恨自己笨。正不知所措，何申贤县老爷似的迈着八字步进了巷，见冯得显佝偻在杨家门前发呆，他忙碎步上前，问冯得显买菜的出来了没有。冯得显唉声叹气地说了门开门关的事。何申贤听了后说："只要买菜的出来了就好，出来了肯定就要回去，咱还有一次机会。"冯得显一听脸上的颜色好转了些。

何申贤刚把卦摊铺开，胖男人挎着篮子一摇一晃进了巷子。冯得显忙压着嗓子急急地唤何申贤。何申贤一看马上笑眯眯迎上前，向胖男人打招呼说："一家子，买菜去了？"

胖男人睁开肿泡眼，翻了何申贤一眼，继续往前走。

何申贤伴在胖男子旁边，给他介绍赶过来的冯得显说："这是我表弟，关学传人，学问大得很。他有事想见老夫人，麻烦一家子您给带进去！"

胖男人睁大肿泡眼，白了一眼何申贤说："看你说得轻省的，当我是老夫人儿子，权大得能管一个省？当你是老夫人外孙，想见就见，想撒欢就撒欢？老夫人交代了，这段日子不见人。就是见，也要层层通报，最后老夫人同意，才能进去。这些规矩你应该懂，今天咋昏了头，狮子大张口啊！还一家子一家子地叫，一个被窝的都不行，轻省的！"

说话间，到了杨家门口，胖男人在门上拍了三下，门哐啷一声开了条缝，胖男人抬腿挤进了门。冯得显一看，急忙也往里挤，却被里面的人一把推了出来，且说："老夫人把钱粮都捐给了救灾会，饿了到舍饭场去，这里不打发要饭的。"

冯得显顿时浑身冰凉，四肢松软。他木木地盯着合得密不透风的门，大颗大颗的眼泪从眼眶中滚了下来。

“阎王爷好见，小鬼难缠啊！”何申贤叹了一声。

“咋办？咋办？咋办呀？我儿真的要成刀下鬼了吗？”冯得显茫然地说。

何申贤看着泪眼婆娑的冯得显，眉头一皱计上心来，说：“我这里还有一个法子，不知道你愿不愿意干？”

“说嘛，有什么法子你说嘛，只要能救我儿，吃屎喝尿我都干！”冯得显可怜兮兮看着何申贤说。

何申贤附在冯得显耳边嘀咕了几句，冯得显听着先是一愣，接着重重地点了点头。

何申贤回到卦摊刚坐下，冯得显嗵的一声跪倒在了杨家门口。这一跪没有前提，没有过渡，而是硬硬地双膝着地，加之巷内空旷无人，响声竟异常地响亮，响亮得有点惊心动魄。多年以后，何申贤的耳旁还常常响起这一声令他热泪盈眶的嗵声。

冯得显的膝盖先是一麻，接着如锥般的疼痛从膝盖处出发，迅速袭击了全身枝杈般的末梢神经。他不自觉地倒吸了一口冷气。但冯得显哪里顾得上膝盖的疼痛，他心里的疼痛早已让他生不如死。人常说，男儿膝下有黄金，上跪天下跪地，中间跪父母，而他竟然跪倒在了别人家门前。虽然是为了救儿子，虽然他心甘情愿，但一种莫可名状的委屈感和失败感还是让他心如刀绞，泪流满面。他觉得自己这一辈子真的太窝囊了，十年寒窗，学富五车，却一事无成，非但保护不了儿子，还害得老父一命呜呼，真个是百无一用是书生！如果救不出和才，冯家真真是要绝后了。不孝有三，冯得显你三条可都占上了……越想越愧，越想越痛，越想越气，越想越委屈……想着想着，冯得显管不住自己了，突然就哭出了声。这一哭，哭出了他心中的苦，道出了他心中的冤，喊出了他心中的痛，谁听了都会产生一种剜心般的痛楚，就连以为冯得显是在做作的何申贤也已泪眼花花。很快，巷里巷外的人都好奇地跑了过来，黑压压地围在了杨家门口。人们看着这个留着长发、穿着长衫的人跪在那里悲痛欲绝地哭，不知道咋了，纷纷议论说：

“一个要饭的，跪在这里哭天喊地，怪恓惶的！”

“应该不是要饭的，看他的穿着，可能是个前清秀才！”

“这样的人更恓惶，官没做上，啥也干不了，遇上这么个年景，肯定活不下去了！”

“老汉肯定有什么冤屈，不然能这么哭！”

“跪在杨家门口，莫不是杨家……”

“不敢胡说，杨家从来不欺压良善！”

“是不是有求于杨家？”

“老汉，有话好好说，哭啥哩吗？”

……

见人围得多了，冯得显越发哭得伤心了，边哭边说“我可怜的儿啊、杨老夫人大慈大悲、救命啊”之类的话。

站在人墙外的何申贤满意地捋起了小胡子。

“哐当”，杨家大门开了，随之两个膀大腰圆的汉子走了出来。前面的高个汉子一见门口围了这么多人，怒冲冲地说：“干啥干啥，哭鼻流水地跪在这里干啥？还围了这么多人，都闲得没事了？快走快走！”

有人说：“这老汉一看就是个恓惶人，想必受了什么冤屈，才跪在这里哭。”

高汉子不耐烦地说：“有冤屈去县……那个政府告，这里又不是升堂的地方。跪在这里哭，不知道的还以为杨家谁欺负了你，辱没杨家的名声嘛，快走快走！”

又有人说：“听老汉的意思是想见杨老夫人，你们就让他进去见见嘛。

老夫人平日可怜读书人，老汉看着像个穷秀才，说不定和老夫人有缘呢。”

高汉子瞥了那人一眼说：“老夫人恁大年纪，能管得了多少事？再说管事的给我们交代了，最近世事乱，不能随便放人进去。我们就是个把门的，管不了恁多，走走走！”

冯得显想着杨家的门终于开了，救和才的事这下应该有点眉目了，听了高汉子的话，他才晓得门不是开了，而是关得更死了，一时不由得愁肠寸断，大放悲声。高汉子急了，说：“你看你，你看你，还蹬鼻子上脸了，得是想砸我俩的饭碗？走走走走走！”说着和后面稍低一点的汉子上来拉冯得显。何申贤一看，忙挤进来向高汉子求情。高汉子不听，继续和低汉子拉冯得显。冯得显急了，哭喊着搂住了高汉子的腿。

正乱着，刚才买菜的胖男人一路小跑地出来了。他踮着脚尖趴在高汉子耳朵边说了句什么，高汉子点了点头，松开了冯得显。低汉子见状也松开了手。高汉子和缓了一下脸上的表情，回头对冯得显说：“好了，别哭了，老夫人让你进去呢。”

冯得显止住哭，茫然地瞅一眼高汉子，又瞅一眼胖男人，似乎不敢相信自己的耳朵。何申贤忙满脸溢笑说：“同窗，别发愣了，快感谢我一家子啊！”冯得显“哦”了一声，赶忙向胖男人作了个揖。胖男人说：“别客气了，快起来去见老夫人。”冯得显忙往起站，不想两条腿却怎么也不听话。两个汉子见状，忙搀起他向门里走去。

见过杨老夫人后，冯得显便守在崇泉监狱门口等消息。一天一天过去了，监狱的门开开合合，却就是不见和才出来。到了第七天，冯得显精神已经有点恍惚，却听监狱里的人在门口大声喊“冯和才家人”。冯得显一听，丢魂失魄般地跑了过去。

进了监狱，冯得显被带进了一间房子。让他意想不到的是，里面竟然坐着苟炳志。冯得显喜出望外，正想和苟炳志打招呼，却被苟炳志眼睛里射出的两道寒光制止了。

苟炳志板着脸先问了冯得显一些姓名、住址、与和才什么关系等情况，然后训斥了他一顿，无非是养不教，父之过，回去后好好管教之类的话，最后把桌面上一张纸推过来让他签字。

冯得显揭起纸去看，却是一份“悔改书”，内容是当事人对自己的行为表示悔改，宣布从即日起脱离共产党，保证今后不再参加共产党组织，云云。

冯得显看完后吞吞吐吐地说：“这……代笔不妥吧？”

苟炳志不高兴地说：“父亲代儿子签，有啥不妥？”

冯得显为难地说：“他……要是将来埋怨我咋办？”

苟炳志不阴不阳地说：“看你把娃惯成啥了，怪不得下了大狱。都不想想，你要不签这个字，他人能放出来？别人都这么做，就你的事多。是不是还想让他出去后再跟着共党跑？再抓了就不可能有这样的好事了。”

冯得显听苟炳志的话在理，也为了能尽快救出和才，便没有再说什么，遂拿起笔抖抖索索在悔改书末尾“悔过人”处签下了和才的姓名。

见到和才时，冯得显简直不敢相信自己的眼睛。他怎么也没有想到，和才几乎瘦成了麻杆，脸黄蜡蜡的，头发乱糟糟的，眼睛大而无神。见了他，就那么傻傻地看着，似乎认不得眼前的人是谁。

和才也不敢相信自己的眼睛，他压根没有想到父亲会出现在他面前。更让他想不到的是，父亲竟然如此苍老，如此憔悴，人瘦了、脊背佝偻、脸脏兮兮的、眼睛红肿着不说，他的一头长发怎么也全白了，是不是冬日的浓霜染白了他的头？

父子两人的眼泪止不住地涌了出来。

冯得显说：“走，和才，咱回家！”

和才凄惨地笑了下说：“大，能不能先让我吃一个油辣子夹馍！”

冯得显老泪纵横，赶忙领着和才去了附近一家饭馆。一口气吃了三个八宝辣子夹馍后，和才问父亲是如何救出他的。冯得显便简单说了救他的经过。和才一边听，一边流泪。当听了悔改书的事后，他突然傻了似的看着父亲，半晌方说：“大，你这是害我啊！”说完，哇地哭了起来。

冯得显不知道说什么好，下意识地咬了一口手里的辣子夹馍。

半月后，冯和才等十九人被崇泉高等小学堂开除了学籍。

三十八

冯得显把和才领回家后倒头就睡，尽管睡得不踏实，做了很多梦，这一觉还是睡到了第二天中午。醒来后胡乱吃了点饭，他闷着头在家里到处乱翻，说是找棍子、破席片、牛毛毡片、绳子、苞谷杆……冯赵氏有点诧异，问他找这些干啥。回答说搭庵子。庵子是寨里人看瓜、看苞谷时在地里搭的草棚。冯赵氏心里直犯嘀咕，说：“地里啥啥都没有，你搭庵子看地呀？”冯得显没有回答母亲的话，用独轮车推着翻找出来的破东烂西，吱扭扭出了门。冯赵氏放心不下，让和才跟在后面去看。和才本不想出门，但想到天已经冷了，父亲却莫名其妙地去野地里搭什么庵子，心里终究放心不下，便低着头去了。

冯得显来到父亲坟前，取出黄钱纸、香烛等贡品准备祭奠。一路只顾埋头走路，他并没有发现和才跟在后面。和才不想打扰父亲，悄悄避在了一棵柿子树后面。

冯得显点着三炷香，插在坟头上，又点燃一沓黄钱纸，毕恭毕敬磕了三个头说：“大，我把娃接回来了。娃虽然受了点苦，遭了点罪，但浑浑全全的，没有什么麻达，您就安心睡吧！大，您一生含辛茹苦，勤俭持家，想方设法供养儿孙读诗书，尚礼仪，守纲常，最后却没有享受一丝孝敬，撒于人寰，儿子好愧、好憾啊！哀哀父母，生我劬劳。呜呼哀哉，逢时不详。痛哉疼哉，人天两隔。为弥孝心，即日起儿在这里陪您七七四十九天。饥了，冷了，闷了，梦里您就告儿一声，儿定当为您培土添香，御寒解闷……”

说到这里，冯得显大声哭了起来。

听着父亲如泣如诉的话语、悲痛欲绝的哭号，想到爷爷因他变成了一堆黄土，再也不会睁眼看他，再也不能开口叫他，再也不能亲昵地抚摸他的头……和才一时间肝胆欲裂，泪如泉涌，恨不得立即跪在爷爷坟前，抱住可怜的父亲大哭一场。但清醒过来后，他什么也没有做，而是强忍住悲痛，转过身默默地走了。

冯赵氏听和才说他大要给爷爷守灵七七四十九天，眼睛一时惊得老大，说：“这娃，咋长着长着回去了，大冬天西北风呼呼呼吹得人骨头发瘆，他睡在地里不被狼吃掉，也会被冻死，真真是！”

冯得显回来后，冯赵氏劝他说：“好娃哩，你大走了就走了，这都是命，你心里就不要多想了。日子还长得很，你要有个三长两短咋办呀？听妈说，守孝咱不一定去坟上，就在家里守。只要有孝心，你大会看到的。”

冯得显边收拾被褥边说：“我心里绾了个疙瘩，您就让我去吧。您放心，不会有啥事的。”

和才红着眼说：“大，您年龄大了，天又这么冷，就让我给我爷守灵去吧！”

冯得显看也不看和才说：“好好养身子，这不是你的事。”

和才妈唏嘘着说：“你们啥话都别说了，他要去就让他去吧。待在家他整晚整晚睡不着，睡着了也是梦话连篇，弄不好会出事的。天冷，我把厚被褥给他带上就是。”

冯得显感激地看了和才妈一眼。

暮霭降临后，冯得显用铁锨背着铺盖和柴火出了门。到了父亲坟头，他燃起柴火，点着三炷香，插在父亲坟上，恭恭敬敬磕了三个头说：“大，我来了，您要不累也出来烤烤火。”说完，向坟头行注目礼，似乎在迎接父亲来到。一切清静下来后，他便捧起一本书看。柴火将要燃尽之时，寒气一阵阵袭过来，他站起来再在父亲坟前磕三个头说：“大，夜深了，天冷了，您早点歇吧！”自己却仍然坐在坟前，直待最后一颗火星化为灰烬，黑暗合拢在一起，他方钻进庵子歇息。

开始两天，可能这些日子身心疲惫，冯得显很快进入了梦乡。第三天晚上，柴火烧起来后，红红的火舌欢快地舞蹈着，黑暗随即被挤了出去，形成一圈厚重的黑色帷幕，把他和火堆圈在了中央。他面向父亲坟头，盘腿坐在地上，从怀里掏出已经翻烂了的沈德潜编选的《古诗源》，随手翻到一处，却是魏武帝的《短歌行》。他默读了“对酒当歌，人生几何！譬如朝露，去日苦多。慨当以慷，忧思难忘。何以解忧？唯有杜康。”几句后，心里忽然一阵恍惚，眼前的字立时也仿佛晃动的火苗，摇摇曳曳的，怎么也不愿进入他的眼帘。他放下书，眼睛不自觉地落在了父亲躺着的地方，心里一时很不是滋味。他想到父亲劳作了一生，最终却躺进了冰冷的墓穴；他又想到了自己窝囊的一生与和才最近的经历，虽然父子俩前面的路途会出现什么他说不清楚，末了却终究逃不过和父亲一样的命运；他还想到了天灾之后，大孔一些贫困之家饥寒交迫，许多人就那么空着肚子一命呜呼……想着想着，“大孔”两个字突然转了起来，且越转越快，越转越快……最后变成了一个中间空空如也的圆。冯得显惊骇之余，细细琢磨起了这两个字：孔者，洞也。洞者，空也。大孔者，大洞也。大洞者，大空也……想到这里，冯得显忽然打了个寒噤。他不敢再往下想，连忙站起来面向父亲坟头静默了一会儿，慌乱的心才慢慢平静下来。

火熄灭后，冯得显钻进庵子，和衣而卧。虽然和才妈给他拿的被褥都是新棉花装的，却仍然难以抵挡阵阵凛冽的寒风。尤其是鼻尖和嘴巴，仿佛凌迟一般的疼。透过庵子口，一颗星星在北边幽蓝的天空闪动着，仿佛黑夜里一盏孤独的灯。一会儿，星星不知道去了哪里，天空又锅底一般漆黑起来。黑色笼罩下的万物愈发深沉，仿佛沉重地思索着什么。万籁俱寂。但仔细去听，夜空中却似乎飘荡着一声声细若游丝的呻吟，和无可名状的叹息。忽然，埝畔上的柿子树上响起猫头鹰欧欧欧的怪叫声，乍听鬼魂一般的阴森凄凉。冯得显心头袭上一种莫名其妙的恐怖，身上也爆起了一个个针扎过般的小疙瘩。他赶忙闭上眼睛，用被子紧紧裹住了身子。"夜猫子进宅——无事不来，看来上苍降临在人们头上的灾难一时尚难结束。"冯得显心里感喟道。

冯得显用铁锨挑着被褥、柴火前一日日落而出，翌日日出而归的行为，让寨里人充满了好奇和疑惑。一些人怀疑他可能因和才的事心里招了祸；一些人猜测他是在寻宝，他手中的铁锨便是证据；还有一些人怀疑他把什么宝贝埋在了他大墓里，眼下世事纷扰，天下不定，他只得天天去护宝……大部分人当然不相信这些猜测。和才的事的确在寨里反响很大，他和蓝玉的关系更让人津津乐道。但和才已经回来了，走到人前还一副啥事都没有的神态，整天为肚子熬煎的人们也就把这事淡化了，甚至忘却了，对老先生一家人该咋还咋，如此见多识广的老先生心里还有啥想不通的？还能招个啥祸？至于寻宝说和藏宝说更是无稽之谈，不说平日里不见老先生喜欢什么宝贝，他家除书外也没有什么宝贝，单就他的智力，也不会上演一处此地无银三百两的滑稽戏。

为了弄清原委，有好事者便悄悄跟踪冯得显，可观察来观察去，却见冯得显除给他大烧香，坐在火堆旁看书，钻进庵子睡觉外，并无异常行为。人们百思不解。后来，有识文断字的人知道这事后感慨万千，说："你们以小人之心度君子之腹，哪里晓得老先生这是'晓苦枕砖'。大孔出大孝子了，只可惜没有二十五孝，否则非老先生莫属！"寨里人没有听清是"小衫针钻”，还是“小山真转”，孝子却是知道的，二十四孝也略知一二，不觉对冯得显肃然起敬。当然，也有不以为然的。

支持也好，反对也好，冯得显就像面对寒冷、黑暗和惧怕一样，从不理会，依然故我地夜出昼归，我行我素。

冯得显为父守灵第四十八天的午饭后，阴了一天的老天越来越晦暗，乌沉沉地压在人们的头顶。天快黑时，冯得显和往常一样，挑着被褥、柴火就要出门。冯赵氏连忙叫住了他，说：“娃呀，你看天都阴成啥了，弄不好要下雪。今晚你就不要去了，已经守了四十八天，也不在乎这一天。”

冯得显抬头看看天说：“妈，下雪是好事啊，我大在的时候天天念叨下雨下雪的，说不定这场雪就是他老人家在那边求下的。好不容易下了，不能让他面前没有听他说高兴话的人啊！”

冯赵氏抹起了眼泪，说：“你的理都对，我说不过你。但有句话你必须听我的。我走了后，不准你到地里去睡。话我可是说了，你不听，就是不孝！”

冯得显听了妈的话心里酸酸的，嘴里嗔怪地说：“妈，看你说的啥话！”说着，吸了吸鼻子，佝偻着背出了门。

几年后，冯赵氏去世了，冯得显果真听从母亲遗言，没有去地里守灵，却睡在了母亲炕上。每天晚上，他像平时那样为母亲拉开被子，铺展被面，掖好被角，说一声“妈，您早点睡吧”，然后靠在炕头看书。看累了，就躺在母亲被子旁边睡，一睡又是七七四十九天。

到了坟地，彤云密布，暮色四合，冷风飕飕，冻僵了的土地益发深沉和冷峻。光秃秃的柿子树枝啪啪啪互相击打着，似乎正在为酝酿大雪的穹苍擂鼓助威。拢着火，冯得显跪在父亲坟前说：“大，您走后这两个月也滴雨未落，和先前连起来几乎旱了一年。今天，老天阴沉了多半天，看着像要下雪，却迟迟不吐核。您要是在天有灵，就不辞劳苦，不吝脸面，前往天宫祈求玉皇，让他老人家高抬贵手，把云里的雨雪恩赐给嗷嗷待哺的万民！”

话音刚落，冯得显的脖子仿佛被细小的针轻轻扎了一下，有点疼，但更多的是凉。很快，这种针扎的感觉纷乱起来。冯得显忙抬头看天，脸刚仰起，那种针扎之痛便接踵而来。他赶忙去看火堆，令他惊愕的是，火舌的上方，一只只白色的精灵正在款款舞蹈。冯得显不敢相信自己的眼睛，他颤巍巍伸展右手，手掌面向天空。一只精灵落进了他掌心，却瞬间消失得无影无踪。又一只精灵落进了他手掌，虽然也很快消失了，但却在消失前轻轻地咬了他一下，和适才那种针扎的感觉一模一样……终于，一只精灵停在了他手上，静静的，凉凉的，晶莹剔透。冯得显伸出舌尖轻轻去舔，精灵化在了他的舌尖上，有点甜，甜中透着些苦。是雪！是雪花！老天下雪了！冯得显嗓子有点涩。他赶忙趴下去给父亲磕了三个头，然后仰对天空，任凭雪水混合着泪水顺着脸颊滚动着，滚动着……

雪越下越大，越下越大，似乎天突然被捅破了，硕大的雪花无处可藏，洋洋洒洒天女散花般地飞了下来。空旷、辽阔的田野一霎时陷入雪花的汪洋大海之中。忽然，从无量殿方向刮来一阵狰狞疾厉的风，顿时风搅着雪，雪缠着风，肆无忌惮地在柿子树枝头嗥叫起来。冯得显赶忙从地上起来，缩着脖子，搂抱着肩膀，眯缝着眼睛，艰难地往庵子走去。

躺在庵子里，冯得显有一种独钓寒江雪的感觉，期待而又孤独。为了驱除掉这种孤独感，他闭上眼睛，屏息静气，仔细去聆听雪花声。他听到了北风奔跑的呼啸声，树枝击打的啪啪声，庵子摇晃的吱呀声……独独听不见雪花的声音。他深吸了一口气，又慢慢呼出来……忽然，他听见了蚕吃桑叶似的唰啦声、孩子用小嘴巴喝水时的吱溜声。前者应该是雪落地的声音，后者可能是土地吸收雪花的声音。他又深呼吸了几口，终于，耳朵里出现了窸窸窣窣的声音，虽然幽微、纤细，却清晰得让人心动。这大概，不，肯定是雪花的声音！须臾，窸窣声又成了唰啦、吱溜声，接着复归为呼啸声，啪啪声和吱呀声……一会儿，雪花的窸窣声又出现了……反复几次后，他的耳边最后变成了粗壮的呼呼声，仿佛他进入梦乡的呼噜声，又仿佛外面拧在一起的风声。粗一听，这声音如狮子在疯狂的吼叫；细一听，这种吼叫声中又包含着一种压抑的愤懑，就像……就像……对，就像传说中大戏楼显灵时的叫苦声。冯得显心惊肉跳，很想爬起来去看看父亲，可使劲翻了几次，身子却一动不动。正心焦火燎，父亲却不知什么时候坐在了他身边，正眼巴巴地瞅着他。他赶忙又往起翻，却还是动不了。父亲示意他不要动，他只得躺着问父亲有什么事。父亲没有说话，却直直举起了右手食指。冯得显疑惑地说："大，和才已经回来了，我早告诉您了，您没有收到吗？"父亲摇了摇头，右手食指依然直直举着。冯得显说："大，我不明白您的意思，您能给我明说吗？"父亲惨然一笑，晃晃悠悠向庵子外走去。冯得显急了，一屁股坐了起来，却哪里有父亲的影子？他揉了揉眼睛，原来是南柯一梦。

庵子外面已然大白，风也变小了。钻出庵子，冯得显倒吸了一口凉气。原来天地一夜间已经连在一起，形成了一个偌大的水晶盒。北边横亘的无量殿山，和南边蜿蜒的土山，也仿佛演化成了两条相悖而去的白龙，与牛角川结合在一起，构成了一幅天然的太极图。父亲的坟墓圆圆的，白白的，仿佛从地里钻出来的大白馒头，亲切中透出一种强烈的图腾。冯得显突然间明白了梦里父亲的意思，忙拔脚走到父亲坟头，跪在半尺厚的雪地上，哽咽着说："大，我明白您的意思了，您就放心吧！"

冯得显挑着被褥一步三回头地走了，伴随着咯吱咯吱的声音，厚厚的雪地上留下了两行孤独、厚重的脚印，但很快又被漫天飞舞的雪花抹掉了。

年前，冯得显为和才和兰兰一前一后成了亲。

和才结婚那天，他木偶般被人牵着走。人家让他去接媳妇，他就去接媳妇；人家让他拜堂，他就拜堂；人家让他进洞房，他就进洞房……一天下来，他似乎累坏了，竟然把新娘扔在一边，自个钻进被窝睡了。半夜时分，他忽然从梦中惊醒，大喊了一声“蓝玉”，然后呜呜呜哭了起来。新娘正在生闷气，一听和才的喊声，赶忙挪过去说：“咋了，我在呀。”和才一把搂住新娘，越发哭得像个孩子……

第二天，和才知道了他娶进门的媳妇叫兰玉。

三十九

冯得显那一晚依稀听见宛如大戏楼显灵时的叫苦声，大孔街道大部分人特别是戏楼附近的人都真真切切听见了。一些人觉得这没有个啥，下雪了，刮风了，那么大的北风穿过戏楼，发出尖利的呼啸声再正常不过。村里老人的头却摇得像戏楼顶上的瓦松，他们虽然嘴里不说什么，心里却坚定地认为这就是传说中的戏楼显灵。但人们无论如何也猜不透这个谶语。是啊，老天终于睁眼了，下起了大伙呼天唤地、日思梦想的大雪，大戏楼却叫起了苦，苦是什么？从何而来？

很快，接二连三发生的事验证了一切。

大雪一连下了三天，地面上雪积盈尺。寨里老人咋舌道：“达达，长这么大不说见，听都没有听说过这么大的雪！”年轻人咂巴着嘴说：“要是白面多好啊，这么多白面，几辈子都吃不完。今天先咥抻面，我一口气非咥它八碗干捞的不可。快一年都没有吃过抻面了，再这样下去，恐怕要忘记抻面是啥了！”老人从鼻子里“哼”了一声说：“别净想好事了，下雪不冷消雪冷，想法子先熬过这几天吧！”

下雪当晚，戏楼上的逃荒要饭者几乎全部冻饿死。第二天早晨，人们开门扫雪时，十几条分不清是狼是狗的畜生正在戏楼周围撕扯着一具具尸体，雪地上人的胳膊、腿、头颅等肢体被撕扯得到处都是，皑皑白雪被鲜血涂抹成了一坨坨的黑，宛如白布上一片片肮脏的黑布丁。老人们瞠目结舌，仿佛一脚踏进了人间地狱。年轻人哪里见过如此状况，一个个伸着脖子“啊啊”地干呕起来。适应过来后，年轻人手拿棍棒、扫帚、铁锨赶走了狼或狗，老人含着眼泪捡拾起一件件肢件，连同尚完整的尸首，肩挑车推地扔进了北槐院的塌窖里。冯金宝要求再给塌窖填两车土，但到处是雪，地冻得实实的，哪里有土，便没有人听他的。

紧接着，地上跑的，天上飞的动物纷纷暴毙。鸡、猪、牛、马、羊等家畜家禽早已经卖的卖，杀的杀，只有是日子尚能过得去的人家少量在养。这些畜牲虽然在雪虐风餐中苟延残喘，好在没有变成这次大雪的祭品。冻饿死的都是诸如野猫、野狗、野兔、野鸡、老鼠、麻雀、喜鹊、猫头鹰、老鹰、蝙蝠等一些野物，这些动物有的死在窝里，有的死在村头或旷野。这可喜坏了饿了大半年的恓惶人，他们喜滋滋捡起能吃的野狗、野兔、野鸡甚至麻雀、喜鹊，回到家或烧或煮，让全家人着实大饱了口福。最后，野猫、老鼠、猫头鹰、蝙蝠、蛇等一些平时不敢吃的动物，也被一些胆大的弄回去填进了肚子。至于什么味道，没有人问，也没有人说。为了找到更多野味，人们开始爬树、打洞，寻找鸟窝、野兔窝、老鼠窝……里的动物。寨里一时出现了一些怪异的场面：一棵棵筑着鸟巢的树上都爬着人，一些树上爬的还不是一个两个；地里和家里到处有人在打洞，比兔子和老鼠还勤快，掘挖过后的地面成了一道道坑道，不知情的人还以为大孔人准备和谁作战。

村里的树也大部分被冻死，当时却看不出来。第二年春天，当饥饿不堪的人们眼巴巴盼着这些树赶快长出绿叶时，树枝却依然光秃秃如无量殿山上的石头。人们方才知道，树的身子虽在，生命却早已经跟着那场大雪去了。

能拣到野物填肚的毕竟是少数人，大部分人却是雪上加霜，一些挣扎在死亡线上的人更是被推进了深渊。粮食早已经断了顿，附近能吃的树皮，基本上被刮光，树干白森森的，惨不忍睹。去山里刮树皮，如何出得了门？

咬着牙出门，半道上不被冻死，也会饿死。麦秸垛、玉麦杆咽不下去，也没有多少，草根被冻死了……雪虽然能吃，却不抵饥，吃多了，浑身冷森森的，被砭骨的风一吹，比死还难受。

最先死去的是水壕里的老光棍冯二蛋。邻居找到他时，他已经变成了冰人。可能死前因为冷，他的尸体几乎蜷成了一团，两手还塞在裤裆里，任人怎么拉，怎么压，就是平展不了，仿佛孩子们玩的不倒翁。没办法，人们只好就这样把他埋了。

第二个死去的是柴贵锁婆娘和她的两个娃。被人们发现的时候，她家里所有能盖的东西，甚至几株玉麦杆都盖在了两个娃身上，自己则赤条条的紧紧搂着孩子。虽然已经死了几天，她的身子却泛出一股冰冷的光，看得人浑身直打哆嗦。

第三个死去的是西埝冯桩子全家五口。冯桩子没有地，平日里靠打胡基养家糊口。天高后，很少有人请他打胡基，谁也不知道他一家人是怎么过的。这一家人死后紧紧搂抱在一起，最中间是冯桩子的独子冯旦旦。五个人身上虽穿着衣服，但里面的棉花套子已经被抽光，冯旦旦的嘴角尚留着几丝发黑的棉花丝。

……

雪后天冷得像用刀子割人，冯得富家却突然红火了起来。

老天一直没有下雨，太阳就那么悬耀着，加上猫吃糨糊顾了嘴，人们便对冷麻痹了。一场大雪，突然掉进了冰窟窿，穷家只有忍的份，富家却想办法取暖，冯得富家去年冬没有卖完的炭当即成了救命稻草。冯得富心里乐开了花，脸却沉得像五龙山上厚厚的雪。他声称炭卖是卖，但不赊账。至于价钱，却高得离谱，就连冯金宝背地里都说："贼老汉的心比炭都黑，竟然把炭卖成了粮食价！"尽管如此，炭还是被冯金宝、柴一刀、引才、冯指头、柴福海一些人以及寨外的有钱人你一笼我一袋地买走了，没有人欠账。

柴福海买炭时发生了一点不愉快。炭装好过秤后，柴福海嘿嘿笑道：“得富，是这，我这几天手头紧，缓几天保证给你钱。”冯得富一听二话不说，阴着脸走过去提起柴福海装炭的笼子就往外倒。柴福海急了，赶忙摸出钱扔给冯得富说：“你看你那认钱不认人的㞞式子，谁还把你欠下了？给我找零头！”冯得富说：“给你找啥零头，你还欠着勤才的豆腐钱呢，顶了。”柴福海气得说不出话来，只得提着炭笼子骂咧咧地走了。

一看炭卖完了，堆炭的地面也被铲白了，勤才妈说：“咋卖得净净的，都不给咱留几锨？”冯得富满不在乎地说：“贵得像金子，咱能烧得起？多卖一个是一个。”勤才妈给他挤了挤眼，低声说：“德才媳妇怀着娃，你都不嫌落下话把？”冯得富愣了一下，说：“又不用干什么活，冷了不会睡到炕上去？”勤才妈叹了一声说：“你啊，这么没眉没眼地过日子，有落埋怨的时候！”

炭卖完了，人们又盯上了勤才卖豆腐换回的籽棉、旧棉衣、烂套子……要这些东西的主要是当初把衣物换了吃的或缺衣少穿的人，要现钱肯定拿不出，只能暂时欠着。但价钱却不能低，六月天卖扇子，发的就是这个财。一件破棉袄当时换了二斤豆腐，现在买走搁当时能买二斤肉。一斤籽棉的价更是比当时的新棉袄还要贵……买的人明知道是在割肉，但为了活命，只能忍声吞气地摁了指印。有人想不通，背后悄悄骂冯得富，却有人说：“别争纠了，人家攒这些东西图个啥？要怪就怪咱没有脑子。又没有给你要现把，该知足了！”

几天后，家里堆积的烂东烂西差不多卖完了，冯得富算了个账，是个不小的数字，心里自然高兴得不行，回头却唬着脸对勤才、德才说：“吃不穷，穿不行，打算不到一世穷。当初要没有这些想法，哪有今天的好事？日子就要这样过！”

这天晌饭后，冯得富正抱着白瓷茶壶滋滋地抿着，冯媒婆扭着小脚急巴巴来了。她的前脚刚迈进门槛，嘴里便嚷嚷道：“好你个得富，大孔寨都开锅了，你咋还品麻地搂着茶壶要阔哩？”

冯得富噙着茶壶嘴吱溜溜吸了一口，眯缝着眼慢条斯理地说：“天都成这了，谁家还有东西下锅，开得哪门子锅？”

“街上从西府来了一伙要饭的，你不知道？”冯媒婆惊讶地说。

“西府来的咋了？东府来的咋了？我又没有饭给他们吃。”冯得富眼皮动也不动地说。

“问题是今天来了个女子，那脸蛋，那身条，整个大孔寨都难得挑出一个来。人家说了，只要谁给口饭吃，她就跟谁，村里几家人已经打上了主意，唯独我想到了勤才，看来我这是腔子前挂笊篱——捞（劳）的寒心。”冯媒婆沉下脸，不阴不阳地说。

冯得富的嘴离开了茶壶嘴，脸上一瞬间满是笑纹，站起来又是让座，又是递茶壶、递烟袋，连声问冯媒婆这是咋回事。冯媒婆瞥了冯得富一眼，坐下来一手端着茶壶，一手捏着旱烟杆，简单说了事情的经过。

原来，大雪过后，来寨里要饭的人非但没有减少，还越来越多，口音也杂了起来。来了就蜷在戏楼边，哭哭啼啼的，甚是可怜。寨里人尚且无法过活，哪里有饭食打发他人？要饭的只得悻悻而去。后面要饭的不知道情况，继续源源不断地涌来，这几天嘴里嚷着“娘娘”的人明显有所增多。

今天，要饭的人中出现了一个姑娘，还带着一条黄狗。姑娘虽然面黄肌瘦，蓬头垢面，却掩饰不住娘胎中带来的俏丽。瓜子脸，柳叶眉，大眼睛，一条黑辫子斜搭在右胸前，两只苍白的小手懒懒地玩弄着辫梢。黄狗已瘦得不成个样，却一步不离地守在姑娘身边。到了晌饭时，要饭的要不到饭，一个个愁眉苦脸地走了。姑娘却没有走，还说：“娘娘，我一步都走不动了，再走就要死了。谁要给我一口饭，我就留下不走了。”

姑娘的话被路过戏楼的宏朗听见了，便问她说的是不是真的。姑娘看了宏朗一眼，点了点头。宏朗一见，忙赶到水壕里，把情况说给了冯媒婆。冯媒婆一听扔下饭碗，立即和宏朗去了戏楼。见到姑娘，冯媒婆问她是哪里人。姑娘低着头说绛帐。冯媒婆听成了酱缸，瞪着眼怎么也想不通世上咋有这么个怪地方。姑娘便纠正说是绛帐不是酱缸。冯媒婆听了半天，还是没弄清是什么地方，便不再管。又问姑娘家里人咋了。姑娘淡淡地说死了。冯媒婆不相信，又问了句全死了。姑娘头也不抬地点了点头。冯媒婆又问姑娘有没有婆家。姑娘有点害羞地说有是有过，也死了。冯媒婆心里窃喜，把宏朗刚才问姑娘的话又问了一遍。姑娘看一眼宏朗，又看一眼冯媒婆，点了点头说："不光有饭吃，最好人浑全些。"冯媒婆兴高采烈地说："没麻达，婶给你说的这向，不但家里情况好，人长得更是气派。"说完，让宏朗在这里守着，自己一扭一扭径直去了冯得富家。

听了冯媒婆的话，冯得富面有难色，说："事倒是好事，可一个要饭的，怎么说听着都不美气。勤才你是知道的，咱不能让娃受了委屈。"

冯媒婆撇了撇嘴说："你这是吃饱饭忘了饥。要饭的咋了，遭了这大的灾，没有要饭的有几个？你家勤才是不错，可人家也不赖呀。不是我胡说，这也就是遭了灾，不然勤才打上灯笼也找不到这样的媳妇。何况人家一分钱不要，你到哪里找这样的好事？你想好，果真不愿意，我就去找福海。"说着，溜下炕沿就要走。

冯得富连忙脸上堆满笑拦住冯媒婆说："你看你，我又没说不愿意。是这，我跟你先去看看人再说。"

两人忙忙来到戏楼前，戏楼前已围了好些人，柴福海正蹲在地上和姑娘说着话。冯得富一见来了气，不满地对冯媒婆说："他婶，这是咋回事，一女两嫁吗？"

冯媒婆斜了冯得富一眼说："你看你说的啥话，这是我女子吗？要是我女子，我能看上福海那家人？这尿是属狗的，鼻子尖得很。放心，我的心在你这边，要不我会先找你？”

柴福海看见冯媒婆过来，赶忙站起来说：“他婶，正说去找你呢，你这就来了，你看……”

“哟，今天我这是咋了，这个请那个找的，还真成了熟透的桑葚——发了紫。”不等柴福海话说完，冯媒婆忙打断了他的话。一边说，眼光一边不停地往冯得富身上抛。

冯得富会意，忙上前看那姑娘。他抬起眼皮上下左右把姑娘扫了一遍，心中还算满意，便欲蹲下去问姑娘话，不想姑娘旁边的黄狗沉沉地吼了一声。冯得富吓了一跳，不由自主地后退了半步。姑娘警觉地抬起头，适好和冯得富的眼光碰到了一起。冯得富心里咯噔了一下，心中一下子有了主意。他从怀里掏出刚出门时拿的玉麦面馍，递到姑娘面前说：“娃，啥话先不说，快吃馍！”姑娘睁大眼，不相信地看着冯得富。冯得富把胳膊又往前伸了伸，且向姑娘点了点头。姑娘明白了冯得富手里的馍真是给她的，眼睛不觉一亮，急忙抓过馍，两手捧着，低了头大口大口吃了起来。

柴福海不愿意了，气呼呼地说：“得富，你这是干啥，啥事都有个先来后到，你又不是程咬金，咋动不动从半路上杀出来？”

冯得富不温不火地说：“这又不是生娃，谁家娃先生，谁家娃大。再说了，花嘴妈是我先请的，论先后可是我先你后。”

柴福海胡子撅了起来，说：“宏朗先告诉我的，我正和人家女子说事呢，咋能是你先我后？”

站在一旁的宏朗急了，忙说：“你看你，拉扯我干啥。没错，是我告诉你的，你过来问我，我能不给你说？你听了说‘正好，给蛮牛做个媳妇’。我可啥都没有说，我又不是媒人。”

冯得富“哼”了一声说：“你听听，你听听，你提出的证人都不认可你的话，你还有啥说的？”

柴福海火了，怒冲冲地说：“得富，别以为你有两个钱就欺人太甚。你家勤才又不是问不下媳妇，和我家蛮牛争一个要饭的有意思没有？”

冯得富也火了，说：“是你欺人太甚，还是我欺人太甚？是你和我争，还是我和你争？要饭的咋了？偷人了？抢人了？今天我把话撂在这，我家勤才还就非这个要饭的不娶！”

柴福海气得脸煞白，右手食指捣着冯得富，嘴里“你你你”的说不出话来。冯得富也不示弱，也用右手食指捣着柴福海说：“把你的爪子放下，我咋了？我咋了？”冯媒婆一看赶忙插在两人中间说：“你看你俩，人家娃还没有说话，你俩咬啥吗？这是你俩说了算的事吗？”旁边的人也说：“是啊，父母之命，媒妁之言。人家父母不在了，应该问问人家娃的意思嘛。”冯得富和柴福海一听没有啥说的，都气呼呼地说：“问娃，娃咋说咋来。”

冯媒婆便上前去问那姑娘。

姑娘刚吃完馍，正打着嗝。听了冯媒婆的话，她看看柴福海，又看看冯得富，半晌方说：“娘娘，咋都这么老，都能当我爹哩！”说着，吸着鼻子就要哭。

旁边的人哄地笑成了一片，冯得富和柴福海也羞红了脸。冯媒婆笑道：“不是他俩，是他俩的儿子，他们是替儿子争你呢。”

姑娘翻了冯媒婆一眼，说：“那你让我咋样选？”

冯媒婆听了回头对冯得富和柴福海说：“听见了吗，赶快去叫勤才和蛮牛。”

冯得富一听急匆匆走了，柴福海迟疑了一下，也忙忙走了。

冯得富回到家把情况一说，勤才却把脖子拧得像睡觉时落了枕，说：“你把我当要饭的吗，竟然用一个要饭的打发我？还要和蛮牛争，亏你想得出。”

冯得富撅起了胡子，说：“要饭的咋了，要饭的就不是人？得亏人家要了饭，要不能看上你？”

勤才冷笑道：“我又没有让她看上我，她爱看上谁是谁。”

冯得富气得跺着脚说：“为这事我差点和福海打起来，你要是去迟了，后悔都来不及。都没想想我这是为谁啊，你咋就不懂事吗？”

勤才妈在一旁说：“不是娃说哩，找个要饭的听着就是有点别扭，也不知道人咋个样？”

冯得富说：“人当然没麻达，缺胳膊少腿的我能往咱家领？勤才是我的亲儿子，又不是你后带的，我能把他往沟里掀？”

勤才妈翻了冯得富一眼，回头对勤才说：“娃呀，你大也是好心，你先去看看，看不上人就算了。人家都在戏楼等着，你不去让人咋说嘛，你大今后还去不去人前？”

勤才沉着脸说：“说到底，我大就是为了省钱！”

冯得富火又上来了，说：“省钱咋了？省了钱办了事不好吗？花了钱未必能办好事！”

莲莲笑道：“勤才，还是去看看吧，戏楼上不是常演相公救了落难女，结果却是个娇小姐，两人最后成了好姻缘的戏吗？说不定这好事还真让你碰上了。”

勤才妈也说：“就是，就是。”

勤才叹了一声，站起来就往外走。冯得富喝了一声：“你咋呀？”

勤才头也没回地说：“还能咋，见面去。”

冯得富脸上顿时放松了许多，忙也往外走。出了腰门，德才正靠在墙上吃烟，冯得富说：“走，你也跟着去。”

德才长长吐出一口烟，诧异地说：“又不是给我说媳妇，我去干啥？”

冯得富说：“你没见福海那式子，真要打起来咋办？”

德才听了，站起来扑踏扑踏跟在了冯得富后面。莲莲一见，说我也去，也跟在了后面。勤才妈也想去，却见人都走了，只好留下来看门。

到了戏楼前，柴福海和田四女、蛮牛已经来了，冯媒婆便一手拉着勤才，一手拉着蛮牛对姑娘说：“这个是勤才，这个是蛮牛。一辈子的事哩，你可要好好看看，好好想想，看好了、想好了就选一个。选好了是你的命，选错了也是你的命，到时候可不能怨我。”

姑娘站了起来，个头竟然比冯媒婆高了多半头。黄狗蹲在姑娘身边，奇怪地看着面前的人。可能已和蛮牛打过照面，姑娘的目光一直落在勤才脸上。勤才一脸的不情愿，但还是看了姑娘一眼，两人的眼光霎时不约而同地交汇在了一起。勤才心里一惊，眼睛一下子地睁大了。姑娘抿着嘴笑了，苍白的脸上露出两个浅浅的酒窝。勤才心里轰地响了一声。

“咋向，看好了就给我说一声，不好说指指也行。”冯媒婆在一旁催促姑娘。

姑娘低下了头，没有说看上谁，也没有用手指，而是小声说：“我已经吃了人家的馍……”

柴福海急了，嚷嚷道：“一个馍算个屁，我家馍用筴筛盛哩，都是白馍，只要你跟了蛮牛，我还他十个。”

冯得富说：“十个？一百个也不要，还回来的馍和吃进肚子的馍一样吗？”

柴福海勃然大怒，指着冯得富骂道：“得富，你这个雁过拔毛的小人，你让我过不成，我也让你过不成，我和你拼了。”说着，低下头去顶冯得富。

勤才、德才一看，忙闪过来，站在了冯得富面前。

田四女拉住柴福海，厉声对勤才、德才说：“咋，咋，凭着你们人强马壮，还要打人不成？来来来，打呀，打呀，先打死我再说！”

宏朗几个忙上去拉开了双方的人，说：“福海叔，不是我说你，这就是你的不对了。说好了让人家娃定，人家娃已经说话了，你还闹个啥？大孔是个大寨子，不能让外人小看了啊！”

旁边的人也点着头说：“是啊，宏朗说得对着哩。”

冯媒婆一听来了劲，说：“既然大伙都这么说，那我就把这事拿了，冯勤才和这个娃……对了，娃，你叫个啥？哦，名字怪好听的，和罗杏花喜结良缘，择日共入洞房。”旁边的人鼓起了掌。莲莲看了一眼脸通红的勤才，笑盈盈走过去拉住了杏花的手。

柴福海气急败坏，却无计可施，见蛮牛还瓷瓷地盯着那个姑娘看，便跺着脚嚷道：“蛮牛，你还瓷在那里干啥？走，回家，一个要饭的有什么稀罕的，过几天我给你找个洋学生。”

蛮牛灵醒过来，却说：“连个要饭的都弄不到手，还给我找洋学生，快别羞先人了！”

田四女一看父子两个不着调，赶紧连拉带推地把他们弄走了。

人们哈哈哈笑了起来，有人怪声怪气地说：“女子跟人跑了，儿子又是个那，福海还真是羞了先人哩！”

冯得富一家领着杏花喜滋滋地走了，黄狗欢快地跟在后面。冯得富一见，从地上拾起一块石头砸了过去。黄狗吓了一跳，跳叫着避到了一边。杏花回头嗷嗷叫了两声，黄狗又跟了上来。冯得富说：“娃呀，遭这么大的灾，人都要饭了，还要狗干啥？”杏花说：“黄黄保护了我一路，是我的恩人呢！”冯得富说：“问题是让它吃啥呀？”杏花小声说：“黄黄不会吃家里的。”冯得富“唉”了一声，没有再吭声。

天上掉下个金元宝让冯得富拾了，喜不自胜之余，他心里又有点不瓷实。思来想去，他把冯媒婆、宏朗叫到家，还请了会写买卖契约的冯指头，然后吞吞吐吐对杏花说，最好能写个东西，免得以后多说话。杏花没有说什么。于是，冯指头展开纸，蘸饱墨，轻车熟路地写道：

立据人罗杏花，九月十四 × 时生辰。今因饥寒交迫，自愿与大孔寨冯得富之子冯勤才结为夫妻，并无银洋所清。过门之后，倘有风云不测各有天命，来路不明根底不清，亲族人等上门滋扰等事宜，均由立笔人一面承管，中保理涉。此事两方情愿，并无勒索，永不反悔，恐后无凭，立此据存照。

中华民国十七年腊月初四

立据人：罗杏花

中保人：冯李氏 冯宏朗

代笔人：冯崇明

写完，冯指头当着众人面摇头晃脑念了一遍，相关人等在各自名字上摁了指印，冯得富心里的石头这才落了地。

过了两天，冯得富把冯得显、冯得荣、引才妈、冯媒婆、宏朗几个人请到家里，简简单单吃了顿饭，给勤才和杏花完了婚。

晚上入了临时凑合起来的洞房，勤才恍若梦中。他别别扭扭地坐在炕沿上，不知道接下来该怎么办。半夜时分，杏花坐在炕上抽泣起来。勤才不知道咋了，回过头愣愣地看着她。杏花哭了一会儿打住了，说：“你以为我是真的吃了你家的馍才留下来的？”

勤才莫名其妙地看着杏花。

“你今后可不能打我，要对我好。”杏花绞着手说。

勤才哎哎了两声，连声说：“不打，不打，谁要打你是狗。”

杏花噗嗤一声笑了。

四十

“月黑风高夜，杀人放火天。”

史家怡平日里讲了那么多书和诗词，听得引才很是头疼，最后也没有记下几句。下大雪那一晚，引才拉着史家怡跑到窑外面，仰面对天，任凭纷乱的雪花亲吻他们激动的脸孔。忽然，一阵狂风疾驰而来，追逐得雪花胡乱奔跑。就在这时，引才的嗓子眼里突然蹦出了这两句诗，压抑了多日的念头随之也涌上了心头。

是啊，该和柴一刀算总账了！

那一晚，面对史家怡躺在炕上的惨相、脚地的杀猪刀、凌乱的袁大头，引才什么都明白了。他猛地放下怀里的史家怡，转过身就要往炕下跳。“死”了的史家怡遽然活了过来，翻过身一个鱼跃，紧紧地抱住了他。

引才牙咬得咯吱吱响，说：“放开我，我去捅了那个狗日的！”

史家怡无声地哭泣着，头像风雨中的花儿一样无奈地摇了摇。

引才不理会史家怡，眼睛瞪得像牛眼，用力往炕边挪。史家怡被拖拉到了炕边。引才用手去掰史家怡的手，史家怡的手却锁链般扣合在了一起。引才掰开一个手指，又去掰另一个手指，掰开的手指马上又扣上了……反复了几次后，引才不忍心再去掰史家怡柔弱而又固执的手指，气冲冲地说：“你……你放开我！”

史家怡从牙缝里挤出了一个“不”字。

见硬的不行，引才便求着史家怡说：“家怡，你放开我，我……我……我快要憋死了！”

史家怡哇的一声哭了，边哭边说：“你别这样，老八有枪都被人家打死了，你赤手空拳地想去送死吗？你要有个三长两短，我今后咋活呀？你再这样，我就去死！”

引才心里咯噔了一下，怒气、火气、怨气随之一下一下开始减退。他看了一眼痛不欲生的史家怡，转过身抱住她，任凭眼泪不争气地啪啪而下。

虽然口头上答应了史家怡，引才心里如何能咽下这口恶气。他咋都想不通，狗日的柴一刀竟然如此不要脸，如此胆大，如此欺人太甚，似乎他眼里压根就没有引才这个人。既然如此，引才断不可能轻易认了这个茬，忍声吞气地做缩头乌龟。

引才心里明白，和柴一刀的较量绝不像上次和柴福海打架那样简单，而是一场刀上见血、你死我活的生死较量。柴一刀是个屠夫，身上有的是力气，杀猪刀也玩得精熟，单打独斗他未必能占到便宜。何况柴一刀寨里寨外还有一批狐朋狗友，个个都不是软茬。这几年寨里出的那些怪事，人们就怀疑与柴一刀有关，却因没有证据，又惮于柴一刀的淫威，只得缄默其口。引才过去不关心这些事，自从史家怡着了柴一刀手后，他静下来把寨里前前后后发生的事一想，越想越觉得件件背后都有柴一刀的影子。至于和柴一刀合伙的还有谁，引才不愿意再往下想，也想不来。不过这已经足以说明，他眼下和柴一刀公开叫板还不是时候，弄不好就成了人家的刀下之鬼，真的成了家怡说的是前去送死。引才还没有蠢到引颈就戮的地步。这样，他忍住怒火，静下心来，暗中仔细筹谋这次行动。

引才首先想到了枪。史家怡那晚虽然说的是反话，却一下子提醒了引才。引才心里明白，柴老八被人打死，和他手里的枪应该关系不大，他可能是被人打了个措手不及，还来不及使枪，就被人杀了。如果事先知道有人要抢他、杀他，他提前把枪掏出来，对方人再多，也只能做他的枪下鬼。引才见过枪的威力，人被刀砍了，还会呻吟着继续反抗，弄不好还会杀了对方，但枪只要一响，你只能像一口袋糜子般地扑倒在地，最多再蹬两下腿，然后老老实实地回了老家。因此，无论如何要弄一把枪，到时候柴一刀再硬，人再多，啪啪啪……一枪一个窟窿，杀几个人比杀几头猪容易多了。

可去哪里搞枪呢？柴老八的枪那一晚就不见了，有人说是被劫杀他的人顺手牵了羊，有人说事后被史家怡藏了起来。引才相信第一种说法，是他也会这么做。当然，如果枪真的被史家怡藏了，他也不会去向她要。他怕枪没有要出来，反而增加了史家怡的忧惧。家怡太可怜了，不能让她再担惊受怕。如果她有个三长两短，他一辈子都不会原谅自己。

最简单的做法是买一把枪，既省事，又避人耳目。可引才除了不知道去哪里买，手里能拿出的也只有剩下的那十几亩地。听说一颗子弹值一两银子呢，一把枪岂是几亩地能换来的？何况因了天旱，地干得裂了口子，野草都长不出几棵来，谁还会要这没用的东西？引才有点后悔当初没有向姜副官他们要一把枪，听说他们现在到了陕南一带，不说他找不见他们，就是找到了，路那么远，世事那么乱，如何能把一把枪带回来？弄不好丢了小命那才可笑呢！

能借把枪当然更好，可去哪里借呢？崇泉县警察队有的是枪，但引才一个人也不认识，只能是有想法没办法。冯秃子手下倒是有两杆枪，可那是啥破玩意儿，也好意思叫枪？再说冯秃子和柴一刀一向走得近，他去借枪不是赶着把瞌睡人往灵醒的叫吗？

这一天，听说和才被冯得显接回来了，引才灵机一动，忙去了和才家。和才瘦了很多，一双眼睛大而无神。他不好问和才在狱中的事，便说了些安慰的话，然后等着和才讲事情的经过。和才却懒懒地笑了笑，啥话也没有说。引才有点急了，忍不住吞吞吐吐地问："那……你们就没有枪吗？"

和才眼里倏地射出一道亮光，说："枪？是啊，当时伍胖子就在我面前，如果我手里有杆枪，呯，伍胖子那头肥猪就变成死狗了！"

引才有点失望，却没有死心，继续问和才："那你们的枪呢？"

和才自言自语道："是啊，我们的枪呢？我们怎么就没有枪呢？"

"干那么大的事，你们也没有弄几杆枪？"引才仍不死心。

“是啊，这个问题问得好，值得好好思考。”说着，和才右手支颐，眼睛眨巴着，陷入了深深的思索中。

引才失望透顶，只得离开了和才家。出了门，冯指头正喜滋滋从小城里经过，引才心里的气不顺，冷笑道：“指头叔，还是走慢点好，走快了恐怕寨里又有人要遭殃。”

冯指头先是一愣，接着嘿嘿笑道：“看你这话说的，好像我上赶着害人哩。可话说回来，我不害能行吗？不害就有人饿死、冻死。说到底都是他们上赶着求着我害他们，你引才也不是没求过。”

引才听出了冯指头的弦外之音，哈哈一笑说：“好，好，害得好，就这么害，不知今天又害了谁？”

“还能是谁，你得荣大大呀。他家早已经吃了上顿没下顿，现在实在熬不下去了，只能卖地了。要说你们几个自家好赖还能过，咋就没人管管他呢？你没见俭才那娃，瘦得快成猴了，见了吃的眼睛那个绿呀。唉！”

引才心里一酸，却说：“天高也不是一天两天的事，各家有各家的难场，不好说哩。我四大把地卖给谁了？”

“还能是谁，钱葫芦啊！”

引才的心一动，心想，把他家的，咋把这么大的鱼给忘了。他手里有的是枪，借可能借不来，但用地去换，说不定能成。于是，他把冯指头拉到一边小声道：“叔，我想把东西根那十亩好地卖了，你帮我和钱葫芦穿穿线吧！”

冯指头喜得眼睛眯成了一条线，说：“看看看，又来了一个上赶着求我害的。没麻达，咱就是吃这碗害人饭的。说，想要多少钱？”

引才摇着头说：“我不要钱。”

“那要多少粮？”

“也不要粮。”

“那你要啥？女人？这不难，钱葫芦家的小老婆、丫头多得是，人家腻味了的就给你换一个。”冯指头诡秘地笑道。

“要那干啥？地都不打粮了，还换来一张嘴。”引才不满地瞥了冯指头一眼。

“那你想要啥吗？”冯指头也有点不高兴了，“你娃得是把我当猴耍？”

引才左右看了看，压低声音说：“给你说实话，你可千万不能告诉人。我想要支枪。”

“枪！”冯指头的声音一下子抬高了，“你要那干啥？”

引才吓了一跳，急忙捂住冯指头的嘴，眨着眼睛说：“你这是招人抓我，还是向人宣扬我不务正业？”

冯指头拉开引才的手，小声道：“啥啥都不是，就是奇怪。不能吃，不能穿，你要那玩意干啥？招祸呀？好家伙，竟要用十亩好地去换！”

引才笑了笑说：“干啥？我能干啥？还能去杀人？就是图个稀罕，玩玩。”

“不行不行，”冯指头头摇得似拨浪鼓，“我就是个土地经纪，帮人卖地行，用地去换枪却从来没干过，也不敢干，小命要紧哩！”

引才趴在冯指头耳朵边说了句话。冯指头吃了一惊，不相信地看着引才说：“真的？！”引才点了点头。冯指头想了想说：“好当然好，好东西谁不爱？问题是我心里没底嘚。钱葫芦是谁？那可是阎王爷在世，厉鬼还魂，他脸一翻，想要谁的命就要谁的，一点商量的余地都没有。要不这样，你和我一搭里去，见了人家面，就说是你要用地换枪，千万不敢让人家认为是我胡说乱办，更不敢让人家觉得我弄枪想咋。我就想做个本分人，好好过自已的日子。”

引才说：“也行，我还没有见过钱葫芦呢。”

第二天天不明，引才和冯指头悄悄上路，晌端时来到了美市。在街上各吃了一碗荞面饸饹，两人匆匆来到十一间厅，很快见到了钱忠川。冯指头小声给钱忠川说了来意，钱忠川一听当即沉下了脸，说：“你得是吃野哩，越吃越胆大，越吃胃口越大，这事竟然你都敢向我提？”

冯指头苦楚起脸说：“没办法姆，是他逼着我来的，还说用十亩好地换把枪，钱副师长怎么说都划得来。”一边说，一边回头向引才使眼色。

引才忙赔着笑说：“是啊，这生意我就和钱副师长做，其他人我还看不上呢。烦请您老人家帮忙牵个线！”

钱忠川瞪了引才一眼说：“嘴上没见长几根毛，口气大得能吹破天。还就和我家老爷做？你以为你是谁？枪是啥？杀人的家伙，有了它，这地面就是谁的。不知道我家老爷弄几杆枪有多难，你竟敢拿几亩破地来换，要了个大！去去去，哪里来，哪里去，不要让我把你俩当共党抓了。”

见钱忠川翻了脸，引才赶忙走到他跟前，从褡裢里掏出黄麻纸包的烟土，轻轻放到桌面上说：“好叔哩，就一句话的事。钱旅长愿意换是我的福气，不愿意换也就算了，生意不成仁义在，借不来米还能把升子留下？上一次他老人家可是很给面子呢！”

钱忠川看了一眼引才，又嗅了嗅桌上的东西，脸上慢慢绽出了笑纹，说：“看着五大三粗，说出的话入耳得很嘛。好吧，就为你这几句话，我去冒一次险，成不成就看你娃的运气。”

引才和冯指头忙满面笑意地说：“那是那是。”

过了一会儿，钱忠川急忙忙回来了，说：“成了成了，费了九牛二虎之力，还说你就是上次买魏敏生尸首的小伙，我家老爷这才来了兴趣，让你们到后院见他哩。不过，可不敢再叫他钱副师长，他老人家已经升师长了。”

引才和冯指头互相照了一眼，嘴里对钱忠川说：“还是钱管家面子大，多谢提醒，多谢提醒。”心里却想，“这个钱葫芦也太不讲究了，好赖我们是个客人，你咋能在后院接见？”原来渭北一带人家的茅房都修在后院，为了避讳，人们便把上茅房称作上后院。但想到自己是上门求人，还求的是钱葫芦，虽然受了羞辱，却也只能任凭人家摆布了。

进了后院，却是一个足有二分地大的花园，花园里建有一座六角凉亭，每个角宛若破空而去的老鹰。后院（茅房）倒也有，倚靠在东北角，青砖青瓦，没见过世面的人还以为是什么隐秘之地。寒冬里，花和叶已经凋谢，花园里异常萧索、冷清。

钱春生一个人背着手、低着头在花园小径踱着步。

引才和冯指头跟着钱忠川，轻手轻脚地走到钱春生旁边，心不自觉地悬了起来。钱忠川使了个眼色，引才、冯指头赶紧冲着钱春生的屁股巴结地叫了一声“钱师长”。钱春生没有理会，继续往前走，钱忠川、冯指头、引才只得亦步亦趋地跟在后面。走了十来步，钱春生打住步，慢慢转过了身，钱忠川、冯指头、引才赶忙站住点头哈腰地笑。

钱春生眯缝着眼睛翻了冯指头一眼，然后目光落在了引才身上。引才顿觉一股寒气逼视而来，他心中一凛，小腿忍不住地颤动起来。忽然，他想起了柴老八曾经说过的话：“碰见土匪了，他们肯定先要给你来个下马威。这时候你千万不敢屃，屃了就成了土匪的菜。”莫非钱葫芦现在给我玩这一出？这样一想，引才一下子恢复了平静，他抬起头，努力做出似笑非笑的样子，和钱春生的目光碰在了一起。

两个人对视了足足有二十秒钟，最后，钱春生仰头哈哈大笑，说：“敢两次上门占我钱葫芦便宜的人不多啊。初生牛犊不怕虎，算条汉子！说，弄枪干啥？”

引才心里嘘了一口气，赶忙收回目光笑呵呵地说：“啥也不干，就是玩玩。”

钱葫芦的脸沉了下来，说：“玩玩，扔掉十亩好地就为了玩？说你有种，还蹬鼻子上脸了，得是把我当瓜屃地耍？”

引才心里一惊，心想钱葫芦的确不是个松泛下家，几句假话绝对搪塞不了他。但他不想说他弄枪是为了报仇，更不想说对方是本村的柴一刀，便脑子一转做出为难的表情说：“钱师长，您是火眼金睛不假，但我真的不想说要干啥。我能说的是，我不会干坏事，更不会干对不起您的事。”

钱春生又哈哈大笑，说：“说得好，说得好。不想说，老子就不问了。会打枪吗？”

引才赶忙说：“会。”

钱葫芦撩起皮袄下摆，从腰里拔出手枪，递给引才说：“打一枪让老子看看。”

引才吓了一跳，长这么大，他见是见过枪，却没有摸过，更没有打过。刚才的话就是随口一说，目的是让钱春生相信他，顺顺利利把枪给他，不想钱葫芦竟然信以为真。但事已至此，他不敢再胡说，是沟是崖只能往下跳了。他接过枪，故意做出老练的样子问：“打啥？”

钱春生往周围扫了一眼，然后指着东边墙头上站着的一只麻雀说：“就打它。”

引才举起枪，心咚咚地跳。他不知道这一枪响了后，等待他的将是什么。听说钱葫芦翻脸比翻书都快，弄不好一切努力就会竹篮打水一场空。这时候他多么盼望麻雀能飞走，麻雀一飞，他开枪后，打中打不中都有话可说。可麻雀在墙头上瑟缩着，小脑袋还左右晃动，一点逃跑的意思都没有。无奈，引才心一横，合上左眼，睁大右眼，照着小时候用弹弓打麻雀的法子，让右眼、枪眼、麻雀尽量成一条线，然后果断地扣动了扳机。

“好！”钱忠川看戏看到绝活似的叫了一声好。

引才睁开眼一看，墙头上的麻雀不见了。他忙低头去看，只见麻雀落在了墙根下，瘦瘦的身旁还有两滴酸枣核大的血迹。引才悄悄出了一口气，把枪还给钱春生说：“主要是钱师长的枪准。”

钱春生接过枪看了看，又给了引才，说：“那好，好枪配知己，送你了。”

脸色苍白的冯指头灵醒过来，匆忙从胸口掏出地契，抖抖索索递给了钱春生。钱春生接过地契，看也没有看一眼，顺手还给了引才，说：“枪是送你的，地嘛，自然还是你的。”

引才懵了，说：“这……这礼也太重了，您还是收下地契吧！”

钱春生肥大的手一摆说：“老子说话不是放屁，重就重吧，老子高兴。说起来老子当年也借过枪，原以为轻而易举的事，没想到求的是个啬皮。老子几乎磨破了嘴皮，好说歹说他就是不借，还皮皮松松说老子成不了气候。后来多亏张大哥有眼识珠，把自己的贴身家伙给了我，我钱葫芦才有了今天。拉起队伍后，老子立马收拾了那个啬皮，他的枪、钱、命自然都归了老子。老子眼里有水，不说什么关系，上次你敢来要魏敏生的尸首，我就知道你娃是个有情有义的干家。有句话怎么说？对，猩猩（惺惺）相喜（惜），黑猩猩都他妈的互相喜欢，你我还有啥说的？但有一句话你记住，你娃今后把事弄成了，弄大了，可不能忘了老子，更不能祸害老子！”

引才心想我就是借把枪杀柴一刀报仇，怎么会把事弄成、弄大？你钱葫芦虽然杀了魏大哥，但按眼下的情形，我一时半刻也报不了仇。人常说，君子报仇，十年不晚，以后的事以后再说，今天先认了你再说。一时对钱葫芦一口一个叔地千谢万谢。

回家的路上，冯指头喋喋不休地问引才啥时候学会打枪的、跟谁学的、多长时间了，等等。引才反复说他是第一次打枪，打麻雀就是瞎猫碰了个死老鼠。冯指头不信，还说他是红萝卜调辣子——吃出没看出。引才无心和他争辩，便叮咛他回去后不要给人说他借枪的事。冯指头说：“我的嘴绝对是铁门，问题是铁门还必须要有锁才能上紧，怕就怕你娃因为地没有换出去食了言！”引才心里隐隐疼了一下，却哈哈笑道：“放心，不就是二两土嘛，回去就给你。”冯指头笑了，说：“放心，放心，我能不放心你？我早都说过，大孔寨将来的人物是你哩！”

四十一

有了枪，引才开始考虑杀柴一刀的时间和地点。

时间只要是晚上就好，哪一天并不十分重要。

最难定的是地点。

柴一刀平日里活动的地点主要在家里和街道，但引才却不能在他家里甚至亲戚朋友家杀他，更不能在街道以及一些人来人往的地方杀。原因么，杀人不是杀猪杀狗，杀了就杀了，没有人管。杀柴一刀时只要被人发现，不说柴一刀的家人、亲戚饶不了他，冯秃子、伍胖子这些官府的人也不会放过他。杀人偿命，欠债还钱，自古皆然。报了仇，却把命丢了，引才才不干这样的瓷屃事。柴一刀的命算个啥，能和引才的命上一杆秤？和他一命换一命连打平手都算不上，只能算赔。赔了倒不是多大的事，问题是没了命谁伺候妈，谁又管史家怡、芬芬和宏才？把柴一刀骗到“将军寨”杀掉也不行，不说这屃鬼得很，不可能被哄骗到“将军寨”，就是能把他弄进“将军寨”，惊吓了史家怡怎么办？

思来想去，引才怎么也找不来一个下手的地方，急得他茶饭不思，夜不能寐，嘴上甚至燎起了泡。史家怡心疼地问他咋了，他不敢明说，便说天高成这样，成天待在家里挣不来钱，攒不下粮，这样下去，啥时候把日子过上去？史家怡劝他说：“心急吃不了热豆腐，慢慢来。”还说，“怎样才算把日子过上去，我看这样就好着哩。”史家怡的话和引才心里窝的事虽然牛头不对马嘴，但心急吃不了热豆腐这句话却提醒了引才。他压下心中的火，稳住情绪，慢慢寻找下手的时机和地点。

这一天，引才经过戏楼时碰见了冯金宝。冯金宝惊讶地打量了他一眼说：“咦，你的脸咋白兮兮的，得是也抽上了？”

引才本不想理识他，却碍于面子，嘴里随便唔哝了两声。

冯金宝很有意味地笑了笑说："怎么样，比女人过瘾吧？"

引才不置可否，继续抬步走路。

冯金宝讨了个没趣，嘿嘿笑道："一天都忙啥嘛，也不来乡约所谝？"

引才心里一动，停住脚步，回过头笑道："看哥这话说的，我再忙能有你忙？哥既然发话了，今后我天天就去乡约所谝。听说乡约所要改乡了，哥也快成带长的人了，恭喜啊！"

冯金宝满脸堆笑，说："这你也听说了，都是寨里人凑哄哩。"

当晚，引才提着他妈舍不得吃的一包点心、两把挂面去了冯金宝家。进了门，柴一刀果然在，宏朗和得得也在。

见引才手里提着东西，兰菜花眉开眼笑地说："你看引才这人，来就来了，咋还提着东西？呀，还是稀茬哩！"说着，从引才手里接过东西，扭头去了别屋。

冯金宝不好意思地说："这婆娘，八成是饿怕了，一见吃食就像狼见了娃，真真丢人！"

引才笑道："这说明啥，说明嫂子没把我当外人，我就喜欢这样。"

冯金宝说："那好那好，这样理解也行，自己人嘛。"

兰菜花端着一杯茶水进来了，说："我就喜欢引才这样的人，心里端戳，不像有些人肚子里尽是弯弯绕。"说着把水杯放在柜盖上，对引才说，"刚烧的，别烫着。"说完扭身出去了。

冯金宝指着兰菜花背影笑道："这婆娘，吃人嘴浅呢。引才，站着干啥，坐，坐嘛！"

宏朗和得得也笑着请引才坐。柴一刀眯着眼睛坐在炕沿上，一言不发。

进门一见柴一刀，引才的心倏地紧缩了一下，浑身的毛发似乎也唰地奓了起来。他有点控制不住自己了，只想扑上去掐死这个混蛋。忽然，柴一刀抬头盯了他一眼，引才心一惊，一下子清醒了，急忙笑道：“全来哥，你也在啊！”柴一刀收回目光，点了下头。

现在，引才的心已经镇静下来，为了掩饰刚才不经意间流露出的敌意，他故意坐在柴一刀身旁，要过柴一刀的旱烟袋，香香地吃了起来，且说：“全来哥到底经过世面，吃的烟都这么硬，呛得人嗓子眼像用棍戳。”冯金宝、宏朗、得得听了哈哈大笑。柴一刀抿着嘴似笑非笑，仍然没有说什么。坐了一会儿，柴一刀先走了，宏朗和得得跟着走了。引才和冯金宝胡乱说了些寨里的事，觉得没有露出什么破绽，也告辞走了。

这以后，引才隔三岔五就去找冯金宝，有时候去他家，有时候去乡约所。每次去几乎都能碰见柴一刀，有时候还会遇见冯天顺、柴牛儿、德才、宏朗、得得一些人。时间长了，引才知道了冯天顺、柴牛儿、德才围着冯金宝转，是因为端着人家饭碗。宏朗一些人却是没事凑热闹。得得长期熬夜吹唢呐，惯下了喝茶的毛病，近来请他吹唢呐的人少了，茶常常断顿，便到冯金宝这里来踅摸。唯独柴一刀和冯金宝关系有点特别，他有事没事都爱往冯金宝待的地方跑。不知道情况的人，还以为他们是同志。这些人待在一起主要是说闲话，有时候喝酒、打牌。酒主要喝冯金宝和柴一刀的，菜不讲究，一个猪腰子或一盘腌萝卜就能下酒。期间，引才请过两次客。酒是“柳林春”，菜是从家里带的花生米和鸡蛋。几个人喝得很中意，纷纷说引才的好话，柴一刀也红着脸，喷着酒气说：“还真没看出，引才这兄弟，行！”引才脸上虽然笑着，心里却疼得像用刀割。打牌一般是冯金宝、柴一刀、宏朗、得得几个来，冯天顺、柴牛儿临时替换。引才入了圈子后，便顶替了得得的位置。引才不怎么会打牌，放和却是专家。柴一刀是他的下家，常常得利。冯金宝不乐意了，说：“引才，你打的是屎牌，得是和全来合起来日弄人？”柴一刀得意扬扬地说：“和牌靠运气，不要婆娘不生娃怪炕沿。”引才笑道：“我也不会打，耍着玩哩，谁知道让全来哥得了好处，要巴结我就巴结未来的乡长，巴结一个杀猪的干啥？”旁边的人听了大笑，柴一刀拍着引才的肩膀更是笑得开心。

犯瘾的时候，冯金宝和柴一刀就去柴福海那里抽一口。引才和他们走近后，冯金宝叫引才一块儿去，引才借口和柴福海有宿怨拒绝了，还说：“去那里干啥，过两天我给你弄些上等土，你躺在家里腾云驾雾，那才叫过瘾！”过了几天，引才果真给了冯金宝一块土，很纯。柴一刀眼馋地说：“引才，你娃眼里有水得很，光认得当官的。”引才笑道：“哥，多心了，这几天手紧，过些日子也给你弄块尝尝。”柴一刀喜出望外，说：“这可是你说的，到时别怪我不客气。”引才说：“咱兄弟俩谁跟谁，客气个屎。”柴一刀笑道：“好，我就爱听这话。啥话不说了，明天到我家喝酒，你也不准客气！”引才赶忙说：“不客气，不客气。”

起初，柴一刀也不是没有怀疑过引才。

从史家怡身上得手后，柴一刀却突然害怕起来，有时候竟然到了坐卧不宁的地步，只盼着引才赶快来杀他。似乎引才不来杀他，他的心就要那么悬着，脖子就要那么伸着，日子就要那么煎熬着……唯有引才来杀他，一切才会尘埃落定。

但柴一刀绝不是束手待毙之人，为了防止引才对他下手，特别是打他个措手不及，他在脑子里做了周密的打算。但当他去炕席下面拿那把常用的杀猪刀时，刀却不翼而飞了。他怀疑闷闷拿走了刀，这小子长大了，见了人话不多，却一肚子的鬼。待闷闷从县里回来一问，闷闷非但赌咒发誓自己没拿，还委屈得要哭。柴一刀急了，翻箱倒柜，骂婆娘打娃，几乎把家翻了个底朝天，那把刀却连个影也不见。

许翠仙看不下去了，阴阳怪气地说：“谁知道你搁到哪个骚狐狸家了，却在家里发邪火，也不知道我娘几个欠了你啥！”

柴一刀回头正要骂许翠仙，却突然想起那晚上史家怡炕时，刀当时掉在了脚地。原想说走的时候拿上，不想走得慌张，竟然给忘了。柴一刀更加惶恐不安了，心想杀猪刀既然留在了那里，不就是留下了把柄，引才这下更不会放过他了。为了以防不测，他赶忙又磨了把杀猪刀，白天别在腰里，晚上压在枕头下，提心吊胆地等着引才来。

可一天天过去了，引才非但没有上门闹事，碰见他还和过去一样该咋就咋，看不出有什么异常之处，似乎啥事都没有发生过。柴一刀莫名其妙，心想："这小子咋了，难道真的不在乎头上戴绿帽子？"转眼又一想，"史家怡可能压根就没有把这事告诉他。女人脸皮薄，这号事如何能说出口？说出来又有什么好处？弄不好还会把自己赔进去，让男人嫌弃她，甚至像烂菜叶似的一脚踢到一边。史家怡是个读书人，应该把脸面看得更重。再说他俩名不正言不顺的，用得着啥事都给他说吗？至于那把刀，要么被史家怡藏了起来，要么被她扔了，根本不是个事。"

这样一想，柴一刀觉得走路看脚印——小心过度了，多少也有点笑话自己的作贼心虚。以后，除杀猪刀不离身外，他的日子又慢慢恢复了正常，很快还和丁香香有了一腿。

引才那一次去冯金宝家时，柴一刀着实吓了一跳，以为是来找他的。虽然他眯缝着眼睛坐在炕沿上，极力做出平静的样子，心里却紧张得要命。他的两手看似随意地搭在肚子上，右手其实一直握着刀把。引才却一副平常的样子，不但和他打招呼，叫他哥，还和他坐在一起，要他的旱烟吃，有说有笑的，很是坦然，他头脑紧绷的弦方才慢慢松弛下来。

以后，和引才来往多了，更看不出他有什么异样，柴一刀心里却还是疙里疙瘩的，不知道该放下心大大方方和他交往，还是继续提防着他。他把心里的想法告诉了冯金宝。冯金宝一听不屑地说："你这是作贼心虚，引才未必知道你干的好事。真要知道了，拿他的脾性，还不放了你的血？"柴一刀说："我也是这么想，可就是想不通。过去他离咱八丈远，现在却一口一个哥叫得那个亲切，弄得人心里毛毛糙糙的，总觉得哪里不对劲。”冯金宝说：“哪里不对劲？天高成这了，他娃还想咋？没事了找人谝谝很正常嘛。再说我就要当乡长了，他娃巴结我说明眼窝有水！”柴一刀说：“理是这么个理，可我心里就是不瓷实。”冯金宝说：“放心吧，引才是个讲义气的人，不会把小事放在心上的。不过，你今后不要再打那个洋学生的主意了，日日戳戳的有啥意思。引才是个人才，比天顺、牛儿强过十倍，今后我还想让他给我办事呢，你不要坏了我的大事。”柴一刀说：“不了不了，当时就像着了魔似的上火，过去了就后悔了，一点意思都没有。”

再后来，柴一刀看引才的眼光就有了新的意味，而且越看越对引才有好感，越看越觉得引才这人实在、大方、讲义气，是可交的朋友。不但一天天接受了引才，还主动去接近他。一来二往，两人竟大哥长小弟短的真成了“兄弟”，看着比冯金宝还亲近。柴一刀甚至有点后悔非礼了史家怡。朋友妻，不可欺，要知道和引才有今天，他决不会干那种事。何况那个史家怡看着漂亮，躺在炕上不过就像脱了毛的猪，乏味得像一杯凉水，如何比得了一上炕就大喊大叫、夺人魂魄的丁香香？想必引才早对她腻味了，虽然知道了那件事，但却觉得没意思不想和他计较。这样，为了显摆，加之内心有那么一种让引才放心的想法，柴一刀还把引才带到了丁香香家。

丁香香便是冯栓银的婆娘，寨里举行“寡妇祈雨”时的寡妇之一。这女人三十出头，人虽有点黑，却长了双狐狸眼，顾盼流离中颇让男人动心。她先嫁给高原一个日子还算过得去的人家，不到一年，男人一命呜呼，婆家人便把她卖给了冯栓银。又一年不到，冯栓银也踏上了黄泉路。当初，寨里对这婆娘就有些说法，这下更加有了口实，纷纷传说这女人是个妖精，人不但骚，还会抽取男人的精髓，抽取的瞬间还发出狼一般的嗥叫。有人有声有色地说他就在冯栓银家墙根下听到过这种叫声，尖利，放肆，让人毛骨悚然的同时，又蕴含着一种说不清的滋味。丁香香的名声彻底坏了，没有人敢再要她，冯栓银家的人也和她断了关系，她一个人只好守着两孔破土窑过。

这一天，柴一刀推开了丁香香的破门。

平日里，惮于寨里那些吓人的传说，柴一刀一直对丁香香有心没胆。这段时间他精神太紧张了，必须寻找一个发泄处，来缓释心头的压力，便顾不得那些传说了。丁香香倒没有拒绝他，而是用一双狐狸眼瞟着他说："想上炕行，拿两个馍来。"这个柴一刀倒是想到了，一年两料无收，最珍贵的是吃食，一个寡妇更不可能把嘴挂起来。干什么须得摸清对方的软肋，这是柴一刀的强项。柴一刀从口袋掏出一个馍，递给丁香香说："先吃了这一个，另一个明天补上。"丁香香接过馍，大口大口吃起来，一副饕餮相。馍吃完了，丁香香脸上泛出了红晕，她抿了抿嘴，又瞟了一眼柴一刀。柴一刀不能自已了，顺势将丁香香扳倒在炕上……忽然，丁香香从炕上翻起来，骑在柴一刀身上，一前一后晃开了腰，一双奶子随即舞蹈般地跳跃起来。柴一刀气喘吁吁，嘴张得能吞下一个馍……突然，丁香香在柴一刀身上啊啊叫着剧烈地颠簸起来，最后号叫着扑倒在柴一刀身上，一下一下抽搐起来。柴一刀神迷心醉，不能自已，似乎三魂七魄突然间融化进了丁香香的幽深处。

眯瞪过来，柴一刀似从梦中醒来，真实而又虚幻。他看了一眼睡着了的丁香香，心满意足地在心里说："看来寨里那些传说还真不是空穴来风，只不过没有那么可怕，相反，还这么舒服。真他妈的嫽！"

这以后，柴一刀便常往丁香香窑里跑，几天不去就像丢了魂似的难受。去一次，丁香香就让他体验一次什么是飘荡，什么是跌落，什么是缠绵入骨，什么是欲死不能……唯一不悦的是，每到关键处，丁香香便哼唧着向他要东西，先是馍，再是面、米、油、肉……还有钱。柴一刀心里虽不舒服，觉得丁香香是在卖，但却没有拒绝过她。女人嘛，就靠那点能耐过活，人家让你畅快，你就该让人家图点什么。家里那个黄脸婆成天啥都不干，还不是吃你的，穿你的，动辄还给你脸看。比较起来，丁香香要那么点东西算个屁。想明白后，柴一刀一天比一天大气起来，常常不等丁香香开口，就把她想要的东西拿来了。再后来，他干脆把丁香香家当成了第二个家，和丁香香一块儿吃饭，一块儿说笑，一块儿抽大烟。一阵吞云驾雾后，两人共赴巫山云雨，效那于飞之乐。按柴一刀的话说，神仙也不过如此。

有了好事心里藏不住，扑通扑通总想跳出来过过嘴瘾，这似乎是男人的天性。柴一刀也不例外。酒一上头，他便管不住了嘴，有意无意地就炫耀自己的战果。几场酒下来，他那点破事便在圈内抖落无遗。抖落就抖落了，柴一刀那点花花肠子，谁又不是不知道。人家就好那一口，又不差钱，周瑜打黄盖，一个愿打，一个愿挨，关谁的事？跟着占便宜是正事。时间不长，冯金宝跟着柴一刀去了丁香香家，接着得得、柴牛儿、冯天顺几个也相继跟着柴一刀去了。来这里，除和那婆娘说些荤话，过过嘴瘾，有时候还能喝上几口烧酒呢！

引才随柴一刀去丁香香家是初冬的一天傍晚。

丁香香住在寨外东北方的埝下，离五龙宫不远。因和西埝相对，人们称之为东埝。这里原住了十几户人，都是从寨子里分出来的。才搬来时家家尚穷，便在埝下打土窑住。日子宽展后，一家家相继在埝上盖了房子搬走了。唯独丁香香无力盖房，还住在埝下。

一进丁香门，引才心里不自觉地动了一下。

这是一个狭小、寒伧的人家。院子很小，踏进院门不几步便是两孔风吹水蚀过的土窑。由于埝不很高，土窑的一部分深入到地下，窑门看着像半截门。窗子也不大，上面糊的纸已经发黄。右边的窑门前栽着一棵石榴树，树冠看着不小，密匝的树枝在冷风中瑟缩着。更让引才惊奇的是，窑门上方伸出的檐下竟然筑了一个鸟窝。

柴一刀从腰里抽出杀猪刀，嚓的一声扎在窑面上，回头对引才说：“兄弟，不是哥相不信你，我定了个规矩，进这个窑身上不能带家伙。”

引才吃了一惊，心想这尿也太鬼了，怪不得作了那么多孽，还屎事没有。好在引才没有带什么，便笑道：“好哥哩，我又不杀猪，带杀猪刀干啥吗？”说着，撩起棉袄衣襟，拉了拉裤腰让柴一刀看。

柴一刀指着引才笑了起来，不知道是解嘲，还是放心后的坦然。

引才跟在柴一刀后面猫着腰进了窑。窑里虽然点着灯，却依然黑幢幢得有点模糊。土窑很严实，进来后，风声、树枝声等声音仿佛突然被隔离了，寂静得让引才还以为耳朵出了问题。

丁香香正躺在床上发呆，见柴一刀领着一个人进来，忙坐起来说：“你又带谁来了？”

柴一刀笑呵呵地说：“谁？我兄弟引才。你不是总嫌我带不三不四的人来吗，这兄弟可是大孔的能行人。”

丁香香瞟了引才一眼，说：“这不是西门底的……”话未说完，觉得不对，赶忙吐了吐舌头。

柴一刀不怀好意地大笑起来，说：“婆娘不出门，知道的事还不少。引才兄弟当真是艳福不浅，他那个人……嘿嘿！”

柴一刀意识到说漏了嘴，忙嘿嘿了过去。丁香香不知道情况，以为他又准备打史家怡的主意，便白了他一眼说：“吃着碗里的，瞅着锅里的，你那点花花肠子啊！”

“不敢胡说，不敢胡说。”柴一刀向丁香香闪了闪眼，回头对着引才说，“朋友妻，不能欺哩！”

引才脸上虽然笑着，却感觉一股燥热突然间从脚底泛起，涌向了他的四肢八节和五脏六腑，那个带血的“杀”字随之又一次从他心里跳了出来。

这一天终于来了，引才却心静如水，似乎他不是去杀人，而是去办一件早已打算好的事。他把筹谋好的想法在脑子里过了一遍，感觉前所未有的完美，就差他扮演主角登台唱戏了。

勤才和杏花合婚的这天下午，引才帮忙收拾完摊子，就去了乡约所，柴一刀果真在这里。说了一会儿闲话，引才把柴一刀叫到门外悄悄说：“哥，晚上去东埝吧，我把东西交给你。”柴一刀不解地问：“啥东西？”引才左右看了看说：“前头答应给你的……那个。”说着做了一个抽大烟的动作。柴一刀一听眉开眼笑地说：“还以为你就是说说，竟然是真的！”又说，“这样行不行？有功夫明天你给我拿过来，雪天冰地的，去东埝干啥？”引才挤了挤眼说：“也让我过把瘾嘛，我家里管得紧，去熟人家又怕传出去惹我妈生气，东埝嫂子那里既安全又稳妥，是个好地方。”柴一刀听了指着引才笑道：“你这尿咋也越来越鬼了。行，去东埝！”

正说着，冯金宝从门里出来了，说：“冷屁哇哇的，你俩站在外面做啥，莫不是有啥好事瞒着我？”引才赶忙偷偷给柴一刀使了个眼色。柴一刀心领神会，笑道：“没有没有，我俩能有啥好事，随便谝谝。”

天麻麻黑，引才正欲出门，芬芬不情愿地说：“我肚子一天天大了，你就不能多陪陪我。”引才说：“今天真有事，事办完了，我一定好好陪你。”芬芬轻轻叹了一声说：“我就是说说，还真要把你箍在家里？外面冷，穿暖和点！”引才心里忽然空洞洞地难受，他脉脉看了一眼芬芬，转身出了房门。

驴已经卖了，牲口棚墙角垫圈的干土还在。引才前后左右看了看，然后几步跨到墙角，用手刨开土堆，取出了一个包袱。三两把打开包袱，泛着清辉的枪和锃亮的杀猪刀露了出来。引才的心又一次亢奋起来，他麻利地把枪装进口袋，把刀插到腰里，站起来大踏步朝门外走去。

暮霭沉沉，出了东门，天几乎黑严了。白茫茫的积雪依然覆盖着原野，路面上的雪虽然已经融化，但到了晚上又上了冻，黑乎乎地夹在雪地之间，仿佛一把刀把大地分成了两半。引才匆促而又小心地行走着，脚底发出嚓嚓、嘣嘣的声音，在寂静的夜里很是刺耳。五龙宫里的殿宇和树木黑黝黝地矗立着，荒凉中渗出一种威严和神秘。忽然，引才觉得身后响起了脚步声，不是他脚落地时的那种声音，而是微小得似水上漂般的窸窣声。他有点惊惧，忙停住步回头去看，却什么也没有。

来到丁香香家门口，门开着，引才猜摸柴一刀已经到了。他轻手轻脚走进门，拔出腰里的刀，插在石榴树的树杈间。又掏出枪，搁在窑门上的鸟窝里。一切都很顺利，引才喜不自胜，以致进窑门时忘了猫腰，差一点碰了头。

柴一刀正坐在炕沿上吃旱烟，见引才进来，脸一沉说："咋这么木囊，我都想走了。"引才笑道："我媳妇肚子大了，咋说都不让我出门。没办法，就多陪了一会儿。"柴一刀说："说起来你娃真有福，那么好的媳妇不好好守着，成天胡成个啥？"引才做出不屑的样子说："有屁福，豆腐。成天嘴里嘟嘟嘟，嘟嘟嘟，烦死了，倒不如弟兄们在一块儿爽快。""也是，"柴一刀说，"女人就是耍的，成天在耳边皮皮松松的烦人，谁还有心思耍？家花没有野花香，话粗理不粗。"说着，对着炕对面的板柜仰了仰下巴说："老下数，把家伙放在柜盖上。"引才看了一眼板柜，见柴一刀的杀猪刀已经放在上面，心想多亏提防着这一招，嘴里却说："哥，我早就说过，我身上从不带这些东西，咋就不相信人呢！"说着，从口袋里掏出烟土递给柴一刀，顺势把口袋拉了个底朝天，又解开棉袄，转着圈让柴一刀看。柴一刀嗅了嗅烟土，摇着手笑道："相信，相信。别上心，兄弟，江湖上就这讲究。你还年轻，以后也要多个心眼呢。上炕，快上炕，炕烙得很。"

说话间，丁香香已经把烟具准备好，放在了柴一刀身边，又爬上炕，侧身躺在窗子下面。柴一刀一见，忙躺在丁香香对面。丁香香把烟土搓成小丸，在火上烤软，塞进烟枪的烟锅里，然后把烟枪交给柴一刀。柴一刀接过烟枪，翻转烟锅对准火苗美滋滋地抽了一口，窑里立时弥漫起一股刺鼻的香味。

一阵腾云驾雾后，柴一刀舒服地说：“好，真好，绝对的上等货。引才，够兄弟！”又对丁香香说，“去，伺候兄弟抽上一口。”丁香香白了柴一刀一眼，右手托着脸躺在那里一动不动。引才忙说：“让嫂子先来，让嫂子先来。”丁香香一听笑眯眯地说：“还是引才兄弟好，懂得疼女人。”柴一刀哈哈笑道：“得是看上引才了，看上了就过去，引才那功夫，嘿嘿！”丁香香装作生气的样子蹬了柴一刀一脚，说：“去去去。”引才笑道：“哥是在说笑话，嫂子就别上心了，借我十个胆也不敢。”柴一刀眯着眼睛说：“十个女人九个肯，只怕男人嘴不稳。说到底就那点事，有个啥？”这时节丁香香已经抽上了，顾不得再说话。

见时机差不多了，引才捂着肚子做出痛苦的样子说：“哎哟，哎哟，把他家的，肚子又疼开了。也不知我伯弄的啥汤水，路上已经拉了一泡，这会儿又不行了。哥，你和嫂子先过瘾，我出去蹲一会儿。”柴一刀挥了挥手说：“你伯整个人都钻进钱眼了，能舍得弄好汤水？快去吧，一拉就舒服了。记得把门闭上，风大。”引才哎哎着，捂着肚子弯着腰，失急慌张地往窑外跑去。

出了窑门，引才取出石榴树杈上的杀猪刀和鸟窝里的枪，右手握枪，左手持刀，一脚踹开窑门，冲进去用枪指着柴一刀吼道：“柴一刀，跪起来，你的好时辰到了。”

柴一刀下意识地翻坐起来，睖睁着眼睛，傻呆呆地看着引才说：“兄弟，你……你咋拿着枪？别……别闹着玩。”

丁香香不知道出了什么事，一骨碌翻起来，惊慌失措地说：“咋了？咋了？”

这时候，引才手里的枪响了，子弹毫不犹豫地钻进了丁香香的胸脯。丁香香“哼”了一声，倒在了炕上。

引才看一眼丁香香，又看一眼枪，似乎不明白发生了什么事。设想中，他没有杀丁香香的打算，只想事后吓唬她，让她不要胡说就罢了。他也没有开枪的打算，只想用枪镇住柴一刀，待问明情况后，再用杀猪刀捅了他。可枪偏偏就响了，怎么响的，他一点也不清楚。

柴一刀倏地清醒过来，见引才站在脚地发呆，他咚地跳下炕，向板柜上的杀猪刀扑了过去。引才吓了一跳，手里的枪又一次响了。子弹飞进柴一刀的肚子，发出一种奇怪的声音，仿佛胶皮轮胎突然爆了时发出的噗声。柴一刀眉头一皱，嗵地倒在脚地上，痛苦地呻吟起来。引才把枪塞进口袋，冲过去用右腿压住柴一刀，右手接过左手的杀猪刀，逼在柴一刀脖子上说："没想到你娃也有今天吧？"

柴一刀嘴里泛着血沫，面目狰狞，头脑却还清醒："没……没想到……在……在阴……沟……狗……狗日的！"

引才冷笑了一声："你娃坏事做绝，招祸是迟早的事，死在老子手里算便宜了你。说，把你在寨里干的坏事都说出来，否则让你尝尝千刀万剐的滋味。"

"啥……坏……坏事？"柴一刀的喘息声明显弱了下来。

"我大、我二娘、柴老八是不是你害的？"引才厉声问道。

柴一刀费力地睁开眼睛，尚冒着血的嘴角泛出一丝嘲笑："老……老……老……子……嘿嘿！"

看着柴一刀肮脏的笑，引才心里的怒火不可遏制地涌了上来，他手里的杀猪刀明晃晃地一闪，柴一刀脖子里的血随即瀑布般喷射了出来。

第三天，冯金宝和冯天顺、柴牛儿发现了柴全来和丁香香已经冻得硬邦邦的尸体。大孔一下子炸开了锅，纷纷传说柴一刀因为和别人争丁香香，才遭此横祸。还说对方既有枪，又有刀，下手还这么狠，肯定是崇泉甚至渭北有名的刀客，柴一刀和他争女人，也算条汉子，死得值！许翠仙没有说什么，就干号了几声，然后张罗开了柴一刀的后事。闷闷却不肯罢休，站在戏楼前嚷叫着无论如何要找到凶手，还说别人怎样杀了他大，他就怎样杀了他。冯金宝从乡约所出来骂道："你在人前吱哇啥哩，就你恁㞞式子，还能杀了人？有工夫好好练点功夫，不要仇没报成，反被仇人杀了。"闷闷一听愣了半天，转身闷闷地回了家。

一个多月后，大孔改为乡，归崇泉北区管辖，冯金宝改任乡长，柴闷闷被冯金宝招为乡丁。

这之前，冯金贵已被招进崇泉政务警察队，当了预备警察。

四十二

腊月二十一，是大孔一年一度的年货会，也是大孔一年最后一个集会日。往年的这一天，四乡八里甚至高原、罕井、美市、老庙一些大镇的人一大早或吆车，或推车，或骑驴，或步行都往大孔街道赶，一些人前来摆摊卖货，更多的是来采购年货。年货会上摆得最多的是菜、肉、副食，从东边街道口一直摆到戏楼旁，差不多占了半条街。菜虽然还是平日里的白菜、萝卜、莲菜、大葱、洋葱、洋芋、豆腐、粉条、大头菜……却别有一番亲切和喜气。卖肉的明显增多了，肉架子油光锃亮，大卸八块的猪肉红白分明，卖肉的一边大声吆喝，一边用明晃晃的杀猪刀拍打肉架子上的肉，啪啪啪的声音充满了诱惑。猪脸、猪耳、猪舌、猪心、猪肝、猪蹄、猪尾等下水被卤成酱红色，油汪汪地堆在笸筛里，撕心裂肺地考验着人们的肠胃。副食摊上的点心、绿豆糕、天鹅蛋、桃酥、麻饼、麻花、撒子或圆润，或精致，或晶莹，多姿多彩地招徕着过往行人。卖辣椒面和卖调味品的夹杂在各摊位之间，酸甜苦辣咸各种味儿争相飘溢……

戏楼西边到西门底是布匹服装摊和杂货摊。平时西门底一带是牲口交易的地方，年货会上没有人买卖牲口，这里就被其他摊位占了。来这里的大多是些老人和家里主事的，热闹倒也热闹，却不十分拥挤。

从戏楼到乡公所门口，却是另一番天地，炸油糕、压饸饹、包包子、铲甑糕、烧醪糟、打烧饼、调凉粉、抻扯面之类的饮食摊五花八门，沸反盈天。人们在两边的街道看了，转了，买了，卖了，累了，饿了，嘴馋了……就来到这里，或歇息一会儿，或吃一碗中意的吃食，然后检查一遍购买的年货。齐全了，回家；缺漏了什么，赶忙东奔西走地去买。这里更是穷小子们驻足、留恋的地方，虽然没有钱，啥啥也吃不起，但只要转一转，看一看，闻一闻，肚子里的馋虫也会安宁许多。

可今年，人们似乎忘了年货会，街上非但没有卖年货的，没有买年货的，就连猫儿狗儿都看不到一只，整条街道仿佛成了冷寂、荒凉的坟场。

俭才大清早就去了街道，早饭时又去了一次，午饭时再去了一次，每次去街道都像扫过般的干净。俭才失望透顶，胃随之一阵阵地发酸、发疼。他一步一步挪回家，却见冯指头坐在家里。俭才在门口听了一会儿，他大和冯指头果然在说卖房的事。

“好赖三间房哩，都不能给十五斤面！”冯得荣气喘着说。

“现在是啥状况你不知道？我好说歹说，人家才答应要你这几间烂房子，你咋还挑肥拣瘦开了？”冯指头不耐烦地说。

“我晓得你也不容易，可十斤面能吃几天，吃完了又咋办吗？”冯得荣说。

“他叔，不行了你再给人家要二斤麸子。”俭才妈说。

冯指头叹了一声说：“好吧，我觍着脸再求求人家。也就是为你得荣，其他人我舍不下这张老脸哩！”

俭才踏进门说：“大，不能卖房，卖了咱住哪里呀？”

“可不卖吃啥？活活饿死吗？”冯得荣揉了揉眼睛。

俭才无话可说，他的胃又开始发酸，猫抓般地疼。

“那就这么定了，下午见话。”冯指头抬起了屁股。

“他叔，尽量快点，我一家已经几天没有吃一顿像样的饭了。”俭才妈眼巴巴地瞅着冯指头的后背说。

大年初一，冯得富天不明就醒了，天刚亮就下了炕。过年了，他怎么能四平八稳地躺在炕上？倒不是冯得富童心不老，喜欢过年，实质上过年对他来说就像他手上厚厚的老茧，早就没有了一点感觉。何况遭了这么大的灾，他哪里还有心思过年？但在内心深处他却盼着赶紧过年，特别是老母猪生了怪物后。这一年太不顺了，真个像算命的嘴里说的流年不利。不说气急而亡的二大振海，杳无踪迹的德才妈、蓝玉，在死路上捡了一条命的和才，莫名其妙死了的柴老八、柴一刀、丁香香以及饿死的无数冤魂……单就是两料无收的年景谁见过？虽说因祸得福给勤才拾了个媳妇，积攒的煤和烂东烂西赚了点钱，可不把那个死去的怪物送走，谁晓得接下来还会出啥事？过年意味着辞旧迎新，也就是说旧日子过去了，新日子到来了，晦气和不吉必然会留在过去一年。因此，不说冯得富本来在炕上睡不住，即使他是个大懒汉，也不想优哉游哉地躺在炕上享所谓清福。

出了屋子，天晴着，没有风，却出奇的冷，手一伸出，便皴成一片片的红，揭皮似的疼。冯得富顾不得冷，一边系腰带，一边前去开大门。打开门，走到门口，村子里没有一个人，也听不见鞭炮声、娃娃们的欢笑声和拉风箱的啪啪声，甚至连鸡鸣狗吠声都没有。冯得富心头浮上一层阴霾，砭骨的冷顿时占领了他的全身。他长长地叹了一声，转过身便欲回家。忽然，他想到还有一件事没有做，急忙深吸了一口气，转过身使劲向远处“呸呸呸”吐了三口唾沫。

回到厅房，走到挂着先人轴子、摆着三样供果的八仙桌前，冯得富拈起三炷香，点燃，双手擎着，毕恭毕敬地鞠了三个躬，然后在心里祷告道：“各位先人在上，保佑我们一家好好活着，不出怪事，尽早把日子过上去，冯得富给你们磕头了。”说完，把香插进香炉，退后三步，跪下、站起、作揖，恭恭敬敬地磕了三个头。

从地上爬起来，冯得富去了牛圈。和往年过年一样，牛圈墙上贴着用红纸写着的“槽头兴旺”四个字。但牛棚里已经没有了牛，只有驴在舔着槽底。冯得富叹了一声，赶忙往驴槽里拌了些铡短了的麦秸秆。出了牛圈，冯得富的眼光不由自主地落在了猪圈上，猪下怪物的场面一时又恍若昨日。冯得富的心不自觉地揪了一下。

进了屋子，勤才妈正坐在炕头生闷气。冯得富一看，尿盆果然还蹲在脚地。按寨里的讲究，新媳妇进门后，都要给阿公、阿家倒一个月尿盆，有的甚至倒一辈子。杏花和勤才成婚后，莲莲就给她交代了这事。开始，她尚能早点起来，把冯得富两口的尿盆倒了。可没过几天，她不知忘了，还是睡过了头，常常迟迟不进婆婆的门。整得老两口躺在炕上起来不是，不起来不是。有几次实在等不住了，勤才妈只得气鼓鼓端着尿盆去倒。事后，勤才妈给勤才说了这事，杏花便又勤快起来。可没过两天，她又故态复萌，气得勤才妈直瞪眼。今天是大年初一，按理杏花是新媳妇，应该早早起来，先把老人的尿盆倒了，然后收拾齐整，来给阿公、阿家磕头。可天已经亮了大半天，她却迟迟没有闪面，勤才妈心里的气便可想而知。冯得富平时不管这些事，今天他也有点忍不住了。他边把手塞进被窝里取暖，边扭过头大声喊了两声勤才。勤才妈忙说：“算了算了，还是我去倒，大过年的，不敢惹出事来。”冯得富不悦地说：“也不全是倒尿盆的事，一年之计在于春，一日之计在于晨，都这么睡下去，啥时候把日子过上去！”

正说着，杏花撩开门帘进来了。她比来时胖了点，脸上也有了红润。见冯得富已经起来，杏花有点不好意思，便两手捂住脸，夸张地说：“娘娘，冷得很呣！”回头看见尿盆蹲在地上，忙端起来往外走，却把脸扭到了一边。勤才妈看见了杏花的举动，心里虽不高兴，却不好说什么，只得叹了一声，赶紧溜下炕扫地，抹桌子，洗脸，梳头……

刚收拾停当，杏花拾掇得干净利落进来了，她羞答答地叫了一声大、妈说：“我给二老磕头了。”说着，面对冯得富和勤才妈坐着的地方分别磕了个头。冯得富和勤才妈嘴里说“算了，算了，自家人磕啥哩嘛”，心里却乐开了花，勤才妈还把准备好的两块“袁大头”给了杏花。这时候，莲莲挺着大肚子进来了，勤才妈一愣，急忙给杏花使眼色，让她把钱收起来。当年莲莲进门后过新年她就给了一块钱，她不想让莲莲看到她有私心。杏花却好像没有看见婆婆的眼色，还喜眉笑脸地让莲莲看她手里的钱。勤才妈脸搁不住了，气呼呼地对杏花说：“快去和面、切菜、捏角角，吃了还要给自家人拜年。你嫂子快要生了，你多长点眼色。”杏花欢天喜地地“哎”了一声。

大孔人把素饺子叫角角，肉饺子叫疙瘩。往年都是年三十晚上包好，初一早晨吃，吃了后再给自家人去拜年。今年遭了灾，很多人连饭都吃不上，哪里还指望吃角角、疙瘩？冯得富却觉得年仍然要过，还多少要有点红红火火的样子，死气沉沉地会把晦气带到新年。因此，除三十晚上供奉先人，张贴对联，他还要勤才妈想办法捏两篦子角角。为了不张扬，也为了全家人的肚子不受到诱惑，他特意叮嘱勤才妈今年不要三十晚上包，就在初一早上包，现包现吃。

勤才妈倒也认可老汉的想法。一年了，也是遭了灾，老汉把娃娃们实在给了个扎。莲莲怀着娃，也没有吃过几顿像样的饭，其他人可想而知，该让娃娃们打个牙祭了。但拿什么包却难住了老婆。面瓮里还有点白面，平时舍不得吃攒下的，绝对能包两篦子角角。可面里包啥吗？豆腐、葱、萝卜、粉条啥啥都没有，总不能剁下手指头往里包吧？酸菜缸里还有点腌白菜，但谁见过用酸白菜捏角角？捏得吃了还不把人咸死、酸死？正为难，莲莲不知从哪里翻出了两把干萝卜丝，兴冲冲地说：“把萝卜丝泡开剁了，再拌些酸菜肯定好吃。不管咋说，面是白面呢！”勤才妈想了想，也只好这样了。

杏花听莲莲说角角就是饺子时，高兴得满脸是笑，说：“娘娘，竟然还有肉吃，我都快忘了肉是啥味道了！”待弄明白了角角是素饺子，疙瘩才有肉时，她有点失望，却很快又被欣慰代替了，“角角也好啊，白白胖胖的，像个大元宝，过年吃了肯定能捨钱。萝卜干拌酸菜，一听嘴里就泛口水，绝对有味！”一家人听她说得有趣，忍不住都笑了。

杏花和勤才成家后，冯得富一家甚至小城里人很快认可了她。杏花嘴甜，记性也好，进门不久就和小城里人熟了，见了人爷呀、婆呀、叔呀、婶呀、哥呀、姐呀大方地叫，听得人心里很舒坦。有人背后学说她的话，特别是“娘娘”两个字，她知道了非但不恼，还乐得哈哈笑。眼里虽说没有活，也有点贪睡，杏花却不懒。只要看见莲莲挺着大肚子干活，她便扑过去接过来干，且说：“娘娘，肚子都快成山了，还干啥嘛！”莲莲嘴里不说，心里却很感动。从表面上看，杏花不像小家小户的人，但却从不弹嫌饭食，做啥吃啥，吃啥都说好吃，就连德才、勤才最不爱吃的红苕面到她嘴里也是有滋有味，还说黑黑的、黏黏的、甜甜的，好吃得很。莲莲问她在老家平时吃什么，她说和这差不多，想了想又说：“我们那里吃一种旗花面，一想起我嘴里就流涎水。”问她旗花面咋样做，她想了半天说：“我也不知道，就知道碗里除面条外，还有木耳、黄花、豆腐、韭菜、洋柿子，对了，还要把鸡蛋摊成薄饼，切成旗子型，放在汤上面。吃时，面光光的、筋筋的，汤香香的、酸酸的，越吃越有味。”听得家里人的嘴不自觉地翕动起来。冯得富却说：“吃个面也那么花哨，不是过日子的路数。”

凭空给勤才捡了个媳妇，还这么懂事，冯得富心里当然满意。唯一不满意的是杏花带的那条叫黄黄的狗。黄黄进门不几天也和杏花一样，毫不客气地把自己当成了家中的一员，却不知冯得富只是碍于杏花的面才接受了它，心里其实厌烦之极。厌烦的原因主要是它要吃东西。“天高成这了，人的嘴都吊了起来，哪有多余的东西让狗吃？”冯得富背后愤愤地对勤才妈说。

黄黄当然不会和人夺食吃，但它会见缝插针地找东西吃。这一点冯得富也看不惯。一次，一家人坐在冯得富屋里吃饭，黄黄这里转转，那里看看，谁掉下馍渣、米粒、菜叶什么的，它马上跑过去伸出舌头卷起来吃了。冯得富吃完饭把碗搁在了炕沿上，它竟然前腿搭上炕，有滋有味地舔起了饭碗。冯得富怒火中烧，提起板凳砸了过去，黄黄疼得嗷嗷乱叫，夹起尾巴仓皇而逃。

还有一次，冯得富正给驴拌草，黄黄饿极了，突然爬上驴槽，和驴抢开了食。冯得富怒不可遏，抡起搅拌棍，劈头盖脸就是一顿乱打。黄黄被打懵了，嘴里叼着一把麦草后落荒而逃。

眼看黄黄瘦成了撵兔的细狗，杏花心里很不好受。这一天，她见冯得富吃完饭出去了，就偷偷给黄黄盛了一碗红苕面汤。黄黄正吃得香，冯得富却回来了。一见黄黄竟然堂而皇之在家里吃上了，冯得富勃然大怒，顺手摸了一把镢头扑了过来。杏花一看急了，赶忙用身子护住黄黄，可怜巴巴地说：“大，求求你，别打它，它是我的恩人呢！”冯得富的心软了，把举起的镢头放了下去，说：“好娃哩，不是我心狠，人都没啥吃，一天天往死里饿，哪有东西喂狗呀？小城里现在谁家还有狗？”杏花说：“我知道，今后我再也不喂它了，是死是活就看它的造化了！”说着，抱着黄黄呜呜呜哭了。

这以后，黄黄还真的不再在家里觅食了。白天它在外面跑，晚上再回到家里。谁也不知道它在外面干什么，吃什么。它越来越瘦，越来越笨，几乎看不出往日的机警和敏捷。但它仍然顽强地活着，顽强地守着杏花。

香香地吃过角角，冯得富父子正吱溜溜喝面汤，门外却传来了哭声。

哭声凄厉、悲惨，仿佛窗外刺骨的寒风，狠狠地往人心上扎。冯得富父子面面相觑，用眼睛互相询问对方，却谁也说不清是咋回事。哭声越来越大，越来越近，似乎正穿过大门往家里来。冯得富恼怒地把碗撴在炕沿上，撩开门帘出了屋门。德才、勤才也放下碗，跟了出来。哭号的不是别人，却是俭才，已经进了腰门，后面跟着一串婆娘娃。冯得富气得脸煞白，抖动着胡子厉声喝道："大过年的哭鼻流水干啥嘛，我还没有死！"

俭才吓了一跳，哭声戛然而止，但就停了那么一下，又接着哭起来，一边哭，一边说："不……不是你死了，是我大我妈，呜——"

"你大你妈咋哩吗？"冯得富嚷道，声音却明显低了许多。

"我大我妈……呜——"俭才哭得说不出话。

"俭才，有话好好说，你大你妈咋哩吗？"勤才妈、莲莲、杏花从伙房里也跑了出来，心急火燎地问俭才。

"死……死了，呜——"

"你胡说啥哩？"冯得富眼睛瞪圆了。

冯得荣托冯指头把房卖给人时，双方商定过了正月十五拆房。眼见得一家人要住在露天，病恹恹的冯得荣脸上反倒有了气色，有时候还悄悄浮上一种神秘莫测的笑。十斤面二斤麸子吃不了几天，冯得荣却让俭才妈想法子熬到过年。俭才妈想不来法子，只能一天天搅拌汤，且一天比一天稀。吃毕饭，一家人肚子看着圆圆的，但过不了一会儿就瘪了。冯得荣却说："熬吧，熬到过年就好了。"至于怎么好，他没有说。

这些天，俭才妈脸上整天笼罩着一层乌云，常常偷偷地抹眼泪。她把俭才的破衣烂衫翻出来，该补的补，该洗的洗，又把冯得荣的衣服改小，说是以后给俭才穿。又不厌其烦地给俭才讲如何保管好衣服，不能让老鼠、蟑螂、臭虫、虱子咬了、拱了、占了，还说衣服是人的遮羞布，没了衣服，人活在世上就等于死了，让俭才觉得一家人真的要无家可归了。

过年时，冯得荣让俭才妈把家里能吃的都搜罗出来，想办法捏一顿角角。剩下的面差不多能捏一顿角角，另外还有一斤左右麸子。可用什么捏难住了俭才妈，思来想去，她舀了半碗酸菜汤，把麸子拌成馅，初一早上捏了两盘角角。

角角一捏出来，俭才嘴里就泛起了口水，竟忍不住抓起生的就往嘴里送。俭才妈的眼红了，说："娃呀，生在咱家让你受罪了，你不会埋怨我和你大吧？"俭才奇怪地看了妈一眼说："妈，看你说的啥话，我不但不会埋怨，下一辈子还当你和我大的娃。"

角角煮熟后，俭才妈没有像往常那样把第一碗盛给冯得荣，而是给了俭才，还说："你先吃，吃了早早给自家人拜年去。"俭才回头看他大，冯得荣也笑着点了点头。俭才没有多想，端起饭碗一口一个角角，一会儿两碗角角便下了肚。放下碗，俭才意犹未尽，却见大和妈还没有动筷子，便不好意思地说饱了。俭才妈却拉过他的碗，又盛了多半碗，递给他说："过年了，吃饱。"俭才说："你和我大还没吃哩。"俭才妈指了指还没有下的角角说："这么多还不够我俩吃？"俭才一想也是，便接过碗，三下五除二把碗里的角角吃了。

俭才的胃有点撑，心里却高兴的就像吃了肉疙瘩。快一年了，他从来没有像今天这样放开肚皮吃过，脑子也几乎把肚饱、撑、胃舒服这些感觉忘记了。他满意地摩挲着肚皮，心里乐滋滋地说，"过年真好"。

放下碗，俭才兴冲冲给自家人去拜年。他先去了引才家，给引才妈磕了个头。引才妈给了他一毛钱，他仔细揣进兜里，又去了和才家。进了门，他先给冯赵氏磕了头，又给冯得显两口各磕了一个头。和才妈给了他两个糜面馍，说："过年我蒸了一笼糜面馍，拿回去让你妈尝尝。"俭才接过来欢喜地说："糜面馍夹辣子，又甜又辣，我爱吃。"冯得显说："你大咋没有来？"往年拜年都是冯得荣领着俭才来，今年他却让俭才一个人去，自已好像就没打算来。听了冯得显的话，俭才也有点纳闷，但为了替大解脱，他想了想说：“我大说他有点难过，就先让我来了。”冯得显叹了一声说：“得荣那身体，天又遭了灾，日子咋过嘛！”

出了和才家门，联想到这些日子大和妈的行为，俭才越想越觉得不对劲，越想越觉得大和妈好像有意在给他瞒着什么。他不敢再往下想，急忙撒腿往家里跑。进了门，家里死寂得只能听见他的脚步声。三五步跨进屋子，只见刚才剩下的角角已经煮熟，正静静地躺在案上。大和妈却好像累了，胡乱倒在了炕上。俭才叫了一声“妈”，又叫了一声“大”，却谁也没有答应他。俭才毛发倒竖，急忙扑到炕前，但见二老脸面发黑，口鼻出血……

四十三

听了俭才的诉说，冯得富跺着脚说：“先别哭了，德才、勤才，快去给自家人报丧。俭才，你和我还有你大妈去你家。”莲莲、杏花说我也去。刚走了几步，莲莲突然抱着肚子哎哟哎哟呻唤开了。勤才妈对冯得富说：“不好，德才家的恐怕要生，你先过去，我留下来照看，没事的话我就过去。”杏花却还往门外跑，勤才妈在后面喊道：“勤才家的，你嫂子要生了，你别去了！”杏花一听只得打住了步。德才也想留下，冯得富说：“婆娘家的事，你留下能咋，快去叫人！”德才听了，噙着烟锅闷闷地走了。

冯得荣家就在冯得富家后面，两家本来是一个宅子，后来在中间隔开，冯得荣面南开了门。冯得富一路小跑到俭才家，见冯得荣两口子果然胡乱躺在炕上，除脸发黑、口鼻出血外，脖子、脸上还有深深的抓痕。冯得富不觉悲从中来，哎咳咳地哭了起来。

俭才在一旁更是哭成了泪人儿。

一会儿，冯得显两口子、和才、引才妈、引才、宏才、拴才、闷才、换才一些自家人跟着德才、勤才进了门，冯媒婆、冯花嘴、得得、冯指头、冯板板、宏朗一些村里人听到消息也陆续来了。一看冯得荣两口的惨状，大伙忍不住地流下了眼泪。见该来的人都来了，冯得富抹了抹眼睛说："啥话都不说了，埋人吧！"接着便安排了活路。大伙也没有啥说的，便按照冯得富的安排分头去做。

找冯得荣两口的衣服时让女人们犯了难，她们几乎翻遍了整个屋子，却没有找到一件衣服，更谈不上像样的了。俭才妈仅有的衣服就在身上穿着，冯得荣的两件旧衣服已经被俭才妈给俭才改了。大伙儿又是一阵唏嘘，女人们更是抽抽噎噎地泪流不止。引才妈抹着眼泪走了，又很快挎着一个包袱来了，说是回家给得荣两口各找了一身衣服，还说："得荣两口恓惶了一辈子，不能再穿着破衣烂衫上路，要不到了阴司让人家小瞧了，又要受一辈子穷。"冯媒婆接过引才妈手里的包袱，吸溜着鼻子给死者换起了衣服。

正忙乎着，勤才妈煞白着脸忙忙急急来了，一进门便大声喊道："花嘴妈在吗？花嘴妈，花嘴妈——"冯得富没好气地说："来了就来了，高门大嗓子喊叫啥哩？"勤才妈张大嘴边喘气边说："莲莲……莲莲……要生了。"冯得富说："生就生嘛，你又不是没见过生娃。"勤才妈说："不……不一样！"冯媒婆过来说："咋个不一样？"勤才妈附在她耳边嘀咕了几句。冯媒婆惊呼道："那还磨蹭啥，快走！"说着，两个人扭着小脚，一路小跑着走了。人们不知道咋了，又不好问，便继续忙冯得荣两口的丧事。

入殓时，棺材又让冯得富、冯得显几个犯了难。冯得荣两口子尚在中年，俭才还是个娃，家里又没有钱，在世时自然没有考虑过做棺材的事。冯得显给两个老人先准备了一口棺材，已经被他大睡了。冯得富两口、引才妈一些自家人尚没有备寿材。寨里肯定有人家有，可一下子要两口，去哪里弄那么多钱？欠着吧，牛年马年能还起？谁又愿意欠？

实在想不出办法，冯得显说话了："这年头也顾不了那么多了，就用炕上的席把人一卷，卸下门扇抬到地里埋了。"大伙一想也没有更好的办法，冯板板几个便去卸门扇。冯指头却急了，说：“这房已经卖给人了，十五一过买主就来拆房，到时不见了门扇，我咋给人家交代吗？”冯得富一听躁了，指着冯指头嚷道：“都没看看你干的啥事，要不是你把得荣的房和地卖了，他两口子会去死吗？这会儿还为了两块破门扇争纠，也不怕晴天大日头打响雷？”冯指头不乐意了：“你这话啥意思，好像得荣两口子是我害的？周瑜打黄盖，一个愿打，一个愿挨，寨里卖了那么多地和房，没有见死人，得荣的死倒赖上我了？”冯得富撅着胡子还想说什么，冯得显忙给他使了个眼色，然后回头又对冯指头说：“得荣把日子都过成这了，死了睡自己家两扇门扇，想必买房的人会可怜他的。”大伙一听眼睛又潮湿了，点头附和着说“是啊，是啊”。冯指头怕犯了众怒，小声嘟囔说：“这不就对了，还是人家老先生有水平。不说了，不说了，天大的事我顶着就是。”

刚把用破炕席卷着的冯得荣两口子搁到门扇上，杏花慌手慌脚跑进门大声嚷道：“宏朗，宏朗，谁是宏朗？”冯得富没好气地说：“少调失教的乱嚷个啥，宏朗也是你叫的？叫叔哩。”杏花没有理会冯得富，继续大声嚷道：“媒婆嬷嬷让我叫宏朗快过去，我嫂子不行了！”冯得富生气地说：“你嫂子就生个娃，咋就不行了？”杏花喘了一口气说：“嬷嬷说我嫂子是倒生子，娃先出来的是脚，她听说过，没见过，让宏朗快去看看。”德才过来紧张地问：“你嫂子现在咋向？”杏花说：“咋向？还能咋向？疼得长一声短一声地叫，气都快出不来了，娘娘，把人能吓死！”

冯得富的心一沉，眼睛匆忙往人群里扫，可扫来扫去却怎么也找不见宏朗的身影。正欲喊叫，只见宏朗原来就站在他面前。他推了一下宏朗说：“你咋还不走？”宏朗却头摇得拨浪鼓似的说：“不行不行，我是个兽医，还是半瓶子，如何能给人接生？再说我一个男人家……”冯得富“唉”了一声说：“这不是没有办法嘛，眼下到哪里去找先生？好赖你给牲口接过生，想必都是一回事，救人要紧哩！男人咋了？孙道长过去不也给人接过生？

可惜他跑了，要是在还用得着你？”引才妈也在一旁说：“好宏朗哩，救人一命，胜造七级浮屠，走吧，我跟你一起去！”杏花急得要哭，上前一把拉住宏朗说：“快走吧，我嫂子都要不行了，你还扳扯啥哩？”宏朗嘴里嘟哝着真真是为难人哩，但还是跟着杏花和引才妈走了。和才妈一见，也跟了上去。德才对冯得富说：“我也回去看看！”冯得富点了点头。德才转身刚要走，冯得富又叫住了他，说：“算了，女人生娃，你回去也帮不上忙。你四大、四娘老了，村里也没来几个人，你是个孝子，先埋了他们再说。”德才的脸瀑布似的唰地吊了下来。

蹲在一旁的和才阴郁着脸，重重地叹了一声。

把冯得荣两口抬到地里，不知是地冻得瓷实，还是人没有吃饭，墓挖了还不到二尺深，打墓的还说：“就这么埋吧，现在死了好赖还有人打墓，过些日子死了，恐怕连打墓的都没有。”冯得富不好说别人，回头对自家子侄说：“再挖一点吧，不敢让狼和野狗把墓刨开，叼走了你四大、四娘。”俭才一听又哭开了。德才、引才、勤才、和才、宏才几个便拿起锨镢耙跳进墓坑挖了起来，冯得富、冯得显也帮着挖。挖了半天，一个个累得气喘如牛，墓坑才打了三尺深。冯得富和冯得显一看只能这样，便把冯得荣两口子搁进去让卷墓。墓坑小，卷墓自然轻松了许多。时间不大，地面上便堆起了一座小土堆。俭才一看趴在地上又呜呜地哭起来。得得从腰里摘下唢呐说：“得荣两口子怪恓惶的，我免费给他们吹个牌子。”说着，嘴噙着唢呐，脸颊一胀一瘪，滴滴呜呜吹起了《祭灵》。俭才哭得更响了，大伙听得也心酸起来。冯得富心里有事，不待得得吹完，便转身走了。德才、勤才一看，也跟在了后面。

冯得富父子三个快走到家门口时，宏朗慌慌张张从门里冲了出来。他的两手沾满了血，在明亮的阳光下煞是刺眼。冯得富忙上前问宏朗：“咋样，生了吗？”宏朗没有停步，边走边说：“我说不行不行，你们非要赶着鸭子上架!”不知道是回答冯得富，还是自言自语。冯得富呆在了原地。突然，门里传出勤才妈的哭声，冯得富父子心惊肉跳，匆忙往家里跑去。

跑进腰门，勤才妈在屋子里哭喊着莲莲，杏花也在嘤嘤地哭。德才、勤才径直向屋子冲去，冯得富一把拉住他们说：“你们不能进去！”听见说话声，引才妈和和才妈噙着眼泪出来了。引才妈看了一眼德才说：“进去看莲莲一眼吧，娃真……恓惶！”和才妈也说：“贼宏朗真能下得去手，搁谁都受不了！”德才听了撩开门帘扑了进去。勤才也要进，却被和才妈拦住了。勤才急得直瞪眼，却听德才惊惶地叫了一声“莲莲”，接着屋里嗵地响了一声。勤才急了，一脚跨进了屋子。他的眼前先是一片模糊，很快暗红色的血水洇满了他的眼睛。勤才瞠目结舌，噗通一声坐在了地上。

冯得富什么都明白了。他的头脑嗡嗡作响，心慌慌乱跳，眼前一阵阵冒金星。迷蒙中，眼前一会儿闪出莲莲挺着大肚子的模样，一会儿闪出得贵倒在血泊里的惨状，一会儿闪出德才妈惨白的脸……蓦地，那头怪物的狰狞面目出现在了他面前，他心里猛地一觳觫，头脑倏地清醒过来。他转过身，猫着腰，气咻咻跑到猪圈前，咚地跳起来，右脚恶狠狠去踹猪圈墙。猪圈墙晃了晃没有倒，他却踉跄着后退了两步，一屁股坐在了地上。他满脸泪水，一骨碌从地上翻起来，急火火跑到厅房，从门背后拉过一把镢头，怒冲冲扑到猪圈边，抡起镢头劈头盖脸向猪圈墙砍去。引才妈与和才妈不知道冯得富这是咋了，她们怕他有个闪失，忙扑过去分别拽住了他的一条胳膊。冯得富挣扎了几下无法脱身，便扑通坐在地上，哎咳咳哭了起来。

德才不声不响从屋里出来，下意识扑踏着脚步向外走去。经过冯得富身边，他看也没看他一眼。门口围满了人，一个个正伸着脖子巴巴地往里瞅。见德才出来了，人们赶忙给他让出了一条道。德才愣愣怔怔的，眼睛黯淡得没有一丝光芒，扑踏扑踏的脚步声单调、空洞。走过小城里，出了小城门，经过冯家祠堂，拐上街道，他仍然扑踏扑踏往前走。经过戏楼时，冯金宝正站在老槐树下张望什么，见德才过来，他惊讶地说：“德才，正说去你家看看，你却怎么在这里？”德才没有理他，继续扑踏扑踏往前走。冯金宝瞅着德才的背影，叹道：“平日里稳当当一个人，摊上事也鬼迷心窍了！”

出了西门，德才还扑踏扑踏往前走。遇见的人奇怪地看他，一些熟人想和他搭话，他却谁也不看一眼。不知道走了多长时间，也不知道走了多少路，更不知道走到了哪里，他的脚步依然那么机械地迈着……忽然，一阵砭骨的寒风呼地扑面而来，他不由自主地打了个寒颤，脚步随之停了下来。他茫然四顾，觉得面前的景况有点眼熟，便呆呆地望着白雪皑皑的山谷思索起来。须臾，记忆的闸门一下一下打开了，过去和妈去九娘峪的情景又投射到了脑屏上。他不明白自己怎么来到了九娘峪，还高高站在观花台上。正想着，他的手有点涩，便用一只手去挠另一只手，不想手上却挠下了渣。他一看，只见两手满是凝结了的血渣。与此同时，莲莲血糊糊的身子也突然闪现在他面前。他的心锥刺般地疼了起来。他两腿一软跪倒在地，随着滚滚而下的眼泪大喊了一声“妈——”

山谷里顿时凄惨地回应起一声声“妈——”

大年初一这一天，“过年”似乎已经成了大孔人的回忆，“过难”却毫不客气地占领了寨子的角角落落。除小城里死了冯得荣两口、莲莲母子，西埝、东埝、西门底、西村、水壕里、老槐院、北槐院、街上都有人死去。据乡长冯金宝说，全寨这一天共死亡 87 人，其中饿死 63 人，自杀 22 人，难产 2 人，绝户 6 家。面对一幕幕惨相，人们已经没有了眼泪，只知道默默地埋死人。但死的人太多了，说是埋人，却没有一点仪式感，就那么挑一个坑埋了。有的干脆把坑挑大点，把一家人甚至一个村里死了的人埋在了一起。一些坑挖得太浅，坟墓当晚就被野狼、野狗刨开，把尸体撕咬得面目全非，惨不忍闻。活着的人虽然还睁着眼，却因吃不上饭，一个个饿得连叹气的劲也没有。

随后从侯家村传来的消息更让人瞠目结舌。

伍胖子派司法警察队队副伍非血洗了侯家村！

原来，侯家人过不了年，侯发启年三十便领着几个人去侯大脖子家借粮。侯大脖子不但不借，话还说得很难听。气愤之下侯发启说："不要把人逼急了，逼急了都去当土匪，到时候谁也没有好日子过！"

说者无意，听者有心，初一早晨侯家人瞒着侯发启都来到侯大脖子家门口，说是来要饭。几个长工过年回了家，侯大脖子只好自己应付场面。出了门，看到这么多穿着破衣烂衫的人围在门前，一个个绿着眼睛盯着他，侯大脖子气得脸铁青，张开口就骂。但任他怎么骂，人们既不还嘴，也不离开。侯大脖子急了，放出了狗。两个娃跑得慢，被狗咬烂了腿，疼得哇哇哭。人们心里的忿恚被激了起来，搬石头的搬石头，举棍的举棍，对着狗一阵乱砸乱打，狗当场毙命。见钟爱的狗被打死，侯大脖子大怒，从门背后操起一把镢头冲进了人群。镢头舞动下，两个人倒在了血泊中。人们更加愤怒了，冲上去对侯大脖子也是一阵乱砸乱打，侯大脖子随即血肉模糊，只有出的气，没有了进的气。人们红了眼，怒骂着扑进了侯大脖子家。侯大脖子家的人见事闹大了，一个个躲的躲，逃的逃，不见了踪影。人们哪里顾得了他们，只想着能吃的东西。他们冲进侯大脖子家的伙房，侯大脖子家过年蒸的白馍、黑馍、包子、花卷，煮的鸡和肉，做的豆腐整齐地搁在案上，人们的手急忙忙伸向了案板。眨眼间，案板上的东西被一抢而空。没有抢到的人，嘴里谩骂着向侯大脖子其他房子冲去……

一时间，侯大脖子家被翻了个过，粮没了，钱没了，衣服没了，铺盖没了，牲口没了……待侯发启知晓后赶来时，一切都晚了。

初二中午时分，侯家人还沉浸在昨天的兴奋中，伍非带着警察进村了。案子并不难办，捆住一个年龄大的人，两鞭子下去，什么都招了。如狼似虎的警察绑了五个领头闹事的人，然后把侯家人驱赶在一起，听伍非训话。伍非大骂侯家人是土匪，是贼寇，个个没有廉耻，无法无天，不杀不足以平民愤，不杀难以慰民心。说完，当即以土匪杀人罪杀了那五个领头的。侯家一下子腥风血雨，哭声震天……

大孔大多人惋惜之余很是不解，说："饿死事小，失节事大，咋能弄那事嘛。这下好了，猫没吃着鱼，倒惹了一身腥！"也有人不以为然，说："我看对着呢，有钱的人也太可憎了，要死一块儿死，死后还能落个饱死鬼。"

这件事对冯得富的冲击委实不小，好几晚他都梦见有人冲进家门分了他的粮，抢了他的钱。走到人前，他也总觉得人们用怪异的眼光盯着他，似乎都在打他的主意。担惊受怕之下，他仔细算了算账，然后悄悄找到冯指头，把多余的钱粮放了出去。给自家留下的粮食仅够一家人吃个半饱，时间也只到这年的秋收。他坚信到了秋天，粮食一定会接上。

这一招差点把全家人饿死，冯得富也成了冯家后人永远有争议的人。

四十四

冯得荣两口死后，看着俭才可怜，自家人便你一疙瘩搅团，我半碗稀汤，他一把麸糠地施舍他。虽然吃不饱，倒也能捂着肚子往前混。但时间一长，自家人碗里的东西越来越少，越来越稀，一个个自顾不暇，怜悯心也就慢慢淡了。俭才脸皮薄，也晓得谁家都不容易，虽然肚子饿得乱挖抓，但为了不让自家人和自己难看，便尽量不到自家人门前晃。

正月十五刚过，冯指头便领着买主来拆房。自家人一个个都很气愤，但看着买主手里白纸黑字的文书，只得摇着头忍了。俭才这下真正到了上无片瓦下无隔夜粮的地步。早春的天气和冬天没有多大区别，白天被太阳一照，尚能体会些春意，到了晚上又仿佛回到了寒冬腊月。房没了，家里就剩下残垣断壁。俭才虽找了个角落落脚，却难以抵制砭人肌骨的寒冷。

为了不被冻死，他不敢平躺在地上睡，而是背靠着墙角，胳膊抱在一起，两手插到胳膊窝下，头缩在胸前，凑合着过夜。夜越来越深，他随之不停地往一块儿缩，最后几乎蜷缩成了一个球。“球”却仍然不消停，随着寒冷的加大打摆子般地颤动着。似乎风再大点，立马就会滚动起来。天上的星星似乎在模仿地下这个“球”，也瑟瑟颤动着摇摇欲坠。冻得实在睡不着时，俭才便去想过去的日月。那时候虽然也穷，但父母总归在，日子便多少有些滋味。眼下，妈没了，大没了，房没了，啥啥都没了，就剩下他孤零零一个。今后的路还长得很，这日子可怎么过呀？想着想着，俭才泪流满面，泣不成声。但很快，他不敢哭了。倒不是他觉得哭一点用都没有，而是天气太冷了，眼泪落下后似乎结成了冰，淌过脸颊时刀刻般地疼。何况哽咽、哭泣肠胃会蠕动，没有多少东西的胃蠕动一会浑身就更冷了。

下弦月出来了，黄亮黄亮的。俭才恍惚中突然觉得眼前挂的哪里是月亮，分明是月牙烧饼和黄瓤西瓜。烧饼上沾着几粒芝麻，西瓜的黑籽清晰可见。烧饼酥香酥香的，西瓜沙甜沙甜的。俭才的嘴开始翕动起来，口水随之流进了肚子。烧饼和西瓜一下一下缩了下去，最后成了一牙瓜皮。俭才却还是饿。情急之下，他一把拉过瓜皮，咔嚓咔嚓咬了起来。瓜皮很快被吞掉了，天地突然一片黑暗。俭才的心猛地掉进了黑窟窿。

上弦月出来了，俭才眼前又浮动着月牙烧饼和黄瓤西瓜。他轻轻阖上眼，嘴一努一努地向外伸，似乎正在享受人间美味。说也怪，这一次烧饼和西瓜非但没有随着俭才嘴的翕动往下缩，还一下一下往上长，长着长着竟然还越过了边，仿佛一个米白色的大老碗里谷堆起了泛黄的小米干饭。小米干饭仍然在长，大老碗盛不下了，哗哗哗向外流，瞬间汇成了山般的粮堆。俭才兴奋之余，又开始发愁。是啊，这么多粮食，啥时候能吃完啊！俭才忽然想到了村里挨饿的人，急忙跳起来用手捧着粮食往和才家、引才家、史家怡家、拴才家、闷才家、换才家……送。正干得不亦乐乎，冯得富阴沉着脸来了，他冲上来三两脚把地上的粮食踢散，指着俭才怒吼道：“散散散，你是散财童子吗？刚有了点粮食，就把饿肚子的事忘了？灾荒再来了咋办，又等着饿死吗？”说着，怒眉睁目向俭才扑来。俭才吓坏了，浑身一抖，从梦中醒了过来。

梦醒后，俭才的肠子仿佛在拧绳，一阵阵钻心地疼。胃里也仿佛长出了一只只利爪，一阵紧一阵地抓挠着他的胃壁。

月牙烧饼抑或黄瓤西瓜般的月亮依然冷冷地悬挂在天上。

好不容易挨到天明，俭才赶忙爬起来，摇摇晃晃着去寻吃的。

寻吃的是俭才的一个托词。天寒地冻时节，没有野菜可挖，能吃的树皮都被剥光了，俭才不会也不敢去偷或抢，他能到哪里寻吃的？俭才的寻吃的说白了就是要饭。但俭才不愿意说自己是去要饭，就称作寻吃的。

俭才的寻吃的当然很艰难。最好要的自家人不能去了，只能去最难要的人家。最近的小城里不好要了，就去街道、西门底、西门、水壕、北槐院、西埝……大孔寨大是大，但每天烟囱冒烟的人家并不多，且天天成下降趋势。相反，要饭的却天天在增加。这样，俭才拖着腿、捂着肚子跑来跑去，却收效甚微，有时候甚至连一口也要不来。

这一天，俭才又是一无所获，饿得头昏眼花。摇摇晃晃经过西北角土墩一带时，一股熟悉得有点陌生的香气扑鼻而来。俭才吸溜着鼻子，沿着香气飘来的路径一路寻去，却见柴福海和蛮牛正猫着腰在门口推碾子，田四女跟在后面用笤帚把碾子上面的玉麦粒往碾眼里扫。碾子隆隆地响着，银白色的玉麦碎粒沿着碾盘雨帘般地流下来，沙沙地落在大石盘上。

俭才浑身的细胞倏忽间苏醒过来，痹麻的胃里也似乎长出了无数颗白森森的牙齿，他们鼓动着、牵拉着、推搡着俭才向柴福海家的碾子走去。但俭才太饿了，太疲乏了，他心里想的是大步流星往前奔，落到脚下却是一摇一晃地往前挪。不到几丈远的距离，他几乎走了将近一顿饭的功夫，每走一步，头上冰凉的汗珠就雨点般地往下淌。

终于到了碾子前，俭才极力制止住胃里伸出来的手，喘着气说：“福海伯，让我给你推磨吧！”

“去去去，就你恁那势子还能推磨，磨不推你就不错了。”蛮牛转过头瞪了俭才一眼，没好气地说。

“我能……能……”俭才咽下一口唾沫说，“过去……我常……帮……我大我妈……推哩。”

“过去你还抡着棍子打人哩。”柴福海阴着脸、冷冷地说。

俭才心里咯噔了一下，尴尬地笑道：“伯，过去的事……”

“滚！”蛮牛瞪圆了眼睛。

俭才头上的虚汗哗地流了下来，噬咬他肠胃的嘴也突然从嗓子眼蹦出来，与脸上的嘴合二为一，不管不顾地扑向了碾子。终于触到了香喷喷的玉米粒，嘴毫不犹豫地就是一口。手也没有闲住，左右开弓，满满抓了两把，转身就跑。柴福海吓了一跳，呆在了原地。蛮牛却没有糊涂，他扔下碾把，三两步跨到俭才跟前，顺势就是一脚。俭才仰面倒在地上，嘴却没有停，继续急急地咀嚼、吞咽着玉米粒。蛮牛越发来了气，扑上去劈头盖脸地踢打起俭才。田四女看不下去了，跑过来拉住蛮牛，大声嚷道：“别打了，再打就要出人命了！”蛮牛气呼呼骂道：“大白天抢粮食，狗日的活泼烦了！”说着又要踢俭才。田四女使劲推了他一把说：“让他走些，让他走些！”柴福海在后面咳嗽了一声说：“算了，让他走吧！”蛮牛这才放下脚，指着俭才恶狠狠地骂了一声“避”。

俭才艰难地从地上爬起来，边一瘸一瘸地走，边把手里的玉麦粒往嘴里送。他的手骨瘦如柴，说是狠抓了两把，其实并没有多少，吞几口就没了。尽管如此，俭才还是被噎住了，脸憋得很怪异，脖子也一伸一伸的仿佛公鸡在打鸣。他努力压住嗓子口，“呃呃”了两声。嗓子眼终于通了，随即一股酸涩的生玉麦味从嘴里喷了出来。俭才拂挲着胸口，回过头看了看。蛮牛还站在那里防贼似的盯着他，他赶忙转过头拖着腿走了。

但俭才并没有走远，而是躲在墙头后面，不时偷偷地往柴福海家门口瞅。寻到的吃的几口下了肚，尚没有尝出什么滋味，玉麦的香气还一阵阵往鼻孔里钻，俭才怎么会舍得拍屁股走人呢？但他不会再贸然伸手，怕蛮牛打是一方面，主要是以前从来没有这样做过，也不愿意这样做。刚才因为太饿了，又害怕柴福海拒绝，这才丢了一次丑。现在，俭才心里有了新想法，为了实现这个想法，他必须耐心等待。

终于，柴福海一家推完磨，收拾起东西回了家。俭才心里高兴地念了一声阿弥陀佛。他猫着腰躲在墙后候了一会儿，又左右看了看。确信没有人注意他后，方从墙头后面趸出来，踮起脚跟向柴福海家的碾子跑去。可能肚子里有了两把生玉麦，他的步子比刚才灵活多了，似乎快要赶上打社火跑旱船人的轻盈步伐。

奔到碾子跟前，俭才握住碾把就往前推。他晓得碾子里还有称作碾膛的玉麦粉，是主家为了保护碾子专意留下的。只要推着磨转两圈，就会从磨盘缝里流出来。可俭才的两手已经使出了吃奶的力气，碾子却生了根似的一动不动。过去俭才和父亲推过碾子，却哪里有这么重？真是人倒了霉，喝凉水都要塞牙缝！忽然，俭才想起父亲推磨时常常把肚子贴在碾把上，用肚子顶着碾把走。他忙照着父亲的样子，把肚子贴在碾把上，两手攥紧碾把，两腿前弓后箭，一咬牙，把肚子狠狠顶向了碾把。可俭才的肚子差点被碾把顶破，右脚几乎把地皮蹬裂，碾子却依然死猪般纹丝不动。俭才气喘吁吁，头晕目眩，他没有想到筹谋了半天的想法，实施起来竟然如此艰难。这个想法可是有前提条件的，那就是主家出来了，马上就会肥皂泡沫似的破裂。

正不知所措，俭才突然发现碾盘和下磨盘的外壁有一层可疑的白，用左手食指指甲一划，碾盘上果然显现出一条淡淡的印痕。俭才大喜过望，忙扔下碾把，扑到碾盘上，伸出舌头，狗一般地舔了起来。一丝醉人的粮食香味通过舌头荡漾在嘴里，又沿着嗓门向肚里飘去。俭才心里泛起一种难以言说的激动和醺醉，舔的速度也不自觉地加快了，而且舌头越伸越长，越舔越来劲，贪婪相也煞是怕人。舔着舔着，俭才爬上了碾盘，双膝跪在碾盘上，转着圈地舔开了……碾盘舔完了，他的舌头又伸向了下磨盘壁和上磨盘顶。磨盘壁和顶錾出的棱尖硬、粗糙，俭才的舌头磨破了，血染红了磨壁。但他顾不得这些，似乎也没有感觉，继续贪心地舔着、舔着……

田四女出门用笤帚扫身上时看见了这一幕，手里的笤帚啪一声掉在了地上。俭才一惊，忙抬头去看。见是田四女，他裂开流血的嘴，尽力地笑了一下。这一笑一瞬间永远刻在了田四女心上。但多少年来她一直没有弄清，俭才的笑里究竟蕴含着什么样的情感，求饶？凄惨？害羞……或者各种意思都有？

田四女的泪水溢出眼眶，顺着脸庞长长地流了下来。

这以后，舔硙子成了俭才唯一寻吃的的法子。全寨的硙子有多少，在哪里，他都掌握得一清二楚。每天一出门，他一个硙子一个硙子地转，发现有磨面的就候在一边。等人家推完硙，他就冲上去舔。后来，他又舔上了碾子。碾子是碾谷子、糜子、红苕干的，土腥味很浓。俭才却不管不顾，只要有人推，他就眼巴巴地等着舔。

舔硙子和碾子就像在猪肉上沾一手油，然后吮着手指头过肉瘾一样，如何能填饱肚子？何况磨面的、碾米的只是少数人，且一天天呈下降趋势，有时十天半个月寨子里都没有人磨面、碾米，硙子、碾子眼看着成了摆设。俭才无计可施，终于到了山穷水尽的地步。

这一天傍晚，俭才一天又是粒米未沾，浑身饿得没有一丝儿气力。昏昏沉沉迷瞪了一会儿，睁开眼，胳膊却忽然胖了一圈。他好奇地用左手去握右手腕，不想右手腕的肉陷下去，在手腕上形成了一个圆圈，仿佛一只手镯紧紧地套在了上面。俭才吓了一跳，忙艰难地爬起来，摇晃到当年母亲梳头的镜子前。镜子已经残缺不全，里面很不真实地现出一张面团似的脸。脸上面的眼睛仿佛被刀划了一下，就剩下了一条线。镜中的人不是别人，正是俭才。俭才悲从中来，他晓得自己也患上了浮肿病。他知道这是一种会要命的病，再这样下去，用不了几天，他就会和戏楼下面那些要饭的一样，一下一下活活饿死，然后噗的一声，浮肿的皮肉塌陷下去，又变回皮包骨头的本来面目。他也知道，饭是这种病的克星，只要能吃上两顿饱饭，身上的浮肿就会慢慢消失。如果连肉带汤吃上一只鸡，很快就会成为一个好人。可问题是，碨子、碾子都舔不到了，哪里会有粮食让他当药吃？还鸡！俭才心灰意冷，一步一步挪到墙角，顺着墙溜下去，合上眼，一动不动地开始等待死神的光临。

第二天早饭时分，俭才正迷糊着，院门吱呀响了一声，接着院子里响起了脚步声。俭才想不来这时候谁会上这个破院来，但他没有心情，更没有力气站起来去探究，继续闭着眼一动不动地躺着。

"俭才，你咋成了这？！"有人惊呼了一声，听声音好像是和才。

"赶紧，我妈刚蒸的糜面馍，你快趁热吃！"

俭才抬开眼皮，慢慢看清了面前弯着腰、瞪着眼睛的果然是和才。但看得更清的是和才手里擎着的糜面馍。俭才浑身似乎已经进入冬眠的细胞突然苏醒过来，他鼓足力气拿过和才手里的馍，下意识地往嘴里送去。但他的嘴似乎有点犟，怎么使劲也张不大，牙也有点麻木，他觉得狠狠地咬了一口，落到馍上却是软软地一触。但就是这一触，一股久违了的感觉瞬间游遍了四肢八骸。他闭上眼喘了几口气，接着把馍又送到了嘴边。这一次，他不再让嘴张大后再咬馍，而是两手把馍拱到嘴边，牙不离馍地噬咬起来。咬着咬着，他的嘴一下一下张大了，牙齿一下一下尖利了，吞咽也一下一下顺畅了。最后，他似乎已经管不住了自己，拼着力气大口大口吞咽起了馍。最后一口馍落肚后，他虚汗淋漓，气喘吁吁，仿佛愚公移山般地卖了一回命。

和才看得惊心动魄，眼里的泪水忍不住地往下流，说："俭才，看把你饿成啥了！"

俭才舔着嘴凄然笑了一下，说："哥呀，给你说心里话，我不想……活了。"

和才抹掉脸上的泪水，严色道："看你说得啥话？你还是个娃，往前的路长得很哩！"

俭才的眼泪不听话地涌了出来，他吸了吸鼻子，叹了一声说："可我实在活不下去了。想来想去谁也不怪，只怪咱的命不好。俭才俭才，我大我妈节俭了一辈子，日子非但没有过上去，最后连命都没有保住。现在阎王爷又来要我的命了，我倒是想活，可活不下去了嘛！"俭才气喘得说不下去了。

"再难也要活下去！"和才说，"说到底，世上最重要的还是人，有了人这世界才能变过来。但人必须活着，活着才有希望，才能看到未来。什么命好命坏的？'人我众生寿者，宁分彼此高低。'有些事你还不懂，以后我慢慢讲给你听。"

俭才摇了摇头："话是这么说，可……眼下咋办吗？"

和才踱了几步后对俭才说："人常说，树挪死，人挪活。咱们大孔人一辈子固守祖屋，死也不愿意离开家。眼下遭了这么大的灾，再守下去不死也浑全不到哪里。崇泉东门外放舍饭，虽然稀了点，好歹能吃点。你想办法去吧，我实在过不下去了，随后也去！"说着，和才脸上浮上了一层云翳。

俭才睁大了眼睛："啥是个舍饭？我咋没有听说过这事？"

和才叹了一声说："舍饭说白了就是白吃饭。这都怪我，之前我一直认为死也不吃嗟来之食，也就没有给你说。现在看来，还是保命要紧。"

俭才眼里迸出了几点火星，却很快消失了："好当然好，白吃谁还不愿意吃？可我现在这样子，咋能走到县里啊！"

"能，只要有信心，肯定能！"和才从口袋里又掏了两个糜面馍给了和才，说，"我出门时多装了两个馍，你带在路上吃吧。记住，千万不敢一气吃完，要一口一口省着吃，否则，你可能走不到崇泉。"

俭才看着手里的糜面馍，眼泪又抑制不住地涌了出来，说："哥，我听你的，这就去县里。我知道你家日子也不好过，但这馍我还是拿了。我保证，如果这一次我能活下来，将来一定还你三百个麦面馍！"

和才心里一阵酸楚，说："看你说得见外话？啥啥都不要说了，静静地躺一会儿，体力上来了，收拾一下，立马去崇泉。"

以后，俭才虽然没有还和才三百个麦面馍，但若干年后，当三年六料无收的灾难又一次降临到大孔人头上时，时任小城里贫协主席兼保管的俭才，半夜把六十斤玉麦背到了叛徒和才家。事后，按和才的话说，俭才生生从死亡线上把他家五条人命拉了回来。和才活了八十四岁，将要咽气时，他突然睁开眼睛，直直盯着兰玉和儿孙们，慢慢举起了右手。儿孙们面面相觑，不知道老爷子啥意思，都去看兰玉。兰玉明白了和才的意思，便噙着眼泪对他说："他大，你就放心走吧，我和娃娃们会照顾俭才的。"其时，俭才老伴已经去世，俭才也到了糖尿病晚期。听了兰玉的话，和才的眼睛慢慢合上了。

和才一走，俭才便坐不住了。他活动了下腿脚，觉得比刚才轻松多了，又看了看胳膊，似乎也没有那么圆了。他心里一阵惊喜，两手往身边一撑，这就要起来。不想屁股刚离地，眼前突然一黑，屁股随之沉重地落了下去。他闭上眼，心里骂了自己一声，接着又往起站。这一次他不再那么急，而是慢慢往起翻。翻身特别是往起站的一瞬间，他头晕目眩，腿打摆子似的颤抖着，但他咬着牙挺着、坚持着……立了一会儿，他开始往前挪。走动时他的脚像踩在棉花上，轻飘飘的，但他仍然一步一步地挪着，挪着……

家里也没有啥收拾的，唯一值钱的就是和才给的两个糜面馍。俭才先把馍装进口袋，想了想觉得不妥，又掏出来揣进了胸口，然后背着两件旧衣裳踉踉跄跄出了门。

村里死一般的静，看不见牛，看不见鸡，看不见狗……人倒是有几个，却一个个耷拉着头，蜷缩着身子，有气无力地或蹲或坐或卧在太阳能照到的角落，仿佛一棵棵奄奄待毙的庄稼。

俭才头脑恍恍惚惚，眼前影影绰绰，脚下软软绵绵，仿佛行走在虚幻的梦境。为了不让人看出他的狼狈相，他使出全身力气往前走着。没有人向他打招呼，他也没有向谁打招呼。一会儿，他头上虚汗淋漓，头脑嗡嗡乱响，腿沉重地如挂千斤镣铐。但他没有停步，继续一步一步地往前走。扑踏扑踏的脚步声沉闷而又空洞，伴随着他出了小城里，过了冯家祠堂，走出东门，踏上了去县城的道路。摇晃到五龙宫，俭才再也走不动了。他艰难地爬到石狮子跟前，嗵地坐在地上，靠在狮子下面的石座上，长伸着双腿，闭上眼大口大口地喘起了气。

正是中午时分，太阳已有了几分暖意和舒适。俭才的气息慢慢平稳下来，头脑也渐渐清晰起来。他心里骂自己尿不顶，这样下去不说到不了崇泉，吃上舍饭，弄不好还会死在半路，被狼和野狗撕了。他知道这一切全是因为饿，如果让他饱饱吃上一顿，他会立即奔走如飞。他想到了和才给他的两个糜面馍，饥饿的胃不由自主地又受到了诱惑。他掏出一个馍，狠狠地咬了一口。尚未嚼碎咽下肚，又忍不住地咬了一口。但当咬第三口时，和才嘱咐他的话突然在耳旁响起了。是啊，就现在的摊场，走到崇泉至少要两天，弄不好还得三天。现在一口气把馍吃了，舒服倒是舒服，接下来怎么办？转眼又一想，两个馍一口一口省着吃是能延长时日，但眼下已经走不动了，一两口馍如何能长起精神？长不起精神怎样走路？馍省下了却没有走多少路，到头来还是到不了崇泉，倒不如把馍一吃长起精神，一口气走到崇泉。这样一想，俭才管不住自己了，嘴一口接一口落在了手里的糜面馍上。须臾，一个馍没有经过怎么咀嚼，便落进了肚。他又掏出第二个馍，看也没看就往嘴里送。但嘴刚碰到馍，他的头脑倏地清醒了。不，不敢再吃了，再吃连个念想都没有了，没有念想和等死有啥区别？虽然这样想，俭才的嘴却没有离开馍，而是狠狠咬了一口后，才恋恋不舍地揣回了胸口。

四十五

天黑深沉后，精疲力尽的俭才到了山东头。他身上的馍现在只剩下半个，那半个已经在路上吃掉了，要不他无论如何走不到这里。剩下半个他强忍着没有吃，吃了明天就会断粮。山东头离县城尚有三十里地，至少也得走一天，不吃东西如何能到？山东头有许多饭馆，春上他和德才哥还在那里吃过羊肉泡。到了要是能要一碗面汤，就能熬到天明，然后扛到明天早饭时分，再吃掉那半个馍，勒勒裤腰带就能撑到崇泉。崇泉有舍饭，到了就接上顿了。

可到了山东头一看，饭馆犹在，却一个个黑灯瞎火。有的房已经拆掉，只剩下几堵墙，黑幢幢矗在路边，仿佛龇牙咧嘴的怪兽。俭才心里捏了一把冷汗，算计了一路的热面汤倒也罢了，黑咕隆咚的，去哪里安歇啊？世事不宁，没有被饿死，糊里糊涂被人害了命可就亏大了。但俭才没有灰心，他大睁着眼睛在街上搜索着，大张着耳朵谛听着，他不信这里会没有一个人。

忽然，一种有点腥、有点咸、有点臭的怪味，忽忽悠悠飘进了俭才鼻子。俭才有点奇怪，忙沿着怪味来的方向一路寻去。一会儿，一缕暗淡的光线闪进了他的眼帘。俭才高兴坏了，差点叫出了声。光线是从一家门底钻出来的。俭才跑过去一看，不是别家，正是春上他和德才吃羊肉泡的那一家。俭才仿佛找到亲戚家似的大喜过望，急不可耐地敲起了门。

很快，门吱呀呀响着裂开了一道缝，接着一张窄长脸从门里探了出来，那种有点腥、有点咸、有点臭的怪味一时变得浓郁起来。俭才一看开门的正是那个掌柜的，忙满脸涌上笑说：“叔，我是大孔人，春上在您这里吃过羊肉泡，您还给我添过汤呢。眼下日子过不下去了，准备去县里吃舍饭，却走到这里饿得走不动了。您看在相识的面上，打发我一碗面汤，再让我在门口睡一晚行不行！”

门拉大了，“窄长脸”站在门内，一双老鼠眼在俭才身上骨碌碌转了一圈，慢条斯理地说：“店里只有肉汤，没有面汤。”

俭才以为“窄长脸”挖苦他，脸一时臊得通红，却不愿离开，又小声乞求说：“我就想要一碗面汤，实在不行了，一碗煎水也行。”

“我说过了，只有肉汤，没有面汤。”“窄长脸”睁大眼睛，又从下到下扫了俭才一遍。

“可我没有钱。”俭才可怜巴巴地说。

“我向你要钱了吗？看你那样子，能有钱吗？我做一回善事总行吧。”说着，转过头向里面喊道，“三娃，给这个要饭的舀一碗肉汤。”

俭才激动得差点流泪，和大孔人一样，他平时不大说谢谢，但现在他一连说了三声“谢谢叔”。似乎不这样说，肉汤就会不翼而飞。“窄长脸”没有理他，扭身进了屋子。

一会儿，胖得脸颊两边的肉已经掉到下巴下面的三娃端着一碗肉汤出来了。见了俭才，他也像“窄长脸”一样，眯缝着眼把他从上到下扫了一遍，然后很不情愿地把肉汤递给俭才说：“这生意做不成了，今天看这个恓惶，明天看那个可怜，等关了门，看谁看咱恓惶？”

俭才哪有心情理会三娃，汤还热着，他赶忙接过碗，咕咚咚地往嘴里灌。肉汤和屋里溢出的怪味一样，有点腥，有点咸，有点臭，和过去的羊肉汤大相径庭，但俭才还是一口气把一碗汤喝下了肚。把老碗还给三娃，俭才连声道了几声谢后说：“叔，那我就睡在门口了？”三娃没有理他，咣当一声关了门。

俭才说的睡，其实就是靠在门墙上凑合一晚。天还冷，他不敢躺在地上睡。地上的寒气会伤腰是一方面，主要是冻得睡不着。可半个时辰过去了，俭才非但没有觉得冷，浑身还莫名其妙地燥热起来。他知道这是刚喝的肉汤在起作用，却又想不通一碗肉汤如何能有这么大的威力。他估摸可能很长时间没有喝羊肉汤，现在突然喝下一碗，羸弱的身子娇贵起来，一时半会儿接受不了这么大的滋补。但不管咋说，一离开大孔就碰上了好人，看来这一次出来对了。

胡思乱想中，俭才有点内急。但他不想在羊肉馆门口附近尿，这样会对不起人家。于是，他走到羊肉馆后面，欲找个墙角撒尿。不想羊肉馆还有一个后门，门底下摇曳着微弱的光。俭才一看忙提起裤子要走，却听屋子里有人说道：

“那个碎尿不会跑了吧？”是三娃的声音。

“深更半夜的，他能跑哪里去？”是“窄长脸”的声音。

“我刚从门背后悄悄听了听，碎尿好像还没有睡着。”

“喝了一碗人肉汤，得一阵子折腾哩。不急，等他睡老实了再拾掇。”

“瘦得快成一张皮了，能有几斤肉，咱提心吊胆地劳这个神，多少有点划不来。”

“眼下像你这么胖的人还有吗？娃瘦是瘦了点，却能卖上价，羊肉嘛！”

“这样折腾，还不如在路边拉个死人煮了卖。”

“亏你还是个炉头，死人有活人的肉鲜吗？别说了，眯一会儿，攒些力气准备杀‘羊’。”

俭才听得毛骨悚然，他晓得自己进了黑店。把人杀了当肉卖俭才听说过，母夜叉孙二娘不就在十字坡卖人肉包子吗？但俭才一直以为那就是讲故事，当不得真，更摊不到自己身上，哪里想到这样骇人的事今天就要在他身上发生？他庆幸自己没有睡着，更庆幸没有睡在羊肉馆里，要不他现在可能已经被那两个家伙剁成块，放进咕嘟嘟冒泡的铁锅里，煮熟后明天撕成指头长的肉条当羊肉让人吃了。想到适才喝下肚的竟然是人肉汤，俭才胃里不能自已地涌出一阵阵恶心。但他不敢扯开嗓子吐，也没有功夫吐，眼下他唯一要做的是赶紧跑。他顾不上尿尿，也顾不上系上腰里的绳子，匆忙蹑手蹑脚溜到羊肉馆前门，一手提溜着裤腰，一手抓起行李，一溜烟窜到大路上，撒开步往崇泉方向跑去。

寒冷的夜风在俭才耳旁嘶鸣着，似乎想撕掉他的耳朵；黑影幢幢的尧山在他身后绵延着，仿佛一头低头拱腰追赶他的野兽。俭才不敢懈怠，本能地往前跑着。他明白只要往前迈一步，死亡就会远离一步。南行的路大多是缓坡路，这多少帮了俭才的忙。但月黑风高，道路坎坷，又是仓皇奔逃，闪一下、硌一下、碰一下便成了家常便饭，有时候还会摔跟头。但俭才哪里顾得了这些，打趔趄了，只要不摔倒，调整一下步子接着跑；摔倒了，爬起来忍着疼继续跑。直至尧山被远远地甩在了后面，汗流浃背、喘不过气来的俭才这才一屁股坐在地上，仰起头大口大口喘起气来。但他仍然不敢大意，待呼吸平缓下来，又赶忙爬起来往前赶。也不知道走了多长时间，行了多少路，路边终于出现了一个村庄，俭才实在走不动了，便藏在村头的大槐树后面，合一会儿眼，睁一会儿眼地凑合到天亮。

第二天睁开眼，俭才发现身上的浮肿消了许多，胳膊、腿也一下子细得像麻杆。他不知道这是怎么了。忽然，他想到了那一碗肉汤，心里不由得一惊，胃里随即挠了起来。他伸着脖子干呕了一阵，又张着嘴喘了半天，已然满脸的泪水和口水，却什么也没有吐出来。他想起了那半个糜面馍，忙掏出来往嘴里送。馍吃完了，胃这才好受了点。

俭才打起精神继续往崇泉赶。

路上的行人慢慢多起来，却大多骨瘦如柴，面无表情。他们懒洋洋地迈着步，似乎不是自己在行走，而是木偶般地被人用线提着走。俭才猜想这些人和他一样，都是到崇泉吃舍饭的，心里不由自主地紧张起来，步子也一下子加快了。走着走着，路边出现了死人。有的好像已经死了几天，尸体残缺不全，白森森的骨头在阳光下发出刺眼的光亮；有的几具尸体倒在一起，瘦得失了形的孩子还噙着母亲的奶头；有的似乎刚刚死去，随行的人围在死者周围，脸上虽然淌着泪却没有哭声……

俭才头皮一阵阵发麻，胃里一阵阵泛恶心，突然间就明白了“饿殍遍野”的意思。冯得显过去讲这个成语时，他认不得字，更弄不懂意思，今天面对这些场景，他一下子脑门洞开。他尽量不去看这些死人，而是鼓足力气目不斜视地往前走。他心里明白，今天要是赶不到崇泉，他的下场和路边的死人好不到那里。

暮霭降临的时候，俭才走到了一个叫祥村的村庄。这里到崇泉只剩下五里地，但饥饿难忍、精疲力竭的俭才一步也走不动了。他想找个人家讨口水喝，然后再往崇泉赶。眼看就要到目的地了，说啥也不能倒下去。他不敢去高门大户的人家，也不敢去门口挂幌子的饭馆，而是专门找了一户没有门的人家，提心吊胆地走了进去。这个家还真穷，只有一间破烂不堪的草房，一个满身灰尘的老汉耷拉着头坐在门槛上，房子里面传出啪嗒啪嗒拉风箱的声音。俭才暗喜，心想自己走对了门。来到老汉面前，俭才跪在地上，可怜兮兮地说：“爷，我是大孔人，去县城吃舍饭，走到这里实在走不动了。您行行好，给我打发一碗水喝，您的大恩大德我一定牢记在心！”

老汉被俭才的举止吓了一跳，待明白过来面前是个叫花子，他叹着气回头向屋里说：“掌柜的，盛一碗水出来。”

风箱声停了下来，须臾，一个慈眉善目的老婆婆端着一碗飘着热气的水出现在门口。老婆婆看了俭才一眼说：“看把娃恓惶的，要一碗水用得着下跪吗？快起来！”说着把水碗交给老汉进了屋子。风箱声随即又在屋里啪嗒啪嗒响了起来。

老汉瞅了一下碗里的水，怅然道：“水不太清，你凑合着喝吧。”

俭才的眼泪差点掉下来，他知道自己遇上好人了。他从地上爬起来，双手接过碗，哧溜溜就是一大口。一股温热、甜润的感觉仿佛雨露滋润禾苗般的，立时充溢了俭才的全身。俭才越发觉得渴了，连忙捧起碗嘴不离碗，一口接一口喝了起来，一碗水瞬间被他喝了个底朝天。老汉问他还喝不喝，俭才不好意思地点了点头。老汉进屋盛了一碗水出来给俭才，俭才赶忙接过来又咕咚咚喝了起来。

老汉看着俭才喝水贪婪的样子，长叹了一声说：“好娃哩，你刚才说来县里吃舍饭，可现在哪里有舍饭啊，只有啥……以工代赈，还清汤寡水的，只能哄哄肚子。”

俭才嘴离开碗，眼珠猛地鼓了起来，说：“可我哥明明给我说有啊，他前段时间就在县里念书哩！”

“前一段是有，”老汉坐回到门槛上，“后来，四乡五里的人知道后，拖家带口的都往县里赶。舍饭却没有增加，还越来越少，越来越稀。为了能抢上一碗饭，人们不要命地往锅前挤，场面比舍饭锅里的米还乱，挤死、踏死、打死、烫死人的事情常常发生。伍县长，对，就是那个胖子。也不知道咋回事，全县人都快饿死完了，他还是那么胖。是官比民强，大官更比小官强，真是不假啊！伍县长一看这样不是回事，把脑袋一拍，想出了那个……以工代赈。啥意思？说白了就是谁干活给谁饭吃，谁不干就不让吃。当然了，也不是谁都能干上活。都来干活，哪有那么多饭让人吃？谁说了算？这还用问，当然是县衙的人。开始就干些修路、挖井的事，后来来县里逃荒的人越来越多，县衙管不了那么多张嘴，只能活活饿死。害怕发生瘟疫，伍县长就让吃舍饭的人到县城西门外挖坑埋死人。活当然累，还嗝噎人，但好歹能吃上一半碗稀汤寡水的饭。对，我就是干这活的，刚回来你就进了门。”

俭才的心悬了起来，眼巴巴瞅着老汉说：“爷，你明天带上我吧，我有的是力气，啥活都能干。”

老汉打量了俭才一眼，摇头道：“好娃哩，就你这身板，恐怕入不了县衙人的眼。”

“哪咋办吗？”俭才急了。

“咋办，还能咋办？趁还有一口气赶快回去，要不只能饿死在县城，被扔进万人坑。”老汉说。

“回去也是死呀！”俭才哇的一声哭了，嗵地跪在地上，头不停地碰着地说，“我大我妈已经死了，寨里很多人都死了，我实在活不下去才跑出来的。爷，你想办法救救我吧，我还小，还不想死啊！”说到伤心处，俭才放声哭了起来。

老汉连忙站起来拉起俭才说：“唉，我现在见不得娃们哭哩，娃们一哭，我心里就像猫抓似的。这样行不行，明天我带你去那个……以工代赈，管事的有我村里一个娃，我一会儿去给他说你是我碎外甥，人家要你了就好，不要了你也不要怪我。”

俭才感激地点了点头，又要给老汉磕头，却被老汉拉住了。

这时候，老婆婆手里抓着两个黑乎乎的东西出来说：“累了一天了，吃点东西吧！”俭才一听就要往外走。“吃”这个字太吸引人了，他害怕管不住自己的嘴。老汉两口这么好，他不能对他们的救命粮有非分之想。老汉却拉住俭才说：“娃呀，我知道你的意思。也不是什么好东西，你也尝两口吧。”说着，接过老婆婆手里的黑团子，给了俭才一个。俭才饿急了，接过来就往嘴里塞。吃进嘴的东西既粗又糙，嚼来嚼去怎么也嚼不碎，半天才咽下去一口。俭才又看了看手里的黑团子，却怎么也看不明白是什么做的，便问老汉。老汉一边香香地吃，一边笑道：“啥东西？说出来你可能不相信，玉麦芯磨成粉蒸的馍。”俭才惊讶得睁大了眼睛，说：“想不到这也能吃！”老汉苦笑道：“都到这份上了，还有啥不能吃的！”

吃完饭，老汉就去村里找那个管事的人，回来说人家虽然为难，但还是答应帮这个忙。又叮嘱俭才把年龄说成十六，说话、办事多长点眼色。俭才懂事地点了点头。

晚上，俭才就住在了老汉家，也知道了老汉叫向三娃。向三娃四十岁时才有了个儿子，取名向天歌。三年前，麻疯子攻打崇泉县城，拉向天歌去当兵，向天歌不愿去，翻墙逃走了，至今生死不明。那时向天歌十四岁，和现在的俭才一般大。

翌日天不明，向三娃腰里拴着一条绳，推着独轮车，俭才掮着一把镢头，匆匆往县城赶去。路上的行人黑影幢幢的，说不清哪个是逃荒的，哪个是以工代赈的。天亮后，到了名曰“庆成”的西门外，这里已经挤满了人，乱糟糟地就像赶集。西门关着，门口摆了两张桌子，每张桌子后面坐着两个人，正沉着脸选新来干活的人。选上了，发给一根竹签；选不上的，嚷着让往一边站。竹签是吃饭的证据，领到的自然欢天喜地，没有领到的顿时一脸的绝望和无助。

向三娃领着俭才挤到左边发竹签的桌子跟前，向发竹签的说了说情况。发竹签的把俭才看了几眼说：“瘦得跟猴似的，他能有十六？还掮着这么大的镢头，肯定是混饭的。”向三娃陪着笑说：“官人，娃是我碎外甥，今年确实十六了，瘦是因为饿的。你放心，娃有的是力气，这镢头就是他一路掮来的。”说着，眼巴巴瞅着那人旁边的人。俭才心想这人可能就是向爷爷说的熟人，便也可怜巴巴地瞅着他。这人面无表情地看了向三娃一眼，又瞥了俭才一眼，然后用胳膊肘轻轻碰了碰那个发竹签的，小声道：“老汉是祥村人，一直干活吃舍饭。他外甥我也认得，好像是昨天来的。都是没办法，就看着让过吧。实在不行了，明天停了就是。”发竹签的又把俭才翻了两眼，心不甘情不愿地把竹签给了俭才。俭才接过竹签，紧紧地握在了手心。

干活时，向三娃让俭才和他分开去干。他让俭才到西门外的“万人坑”去挖坑，自己去推死人。还说推死人不是娃干的事，伤阳寿。挖坑累是累了点，却不接触死人，是个干净活。俭才一听高高兴兴去了“万人坑”。可一到“万人坑”，他眼前一黑，差点晕倒在地。这之前，俭才对“万人坑”还有点模糊，到了跟前一看，原来就是个大坟墓。大坟墓和大孔的大涝池还要大，而且还在往西挖。死人放进去后，虽然覆了一层土，却疙里疙瘩地仍然能看清各种形态，多得数不清。俭才浑身一阵哆嗦，急忙低着头，弯着腰，屏着气往坑西边走去。

挖坑虽然不和死人打搅，却的确重。俭才太孱弱了，走几步路都要喘气，何况抡起镢头挖坑？几镢头下去，他便头冒金星，气喘如牛，摇摇欲倒。想着歇一会儿再干，领工不愿意了，日娘捣老子的就是一顿痛骂，俭才只得勉力去干。又干了一会儿，俭才实在撑不住了，便一屁股坐在地上，任凭领工怎样骂也不起来。领工看俭才实在干不动了，就让他去埋死人。埋死人倒不累，就是把扔到坑里的死人放好，在上面覆一层土，再放一层死人，再覆一层土……可踩在软踏踏的死人身上，面对各种各样吓人的面孔，俭才先已毛发倒竖，浑身发凉，况且还要弯下身去拉，去抱，去摆。拉了两个死人后，俭才就干不下去了。他想躲避一会儿，可面前到处是死人，哪里有躲避的地方？恍惚中，他突然觉得脚下的死人动了一下，紧接着眼前的死人似乎都动了起来。有的头在动，有的手在动，有的脚在动，有的眼在动，有的嘴在动，有的牙在动……俭才吓坏了，不能自已地叫喊起来。一边喊，一边往坑上面爬。周围的人不知道怎么了，见俭才惨叫着往坑上爬，一个个忙扔下手里的死人惊慌失措地也往坑上爬。领工先也跟着往上爬，但很快反应过来。他稳住神断喝了几声，又踹倒了几个人，然后追上俭才，啪啪扇了两耳光。俭才呆住了，捂着脸傻傻地看着领工发抖。人们一看，一个个也傻了似的停在了原地。领工气急败坏地大骂俭才，喝令他交出竹签滚蛋。俭才清醒过来，赶忙捂着胸口往后退。领工的扑上来掏他的胸口。俭才又急又怕，哭叫着趴在地上，用整个身子紧紧地护着胸口。

正闹得不可分交，向三娃推着一个死人回来了。知道事情经过后，他求着领工说："好我的你哩，娃第一天弄这事，害怕很正常。不行了让他跟我去推死人，实在干不了再撵他走。都是恓惶人，您大恩大德，就饶娃一回吧。收了竹签，娃只有饿死的份了！"领工本也是乡里人，家里没饭吃才干这事，见向三娃说得恓惶，嘴里虽骂骂咧咧，但还是放了俭才。

避开人，向三娃对俭才说："娃呀，凡事都要忍。咱弄这事就是为了活命，一点委屈都受不了，那就只能饿死在街头、路边，被人扔进'万人坑'。"

俭才心里一阵阵羞愧，又一阵阵后怕，觉得很对不起向爷爷。他暗下决心，无论如何都要咬牙挺住，绝不能被人扔进"万人坑"。想是这么想，可一见到死人，他仍然悸恐、恶心。跟向三娃推死人时，他从路边死去的女人身上抱一个小孩，小孩也已经死了，瘦得不成样，一条条肋骨骇人的显露着。他去拉小孩，母子却抱得很紧，没有分开来。他使劲去拉，小孩被拉出来了，却软得似乎没有骨头，一张皮似的搭在了他手上。俭才目怔口呆，赶忙扔掉手里的小孩，伸着脖子哇哇地干呕起来。中午吃饭时，俭才已经饿得前胸贴后背，却一点食欲也没有，勉强喝下一碗稀汤，还吐了个一塌糊涂。他想着开始不适应，往后慢慢就好了。可十几天过去了，他还是一见死人就吐，晚上还常常做噩梦。人虽然没有饿死，却越发地瘦了。向三娃心疼地说："娃呀，想不到你个丫头命，却是个富贵身。这样下去不行哩，弄不好还真被撂进了'万人坑'。听说潼关那边有火车站，上面救济的粮食都要经过那里，你想办法去那里活命吧！”“交农”那一天，俭才记得官府一个瘦子也提到过潼关，心里当即就动了。

过了两天，俭才离开向三娃，往潼关而去，这一走就是一月半。走到渭南他饿得实在走不动了，便又在渭南的“万人坑”抬了几天死人。经过华县和华阴交界处，他差点被土匪拉走。进了潼关，又差点被检查站的狗咬了。可能他太瘦了，狗已经叼住了他的腿，却没有下口。一路上他靠要饭过活，实在要不来了就啃树皮，嚼草根。最后，棉衣里的棉絮被他捋出，一丝丝吃进了肚子，无意间让他换了季。

终于来到了潼关火车站，这里果真在搬运粮食。俭才高兴得管不住了自己，疯了似的扑到一个扛粮食的人后面，一把拽下他肩膀上的粮袋，尖细的手指插进去，抓出一把玉麦，径直塞进了嘴里。站台上的人反应过来，冲上来对俭才劈头盖脸就是一阵胡踢乱打。俭才顾不得挨打，继续抓起地上的玉麦往嘴里塞，一边塞，一边含糊不清地咕哝着：“粮食，粮食，真真的粮食！”

以后，俭才就在潼关火车站当起了搬运工，只吃饭，不领钱。

四十六

进入民国十八年后，老天并没有像冯得富企盼的那样下一场透雨。相反，和去年一样，太阳清早准时露出圆圆的红脸，然后不紧不慢地往上爬，往上爬……到了人头顶，懒洋洋打个盹，再不紧不慢地往下挪，往下挪……终于衔住了西山，却恋人般地依依偎偎，厮厮磨磨，直至暮霭降临，这才不情不愿地埋没于山后。第二天、第三天……天天如此，且一天比一天勤劳，一天比一天热情。年前残存的积雪不几天就化成了蒸汽，干干净净地被老天收了回去。

清明这一天，阳光灿烂得异乎寻常，给人一种很不真实的感觉，似乎“清明时节雨纷纷”已经成了传说。清明过后是谷雨，大太阳依然高高地悬着。老人们常说，“谷雨前后，种瓜得瓜，种豆得豆”，可今年不说已经把种子当粮吃了的人家没啥种，留有种子的人家地干得也种不进去，“种瓜得瓜，种豆得豆”眼看也要成为回忆。

大多数树在去年的大雪中已经冻死，就那么干巴巴地戳在地上，除了烧柴、上吊几乎没有什么用处。活着的树被饥不择食的人们剥了皮，捋了叶，比冻死的树还伤心惨目。地面上寸草不生，偶尔露出一点绿，马上就会被斩草除根，填进饥肠辘辘的肚子。刚进入阴历四月，天气似乎突然又进入了三伏天，大孔寨一时间被炙烤得仿佛火炉上的蒸笼。待在“蒸笼”的人们奄奄一息，朝不虑夕，就剩下等死的份了。

冯得富慌了神，这可是他万万没有想到的。他的算盘只打到今年秋天，现在地都种不进去，秋天如何能有收成？没有收成嘴往哪里挂？地里要再长出粮食，只能等到明年夏天，这还要老天不要再“高”，风调雨顺。可今年秋收到明年夏收相隔八个月之多，人的心能期盼八个月，嘴却是八天也等不及啊！为了能接上茬，冯得富要勤才妈想方设法从全家人嘴里扣粮食，麸皮、谷糠、油渣、干豆腐渣之类的东西也要控制着吃。尽管如此，家里的存粮无论如何也吃不到明年夏收。有粮的时候倒不觉得，现在只觉得瓮里的粮就像水缸里的水一样，一天天忽闪忽闪地往下缩，缩得冯得富心惊胆战，似乎缩下去的不是粮食，而是他身上的血和肉。他一晚一晚睡不着，嘴不离旱烟管地吧嗒，似乎旱烟管里存着粮食，只要不停地吧嗒，就会源源不断地被抽出来。

勤才妈不忍心了，焦心地说：“你看你，要知今日，何必当初，也不知道图了个啥？”

冯得富却阴着脸说：“当初咋哩，现在咋哩，还不都是为了过日子？咱家的日子你不是不知道，眼下德才又没了媳妇，心不狠一点，啥时能把日子过上去？别人怎么想我管不了，你不能心里没数！”

勤才妈说：“我心里有数能咋，要叫娃们心里有数才是。德才咱不说，你看勤才这几天脖子拧成啥了。好日子好过，苦日子难过啊！”

“只要扛过这一关，他们会明白我的狠心。”冯得富说。

话虽这样说，但如何扛过这一关，冯得富心里也没数。

这一天，上岭李通通家捎话说彩云怀孕了。冯得富高兴之余，心里立即起了窍，便对勤才妈说：“你收拾一下，明天和勤才家的去伺候娃几个月。娃还小，好多事不懂哩。”勤才妈瞪着眼说：“人家又没有让去，咱凑得啥热闹，还带上杏花，还几个月，一看就是去混饭。要去你去，我不去。”冯得富火了，说：“人家没说让去，咱就不能去看看娃？带上杏花咋了？几个月又咋了？娃怀了娃，要干的事多着呢。混饭？李通通还欠咱五斗麦、两斗玉麦，谁混谁的饭还说不清呢！”勤才妈懵了：“李通通啥时候欠下咱这么多粮，我咋不知道？”冯得富说：“你一天知道个啥？打发彩云时咱要一石麦、一石玉麦，李通通就给了五斗麦、八斗玉麦，这不还下欠五斗麦、两斗玉麦？”勤才妈没好气地说：“这话也能提上桌面？算了，去就去吧，我也想娃了。那么小就把娃打发了，想起这事我心里就疼。”说着抹开了眼泪。冯得富嘀咕道：“就这你还不去看娃。”勤才妈说：“可我和杏花走了，谁给你们父子仨做饭呀？”冯得富说：“这好办，晚上你给我们蒸两笼红苕馍，我们平时搅上点麸子沫糊就行了。又不干啥活，能吃多少，你就放心去吧！”

晚上，勤才妈和杏花忙活着蒸起了红苕馍。红苕馍是把红苕干磨成粉蒸的馍，过去蒸出来后压红苕饸饹，红苕饸饹吃得快，还费调料，冯得富便让直接当馍吃。红苕干是灰白色，蒸出的馍不知怎么就成了黑的，吃到嘴里黏黏的，甜甜的，难咽得很。蒸红苕馍时，勤才妈狠着心挖了一碗半麦面，蒸了六个油包子，说是再穷，也不能空手大拳地走亲戚。让人家小瞧了，彩云脸上不好看。冯得富虽然没有说什么，心却一揪一揪的疼。

第二天一大早，勤才妈把六个油包子用包袱裹好，杏花挎在胳膊上，两个人相跟着出了门。黄黄见杏花走了，也一溜小跑跟在了后面。杏花一看，嚷着赶它回去。黄黄虽放慢脚步和他们拉开了距离，却仍然偷偷跟在后面。杏花无奈，只得听之任之。

但让冯得富没有料到的是，不到半个月，勤才妈和杏花就回来了，还不见了黄黄。

上岭在侯家上面，全村二十多户人，一溜儿坐东朝西住在山岭下面。站在岭北边眼界很开阔，中武当山下的几个村寨仿佛就在眼前。大孔寨大，更有城墙环绕，自然更是一览无余。但要到上岭却不容易。出大孔寨南门走五里路，翻过崎岖、阴森的南沟，沿着上坡土路到侯家，再爬五六里山路，方能到上岭。

勤才妈和杏花到上岭已是午饭时分。李通通家在村北头，门前长着一棵苍劲的大槐树。进了门，李通通一家三口正坐在厅房下的小方桌旁吃饭。听见有人进来，李通通婆娘一脸惊慌，又是咳嗽，又是使眼色，示意李通通和儿子春来端上碗回屋里。春来看清来人是丈母娘，忙放下碗走上前接过杏花手里的包袱，叫了声婶和嫂。李通通咳嗽了一声，拉着屁股下的小凳子往一边移了移，然后用筷子点了点春来刚才坐的凳子，让勤才妈坐。春来妈有点胖，费劲地要往起站，勤才妈一看拍了拍她肩膀，她就没有再起来。勤才妈坐下来，这才看清李通通家吃的是刀犁面，心里立时明白了春来妈的意思。春来妈不好意思地从脸上挤出几丝笑说："还以为是串门的，却是亲家来了。这年月，唉！"勤才妈赶紧说："一样一样，都一样。"

彩云系着围裙从伙房跑了出来，杏花一见赶忙上前扶住她说："娘娘，都怀上娃了，又是做饭，又是小跑，还把自己当娃吗？"

勤才妈给杏花使了个眼色说："还没出怀哩，哪有那么邪乎，该干啥干啥。”

彩云用围裙擦了擦手，又用手背抹了把嘴，脸上虽笑着，眼眶却闪着泪水说：“你们咋就来了？”

勤才妈说：“听说你有了身子，你大让我和你嫂子来看看。”

彩云小声道：“真真是，多亏我有了身子，要不你们还不来呢！”说着吸了吸鼻子。

春来妈从嗓子眼轻轻“哼”了一声说：“亲家大老远来，想必已经饿了，快去做饭！”

彩云赶忙抹掉眼泪说：“做啥饭？”

春来妈瞥了彩云一眼说：“这还用问，就刀犁面吧。”

彩云一听眉开眼笑地去了伙房。杏花跟在后面要和她一起做饭，彩云说：“就两碗饭，用不着你。走了那么多路，好好歇着去。”杏花不听，还是跟着彩云去了伙房。

做饭的当儿，彩云悄悄向杏花说了李通通家的情况。

原来，春来虽然是个独子，他大他妈却并不娇惯他，相反，还管教得很严。结婚多半年了，他还和从前一样，啥事都没有主见，就听他大他妈的。李通通平时不大说话，就知道干活。看不惯的事，他嘴里不说啥，嗓子里就那么一吭，便让人心里七上八下。春来妈当着家，大小事都管得死死的，谁要不听或者出了错，她也不嚷不骂，脸就那么一沉，让人觉得天似乎要塌下来。家里虽说过得还行，春来大妈却抠得很细，平日里就杂八杂七地吃，很少吃白面。偶尔吃一顿，一家人就像做贼似的，唯恐别人看见了吃一碗，或者提出要借粮。今天他们快一个月没有吃白面了，刚吃到半展，没想到勤才妈和杏花来了。搁别人春来妈要么用话打发走，要么凑合一碗红苕面或者玉麦剁剁，没想到她却让做刀犁面，让彩云感觉很有面子。

听了彩云的话，杏花说：“好着呢，好着呢，只要有饭吃就行了！”

饭好了，还是平时很难见到的白面条，杏花管不住自己，一气吃了三碗，还喝了半碗汤，看得李通通和春来妈瞪大了眼睛。杏花不好意思地说：“我们那里过事做一种‘涎水面’，不说大人，碎娃们也能吃十七八碗哩！”

春来好奇地问：“啥是个涎水面？”

杏花说：“就是往碗里盛一碗汤面，汤宽面少，两三筷把面捞得吃了，再把汤回进锅里，再盛，再吃，再回……直到吃得肚儿圆才放下碗。”

李通通在嗓子眼里吭了一声。

春来妈沉着脸小声道：“怪不得一遭灾你们就往外跑。”

勤才妈心里咯噔了一下。

这以后，白面条基本上就不见了。早饭一般是稀苞谷糁配玉麦面馍，或者红苕饸饹、凉玉麦面搅团、红苕干麦饭之类的吃食，菜是自腌的酸菜、晒的干萝卜丝。午饭红苕剁剁、玉麦面搅团、玉麦面饸饹、高粱面饸饹等杂粮饭轮换着来。大孔方圆一带的人不吃晚饭，除了家里请人干活或有贵客来，却不叫晚饭，叫喝汤。勤才妈和杏花虽也算贵客，但待的不是一天两天，加上天高了，喝汤也就免了。有时候，端上的馍碟里有两个小麦面和玉米面掺和在一起的馍，春来妈就对彩云说：“你大成天下苦，身子骨紧要；你怀着娃，也要吃好点，那两个馍你和你大一人吃一个吧。”彩云不好意思吃，让她妈吃。勤才妈不要，让彩云给春来妈吃。春来妈不高兴了，沉下脸说：“你怀娃了，我才让你吃，要让我不知道让我亲家？天高了，粮食比金子还贵，我和我亲家受点苦不算个啥，不能亏欠了你和肚里的娃。我们的心思你还不懂，等有了娃就懂了。”勤才妈一听赶紧说：“对着呢，对着呢。”

勤才妈平时对吃不是怎么上心，这年头到处在饿死人，到处是要饭的，她就更没有心思讲究了。何况李通通家的饭食比自己家好，还能尽饱地吃，她带着杏花和要饭的就差个名分，亲家能接受已经很有情分，她哪里好意思再找事？

勤才妈难受的是没有事干。

她在家里活很多，糊袼褙、割鞋样、纳鞋底、接线头、补衣裳……一天天闲不住。可到春来家借名是帮彩云干活的，不可能把家里的活背到这里来干。来了后她就给春来妈说有啥活就交给她和杏花。春来妈却说："来了就好好歇几天，我们小家小户的，能有多少活干？"话听着顺耳，但成天待在人家啥也不干就等着吃饭实在不是个事！勤才妈便想办法找活干。她先把彩云炕上的被褥拆得洗了，晒干后再一针一针缝好。接着又给彩云和春来洗衣服，他们脱一件，她洗一件，脱一身，洗一身。有时候连李通通和春来妈换下的衣服都给洗了。没有衣服洗，她就抓起扫帚扫地。人家一天扫一次，她扫三次。大清早一次，早饭后一次，午饭后一次。上岭风大，地上成天被吹得白光光的，再经她怎么一扫，李通通家似乎不像个庄户人家，倒像个清水衙门。

春来妈脸沉得像磨盘，她不好说勤才妈，便当着勤才妈的面气冲冲对彩云说："你就不能劝劝你妈，成天让我亲家干这干那，知道的是她愿意干，不知道的还以为咱家把亲家当长工丫鬟使哩。"

勤才妈笑呵呵地说："没事，亲家，我这人闲不住，干点活浑身就舒坦了，再说又不是给别人家干。"

春来妈说："好亲家哩，你一拿扫帚，春来大就坐不住了，不停地说'咋能让亲家扫地嘛，咋能让亲家扫地嘛'！亲家，你还是歇着好！"

勤才妈说："不扫地了也成。彩云不是有了吗，趁早给娃准备些穿的。你找些布料，让我来做。"

春来妈皮笑肉不笑地说："哪里敢劳驾亲家，就那么点小活，你们一走我两天就做完了。"

勤才妈的心沉了下去。

首先提出回家的是杏花。

勤才妈听了没好气地说："你大让咱待上几个月哩，这才不到十天，你就嚷着要回去，回去给你大咋说？"

杏花揉搓着衣襟说："我怕……"

勤才妈说："咱是在你妹子家，你怕什么怕？"

杏花红着脸说："我怕彩云阿公。"

勤才妈吓了一跳，紧张地问杏花道："你怕他个啥？他……咋了？"

杏花奇怪地看了公婆一眼说："咋也没咋，我……怕他咳嗽。"

起初听彩云说，春来大看不惯啥事，嘴里虽不说，嗓子里就那么一吭，便让人心里七上八下，杏花还有点想不通，心想就吭一声嘛，还能把人吓着？经过几件事后，她不得不相信彩云的话了。

刚来春来家，看着天天有馍有菜，饿怕了的杏花唯恐吃不饱，吃饭时就有点贪。这天，她多拿了一个玉麦面馍，吃得剩一角时，却怎么也吃不下去了。她不敢把剩下的馍放回去，怕人家说她不懂事；她也不敢把馍扔掉，那是作孽；她更不敢把馍喂了黄黄，她能看出李通通眼里对黄黄的不屑和敌视超过了勤才大。最后她想到了一个好法子：先把馍藏起来，等饿了再吃。可攥着馍在家里转了一圈，却没有找到一个藏馍的地方。正熬煎着，她想到了伙房门口盛麸皮的小瓮，便趁人不注意，走过去掀开瓮盖，把馍扔了进去。这时候，李通通的咳嗽声响起了。杏花吓了一跳，匆忙躲进了伙房。李通通阴着脸从屋里出来，端直走到小瓮前，从瓮里取出馍块，吹也没吹上面的麸皮就塞进了嘴里。吃完后他又咳嗽了一声，似乎啥事也没有发生似的又回了屋。杏花的脸一下子红得仿佛李通通屋门口挂的红灯笼。

这一天，彩云打搅团时火大了，糊了锅底，铲下来的锅巴黑乎乎的，彩云让杏花用水泡了给牛吃。杏花心想，都糊成这了，牛能吃吗？这时候，黄黄跑过来瞅着她手里的锅巴直摇尾巴。看着黄黄骨瘦如柴、可怜巴巴的样子，杏花心软了。但为了不让李通通家人看见，她使劲把锅巴扔到了大门口。黄黄转身追去，眼看就要叼到锅巴了，李通通威严的咳嗽声猛地响了起来，随即他仿佛从天而降般一脚踹开黄黄，然后弯下腰捡起锅巴，沉着脸进了门。杏花惊得目瞪口哆，黄黄也夹着尾巴愣在了原地。

这以后，杏花有点怕李通通了，只要李通通一咳嗽，她浑身就不由得发紧，甚至打哆嗦。为了能安安宁宁待下去，她尽量躲着李通通，也尽量不做出格的事。可不管她怎样躲，怎样守规矩，李通通的咳嗽声还是会不时地响起。

勤才妈听了杏花的话笑了，说："这有个啥，春来大和你大一样，是个过日子人，见不得糟蹋粮食。他咳嗽一声你都受不了，今后可咋样和你大处呀？"

"我大那样的人我倒不怕，他就是话多，能说出来就没事。春来大啥也不说，但做出的事像用刀子割人呢！"杏花说。

勤才妈说："不敢胡说。都不了解，时间一长就好了。再说你也的确不对，只要改了，看他还有啥说的。"

最后促使杏花下决心回家的是黄黄的死。

这天，黄黄早上出去，一天都没有闪面。杏花心想它可能找食去了，也就没有在意。天黑后，黄黄还没有回来，杏花便让彩云和她一起去找。两人"黄黄、黄黄"叫着在上岭找了几圈，岭下也去了，黄黄却连个影子都不见。杏花急得要哭，彩云安慰她说："狗通人性，灵得很呢，这些日子它可能在这里待腻了，心一热就跑回家找我哥去了，明天一早说不定就回来了。"杏花一听，只得跟着彩云回了。

一夜恍惚，翌日一大早杏花就起来了，却还是没有见黄黄。她站在岭北边，透过淡淡的晨雾，向沟对面看去，大孔寨倒是一下子看到了，寨子里豆芽般大小的人也依稀可见，却就是没有见黄黄。

胡乱吃过早饭，杏花又出门找黄黄。平时黄黄在身边没有觉出，突然不见了，她心里突然就像被挖走了什么，空荡荡难受不说，人也孤单得像只孤雁。逃荒路上黄黄跟着她受苦受难，遇到坏人舍死保护她的情景，一幕一幕在她眼前闪现，她的眼睛忍不住湿了一次又一次。

走到上岭南村口，下一道长坡，有两孔烟熏火燎的土窑。土窑前编了一个荆条囤，平日里屯放玉麦棒，现在空空如也。这里住着春来三大一家人，平时他家很少和人来往，人们也很少和他家往来。昨晚杏花和彩云来过这里，没有发现什么异常情况，但杏花还是不由自主地又来到了这里。

蓦地，正下坡的杏花看见荆条囤上趴着一条黄狗，狗的皮毛在阳光下泛出淡淡的光。杏花惊喜地叫了一声黄黄，黄黄却仿佛睡死了，动也没动一下。杏花加快了步伐。下到坡底，杏花又叫了一声黄黄，黄黄依然一动不动。定睛一看，杏花突然间惊呆了。原来荆条囤上的确是一条狗，也的确是黄黄，但仅仅是一张皮。

杏花的眼泪涌了出来，嘴里喊着黄黄往前扑去，却不料脚下绊了一下，摔倒在了地上。杏花疼痛交加，放声哭了起来。

到处找杏花的彩云听见哭声赶来了，看见荆条囤上的黄狗皮，她心里什么都明白了。她抱起杏花，一边流泪，一边拍打杏花身上的土。杏花越发伤心了，指着黄黄的皮哭道："黄黄被……被……狗杀了！"

"谁是狗？"土窑门上挂的破门帘一动，出来了一个衣着破烂的瘦男人。

彩云沉下了脸，说："三大，我家黄黄的皮咋在你家屯上？"

春来三大"哦"了一声说："你家的狗？我咋没见过？还以为是条野狗，就杀得吃了。皮嘛，晒干熟了做褥子。"

"我嫂子的狗不就是我家的吗？你……你太不像话了！"彩云气得也要哭。

“像话不像话回去问你大去，有这样给长辈说话的吗？”春来三大气势汹汹地说。

彩云不想和春来三大论理，拉着杏花要走。杏花却哭叫着“赔我的黄黄，我要黄黄”不肯走。彩云说：“嫂子，咱回，一会儿让我大和春来找他论理，放心，黄黄不会白死的。”杏花这才哭着走了。春来三大在后面说：“来吧，我等着呢。我还不信了，人大还是狗大！”

彩云搀着杏花回到家，李通通适好从腰门往外走。彩云忙说：“大，黄黄被我三大杀了，话还说得很可憎，你要给我嫂子做主！”

李通通愣了一下说：“这年头谁还养狗，杀就杀了吧。你三大那人你又不是不知道。”说完，吭了一声走了。

杏花的心一下子碎了，她一把甩开彩云，踉踉跄跄跑进彩云房间，嗵地扑倒在炕上，呜呜呜地痛哭起来。

晚上，眼睛肿成桃子的杏花对勤才妈说：“妈，咱回，早晨我都看见勤才了，他站在门口往这里瞅呢！”

勤才妈心一酸，眼泪唰地掉了下来，说：“回，明早咱就回！”

听了事情经过，勤才脸气得通红，说：“回来的好，要死一家人死在一起，再不要出去看人家的眉高眼低了！”

冯得富瞅了勤才一眼，嘴张开了，却没有说什么。

这时候，引才急急忙忙来了，一进门便兴冲冲地嚷道：“生了，生了，生……生了！”

冯得富没好气地说：“升啥了？你能升个啥？”

引才一愣，马上又笑道：“不是我生了，是芬芬生了。”

勤才说：“看把你兴的，男娃女娃？”

引才拍着胸脯说：“就哥这样子，生一个小子都有点亏。”

德才划了一根火柴，颤抖着手点着了烟锅。

勤才妈眼泪流了出来，笑道："阿弥陀佛，老天开眼了！"又拉着杏花的手说，"下来就看勤才了，对了，还有和才。唉，也不知道俭才去了阿搭！"

杏花红着脸逃也似的走了。

引才说："勤才是迟早的事，和才嘛，唉！"

勤才妈紧张地说："和才又咋了？"

勤才叹了一声说："宏才春上去县里念书后，和才又在家里待不住了。前两天宏才回来不知给他说了些啥，他当即去了县里，现在还没有回来。他的心不着家，哪里会把生娃的事当回事？"

勤才妈叹道："和才是鬼迷心窍了，都怪北头福海家那个少调失教的女子！"

引才摇着头说："事情好像没有那么简单。"

冯得富看了看天说："会的，娃们都会回来的，只要老天窝一场雨！"

雨是来年的一天落下的，这时候的大孔已然十室九空，没有死的人也不再等雨，而是苟延残喘着在等死。

冯得富一家也加入了等死者的队列。

一年多来，冯得富一家精打细算，想方设法往嘴上挖抓，最后玉麦、高粱、糜子、谷子、红苕干、驴、麸皮、糠秕、野草、草根、树叶、树皮、棉籽、玉麦芯、小麦秸秆、玉麦杆、烂皮带、坏椽头、猫、狗、老鼠……能吃的、不能吃的都吃光了，终于到了山穷水尽的地步。

雨落下的时候，冯得富正昏昏沉沉躺在家门口。已经两天了，他还没有吃一点东西，饿得什么话也不想说，什么事也不想做，什么心思也不想想，就那么静静地躺着等死。恍惚中，门里跌跌撞撞跑出来一头白颜色、长鼻子，像猪又不像猪的怪物。经过他身边时，怪物嘶叫了一声，折而向北跑去。跑着跑着，怪物四蹄奔腾，鼻子伸展，一下子飞了起来，且越飞越高，越飞越高，鼻子也越伸越长，越伸越长，似乎不经意间变成了一条龙，正向着五龙山上空的一片乌云冲去……

突然，冯得富脸上啪地响了一声，仿佛被小孩的手扇了一下。不疼，却有点痒。他没有理会，继续一动不动地躺着。啪，啪啪，啪啪啪……小孩的手接二连三甩了上来，不仅他的脸上，就连他的全身都得到了光顾，力量还一下比一下大。随即一股久违了的凉意在他脸上、身上蔓延开来，又缓缓地往下渗，让他倏忽间仿佛变成了一株麦子，惬意地享受起了甘霖的滋润。他惊觉地睁开眼，只见豆子大的雨点正忙乱地在他面前舞蹈着。冯得富的眼睛一下一下瞪圆了，干裂的嘴傻傻地张着，似乎他的头脑突然间失忆了。须臾，雨点纷乱起来，又杂糅在一起，汇聚成一道道雨帘，从五龙山铺天盖地而来。迷离中，勤才妈、德才、勤才、杏花、和才、冯得显、和才妈、兰玉……哭喊着、咒骂着从门里跑出来，一头扑进了滂沱大雨中……

冯得富迷瞪过来，热泪顿时滚滚而下。他努力翻起来，颤巍巍跪在地上，仰面向天，鼓足力气喊道："老天爷，你……你……你可睁眼了！"

一串串惊雷从五龙山方向滚滚而来……

二〇二〇年八月二十日初稿

二〇二一年二月二十日至九月十五日二稿

二〇二一年九月二十七日至十一月二十五日三稿

二〇二二年六月十六日至七月二十六日四稿

带你走近陕西

对话作者，读懂小说！

扫描本书二维码，获取正版专属资源

【方言趣谈】

了解陕西特色文化，从陕西方言开始

【历史博览】

感受陕西厚重历史，品读岁月的智慧

【作者创作谈】

对话本书作者云岗，揭示创作心路

【读者交流圈】

找到志同道合的书友，一起聊读书

使用【读书笔记】

写下读书心得感悟

领取【推荐书单】

从阅读中体验生活

扫码添加智能阅读向导

做一个优秀的阅读者！